以多為貴、

授覈授作文讀書之次序法則、

授中國文者、宜取音訓、辨句讀、明句意章

意、兼講究文理結構、其作文之題目、當就

各學科所授各項事理、及常日必需各項

事理、出題、務取與各科學貫通發明、且適

009

国文的创生

清季文学教育与知识衍变

陆胤 著

社会科学文献出版社
SOCIAL SCIENCES ACADEMIC PRESS (CHINA)

目　录

"古者八岁入小学，故周官保氏掌养国子，教之六书。"[①] 文字读写能力的培养，自古以来就是启蒙教育的核心内容。传统中国的"养士教育"以考试制度为凭借，"自汉之射策、对策，以迄明清之八股、律赋，莫不俱恃文墨，重在纸上之文章"[②]。以文取士的传统，先后带来诗赋、古文之学的繁盛，促进了诗文法度的成熟，[③]亦使广义上的"文学教育"（包括识字、辨训、属对、读作诗古文辞在内）成为士子读书生活的主体，造就了传统教化注重"文字"的性格。

然而，时至晚清，此种"文字的魔力"在外力冲击之下逐渐被打破。随着甲午以降国势的颓败，"文字"被视作中国积弱的病源，基层词章传习所依托的科举制度更是由改而废。取而代之的，是以"通国一律"的学制为依据、以整齐划一的学堂为空间、以分级递进的教科书为

---

① 《汉书·艺文志》六艺略小学类序，陈国庆编《汉书艺文志注释汇编》，中华书局 1983 年版，第 91 页。

② 陈东原：《中国教育史》，商务印书馆 1936 年版，"自序"第 4 页。陈东原提出西汉至清末皆为"养士教育时期"，其最大特点是"国家不要费多大力量，只定了一个考试标准之后，教育一事，社会便自动起来，琢磨捶炼，以趋向国家所定之标准"（见前揭书"自序"第 3 页）。

③ 两宋理学家对士人耽溺词章多有批评，但元代朱子学者程端礼规划"读书分年日程"，仍不得不在读经课程后插入"学文"环节。针对当时科考所试经义、策问、古赋诸体，程氏设计了"次读史，次读韩文，次读《离骚》，次学作文"等环节，可见举业风气维系文学教育之一斑。详见程端礼撰《程氏家塾读书分年日程》卷二，《四部丛刊续编》影印元刊本，第 1a 页。

载体的一整套新教育模式。识字、读书、作文固然仍是新教育的组成部分，但其定位、功能、教法都已有别于往昔。在导入语法学、修辞学、文学史等新知识体系的同时，一些传统词章技能（如作诗赋）日趋边缘，甚至遭到排斥。作为与修身、算术、史地、格致等科并列的一门课程，新教育框架下的文学科目被赋予"国文"之名，强调近代国族意识与"科学的"教授法。

本书所研讨的对象，正是清季新式文学教育（"国文教育"）的创生过程，及其与整个知识秩序变动之间的关系。[①]换言之，也就是要在近代国家形成和学术思想转型的背景下，从教育实践的立场，探考"文学"的古今之变。与此同时，通过国文教育的特殊场域，在制度与习俗、学问与技艺、涵养与致用、法度与自然等结构中，对近代知识形成的普遍机制，提出若干观察。采用"创生"一语描述这一动态过程，而非通常此类发生学研究惯用的"兴起"或"发端"等词，意在提示：清季以降的国文教育并不只是一系列客观发生的教育史实，更含有外力刺激下主观创发的成分，同样可以成为文学史和思想史研究的对象。包括舆论呼吁、学制规划、教科书和教授法的编纂等活动在内，朝野各界对文学教育议题的关注和谋划，体现了古今中西知识碰撞之际文学理念和文体理想的剧烈变动。但文教规划与教学实践之间的距离亦不容忽视。在精英言论或官定学制虚悬的兴学理想、学科宗旨、教科书框架之下，基层教学自有一套"应付统治的艺术"。理想的研究状态自应综合考量国文教育在舆论、学制、教本、教法等各个层面的展开，既关注文教精英的

---

① 本书指称时代，以"晚清"指代道咸以降直至辛亥革命的较长时段，"清季"或"清末"则特指甲午战争以后启动变法、新政的时期。又本书所称的"文学教育"，均就清季新教育场合中普遍被接受的较广义"文学"而言，包括普通教育的识字、习字、讲读、文法和高等专门的文字、训诂、音韵、文体源流乃至文学史、修辞学、语法学等诸多方面，与现代以降的"纯文学"观念有所不同。

“创”，又尽量还原教学实践中的“生”。“创”和“生”二者并不总能琴瑟和谐、同步进展，其间的不协调、不同步乃至龃龉、冲突之处，或许正是古今文学教育转型的枢纽所在。

不同于通常文化史叙述将“清末民初”视为一个整体的习惯，本书认同晚近史家以清季“新政十年”为独立时段的思路，并将考察时段向前延展至甲午、戊戌之间的变法时期。正是甲午败局带来关于“变法本原”的追问，使文字、文体问题重新进入士大夫变法规划的视野，进而让文学教育成为学制改创的一大主题。从甲午到辛亥，在内外变局冲撞之下，传统中国的制度体系、知识秩序、概念工具都发生了剧变，此前此后截然断裂为两个形同异域的世界。尽管新学堂普及在不同地域、阶层乃至文化领域之间存在严重的不平衡现象，但新式文学教育的基本议题、著作体例、教学形式，还是在此 17 年间得以定型。从词章之学到国文专科，新式文学教育的导入启动了一个不可逆的变化进程；民初国文一科宗旨略有调整，大体仍沿着此前既定的轨道滑行。

作为现代以降“国语”“语文”教科的前身，国文教育从一开始就负有培养读写技能和脉延国族文化的双重使命。清季新学制下的国文课程带有强烈的功利导向，不仅以应用文类为中心，更将文字、文章限定为知识载体和交际工具。但在实际教学展开的进程中，无论教本、读本的选取，还是教法、读法的创造，取“历古相传之书籍”为素材的“国文”一科仍需时时借鉴宋元以降的训蒙经验，或者取用“古文义法”等来自传统词章之学的资源。清末国文师资多源于科举出身的旧书生，甚至与蒙学塾师或书院教习时有重叠。新、旧文学教育之间并不总是界限分明。20 世纪初国族意识和国粹思潮的高涨，为“国文”在新知识体系中赢得了特殊地位。随着经学权威的跌落，关于“国文”的种种想象与塑造，有可能取代经训，成为重构国族文化认同的有力选项。国文教育创生过程中的新、旧拉锯，呈现了传统蒙学和词章之学的韧性。国语运动和文学改良的喧嚣背后，国文新课程在基础教育层面逐渐扩展，可以说是以文字、文章为中心，重新发明了“文”的传统。作为一股沟通古今的思想潜势力，“国文”并没有被同时兴起的“国语”完全取代，而是经过一番重组以后，在教育体制和学科框架的庇护下，以一种屈折的方式持久绵延了下去。

一 “国文”的名义

在清季民初的语境中，“国文”不仅是一门正在形成中的课程或学科，更包含着错杂乃至相互冲突的多层意涵：它既可代表（1）古已有之的汉字或（2）诗文词章，又时而指代（3）当世通行的文章标准（称为“普通国文”或“应用国文”），还可专指（4）新式文学教育所追求的文体典范。由第一、二义言之，“国文”是既成的历史遗产；从第三义看，是有待规范的现状；在第四义中，则是俟诸异日的理想。更为缠绕的是，用来指代本国文字、文体或文学传统的“国文”一词，并非中国古代典籍中的固有词汇，而与“国学”、“国粹”、“国语”等语类似，很可能是清季从日本传来的一个新概念，自然也同许多“国字号”语词一样，带有近代国族主义的意味。[①] 为了更清楚地理解清季以“国文”为名的新式文学教育，在具体讨论其教学内容之前，有必要对“国文”这一名词的缘起和流衍稍作梳理。

---

① 参见桑兵《近代中国国字号事物的命运》，《中山大学学报（社会科学版）》2009年第1期。

1919年，黎锦熙在《国语学讲义》中断言："本国文字谓之国文，本国语言谓之国语，都是近年发生的新名词。"[①] 但二者的情况还有所不同。《隋书·经籍志》记载："后魏初定中原，军容号令皆以夷语。后染华俗，多不能通，故录其本言，相传教习，谓之国语。"[②] 古代周边民族入主中原，多称本族语言为"国语"；清代沿袭其例，又称满洲文字为"国字"、"国书"，以示别于汉字文献。与之相比，单独成词的"国文"一语，在古籍中实属少见。其开始得到频繁使用，应是始自幕末、明治时期的日本。

1866年，日本近代文字改革的先驱前岛密（1835—1919）在向德川将军建白的《汉字御废止之议》中，提出了"定国文制文典"的主张。[③] 明治维新以后，前岛氏还先后撰有《关于国文教育的建议》(「國文教育之儀ニ付建議」)、《兴国文废汉字议》、《兴国文着手之顺序》等文。相对于日本古来袭用的汉字汉文，其所谓"国文"是指日本独有的假名文字。在凸显日本文字独立性的同时，更强调假名作为表音文字利于教育普及。《汉字御废止之议》开篇即称："国家之大本乃国民之教育，其教育不问士庶，将普及于国民全体。既欲普教国民，则不可不尽量采用简易之文字、文章。"[④] 前岛密将西洋诸国的强盛归功于"音符字"，将邻邦中国的衰落归咎于作为"形象文字"的汉字，引以为日文宜废汉字的论据。尤可注意者，前岛密认定汉字有

---

① 黎锦熙：《国语学讲义》，商务印书馆1919年版，第2页。

② 《隋书》卷三十二，中华书局1973年版，第947页。参见顾炎武《日知录》卷二十九"国语"条，黄汝成集释，秦克诚点校《日知录集释》，岳麓书社1994年版，第1036—1037页。

③ 小西信八編『前島密君國字國文改良建議書』非売品、1899、6-24頁。关于前岛密此篇建白书的争议和考辨，参见山本正秀『近代文体発生の史的研究』岩波書店、1965、90-94頁；安田敏朗『漢字廃止の思想史』平凡社、2016、43-44頁。

④ 小西信八編『前島密君國字國文改良建議書』6頁。

碍文明开化，并非单就日本文字、文体的现状而言，而是在一种国际视野下展开的论述。其观念深受美国圣公会传教士惠主教（Channing Moore Williams, 1829–1910）的影响。特别是惠氏游历中国期间所见的学塾读书场景，在前岛笔下成了汉字不利教育、有碍国势的铁证：

> （惠主教）始航中国之际，某日过一户屋门，但闻少年辈多人大声号叫，颇形喧嚣。心中狐疑，乃入门视之：其屋则学塾也，其声读书之声也。初颇疑怪，不识读书何苦喧闹如斯。日后悉其情实，知不足怪也。彼等学童，于其所读之书与书上所记之事，茫然不知，徒素读其字面、暗记其形画呼音而已；所读书又为经书之古文，老成宿儒犹苦于索解者。夫中国，广土众民之一大帝国也。今则沉沦萎靡，以至于斯，人民陷于野蛮未开之俗，为西洋诸国所侮蔑，实受形象文字之遗毒，而未知普通教育成法之故。[①]

在学塾中遭遇记诵声音的冲击，是晚清西人游记中屡见不鲜的主题；传教士群体对中国学塾环境与读书法的持续批评，更引发了从“记诵”到“讲授”的教学变革（详本书第八章）。惠主教观察的独到之处，还在于指出“素读”或“暗记”背后的文字（“形画呼音”）、文体（“经书之古文”）要素。汉字汉文被视为中、日两国教育近代化面临的共同障碍。较之古代东亚以文字书写跨越语言差异的“同文”传统，“国文”概念在近代日本的萌发，不仅表现了祛除汉文化影响的国族意识，更是为了

① 小西信八編『前島密君國字國文改良建議書』11–12頁。原文为“候文”，故采与之接近的浅近文言体转译。

追求一种通过口语达成直接理解的新教育模式。“施之口舌为谈话，付之笔书为文章，口谈、笔记两般无异”①，在前岛密的“言文一致”理想中，“国文”只是“国语”在纸面上的记录而已，书写文字的特性被掩盖了。

然而，前岛密废止汉字的建白并没有在近代日本成为现实，骤然行用言文一致体文章也还存在诸多困难。承接德川末叶汉学普及的余泽，在整个明治时期，反而是一种基于汉文训读调的汉字片假名杂交文体，充当了公文法条、报刊政论、学术教育等正式场合通行的“普通文”。②面对这种言文不一致的现状，一些教育家仍坚持口语化的“国文”理想。如下田歌子（1854—1936）于1886年为华族女学校编撰《国文小学读本》，就明确界定“国文”是“称呼普通日本文的名词，固然不是指古代雅文，却也并非今世流行的汉文训读一般的文字”，因为二者都不适合口语的“天然语脉”。③1891年，日本文部省颁布《小学校教则大纲》，规定“读本之文章，总要平易而可为普通国文之模范”。但若对照该大纲“读书及作文”一科的宗旨和要求，所谓“普通国文”实兼包假名文和假名汉字混交文，已是向文体现实妥协的结果。④

1888年，与下田歌子同在华族女学校供职的关根正直（1860—1932）出版了《近体国文教科书》，开卷即扬言：“国文者，贯彻国民一统，给与同胞一体之感觉。作为一国特有之显象，其功能在于，对外国可以充当坚固国民结合力之一元素。故就国家利益而言，乃极为重要之

① 小西信八編『前島密君國字國文改良建議書』16頁。

② 参见齋藤希史『漢文脈と近代日本：もう一つのことばの世界』日本放送出版協会、2008、84-116頁。

③ 下田歌子『國文小學讀本』東京書肆十一堂、1886、一之卷上「例言」1b頁。

④ 「文部省令第十一號：小學校教則大綱」『官報』2516號、1891年11月17日。

一物也。”[①] 关根正直早年研治“国学”，毕业于东京大学附属古典讲习科；其论断在强调“国文”塑造国民共同体功能的同时，也照应了“国文学”研究领域的崛起。明治中叶，在欧洲国别文学史观念和日本国内“国粹保存主义”的双重刺激之下，逐渐形成作为 Nationalliteratur 译语的“国文学”一词，最终凝结为大学的一门学科。作为专门学者研究的领域，“国文学”自命承袭日本“国学”传统，同时也吸收了新兴的文学史研究方法。其着眼点已不在现行文字或文体，而是转向古典文学与近世俗文学，意在通过文学史剪裁和经典化工程来重构文化传统，凸显日本独有的“国体”。[②]

到此，近代日本的“国文”概念已析分出本国独有的文字、理想中的言文一致文体、当世流行的“普通文”、历史上的“国文学”传统四个层次。近代日本学者彰显“国文”的最初动机，是为了跟“汉文”分道扬镳，自然更强调其“国文”有别于汉字汉文的声音性和口语性，从一开始就带有与“国语”合流的趋势。当明治中后期关于“国语”的言说日益盛行，特别是“国语科”确立为中小学科目以后，“国文”一词便在“国文学”专业研究以外的场合逐渐淡出了。不过，“国文”概念的旅程却并没有就此中止，而是流入了作为汉字汉文母国的中国，在截然不同的“文—语关系”中获得了更为持久的生命。

光绪十九年（1893），浙东士人黄庆澄游历日本，在日记中载录“日本原无国字，于汉字中截取偏旁，而借其音，以记国语，故名曰片假名……国文又有所谓平假名”，其中的“国文”二字仍专指日文假

---

① 關根正直『近體國文教科書』東京書肆十一堂、1888、上卷「例言」1a 頁。

② 参见 Michael C. Brownstein, “From *Kokugaku* to *Kokubungaku*: Canon-Formation in the Meiji Period,” *Harvard Journal of Asian Studies* 47, no.2 (Dec., 1987), pp.435-460.

名。[1]光绪二十三年（1897）七月，叶耀元在《新学报》上刊出《学校新章》，大学章程首列“国文”一门，所习为“本国一切文字也，不拘满汉文，择其有裨实用者专习之”，则是较早从学科意义上导入“国文”名目的例证。[2]至光绪二十八年（1902），古文家吴汝纶以京师大学堂总教习身份赴日考察教育，曾主导明治初年学制改革的田中不二麿（1845—1909）向其建议：“史书、文学，除不得已者，仍用国文。世或有心醉西学之极，欲废绝国文专用洋文者。夫文字为国之命脉，绝国之文字，即断国之命脉也，欲其国不毙，得乎？”[3]田中氏所榷论，已是从普遍意义上泛指本国文字、文章和文学传统的“国文”概念。事实上，正是在壬寅（1902）、癸卯（1903）间新学制筹划和教科书编纂的进程中，“国文”一词才作为学科名在中国国内流行起来。从明治日本到清末中国，“国文”概念的所指发生了倒转：彼邦“国文”排斥的汉字汉文，正构成此间“国文”的主体。“国文”话语在清末教育界兴起之时，正值国粹主义思潮的导入，“文”的传统获得“国”的加持，亦使“国文”概念的思想倾向渐由趋新转向守成。

通常认为，近代中国官办新式教育始自同治元年（1862）京师同文馆之设。但最初限于“方言”（外语）、“武备”、“水师”、“算学”、“格致”等专门技艺，来学者又多具备文墨基础，文字、词章被视为中国旧学，并非新办学堂的重点。此外则仅传教士在所办学校中对训蒙旧法略有拓展。惟所教多贫苦子弟，教会方面亦始终未能就经训存废、文体雅

① 王晓秋等校点《日本日记 甲午以前日本游记五种 扶桑游记 日本杂事诗（广注）》，岳麓书社1985年版（“走向世界丛书”），第346页。

② 叶耀元：《学校新章》，《新学报》第1册，光绪二十三年七月。

③ 见细田谦藏述《笔谈旁记》（1902年9月7日），吴汝纶《东游丛录》卷四，《吴汝纶全集》第3册，施培毅、徐寿凯校点，黄山书社2002年版，第783页。

俗等教育政策达成一致，影响究属有限。直到甲午战争以后，才萌生了大规模兴办普通学堂、导入外来学科体系，从而系统改革教育体制的尝试。新学堂体制中有关文字读写的部分，最初常被归在“文学”名下。光绪二十三年十一月《蒙学报》在上海发刊，专门载录各种新体蒙学教科书，第一期即首列“文学类”，辑有《中文识字法》、《启蒙字书》、《读本书》等识字、读写入门书，后来又添加了《中文释例》、《文学初津》等文法、作文读物。[①]戊戌维新期间，梁启超为总理衙门代拟《大学堂章程》，亦在“溥通学”中列有“文学”一门。[②]杜亚泉编辑的蒙学读本《绘图文学初阶》于光绪二十八年由商务印书馆出版。其书卷五第七十三课介绍新学堂制度，提到：“先蒙学、次小学、次中学，三者皆习普通学。普通学者，如经学、史学、文学、算学、格致之类，无论将来欲习何业，皆有用处也。”[③]此外，也有学堂或教科书沿袭1900年以前日本小学旧制，称初学文字的教科为“读书科”。这一时期各省督抚、学政的兴学规划中，有“词章”、“古文”、“文学”等名目。光绪二十八年十月，张之洞上奏湖北学制，中小学设“中文”一科，已与“国文”一词相当接近。[④]

光绪二十九年十一月（1904年1月）颁行“癸卯学制”，有关中国语言文字的课程按不同学程分为“中国文字”、“中国文理”、“中国文学”三种，又以“中国文辞”或“中国文学”二语统称之。但近年新出的部

① 《蒙学报条例》，《蒙学报》第1册，光绪二十三年十一月初一日。

② 梁启超撰，孙家鼐等奏《大学堂章程》，中国第一历史档案馆、北京大学编《京师大学堂档案选编》，北京大学出版社2001年版，第27页。

③ 杜亚泉编《绘图文学初阶》卷五，商务印书馆光绪三十一年六版（光绪二十八年初版）铅印本，第33b页。

④ 张之洞：《筹定学堂规模次第兴办折》（光绪二十八年十月初一日），苑书义、孙华峰、李秉新主编《张之洞全集》第2册，河北人民出版社1998年版，第1488—1502页。

分学堂章程稿本，则显示这些名目多出自后续添改，最初所拟其实就是“国文”二字。[①]《奏定学务纲要》宣示立学宗旨，亦有“戒袭用外国无谓名词以存国文端士风”一条，借用“国文”指代“中国文法字义”。[②]在此之前，“国文”一词早已在教育界流行起来。光绪二十八年秋冬间，沪上中国教育会先后开办爱国女学校、爱国学社，两校章程均揭橥“国文”为科目。[③]光绪二十九年闰五月，北京《经济丛编》杂志刊出《直隶学堂利弊说》，内提到：“近世各国教育宗旨，莫不以其国文为先；而灭人国者，亦必先灭其文字。然则国文者，实国家教育之最要。”[④]是年八月举行癸卯恩科顺天乡试，第二场策题的第一道正是《学堂宜设国文专科策》。[⑤]据当时报章记载，这道题目颇引起考生疑惑：“专门大家，解为国文者即满文，卷内‘国文’字样皆双抬；又有稍文明者，以为‘国文’即各国语言文字也。”[⑥]顺天乡试策题对“国文”字样的采纳，至少表明官方已认可这一名目。答卷中固然多有误解的“笑柄”，却也不乏准确把握“国文”内涵的典范。湖南武冈拔贡生李钟奇考取此次顺天乡试第二名（“南元”），其策卷开篇即指出英、德、美、法、日各国

---

① 详见本书第三章第三节的考证。

② 张之洞、张百熙、荣庆：《奏定学务纲要》，璩鑫圭、唐良炎编《中国近代教育史资料汇编·学制演变》，上海教育出版社 2007 年版，第 500—501 页。

③ 见《爱国女学校开办章程》、《爱国学社之章程》，《选报》第 27、35 期，光绪二十八年八月初一日、十月二十一日。

④ 寄斋（常堉璋）：《直隶学堂利弊说》，《经济丛编》第 28 册，光绪二十九年闰五月十五日。按：常堉璋为吴汝纶门人，此处关于“国文”与“国家教育”关系的认识，很可能来自其师。

⑤ 《电传癸卯恩科顺天乡试二场题》，《申报》光绪二十九年八月十五日。

⑥ 《乡试笑柄汇志》，《大公报》第 478 号，光绪二十九年八月二十九日。按：沈钧儒为该科乡试中式举人第 19 名，其文集中就有参加顺天乡试二场的《学堂宜设国文专科策》一篇，内称：“今宜自大学堂、高等学堂皆设国文科，而各省驻防子弟，身隶旗籍，不能清语者甚多，亦宜专设学堂以课之。”正是报章所记“专门大家”误解“国文”为满文的实例。见《沈钧儒文集》，群言出版社 2014 年版，第 6—7 页。

"自小学以至大学，莫不有国文专科，以立国民爱国之宗旨。此主张国文、通习国语，所以为万国通例也"，紧紧围绕"国文"与国民、国家的关系来立论，可谓切合题旨；下文不仅从普通应用和保存国粹两方面论证了专设国文科的必要，更提出普及国文、统一国语的具体方案，理念亦相当超前。[①]

除了学堂分科与科考题目的宣传，国文教科书的编纂与发行，更是"国文"概念深入人心的重要媒介。商务印书馆自光绪三十年（1904）二月起陆续推出《最新国文教科书》系列，在稍后配套出版的《最新国文教科书教授法》中，编者开宗明义就阐述了"国文"二字的含义：

> 国文者，以文字代一国之语言也。人有思想，必借语言以达之；语言过而不留，必借文字以传之。故国文之用最大，离他学科而独立，良有以也。虽然，就国文之见于外者论之则为文字，就国文之含于内者论之则为意义。文字、意义如物之有表里，二者相须，不可须臾离也。属于意义者，包含人生立身处世之事，且以养成人之智识、道德。[②]

在解释"国文"二字之时，"最新教科书"的编者并没有刻意强调其中"国"的意涵，而是侧重于阐发"文"的功能。类似前岛密等日本言文一致论者的观点，"文"在此处被限定为记录思想和语言的工具，就中又分出形式上的"文字"及其所承载的"意义"两个层次。就"文字"而

① 武冈李钟奇：《学堂宜设国文专科策》，《南洋官报》第17册，光绪三十年二月初三日。李氏生平，参见曾光炎《李钟奇小传》，《洞口文史》第3辑，政协洞口县文史资料研究委员会1990年版，第118—119页。

② 蒋维乔、庄俞、杨瑜统编纂《最新国文教科书教授法》第1册，小谷重、长尾槙太郎、高凤谦、张元济校订，商务印书馆光绪三十年六月初版铅印本，"总论"第1a页。

言，国文是一独立学科；而就其载录的智育、德育内容而言，国文科又与其他各科沟通。这段关于“国文之用”的阐说，大体取自同时期日本小学课程“国语”一科要旨，体现了民间教育家心目中“国文”一词的跨文化意涵。①

于此前后，另一种带有官方立场和防御心态的“国文”理念也正在浮现。在张之洞等学制主导者的话语中，“国文”服从于维系国族共同体的宏大目标，是抵御“东瀛文体”和“外国名词”侵袭的屏障（尽管“国文”本身也曾是一个“日本名词”）；较之尚处于分裂状态的语言现实，汉字书写体系和诗文传统更有资格充当“国性”统一的表征。癸卯学制《奏定学务纲要》中的“中国文学”等科，已不限于识字缀句等日用读写技能的培养，而将研治范围扩展到了包括古文、骈文、古今体诗在内的“中国各体文辞”，推之为“五大洲文化之精华”、“保存国粹之一大端”。② 这些新语词日益普及，迅速成为清末报章论说和学堂讲义论证“国文”价值的套语。在基层教学的现实中，随着书院转型为新学制下的中学堂、师范学堂、高等学堂，一些词章之士变身为国文教员；中等以上国文课程的材料，亦往往取用诗文选本、诗文评等既有资源。“国文”的范围从文字、文体延伸到文辞、文献，以至于无所不包的“文化”。光绪三十年末，张之洞幕府中流出了一份《建置存古学堂札文》，开篇即云：

---

① 1900年8月，日本文部省颁布新制《小学校令实施规则》，规定“国语”一科要旨为：“在使生徒知普通言语及日用所必须文字文章，养成能正确表彰其思想之能，兼启发其智、德。”见南洋公学译学院《新译日本法规大全》第8册，商务印书馆2007年版，第586页。按：《最新国文教科书教授法》对日本小学国语科要旨的挪用，应与当时商务印书馆的日资背景有关，长尾槙太郎、小谷重等日本顾问更直接参与了该套教科书的谋划和校订。相关史实，详见张人凤《商务印书馆〈最新教科书〉日本校订人署名及其他》，《清末小说》第30号，清末小说研究会2007年版，第144—148页。

② 璩鑫圭、唐良炎编《中国近代教育史资料汇编·学制演变》，第499—500页。

> 今日环球万国学堂，皆最重国文一门。国文者，本国之文字、语言，历古相传之书籍也。即间有时势变迁，不尽适用者，亦必存而传之，断不肯听其澌灭。至本国最为精美擅长之学术、技能、礼教、风尚，则尤宜宝爱护持，名曰国粹，专以保全为主。凡此皆所以养其爱国之心思、乐群之性情，东西洋强国之本原，实在于此，不可忽也。①

三年后，张之洞将此札改写为《创立存古学堂折》出奏，引发各省竞设“存古学堂”的风潮。② 湖北存古学堂创建的初衷，是要为初小以上各学堂储备国文师资，故札文亦专就“国文”一词发论。其所谓“国文”，不仅包括文字、语言，更涵盖古来一切书籍。存古学堂课程包含经、史、词章三科，“专以保全为主”，与普通中小学堂应对读写需要的国文科立意迥别。同样在光绪三十三年，蒯光典、缪荃孙等于江宁上江公学发起“国文研究会”，声言：“人，中国人也，不能识中国文字，因以推寻中国古古相传之道若器，亦安用此‘页其上、臼其旁、夊其下’（按，即金文“夏”字）为哉！”③ 推其所论，掌握“国文”俨然已是成为“中国人”的条件，惟其“国文”所指，不在当下应用的文字、文体，而是

① 《鄂督南皮尚书建置存古学堂札文》，《申报》光绪三十年十二月廿五日（1905年1月30日）。

② 参见《创立存古学堂折》（光绪三十三年五月廿九日），苑书义、孙华峰、李秉新主编《张之洞全集》第3册，第1762—1766页。关于“存古学堂”的创建和相关争论，参见罗志田《温故知新：民间的古学复兴与官方的存古学堂》，氏著《国家与学术：清季民初关于“国学”的思想论争》，生活·读书·新知三联书店2003年版，第107—142页。

③ 吉城：《国文研究会序》，吉家林整理，柳向春审订《吉城日记》，凤凰出版社2018年版，第781—782页。按：蒯光典、缪荃孙均为张之洞门人，上江公学为应对安徽客籍人士需要而在江宁（今南京）兴办的新式学堂，师生主要来自苏、皖两地。照此序所述，“国文研究会”最初的响应者至少还有朱孔彰、张锡恭、李详、程先甲等人。

“造端讽籀，覃虑形声”的古字、古文。《建置存古学堂札文》下文谓：“若中国之经史废，则中国之道法废；中国之词章废，则中国之经史废。国文既绝，而欲望国势之强，种类之盛，不其难乎？”[①]在强国保种的关切下，“词章”、“经史”都只是实现国族目标的途径；“词章”作为“经史”的文字载体，更只是途径之途径。此前吴汝纶一系古文家尝欲以词章填补经学式微造成的空白，张之洞方面张扬“国文”、“国粹”的思路与之有别。其说貌似取自文章载道或因文求义的古训，实则更接近趋新者“以语言文字为门径，不以语言文字为极功”[②]的工具论，重点不在表彰“文”，而是要因文立“国”。

光绪末朝野上下争说“国粹”，“国文”概念与之相附，逐渐褪却新学光环，日益成为旧学整体的象征。趋新者则将视线转向新兴的“国语”领域，“文”和“语”的对立随即凸显。癸卯学制在师范及高等小学堂“中国文学”科内附有“官话”一门，旨在“以官音统一天下语言”。其时尚未采纳“国语”之名。[③]学部设立以后，报章上开始出现“议令各省学堂添设国语科”的风闻，[④]民间亦有若干种与国文教科书并行的“国语教科书”问世。光绪三十三年商务印书馆推出《最新初等小学国语教科书》，编者取日本小学“国语科”为对照，明确指出“吾国读方，

① 见《鄂督南皮尚书建置存古学堂札文》，《申报》光绪三十年十二月廿五日（1905年1月30日）。按：此段在《创立存古学堂折》中略有改动，如将“词章”扩充为“文理词章”，“种类之盛”改为“人才之盛”，值得注意。见苑书义、孙华峰、李秉新主编《张之洞全集》第3册，第1764页。

② 语出光绪二十七年（1901）三月初一日蔡元培在杭州方言学社的演讲词，引自高平叔撰《蔡元培年谱长编》上册，人民教育出版社1996年版，第202页。

③ 张之洞、张百熙、荣庆：《奏定学务纲要》，璩鑫圭、唐良炎编《中国近代教育史资料汇编·学制演变》，第505页。

④ 见《时报》光绪三十二年二月二十四日。

只有国文，而缺白话”的缺点，已将“国文”与“白话”并称。[①] 宣统二年（1910）九月，资政院议员江谦就学部分年筹备立宪事宜清单提出说帖，主张“官话”正名为“国语”；次年，在学部召集的中央教育会上，《统一国语办法案》获得通过，“国语”一词随之进入官方文件。[②]

清季“国语”崛起并最终取得与“国文”并立的地位，本以一种“雅俗并行”的策略为掩护。正如刘师培所称：“近日文词，宜区二派：一修俗语，以启瀹齐民；一用古文，以保存国学。”[③] 这种将“我们士大夫”与“他们小百姓”分而治之的方案，有其适应语文现实的考量，却违背了近代国民教育设定的同质化目标。[④] 民元以后，随着政体更张，“国文”、“国语”的两立状态开始遭到质疑。1913 年，有读音统一会会员提议“国文科当然改正曰国语科”，根据“文字本语之符号，文字从语言中来，非语言从文字中来”的判断，主张将文言、口语二者都纳入“国语”的范围。[⑤] 从癸卯学制规定“以文统语”（“官话”一门附于“中国文学”）到民国初

---

① 林万里、黄展云、王永炘编纂《最新初等小学国语教科书》，商务印书馆光绪三十三年八月初版、宣统元年四月四版铅印本，“编辑大意”第 2b 页。按：该书全套四册，外封标明“初等小学三四年用”，宣统元年十一月二十七日通过学部审定。见《商务印书馆经理候选道夏瑞芳呈国文国语教科书及英文典英文教程商业簿记各书请审定批》，《学部官报》第 136 期，宣统二年九月二十一日。关于该套教科书的基本情况，参见吴小鸥《中国第一套“国语”教科书——1907 年黄展云、林万里、王永炘编纂〈国语教科书〉》，《福建师范大学学报（哲学社会科学版）》2012 年第 5 期。此外，光绪三十四年十月中国图书公司还推出了林万里编辑，沈恩孚校订的《女子国语课本》，体例亦与之类似。

② 参见倪海曙《清末汉语拼音运动编年史》，上海人民出版社 1959 年版，第 215、235—236 页。王风指出，宣统年间资政院说帖中频繁提到“国语”一词，“可以看出这是有人组织的‘造势’……拼音化运动的组织者已经意识到，争取‘国’字号的名头已是当务之急，因为仅从构词的角度看，较之‘官话’，‘国语’也更容易与‘国文’获得对等的地位”。见其所撰《晚清拼音化运动与白话文运动催发的国语思潮》，《现代中国》第 1 辑，湖北教育出版社 2001 年版，第 184 页。

③ 刘光汉：《论文杂记》，《国粹学报》第 1 期，光绪三十一年正月二十日。

④ 见曹伯言整理《胡适日记全编》第 3 册，安徽教育出版社 2001 年版，第 414 页。

⑤ 《读音统一会会员蒙启谟等提议》，《中华教育界》第 2 卷第 5 期，1913 年 5 月 15 日。

年提出“以语统文”,“国文”与“国语”二者互换了位置，但这一转变背后“文字从语言中来”的论据却未必坚实。早在清末，章太炎就曾结合训诂方法和社会学新说，论证“箸于竹帛”的文字、文章有独立于语言的起源和规范。[①]民初章氏弟子胡以鲁在《国语学草创》一书中阐述“国语与国文之关系”，亦指出汉字“发生之当时代表事物之本体，非直接代表特定音声”，继而提示“文”、“语”发展的不同步性。[②]继承章太炎从方言俗语寻找“语根”的思路，胡以鲁亦承认文章无非各时代口语俗语的累积，时地迁移之后，难免脱离现实的“文字病”。但这些病理并不成为鄙弃“国文”的根据:“发达至今，病理亦成为生理，有理由、有历史，决非人为之所能脱弃。数千年数万里之方言，数千百年来经无量劫之国民精神，其统一实有赖于是也。方珍重之不遑，又安忍脱弃之?”[③]相对于转瞬即逝、变动不居的语音声闻，书写文字和书面表达的优势是记载和累积。较之“国语运动”变革文字、文体的除旧布新，从中国固有文字、词章出发的“国文教育”必须温故知新，当新旧转型之际，势必面临更多纠结和犹豫。其无法被“国语”取代的价值亦在于此。

二 “国文教育”的创生

1920 年 1 月，北京政府教育部训令自是年秋季学期起国民学校（初

---

① 章炳麟:《国学讲习会略说 · 论文学》，秀光社 1906 年版，第 45—46 页；并参见拙撰《晚清文学论述中的口传性与书写性问题》,《中国社会科学》2019 年第 5 期。

② 胡以鲁:《国语学草创》第九编“论国语与国文之关系”，商务印书馆 1923 年版，第 106、118 页。

③ 胡以鲁:《国语学草创》，第 123 页。

等小学）一二年级“改国文为语体文”，随即修正《国民学校令》中的“国文科”名为“国语科”；[①]三年后颁布《新学制各科课程纲要》，小学及初、高中“国文科”均改称“国语科”。[②]这一系列政令的颁行，似乎坐实了“国语”取代“国文”的趋势。长久以来，有关近代语文变革的叙述，往往从这一结果逆溯：着重讲述清末切音字方案与白话文运动的缘起，向下直切民初“国语统一”和“文学革命”两大运动。此种带有目的论色彩的后设叙事，多少掩盖了清季十余年间国文教育规划和探索的实绩。本书结撰的一大出发点，就是要在教育场域中重新考察近代文学经验的生成。前节阐释“国文”名义既毕，以下自当申说清季“国文教育”的范围与特点。

清季新式文学教育创生的背景，是一整套教学理念和文教体制的转换。其变化趋势可按制度化、专科化、普及化三个维度来呈现。[③]首先，从制度化水准来看，传统中国固然不乏涉及教学制度的种种分期与安排，却还不能与清季以降国家行政力量推行的全国性“学制”相提并论。正如史家指出的，清末“学部创建以前，历代王朝的政治架构中，始终没有一个统管全国各级各类学校的专职中央教

---

① 《教育部训令第一二号》（1920年1月9日）、《教育部令第七号》（1920年1月24日），《政府公报》第1409、1422号，1920年1月15、28日。

② 参见黎锦熙《国语运动史纲》，商务印书馆2011年版，第159—170页。征诸此后学校教科的事实，中学以上并没有普遍改设“国语科”，多数学校仍延续了“国文”名目。

③ 教育史家苏云峰曾揭示世俗化（secularization）、普及化（popularization）、工技化（polytechnization）三者为世界各国近代教育发展的普遍特征，参见氏著《张之洞与湖北教育改革》，台北：中研院近代史研究所1983年版，第1—2页；《中国新教育的萌芽与成长（1860—1928）》，吴家莹整理，北京大学出版社2007年版，第4页。在这三个特征中，“世俗化”本就西方近代教育脱离宗教势力而言，与中国情形不尽吻合；“工技化”则与国文教育关系较远。苏氏所称新教育“摆脱传统政教、圣贤典则与明清八股制艺的桎梏，而朝向实证、理性与实用”的特点，似可归结为一种摆脱经学本源与科举导向的“专科化”取向。此外，则尤不能忽视国家行政力量推动下的教育制度化进程。故此处归纳为制度化、专科化、普及化三个趋势。

育行政机关，……教育行政管理不是直接面对学校，而是通过科举考试间接发生影响”；[①] 在光绪末年启动的新政进程中，“学务”成为朝廷、督抚和趋新势力竞争的重要场合，教育行政机关应运而生。戊戌时期设立统管全国学务的京师大学堂和管学大臣，光绪二十九年改设总理学务处及学务大臣，各省亦先后创设学校司、学务处等部门；至光绪三十一年（1905）创设学部，三十二年裁撤学政，设立各省提学使司，教育行政系统始称完备。包括国文课程在内的一整套新式学堂制度，正是在上述行政力量的推动下，于清季数年间迅速在全国各地铺开。

更重要的是，新学制引进了一套前所未有的分级分科体制：国文等单科课程既要按其内部的高下浅深整合为前后衔接、连贯递进的学程阶梯，又须与同一学程、学级中的其他科目分工、协调，构成该学程一种或多种学校的学科体系。[②] 自此以后，新式学堂中任何一门课程的宗旨、教本、教法，均须嵌入以学程阶梯为纵轴、学科体系为横轴的坐标中通盘考虑。光绪二十八年正月，张之洞致电管学大臣张百熙，已指出：“中国文章不可不讲。自高等小学至大学，皆宜专设一门。”[③] 次年颁布癸卯学制，

---

① 关晓红：《晚清学部研究》，广东教育出版社 2000 年版，第 3 页。

② 癸卯学制按同时期日本学校体系分为“三段七级”学程，实以“蒙养院（幼稚园）—初等小学—高等小学—中学—高等学—分科大学—通儒院（大学研究科）”这一从普通到专门的上升阶梯为中轴线，每一学程中又往往并列有相应程度的师范、实业、补习等学校。

③ 张之洞：《致京张冶秋尚书》（光绪二十八年正月三十日），苑书义、孙华峰、李秉新主编《张之洞全集》第 11 册，第 8745 页。按：张之洞此时将“中国文章”的起点定在高等小学，或已有后来奏定章程区分“中国文字”与“中国文学”的意识，但也有可能是出于初小师资不足的考虑。同年十月上奏《筹定学堂规模次第兴办折》即指出：“中国师范初兴，士人之明教育学者尚难多得，何况女师？十岁以下幼童举动需人保持，断非学堂所能管理，只可听民间自设家塾及义塾教之，外国所谓家庭教育是也。王官小学堂，自当从高等小学始。”见苑书义、孙华峰、李秉新主编《张之洞全集》第 2 册，第 1490 页。

更将初等小学“中国文字科”与高等小学直至大学的“中国文学科”统合于“中国文辞”名目之下，通贯全学程的国文课程至此确立。自蒙、小学的识字、讲读、缀文，直至文科大学的中国文学门，各官立、公立、私立之普通、专门、师范、实业学堂中有关中国文字、文理、文学的课程，均属“国文教育”的范围。壬寅、癸卯以前民间涌现的各种文字、文章新教法以及新体读本，虽尚未获得“国文”之名，却已取法外来学制及教科书体例，带有“拟学制”的意识，亦应作为国文教育的起源而纳入讨论。

张之洞提出“专设一门”之说，实已挑明新式文学教育区别于传统“小学”和词章之学的另一特点，即专科化的自觉。中国古人固然也有丰富的知识分类经验，自“孔门四科”到“七略”、“四部”，已涌现“言语”、“文学”、“诗赋”、“集部”等与今人理解中语言文学相近的畛域；宋儒提出“儒者之学”、“训诂之学”、“文章之学”的三分法，到清代更衍为学者盛论的义理、考核、词章之别。[①]但古典知识体系中的学术门类，大体属于近时学者所称“通中可分”的模式，与近代学术体制下自成体系和目标的分科之学尚有所区别。[②]光绪初年，张之洞在《书目答问》中向士子揭示治学门径，提到：“由小学入经学者，其经学可信；由经学入史学者，其史学可信；由经学、史学入理学者，其理学可信；以经学、史学兼词章者，其词章有用；以经学、

① 清代乾嘉学者关于义理、考核、词章关系的讨论，参见漆永祥《乾嘉考据学研究》，中国社会科学出版社1998年版，第210—230页。关于这一争论中“词章”之学的升降，参见 Theodore Huters, “From Writing to Literature: The Development of Late Qing Theories of Prose,” *Harvard Journal of Asiatic Studies* 47, no. 1 (Jun., 1987), pp.51–96.

② 参见罗志田《通中可分的中国传统治学模式》，《文艺研究》2021年第10期。关于中国传统学术分类崇尚博通的倾向，亦可参看左玉河《从四部之学到七科之学——学术分科与近代中国知识系统之创建》，上海书店出版社2004年版，第90—98页。

史学兼经济者，其经济成就远大。”[①] 诚如其所言，在经学、史学、理学、词章、经济等传统学术门类之间，不仅各有体用、本末、高下的功能配置，更相互衔接而构成个人治学或修身的完整功程。因此至少在理论上，并不存在可以完全脱离经学源头与义理目标而自成专科的“词章”。

再就教学实际言之：王国维尝考“汉时教初学之所，名曰书馆，其师名曰书师，其书用《仓颉》、《凡将》、《急就》、《元尚》诸篇，其旨在使学童识字习字”，似乎其时已有文字专门之师；实则仅限于初学，“其进则授《尔雅》、《孝经》、《论语》，有以一师专授者，亦有由经师兼授者”。[②] 近世蒙学课程中，识字、习字、属对、作诗、学文作为特定的教学阶段或环节，常与读经、看史、道德训诫等内容混合，通常也不会设置专门讲授文学的教师。清代乾嘉以降，经古书院崛起，逐渐在传统教学体制内部萌发了分门治学的趋势。道光十四年（1834），两广总督卢坤于学海堂设立“专课肄业生”，应课者可从包含《文选》、《杜诗》、《昌黎先生集》在内的九部书中择一专习；[③] 光绪十七年（1891），张之洞在湖广任上创立两湖书院，课程初分经、史、理、文、算、经济六门，亦拟延请分教专门训课，院生“愿执何业，各随才性所近，能兼者听”。[④] 书院分门治学的传统，一直延续到学制颁布以后的存古学堂和民国时

---

① 张之洞：《书目答问》（四）“国朝箸述诸家姓名略”，苑书义、孙华峰、李秉新主编《张之洞全集》第12册，第9976页。

② 王国维：《汉魏博士考》，《观堂集林》卷四，中华书局1961年影印本，第179页。李零指出：“汉初，学字是为了抄文件，不是为了读经。但武帝以来，经艺取仕的路逐渐被打通，特别是王莽之后，情况有大变化，字学开始和读经有关。”见氏著《兰台万卷——读〈汉书·艺文志〉》，生活·读书·新知三联书店2011年版，第66页。

③ 容肇祖：《学海堂考》，《岭南学报》第3卷第4期，1934年6月，第20—21页。

④ 张之洞：《咨南北学院调两湖书院肄业诸生（附单）》（光绪十七年正月初[illegible]日），苑书义、孙华峰、李秉新主编《张之洞全集》第4册，第2755页。

期的国学专修学校，甚至还出现过专攻“文学”的机构。光绪三十二年，直隶总督袁世凯在莲池书院旧址创设“文学馆”，邀请吴汝纶弟子贺涛主持，标榜“专讲求古文义法，不别立经史地理等名目”。[①]保定文学馆开办后，有司屡次索要“课程表”，贺涛颇觉为难，不得不出面解释“词章之学”与“分科之学”的差别：“词章之学贵于罙求，而罙求之功，或搜讨书籍，或师友谈论，或冥心孤往，或闲散自适，本无课程之可言。至于进境，或数岁不进，或一日大进，在其人且不能自言其所以然，旁人更无从窥测。”[②]贺氏所论实为文家见道之言，却也道出源自书院自修传统的“词章专门”与学堂课程约束下的“国文专科”仍有所不同。

何谓“专科”？清季人理解“专科”亦有广、狭两义。前引癸卯恩科乡试策卷《学堂宜设国文专科策》提到“自小学以至大学莫不有国文专科”，即就广义讲覆盖全学程的文学教育；其“专”是针对其他学科而言。民初姚永朴在北大授课时，则主张文学内部有“普通学”、“专门学”之分：“何谓普通学？但求其明白晓畅，足以作书疏、应社会之用可矣。何谓专门学？则韩退之《答李翊书》所谓将蕲至于古之立言者是也”[③]，强调大学文学专业区别于中小学应用国文的特点。姚氏所称“普通学”、“专门学”实为戊戌前后引进的新名词。光绪二十三年梁启超就任长沙时务学堂总教习，分功课为“溥〔普〕通学”与“专门学”

① 贺涛：《与吴辟畺》（丙午第三通），《贺先生书牍》卷二，民国9年都门刻本，第4a—4b页。关于贺涛主持“文学馆”的情况，拙撰《文脉传承与知识重建——清末“中学”之争及古文家的应对》第三节“保定文学馆始末”已有所考论，见《清代文学研究集刊》第4辑，人民文学出版社2011年版，第208—220页。

② 《与增子固方伯》（光绪三十三年五月初三日），《贺先生书牍》卷二，第15a页。

③ 《文学研究法·起原》，王水照主编《历代文话》第7册，复旦大学出版社2008年版，第6840页。

两种；[①]次年张之洞发布《劝学篇》，亦提到外国学校制度有"专门之学"与"公共之学"的区分："专门之学极深研几，发古人所未发，能今人所不能，毕生莫殚，子孙莫究，此无限制者也。公共之学所读有定书，所习有定事，所知有定理，日课有定程，学成有定期……生徒有同功，师长有同教，此有限制者也。"[②]其所谓"定书"、"定事"、"定理"、"定程"、"定期"，既与专业研究的"无限制"相对，也是为了区别于人们印象中书院或学塾的散漫教法。张之洞描述的"公共之学"，其实就是新学堂体制的特征。与仍可勉强取用传统词章资源与文士师资的"专门国文"相比，如何将"国文"打造为一门人人可以接受且必须接受的"普通学"，是清末教育界更为关注的话题。

"普通国文"与"专门国文"之间，不仅有教学目标和设定对象的不同，更存在教法要求的差异。对于小学国文科，教育行政部门关注的重点在于教科书的推广和新式教授法的实施。光绪三十二年京师督学局员赴天津调查，见一初小教师"用《初等国文读本》，先将篇中难识各字端书黑板，一一讲释，复命学生回讲"，另一校"教习授课不徒恃课本，别有一种活泼气象"，二者都得到了督学员的嘉许。[③]但次年学部调查员赴津视学，却发现民立小学"教习听一学生讲古文，为时甚长，

① 梁启超:《时务学堂功课详细章程》，夏晓虹辑《〈饮冰室合集〉集外文》上册，北京大学出版社 2005 年版，第 22—23 页。据学者考证，"普通学"与"专门学"这组概念实源自近代日本的启蒙思想家西周（1829—1897）。明治初年，西周在《百学连环》讲义中将西洋各门科学分为"普通学"（common science）与"殊别学"（particular science）两种，这种区分很快被地方藩校和随后的中央学制接纳，逐渐形成近代日本"普通"与"专门"两立的学校制度。详见熊澤恵理子「学制以前における"普通学"に関する一考察」『早稲田大学大学院文学研究科紀要 第 1 分冊』第 44 輯、1998、91-100 頁。

② 《劝学篇·学制》，苑书义、孙华峰、李秉新主编《张之洞全集》第 12 册，第 9742 页。

③ 《京师督学局员赴津调查学务笔记》，《学部官报》第 9 期，光绪三十二年十一月初一日。

其余学生默坐，与从前村塾无异"[①]；在安徽，又见一小学"教习教授国文，将教员用书中之参考习问各条亦写黑板上，令学生移写，学生照录既毕，下堂钟已动矣"。[②]诸如此类，则被视为不善用新式教授法的反面典型。相比之下，针对中等以上学堂的调查报告不太突出教法问题，涉及国文等有关中国旧学的学科，往往更强调地方学统的保存。学部调查员称赞安徽高等学堂旧班国文成绩甚佳，"良由皖士远承江（永）、戴（震）之流风，近接方（宗诚）、吴（汝纶）之绪论。此该省人士特别之优点，深宜保护而发达之"；[③]江西高等学堂预科"汉文颇有优者"，也被归结为"尚有南丰、临川、庐陵之遗风"。[④]在这种"差异化管理"之下，一些中学堂、高等学堂的国文课程貌似"专门"，实则取决于教师的个人偏好，反而为本来并不那么专门的"词章之学"提供了在新学制一隅存续的空间。[⑤]

除了"普通""专门"之别，清季还流行着将国文教育区为"应用""美术"两个层次的议论。光绪三十三年，实业家张謇在通州中学设立"国文专修科"，同时致信师范诸生，指出国文有"适用"与"美术"二途。针对张之洞的存古学堂方案和蒯光典在上江公学"令人治《说文》、《文选》"的先例，张謇认为二者"一以治高尚之学派，一可习博赡之文词，意各有在，下走未遑也"；其国文专修科"专为养成社会办事

---

① 《奏派调查直隶学务员报告书》,《学部官报》第19期，光绪三十三年三月廿一日。

② 《奏派调查安徽学务员报告书（续完）》,《学部官报》第39期，光绪三十三年十月十一日。

③ 《奏派调查安徽学务员报告书（续完）》,《学部官报》第39期，光绪三十三年十月十一日。

④ 《江西学务调查总说》,《学部官报》第36期，光绪三十三年九月十一日。

⑤ 比如陆殿舆回忆清末重庆府中学堂的国文课，有一位向仙樵先生曾规划由"说文学"、"尔雅学"、"诸子学"三个部分组成的课程，具体讲授则以《古文辞类纂》诸家评点为蓝本，又多讲龚自珍文，均出自一己嗜好，全然无视《奏定中学堂章程》的规定。参见陆殿舆《清末重庆府中学堂》,《四川文史资料选辑》第13辑，中国人民政治协商会议四川省委员会、四川省省志编辑委员会1964年版，第35—39页。

书记之才”，重在奏议、笺牍、记叙等应用文体的研习。[①]随后，列名商务印书馆《最新国文教科书》校订者之一的高凤谦，亦撰文指出“应用文字”与“美术文字”的区别：“应用之文字，所以代记忆，代语言，苟名为人者，无不当习知之，犹饥之需食，寒之需衣，不可一人不学，不能一日或缺也；美术之文字，则以典雅高古为贵，实为一科专门学，不特非人人所必学，即号为学者，亦可以不学。”[②]光绪三十三年至三十四年之间，西洋美学话语在新学界迎来了一个传播高潮，注重情感作用的近代“纯文学”理念也以“美术文”为媒介得以导入。凡此都有可能构成张謇、高凤谦立论的背景。[③]不过，回到清季读书人身处的文字环境，两种国文教育并不总能界限分明：书札公牍的“浮文虚套”未必无助于“应用”，古诗古文又岂能自外于初学启蒙？究极言之，“适用”的标准如何确定？“高古”与“浅近”的分界又在何处？这些问题的答案均非确凿无疑。所谓“专门美术”与“普通应用”的对立，有时候更像是文学工具论压力下造出的一种神话。

与近代“文学”观念转换的大势不尽同步的是，清季国文教育的专科化并不必然通向“纯文学”或“美文学”的方向。从小学堂的识字、习字课程到大学堂“中国文学研究法”所列历代书体、古今音韵、名义训诂等课目，无不显示音韵、文字、训诂、书体等传统“小学”内容仍为新教育体制中“文学”的重要组成部分。新式文学教育还吸收了外来

---

① 见《通州中学附国文专修科述义并简章》，李明勋、尤世玮主编《张謇全集》第5册，上海辞书出版社2012年版，第111页；并参见张謇《教育手牒》（光绪三十三年四月十九日），李明勋、尤世玮主编《张謇全集》第2册，第1427—1428页。按：《教育手牒》一函收入《张季子九录》时，改题《论国文示师范诸生》，误系于“清光绪二十九年癸卯”，新版全集已考订该函当作于光绪三十三年。

② 高凤谦：《论偏重文字之害》，《东方杂志》第5年第7期，光绪三十四年七月二十五日。

③ 此方面最近的研究成果，可参考狄霞晨《作为文学的“美术”——美术与中国现代文学观念的生成》，《中国比较文学》2021年第2期。

的语法学、修辞学、逻辑学知识，其所取法，大致相当于西洋古典语文学的范围，亦非18—19世纪西欧浪漫主义兴起后的“纯文学”（belles-lettres）概念所能笼括。即便单从词章领域来看，清末时期国文学科的规划显然忽视了浪漫主义文学秩序中处于核心地位的诗歌、小说、戏曲等文类，传统的诗赋课作也遭到抑制。抵拒“纯文学”文类并压抑创作的倾向，既有学制规划者主观认识的限制，也在很大程度上受制于科举传统带来的逆反心理。晚清趋新论者常将举业流毒与溺志词章之习捆绑在一起批判，新学制在张扬“中国各体文辞”的同时，亦须小心翼翼地与科举习气划清界限。与之形成对照的是，在近代西方文类秩序中相当边缘的“文章”一类，却凭借其教学传统和实用功能长期占据着国文教育的主体。清代桐城一系古文家多任教于书院，积累了丰富的教学经验；[①]新政时期吴汝纶及其门人参与教育规划，更使古文义法之说和《古文辞类篹》《经史百家杂钞》等古文选本在新学制下仍被奉为典范。在清季朝野新旧各派对于文体的多样化诉求之下，韩愈以迄清代桐城派所标举“古文”的灵活性反而得到了激发：古文既可凭借“体段笔法”通向科场时文、新学策论，[②]又能以其跨越时空的通用性充当报章时评的文字基底，[③]甚至成为接引、翻译西学新说的媒介，被认定为传统词章中“最正

① 专研桐城文派的吴孟复先生就曾指出：“好像‘绍兴师爷’一样，教师在桐城成为一种带有地方性的职业习惯。……就‘桐城派’作者来说，最突出的一点，还是他们几乎无一不是以教书为职业。”见氏著《桐城文派述论》，安徽教育出版社2001年版，第18页。

② 关于清季科场改试策论与古文传统的关系，参见平田昌司《光绪二十四年的古文》，《现代中国》第1辑，第159—169页。

③ Andrea Janku的论文初步展现了清末古文传统中“论”、“说”等文类与近代社论（Leading Article）体裁融合的过程。参见Andrea Janku, “Translating Genre: How the ‘Leading Article’ Became the *Shelun*,” in *Mapping Meanings: The Field of New Learning in Late Qing China*, Michael Lackner and Natascha Vittinghoff eds. (Leiden & Boston: Brill, 2004),pp. 329-354.

当最有用的文体”。[1] 古文家在教学实践中还形成了一套“始而遇其粗，中而遇其精，终则御其精者，而遗其粗者”[2] 的次第，辅以讽诵、圈点、批校等行之有效的传习手段；[3] 自字句篇章之表到神理声气之微，古文之学贯通了“普通”与“专门”、“应用”与“美术”，且依托科举传统和书院体制葆有深厚的教化基础。其在国文教育发轫期扮演的重要角色，并不只是国粹思潮或保守立场的产物。

清季新学堂甫立之际，国文教育的专科性更多体现在学制设计和教科书、教学法的规划，带有理想化的色彩。而在现实当中，受制于学堂经费、规模、师资，国文一科常与其他学科交错；以国文涵纳各科知识，亦是新办蒙学堂、小学堂较为普遍的策略。特别就教师来源而言，清末师范教育刚刚起步，各学堂国文师资多取自具有科举功名的地方士人，甚至直接聘用书院教习或塾师。这些文士的知识背景无论新、旧，均非专为国文一科准备；他们往往在新学堂中兼任多门课程，亦不以“国文教员”的身份自限。如蒋维乔早年曾在江阴南菁书院肄业，光绪二十九年起担任爱国学社、爱国女校“国文教科”，同时兼讲历史、

---

① 见胡适《五十年来中国之文学》，欧阳哲生编《胡适文集》第3卷，北京大学出版社1998年版，第205页。关于韩愈以降“古文”相对于其他传统文类的跨时代通用性，史家吕思勉有一段更为精妙的阐释：“此种文字（谓古文），有节制语言，使其变化缓慢之力，与语体文之尽量使用口语，文字之变化加速者，恰处于相反之地位。……因古文体例之谨严，一时代一地方之古语被其淘汰者不少，如六朝人隽语、宋明人语录中语是也。故谓古文专门保存死语言者，亦系外行语，一部分古语乃颇受彼之淘汰而成为死语耳。以此义言之，古文可谓文言中之官话，他种文言，则犹文言中之方言也。率此义而为文，则其文字能使后来之人易解。因其用一时代一地方之言语少，所用者皆最通行之语，犹之说官话者听之易懂也。故古文有使前人后人接近之益，犹之官话有使各地方人接近之益，古文者，时间上之官话也。”见其所撰《古文观止评讲录》卷上“韩愈《原道》”条，《吕思勉诗文丛稿》下册，上海古籍出版社2011年版，第449页。

② 见姚鼐《古文辞类纂序目》，徐树铮辑《诸家评点古文辞类纂》第1册，国家图书馆出版社2012年影印本，第56页。

③ 参见徐雁平《批点本的内部流通与桐城派的发展》，氏著《清代文派与文体论丛》，凤凰出版社2021年版，第82—105页；尧育非《秘本与桐城派古文秘传》，《文学遗产》2021年第6期。

地理。[①]浙东瑞安士人张棡早岁浸淫于古文及经世之学，曾为坐馆塾师；光绪末试办新学，先是在自办小学堂中课蒙、演算，光绪三十三年起担任瑞县中学堂西史、地理、修身、国文等课；两年后，又就温州府中学堂之聘，先后辗转于中史、国文、经学、修身各科。[②]张棡的例子说明国文教师不仅多兼他科，有能者甚至可以在中、小学不同学程之间穿梭无碍。这种"兼科性"固可视作应对师资不足、师范未备等状况的权宜之计，却也未尝不出自新式文学教育作为科学知识津梁的内在要求。学制颁布以前，民间新学堂"读书科"和"读本书"之兼包各科自不待言，即便在国文一科确立以后，国文教科书依然容纳了"天文、地理、地文、动物、植物、矿物、生理、化学及历史、政法、武备"等各科素材，意在"使人人皆有普通之道德知识"。[③]在这样的期待下，不能兼通各科反而成为旧日词章之士转型为国文教师的障碍。前述浙人张棡的内兄林骏，同样身为乡间塾师，即稍欠缺其妹夫的应变能力。光绪三十四年，林骏到一女学堂兼课国文，"中论月球真体，借日而光，朔望盈亏，各有定数云云，因仓猝任教，未获预备，只按图谱略为解说，然理未明透，心犹耿耿也"，回寓后翻阅《天文图说》《地球图说》等书作为补习。[④]可见国文课程中新学内容对旧塾师造成的压力。

相对于小学国文教育的"兼科"要求，高等以上学堂属于"专门

---

① 详见蒋维乔《鷇居日记》，癸卯正月廿一日、三月十一日，甲辰六月初七日，《蒋维乔日记》，中华书局2014年影印本，第1册，第226—227、232、341页。

② 参见温州市图书馆编《张棡日记》，张钧孙点校，中华书局2017年版，第847—852、931、945、996、1051、1100、1119页。

③ 见《编辑初等高等小学堂国文教科书缘起》，蒋维乔、庄俞、杨瑜统编纂《最新国文教科书》第1册，小谷重、长尾槙太郎、高凤谦、张元济校订，商务印书馆光绪三十二年第十八版（光绪三十年二月初版）铅印本，"缘起"第1b—2a页。

④ 温州市图书馆编《林骏日记》，光绪三十四年二月廿二日，沈洪保整理，中华书局2018年版，第759页。此条材料系从徐佳贵论著中读得，见其所撰《乡国之际：晚清温州府士人与地方知识转型》，复旦大学出版社2018年版，第409页。

学”，其国文教师的专业化程度似应更高。实则未必。宣统二年（1910）京师大学堂分科大学成立，最初派定“文科”教习为林纾、郭立山二人。[①]林纾早年在福州苍霞精舍、杭州东城讲舍、京师五城中学堂等处讲授古文，曾获得吴汝纶“汉文高师”的赞语；[②]日后又为商务印书馆编辑《中学国文读本》，笔述泰西小说更是名满天下，似乎最有专教国文的资历。但此前他在大学堂师范馆的职位却是“经学教习”，还编纂过一部《修身讲义》。[③]类似的“跨学科”经历，在陈衍、马其昶、姚永朴等大学堂文科教习身上普遍存在。对于各级学堂中担当国文的众多教师而言，其认同与其说来自学堂规章中界限分明的“国文”一科，不如说属于一个更大范围的“中学教习”群体（包括经学、修身、国文、国史等科）。这一群体主要由科举出身的文士构成，在晚清新学初兴之际一度遭到冷落，由基层塾师转型而来的教员处境尤难，[④]但在新学制确立以后的各级学堂中，也有数据表明其待遇未必劣于西学教习。[⑤]

---

① 见《分科大学职员》,《国风报》第1年第9号，宣统二年四月初一日。

② 见《吴汝纶全集》第4册，日记卷十三“品藻”，第813页。

③ 参见陈平原《古文传授的现代命运——教育史上的林纾》,《文学评论》2016年第1期。

④ 关于清末民初塾师的认同危机和社会流动，参见蒋纯焦《一个阶层的消失：晚清以降塾师研究》，上海书店出版社2007年版，第175—194页。

⑤ 以光绪三十三年学部奏派调查安徽学务的数据为例，（1）安徽省城高等学堂：汉学教务长举人姚永朴担任经学、伦理，月薪90两；国文教习举人钱同寿月薪60两；历史教习廪贡生胡元吉月薪50两；诗学教习举人徐经纶月薪40两；与之相对，毕业于南北洋水师学堂或上海圣约翰大书院的各英文教习，月薪为60—120两，中学方面稍处劣势。（2）安徽省城师范学堂：修身教习廪贡生胡元吉（兼）月薪20两，兼任历史、国文二科的附生戴克让月薪35两、舆地教习廪贡生方彦恂月薪30两；分任教育及万国舆史、理化博物数学的两位日本教习，月薪分别为洋260元和160元，留日归国的理科助教月薪100元，折合银两均远高于中学教习。（3）安庆府官立中学堂：修身、经学教习优贡生伍炳文与史地教习岁贡生包荣翰月薪均为30元，国文教习恩贡生张之纯月薪50元，英文、算学、博物等科教习均为新学堂出身，月薪为30—40元，国文教习薪水竟为最高。（4）省城公立尚志两等小学堂：一廪生兼国文、经学二科，月薪20元；另一“教员研究员”任国文、历史、地理三科，月薪15元；西学各科教员月薪为15—30元。参见《奏派调查安徽学务员报告书（未完）》,《学部官报》第38期，光绪三十三年十月初一日。需要注意的是，教习收入不仅和学科有关，更受制教师出身、年资、任职以及所任课量、课时等诸多因素制约，不能一概而论。

最后，有必要对国文教育的普及化设定稍作检视。中国传统教学号称有教无类，但在现实中受制于教育资源和国家能力，科举制度支撑的“教士”与应对日用所需的“化民”之间，往往分为两截；不同地域、阶层、行业“读书风气各别，非如今之学校，无论贫富雅俗，小学课本，教法一致也”。[①]晚清试办新学，初设方言、武备、工艺等各类学堂，主要以培养有裨富强的专门人才为宗旨，仍属于“教士”范畴。甲午以后，有志变革的官绅和趋新士人方从国家建构、国民养成等角度意识到全面普及教育之必要。癸卯学制标举“国民教育”之义，三阶段学程各有宗旨：“家庭教育、蒙养院、初等小学堂，意在使全国之民，无论贫富贵贱，皆能淑性知礼化为良善；高等小学堂、普通中学堂，意在使入此学者通晓四民皆应必知之要端，仕进者有进学之阶梯，改业者有谋生之智能；高等学堂、大学堂，意在讲求国政民事各种专门之学，为国家储养任用之人才。”[②]作为各科知识津梁，国文一科的建设被推为普及教育、塑造同质化国民的关键之举。[③]其课文内容、教学形式、教授法原理的规划，自然也是以不分阶级、地域、行业、族群的全体国民为设定对象。[④]学制确立后，伴随着科举制度的由改而废，新学堂在国家教育行政力量和各省督抚的推行下全面扩张，成为新式文学教育本身实现其

---

① 见刘禺生《世载堂杂忆》“清代之科举”条，中华书局1960年版，第3页。

② 张之洞、张百熙、荣庆：《奏定学务纲要》，璩鑫圭、唐良炎编《中国近代教育史资料汇编·学制演变》，第495页。

③ 《编辑初等高等小学堂国文教科书缘起》：“我国仿西法设学堂，迄今几四十年，而无明效大验者，弊在不知普及教育原理。无小学以立之基，无国文以植其本，贸贸然遽授以高尚学术、外国文字，虽亦适救时之用，而凌乱无章，事倍功半，所以行之数十年而不得大收其效也。”见蒋维乔、庄俞、杨瑜统编纂《最新国文教科书》第1册，卷首“缘起”第1a页。

④ 清季国文教育不仅针对行用汉文的各省，亦同样适用于满、蒙、藏各民族区域。如北京大学图书馆即藏有一部石印《满蒙汉三文合璧教科书》，原书八册，改装为十本。书前有宣统元年东三省总督锡良、奉天巡抚程德全、主译者荣德的三篇叙文，交代其底本即“上海商务印书馆武进蒋君维乔、阳湖庄君俞所编部定两等《国文教科书》”，后由东三省蒙务局石印，“分颁哲里木盟各蒙旗……并另缮清本恭呈御览”。其书实即蒋维乔等所编《最新国文教科书》的满、蒙、汉对照节译本。

普及化设定的重要条件。关于新学堂及其学生的数量和分布，清末学部曾组织三次教育统计并造表（分别为光绪三十三年、三十四年，宣统元年教育统计图表），第一次统计更溯及壬寅以来历年数据。其时各省上报多有错漏，不无虚报或瞒报的情形，但学堂和学生数量直线上升的趋势实不容否认（如图 0-1）。[①]

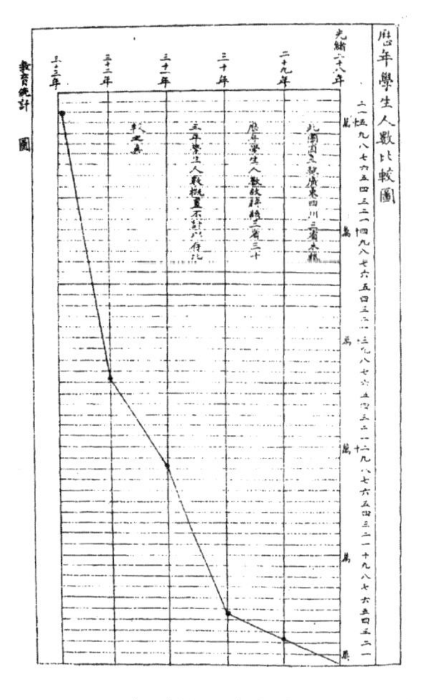

图 0-1 学部《第一次教育统计图表》“历年学生人数比较图”

在新学堂整体扩张的趋势之下，国文一科的处境相当微妙。“中国文辞”是学制规定中从初等小学堂直到大学堂各级各类学堂的必设科目，似可由此推断，新学堂的普及势必会带来新式文学教育的普及。但事实却并非如此。由于国文一科在教学内容、方法和师资等方面仍带有诸多旧学色彩，在日益趋重西文、西学或偏向“实科”的中、高等学堂中，国文教学往往不受重视。前引光绪二十九年《直隶学堂利弊说》即提到，其时“保定大学堂考核优劣，专以外国文分数之多寡为凭，而中文之不及格者无论；其各府州之中学堂，经大学堂洋教习丁嘉立分往考察，亦但以外国文为准。……故（大学堂）开学不过期年，其生徒之能

① 学部《第一次教育统计图表》“历年学生人数比较图”，引自王燕来选编《民国教育统计资料汇编》第 1 册，国家图书馆出版社 2010 年版，第 45 页。关于清末新式学堂的扩张，参见王笛《清末新政与近代学堂的兴起》，《近代史研究》1987 年第 3 期；苏云峰《中国新教育的萌芽与成长（1860—1928）》，第 115—126 页。关于学部三次教育统计的考辨，参见张海荣《清末三次教育统计图表与“学部三折”》，《近代史研究》2018 年第 2 期；《宣统年间学部有关教育统计奏折辑述》，《历史档案》2019 年第 4 期。

为中文者，大抵以意见龃龉，或请退，或黜革，皆有故以去”。[①] 癸卯学制颁行以后，国文科的地位和学时也没有得到完全的保障。据当时视学员、督学员的调查，光绪三十三年河南许州官立中学堂“经学、国文每星期皆只一小时”，与《奏定中学堂章程》中“中国文学”课程每星期三到五个钟点的规定相距甚远；[②] 京师顺天中学堂、江西南康府中学堂等校的教科目中，则根本没有“国文”一科。[③]

在启蒙教育领域，教法的名实不符更足以抵消新学堂普及的意义。清末许多名义上的小学堂依然采用传统记诵教法，在各地视学报告中，“高声朗读，日落方休，名为学堂，实则私塾”[④] 的景象屡见不鲜；为应对教育资源不足而掀起的“私塾改良”，更有可能加剧“学堂”与“私塾”名目的混淆。[⑤] 新学制确立乃至科举停罢后，民间社会对各类传统教育的需求并未很快萎缩。新学堂挟官绅之势，凭借行政力量推进，造成民众的恶劣观感和额外的捐税负担，引起一系列“毁学”事件。与之相比，旧式学塾不仅具有天然的成本优势，更植根于乡土的人情社会和教化礼俗，即便在科举废止以后，仍然延续了传递实用文字知识、维系民间社会等基本功能。[⑥] 新学堂、新学制在乡民眼中是“外铄我也”的

---

① 寄斋（常堉璋）：《直隶学堂利弊说》，《经济丛编》第28册，光绪二十九年闰五月十五日。

② 《本部视学官调查河南学务报告书（光绪三十三年二月派查）》，《学部官报》第53期，光绪三十四年五月初一日。

③ 分别见《京师督学局一览表·督学局调查学堂表》、《奏派调查江西学务员报告书》，《学部官报》第32、35期，光绪三十三年八月初一日、九月初一日。

④ 见张良弼《查视邯郸县学务情形报告》，《直隶教育杂志》丁未年第13期，光绪三十三年九月初一日。

⑤ 沈颐提到当时塾师多喜冒用学堂之名，“悬牌作标识者，或云四书经训速成学堂，或云中西论孟学堂，其他类此者尚不胜枚举”。见其所撰《论改良私塾》，《教育杂志》第2年第12期，宣统二年十二月初十日。

⑥ 详见杨国强《学堂与社会之间：清末的兴学和毁学》，《上海师范大学学报（哲学社会科学版）》2021年第5期；左松涛《近代中国的私塾与学堂之争》，生活·读书·新知三联书店2017年版，第254—278页。

制度安排，教授本国文法的国文教材也被视为“洋书”。[①] 在不同省份及同一地域的城乡之间，新教法的普及程度参差不齐，离国民教育同质化的目标还相当遥远。[②]

与国文学科在学堂章程和教科书规划中的普及化设定相比，清末时期国文教育普及的效果实不容高估。“国文”在新学堂内部时而因具旧学色彩遭到冷落，在基层教育的现场，又有可能受制于新学形象而难以扎根，可谓新、旧两方面都不讨好。无论是出自梁启超、叶瀚、张謇等在野的新教育鼓吹者，还是源于张百熙、张之洞等当朝的新学制主导者，清季文学教育的规划往往带有精英意识，有意指点“向上一路”，却与固有的教学习俗不无疏离。比如癸卯学制规定中学堂作文须讲求“义法”，随后潘博、林纾、吴曾祺所编中学国文教科书均沿袭《古文辞类篹》、《经史百家杂钞》等经典选本体例，标举方苞以来“义法”之说；而同时期基层作文教学中流行的，却仍是《古文观止》、《古文笔法百篇》、《论说文范》、《蘉园课蒙草》之类带有举业遗风的“村塾古文”。又自《马氏文通》行世以来，以“字分九类”为代表的语法知识流播一时，新学家颇引之以为识字作文的辅助；教科书编者却明白此类语法新知只求形式动目，对初学启蒙可能并无实质上的帮助。[③] 诗歌教育在清季学制中的处境较为边缘，附列于中小学堂修身科，以诵读有益风教的歌谣、古体、乐府为主，亦不鼓励作诗；与之相对，民间训蒙则仍以诗教为重要板块，多延续科举试律风气下从唐诗近体入门的旧

---

① 见茅盾《我的小学时代（自传之一章）》，《宇宙风》第68期，1938年5月16日。

② 关于清末新教育普及的地域差异，参见苏云峰《中国新教育的萌芽与成长（1860—1928）》，第147—167页；邱秀香《清末新式教育的理想与现实——以新式小学堂兴办为中心的探讨》，台湾政治大学历史学系2000年版，第177—186页。

③ 《鹪居日记》，甲辰年四月十一日，《蒋维乔日记》第1册，第409页。

轨，注重作诗属对的技能。教育设计与教学实际的差距，折射出新旧体制更迭之际国家权力、精英意识与民间习俗的博弈。对峙的双方不一定是“新”和“旧”，也可能是同被视为“旧”的士大夫精英（古文家、训诂家、理学家）与乡土读书人（举业家、书坊主人、塾师）。新体国文教科书可以涵纳古文义法、小学训诂乃至理学家的诗教观，却有意规避了“土地所生习，婚姻丧纪旧所行”的善书、日用类书、坊行选本等资源。[①] 国文教育推行过程中制度与习俗的分合，同样值得关注。

尽管如此，清季以降新型文学教育在“国文”一科框架下的规划和实施，仍为传统知识结构的近代转型开创了一种先例。国文课程的制度化、专科化、普及化，乃是相对于以科举选士为中心、以造就通人为理想、教士化民多轨并行的传统教学体制而言。在新学堂“普通”或“专门”的各个阶段，针对“应用”或“美术”的不同目的，制度化、专科化、普及化的实施程度可能有所差异。但在总体上，各级国文课程已初步构成由浅入深、逐级递进的学程阶梯。国文教育的内容承自传统小学和词章之学，同时汲取外来语法学、修辞学、文学史等领域的新资源；在清末时期尤以应用文章为重，故与近世“古文”之学关系密切，对晚近西方“纯文学”理念则尚有所隔膜。在普通教育积极推行新式教授法和教科书体例的同时，中等以上学堂的国文教育反因专门化而获得了一定的自主空间，有可能成为传统文史之学的保留地。清季国文教育设定了塑造同质化国民、凝聚国家共同体的目标，但其普及程度仍受限于整个新教育规划的精英气质，与文教、诗教习俗的参差比比皆是，体现出近代国家力量与传统社会结构之

① 章太炎论文尝有“徒论辞气，大上则雅，其次犹贵俗耳”的判断，并举《周礼》郑注“土地所生习”、“昏姻丧纪旧所行”二语阐释“俗”之意蕴。见章绛《与人论文书》，《学林》第2册，1911年。

间的龃龉。由此亦可了解：以国文教育为代表的近代学科体制之创生，并不一定循着单一方向的规划前行；而往往在知识传统和社会习俗的复杂结构中“半折心始”，留下徘徊往复的路线。

三　先行研究的趋向

教育是带有高度实践性的活动，但在知识转型时期，关于教育的思想理念和制度设计却往往走在教学实践之先。清季国文教育发端于舆论鼓吹，其所依托的学制与学科框架照搬自西洋、日本的既有经验；使之与本土教学经验联结的中介，则为教科书和教学法。舆论、学制、教本、教法构成国文教育展开的四个层面。已有研究在这些层面之间各有偏向，大致可分为“文学”学科史和教科书研究两个领域。传统蒙学和书院词章之学在新学制确立前后依然在延续，作为新式文学教育的对接和变革的对象，相关考论亦有必要稍加回溯。需要说明的是，本书撰著过程中参考的先行研究实不止此，具体征引或考辨之处当于各章行文中揭出。以下评述仅摘取若干构成节点意义的论著，重在呈现研究传统及其整体趋向，进而导出本书所取的研究角度和论述思路。

（一）传统蒙学与书院词章之学的流衍

古代训蒙以识字、习书、循诵为入门，所用教本在目录学上自成“小学”一类，民国以来颇受学者关注。1916 年，王国维作《汉魏博士考》，已论及《汉志》六艺略“小学类”诸书属性。[①]1934 年，余嘉锡发表《内阁大库本〈碎金〉跋》，分汉世以降“小学书”为字书、蒙求、格言三派，梳理其源流、脉络甚为明晰。[②]嗣后陆续有多种蒙学书目及蒙书考辨论文发布。[③]直到 1962 年张志公《传统语文教育初探》一书出版，蒙学研究才逐渐走出目录学的笼罩。张著仍以各类蒙书为分析材料，其突破之处在于提出“传统的语文教育有相当完整的一套步骤和方法”，昭示传统蒙学在以科举为目标的经书记诵以外，还有一个（至少在理想中）相当生动而有序的文学教育领域。[④]近 30 年来，随着出土文献和民间史料的开掘，有关古代蒙书的研考成果日益丰富。[⑤]但就文字、文学教育的论题而言，有两股趋势可能更值得注意：一是在社会史视野（特别是“识字率”问题）观照下，民间识字教育获得海内外学者关注，明清以迄近现代各种“杂字”开始成为专题研究的

---

① 王国维：《观堂集林》卷四，第 179 页。

② 见余嘉锡《内阁大库本〈碎金〉跋》，《国立北平图书馆馆刊》第 8 卷第 6 号，1934 年 11—12 月。

③ 参见郑振铎《中国儿童读物的分析》，《文学》第 7 卷第 1 号，1936 年 7 月；常镜海《中国私塾蒙童所用课本之研究（附表）》，《新东方》第 1 卷第 8—9 期，1940 年 9、10 月；王重民《〈太公家教〉考》，孙师白等编《周叔弢先生六十生日纪念论文集》，1951 年建德周、孙二氏家印本，第 69—77 页；瞿菊农《中国古代蒙养教材》，《北京师范大学学报（社会科学版）》1961 年第 4 期。

④ 见张志公《传统语文教育初探（附蒙学书目稿）》，上海教育出版社 1964 年版，第 1 页。所谓“一套步骤和方法”，即从以“三、百、千”等韵文或“杂字”为教材的“集中识字”阶段入门；经过接读道德训诫和掌故、知识类读物的“进一步识字”及在读经同时读散文故事、读诗、属对的“读写基础训练”，最后通向读古文和作文训练的一整套流程。尤为难得的是，张志公还从传统蒙书多使用韵语、对偶而便于记诵的特点出发，指出清末以降新式文学教育“只注意到进行语文教育的一般原则（即‘符合儿童日常生活的语言实际’），忽视了汉字的独特情况”（第 83 页），在当时的历史环境下洵可称独到之见。

⑤ 代表性著作，如徐梓《蒙学读物的历史透视》（湖北教育出版社 1996 年版）、郑阿财与朱凤玉合著《敦煌蒙书研究》（甘肃教育出版社 2002 年版）等。前者为各类蒙书通史，后者则分识字、知识、德行三类叙录了 25 种敦煌写本蒙书，并附有相关研究目录。

对象；[①]二是作为儿童史、家族史、妇女史等论域的延伸，相关著作往往触及日常微观生活中的教育实况。[②]传统蒙学研究的视线逐渐从通用蒙书下沉到地方、宗族、行业乃至家庭内部，文学教育的社会分层现象亦随之凸显。[③]

与紧贴基层的童蒙教育相对，出自文人精英的词章传习活动更容易获得文学研究者的关注。在文学史家眼中，“文学教育”研究的基本动机是“从创作主体知识结构的角度考察文学怎样发生、发展和传播”。[④]近20年来较有反响的成果，则主要集中在书院研究方面。如前所述，清代乾嘉以降经古书院体制兴起，带来了专经、专斋治学的风气；桐城一系古文家授业于南北各大书院，亦使古文义法的传习蔚然成风。乾隆以后乡会试首场试诗，学政主持的院试及岁、科试添加“经古场”，科举功令的变化更有可能促使作为“古学”骨干的诗古文辞成为一个单独的

---

① 参见 Evelyn S. Rawski, *Education and Popular Literacy in Ch'ing China* (Ann Arbor: The University of Michigan Press, 1979), pp. 125–139; Li Yu（虞莉）, “Character Recognition: A New Method of Learning to Read in Late Imperial China,” *Late Imperial China* 33, no.2 (2012), pp.1–39；戴元枝《明清徽州杂字研究》，上海教育出版社 2017 年版；温海波《识字津梁：明清以来的杂字流传与民众书写》，厦门大学 2017 年博士学位论文。

② 熊秉真在其研究儿童史的专著《童年忆旧：中国孩子的历史》（台北：麦田出版 2000 年版）中揭示明清童蒙教育存在“早学”（学习进度不断提前）、“幼蒙”（入塾以前接受预备文字教育）、“自课”（自家长辈课读）等特殊现象（见该书第 89—109 页）；徐雁平的《清代世家与文学传承》（生活·读书·新知三联书店 2012 年版）一书则专门研讨了清代家族性书塾、书院、文社以及钱塘汪氏、德清俞氏、建德周氏等晚近世家的“文学传承”；刘咏聪利用课子诗文、课子书、课子图等材料凸显了女性在启蒙教育中的作用［参见其所著《才德相辉：中国女性的治学与课子》，三联书店（香港）2015 年版，第 78—197 页］。此外，还有多部著作专门研讨明清以降塾师的境遇，如刘晓东《明代塾师与基层社会》（商务印书馆 2010 年版）、蒋纯焦《一个阶层的消失：晚清以降塾师研究》等，亦对传统学塾的教学实际有所呈现。

③ 前揭 Rawski 书即讨论了民间杂字与《三字经》、《千字文》等经典蒙书的对立，强调前者较后者更贴近生活日用（Evelyn S. Rawski, *Education and Popular Literacy in Ch'ing China*, pp.136–139）；温海波亦指出杂字书所教“世上当行之字”与科举所需“经书字”未必吻合，见其所撰《杂字读物与明清识字问题研究》，《安徽史学》2021 年第 4 期。

④ 郭英德：《中国古代文学史研究中的文学教育研究》，《文学遗产》2006 年第 2 期。

教学领域。[①]徐雁平《清代东南书院与学术及文学》（安徽教育出版社2007年版）采取个案研究的方式，不仅论及桐城古文之学在江南、广西、直隶等地书院的流衍过程，更在文人雅集、课艺评点、师牛谈艺等活动中彰显了书院作为文学空间的意义。曹虹的论文《清代常州书院与骈文流衍》则揭示了地方书院与地域文风的互动，书院“同游共处”的环境有利于形成群体风格，在山长人格仪型和词章偏好的感召下，科举化书院同样有可能“较为健康地诱发文学气氛”。[②]近年更有专书讨论诂经精舍、学海堂等经古书院的词章教育，或在清代中后期科考与书院课艺的“经古学”框架中，探讨学术内容与词赋、骈文等特定文学体式的合流。[③]

近30年来，关于传统词章教育的探索呈现出一个明显的趋势，亦即逐渐走出了蒙书、书院志、书院课艺集等专类文献的范围，日益深入书院、学塾、家庭的教育现场。文学史家不仅在文学教育场合中还原了文派、文体、文风的传衍路线，亦注意到吟诵、评点、考课、编校等具体的传承手段。不过，此类研究也面临着一些共通的困难。比如在清末以前的语境中，并不存在一个学科体制化的“文学”畛域。学者套用后

① 清代中后期经古书院或学政考试经古场所称之“经古”，主要由经学、史学、“古学”、性理、《孝经》、算学等内容组成。学者曾据光绪时期松江府童生的经古考题，辨明其中“古学是一个总体的概念，有时也称词章、诗古、诗赋。考题多以文体作区分，以律赋和试帖诗为主，时有五七古、七律，另有杂作如序、词、歌、铭、议、启、表、碑文、演连珠等等，题目出处则以经学、史学、舆地、掌故等为主”，可见诗古文辞正是“古学”的主要内容。见徐世博《清末江苏学政的考试与选拔——以经古考试和南菁书院为中心》，复旦大学历史学系编《覆水不收：科举停废百年再思》，上海古籍出版社2020年版，第130页。

② 曹虹：《清代常州书院与骈文流衍》，《南京大学学报（哲学·人文科学·社会科学）》2009年第5期。

③ 分别参见宋巧燕《诂经精舍与学海堂两书院的文学教育研究》，齐鲁书社2012年版；陈曙雯《经古学与十九世纪书院的文学生态与骈文发展》，南京大学2016年博士学位论文。陈曙雯论文第六章“变革时代的词章之学”论及清末存古学堂的词章课程和上海格致书院西学课艺中的词章要素，尤其值得注意。

设的“语文教育”“文学教育”框架来讨论包含经学、史学、理学、词章等在内的教学整体，若不加以界定，也时而会有放大词章内容、切割对象完整性的危险。

（二）“文学立科”

清季民初不仅是新学堂体制确立并逐步取代学塾、书院等传统教学场合的时代，更是近代意义上“文学”观念的形成期。[①] 回溯新旧文学教育之间的转换，进而考察新文学理念在新教育实践中推广的过程，正是 20 多年前学者提出“文学立科”命题的旨趣所在。1998 年，陈平原在《学人》第 14 辑刊发论文《新教育与新文学——从京师大学堂到北京大学》，以京师大学堂直至民初北大的文学课程与文派之争为个案，探讨作为“文学革命”前史的“文学教育”，旨在反思文学教育从技能训练转向知识传授的得失。陈国球《文学立科——〈京师大学堂章程〉与“文学”》一文则从清季三份《大学堂章程》的细读入手，呈现学科分化带来的“文学”专业化趋势。[②] 两篇论文的出发点各有不同，却都凸显了“文学史”在文学学科化进程中的特殊作用。自 1980 年代“重写文学史”思潮发端，“中国文学史”的发生问题久已成为学界热点，不仅林传甲、黄人、来裕恂、窦警凡等几部清季国人自著的“文学史”相

① 近代中国“文学”观念的生成，历来是备受学界关注的议题。最新的研究成果，可举李敏《近代中国“文学”源流（1844—1876）》[《中山大学学报（社会科学版）》2014 年第 5 期]、《19 世纪后期中外交往与“文学”流变》（《学术研究》2017 年第 1 期）等论文和余来明《“文学”概念史》（人民文学出版社 2016 年版）一书为代表。除了概念本身的导入和置换，“文学”概念的历史语境和知识脉络其实更值得关注，参见陈广宏《近代中国文学概念转换的历史语境与路径》，《文学评论》2016 年第 5 期。

② 参见陈国球《文学史书写形态与文化政治》，北京大学出版社 2004 年版，第 1—44 页。

继得到发掘，[①]文学史体制的域外起源和传播脉络，也在中外学者的共同研究中日渐明晰。[②]同样受到关注的，还有癸卯学制《奏定大学堂章程》中的“中国文学研究法”一节。该节内容曾一度被指认为现代大学“文学概论”课程的起源，但近来研究则日益明确其“基于传统学术和本土想象”的属性；[③]或如陈广宏所论，“文学研究法”制订者“尚未接受以美术为文学观念的支撑”，其头脑中“文学”的西学对应物，应是“属于西方古典语文学的文法、修辞学”。[④]需要指出的是，这一领域的既有研究多偏向大学的文学教育，主要关注精英学者的专业趣味，目前为止还较少有针对普通教育层面文学学科的考察。

文学学科史偏于大学或专业研究的倾向当然无可厚非。这既与“五四”以降大学在现代文化史上的特殊地位有关，也因西方典范的教育史研究本就设定中世纪以来“大学的兴起”为核心议题。然而，回到清末文教变革的语境，大学教育仅限于少数教会学校和京师大学堂，在新教育界的主流意识中，兴办中小学堂才是当务之急。基层文学教育过去常被纳入“语文教育史”领域，遭到文学研究者的漠视；教育史家又

---

① 陈玉堂《中国文学史书目提要》（黄山书社1986年版）较早整理了清季以降国人自著或编译“中国文学史”的情况。其他围绕单部文学史著作的考述甚多，详见夏晓虹《作为教科书的文学史——读林传甲〈中国文学史〉》，《文学史》第2辑，北京大学出版社1995年版，第329—333页；黄霖《中国文学史学史上的里程碑——略论黄人的〈中国文学史〉》，《复旦学报（社会科学版）》1990年第6期；陈平原《折戟沉沙铁未销——新刊来裕恂〈中国文学史稿〉序》，来裕恂：《萧山来氏中国文学史稿》卷首，岳麓书社2008年版；周兴陆《窦警凡〈历朝文学史〉——国人自著的第一部中国文学史》，《古典文学知识》2003年第6期。

② 参见戴燕《文学史的权力》，北京大学出版社2002年版，第1—45页；陈广宏《中国文学史之成立》，上海古籍出版社2016年版，第91—115页。关于近代日本的“中国文学史”著述，日本学界积累了相当丰厚的研究成果，参见三浦叶「明治年間に於ける中國文學史の研究——その著作について」『明治の漢學』汲古書院、1998、291-310頁；和田英信「明治期刊行の中国文学史——その背景を中心に」川合康三編『中国の文学史観』創文社、2002、157-180頁；平田昌司《木下犀潭学系和“中国文学史”的形成》，《现代中国》第10辑，北京大学出版社2008年版，第1—22页。

③ 见陈雪虎《试析清末民初“文学研究法”的架构》，《文艺理论研究》2015年第3期。

④ 参见陈广宏《中国文学史之成立》，第161—168页。

或缺乏文学史与学术史的专业眼光，未必能凸显知识转型过程中文学教育的特殊意义。近时能将这两方面视野结合，且专注于近代时段的论著，当推白莎（Elisabeth Kaske）所著《清季民初中文教育中的语言政治》（*The Politics of Language in Chinese Education, 1895-1919*, Leiden & Boston: Brill, 2008）一书。该书虽仍从“文学革命”启示的文、白二分框架回溯，却以教科书和白话报等材料为基础，纳入了学堂教学和民众启蒙的考量；同时又不自限于以往语文变革史研究的基层取径，追求“将研究视野从大众识字延展到高等教育和学术研究领域”，故能呈现一个相对完整的“中文教育”论域。其基本思路是“把教育视为该时期一切语言与文学论争的中心战场”（第 xvi 页），考察传教士、革命派、国粹派、清廷官方等各方面围绕“正规语体”（legitimate language）问题的论述。白莎的研究亦提示新式文学教育虽与“国语运动”处在不同的变革思路上，但二者仍然面临着共同的思想语境和文化焦虑，“国语运动”的激进姿态对国文一科的稳健拓展造成了持续的压力。

以清末时期的切音字方案和白话文启蒙为起点，广义上的“国语运动”对新式文学教育的发端和展开都有深远影响。在“国语运动史”研究领域，不仅有黎锦熙《国语运动史纲》、德范克《民族主义与中国语文改革》（John DeFrancis, *Nationalism and Language Reform in China*, Princeton University Press, 1950）、倪海曙《清末汉语拼音运动编年史》（上海人民出版社 1959 年版）等早期奠基之作，近 30 年还涌现了大量专题研究，国语运动与五四“文学革命”的互动关系得以展现，[①]“国语”

① 此方面的开拓性研究，参见王风《晚清拼音化运动与白话文运动催发的国语思潮》，《现代中国》第 1 辑，第 170—186 页；《文学革命与国语运动之关系》，《中国现代文学研究丛刊》2001 年第 3 期。此后同主题论著甚多，恕不备举。

规划回应国族意识、国家建构的面向更是备受关注。[①]此外，亦有学者开始留意汉字拼音化、国语标准化、白话文普及等语文现象与包括公众演说、法庭辩论、谈话速记、广播放送在内一系列口头文化表征之间的共振关系，提出近代文化史上的"声音转向"问题。[②]语文变革中"书写文字"与"听觉媒介"的张力，同样构成国文新教法导入的背景，值得在教育领域中进一步探索。

（三）"教科书革命"

1912年，刚刚成立的中华书局在《申报》打出"教科书革命"的广告。[③]这一口号不仅有意迎合当时的政治革命风潮，更醒目地总结了清季最后十数年间"教科书"作为外来的新型教本体裁迅速得以传播的成就。前文已述，传统中国本有一套自成体系的教学用书，就晚清时期的情形而言：学童从"三、百、千、千"和"蒙求"、"小学"、"日记故事"等蒙书入门；如欲应对科举，则接读四书五经，"诗则授《唐诗三百首》，古文则习《古文观止》，旁及《纲鉴易知录》"，应付时文更有"大题"、"小题"等专书。[④]然而，这些传统教本内容相对稳定，文

---

① 相关研究较为完备的综述，参见王东杰《声入心通：国语运动与现代中国》，北京师范大学出版社2019年版，第13—25页。王东杰其书本身，正是近年从思想史角度研究"国语运动史"最为全面的成果。

② 关于清季民国时期口头文化崛起与文学、教育变革的关系，参见李孝悌《清末的下层社会启蒙运动：1901—1911》，河北教育出版社2001年版，第65—162页；平田昌司「目の文學革命・耳の文學革命——一九二〇年代中國における聽覺メディアと「國語」の實驗」『中國文學報』第58期、1999年4月、75-114頁；陈平原《有声的中国——"演说"与近现代中国文章变革》，《文学评论》2007年第3期。关于近代中国的"声音转向"，参见王东杰《历史·声音·学问——近代中国文化的脉延与异变》，东方出版社2018年版，第101—168页。

③ 见《教科书革命》，《申报》1912年2月26日。

④ 刘禺生：《世载堂杂忆》，第2—3页。关于晚清的科举时文参考书，参见曹南屏《阅读变迁与知识转型：晚清科举考试用书研究》，社会科学文献出版社2018年版，第65—103页。

本形式单一，传授时多采用记诵自修或个别辅导的方法，与近代以后从西洋、日本引进，注重学生心理与排课进度，主要配合课堂集体教学的教科书体制有本质上的区别。晚清传教士最初导入了“Textbook”的概念，戊戌维新前后有“功课书”、“课本”、“读本”等名目，随后借自日本的“教科书”之称日益普及。[①]在“教科书”一词流行以前，《蒙学报》（1897—1901）、《蒙学课本》（1898）与《新订蒙学课本》（1901）、《绘图蒙学课本》（1901—1902）、《蒙学读本全书》（1902）、《绘图文学初阶》（1902）等蒙学用书已开始模仿域外教科书（“读本书”）体裁，奠定了此后国文教科书的形制。光绪三十年起，商务印书馆推出“最新教科书”系列，以国文一科为先导引进分科教科书模式，并配有专供教师使用的《教授法》。新学制颁行特别是学部成立以后，各科教科书数量激增，与之配套的审定制度亦日臻完善。清季国人自编教科书的实践始于文字、文学领域；“国文”的文体理想与学科规范，更离不开教科书的塑造。国文教育创生与“教科书革命”之间有着天然的互动关系。

近代教科书素来不为公私藏家所重，除了上海辞书出版社、人民教育出版社、北京师范大学等少数机构有较为集中的收藏，其余则大多流散于民间。在21世纪初电子资源和在线拍卖兴起以前，研究者往往不能亲验实物，致使教科书文献的整理与研究长期处于偏低水准。[②]1990年代以后，出现了几种规模较大的教科书目录，《民国时期总书目》“中小学教科书”卷（书目文献出版社1995年版）集合北京图书馆、人民

① 关于近代“教科书”名义的起源，以往研究实多混淆。较为可信的考辨，参见王星《新的起源——“教科书”由来》，《时代教育》2013年第1期；吴小鸥《“教科书”考释》，《华东师范大学学报（教育科学版）》2020年第5期。

② 关于民国时期直至21世纪初近代教科书研究的整体状况，参见倪文君《清末教科书研究综述》，复旦大学历史学系编《中国现代学科的形成》，上海古籍出版社2007年版，第407—422页。

教育出版社、北京师范大学三家收藏，附有清末教科书目；王有朋主编《中国近代中小学教科书总目》（上海辞书出版社2010年版）则综合了国内十多家机构藏书，并在条目下著录收藏馆，颇便研究者按图索骥。这些目录多为汇集既有图书馆编目而成，编者对所录文献未必一一目验，讹误在所难免。进入21世纪，针对教科书的专题数据库和项目建设相继展开，提供资料便利的同时，也成就了一些教科书通史著作。[①]但此类成果多为跨越整个近现代、涵盖全学科的通论，具体到某一时段或学科来看，往往显得浮泛。相比之下，出版史研究聚焦于出版家、出版机构、书籍实物，反而能提供更多有效信息。如张人凤、汪家熔、樽本照雄在商务印书馆史框架下讨论《最新国文教科书》的编刊，《蒋维乔日记》等重要史料借此得以发掘；[②]夏晓虹则根据存世版本和文本内证，厘清了前人记述中关于南洋公学两种《蒙学课本》的诸多谬误。[③]汪家熔《民族魂——教科书变迁》一书虽在学制背景的解读上存在一些成见和偏差，但书中归纳癸卯以前"混合课本"的类型，比较这些课本的"语文量"、"生字重复率"以及选材、文体上的特点，对于考察国文教育的发端亦不无启示。

---

① 如北京师范大学图书馆网站辟有"教科书全文数据库"；人民教育出版社在2011年至2015年间承担了国家社科基金重大项目"中国百年教科书整理与研究"，创建有"中国百年中小学教科书图像库"。教科书通史著作，可举石鸥、吴小鸥、方成智编《中国近现代教科书史》（湖南教育出版社2012年版）和人民文学出版社编多卷本《中国百年教科书史》（2020）为代表。

② 参见张人凤《商务〈最新教科书〉的编纂经过和特点》，《编辑学刊》1997年第3期；汪家熔《民族魂——教科书变迁》，商务印书馆2008年版，第55—63、68—75页；樽本照雄『商務印書館研究論集（増補版）』清末小説研究会、2016、141-149頁。

③ 夏晓虹：《〈蒙学课本〉中的旧学新知》，《清华大学学报（哲学社会科学版）》2009年第4期。此外，《蒙学报》等较早编刊新体蒙学教科书的刊物亦颇受学界关注，参见赵丽华《上海蒙学公会与〈蒙学报〉研究》，《教育史研究》2007年第1期；梅家玲《流动的教室，虚拟的学堂——晚清蒙学报刊中的文化传译、知识结构与表达方式》，《现代中国》第11辑，北京大学出版社2008年版，第45—73页。

文献的整理和考辨之外，近代教科书研究的另一路向是解读其中承载的文化意蕴和政治理念，即视教科书为文化史和观念史的材料。此方面开拓之作，当数毕苑《建造常识：教科书与近代中国文化转型》（福建教育出版社 2010 年版）一书。作者界定“教科书的最大功能是传输常识”（第 13 页），在考证近代汉译日本教科书、梳理早期“蒙学教科书”等史料工作的基础上，重点探讨了修身、体操、博物等类教科书灌输近代国民意识和自然、社会常识的机制。同时期一些海外学者亦取此进路，往往专研一个或几个特定的教科书类型，从中抽绎公民身份、性别意识、全球图像等宏大论题。[①] 沙培德（Peter Zarrow）的专书《教育中国：近代化世界中的知识、社会与教科书》（*Educating China: Knowledge, Society, and Textbooks in a Modernizing World, 1902-1937*, Cambridge: Cambridge University Press, 2015）涵盖了文学读本以及修身与公民、历史与地理等多个学科的教科书，但其要旨并不在通论课程教法或教育政策，而是把教科书当作一种文化产品，视之为引导儿童融入社会群体和知识领域的宣言。正如沙氏书中所坦陈，此类研究重在从教科书中读取“信息”，而这些“信息”其实也可以在“同时期报刊、小说、戏剧或其他文化表达中看到”（第 6 页）。教科书本身的书籍形态和文本体裁，则有可能在这种跨媒介互文的过程中被忽略。相对于充满政治理念或国族意识的修身、历史、地理等科，国文教科书在这一研究

① 参见 Joan Judge（季家珍）撰，孙慧敏译《改造国家——晚清的教科书与国民读本》，《新史学》（台北）第 12 卷第 2 期，2001 年 6 月，第 1—40 页；Robert Culp, *Articulating Citizenship: Civic Education and Student Politics in Southeastern China, 1912–1940* (Cambridge: Harvard University Press, 2007)；韩子奇（Hon Tze-ki）《“开眼看世界”——论晚清地理教科书中的全球图像》，张仲民、章可编《近代中国的知识生产与文化政治：以教科书为中心》，复旦大学出版社 2014 年版，第 3—16 页。近十年来国内采取类似视角研究修身、历史、地理等科教科书的成果颇多，恕不备举。

路径中并不算十分突出。[①]

专注于语文类教科书的研究，小学方面有李伯棠编《小学语文教材简史》（山东教育出版社 1985 年版）。该书关于教科书本身的介绍殊为简略，但归纳了民国以来涉及语文教科书体式的几次论争（文白之争、读经之争、"鸟言兽语"之争等），旁及小学课本字汇及插图、字体、装帧等形式因素的演变，体现出教材研究的眼光。郑国民《从文言文教学到白话文教学——我国近现代语文教育的变革历程》（北京师范大学出版社 2000 年版）在学制规划、中小学教科书、教学法三个层面考察文言与白话的进退，找到了勾连教育与文学的一个重要接点。作者揭示教学语言和教科书文体由文趋白的大势，亦注意到大趋势下一些比较复杂的细节；惟限于史料，书中关于清末时期的考论尚显得疏略。近十年来，中学国文教育获得较多关注，先后有李斌《民国时期中学国文教科书研究》（北京大学出版社 2016 年版）、张心科《清末民国中学文学教育研究》（高等教育出版社 2018 年版）等专著问世。张著涉及方面甚多，论述颇为深细，但实际上仍以民国时期的情况为主。专科书目方面，闫苹、张雯主编《民国时期小学语文教科书评介》（语文出版社 2009 年版）著录 78 种小学国文、国语教科书，附有各书目录，却未纳入清末教科书。江苏无锡的教科书藏家王星编有《启轩书室教科书藏书总目》（未刊），共著录自藏教材 925 种（截至 2014 年 6 月），1949 年以前的国文、国语教科书占近八成；尤为珍贵的是其中 108 种清末语文类教科书。该目详录各书初版与再版版次、封面、扉页、版权页和藏量等信息，皆为目验原书所得，较为可靠。

不同于小学国文普遍采用新式"读本"（Reader）体裁和分段教授

① 並木頼寿「清末民国期国文・国語教科書の構想」並木頼寿・大里浩秋・砂山幸雄編著『近代中国・教科書と日本』研文出版、2010、91-136 頁。

法，清末民初中学国文教学往往取用既有的古文选本，或者模仿古文选本体裁新编教科书。这一现象，民国时期黎锦熙等学者早就有所阐发。黎编《三十年来中等学校国文选本书目提要》著录清末至1932年间“经部审定”的中学、师范、大学预科国文用书，提出清末“姚选标准时期”和民国初年（1912—1919）“曾选标准时期”的区划，分别以《古文辞类篹》和《经史百家杂钞》为两期中等国文选本的典范。[①]近年则有多篇论文专述古文选评与近代国文教育的关系，尤其突出桐城一系古文家在其中的作用。[②]通用的“读本”和“选本”之外，清季国文用书中还有“文法书”、“文学讲义”等特殊类型。当时应用于教学实际的“文法书”多取材于日本，袁广泉《明治时期日中文法学之交流》（2013）一文较早从语法学史的角度梳理了这一脉络。[③]文学研究者则注意到来裕恂《汉文典》等文法书的文章学属性。[④]清季还有一批编译自日文著作的修辞学教科书，亦被当时人视为“文法书”之一类，相关情况在修辞学史的学科回溯中时有涉及。[⑤]光绪末年，同样来自日本的“讲义录”

---

① 见《师大月刊》第2期，1933年1月。

② 参见陈尔杰《“文章选本”与教科书——民初“国文”观念的塑造》，北京大学2008年硕士学位论文；吴微《从“古文选本”到“国文读本”——桐城文章与文学教育的转型》，《国学研究》第27卷，北京大学出版社2011年版，第75—104页；李斌《清末古文家与中学国文教科书的编写》，《文学遗产》2013年第5期；胡晓阳《晚清桐城派“古文初学选本”研究》，安徽师范大学2015年硕士学位论文。

③ 袁廣泉「明治期における日中間文法学の交流」石川禎浩・狹間直樹編『近代東アジアにおける翻訳概念の展開』京都大学人文科学研究所、2013、119-141頁。

④ 参见朱迎平《〈汉文典〉的文章学体系及其特点》，王水照、朱刚主编《中国古代文章学的成立与展开》，复旦大学出版社2011年版，第483—495页。拙撰《清末“文法”的空间——从〈马氏文通〉到〈汉文典〉》（《中国文学学报》第4期，香港中文大学2013年版，第55—84页）考述了来氏《汉文典》化用儿岛献吉郎《汉文典》、《续汉文典》等日本资源的痕迹，亦可参看。

⑤ 参见宗廷虎、李金苓《中国修辞学通史·近现代卷》（吉林教育出版社1998年版）、霍四通《中国现代修辞学的建立——以陈望道〈修辞学发凡〉考释为中心》（上海人民出版社2012年版）二书的相关章节。

体式风行学界，随之出现了适应中、高等国文专门学需要的多种“文学讲义”[①]，如王葆心《古文辞通义》（原题《高等文学讲义》）、林纾《春觉斋论文》、姚永朴《国文学》及《文学研究法》等，与传统“文话”体式多有重合。作为古文之学与新教育体制结合的产物，此类讲义盛行于清季民初学堂内外，亦为近来学者所重视。[②]

四　研究取径与论述架构

有关“文学”学科史与教科书史的既有研究，构成了本书展开讨论的背景。比较言之：学科史论著多取精英眼光，不无忽略基层教育的障蔽；教科书研究则主要侧重初学启蒙阶段，需要补充的恰是学科化眼界。这正提示了具体问题导向下统合既有研究的必要。此外，也不难看出一些共同的偏向。比如跨越较长时段的通论、通史式研究占据了既有成果的主体，切入重要“时刻”的深细考察则相对匮乏。论者多从现代以降的学科观念和教学建制回溯，有可能造成细节模糊乃至论述跳跃，更使清末时段作为新式文学教育发轫期的意义难以彰显。即便一些著作设定“清末民初”为研究时限，也只是让“清末”充当“民初”登场的

---

① 按：清季黄人、林传甲等所撰“文学史”，实质上也采用了“讲义”名义；本书所称“文学讲义”则更偏于阐释“文学”定义或文章理论之作，与今日所称“文论”性质接近。

② 此方面总括性的论述，参见慈波《学堂讲授与文话书写——晚清民初教育转型之际的文话考察》，《学术月刊》2011年第8期。专书研究以《古文辞通义》最受关注，参见吴伯雄《〈古文辞通义〉研究》，复旦大学2009年博士学位论文；聂安福《情、事、理三种统系——王葆心文章发展史观研究》，《广州大学学报（社会科学版）》第8卷第12期，2009年；常方舟《失落的文章学传统：〈古文辞通义〉》，复旦大学出版社2020年版。关于姚永朴的两部讲义，参见常方舟《姚永朴文论思想的师法与新变——以〈国文学〉和〈文学研究法〉为中心》，《中国文学研究》2013年第2期。

铺垫而已。在平滑的历史叙事中，未来总是抢先到来，在地在场的纠结则被一笔带过；“新教育”与“新文学”的结合容易受到关注，“新教育”与“旧文学”的抵牾则时常遭到忽略。而后者正是清季国文教育面临的主要问题。通论、通史式的研究未必不重视史料，却时或放大个别材料，而罔顾某一时段的整体语境。就此而言，立足于“短时段”的个案研究可能更值得重视。本书将考察时段限制在清季，亦是有鉴于此。换言之，也就是要将视线集中在从甲午到辛亥这一“横断面”，通过一系列带有问题意识的考述，还原新式文学教育创生时刻的知识语境。这个“横断面”不是孤立的，它存在于传统蒙学和词章之学向近代意义上“国文教育”转辙的诸多脉络之中；所谓“脉络”亦非预设目标下平滑的叙事线条，而是指人与人、事与事、书与书之间的具体联络。

清季 17 年在文学教育转型史上的特殊意义，不仅是联络“古今”，更是沟通“中外”。正如张之洞“今日环球万国学堂，皆最重国文一门”一语所示：尽管国文教育针对本国材料、强调本国立场，但将有关本国文辞的知识、技艺与情感认同熔铸为一门学校必修科，却是 19 世纪文明世界的一个普遍现象。新式文学教育的跨文化传播，在戊戌以前主要通过传教士和西文教学的途径零星发生；戊戌以后随着日本成为改革的“模范”，教育资源亦多经东瀛转手而来。[①] 既有研究聚焦于纯文学理念和文学史体制从日本导入的过程，亦颇涉及语法学、修辞学、美学等文学周边知识的流衍；惟对于基层教育资源的跨文化流动，尚嫌考索不足，亦有一些误解需要澄清。例如清季新学制取则于日本，早已是学界众所周知的常识，但日本学制在明治时期亦经历了数度调整，涉及日本本国语文的科目实有较大变化。壬寅、癸卯学制和各地学堂规程中

① 阿部洋『中国の近代教育と明治日本』龍渓書舍、2002、14-51 頁。

的词章、文学课程，究竟模仿的是哪一版日本学制？在承袭、转译的过程中，哪些信息被曲解或过滤，又有哪些方面得到突出？张之洞等学制主导者有哪些添改？表现了怎样的关切？这些问题过去受中日两方面材料限制，都还没有得到细致的研究。又如关于小学国文教科书的起源，已有研究虽能溯及学制颁行以前民间自编的各种蒙学读本，却视之为传统蒙学“单科教育”的延续。实则这些早期读本的取材颇具国际性，其体制或承自英文教本，或径取日本旧制“读书科”所用“读本书”；而当初日本学者创编“读本书”的典范，仍是德国小学校的“Lesebuch”——从中正可描画出初学读本形制从欧洲流向东亚的脉络。教学法方面，清末教育家多推崇讲解而排斥记诵，此种观念可追索到早期传教士对于中国学塾教学的观察和批评。但“记诵”与“讲解”的教法之争并非简单的中、西对立，16 世纪以来欧洲公立学校教育同样经历了类似的过程。这也提示国文教育所蕴含的种种知识衍变，实是处在全球范围内文化转向的延长线上：从“文字中心”到“语音中心”，从个别记诵到集体讲授，从差异化社群到同质化共同体，这些趋势或多或少都在清季文学教育的现场有所体现。当然，揭示国文教育规划所带跨文化特性的同时，也不能忽视国文教育实践对于“语言民族主义”普遍经验的隔膜乃至抵拒。传统蒙学和词章之学在新教育场合中的延续，同样需要在脉络化的视野中呈现。

然而，以还原复杂语境为追求的脉络化研究取径，往往面临文献不足的限制。近年来有关近代文学教育的个案研究已呈现重视“实物”和“实况”的趋势，但在整体上看，仍主要依靠报刊记载、学制规章、教育统计、教学用书（蒙书、课艺集、教科书与讲义、教案等）四类纸面材料，关于教学实践和教学法的描写则较为薄弱。学者固然可以利用日记、年谱、回忆录乃至口述史等传记资料还原“文学课堂”，却无法回避这些间接记载或事后记述的滤镜效应。[1]清季学部和各省提学使司、学务处、学校司等教育行政机关的“视学”、“查学”活动，留下了若干走访教学现场的记录，见于《学部官报》及各地“学报”、“官报”所载。可惜此类记录通常并不按学科划分，单独呈现国文一科教学的记载并不太多；更何况视学员、查学员往往自带立场，针对不同层级、类别、地域的学堂，视察的关注点也有所不同。视学材料作为现场记录当然值得重视，却还远不足以重构具有临场感的文学教育空间。较之学制主导者、学堂管理者、教科书编者、新学堂教师等群体从“教育者”角度出发的制度规划或教学安排，学生即“受教育者”一面的即时反响材料尤为稀缺。多年以后的回忆不仅模糊笼统，更时常受到后设观念干扰，反而造成重返现场的障碍。教育实践方面材料不足的状况，在短期内似乎难以改变，却多少反映了转型时期一种新知识形态铺开之时通常会呈现的态势：大量材料集中于信息的发出方，接收方的反应则相对滞后。从这一点来看，或许应该根据清末新教育发轫期的特殊情况，转变一般教育史研究偏向接受者视角的习惯。针对新式文学教育最初的“创生”问题，发出方的材料非但更充足，也更富于解读空间。

新式文学教育不是在一个成熟的时间点自然发生的教育史现象，而是在突如其来的外来思潮和学科理念推动下，出现在近代知识人重新发明传统、走向世界的创造活动之中。所谓“国文的创生”，不仅指一门学科或一类教育的生成，更指向如何为下一代国民创造一种通用的“国文”体式。因此既是学术史、教育史的问题，亦是文学史和文体学的问题。来自教学现场的验证固然重要，但存世的学制规章和教科书，也为

① 参见陈平原《“文学”如何“教育”——关于“文学课堂”的追怀、重构与阐释》，氏著《作为学科的文学史》，北京大学出版社 2011 年版，第 151—223 页。

考察国文教育最初创发提供了丰富的材料。关键在于，不能把制度条文或教学用书固定在孤立、静止的物质形态之中，非但要考索其材源，更要追踪文本的形成过程和传播路线。清末涌现的学制、学堂规章以及各种学务公牍，除了颁发教育当局和学堂执事，亦常转载于报刊、丛书，或以单行本刊刻行世。这些制度条文的潜在读者，既有各级官员和新学堂师生，也可能扩展到由乡绅和塾师构成的基层读书群体。关于文学读习或研究的方法，学制条文中还有一些相对独立的"附件"，较之单调的课程安排或学时分配，更容易获得同时代学者的关注。前述《奏定大学堂章程》所附"中国文学研究法"，便启发了包括林传甲《中国文学史》、王葆心《高等文学讲义》、姚永朴《文学研究法》在内的一系列论文著述；适用于中小学堂的"读古诗歌法"，则激发了若干诗歌教科书的编纂。在观念和文件的环流中，新教育观念正有可能突破新学堂场合与新学生身份的限制，得以在更为广阔的人群中传播。

相比之下，教科书的角色可能更为复杂。一方面，作为晚清从域外引进的全新教材类型，分编析课、逐级递进、限时完成的教科书同样是一种制度化设计；不难设想教学现场往往会脱离教科书的规划。但另一方面，与学制规章相比，教科书又较贴近也较受制于教学实践。在编纂教科书的过程中，需要设计进度、配比图文，甚至按照生字笔画循序渐进地安排课文内容，这些工作本身就带有模拟课堂教学的性质。在清末的教科书审定制度之下，民间出版机构所编的教科书，某种程度上也是表达课堂诉求或教学习惯的媒介，因此是处于制度与习俗、理想与现实之间的材料。

后人从切身经历出发，容易揣想司空见惯的教科书在教学实践中作用有限，以此衡量清末草创时期的情状，则未免低估其时教科书作为一种新知识媒介带来的冲击力。研究者亦不宜根据民国以降学校统一使用教科书的状况，去揣度光绪末教科书最初流播之时的复杂情势。前已提及，清季国文教科书的前身可溯至戊戌前后涌现的一批新体蒙学读本。这些读本源自上海、无锡、杭州等地士人试办新学的实践，可以说是小圈子的产物；随后却借助官方资源和铅石印书局的出版、分销网络，很快形成了声势。比如无锡三等公学堂《蒙学读本全书》，初为学堂内部“随编随教，以实地试验其合用与否”的自印本；光绪二十八年由文明书局石印，旋即禀呈管学大臣审定，直隶学校司亦通饬所属各学订购，“一时不胫而走，至光绪三十年已印十余版，而各地翻印冒售者，多至不可胜记”。[①] 近代教科书采用铅、石版机器印制，不仅提高了印刷和再版的效率，亦便于呈现图像、书体、书写格式等辅助教学的要素（如图 0–2）。然而，无论是早期蒙学读本还是光绪三十年以后铺开的国文教科书，目前都能看到大量木刻翻版的实例。铅、石印书被木刻翻版，在印刷史上堪称“逆行”现象，[②] 但清末铅、石印教科书的木刻翻版却有其独特的传播意义。仍以《蒙学读本全书》为例，今见木刻翻版既有在不同程度上摹刻石印原书图像、款式、字体的例子（如图 0–3 中、右），也有直接采用木刻方体字转录课文，而省略原书图像、字体的情况（如图 0–3 左），从中已可看到教科书体制在传递过程中分化出的不同层次。著者还自藏有一部《蒙学读本全书》手抄本（见图 0–4），内封模仿石印原书，却多出“光绪甲辰年孟夏长沙开塞会社刊”字样。所

---

① 见俞复《无锡三等公学堂蒙学读本》，舒新城编《近代中国教育史料》第 2 册，中华书局 1928 年版，第 252 页；《直隶学校司通饬各学堂购书札》，《经济丛编》第 21 册，光绪二十九年二月十五日。

② 艾俊川曾讨论过清末的雕版翻刻铅石印书，认为“这类书数量稀少”；教科书方面则仅提及光绪间一部铅排《代数备旨》的木刻翻版，似尚未集中讨论清末大量木刻翻版教科书存世的现象。参见艾俊川《清末雕版翻刻石印本和铅印本现象》，氏著《中国印刷史新论》，中华书局 2022 年版，第 87—94 页。

抄内容则仅存原书一至四编部分课文，多有删除或调整课次之处。这些改动可能出自抄写者，也可能源自“长沙开塞会社”提供的木刻底本。手抄教科书中也有一些逼真模仿铅、石印原书款式乃至图像的例证，著者自藏的另一部《最新国文教科书》手抄本即是如此（见图 0-5、图 0-6）。

除了铅、石印与木刻、手抄形式之间的改头换面，教本内容也有可

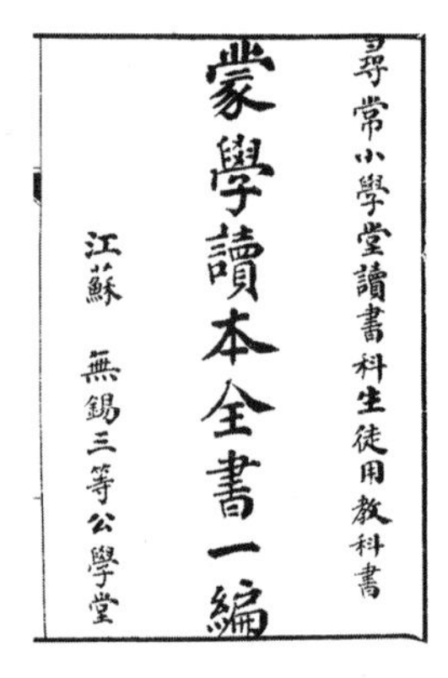
尋常小學堂讀書科生徒用教科書
蒙學讀本全書一編
江蘇　無錫三等公學堂

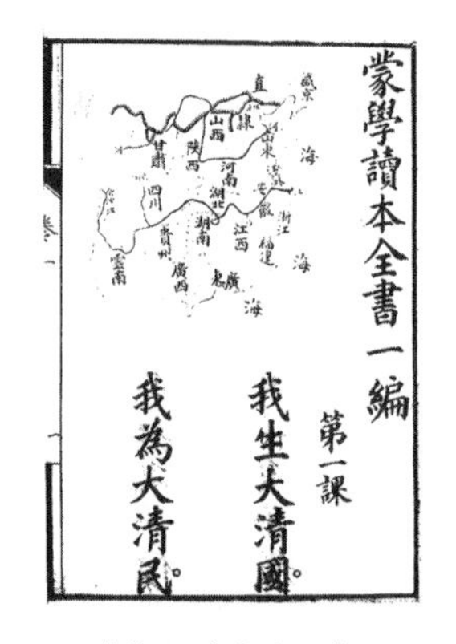
蒙學讀本全書一編
第一課
我生大清國。
我為大清民。

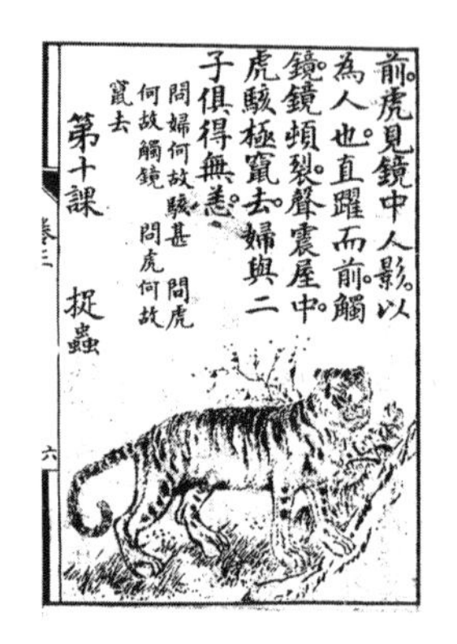
前。虎見鏡中人影。以
為人也直躍而前觸
鏡。鏡頓裂。聲震屋中。
虎駭極竄去。婦與二
子俱得無恙。
問婦何故駭甚　問虎
何故觸鏡　問虎何故
竄去
第十課　捉蟲

图 0-2 《蒙学读本全书》石印原本

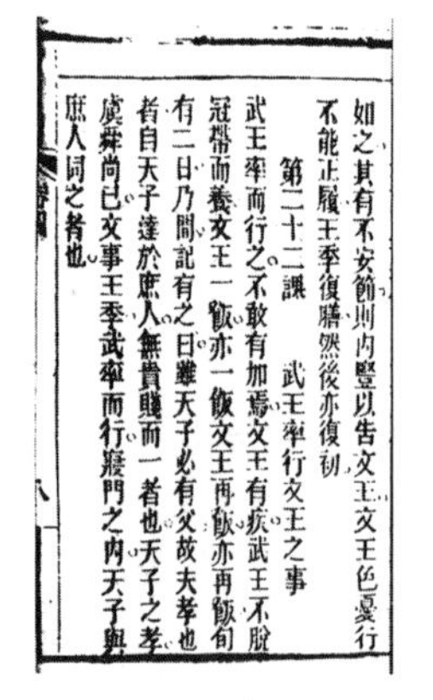
如之其有不安節則內豎以告文王文王色憂行
不能正履王季復膳然後亦復初
第二十二課　武王率行文王之事
武王率而行之不敢有加焉文王有疾武王不脫
冠帶而養文王一飯亦一飯文王再飯亦再飯旬
有二日乃間記有之曰雖天子必有父故夫孝也
者自天子達於庶人無貴賤而一者也天子之孝
虞舜尚已文事王季武率而行寢門之內天子與
庶人同之者也

前虎見鏡中人影以
為人也直躍而前觸
鏡鏡頓裂聲震屋中
虎駭極竄去婦與二
子俱得無恙
問婦何故駭甚　問虎
何故觸鏡　問虎何故
竄去
第十課　捉蟲

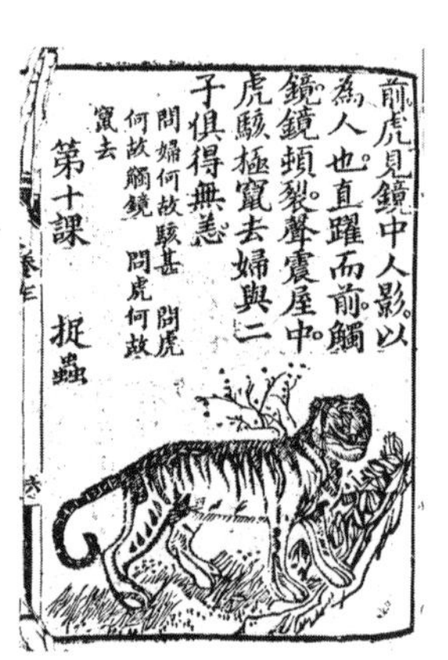
前虎見鏡中人影以
為人也直躍而前觸
鏡鏡頓裂聲震屋中
虎駭極竄去婦與二
子俱得無恙
問婦何故駭甚　問虎
何故觸鏡　問虎何故
竄去
第十課　捉蟲

图 0-3 《蒙学读本全书》的三种木刻翻印本

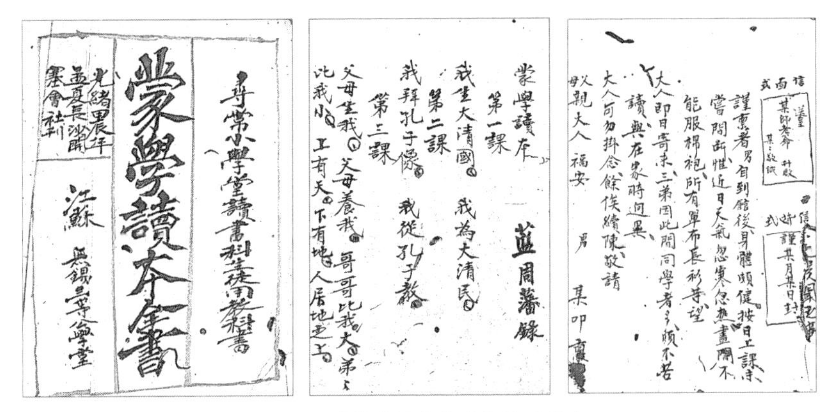

蒙學讀本全書

尋常小學堂讀書科生徒用教科書

江蘇無錫三等公學堂

蒙學讀本

第一課

我生大清國。我為大清民。

第二課

我拜孔子像。我從孔子教。

第三課

父母生我。父母養我。哥哥比我大。弟弟比我小。上有天。下有地。人居地上。

藍周藩録

謹稟者男自到館後身體頗健按日上課未嘗間斷惟近日天氣忽寒忽熱晝間不能服棉袍所有單布長衫等望大人即日寄來……讀與在家時迥異大人可勿掛念餘俟續陳敬請父親大人福安 男某叩稟

图 0–4 《蒙学读本全书》的手抄本

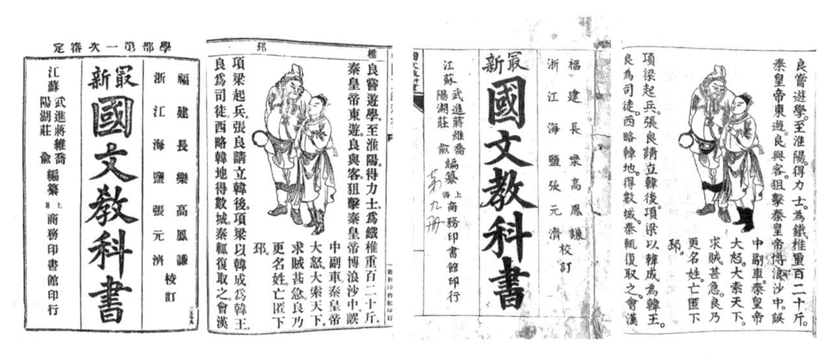

學部第一次審定

最新國文教科書

福建長樂高鳳謙 浙江海鹽張元濟 校訂

江蘇武進蔣維喬 陽湖莊俞 編纂

上海商務印書館印行

良嘗遊學。至淮陽。得力士。為鐵椎重百二十斤。秦皇帝東遊。良與客狙擊秦皇帝博浪沙中。誤中副車。秦皇帝大怒。大索天下。求賊甚急。良乃更名姓。亡匿下邳。項梁起兵。張良請立韓後。項梁以韓成為韓王。良為司徒。西略韓地。得數城。秦輒復取之。會漢

图 0–5 《最新国文教科书》的铅印原本　　图 0–6 《最新国文教科书》的手抄本

能被拆装重组。清末江西趋新之士邹凌沅辑有一套《通学斋丛书》，内收《蒙学课本》二卷。详其内容，上卷一百三十课即南洋公学《蒙学课本》（二卷本）的卷一部分，下卷六十课则取自无锡三等公学堂《蒙学读本全书》专收“子书寓言”的第五编，实为两部教材的拼合本。更值得注意的是，即便使用出自铅石印书局的教科书原本，学堂教读之时也未必遵循配套《教授法》指示的教学新法。哲学家贺麟晚年回忆小学时代“首先便接触到上海商务印书馆出版的以较好纸张精印并附图片的教科书”，应即为《最新国文教科书》之类的铅印书原版；然而，“对于这

些教科书我们仍然像背诵《三字经》那样熟读成诵”——依然采用传统学塾的记诵法来应对。[①]

以上例证固然表现了教科书设计与教学实际的差距，却也从一个侧面说明教科书文本向内地、基层渗透之深广，至少已经超出铅、石印原书的传播范围。从学堂自印本、书局石印本，到木刻翻印本、丛书改印本，再到手抄本乃至学童诵习的“记忆本”[②]，源于沿海一带的文学教育新体验得以在数年之间深入内地，甚至有可能走出新学堂而成为旧式学塾记诵的对象。无论教科书本身的书籍形态还是教学中的使用状态，传播中的种种变形均非原初编者所能控制：首先失落的是图像、款式、字体等附着于近代印刷技术的形式特征，然后是课文分编、先后次序等体现教学法的结构设计；最稳定的部分，则是可以通过文字转录或声音记诵传递的课文本身。这一过程正好印证了教科书所载文辞的传播稳定性。教科书编者最初寄寓的文章体式和文段内容，完全有可能克服书籍形制、教学场合、教授方法等层次的不可控因素，获得更大范围的传播。哪怕仍然采取与昔日记诵“三、百、千”、四书五经无异的教学法，所读内容却已不再是“人之初”或“大学之道”。以教科书及其周边读物为媒介，一场隐秘的文学变革正在推进。其目标未必是高蹈的“纯文学”或适俗的“白话文”，而是杂糅了学堂各科新知、当世实用文类与固有词章法度于一体的“普通国文”。

本书并非关于清季国文教育面面俱到的全史研究，亦非针对学制规

① 贺麟：《漫谈我和商务印书馆的关系》，《商务印书馆九十年——我和商务印书馆》，商务印书馆1987年版，第331页。

② 关于“记忆本”的概念，参见于溯《行走的书簏：中古时期的文献记忆与文献传播》，《文史哲》2020年第1期。

章或教科书等材料的专题研究，而是要将视线集中在“国文”的创生时刻，将新式文学教育发生这一事件本身，转化为深入“文学”古今之变并进而管窥近代知识衍变模式的一个契机。各章论述在特定问题引导下展开，主要采取教育规划者的视角，从初学识字缀句到高等文学专门，综合考察舆论、学制、教本、教法等各个层面。在通过学制规章、教学用书等媒介追踪新式文学教育传播脉络的同时，亦不回避教育现场的错位乃至失控，更试图从中呈现国家制度与社会风俗、精英意见与民间习惯、学科意识与实用诉求之间的张力。此类结构性张力不仅见于文字、文章的传习现场，亦是近代知识形成过程中面临的普遍症候。集古典词章传统与近代学科形式于一体的“国文”，正是讨论这些问题的绝佳“场合”。具体论述架构，则大致按照前述国文教育制度化、专科化、普及化三个维度展开。

前三章大体按时序排列，构成考述“制度化”过程的板块。第一章旨在追索新式文学教育的思想起源。在甲午以后朝野上下关于“变法本原”的讨论中，“文字难易”被部分趋新之士认定为攸关教育能否普及和国族存亡的紧要问题，“字学”与“文学”骤然上升为舆论热点。另一方面，学者注意到“教法新旧”同样决定着教育普及的效率，出现了一系列呼吁改革教法的“幼学论”。趋新舆论场中语文变革论与蒙学变革论同时发动，导致新学堂规划从一开始就聚焦于“识字作文”领域，新式文学教育正是由此发端。但是一旦进入教学实践的场合，原本激烈的变革方案便不得不有所调整。趋新者在取用西洋传教士或日本学制眼光批评旧式蒙学之际，也暗中沿袭了一些行之已久的训蒙旧法，甚至取之与外来文字、文法新知对接。激进化言论在教学过程中逐渐消磨锋芒，文学教育也从此走上了一条与语文变革运动有别的路线。

第二章转入戊戌、壬寅之间的“学制酝酿期”。这一时期趋新士人试办学堂、译介学制、编纂读本的努力，为“国文”一科铺垫了内容和形制；自《蒙学报》发端，一批新体蒙学读本集中涌现，更奠定了日后小学国文教科书的体式。源自西文教本或日本“读书科”的“读本”体裁，本质上是一种分编的综合教材，在培养读写能力的同时，兼有统合各科知识的意图。“知识”的膨胀影响到“文体”的趋向。有别于一味主张通俗浅白的教育时论，新体蒙学读本和继起的国文教科书逐渐在文体上导出了“浅近文言”的共识。从戊戌前后的“蒙学”到癸卯以降的“国文”，学科边界日渐明晰的同时，教育文体形成的脉络亦不容忽视。外取传教士“浅文理”与明治时期日本“普通文”理念为参照，内接古文应用化与新名词涌入的趋势，一种介于雅俗之间的“普通国文”呼之欲出。

第三章承此切入壬寅、癸卯之际新式文学教育纳入全国性学制的时刻，在梳理学制条文内外资源的基础上，更试图描画官方自上而下地推进国文课程本土化、国家化的意图。与民间兴学经验类似，清季官方教育规划亦取明治以来日本学制为模板；惟涉及本国文辞，相关课程的导入和转化都变得更为曲折。20世纪初正值近代国民教育和国家意识的勃发期，本国文字、文学课程作为新教育场域中国族主义倾向的集中体现，相关规划亦有“求同”和“立异”的路线之别。光绪二十九年颁定癸卯学制，首次设立贯通全学程的“中国文辞”课程；而存世的部分学堂章程修改过程本，则显示学制主导者思路从“求同”转向“立异”的变化。在儒臣张之洞的“加笔”之下，包含文字训诂与诗文词章两方面内容的“中国文学”成为“读经讲经”的辅助，二者互为表里，担负着在新学堂中维系国族认同的使命。癸卯学制从“文以载政”的立场拒斥新名词和报章文体，甚至延续了科场衡文与古文义法的标准。这些复古倾向在当时就备受新教育家批评。但不容忽视的是，奏定章程对古典资源和本土立场的强调，也在客观上打破了此前新式文学教育集中在初学训蒙领域的局面。正是在学制颁布以后，中等以上国文教育得以铺开；“文法书”、“古文选本”、“文学讲义”等适应更高学程的教学用书，亦有了更大范围的流播。

第四至五章为第二板块，对应国文教育的“专科化”问题，视线从初学文字启蒙转向中高等学堂的文学传习，重点关注新教育场域中“文章学”的古今转换。前已反复提及，清季文学教育有着明显的功利化取向，体现于文类的取舍，则是以广义的“应用文章”为中心，而相对忽略诗歌、小说、戏曲等纯文学文类。这一倾向不仅为古文之学赢得在新学堂延续的空间，亦拓展了国文教育取法西学的范围；举凡语法、修辞、逻辑等涉及书面表达的知识，都有可能被视作讲习“文法”的资源。第四章着眼于此，以清季流行的多种“文法书”为媒介，考察西洋语法学、修辞学与近代文章学之间的交涉。清末时期“文法”概念颇为混淆，《马氏文通》等早期“文法书”导入拉丁语法体系，出发点却是辅助识字作文，同时也不乏探究文章神气理法的动机。戊戌以降，来自日本的“文典”成为新的著作典范；日式“文典”的分部体式，更将文法书的研治对象拓展到语法之外的文字、文章领域。随后，同样从日本导入的西洋修辞学体系也被纳入“文法”范围。不过，清季教育场合中最受关注的“文法”，仍是词性分类等标准较为明确的语法知识；修辞学的导入亦以“应用修辞”一路为主，与传统文章学交集甚多的“美辞学”反而难得解人。清末新学界“文法热”的背后，实含有一种批评传统教育和词章之学“无法”的预设立场，但过分执着于“法度”的外部体系，也有可能违背文章之学“自然进功”的内在属性，反而会延缓国文教育借助外来语法学、修辞学框架而上达“文学家之专门”的进程。

相对于依附外来体系而往往不得其要领的“文法书”，来自本土固有词章传统的“古文选本”才是清季乃至民初中学以上国文教科书的主流体裁。古文选本的权威地位不仅取决于文教惯性和学制条文，更是吴汝纶以下古文家不懈参与新教育的结果。第五章检讨清末一系列中高等国文教科书的体例和旨趣，重在呈现古文选本门类在新教育场域中脉延的意义。与《文选》以来细分体类的诗赋家传统有别，清季新学堂所用的国文选本多采取宋元以降古文总集归纳“论说”、“叙记”等大类的模式，非但在大类之间各有侧重，关于各门类的从入先后，也往往存在异见。从被视为“俗学”的“论说入门”，到中学堂古文教学强调的“叙事为先”，再到深入高等文学堂奥的“声气言情”，不同层次的古文之学被投射到文学教育的各个维度，国文教育的专科性亦在古文学程上升的过程中逐渐明晰。正是通过作为专门学著述的“文学讲义”，古文门类体系得以与“叙事、记事、议论、解释”四种文构成的应用修辞学“作文分类”统合，同时亦受到“叙事—抒情”二元对立的西洋诗学分类启发，最终以情、事、理三者为轴心，演化出一种递进的文章学结构，影响及于民国以降的作文教学。

第六、七、八章三章可视为对新式文学教育“普及化”设定的回应。在新学堂体制确立以前，文学知识适应日常表达或参与科考的要求，在民间社会自有一套行之已久的传承习俗。其中有些方面（如识字、作文）在新式文学教育中得以延续，另一些内容（如作诗）则遭到压制，或者沦为改革的对象（如尺牍文）。关注诗歌、尺牍教学乃至整个传统教法在近代的延续或变形，正可试探新学制下推进同质化国文教学模式的限度。第六章首先考察新教育中的“古诗歌”：癸卯学制在中小学堂和初级师范学堂均设有“读古诗歌”课程，却并不纳入“中国文学”科目，而是附于“修身科”；同时颁布《中小学堂读古诗歌法》，亦从“有益风教”的宗旨出发，强调吟咏而压抑创作，提倡古体而排斥律体，在对接西洋、日本乐教的同时，更直接受到宋明以来理学家训蒙著述和复古诗论的影响。由此产生数种“诗歌教科书”，亦多取材于近世理学背景下以伦常纲纪为指归的诗教选本。然而，基层诗教的实际却甚少受制于学制规章或诗歌教科书，较有影响的新编课本仍然延续近世童蒙诗课的惯例，自五七言律、绝入门，甚至激活了明末以来评点家的“说诗”资源。从近代诗教流衍的多元脉络中，正可发现精英化、理想化、道德化的学制设计与数百年来诗教习俗之间的参差。

较之“古诗歌”在新学制下的边缘化命运，日常生活中无所不在的“尺牍文”依然受到重视。第七章梳理近代新编尺牍教本的脉络，首先追溯尺牍传统的内部分化：明末以降尺牍专集的文学趣味在清代逐渐没落，“捷用尺牍”和日用类书所传递的程式套语则长盛不衰，奠定了近代学堂尺牍以实用格套为中心的格局。戊戌以降，尺牍被新式文学教育接纳，成为蒙学读本和国文教科书的一部分，继而出现专门的“尺牍教科书”，带来学生尺牍、女子尺牍、白话尺牍等新类型的繁盛。作为一种“应用文”，尺牍适应了新式文学教育的功利化氛围，但其“实用”功效却是寄于“虚文”套路之中。考察尺牍教育的近代转型，亦有助于反思清季国文教育实用化设定的本质与偏至。

第八章作为全书结束，将回到第一章提出的教法问题。清季新式文学教育的教学内容大体对应于传统小学和词章之学，在教学理念、教本体裁、文体追求、知识框架得到刷新的同时，背后更隐含着一场从“记诵”到“讲授”的教学变革。但这一看似线性而必至的趋势，却建立在一系列偏见和误解之上。近世学塾教法深受宋元以降理学家记诵功程的影响，从开蒙记诵、开讲授说再到开笔作文，自有一套原理和规程，在不同地域、层次、行业的学塾之间也各有分化。清代中叶以降，西方外交使节和传教士开始深入中国内地；他们在猎奇心态下观察学塾教读，首先注意到诵读声音的无序与反复记背的“野蛮”，继而更从中归纳出

“中学主记性”、“西学重悟性”的对立。受其影响，清末新学之士也往往随之在中西教法之间截然二分，渲染中国旧学“光念不讲”的弊端。相关论述很快被官定学制吸纳，形成新教育场域中推崇“讲授”而排斥“记诵”的普遍意见。从国文教学领域发端，新式“教授法”的引进、编创、流播更固化了这一趋势。尽管如此，“讲授”取代“记诵”仍是一场漫长的革命，经历了制度与习俗之间的反复拉锯。在此过程中，作为传统教法象征的“记诵”被分化为“记”和“诵”两个层次，记背读法遭到严厉批评的同时，诵读声音却在新文学形式和现代听觉技术的助力下得到了屈折的传承。而这种“屈折的传承”，也正是包括文学词章在内，整个中国文教传统在近代转型的缩影。

五　行文凡例

（一）本书行文中所涉日期，民元以前用年号纪年及夏历（以汉字数字表示），必要时附注大致相当的公元年份。民元以后用公元纪年及公历（以阿拉伯数字表示）。注释及征引书目内书刊出版日期，则一般仍照原书刊所署。

（二）引文中用括号表示注、改的内容。圆括号（　）内有“原注”字样者，表示原文注；无“原注”字样者，为著者按注。六角括号〔　〕内表示拟改之字。鱼尾括号【　】内表示拟补之阙字。

（三）如无特别说明，引文中的着重点和下划线均为著者所加。

（四）引用古籍标点整理本，原标点有误或不妥者，径改之。

（五）外国人名首次出现，注明生卒年，以便查考。

第一章

文字难易与教法新旧

——新式文学教育的思想起源

清季国人自办新式文学教育，至少可以追溯到学制确立以前的“蒙学”改革。而其发端，又与甲午战争以后文化危机意识和语文变革论的浮现有关。晚清西学东渐，依据不同的地域、阶层和教学需求，蒙学教法已呈现新旧交错的特点。光绪二十五年（1899）前后，针对当时旧法训蒙的弊端，康有为门人陈荣衮有如下一段评论：

> 教初学童子自七岁至十岁者曰“训蒙”。“蒙”也者，谓蒙昧不明，借先生教训之，以开其蒙，而使之不复蒙也。今之训蒙者，始教之以《三字经》、《千字文》，为问《三字经》首两句，童子能解乎？继教之以四书五经，为问“大学之道，在明明德”二句，童子能解乎？如不能解，是蒙也；不能解而以此教之，是既不能开其蒙，而复加之以蒙也。①

陈荣衮指责旧式蒙学以《三字经》、《千字文》、四书五经为入门，正是戊戌前后新学社会普遍流行的论调。不过，有别于后生“打倒孔家店”的直截，清末“老新党”批评旧学的重点往往并不在经书或蒙书所传之

① 陈荣衮：《论训蒙宜先解字》（1899），区朗若、冼玉清、陈德芸编校《陈子褒先生教育遗议》，广州子褒学校同学会 1953 年铅印本，第 3a—4a 页。

“道”，而多集矢于“载道”所用之“文”。陈荣衮反对以四书五经为入门，亦非否定四书五经本身，而是将经书的深奥文字视为开启蒙昧的障碍。[①]一时论者多主张在蒙学书中推行浅白文体，甚至要用切音字、白话文直译经史。在新学制颁布以前，蒙学教法早就跟文字、文体、文法等多个层面上的语文问题确立了如影随形的关系。这也为数年后“国文”作为一门独立学科的登场创造了条件。

向来关于清末语文变革的考察，多是放在后设的“国语运动”或“文学革命”的脉络中，聚焦于新文字、新文体的改创，却对其融入教育实践的侧面不无忽略。戊戌维新前夜，在空前国族危机意识的震荡下，关于汉字、汉文的前途，一度涌现过相当激进的言论，派生出丰富多样的改革方案。但若回归当时一般新学社会的常识，则语文问题仍是教育问题的延伸。[②]趋新求变的氛围加上官定学制的空白，为民间教育论者提供了更多想象与试错的空间；各种语文变革论借助报章和新教育论域而得以铺开，成为启动蒙学变革的理据。然而，也正是在融入童蒙教育实践的过程中，激进化的语文变革论和文字改革方案逐渐消磨了棱角：它们或者区分时下手段与终极目的，或者主张换用渐进的方式分阶段推行，甚至以新瓶装旧酒，在革新蒙学的旗号下，暗中援引明清以来行之已久的经验。新式文学教育由急迫的除旧布新意识发动，随后却逐步适应教育现实，改以温故知新的方式展开。

---

① 后来陈荣衮又撰《论训蒙宜用浅白读本》（1900），指出：“四书五经之道理，无分古今，惟其语言则儒林古国之语，而非今国之语也。若以今国之语言写无分古今之道理，有何不可？”区朗若、冼玉清、陈德芸编校《陈子褒先生教育遗议》，第11b页。

② 如在戊戌维新前后的各种经世文编、新学类书中，仍往往将“语言文字”、“字学”等类别的相关论述附属于“学校”、“文教”等部门。参见杞庐主人编《时务通考》卷十九，《续修四库全书》第1257册，影印上海点石斋光绪二十三年石印本；邵之棠编《皇朝经世文统编》卷五，上海宝善斋光绪二十七年石印本。

一 作为变法本原的“文字”

光绪甲午一役败于日本，严重挫伤了清季学士大夫的文化自信。一时间，中外论者竞相追究中国积弱的根源，试图在30年来的“治械练兵”之外，找到变法自强的新动力。从变官制、扩外交，到开民智、知耻辱，乃至“改正朔、易服色”，各种“变法本原论”喧腾于报章；出自不同的知识背景与言说策略，实不无重叠乃至冲突之处。现实中的战争胜负甚至决定了文章势力的消长，催生出将国势积弱归咎于文字、文体，而将强国希望寄托于语文变革的言论。

早在光绪十八年（1892），闽南文士卢戆章就已在传教士拼音的启发下，完成“中国第一快切音新字”的设计。[①]然而，直到三年后《万国公报》刊出《变通推原说》，卢戆章的切音字（拼音文字）主张，才作为甲午战败后盛行的“本原论”之一种，得到新学社会的重视。卢戆章在文中论证切音字为“变通中国之大急务”，“用切音字能使通国人读书无一不精”，使国家“有呼应之灵，而无违背之失，斯上下一体，血脉流通，而全体康强矣”。他强调日本战胜中国不在船坚炮利或将猛兵锐，而在于能效法泰西学校、新闻纸（报纸）、书库（图书馆），“此三大政之大原，则皆出于字”；最后借俄国学者对东北亚文字的考证，说明蒙古、满洲勃兴，亦源于文字切音。总之，环顾世界，除了“中国十八省及无字之生番而外，自余日月所照，霜露所坠，莫不以切音为字。是切音字为普天下万国之公理也”[②]。

---

① 卢戆章：《中国第一快切音新字原序》，载《一目了然初阶》，文字改革出版社1956年版，第1—7页。

② 卢戆章：《变通推原说》，《万国公报》（月刊）第78、81、82、85卷，光绪二十一年六月、九月、十月，光绪二十二年正月。

本来是国势竞争的成王败寇，决定了学术、文字的优劣感受。清末趋新之士却善于将此理路颠倒。“美妙罕匹”的汉字竟然与“生番”的“无字”相提并论，成为野蛮的象征、致祸的根源。甲午、戊戌之间至少出现了七种切音字方案，或参照罗马字，或借鉴速记法，甚者自创字母。[①]其中，苏州人沈学的《盛世元音》由于梁启超的揄扬而获得了较为广泛的关注。其论调与卢戆章类似，同样主张方今之务“变通文字为最先”：

> 今日议时事者，非周礼复古，即西学更新，所说如异，所志则一，莫不以变通为怀。如官方、兵法、农政、商务、制造、开矿、学校。余则以变通文字为最先。文字者，智器也，载古今言语心思者也。文字之易难，智愚强弱之所由分也。[②]

沈学提出文字为“智器”，视文字为“言语心思”的工具，含有将文字与“道”剥离的趋向。既然仅仅是形而下的“器”，则自然有因时制宜加以取舍的必要。与文字本身的美感、精密程度或使用习惯相比，“文字之易难”，即文字能否在最短时间内成为“言语心思”的有力媒介，事关国族的“强弱”、国民的“智愚”，是首先被考量的标准。

除了狭义上的“文字”，戊戌前后的语文变革论尚有文体（文白、深浅、雅俗）、文法（语法或文章法度）等诸多层面。戊戌年初，无锡士人裘廷梁创办白话报，提出“白话为维新之本”，进而声言“文字者，天下公用之留声器也；文字之始，白话而已矣”，仍可视作卢戆章“变

---

① 参见倪海曙《清末汉语拼音方案一览表》，《清末汉语拼音运动编年史》，第9—10页。

② 沈学：《盛世元音原序》，《时务报》第4册，光绪二十二年八月初一日。

通推原说”和沈学“文字智器说”的延伸。[①] 稍后，陈荣衮也主张在报章和训蒙读本中使用“浅说”。从文体形态上看，“浅说”与裘廷梁所主“官音白话”不尽相同，却有着“文言”这一共同的对立面。[②] 日本背景的《亚东时报》则直陈：“支那今日之伪，莫文字若焉。”其所谓“文字”，是指包括“气习”、“语汇”等在内广义上的文章书写手段。[③] 当时各种言论中，最极端的莫过于废汉字的主张。张之洞的亲信幕僚钱恂曾私下与友人议论：“中国之字不能敷用，不如废之，专用洋文。”[④] 谭嗣同则公然在《仁学》中声言：“尽改象形字为谐声，各用土语，互译其意，朝授而夕解，彼作而此述，则地球之学可合而为一。”[⑤] 在冲决一切网罗而趋向“世界主义”的谭嗣同看来，语文变革不仅关乎国势强弱，更是超越国族、贵贱、智愚界限，融合“地球之学”的前提。

从后来者眼光判断，这一时期涌现的各种文字、文体、文章变革论自有“彻底”程度和致力方面的差别。但若回到言论现场，则诸人对于汉字、汉文书写危机的观察，又有大体相通的预设前提和言说理路。首先，是对中外语文各自特性的认知和比照，正如卢戆章所云：“天下虽有千百体之字，总不外像〔象〕形、切音二种。”[⑥] 相关议论往往会在汉字象形与西文切音之间截然两分，通过“埃及等国亦用象形字”之类的比附，得出切音字先进、象形字野蛮的结论。沈学则将这一两分深化为

① 裘廷梁：《论白话为维新之本》，《中国官音白话报》第 19、20 期合刊，光绪二十四年七月十一日。

② 陈荣衮：《论报章宜用浅说》（1899），区朗若、冼玉清、陈德芸编校《陈子褒先生教育遗议》，第 5b 9b 页。

③ 阙名：《论中国文章首宜变革》，《亚东时报》第 7 号，光绪二十五年四月初十日。

④ 王树枏：《致何善孙（戊戌）》（十），《陶庐笺牍》卷四，光绪戊申（1908）八月陶庐丛刻本，第 25b 页。

⑤ 谭嗣同著，张玉亮校《仁学（汇校本）》，浙江古籍出版社 2021 年版，第 135 页。

⑥ 卢戆章：《四续变通推原说》，《万国公报》（月刊）第 85 卷，光绪二十二年正月。

“音”与“义”的高下，揭示“字音胜字义，字义难载字音”的原则。[1]卢戆章、沈学、王炳耀等早期语文变革论者都有教会背景，不难设想类似判断可能来自传教士或欧洲东方学者。[2]如花之安（Ernst Faber, 1839–1899）就曾于《教化议》（1875）、《自西徂东》（1883）等著作中指摘中国文字“字学太繁、字部太杂、字音太紊”，进而宣称汉语字音不足，导致“不能深入格致穷理之学”，汉字象形更妨碍了科学字汇的引进。[3]相关言说经常混淆语言、文字二者之间的界限。在更早成书的《泰西学校论略》（1873）中，花之安介绍“中华文字泰西目为板文，缘不能显时与类如泰西者”，土耳其及“中国西北诸域文字”为“胶漆之话”，欧洲“亚利士”（雅利安）文字则“皆以新结列（梵文）之话作原本”。[4]这些新鲜的比较语言学知识，在晚清士子的议论中辗转流播，自不无反响。[5]光绪十九年（1893）四月，《万国公报》刊出《西士论中国语言文字》一文。据学者考证，该文实译自稍早以前伦敦国王学院汉学教师都戈拉斯（Robert K. Douglas, 1838–1913）介绍中国语文的两次讲座。都氏将汉语与作为印欧语言源头的“梵言”作对比，认定“梵言变

---

① 《时务报》第4、12册，光绪二十二年八月初一日、十月二十一日。

② 卢戆章曾应英国传教士马约翰的邀请助译《华英字典》，其“切音新字”方案实际上参照了当时的“厦门话教会罗马字”；沈学则原为上海教会学校梵皇渡书院的医学生，精通英文。相关生平考论，参见倪海曙《清末汉语拼音运动编年史》，第19—20、41页；王尔敏《近代科学与民主先驱：沈学之短促生命光华》，氏著《近代经世小儒》，广西师范大学出版社2008年版，第402—431页。

③ 花之安：《泰西学校、教化议合刻》，商务印书馆光绪二十三年铅印本，第19—21页；《自西徂东·同文要学》，《万国公报》（周刊）第727卷，光绪九年正月初十日。

④ 花之安：《泰西学校、教化议合刻》，第4页。这里所称“文字”实指语言形态，“板文”即孤立语，“胶漆之话”即黏着语。

⑤ 如叶德辉在戊戌年（1898）所作《非〈幼学通议〉》中即提到：“曩于花之安《【泰西】学校》、《教化议》得知其详，其议论是己非人，如以中文为板文，满洲书西域书为胶漆话之类，大都逞其私见，不究本原。”苏舆辑《翼教丛编》卷四，上海书店出版社2002年版，第132页。

化多端，华言虽有变换，然不多于印度，是中国人之语言犹近于古初孩童语言之式也”；关于汉字则指出“中国文字当与巴比伦、埃及二国文援引较比……三国文字之初创，俱以象形为始”。[①] 晚明利玛窦（Matteo Ricci, 1552–1610）就曾将汉字比附于埃及古文字，[②] 晚清域外游记中有更多类比二者的段落。郭嵩焘《使西记程》提到，他在看到埃及古文字拓本后，“乃知文字之始，不越象形、会意。麦西始制之文字，与中国正同。中国正文行而六书之意隐；西洋二十六字母立，但知有谐声，而象形、会意之学亡矣”。[③] 这些片段译介或评述，都有可能进入后来语文变革论者的视野，造成切音、象形优劣相形的文字观；文字优劣又与语言等级乃至文明等级相匹配，构成“文字变革”的内在动力。[④]

不容忽视的是，在批评中国语言文字幼稚、缺陷的议论之外，传教士方面亦不无回护中国经书及文字价值的论说。主持苏州博习书院（Buffington Institute）的美国教士潘慎文（Alvin Pierson Parker, 1850–1924）就认为：“中国人为了受教育，他必须懂得本国的语言和文学，迄今发现唯一学习语言和文学的途径是通过认真学习经书。”[⑤] 晚清传教士群体在引进泰西新说的同时，常注意迎合中国士人的既有认知，故其言

① 都戈拉斯著，古吴居士（沈毓桂）笔述《西士论中国语言文字》，《万国公报》（月刊）第52卷，光绪十九年四月。参见 Elisabeth Kaske, *The Politics of Language in Chinese Education, 1895-1919*, p.109.

② 参见利玛窦《论耶稣会及基督教进入中国》，转引自卡萨齐（G. Casacchia）、莎丽达（M. Gianninoto）《汉语流传欧洲史》，学林出版社 2011 年版，第 8、15 页。

③ 郭嵩焘：《使西记程》，光绪二年十一月廿四日条下，见钟叔河、杨坚整理《郭嵩焘：伦敦与巴黎日记》，岳麓书社 1984 年版，第 77 页。按：“麦西”为“埃及”之旧译，早期新教传教士译自希伯来文 mizraim。

④ 详见程巍《语言等级与清末民初的“汉字革命”》，刘禾主编《世界秩序与文明等级：全球史研究的新路径》，生活·读书·新知三联书店 2016 年版，第 347—404 页。

⑤ 潘慎文：《论中国经书在教会学校及大学中的地位》，原载《在华传教士 1890 年大会纪录》，译文转引自朱有瓛、高时良主编《中国近代学制史料》第 4 辑，华东师范大学出版社 1993 年版，第 127—128 页。

论方向往往多歧。论者能从中吸取片段的见闻之知，却未必能找到一套足供援用的话语。在甲午以前凭借传教士途径接触西学的口岸读书人那里，或谓“先用华文，后用西文，乃可以有利无弊”[①]，或主张“致远之道，以声为便；然合音为字，其音不备，牵强为多，不如中国文字之美备”[②]之类调停中西的议论。光绪十九年春，上海格致书院以“中西及各国文字语言之异同”为题征集课艺，王韬等评卷人看重的“超等”之作仍多停留于罗列“异同”的层次，还有课卷坚持“六体兼备”的华文较“仅知谐声”的西文更胜一筹。[③]

甲午以后，来自日本的“言文一致”论述为新派士人的语文变革论提供了另一系话语资源。日本通过“言文合一”完成了教育普及，这一“神话”在卢戆章、沈学、裘廷梁、陈荣衮等人论著中皆曾提及。但较完整的描述还是来自此前黄遵宪撰著的《日本国志》与《日本杂事诗注》。黄遵宪观察到日文中假名与汉字的区隔，从中发现言、文发展的不平衡现象，得出“语言与文字离，则通文者少；语言与文字合，则通文者多”的判断。他将语言、文字的分合与识字率、启蒙教育的效率相联结，拓展了晚清语文变革的论述空间。细读之下，不难发现其言说的重点，已有从“文字”向“文体”的微妙转移：不独切音文字是“言文合一”的途径，中国“小说家言，更有直用方言，以笔之于书者”，同

① 见杨毓辉《华人讲求西学用华文用西文利弊若何论》，《格致书院课艺》，上海富强斋书局光绪二十四年石印本，西学类，第1a—5a页。按：该文作于光绪十五年，获格致书院己丑冬季课题超等第一名。后改题《中西书法异同论》，收入陈忠倚辑《皇朝经世文三编》（上海书局光绪二十四年石印本）卷四十二。

② 康有为：《广艺舟双楫·原书》，姜义华、张荣华编校《康有为全集》第1集，中国人民大学出版社2007年版，第254页。

③ 如名列该次课艺“超等第二名”的沈尚功即指出：“以中国人读中国字，而高下轻重徐疾即各自成音，赖有象形、会意等义相维持。故数千年后，犹得以考证古训也。西国文字，仅知谐声，以口相传，久而异变，安能如华文之六体兼备，如四声勿乱哉？”见《格致书院课艺》，字学类，第6b页。

样也是“语言文字几几乎复合”的佳境。此种“适用于今，通行于俗”的文体追求，更为戊戌时期“白话”、“浅说”论的展开提供了论据。[①]

黄遵宪有关日本的两部著作最初不彰，直到甲午以后，才凭借康有为、梁启超一派的推介而广为流播。梁启超在光绪二十二年为沈学《盛世元音》作序，即以黄遵宪的“言文合一论”统摄卢戆章、蔡锡勇、沈学的切音字方案。《日本国志》中关于汉字难读的一段描述，亦借梁启超此文的援引而为人所熟知：“汉字多有一字而兼数音者，则审音也难；有一音而具数字者，则择字也难；有一字而具数十撇画者，则识字也又难。”[②]只是，黄遵宪原文所说的“审音”、“择字”之难，本是就日文汉字音、训纷歧的状况而言，与中国人的汉字使用并不相干。但梁启超在引用时，却将原文中的“汉字”二字偷换为“中国文字”，并继以“华民识字之希，毋亦以此乎”一句慨叹，给读者造成了仿佛“一字数音”“一音数字”亦是“华民”识字困难的印象。[③]时人化用此段议论，并不一定直接援引黄遵宪，而往往转手自文章影响力更大的梁启超，遂使原本针对日文文体的汉字批判论，被原封不动地移植到了汉字使用原理完全不同的中国。[④]换言之，也就是将外人解读汉字、汉文的困难直接转化成了中国文字自身的缺陷，而中国文字、文章在本土环境下固有的使用便利和教学传统，却在这一转化过程中被抹杀了。

梁启超《沈氏音书序》提到康有为“属其女公子”编纂音母，与康、梁接近的曾广钧、汪康年等亦曾有志于此。康有为《大同书》提出

① 黄遵宪：《日本国志》卷三十三，学术志二，羊城富文斋光绪十六年刻本，第3b—7a页。

② 黄遵宪：《日本国志》卷三十三，学术志二，第4a页。

③ 梁启超：《沈氏音书序》，《时务报》第4册，光绪二十二年七月廿一日。

④ 如叶瀚《蒙学报缘起》就曾化用此段，说明中国童蒙识字的困难：“有一字而兼数音，一音而备数义，综举则词繁，略之则义阙，此识字之难一也。”见《蒙学报》第1册卷首，光绪二十三年十一月初一日。

“创制简易新文”的设想，史家据此将他视作提倡切音文字的先驱。[①]实则由于康氏倒填成书年月，不如将这一设想看作对戊戌时期切音字实践的事后回应更为妥当。[②]目前可以确定的是，在康有为作于光绪十一年（1885）以前的《教学通义·言语》篇中，已提到“古者惟重言语，其言语皆有定体，有定名。……凡以言语为用，必有定名，天下同一，而后可行”的观点，强调言语“天下同一”的必要；后来论者多想象上古言文合一，[③]康有为此篇亦早已论定：“自秦汉后，言语废而文章盛。”[④]关于言、文分化，康有为此篇有三个层次的认识：首先是文体分歧，即“诗赋与词曲不同，散文与骈文不同，散文与书牍不同，公牍与书札不同，民间通用文字又与士人之文、官中之牍不同，是谓文与文不同”；其次才是后来语文论说重视的“言与文不同，学人与常人言不同”；最后则为南北方言的分歧。尤其重要的是，此时康有为已意识到语言统一与国势强弱的关系，并引印度语言分化而弱亡、客家人不失本音而“横行编户间”为反、正两方面的例子；在书写文字方面，亦强调必须有定式、定名，“百凡文体皆从定式”，“一切名号断从今式”。戊戌时期的语文论说注重文字、文体的变革，在“国语”概念输入之前，语言统一议

---

① 倪海曙：《清末汉语拼音运动编年史》，第31—32页。

② 据汤志钧考证，康有为自称撰于光绪甲申（1884）的《大同书》，实际成书于光绪二十七八年间，此后又屡经修改。参见汤志钧《论〈大同书〉的成书年代》，氏著《康有为与戊戌变法》，中华书局1984年版，第108—124页。

③ 如梁启超在《沈氏音书序》中指出：“古者妇女谣咏，编为诗章；士夫问答，著为辞令。后人皆以为极文字之美，而不知皆当时之语言也。”《变法通议·幼学》篇更直接提出：“古人之言即文也，文即言也。”见《时务报》第4、16册，光绪二十二年八月初一日、十二月初一日。前揭裘廷梁《论白话为维新之本》亦以为“文字之始，白话而已矣”，并举五帝、三王时代著书、文告皆白话为例。参见裘廷梁《论白话为维新之本》，《中国官音白话报》第19、20期合刊，光绪二十四年七月十一日。

④ 康有为：《教学通义·言语第二十九》，姜义华、张荣华编校《康有为全集》第1集，第54—56页。

题尚未十分显豁。[①] 康有为则不仅提到言文合一，更要求文体、方言的统一。

康有为虽然在《教学通义·言语》篇中提示了上古“言语文章无别”的想象，却未必苟同在当下以俗语入文。周旋于士大夫圈子的康氏，自然懂得“学上大夫朝庙坛席相周旋，又尚雅焉，……之、乎、者、矣、焉、哉等字，后世以为文章之助辞，古人以为言语之助辞，不如后世这、个、怎、地、底之满口鄙言也。”[②] 其作《笔记》亦批评宋儒语录多用白话，是“龙蛇杂蚯蚓，鄙俗之极”。[③] 梁启超肯定切音文字的实用性，却也并不废弃“美观而不适用”的“文家言”。[④] 康、梁均出自科举正途，并曾混迹于上层士大夫群体，立场与教会或新式学堂出身的语文变革论者实有差别。值得注意的是，即便是来自西学视野的切音字主张，对汉文、汉字的态度也比较复杂。卢戆章批驳汉字繁难野蛮，同时却说“切音字大益于辅翼昌明汉字之风化”；[⑤] 沈学则在追求“天下公字”的同时，又恐“中国风气一变，劳逸之心生，利弊之见明。……如此则富强未得，中国之方音灭矣，中国之文字废矣”，于是主张“汉文处今日，有不得不变之势，又有不能遽变之情”。[⑥] 倒是裘廷梁、陈荣衮等“白话”、“浅说”论者，他们对“文言”的批评不涉及文字存废，

① 黎锦熙曾指出：“当国语运动的第一期，那些运动家的宗旨，只在‘言文一致’，还不甚注意‘国语统一’；国语统一这个口号，乃是到了第二期才叫出来的。”见黎锦熙《国语运动》，商务印书馆 1933 年版，第 4 页。

② 康有为：《教学通义·言语第二十九》，姜义华、张荣华编校《康有为全集》第 1 集，第 54 页。

③ 康有为：《笔记·文章》，姜义华、张荣华编校《康有为全集》第 1 集，第 207 页。按：《康有为全集》编者推定此篇作于光绪十四年（1888）前后，似可从。

④ 见梁启超《沈氏音书序》，《时务报》第 4 册，光绪二十二年七月廿一日。

⑤ 卢戆章：《四续变通推原说》，《万国公报》（月刊）第 85 卷，光绪二十二年正月。

⑥ 沈学：《盛世元音原序》，《时务报》第 4 册，光绪二十二年八月初一日。

反而能收放自如。[①] 此类激进之中的调和，当然可能只是一种言说策略，但不容否认的是，清末关于语言文字前途的讨论，从一开始就包含有论者自身的知识背景和文化认同在内。而戊戌时期的语文变革论者在其间有所徘徊，论理之外更有教育实际的考虑。

对于戊戌前夜既追求从速变革，又不愿尽弃文字、文学教养的趋新士人而言，更容易接受的论调，可能并非价值上的优劣判定，而是教法上的难易比较。亦即在承认中国文字优点的前提下，引进在启蒙教育方面比较易行的西文西语、切音文字或白话、浅说，作为进入西学堂奥的捷径。熟知中国士大夫心理的李提摩太（Richard Timothy, 1845-1919），正是从这一“务实”的角度，较量中、西文字的难易：

> 中国文词之富丽，字画之精工，远胜他国。惟其富丽精工，故习之也难。士人十年窗下，苦费钻研，始能成就。即学成之士，偶或荒弃，亦必强半遗忘。学者务乘年富力强之际，专意研求，而于他事实无暇讲求矣。至于洋文，虽亦不易学，究不若华文之久需时日。[②]

李提摩太此论本为“己丑（1889）、庚寅（1890）”间为天津《时报》所作，但发挥影响却亦是在甲午年（1894）收入《时事新论》以后。其中关于学习“中国文词”耗时过多将导致其他“实事”无暇讲求的议论，特别适应甲午战后崇实学、求速变的急迫氛围。光绪二十一年（1895），

① 同在康有为门下的陈荣衮，即曾批评梁启超的“文质两存说”：“今之君子，有为文质两存之说者，亦非计之得也。假如出一段言语，十人中有五人知之，有五人不知，孰若出一段言语，十人闻之即有十人知之也。”参见陈荣衮《论报章宜用浅说》（1899），区朗若、冼玉清、陈德芸编校《陈子褒先生教育遗议》，第 9b 页。

② 李提摩太：《宜习英文说》，《时事新论》卷八，上海广学会光绪二十年铅印本，第 13a 页。

郑观应重订《盛世危言》为十四卷本，新插入《华人宜通西文说》一文，即颇采用李提摩太《宜习英文说》的论点乃至措辞。郑观应先声明“中国之文字精深富丽，恐他国无有能及者”，但随即指出中、西文字在教育实效上的差距：“西国童子不过读书数年，而已能观浅近之书，又能运笔作书信论说等；我中国苟非绝顶聪颖子弟，未见有读书数年而即能作书信论说者也。可知中西人非智愚之有殊，实文字有难易也。”[①] 汉字汉文“精深富丽”的优点，与其施之教育的费时费力形成了对照。[②]

同年夏，《万国公报》编者在卢戆章《变通推原说》文末的“附志”中，采取了与李提摩太、郑观应相当近似的论调：“中国人识字读书，极宜求一简便之法，以期童子入塾后四五年内，即可通晓文义，俾得腾出暇日，多求有用诸学。”[③] 换言之，“识字读书”本身并不是目的，而是获得西学知识的手段，更是需要尽快跨越的阶段。实则卢戆章原文早已指出切音字的一大优势正是缩短读书年限，他质问：“倘吾国专以汉字汉文设立学校，读白文者几何年？由白文而读注解者几何年？学习法帖、典故、字句者，又当几何年？而帖式、书启、诗赋、文章无论矣。是四书五经学习未完，女已及笄，男须为农工商贾矣。读本国之书尚且不

① 郑观应：《华人宜通西文说》，夏东元编《郑观应集》上册，上海人民出版社1982年版，第283—284页。

② 李提摩太、郑观应的议论重点仍在西文，但当时亦无不从偏袒汉字的反方向宣扬“汉文精深”与“西文简易”不妨并存的论调。如甲午年间以二等参赞身份出使西欧各国的宋育仁，即观察到西文“语言即文字，简易易知，顾其为书，便于直陈器数，难于曲达义理。举国聪明才智，注于器数，故日进富强；无深至之文言，则性情不感，而日趋诈力”；相比之下，“中文主形，形中见义，所谓圣人见分理可相别异，故制文字。西人无分理之别，先不能立纲常之名，故不知有名教”。然而，尽管有此“诈力”与“名教”之别，寰球大势趋于功利，则中国士人又不得不习西文。见宋育仁《泰西各国采风记》，穆易校点，岳麓书社2016年版，第62—63页。按：前引杞庐主人编《时务通考》中“西国文字简易”一条，实即照录宋育仁此段，见杞庐主人编《时务通考》卷十九，《续修四库全书》第1257册影印本，第574—575页。

③ 《变通推原说·本馆附志》，《万国公报》（月刊）第78卷，光绪二十一年六月。

暇，焉有余力兼习他国语言文字、富国强兵等书也哉？”[①] 戊戌以前的切音字方案，多有参照速记法（shorthand）成字者，正是这种求速求便心理的反映。沈学认为中国士人“非诚读十三经不得聪明，非十余年工夫不可。人生可用者有几次十年？因是读书者少，融洽今古横览中外者更少。”[②] 而在文体方面，裘廷梁总结“白话”八项便益，其一曰“省日力”，其三曰“免枉读”，其五曰“便幼学”，亦均是从教育实际着眼。[③] 语言文字论者的批评对象，在汉字、“文言”的表象背后，隐含着以经文记诵为中心的传统蒙学。

类似的理路亦见于“文法”层面。光绪二十四年孟冬初版的《马氏文通》树立了中国人自编汉语语法书的典范，但马建忠的撰著初衷却是针对“华文”在“西文”对照下的教育难题：“余观泰西童子入学，循序而进，未及志学之年，而观书为文，无不明习。而后视其性之所近，肆力于数度、格致、法律、性理诸学，而专精焉。故其国无不学之人，而人各学有用之学。……华文经籍，虽亦有规矩隐寓其中，特无有为之比拟而揭示之。遂使结绳而后，积四千余载之智慧材力，无不一一消磨于所以载道、所以明理之文，而道无由载，理不暇明。”[④] 换言之，马氏为中国古文构建“普遍唯理语法”的框架，本意并非让学者消磨于专深的语法研究，而是要引进一套可以速成的“规矩”，帮助学童尽快进入学习“有用之学”的阶段。在《马氏文通》的“后序”中，马建忠设拟有人质问：方今《马关条约》初成，上下交困，而环伺之国六七，瓜分危机岌岌，正当膜拜西学、刍狗文字之时；方此时而研究文法，岂非不识时务？马氏的回答是：

① 见《万国公报》（月刊）第 85 卷，光绪二十三年正月。

② 沈学：《盛世元音原序》，《时务报》第 4 册，光绪二十二年八月初一日。

③ 裘廷梁：《论白话为维新之本》，《中国官音白话报》第 19、20 期合刊，光绪二十四年七月十一日。

④ 马建忠：《马氏文通 · 后序》，商务印书馆光绪二十四年孟冬铅印本，第 2a—2b 页。

天下无一非道，而文以载之；人心莫不有理，而文以明之。然文以载道而非道，文以明理而非理。文者，所以循是而至于所止，而非所止也。[①]

此中将“文”与“道”、“理”二者对立，看似传统，实则应时。“循是而至于所止，而非所止也”的论断，充分表征了甲午、戊戌之间的急迫局势下，包括文字、文体、文法等各个层面在内的“文”，在趋新士人眼中并非值得追求的目标，而是首先被看作一定阶段后就可以放弃的手段和工具。新派舆论群趋“语言文字”话题，表面上看是重视“字学”，实则其关切的重点，仍在跨越语文障碍后所能达到的“实事”和“有用之学”，亦即马建忠所谓“道”。因而问题的关键正是“如何求一简便之法”。无论是切音字、白话、浅说，还是通过“文法”引进的词类划分、句法规则等，最终决定其去留的，并不在于变革方案的“彻底”程度，而是要看它们能否在教育实践中促进读书能力的速成。清末语文变革论者往往同时带有改革教育的主张，作为此时期趋新舆论另一焦点的“学校”，正是让“文字”有可能对“国势”发挥决定性作用的主要媒介。

二 幼学论框架下的“识字作文”

大概在光绪丙申（1896）、丁酉（1897）之间，郑观应曾致信蔡锡勇，称道其所创“传音快字”简便易行；同时却又指出当时“蒙馆初

① 马建忠：《马氏文通·后序》，第2a页。

学”的主要困难，“非尽关汉文艰深，亦由于教法未善”：

> 凡蒙馆初学者，均教以《三字经》、《百家姓》与“四书”，文只唱口簧，不讲字义。所以孩童读书苦其无味，辄不入心。若先教其识字数千，及讲明字义用法。然后读书作文，则教者不劳，而读者有趣。[①]

语文变革论致力于分别“文义”深浅，郑观应则更强调“教法”难易，二者视野实有差别。但从“不讲字义”、“只唱口簧”的蒙馆诵读，到“先教其识字数千，及讲明字义用法”的新法教学，“识字”“文法”等语文环节又正是蒙学变革的突破口。通过强调“识字作文”而区别于传统上以经训记诵为中心的蒙学教法，继而与时下流行的语文变革论对接，这一策略在同时期梁启超的《变法通议·幼学》篇中得到了较为完整的呈现。

作为《变法通议》的主体部分，借助《时务报》的发行网络以及各种新兴报刊、经世文编、疆臣奏议的反复转载或转引，梁启超《论学校》诸篇在很大程度上决定了清季文教改革乃至学制创设的进路。其中《幼学》一篇，针对旧式蒙学倡导教法变革，不仅与郑观应等新学家议论相呼应，更引起士大夫群体的激烈反响。[②] 自光绪二十二年十二月初

---

① 郑观应：《复蔡毅若观察书》，夏东元编《郑观应集》下册，上海人民出版社 1988 年版，第 201—202 页。信中提到王炳耀、沈学的切音字方案，则最早应作于光绪二十二年以后，而蔡锡勇又卒于光绪二十三年，故推论在此二年之间。

② 代表性反响，如郑棻《读新会梁氏论幼学书后》，《湘报》第 54 号，光绪二十三年闰三月十七日；从反面加以驳斥的，则有叶德辉作于戊戌年秋的《非〈幼学通议〉》（苏舆辑《翼教丛编》卷四，第 130—137 页）。

一日（1897年1月3日）起，《幼学》篇分四次连载于《时务报》。[①] 梁启超在文中指摘当时“学究教法”有囿于科举、偏于记诵、过早读习“四书”等弊端，继而区分“悟性”、“记性”，引出“悟性”高于“记性”的绝大判断。与卢戆章、沈学等人的语文变革论类似，梁启超的幼学主张亦颇有与此前传教士言论重合的部分。狄考文（Calvin W. Mateer, 1836–1908）曾指出中国教法的缺点是“独重笔下之文章，不重口中之谈论”，并认定“言辞更要于文辞，盖有言辞者必能文辞，而能文辞者未必有言辞也”，揭示语言才是词章的源头。[②] 梁启超搬用其说，声称后世虽然难免言、文分离，但“必言之能达，而后文之能成，有固然矣”[③]。“语辞”先于“文辞”的意识，与“悟性”高于“记性”的判断相配，充当了蒙学变革的理论依据。在《时务报》第17、18期两期续载的部分，梁启超以重编蒙学书为契机，提出识字书、文法书、歌诀书、问答书、说部书、门径书、名物书七门为骨干的教学框架。初学必需的“识字”、“文法”占据了首要地位。但也正如学者早已指出的，这七种书实际上是“对康有为幼学思想的阐述和发挥”。[④] 梁启超自言其书可以追溯到五年前“南海康先生草定凡例，命启超等编之”[⑤]；后又强调

① 梁启超：《论学校五（变法通议三之五）·幼学》，连载于《时务报》第16—19册，光绪二十二年十二月初一、十一日；光绪二十三年正月二十一日、二月初一日。按：该文收入各种丛书或文集时，曾被改题《幼学通议》、《论幼学》等。本书征引根据原出处，一律称为《幼学》篇。

② 狄考文：《振兴学校论》，《万国公报》（周刊）第653卷，光绪七年闰七月初三日。

③ 梁启超：《论学校五（变法通议三之五）·幼学》，《时务报》第17册，光绪二十二年十二月十一日。狄考文对梁启超的影响，参见村尾進「万木森々：『時務報』時期の梁啓超とその周辺」狹間直樹編『（共同研究）梁啓超：西洋近代思想受容と明治日本』みすず書房、1999、54–55頁。

④ 夏晓虹：《觉世与传世——梁启超的文学道路》，上海人民出版社1991年版，第16页。

⑤ 梁启超：《论学校五（变法通议三之五）·幼学》，《时务报》第18册，光绪二十三年正月二十一日。梁氏还提到，顺德何穗田在澳门集款开办了幼学书局，拟先印行识字、文法、歌诀、问答四种，光绪二十三年（1897）夏间“即当脱稿”，由广时务报馆（知新报馆）印行，其“名物”一书亦已开编。

《幼学》等篇构思，是“欲踵南海先生《长兴学记》之余议，骈列一书，以质吾党”[①]。因此，考察《幼学》篇由七种书构成的教学框架，不能不回顾康有为及其门下的幼学理论与实践。

康有为早年所作《教学通义》中，本有《幼学》一篇，置于“公学”四门之首，但今传本仅有存目。[②]《万木草堂遗稿》另有题为《论幼学》的一则文字，或以为即《教学通义》失落之篇。在此篇中，康氏提出“二千年来，竟无一书为养蒙计者”，认为后世童子所诵《诗》、《书》、《论语》、《孝经》、《易经》等书，大都“文义高远，不周于用……学非所用，用非所学”，已与戊戌时期的“缓读四书五经”之论相近。康有为还曾设想套用吕祖谦成法，借助便于讽诵的“韵语”体裁，重构幼学书的体系：

> 今修《幼仪》，拟分三〔二〕十类：事亲、事长、处众、使下、见客、执业、读书、侍疾、居丧、祭祀、坐立、起居、行游、洒扫、应对、进退、问馈、衣服、饮食、舟车。各以古经冠首，次采后儒之说。其人事日新，前儒未及者，亦取今时礼节，附之隶条下。其于古者幼仪之法，当不尽失其意，而蒙士德性，庶有助焉。
>
> 《幼雅》之例尊，以通今为义。盖《尔雅》明周，《急就》称汉，取谕蒙僮，无取博古。酌采《尔雅》、《广雅》、《急就》、《释名》之例，分天文、地理、人伦、王制、族姓、度量权衡、干支、时日、宫室、器用、艺业、鬼神、鸟兽、虫鱼、草木凡十五类。造之成句，以便诵读；画之成图，取易审谛；注古今之异，使知迁

① 梁启超：《〈中西学门径书七种〉序》，夏晓虹辑《〈饮冰室合集〉集外文》上册，第17页。

② 参见康有为《教学通义·公学第三》，姜义华、张荣华编校《康有为全集》第1集，第21页。

革。皆取实物，举目可识，凑耳易了。由今通古，由浅识深，进而讲“六艺”群书，通世事。当不复阂隔，岂犹有成学而不知里度之患哉？

……诗亦幼学也。今自《三百篇》外，凡汉魏以下诗歌乐府，暨方今乐府，皆当选其厚人伦、美风化、养性情者，俾之讽诵，和以琴弦，以养其心，其于蒙养，亦不为无益也。[①]

读此可知，康有为早期的幼学设想，大致分为《幼仪》代表的日用礼仪、《幼雅》代表的字学、《诗经》及古今乐府代表的诗学三部分。尤其是《幼雅》一书的立意“以通今为义”，取则于《尔雅》、《急就》分类识字的体例，继以造句，辅以画图，主张识字之后再进讲经书，正可视作梁启超《幼学》篇所述“识字书”“名物书”等体类的滥觞。而其对于“韵语”和古诗、乐府的重视，亦见于后来“歌诀书”的设计。但必须注意到，康有为此篇《论幼学》真正强调的重点仍是为首的“幼仪”一种。就《幼仪》一书设想的内容来看，不难发现从《弟子职》《礼记·内则》到朱熹《童蒙须知》、陆世仪《节韵幼仪》等传统蒙学训诫书的深远影响；诗歌一类突出“厚人伦、美风化、养性情”的目的，亦是延续朱熹、吕祖谦乃至王阳明以来的思路，以“歌诗”与“习礼”相配。清代中期，一些义学或家塾规则仍强调对于“视听言动”的规制，否定“但以功名之成否为实效”的趋向，突出“专以学做人为主”，[②]康有为欲凭借“洒扫应对进退”等礼仪实践纠正晚近蒙学过早研习经训的弊端，仍处在传统蒙学内部调整的范围内。

---

① 康有为：《论幼学》，姜义华、张荣华编校《康有为全集》第1集，第59—60页。

② 参见《义学规则十八条》及《变通小学义塾章程·义塾条规》，璩鑫圭编《中国近代教育史资料汇编·鸦片战争时期教育》，上海教育出版社2007年版，第347、355页。

万木草堂弟子中，不无贯彻康有为幼学设想而专事于课蒙实践的人物。陈荣衮的《妇孺须知》著于“光绪乙未（1895）以前”[①]，分为天文、时令、地理、宫室等类，以虚字殿尾；字下组词造句以为注释，如“天（天地）、雷（行雷）、风（风吹）……晴（落晴雨）、英（英雄）、魂（魂魄）、吟（吟诗）”之类，重在日用实际。[②]光绪二十三年夏，陈荣衮又奉康有为之命纂成《幼雅》一书。全书分释体、释草、释木、释虫鱼、释鸟兽、释器、释宫、释服、释饮食、释天、释地、释人、释官、释算、释大义十五类，字下注“正音”（官话）、“粤音”（“以省城为定”），每类通释之后附以“粤语、古语为准”的“歌语”，以便诵习。如卷一“释体”有条目“巨擘”（古语），释曰：“大拇指也（官话），粤谓之手指公（粤语）”，卷末歌语则云：“巨擘食指一二叉，歧枝骈并指称孖。将无名小循循计，三四五指次第加。”[③]实是将识字书、名物书与歌诀书的体制相结合，且根据“粤东妇孺”的实际需要加以本地化，已较康氏《论幼学》的最初设计有所改进。

另一康门弟子卢湘父则在回忆中提到，康有为看到其所著《妇孺韵语》之后，曾亲授一份“蒙学假定书目”如下：

> 一、先编《童学名物》一书，著一实物之名，下绘图，俾一望易晓。以童子至近之物为主，不得过万。
>
> 一、次编《童学南音》一书，以南音之体，发名物稍深者。约

---

① 杨寿昌：《序》，区朗若、冼玉清、陈德芸编校《陈子褒先生教育遗议》卷首。但同书卷末《陈子褒先生编著书目》将该书系于光绪二十一年冬，下引陈荣衮光绪二十三年六月所撰《幼雅·自序》又称“余去岁著《妇孺须知》”，则又当成于其书刻成之光绪二十二年。

② 陈荣衮：《妇孺须知》，光绪二十二年刻本（北京大学图书馆藏），不分卷。

③ 陈荣衮：《幼雅》卷一，羊城崇兰仙馆光绪二十三年刻本（广东省立中山图书馆藏），第2a、4a页。

四本，用《廿一史弹词》改定。

一、编《幼雅》，照《尔雅》、《广雅》之例，分十余类，辅以各歌，如天文、地理、宫室、亲属、权量、度衡、虫鱼、草木等类。

一、编《童学或问》，以《公羊》调行之，亦照《幼雅》分类。

一、编《小说》，用回合行字。

编《童歌》。

编《文字童学》。照《文学〔字〕蒙求》，删定为三千字，先实字，后虚字，合《说文句读》《段注》《通训定声》并《六书略》例，加变改。

一、编《文法童学》，实字联虚字法，读〔续〕字成句，续句成章，续章成篇，皆引古经史证成之。

一、编《读书入门》，编《古今事理训诂》，令可以读吾之《大义微言》、《改制考》、《孔子纪年史》，及《史记》、《汉书》、《通鉴》、西学。①

这九种书目，较早年所录三类更为完善，从中显然可以看到梁启超《幼学》篇七类新书的渊源:《文字童学》即识字书;《文法童学》即文法书;《童歌》即歌诀书,《童学南音》由《廿一史弹词》改定，亦有歌诀书意味;《童学或问》即问答书;《小说》即说部书;《读书入门》即门径书;《童学名物》《幼雅》均为名物书。而在梁启超《幼学》篇中为西学语词所掩的“康学”气味，如《童学或问》“以《公羊》调行之”,《读书入门》旨在读懂《大义微言》《孔子改制考》《孔子纪年史》等，亦在其间

---

① 卢湘父:《万木草堂忆旧》，夏晓虹编《追忆康有为》，中国广播电视出版社 1997 年版，第 233—234 页。

暴露无遗。

光绪二十三年康有为刊行《日本书目志》，在“教育门·小学读本挂图类”附识中提到上年五月间李端棻奏请设立大学堂，友人陈炽告以“小学无基，无以为大学之才”，建议编辑“小学之书”；康氏遂向门人开示幼学书体例，拟为《幼学名物》、《幼歌》、《幼学南音》、《幼学小说》、《幼学捷字》、《幼学文字》、《幼学文法》、《幼雅》、《幼学问答》、《习学津逮》十项。[①] 康有为自述的幼学框架与卢湘父所记大同小异，惟多出了《幼学捷字》一种，实际上是一套切音字的方案：“因喉、腭、唇、齿、舌之开合，以点、撇、波、磔之长短大小阔窄，代以成极简之字，纬以字母，而童子之作字易矣。”[②] 通过点、撇、波、磔等笔画的长短、大小、阔窄来区别音位，大概是借鉴同时期蔡锡勇、沈学、王炳耀等利用速记符号切音的思路，此外又添加字母文字作为辅助。然而，这一部分切音代字的幼学书设想，在卢湘父的回忆和梁启超的《幼学》篇中均付阙如。[③]

在戊戌维新前夜康、梁一派构思的蒙学新书目中，原先最被看重的“幼仪”部分逐渐消失了。梁启超虽提到“谨其洒扫应对，导以忠信笃敬”的重要性，却不将相关内容列入其蒙学书的框架。[④] 相比之下，识字作文一类不仅大为丰富，重要性亦不断提升。三种蒙学书目的排序本

---

① 康有为：《日本书目志》卷十，姜义华、张荣华编校《康有为全集》第3集，第409页。按：史家早已指出李端棻所奏很可能由梁启超代拟，因此整个蒙学新书目的计划，说是起于李端棻的推广学堂折，亦有可能即是康、梁早已有之的筹划。关于李端棻奏的作者，参见王晓秋《戊戌维新与京师大学堂》，《北京大学学报（哲学社会科学版）》1998年第2期。

② 康有为：《日本书目志》卷十，姜义华、张荣华编校《康有为全集》第3集，第409—410页。

③ 梁启超《幼学》篇未出现有关切音文字的内容，也有可能是因为《变法通议·论学校》的整体框架中原另有“文字”一篇。参见《论学校一（变法通议三之一）·总论》，《时务报》第6册，光绪二十二年八月二十一日。

④ 梁启超：《论学校五（变法通议三之五）·幼学》，《时务报》第19册，光绪二十三年二月初一日。

就含有为学次第的意味：康有为强调名物、诗歌类为先，梁启超则以“识字书”、“文法书”居首，“歌诀书”与“名物书”相对靠后。康、梁之间似乎有所分歧。实则卢湘父回忆当初康有为亲授书目时，就曾强调：“中国文字苦于太深，童蒙幼学十年，有不解文字者，皆由童学无书，遽读经史，宜其久无所入也。”[①] 作为梁启超幼学框架的来源，康有为蒙学书目的重点，已全在文字一面。光绪二十一年四月，康有为上书光绪帝，痛陈“我中国文物之邦，读书识字仅百之二十”[②]；次年，梁启超作《沈氏音书序》，亦提到“中国以文明号于五洲，而百人中识字者，不及三十人”[③]；而在《幼学》篇中，梁启超劈头就说：“西人每百人中，识字者自八十人至九十七八人，而中国不逮三十人。”[④] 康、梁对识字率的持续关注，证明卢湘父所记康有为的告语并非无的放矢。康、梁师弟的识字率估算大致为20%—30%，可能取自李提摩太《论学人》《论学校》等文的统计。[⑤] 的确，若与“德国约有九十四人，美国约有九十人，英国约有八十八人”等数据相比较，号称文化昌明的中国“较之西国亦只有三分之一耳”，这一数据势必会引起危机感，加之其时切音字、白话文等议论的抬头，足以促成清代中期以降幼学论的重心从日用礼仪转向识字作文。

---

① 夏晓虹编《追忆康有为》，第223页。

② 见姜义华、张荣华编校《康有为全集》第2集，第42页。

③ 梁启超：《沈氏音书序》，《时务报》第4册，光绪二十二年七月廿一日。该篇收入林志钧编《饮冰室合集》文集二，“三十人”变为“二十人”（上海中华书局1936年版）；根据下引《变法通议·幼学》篇开头的数据，自以《时务报》初刊为正。

④ 《时务报》第16册，光绪二十二年十二月初一日。

⑤ 李提摩太《论学人》提到：“中国年已长成之人，无论男女贵贱，统计入学肄业读书识字者，每百人中仅有十一人。……即推而广之，以中国之能识之无者充类并计，每百人中作二十人，较之西国亦只有三分之一耳。”与梁启超《幼学》篇的措辞尤为接近。而其《论学校》则指出：“中国十八省生齿日繁，统计每百人中能识字记事者约不过十余人。”康、梁大致是在其基础上，选择了比较多的数字。见《时事新论》卷八，第1b、2b页。

梁启超在宣示中国识字率与西洋、日本的差距后，曾质疑："虽曰学校未昌，亦何遽悬绝如是乎？"[①] 光绪二十三年五月，作为对梁启超幼学论的回应，丹徒士人茅谦撰《变通小学议》，估算当时全国识字率仅有0.1%—0.2%，并提出了类似的疑问："以吾所至吴楚之全壤，燕蓟之大都，虽极鄙陋之乡，皆有蒙塾，其终身未入塾者，千人中亦仅一二焉，何其他日之不识字乎？"[②] 问题的关键又从"学校"转移到"文字"。同年，正在筹备白话报的裘廷梁致信汪康年，指出："西人之言曰中国读书之人少，自吾观之，未尝少也。商之子弟尽人而读之，工之子弟读者十七八，农之子弟读者十五六，少者一二年，多或三四年、五六年、七八年，年十三四而后改就他业。有读书识字之名，不能受读书识字之益，固由学究教法之不对，亦中国文义太深有以致之。"[③] 所云"固由学究教法之不对"，自是针对梁启超"欲救天下，自学究始"的论调。教育变革论者与语文变革论者（姑不论两种身份往往重合）的着眼点有

① 见梁启超《沈氏音书序》，《时务报》第4册，光绪二十二年七月廿一日。

② 茅谦：《变通小学议》[丁酉（1897）五月稿]，《皇朝蓄艾文编》卷十五，上海官书局光绪二十九年铅印本，第2a—4b页。按：晚清时期识字率的估算是一相当复杂的问题，不仅受制于当时调查手段的局限，更关乎识字标准的认知。此方面奠基性研究，端推罗友枝（Evelyn S. Rawski）的《清代教育与基层识字》（*Education and Popular Literacy in Ch'ing China*）一书。罗氏此书出版后，引起学界长久争论，问题延伸至"识字"定义（强调读书科考要求的识字、推动社会进步的识字与日常生活所需识字之间的区别）、识字率是否与社会发展正相关、源自近代西欧的识字率标准是否适用于中国社会等诸多方面。尽管如此，近年来研究一般都认可，就清末康、梁等关心的生活实际和社会组织层面来看，他们的数据很可能低估了实际情况。参见李伯重《八股之外：明清江南的教育及其对经济的影响》，《清史研究》2004年第2期；左松涛《近代中国的私塾与学堂之争》，第194—203页；刘永华《清代民众识字问题的再认识》，《中国社会科学评价》2017年第2期。不过也有个别统计支持康、梁和李提摩太的数据，甚至得出了更低的识字率。参见徐毅、范礼文《19世纪中国大众识字率的再估算》，《清史论丛》（2013年号），中国广播电视出版社2013年版，第240—247页。

③ 裘廷梁：《致汪康年》（二），上海图书馆编《汪康年师友书札》第3册，上海古籍出版社1987年版，第2625—2626页。

“教法”和“文义”之分，但双方所持思路仍较接近：普及教育固然是识字率提高的重要途径，但新教育之所以为“新”、为“有用”，又需要通过识字作文教学的创新来凸显。

新式蒙学框架下的“识字作文”，必须体现“悟性”优先的原则，方能与传统蒙教注重经训记诵的形象相区别。梁启超的这一逻辑为戊戌前后语文变革论进入蒙学教育领域开辟了途径。不过，由于梁氏《幼学》篇后半部基本上是对康有为幼学论的重组，其所援引的语文变革方案，仍不免要附会康门教学法。比如在“识字书”的部分，梁启超强调西人“先实字、次虚字、次活字”的教法，提到“花士卜”（What's what book）、“士比林卜”（Spelling book）等西洋蒙书由浅入深、图文并茂的体例。但在教学实际中，却是遵循康有为《文字童学》的指示，以王筠《文字蒙求》为旨归，总结出“先学独体而后合体”等原则；[①]此外还借鉴了魏源的《蒙雅》，其书“分天篇、地篇、人篇、物篇、事篇，诂天、诂地、诂人、诂物、诂事凡十门，四字韵语，各自为类”，实即康有为、陈荣衮《幼雅》所本。在阐述“文法书”构想时，梁启超特笔提到马建忠“近著中国文法书未成”。其时梁、马二人“几无日不相见”，梁启超看过《马氏文通》初稿，应对其文法学不无会心。[②]然而，

① 在《文字蒙求》一书原序中，王筠借好友之语指出：“苟于童蒙时先令知某为象形、某为指事，而会意字即合此二者以成之，形声字即合此三者以成之，岂非执简御繁之法乎？……总四者而约计之，亦不过二千字而尽。当小儿四五岁时，识此二千字非难事也，而于全部《说文》九千余字，固已提纲挈领，一以贯之矣。”这些观点均在梁启超《幼学》篇“识字书”一段中有所体现。见王筠撰、蒯光典增注《文字蒙求广义》，江楚书局光绪二十七年序刻本，卷首。

② 参见丁文江、赵丰田编《梁启超年谱长编》，上海人民出版社1983年版，第56—57页。梁启超后来又在《中国近三百年学术史》中忆及，《马氏文通》著于光绪二十一年至二十二年（1895—1896），马建忠“住在上海的昌寿里，和我比邻而居。每成一条，我便先睹为快，有时还承他虚心商榷”。见夏晓虹等校《中国近三百年学术史（新校本）》，商务印书馆2011年版，第258页。

梁氏在《幼学》篇中所述教授“文法”的经验，却与来自西洋的“葛郎玛”（Grammar）少有关联：“口授俚语，令彼以文言达之，其不达者削改之。初授粗切之事物，渐授浅近之议论，初授一句，渐三四句以至十句；两月之后，乃至三十句以上，三十句以上，几成文矣。”可知梁启超所谓“文法书”，亦来自康有为的《文法童学》，仍是积字成句、积句成章的作文法。难怪叶德辉后来驳议此条，不是强调“八家派别”、“圈点之风”，就是申述“开合承接之法”，全从古文或时文的章法着眼。[①]

在专门从事蒙学教育的卢湘父看来，其师康有为的幼学论实有“天分太高，视事太易，不能为低能之儿童设想”之虞。[②]戊戌前夕康、梁所谓“幼学”，作为学校论的一部分，不过占有“教、政、艺”三纲中“教”之一端。[③]梁启超等康门弟子构想的《学校报》亦仅针对“成童以上之学僮”，尚未顾及“教小学、教愚民”二事。[④]理论上被认作变法本原的“幼学”或“文字”，在以“得君行道”为宗旨的维新实践中，反而成了不急之务。百日维新期间，梁启超为京师大学堂草拟功课，内有作为“溥〔普〕通学”第九科的“文学”。[⑤]论其渊源，与其追溯《幼学》篇的识字书、文法书，倒不如上推万木草堂、时务学堂的“学文”功课。[⑥]梁启超心目中作为普通学的“文学”，恐怕还是使“觉世之文”得以通达流行的技术，而非童蒙识字、读书、作文的初步。与这一时期趋

---

① 叶德辉：《非〈幼学通议〉》，苏舆辑《翼教丛编》卷四，第133—134页。

② 夏晓虹编《追忆康有为》，第234页。

③ 见梁启超《论学校一（变法通议三之一）·总论》，《时务报》第6册，光绪二十二年八月二十一日。

④ 梁启超：《蒙学报演义报合叙》，《时务报》第44册，光绪二十三年十月十一日。

⑤ 梁启超：《代总理衙门奏拟京师大学堂章程》，夏晓虹辑《〈饮冰室合集〉集外文》上册，第35页。

⑥ 参见梁启超《万木草堂小学学记》，《知新报》第35册，光绪二十三年十月初一日；《湖南时务学堂学约》（丁酉冬），林志钧编《饮冰室合集》文集二，第27页。

向激进的语文变革论类似，从康有为的幼学论到梁启超的《幼学》篇，尽管不无遵照其方案付诸实践的个例，却多半还是要当作思想文本来看。[①]

三　新教法的旧资源

梁启超在《幼学》篇终章宣告："必使举国之人，无贵贱无不学；学焉者自十二岁以下，其教法无不同。"[②]康、梁一派幼学论突出"识字作文"，得到近代教育普及观念的加持。当训蒙不再仅仅着眼于造"士"，更要使农、工、商于短暂的求学期间内获得实用知识，则日用必需的识字作文能力自然较远离农、工、商生活的经训记诵更为重要。然而，无论是识字为先，还是讲解为重，这些教学理念在清代前中期的蒙学著作中实已有所征兆。新派舆论所呼唤的新式教法，在体现西学或"康学"影响的同时，是否也内化了一些传统经验？对照古圣遗训和西洋新法，梁启超突显传统训蒙法有"未尝识字，而即授之以经；未尝辨训，未尝造句，而即强之为文"等弊端；又说"开塾未及一月，而'大学之道在明明德'之语，腾跃于口，洋溢于耳"[③]。但若返回教学实际，

① 光绪二十四年（1898）五月，《湘报》刊出"长沙任氏正蒙学堂学规"，即直接模仿了《幼学》篇的"功课表"；同年七月，《国闻报》刊布"长沙周会昌拟学堂公法"，亦基本上是按照《幼学》篇七种书的框架来设计其课程。可见《幼学》篇至少在康、梁一派势力活跃的长沙，有相当大的影响力。分别参见《长沙任氏正蒙学堂学规》，《湘报》第102号，光绪二十四年五月十六日；《学堂公法》，原载戊戌七月《国闻报》，转引自佗城倚剑生编《光绪二十四年中外大事汇记》，《中华文史丛书》影印广州广智报局光绪戊戌（1898）铅印本，第660—662页。

② 梁启超：《论学校五（变法通议三之五）·幼学》，《时务报》第19册，光绪二十三年二月初一日。

③ 梁启超：《论学校五（变法通议三之五）·幼学》，《时务报》第16册，光绪二十二年十二月一日。

则此论大概只适用于当时所谓“三家村俗学”。内中既有梁氏自身从学经历投射，又可能受到传教士眼光影响，更受制于新兴报章政论的驳议风格。驳议文字往往“攻其一点，不及其余”，却在有意无意之间，遮蔽了传统蒙学在层次、阶段、方法上的分化。

关于晚清时开蒙读书的层次差别，不妨引亲历者刘禺生的回忆：

> 当时中国社会，读书风气各别。非如今之学校，无论贫富雅俗，小学课本教法一致也。曰“书香世家”，曰“崛起”，曰“俗学”，童蒙教法不同，成人所学亦异。所同者，欲取科名，习八股、试帖，同一程式耳。“世家”所教，儿童入学，识字由《说文》入手，长而读书为文，不拘泥于八股、试帖，所习者多经史百家之学，童而习之，长而博通，所谓不在高头讲章中求生活。“崛起”则学无渊源；“俗学”则钻研时艺。《春秋》所以重世家，六朝所以重门第，唐宋以来重家学、家训，不仅教其读书，实教其为人。此洒扫应对进退之外，而教以六艺之遗意也。[①]

刘氏揭出“世家”、“崛起”、“俗学”三个层次的教法差别，以与近代以降教育划一的局面相对照。在清代朴学传统影响下，江浙文教昌明之区的“书香世家”，一定程度上已脱出科举束缚。仪征刘氏号称“五世传经”，其子弟“启蒙入学，必先读《尔雅》，习其训诂”[②]。相较之下，来自广东乡间耕读之家的梁启超，幼学从四书、《诗经》入门，十二岁时还“不知天地间于帖括外，更有所谓学也”，至十三岁“始知有段、王训诂

① 刘禺生：《世载堂杂忆》“清代之科举”条，第3页。

② 梅鹤孙著，梅英超整理《青谿旧屋仪征刘氏五世小记》，上海古籍出版社2004年版，第64页。

之学”；[①]其所接受的启蒙教育，即便不至如“俗学”之专攻时艺，亦绝非“世家子弟”从训诂、经史入门的路数。按照塾师是坐家还是设馆，以及组织方式、经费来源的不同，传统学塾尚可分为家塾、散馆、村塾、义塾、族塾等类别，各自的授学对象与课程设计都有差异。[②]这些层次区分，亦未能在清末梁启超等的幼学论中得到充分体现。

清初唐彪有《父师善诱法》一书流传甚广，早已论及学塾区分阶段的必要：“吾婺往时经、蒙皆分馆，经师无童子分功，得尽心力于冠者之课程，故已冠者多受益；蒙师无冠者分功，得尽心力于童蒙之课程，故幼童亦受益。”[③]清代部分学塾已分蒙馆、经馆两个层级：经馆以应试为目的，练习八股、试帖、白折；蒙馆则在预备经馆课程之外，更有“普及基本的文化知识，传授简单的生存技能”等功能。[④]蒙馆为农、工、商提供了最低程度的教育，在诵习四书之前，有“集中识字”的阶段，主要是诵读《三字经》《百家姓》《千字文》等“小书”，持续时间多则一年，少则半载，三四百字亦足敷用。[⑤]民间有时亦参用各种“杂字”，以适应行业或日常生活之需。时至晚清，梁启超等趋新者当然熟知“三、百、千”的存在，但梁氏《幼学》篇却将开读四书之前的识字阶段缩短到“未及一月”。正如本章开篇所引陈荣衮论说所指出的，在

① 梁启超：《三十自述》，下河边半五郎编《饮冰室文集类编》上册，帝国印刷株式会社1904年版，卷首第2页。

② 这方面的专题研讨，可参见蒋纯焦《一个阶层的消失：晚清以降塾师研究》，第21—23页。

③ 唐彪：《父师善诱法》卷上，“经蒙宜分馆”条，唐彪辑撰《读书作文谱》，白莉民等点校，岳麓书社1989年版，第174页。

④ 蒋纯焦：《一个阶层的消失：晚清以降塾师研究》，第37—41页。

⑤ 张志公曾指出：“识字教育是传统语文教育的一个重点，在这个方面，前人用的工夫特别大，积累的经验也比较多。很突出的一个做法是在儿童入学前后用比较短的一段时间（一年上下）集中地教儿童认识一批字——两千左右。”见《传统语文教育新探（附蒙学书目稿）》，上海教育出版社1964年版，第3页。

外来教育理念的观照下，原本在蒙馆中分别承担着实用与应试不同功能的“小书”（“三、百、千”）与“大书”（“四书”），因为均非“全讲全解”，往往被谴责为“不能开其蒙，而复加之以蒙”[①]。康、梁一派幼学论刻意放大了传统蒙学针对应试、偏向记诵的“俗学”侧面，却对其初学识字的实用侧面不无遮蔽。

梁启超批评当时蒙学偏于“经训诵读”，亦非完全取决于外来新视野。精熟近代学林掌故的叶德辉，戊戌间反驳梁启超《幼学》篇时，就已指出：“王菉友（筠）小学颇为康、梁师弟所推服。”[②] 这里的“小学”，除了被康、梁“识字书”直接提及的《文字蒙求》，亦可用来涵盖王筠的蒙学教法论。王筠不仅提出“蒙养之时，识字为先，不必遽读书”的原则，更阐述了“先取象形、指事之纯体字教之……纯体字既识，乃教以合体字”等具体教法，为梁启超《幼学》篇所取用。与清末的蒙学变革论者一样，王筠亦提倡讲解，反对单纯记诵，其《教童子法》中经常被后人引用的名句是：“学生是人，不是猪狗。读书而不讲，是念藏经也，嚼木札也，钝者或俯首受驱使，敏者必不甘心。”[③]

训蒙以认写文字为先，本是自古以来的惯例。[④] 惟两宋道学兴起以后，“小学”观念有所扩充，道学家往往在读写之外，更强调礼仪的整肃。如朱熹《童蒙须知》揭示蒙学次第，“始于衣服冠履，次及言语步趋，次及洒扫涓洁，次及读书写文字，及有杂细事宜，皆所当知”，就

---

① 陈荣衮：《论训蒙宜先解字》，区朗若、冼玉清、陈德芸编校《陈子褒先生教育遗议》，第3a—4a页。

② 叶德辉：《非〈幼学通议〉》，苏舆辑《翼教丛编》卷四，第132页。

③ 王筠：《教童子法》，商务印书馆1937年排印本，第1页。

④ 王子今指出“学书”是秦汉时期启蒙教育初阶，并推断“这一情形在战国末年至秦代就已经形成”，见氏著《秦汉儿童的世界》，中华书局2018年版，第222—223页。

把日用礼仪的见习安放在读书写字之前。[1]降至清初，随着学风的迁移，学者又开始对“朱子小学”提出异议。同样以理学著称的陆世仪即曾声言：“今文公所集多穷理之事，则近于大学；又所集之语多出四书五经，读者以为重复。且类引多古礼，不谐今俗，开卷多难字，不便童子。”陆氏批评后人尚制科而不重识字，主张“小学”应多习古文奇字；又指出“近日人才之坏，皆由子弟早习时文”。[2]在同时代专事课蒙的塾师唐彪那里，认字、讲解为先的理念更为显豁，尝谓：“苟字不能认，虽欲读而不能，读且未能，乌能背也？”又云：“凡书随读随解，则能明晰其理，久久胸中自能有所开悟。若读而不讲，不明其理，虽所讲者盈笥，亦与不读者无异矣。故先生教学工夫，必以勤讲解为第一义也。”[3]这些议论与康、梁幼学论相隔二百余年，主张却大略相似。

晚清口岸租界中涌现过一些教会兴办的小学校，多以华人贫苦子弟为对象，教法上尚未体现出多少创新。[4]光绪四年（1878），上海邑绅张焕纶集乡人之力创设正蒙书院，后改名梅溪书院，实是一所“与东西

---

① 朱熹：《童蒙须知》，朱杰人、严佐之、刘永翔主编《朱子全书》第13册，上海古籍出版社2002年版，第371页。

② 张伯行辑《陆桴亭论小学》，《养正类编》卷二，《丛书集成新编》第33册，台北：新文丰出版社1985年影印福州正谊书局同治五年夏月刻本，第301页。

③ 唐彪：《父师善诱法》卷下“童子最重识字并认字法”条、卷上“教法要务”条，见唐彪辑撰《读书作文谱》，第181、175页。

④ 关于当时教会学校中文教学的状况，可参照热衷办学的传教士潘慎文在光绪十六年（1890）的描述：“有些地方，全部四书、五经列为中文课程，要求学生熟记，并练习写文章，准备参加政府考试；而另一些地方只教四书；有些学校给学生一半的时间或更多的时间学习经书，而一些学校只给学生很少的一部分时间，总起来说是用次要的部分时间来学习经书。”可见教会学校教授中国学问采用的教法，至少是缺乏方向感的。见潘慎文《论中国经书在教会学校及大学中的地位》，朱有瓛、高时良主编《中国近代学制史料》第4辑，第126—127页。又据1891年3月13日日文《上海新报》报道，当时“上海没有合适的学校”，教会学校多以收容华人贫苦子弟为宗旨，并不适合居留外国人。参见高西賢正編『東本願寺上海開教六十年史』東本願寺上海別院、1937、「資料篇」268頁。

洋教授之法意多暗合”的新式分级学堂。张焕纶与经元善、康有为、宋恕等维新之士私交密切，曾撰《救时刍言》，主张废时文；光绪二十三年受聘任南洋公学总教习，于近代新式小学教育的发端多有贡献。[①]可惜限于史料，该校早期的教学情况并不明朗，后人回忆其教科中有“国文”一科，大概是从晚出的“国文”概念反推。[②]至光绪十九年，又有经元善创办的经正书院。光绪二十一年至二十二年间，张焕纶、宋恕、孙宝瑄、钟天纬、胡惟志、赵诒璹等曾有“申江雅集”之会，“七日一聚，清茶一盏，交换政治、学术意见”。沪上趋新士人关于教育革新的议论，很可能产生于类似的场合。特别值得注意的是“申江雅集”的创议者钟天纬。他在戊戌以前就致力于兴办学堂，在融汇中、西“识字作文”教法方面留下了较早的实践记录。[③]

钟天纬早年肄业上海广方言馆，精通洋务，历游徐建寅、李凤苞、盛宣怀、张之洞幕府；甲午以后，回沪与经元善合办“同仁公济堂”，设有义塾，旋又在盛宣怀支持下另办“沪南三等公学”。光绪二十二年正月，钟天纬发布《学堂宜用新法教授议》，倡导以讲解代替记诵，自称其法创自光绪初元，“本夺胎于西人，盖西人教法，无他奇妙，不过由

---

① 康有为在光绪二十一年十二月十二日（1896年1月26日）致何树龄、徐勤信中提到：“张经甫（焕纶）原我所举，其人笃实，与莲珊（经元善）至交，在城里梅溪书院。君勉（徐勤）亦可频入去［原注：易一（何树龄）亦宜入去］，与之笔谈，彼必推服，甚要。”见姜义华、张荣华编校《康有为全集》第2集，第200页。张焕纶《救时刍言》的主张，可参见宋恕《书张经甫〈救时刍言〉后》，胡珠生编《宋恕集》上册，中华书局1993年版，第181—184页。

② 参见张在新《先君兴办梅溪学程事略》，朱有瓛主编《中国近代学制史料》第1辑下册，华东师范大学出版社1986年版，第570页。

③ 关于“申江雅集”，参见宋恕《乙未日记摘要》，胡珠生编《宋恕集》下册，第935页；钟镜芙《钟鹤笙征君年谱》光绪二十二年条下，附载钟天纬《刖足集》外篇，薛毓良、刘晖桢编校《钟天纬集》，上海交通大学出版社2018年版，第218页。

浅入深之一法”[1]；设立三等公学后，更“日集诸教师及治学务者讲教授法”[2]。其新教法的要点大致有三：（1）制作识字方块，剪纸或用木板成之，分为繁、要、简三种；教师讲授每日以20字为限，“务必读完三千字，方准读书”。这一主张，与稍后梁启超等强调“识字书”为先的思路正相吻合。（2）认识千余字后，即“选《二十四孝》、《二十四悌》、《学堂日记》、《感应篇图说》、《阴骘文图证》等书，编为三百课，配以石印绘图，每日随讲随读，仍必添识新字，以满三千字而止”；到第二、三年再编《孔子家语》、《战国策》、《史记》、《汉书》等子、史书为课本，并最终进入四书五经的读习。这里涉及蒙学读本的编纂问题，在康、梁幼学论中尚未十分凸显。（3）开笔作文之法，并不拘泥于古文或时文，“只须由数十字扩充至一二百字，苟文理通顺，自成段落，即谓之作文”。[3]

钟天纬为小学堂制定章程，仍分蒙馆、经馆二种。具体到两馆功课：“蒙馆学生以八岁为度，专识字义；经馆学生以十一岁为度，专读四书五经，兼习英文。以上两馆，皆专作策论，不作八股、试帖工夫。”[4]即便不作八股文和试帖诗，但蒙、经的功能区分依旧；经馆添习英文，仍以四书五经为究极。光绪丙申、丁酉年间（1896—1897）钟天纬与康有为、广仁兄弟、谭嗣同、梁启超、麦孟华等人交往甚密，却并不苟同其党急进变法的主张，以为变法“宜缓不宜骤，宜因不宜创……若更张

---

① 钟天纬：《学堂宜用新法教授议》，薛毓良、刘晖桢编校《钟天纬集》，第245页。

② 陈三立：《钟征君墓表》，薛毓良、刘晖桢编校《钟天纬集》，第203页。

③ 薛毓良、刘晖桢编校《钟天纬集》，第245页。

④ 钟天纬：《小学堂总章程》，薛毓良、刘晖桢编校《钟天纬集》，第253页。据薛毓良考证，此章程出自三等公学成立以前，参见薛毓良《钟天纬传》，上海社会科学院出版社2011年版，第252—254页。

太骤，将原有者一笔抹煞，必遭多数反对而遘奇祸”[①]。他所张扬的“新法教授”亦可作如是观。比如识字方块的制作，清初以来蒙学著作中已屡见不鲜。至少唐彪、崔学古、王筠都曾提到类似的办法，而数崔学古所言最为具体：

> 第一分纸上识字、书上识字二法。何谓纸上识字？凡训蒙，勿轻易教书，先截纸骨，方广一寸二分，将所读书中字，楷书纸骨上，纸背再书同音，如“文”之与“闻”，“张”之与“章”之类，一一识之。又遇资敏者，择易讲字面，粗粗解说。识后，用线穿之，每日温理十字，或数十字，周而复始，至千字外，方用后法教书。读至上《论》，方去纸骨，大约识完四书总字足矣。凡教字时，勿教以某字某字，如教“大学之道”，只教以“大”、教以“学”、教以“之”、教以“道”，如夹杂一音，便格格不下。[②]

崔学古区分“纸上识字”与“书上识字”，借用王筠的话，亦即认字时有无“上下文”之别。梁启超《幼学》篇尾曾提到当时苏州人彭新三也有类似的方块识字法：“为方格，书字于其上，字之下注西字，其旁加圈识。字有一义者识一圈，有数义者识数圈。师为授其音、解其义，令学童按圈复述之。”[③]源自本土教学经验的识字块得到延续，并添加了“西字”“字类”等新要素，直到新学制颁布以后仍颇为

---

① 钟镜芙：《钟鹤笙征君年谱》，薛毓良、刘晖桢编校《钟天纬集》，第 219 页。

② 崔学古：《幼训》，王晫、张潮辑《檀几丛书二集》卷八，上海古籍出版社 1992 年影印新安张氏霞举堂康熙三十四年刻本，第 346—347 页。

③ 梁启超：《学校论五（变法通议三之五）· 幼学》，《时务报》第 19 册，光绪二十三年二月一日。

流行。①

又如《二十四孝》、《太上感应篇》、《阴骘文》等善书，日后遭到新式读本、教科书编纂者的猛烈抨击。光绪二十七年南洋公学印行《新订蒙学课本》，二编“编辑大意”即提到：“如《二十四孝》之类，半涉迂诞，尤不足以为教，故概不登录。”② 次年无锡三等公学堂出版《蒙学读本全书》，第四编“约旨”亦有专条申明：“自《感应》、《阴骘》等书流播宇内，爱亲敬长，视为富贵福泽之因果，一或不效，遂至横决而不可收拾。苟求侥幸，亏陷大伦，有伤德育不少。是编凡语涉因果者，一概屏除。”③ 但在钟天纬的教授新法中，此类善书仍被当作通向四书五经的有效途径，实亦出自前代蒙学论者的意见。如道光间行世的《义学章程》、《粤东启蒙义塾规条》就曾提倡采用《太上感应篇》、《阴骘文》、《觉世经》、《文昌孝经》等作为入门读物，读善书“毕后，方令读四子书”。④

---

① 钟天纬编《三等学堂课艺》附有《出售方字告白》一则，提到“本学堂在《字典》中选择寻常日用三千字，照英文九种文法，分别虚实、动静、形声等类，名曰‘字义类编’；再请书家缮写擘窠大字，倩石印局缩成经方寸字，用白洋纸刷印，切成方字，盛以木匣”；所谓“英文九种文法”，当即此时刚刚传入的词类划分。见薛毓良、刘晖桢编校《钟天纬集》，第266页。至光绪末，商务印书馆发行有《五彩精图方字》、《五彩绘图看图识字》等识字玩具，“特制方字一千装入盒中，其先后以笔画之繁简、意义之浅深、音调之难易为准”；同时彪蒙书室亦有《五色绘图字块》出版。此类识字块到民国时代仍相当流行。参见《商务印书馆教育玩品》，《教育杂志》（商务）第1卷第1期附广告，宣统元年正月廿五日。

② 见《新订蒙学课本》二编，南洋公学光绪二十九年仲冬第四次铅印本（光绪二十七年初版），卷首“编辑大意”第1b页。

③ 无锡三等公学堂编《蒙学读本全书》四编，文明书局光绪二十八年石印本，卷首“约旨”第1b页。

④ 《义学章程》、《粤东启蒙义塾规条》，原载《得一录》卷五，璩鑫圭编《中国近代教育史资料汇编·鸦片战争时期教育》，第352、354、361页。关于《太上感应篇》等善书在清代的流播和教化作用，参见酒井忠夫《中国善书研究》下卷，刘岳兵、孙雪梅、何英莺等译，江苏人民出版社2010年版，第552—581页；游子安《劝化金箴：清代善书研究》，天津人民出版社1999年版，第165—168页。

钟天纬的新式教法曾获得盛宣怀关注，其所谓“三等公学”，在创建伊始就有与南洋公学头、二等学堂衔接的用意。[①] 光绪二十四年钟天纬在上海高昌乡筹办小学，曾“仿照英文读本”编过一套题为《蒙学镜》(又名《读书乐》)的课本[②]；或以为清末“小学有教科书始此”[③]。内中《字义》、《歌谣》、《喻言》、《故事》、《文粹》、《词章》等册，涉及识字、读书、作文的内容，由歌谣、寓言取材，开后来蒙学读本的先河。而作为初学入门的《字义》一册，开卷为“实字”部分，依据主题划分天文、时令、地理、山水、国姓、宫室等三十一课，似乎仍是传统蒙书中“分类杂字”一种的延续。[④] 但从《字义》课本的架构来看，至少已受到西洋语法学词类观念的影响。该书按照实字、形容字、称谓字、动作字、发语字、帮助字、连接字、语助字、呼声字九类字划分，共分为九章。[⑤]

光绪二十四年十月《马氏文通》初版于上海，卷首揭橥名、代、动、静、状、借、连、助、叹九大字类的界说，对西洋语法学观念的流播，产生了深远的影响。[⑥] 但有必要指出的是，在《马氏文通》行世以前，词类区分等语法知识在晚清新学界早已有所传播，甚至可以追溯到 19 世纪

---

① 参见薛毓良《钟天纬传》，第 148—152 页。

② 《出售新书告白》，薛毓良、刘晖桢编校《钟天纬集》，第 266 页。

③ 喻长霖:《钟征君传》，薛毓良、刘晖桢编校《钟天纬集》，第 201 页。

④ 如光绪二十七年重庆正蒙公塾辑《正蒙字义》，即将钟天纬的此种《字义》书视为传统字课书的一种而列为参考。其《凡例》有云：“是编意主适用，并求详备，多采魏默深（源）《蒙雅》、姜明夔《三千字文》、黄庆澄《训蒙捷径》、钟鹤笙（天纬）《读书乐》，吾乡潘氏季约《蒙雅纂要》、杜氏少瑶《课蒙举隅》诸书。”见《正蒙字义》卷首，重庆正蒙公塾光绪辛丑（1901）秋刻本。

⑤ 钟天纬此书，以往教育史、出版史研究者多称为《字义教科书》，但该书原题实仅“字义”二字，所谓“字义教科书”，亦是后出各种教育史资料汇编反套戊戌以后流行的“教科书”一词所致。《字义》一书实物传世极少，相关情况承无锡的教科书藏家王星先生示知，谨此致谢。

⑥ 按：《马氏文通》的语法体系分“字”（词性分类）、“词”（句法功能）、“次”（格）三个层面，其对清末教育实践影响最大的，还在于“字”类（今通称“词类”）区分的导入。

初马礼逊（Robert Morrison, 1782–1834）等传教士编辑的英文教本。[①] 光绪十二年（1886）艾约瑟（Joseph Edkins, 1823–1905）出版《西学略述》，内有"言分九类"一条，介绍"凡泰西言语，率有虚实之不同，约而计之，可分九类"，分别为："区指字"（冠词或限定词）、"实字"（名词）、"助实字"（形容词）、"代实字"（代词）、"活字"（动词）、"虚字"（副词等）、"实字前后之虚字"（介词）、"分合之虚字"（连词）、"叹辞字"（叹词）。[②] 艾氏主要依据英文语法，与日后马氏原本拉丁文语法所分的九类字略有不同。戊戌以前趋新士人的言论中，亦不乏关于词类问题的讨论。如沈学倡导切音字方案的《盛世元音》一书，即专辟"文学"一章论字类。不仅介绍"泰西分字九类"的认识，还按"活字"、"虚字"、"实字"三纲，将他所理解的"九类"字归并为动作、形容、名号三大类：

> 泰西分字义九类，余并助语、衬接、叹息为动作一类（原注：英文浮勃 verb），如与、及、在、于、吁、噫、吟、咏、飞、潜、游、泳等活字。
>
> 指名、等级、区类，为形容一类（原注：英文阿及底胡 adjective），如尔、我、他、快、慢、彼、此、大、小、方、圆、红、绿等虚字。
>
> 名号自成一类，如中国、沈学、笔墨等实字（原注：英文囊 noun）。[③]

① 关于英文语法知识在汉语世界的早期传播，参见黄兴涛《第一部中英文对照的英语文法书——〈英国文语凡例传〉》、《〈文学书官话〉与〈文法初阶〉》、《英文语法知识传播的其他一些书籍》三文，分别载《文史知识》2006 年第 3、4、5 期。

② 见赖某深校注《艾约瑟等西学启蒙两种》，岳麓书社 2016 年版，第 38 页；又见杞庐主人编《时务通考》卷十九，《续修四库全书》第 1257 册，第 568 页。

③ 沈学：《盛世元音 · 文学》，《时务报》第 12 册，光绪二十二年十月二十一日。

沈学将助词、连词、叹词归并于动词，构成对应于verb的“动作”一类（活字）；将指示词、形容词、副词并为对应于adjective的“形容”一类（虚字），并提出“字音有单杂”、“活字分曲直”、“虚字分正反”、“实字分公私”、“活、虚、实三字可互相调变”等原则。毋庸讳言，牵扯于中国固有的“虚实死活”字名义，沈学的区划和归类不无曲解英文词类原意之处。

艾约瑟等最初介绍“言分九类”之时，就利用了“实字”、“活字”、“虚字”等传统名目，沈学则归并为活、虚、实三大类，甚至《马氏文通》亦将词类系统分为实、虚两部，无不提示外来语法新知所对接的传统资源。事实上，在这一时期新式蒙学应用的各种识字书、读本、文法书中，更为流行的分类框架正是经过改造的活、虚、实三类区分。光绪二十三年末，《蒙学报》开始连载叶瀚《中文释例》，亦将“中文义类”分为实、活、虚三纲：“实字古人谓之名字，活字古人谓之语字，虚字古人谓之词字。”在此三纲之下，再细分名字、表名字、形容字、界说字、数说字、指名字、原活字、辅活字、形容虚字、位置虚字、承转虚字、词声虚字等类。[①] 同样初刊于《蒙学报》的王季烈《文法捷径》一书，则分为实字、活字、形容字、对偶字四部分。但其所谓“对偶字”是讲对仗，实际上仍主实、活、虚三类。[②] 叶瀚曾提到“讲中国文法书”有刘淇《助字辨略》、王引之《经传释词》、俞樾《古书疑义举例》三种，其所用“语字”、“辞字”等概念，即出自上述著作。[③]

光绪三十二年（1906）前后，有人撰文评论清末“国文之研究”，

---

① 叶瀚：《中文释例》卷二，《蒙学报》第4册，光绪二十三年十一月二十三日。

② 王季烈：《文法捷径》，《蒙学报》第23册，光绪二十四年四月十五日。

③ 叶瀚：《初学读书要略》，仁和叶氏光绪丁酉（1897）夏五月刻本，“初学宜读诸书要略”第11b页。

指出："古人所分实字、虚字颇为简括，其辨明虚字之用，各书若《助字辨略》之类，不一而足，皆当日学堂之成语法课本书也。奚待《马氏文通》仿 Grammar 而作始，推为成语法之第一部乎？"[①]实则刘淇、王引之、俞樾三书，马建忠撰写《文通》时亦曾纳入参考。但就日常童蒙教学而言，更加顺手的资源，恐怕还不是这些小学家的专门之作。为了应对撰写律诗、骈赋乃至八股文的需要，训蒙之时设有"属对"环节，早就包含相当缜密的词类意识。"对对子"强调用字的"虚实死活"，亦为接引西方词类观念创造了条件：

> 盖字之有形体者谓实，字之无形体者谓虚；似有而无者为半虚，似无而有者为半实。实者皆是死字，惟虚字则有死有活。死谓其自然而然者，如高、下、洪、纤之类是也；活谓其使然而然者，如飞、潜、变、化之类是也。虚字对虚字，实字对实字，半虚、半实者亦然。最是死字不可对以活字，活字不可对以死字。此而不审，则文理谬矣。[②]

儿童属对之时，首先要分清"实字"（相当于名词）和"虚字"两大类，虚字又分为"死字"（如高、下、洪、纤等形容词）、"活字"（如飞、潜、变、化等动词），实字、虚字中意义抽象者为"半实"、"半虚"。通过"一字对"的虚对虚、实对实，"二字对"的虚实配合，以至多字对的句法练习，"对对子"包含了识字、辨音、遣词、造句在内的全套文字训练，诚如后来学者所言，堪为"真正中国文法未成立前之暂时代

① 范祎：《国文之研究》，《寰球中国学生报》第 2 期，丙午（1906）七月。

② 见《习对发蒙格式》，《缥缃对类大全》卷首，《四库全书存目丛书》子部第 196 册，齐鲁书社 1993 年影印明刻本，第 652 页。

用品”[①]。需要注意的是，传统蒙学“对类”所讲的“虚实”，与马建忠在西洋“九大字类”之间区分的“虚实”，含义仍有所不同。马氏界定“字有事理可解者曰实字，无解而惟以助实字之情态者曰虚字”[②]，前者包括名、代、动、静、状，后者则为介、连、助、叹。“对类”中被视作“虚字”的动词和形容词在《马氏文通》中都归入了“实字”。古人所谓“实字虚用”“虚字实用”之“虚”，在马建忠看来“是以动字为虚字”；而“焉、哉、乎、也”等称为“虚字”，则是他自诩的创见（“本书始谓之虚字”，按此说不确）。马建忠致憾于王念孙、段玉裁书中“虚实诸字，先后错用”，强调以虚、实两宗包括一切字。[③]尽管如此，细按其界定各词类的表述，如将动词、形容词对举为“动字”、“静字”，[④]区分“静字言已然之情景，动字言当然之行动”，仍可看到其与传统“对类”中死、活概念（“死谓其自然而然者……活谓其使然而然者”）的对应关系。[⑤]

时值清末，在西学、西政的强大压力下，旧式蒙学作为一个整体

---

① 陈寅恪：《与刘叔雅论国文试题书》，《金明馆丛稿二编》，上海古籍出版社1980年版，第224页。

② 见马建忠《马氏文通》正名卷之一，第1a页。

③ 马建忠：《马氏文通》，第1a—2b页。按：马建忠所称“实字虚用”、“虚字实用”之说引自曾国藩，本意在开示“古文家用字之法”。见《复李鸿裔》（同治四年十二月十八日），《曾国藩全集·书信》（七），王澧华等整理，岳麓书社1994年版，第5473页。

④ 按：马氏将“静字”分为“象静”与“滋静”二种，前者相当于形容词，后者即数词。因文言中数词可接名词（现代汉语则数词一般要加量词才能修饰名词），且可充当谓语，两点均与形容词没有差别，故被归为一类。相关辨析，参见吕叔湘、王海棻编《马氏文通读本·导言》，上海教育出版社1986年版，第9—10页。但在“正名”部分界说“静字”时，马氏所举定义和例证只适用于“象静”，亦即传统“对类”中被归为“死字”的形容词。见前揭《马氏文通读本》，第51页注。

⑤ 马建忠：《马氏文通》，第3b—4b页。马氏在“动字”界说中明确指出：“动字与活字无别。不曰活字，而曰动字者，活字对待者曰死字，未便于用，不若动字对待之为静字之愈也。”（第4a页）

被急遽负面化，包括“对对子”在内的各个教学环节，都有可能横遭否定。[①] 蒙学新教育的传统因素不仅难以彰显，有时甚至还会遭到刻意的压制。然而，趋新者在分别批评旧式蒙学的同时，仍暗中沿袭了部分在教学过程中行之有效，或者足以与西学对接的传统经验。尤其是事关本国语言文字的传授、延续，自不同于其他学科可以直接搬用。在吸收外来新法的同时，本国固有的文字特性、教学传统、学习环境亦不容忽视。

* * *

光绪二十三年秋冬间，叶瀚、汪锺霖、汪康年、曾广铨等在上海设立蒙学公会，继而创办《蒙学报》，同时着手筹备新式蒙学堂。梁启超为撰《蒙学报演义报合叙》，将西洋、日本教科书的发达，归结于游戏小说、俚歌的流行，继而将《蒙学报》与其门人所办的《演义报》相提并论。[②] 与此同时，马良致信汪康年，亦提到《蒙学报》、《演义报》合二为一的设想。[③] 可见，在戊戌年变法维新高潮到来的前夕，语文变革论与蒙学变革论同时高涨、相互影响，时人也常将二者混为一谈。反倒是后来人在追溯时，出于各自的言说动机与学科分野，往往偏于一端。

---

① 比如陈荣衮就曾列举“属对”多种弊端，主张以“串字”（组词造句）取代“属对”，见陈荣衮《学童串字说》（庚子），区朗若、冼玉清、陈德芸编校《陈子褒先生教育遗议》，第14a—15b页。而直到30余年后的1932年，陈寅恪以“对对子”作为清华大学入学考试试题，仍引起轩然大波。参见罗志田《斯文关天意：1932年清华大学入学考试的对对子风波》，氏著《近代读书人的思想世界与治学取向》，北京大学出版社2009年版，第161—198页。

② 梁启超：《蒙学报演义报合叙》，《时务报》第44册，光绪二十三年十月十一日。

③ 马良：《致汪康年》（二）（光绪二十三年十月初九日），上海图书馆编《汪康年师友书札》第2册，上海古籍出版社1986年版，第1569页。

光绪三十二年，学部批复卢戆章所呈《切音新字》，提到："文字之难易，又复与教化之广狭相为比例：识字难，则游惰不得不多；识字易，则教育自然普及。"[①] 字学难易与教育普及程度的关系，最终得到官方确认。然而，当年"字学"潮流中最为抢眼的切音文字方案，落实到蒙学教育的实践中，却不再那么显眼了。从整个清末教育改革、学制厘定的过程来看，切音字方案始终被排除在正则学制之外；即便后来王照的"官话合声字母"凭借官方力量得到推广，亦仅适用于下层启蒙或职业教育。较之变革文字的激进方案，关于文字、文章新教法的探索立足于教学实践，不仅借鉴了外来资源，更暗中承袭了本土经验，实乃近代新学堂体制下新式文学教育的直接源头。

① 学部编译局：《咨复外务部卢戆章呈验所著字书文》（光绪三十二年三月初五日），《学部官报》第1期，光绪三十二年七月初一日。

第二章

试探一种“国文”

——学制酝酿期“蒙学读本”的文体意识

自光绪二十四年（1898）维新夭折，到壬寅、癸卯学制先后颁布，此四五年可视为清末新学制的酝酿期，教育革新从舆论鼓动逐渐进入实践阶段。这一时期，包括学务、学制在内，整个清末新政取法的“典范”发生了根本转移：以往通过传教士等渠道直接采取西学的方式，逐渐转换成了借径明治时期日本的学术、文体的“东学”模式。[①] 戊戌以前，黄遵宪《日本国志》、李提摩太《七国新学备要》等著作已对明治以降的日本新学有所介绍。然而，涉及学校教育的实践，特别是在用书方面率先汲取日本资源，还数丁酉（1897）秋冬之际创刊于上海的《蒙学报》。该报译介了多种日本小学教科书、教学法、学校制度，在《教育世界》等教育言论类刊物问世以前，充当了接引日本学制的前驱。特别是其致力于“读本书”体裁的引进，开启了作为国文教科书前身的“蒙学读本”系列。

从“三、百、千、千”或四书五经，到分级分科的新式教科书，堪称古今知识摄取方式的一大转折，个中变化却非一蹴而就。戊戌前夜，

---

① 关于清末新政的典范转换，参见任达（Douglas R. Reynolds）《新政革命与日本——中国，1898—1912》，李仲贤译，江苏人民出版社 2006 年版，第 1—20 页。教育改革方面取法日本的概况，参见阿部洋「清末中国の教育改革と『日本モデル』」氏著『中国の近代教育と明治日本』龍溪書舍、2002、1-51 頁。

以梁启超《幼学》篇为代表的新学舆论强调“悟性”，反对经训记诵，突出蒙学识字为先的意识，遂与同时期盛行的语文变革论合流，使识字作文成为教法变革的重点。戊戌、壬寅之间，涌现出一批以“课本”、“读本”、“初阶”为题的新体蒙学用书。在学制颁布以前，这些课本并无统一的学程安排，亦无明确的学科划分，出版史研究界称为“混合课本”。[①] 洋场上学习西文所用的各种“读本”（readers），可能为此类课本提供了最初灵感。但若考察《蒙学报》所载“读本书”的渊源，则可发现这一类型早就与同时期日本小学“读书科”所用的“读本”教科书建立了关联，而“读书科”正是后来日本新学制“国语科”的主要源头。光绪二十八年（1902）无锡三等公学堂刊布《蒙学读本全书》，已坦陈日本学制与日式“读本”的影响。至光绪三十年（1904）商务印书馆启动《最新国文教科书》，直接援用日方资金与人员，“国文”的日本背景更是显而易见。在培养识字、读书、作文能力的同时，兼要综合各科“普通知识”，此种模式受到西洋、日本“读本”体裁的启发，故本章统称之为“蒙学读本”。

当“国文”最终作为一门学科被提出，何谓“国文”，却取决于此前文学教育及“蒙学读本”编纂者的实践。不同于以往教科书或童书研究之注重“儿童的发现”，本章考察的重点在于成人编者的意识，看他们如何在学制缺席的状态下，为下一代试探一种“国文”的体式与观念。换言之，即欲将“蒙学读本”视为证成近代文体演化与国文学科建构的材料。这里所说的“文体”，并非具体的文类划分，而主要指涉清

---

① 如《民国时期总书目》附录清末中小学教材，即将此类课本归入“综合教材”类；出版史家汪家熔则称之为“混合课本”。参见北京图书馆、人民教育出版社图书馆合编《民国时期总书目（1911—1949）·中小学教材》，第325页；汪家熔《民族魂——教科书变迁》，第24—25页。

季一度成为士论热点的文白、雅俗等体式风格之分。[1] 如何在使课文通俗浅白的同时，有效传达国族意识与科学新知？这是编纂者面临的一大挑战。就当时各种读本书的文体而言，亦非一味追求浅白，而大多趋向"浅近文言"，逐渐形成以各科应用文为主的倾向。这不仅是搬用外来教科书模式的结果，更来自新学制酝酿四五年间，新式蒙学教育自身在文言与白话、通俗文与普通文、专科知识与普通知识之间的徘徊与抉择。外来的"读书科"与"读本书"体裁之引进，毋宁说只是在适当时机对本土固有教学经验进行了确认，同时亦赋予这些经验以近代学科的形式，使之有可能与新学制对接。因此，在展开"蒙学读本"的著作序列之前，有必要先回溯戊戌前后《蒙学报》等早期蒙学新书的文体试验，借此考察外来新形式被接受的语境。

一 《蒙学报》的文体试验

光绪二十三年（1897）九月，蒙学公会成立于上海，其宗旨分为会、报、书、学四端，欲从趋新士人热衷的"学会"起步，最终达成建立学堂的目标。[2] 随后创刊的《蒙学报》，正处在从"会"到"学"的中间环节。《蒙学报》又题《蒙学书报》，显示该刊并非主打言论的报章，而是以按期连载蒙学用书为主，指向新式学堂的教学

---

① 徐复观曾指出中国古代"文体"一词本指"文学中的形相"，包括"体裁"、"体要"、"体貌"在内，接近西文中"Style"所指，但在明清以后，"文体"一词往往与"文类"相混。参见其所撰《〈文心雕龙〉的文体论》，《中国文学精神》，上海书店出版社 2006 年版，第 145—161 页。

② 《蒙学公会公启》，《时务报》第 42 册，光绪二十三年九月十一日。

实践。[①]《蒙学报》与政论始终保持着一定距离，使之躲过了戊戌、庚子间的政局变乱，一直延续到新政重启之际。光绪二十八年，《蒙学报》分类订成《蒙学丛书》，经管学大臣张百熙等指定，成为官编中、小、蒙养学堂课本出版之前的替代品。[②]其对于学制酝酿期蒙学用书的长远影响，实不容低估。[③]

（一）《蒙学报》与戊戌前夜的幼学论

最初，蒙学公会启事由叶瀚、汪锺霖、汪康年、曾广铨四人连署，但《蒙学报》的实际发起者应为叶瀚、汪锺霖二人。[④]曾广铨参与了早期译报，汪康年则是叶瀚利用同乡关系借重时务报馆资源的渠道。蒙学公会开创之初，叶瀚即致信汪康年，声称："敝会既与尊馆相比，一切总

---

① 《蒙学报》出刊时，书册上书口署"蒙学书报"或"蒙学报几"，下书口署册数。至后来《蒙学丛书》成书，除了使用原报书页外，新补缺页一般上书口署"蒙学丛书"，下书口署"吴县汪氏校印"，应为发起人之一的汪锺霖所印；亦有上书口仍署"蒙学书报"，而下书口署"蒙学丛刻译编"的情况，可知辑为丛书时亦曾题作《蒙学丛刻译编》。按：光绪二十七年至二十八年间，汪锺霖曾先后将该丛书禀呈两广总督陶模、庆亲王奕劻等处，后又由外务部咨送管学大臣张百熙；各次呈送之时，可能题署会有所变化。

② 张百熙致外务部咨文提到："除俟本学堂（按指京师大学堂）课本编成再行附案奏明外，相应咨请贵部堂院（按指外务部）迅赐照准，转饬府、厅、州、县所设中、小、蒙养等学堂一律购阅，以为劝学之助。"见《蒙学丛书》，吴县汪氏光绪二十八年石印本，卷首。

③ 关于《蒙学报》及蒙学公会的沿革，参见赵丽华《上海蒙学公会与〈蒙学报〉研究》，《教育史研究》2007年第1期。其作为蒙学报刊先驱的意义，参见梅家玲《流动的教室，虚拟的学堂——晚清蒙学报刊中的文化传译、知识结构与表达方式》，《现代中国》第11辑，第45—73页。

④ 光绪二十四年四月，《蒙学报》第21册刊登叶瀚的《新译日本小学校章程序》，即提到"去年之秋，予与汪子甘卿（锺霖），立蒙学公会于海上"。按叶瀚晚年自述，光绪二十三年秋方从两湖书院脱身，"赴沪，与吴县汪甘卿崇陵副大臣锺霖同办《蒙学报》"。是年九月致信汪康年，亦称："弟大约总须月稍方得返沪，局中自有甘卿处置。"如此，则《蒙学报》、公会及报局的发起，均为叶瀚、汪锺霖二人主导。参见叶瀚《块余生自纪》，《中国文化研究集刊》第5卷，复旦大学出版社1987年版，第484页；《致汪康年》（五十），《汪康年师友书札》第3册，第2596—2697页。

仰吾兄主持，弟等决不自参异见。”[1] 随后蒙学公会启事在《时务报》刊出，梁启超为撰《蒙学报演义报合叙》，无不表征《蒙学报》与《时务报》的密切联系。从早期《蒙学报》刊登的“题名”来看，不仅有汪大钧、沈毓桂、华蘅芳、周学熙、文廷式、江标、章炳麟、王季烈等学者，更包纳了如钟天纬、经元善、陈荣衮、姚锡光、茅谦等此前已致力于蒙学变革的趋新人士，以切音字方案《盛世元音》著称的文字改革论者沈学亦名列其中。[2] 可知早期《蒙学报》的编书实践，本身就是戊戌前夜维新思潮的副产品。

《蒙学报》的两名主事者中，汪锺霖与沪上维新圈子关系疏远，戊戌政变后全面接管馆、报两方面事务，对于《蒙学报》在戊戌至辛丑数年间的延续多有贡献。但由于较少介入具体编辑事宜，其教学理念并不十分清晰。与之相反，仅仅活跃于办报早期的叶瀚，作为戊戌以前新学舆论界的重要人物，所撰蒙学著作占据了《蒙学报》的大量篇幅。叶瀚早年有志经世之学，与同乡夏曾佑、钱恂等人相熟，二十四岁入江南制造局充文案，获交上海广方言馆诸师，应格致书院课试，多次名列超等；[3] 一度获得张之洞赏识，甲午后任两湖书院时务帮教，与同在张幕的邹代钧、陈三立、谭嗣同、吴德潚、吴樵父子及汪康年等深相结纳，曾建议汪康年在杭州创建书塾，“招幼童十五岁以下，学习西

① 叶瀚:《致汪康年》(五十)[丁酉(1897)九月十四日],《汪康年师友书札》第3册，第2597页。

② 以上题名，分别采自《蒙学报》第1、2、4、8、9、26册，光绪二十三年十一月初一、初八、二十二日；光绪二十四年正月二十三日、二月初一日、五月十一日。

③ 现存《格致书院课艺》共收录叶瀚撰文13篇，其中测算类4篇、疆域类2篇，其余富强、农事、银行、铁路、医学、教务、外洋类各1篇，可见其西学所长与涉猎之广。参见王韬鉴定《格致书院课艺》(丙戌至癸巳年分类汇编)，上海富强斋书局光绪戊戌年(1898)仲春石印本。

文、算术”，又拟助人在上海创办“小中西学堂”。[①]光绪二十三年，张之洞嘱其办理小学堂，叶瀚知武昌事不可为，遂避地上海，参与发起《蒙学报》。[②]

叶瀚为《蒙学报》撰写缘起，颇引用“新会梁启超氏之论”，私下更是赞叹：“梁卓如（启超）先生大才抒张，论述日富，出门人问余之言，救天下童蒙之稚，敢拜下风，愿处北面。”虽于所论细节不无“怀疑”，但叶瀚对梁启超的幼学论大体服膺，已可见一斑。[③]光绪二十二年（1896），叶瀚与其弟叶澜合著有《天文歌略》、《地学歌略》，作为传播新学的韵语歌诀，曾经颇为流行。针对梁启超《西学书目表》与《读西学书法》不便初学的缺憾，叶瀚撰有《初学读书要略》[④]；此外更欲借鉴卢戆章、沈学、蔡锡勇等人的切音字方案，草创“中国文法书”，对沈学其人尤为推崇。[⑤]叶瀚的幼学著作大体不出梁启超《幼学》篇所列“歌诀书”、“文法书”、“门径书”的范围，更加顾及幼儿程度，突出“文法”与切音文字等新资源的启蒙功能。正是在叶瀚主导下，《蒙学报》从一开始就带有在蒙学实践中试验同时期文字、文法新论的倾向。

光绪二十三年十一月初一日，《蒙学报》正式出刊，封面署英文“*The Children's Educator*”，注明“本馆设在三马路望平街朝宗坊”；最

① 分别参见叶瀚《致汪康年》（二）、（四十），《汪康年师友书札》第3册，第2523—2525、2585—2587页。

② 以上叶瀚生平，基本内容参照了其晚年自述，见叶瀚《块余生自纪》，《中国文化研究集刊》第5卷，第478—484页。

③ 叶瀚：《致汪康年》（二十四），《汪康年师友书札》第3册，第2560页。梁启超在其《幼学》篇的“门径书”部分，也罗列了叶瀚的《初学读书要略》，见《时务报》第18册，光绪二十三年正月二十一日。

④ 叶瀚《致汪康年》（二十八）：“卓如（梁启超）《读西学【书】法》，大义微言之学也，不便初学，弟故另作《读书要略》。”见《汪康年师友书札》第3册，第2566页。

⑤ 参见钱恂《致汪康年》（四），叶瀚《致汪康年》（二十六）、（四十一）、（四十六），《汪康年师友书札》第3册，第2997、2567、2588、2594页。

初为周刊，至光绪二十四年五月第26册改为旬刊。涉及识字作文方面，早期《蒙学报》专设“文学类”，包含《中文识字法》、《启蒙字书》、《中文释例》、《小学初等读本》、《文学初津》等内容。就中至少《中文释例》是叶瀚早已撰成的，即其书信中屡屡提及的“中国文法书”。《启蒙字书》则取法马礼逊《华英字典》第二部“五车韵府”的英文反切，原本亦是叶瀚心目中“文法书”的一部分。①

叶瀚尝云蒙学有识字、文法、舆地、名物四难，而其心力所注尤在“文法”。②“文法”二字作为Grammar译语，早见于卫三畏（Samuel W. Williams, 1812–1884）的《英华韵府历阶》（1844），惟叶氏“文法”观念的来源颇为驳杂。在《蒙学报》所刊《中文释例》中，他首先罗列古文音近、借代十六例，据说都是“从高邮王文简公（引之）《经传释词》悟出的理”；分别义类时，也并不径用西洋语法学现成的名字、动字、形容字等分类，而是指出：“中国文法，既用音近、借代，通变极繁，不能呆定类例，只能约分大纲”，参照清代小学传统与诗文属对旧例，仍以实字、活字、虚字三大类区分为主。在回溯诗文演进之时，叶瀚更指出以往词章家规模格调字句，“其所用虚字、活字，多是仿用留存的，以致古人词例之学，日即销亡，于是语言文字相离日远”。③总体来看，叶瀚的“文法学”有意糅合清代小学、蒙学、词章学与近代西方语法学的内容，个别观点不无新意。但问题在于，他似乎混淆了个人撰著与教学

---

① 叶瀚《致汪康年》（二十二）：“弟观英人《五车韵府》之法甚便，读习其式，正与弟作《文法释例》相等，可见心同理同。”见《汪康年师友书札》第3册，第2555页。《启蒙字书》在《蒙学报》刊出时并未署名，但其体例模仿“五车韵府”，并主张字书依韵排列为便，均是叶瀚同时期的观点，应出自叶瀚之手。

② 叶瀚：《蒙学报缘起》，《蒙学报》第1册，光绪二十三年十一月初一日。

③ 叶瀚：《开端小引》，《中文释例》卷一，《蒙学报》第1册。类似意见，亦见于叶瀚《初学宜读诸书要略》的“文法”一节，见前揭《初学读书要略》，“初学宜读诸书要略”第10a—12b页。

用书的界限，《中文释例》中来源驳杂的“文法学”，未必能适应“八岁至十二岁初学启蒙”的要求。

（二）文、白之间

《蒙学报》每册开篇都有“识字法”，作为启蒙最初所用字课，采取了双栏图文并列的体例。传统“杂字”书中本有相当于“看图识字读本”的“对相”一类，大致起源于宋元之际而盛行于明清，如明刊《新编对相四言》等，至晚清时仍多有翻印。[①] 然而，以魏源《蒙雅》、陈荣衮《幼雅》、钟天纬《字义》等为代表的近代新编字课，大体继承《尔雅》以来的训诂体例，往往强调字说而忽略图示。光绪初年，美国传教士范约翰（John M. W. Farnham, 1830–1917）为清心书院学童重编识字课本《花夜记》，复活了文图对照的传统模式。但与以往杂字对相“略而不详，图傍只注一字，没有训解”不同的是，范氏重编《花夜记》从第二卷起便“用浅语注释，俾小孩子观看，可以一目了然”[②]，后出版本更“以苏州语释之”，或配以英文。[③] 这种释文与图像配套的形制，在《蒙学报》推出“识字法”以后，逐渐与科学绘图相结合，成为新式启

---

① 参见张志公《试谈〈新编对相四言〉的来龙去脉》，《文物》1977 年第 11 期；商伟《一本书的故事与传奇——美国哥伦比亚大学东亚图书馆藏〈新编对相四言〉影印本序》，《古典文献研究》2015 年第 1 期。

② 《花夜记告白》，《小孩月报》第 1 年第 3 号，光绪元年六月。又光绪三年九月《小孩月报》第 3 年第 6 号刊有《精刻花夜记》（*The Pictorial Primer*）的英文广告，提到初版已售罄。按：《花夜记》本是民间对“对相四言”一类字书的通称，范约翰有意采用民间俗称而变革其体式。

③ 蔡元培在光绪二十五年九月二十一日的日记中，曾对当时一种新编《花夜记》有所描述：“前买《花夜记》三册，……第一册一字、二字之名词，第二册叙器物、体用，皆有图，又以苏州语释之，颇便训蒙。”高平叔编《蔡元培文集》第 13 卷“日记”（上），锦绣出版 1995 年版，第 176 页。

蒙字书的通例。如其第一课授“天、地、人”三字，下栏画带有赤道、南北回归线和极圈的地球，人立地球上，旁加注文（图 2–1 左）；第六课授“风、云、雨”（图 2–1 中），则用加了断句点的小字解释道：

> 日光射热入地面．气热而涨上升．至北．北极冷气．流来补之．动而为风．地面受热．至晚．则散入空气．遇冷．凝水点．气含水点．重而下降．透光少暗．则似结而为云．雨者．水点积聚．下降入地之水也．[①]

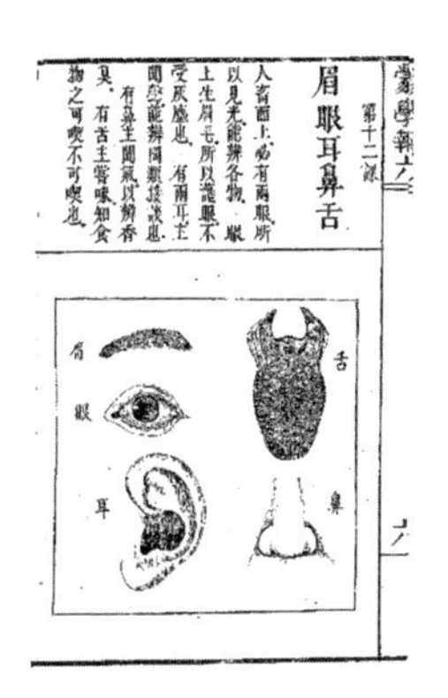

图 2–1 《蒙学报·识字法》分栏形式举例

此课分为三栏，中栏列生字及解说，阐释大气环流生成云、雨的原理；下栏为日常所见风雨情形，上栏则配以气象学专门的“恒风方向图”，形式上近似晚清上海新学圈中流行的《格致汇编》、《益闻录》、《格物质学》等“格致类”读物。新式蒙学的识字读书，从一开始就蕴含了达

① 《蒙学报》第 3 册，光绪二十三年十一月十五日。按：本章讨论广义上的“文体”，亦包括断句、标点等文本形式特征在内。在援引新体“蒙学读本”及国文教科书课文时，原书表示断句的空格、句点、读点悉予保留，不改为现代标点符号，敬祈读者留意。

成语文能力与灌输科学知识的双重目的。如何在知识与文字之间获得平衡？创刊伊始的《蒙学报》似乎还处在尝试阶段：这里的图、文显然都超出了幼童初识“风、云、雨”等字之时的理解能力。

当时读者对《蒙学报》的“文义”过难不无意见，第6册刊出《来书总复》提到：“来书有谓文义尚深，宜力求浅显者。启蒙之道，本贵由浅及深。但中国于课蒙之法，苦无善本，东西各国新书极为便益，又苦于文字各殊，译人自有神吻，一时难以强合。”《蒙学报》编者对此的回应，是承诺将选择数种蒙书“演为白话、歌诀”[①]，并在第7册迅速作出调整：除了刊登叶瀚《中史历代事类歌》等歌诀，更在“识字法”“读本书”“修身书”三个栏目中引进文、白对照的体例。如“识字法”栏目的“梅、橘、兰、竹”等字之下，不仅有英文注释，更分栏列出“文话”与“白话”两个版本的释文（图2-2左）。

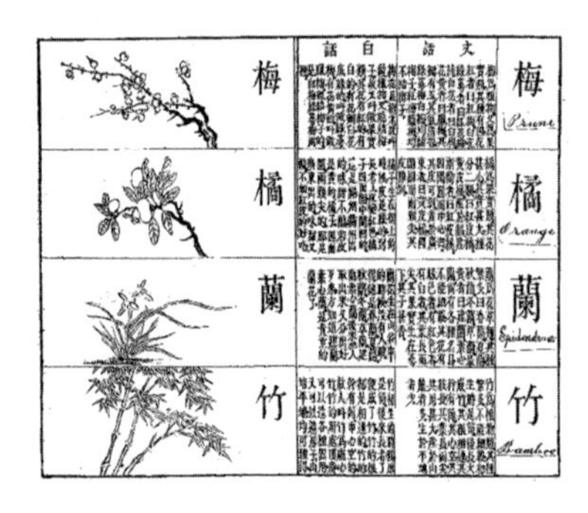

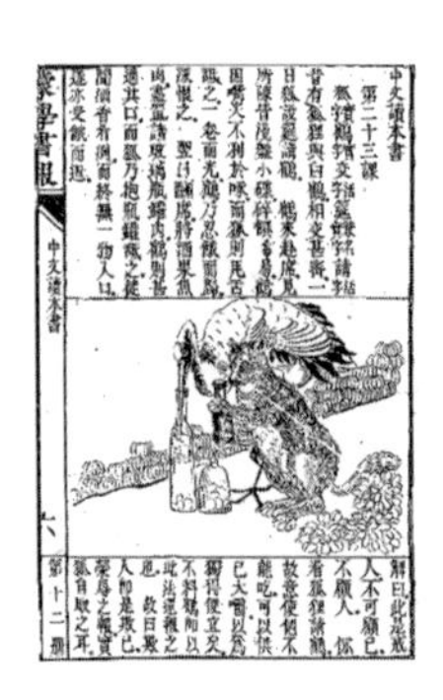

图2-2 《蒙学报》“识字法”（左）、“读本书”（中）、“修身书”（右）栏目文、白分栏对照的体例

“读本书”栏目同样添加了白话内容。但不同于“识字法”部分严格的文、白对译，“读本书”中的“白话”更像是解说而非翻译（图2-2

① 《蒙学报》第6册卷尾，光绪二十三年十二月初八日。

中）。在第十四课“弟兄同出游”白话部分的开头，因为时当岁首，便多出如下一段“入话”式的文字：

> 解曰．今年你们学生．又大一岁了．恭喜．新年大正月．趁大家放学的时候．要好好的顽耍．但是你们不要道顽耍的事．这里头没有人情物理在内．因而我托日本译人．翻一段顽耍的正理．与你们看着．　天下的事．大半都是因顽耍造作出来的．这却不烦细讲．……[①]

此段“文话”原文，仅有“顷者属岁首．学堂亦为解馆之期．儿女出游．各适其适”寥寥二十一字，而“白话”却敷衍出超过百字的内容，不仅有“人情物理”的教训，亦提示日本译者的作用。近似说书人的口气，以及开头的“解曰”二字，更使人联想到其时流行的“演义白话”一说。同样采用“读本书”体裁的“中文修身书”，亦分成了“文话课”与“白话课”两部分，白话部分的“演义”功能更为凸显。如《蒙学报》第12册载录著名的孔融让梨故事（第二十三课，如图2-2右），“文话课”区区“孔融别传”四字，到白话课中则衍为：“此故事出在孔融别传内。别传的解说。系不是正史内的列传。人另外替他做的。”[②] 此外，“读本书”中亦偶有“白话解”比“文话课”简短的情形，因为白话不再是逐字翻译，甚至可以抛开“文话”正文，只顾阐发义理。从第7册至第14册，“读本书”、“修身书”等栏目的“白话”基本上承担着此类注解甚至发挥的功能，并未威胁到“文话”作为正文的地位。

---

① 《蒙学报》第7册，光绪二十四年正月十五日。

② 《蒙学报》第12册，光绪二十四年二月二十三日。

随着《蒙学报》体例的调整，这种以“白”释“文”的格局未能持续很久，至第8册又尝试改版：全刊分为供“五岁至八岁用”和“九岁至十三岁用”的上、下两编。“识字法”、“读本书”以及叶瀚新撰《文学初津》一书被列入上篇“文学类”，而较深的《启蒙字书》则归下编。至第15册再次订正门类，重分上、下编为“三岁至十岁”与“十一岁至十三岁”两大阶段，上编更厘为三个小阶段：（1）三岁至五岁用“识字法”，不再延续此前的分列文、白详释，而是改为每张八字，“每字下注明类名色式，用一二句陈说即止”；（2）五岁至七岁用中文、修身两种“读本书”，并添加“释名”一种，罗列前编“识字法”所教字的详细训诂，这一阶段的宗旨是“重在记诵，略事解喻”；（3）七岁至十岁则开始传授史、地、算学知识，同时新编练习作文用的《文学初津》。[①]在此框架下，不仅有了教授十一岁至十三岁成童的《格致演义》、《东邦古史演义》、《西国古代史演义》等白话知识书，“读本书”、“修身书”的正文，也都在第15册标明“改正用白话”。

原先的“识字法”判为分属不同学程的“识字法”、“释名”两个栏目，类似于梁启超《幼学》篇所列“识字书”与“名物书”的区别。[②]新版“识字法”仍为图文对照，但解释极简要。如“桃”字条下，仅“徒刀切. 果也”五字，旁以图示桃之叶、果、花、核、仁等。知识方面的解释则归入“释名”栏目，释文的体式介于文、白之间，采取分义项

---

① 《本报第十五册重订正门类叙·序例》，《蒙学报》第15册，光绪二十四年三月十五日。至光绪二十四年五月初一日第26册发刊，《蒙学报》由周刊改为旬刊，体例再度改变：分为上（三至十岁）、中（十一至十三岁）、下（十四至十六岁）三编。新添加的“下编”，主要是应对科举改试策论的新形势，刊登提供策论材料的《经学问答叙例》、《史学问答叙例》、《经济刍议》、《字学中外古今文流变》等书，实际上已经超出“蒙学”范围。

② 梁启超：《论学校五（变法通议三之五）·幼学》，《时务报》第18册，光绪二十三年正月二十一日。

解释的办法。“释名”栏目更接近西洋字典、百科全书的形态，开辟了清末《澄衷蒙学堂字课图说》、《绘图蒙学实在易》等新式识字课本的体例。至于“读本书”的“改正用白话”，似乎仅在第15、17册两册有所体现（详下节）。可能《蒙学报》编者的“白话”理念并不像后来论者那般拘谨。若将“白话”之“白”释为“浅白”，则第15册以后“释名”、“中文读本书”的文体，大致可归入时论所称的“浅说”一类。如康门弟子陈荣衮就曾针对“官话”不便土人而“上海俗话”等方言又不能行之他方的困难，主张“酌中为之，亦行以浅说而已”。[①]所谓“浅说”虽与“文言”相对立，但既非官话，亦非方言土白，尚非“言文一致”意义上的“白话”。介于文、白之间的“浅说”，既可视为通向更高级“文言”的媒介，同时也是当时传布西洋科学新知的主要文体。随着拟想学程的加深，“释名”、“读本书”等栏目的题材逐渐从中国古典故事，转为介绍东、西洋新知的简介，这就难免要遭遇新名词的介入。

（三）“新名词”的介入

旨在训练“读本书后一层属词工夫”的《文学初津》，着眼于造句作文能力，更显豁地流露出《蒙学报》的文体趋向。[②]该栏目自《蒙学报》第5册发端，虽亦为叶瀚的自著书，却并不在其原先“文法书”的设计之中，很可能是在总结《中文释例》等书不适用的经验后另行筹划的新作。《文学初津》的目标是使幼童“学习文法易于通顺”，所称“文

---

① 陈荣衮：《论报章宜用浅说》，区朗若、冼玉清、陈德芸编校《陈子褒先生教育遗议》，第9b页。

② 《蒙学报》编纂者自称：“文学类之《文学初津》，系‘读本书’后一层属词之工夫，正与‘读本书’比次而及。学生既读一书，以下即照此法，令其将事情物类连成数句，则由此文理日通，亦易事也。”见《本报释例》，《蒙学报》第9册卷首，光绪二十四年二月初一日。

法”不同于此前杂糅的“文法”观念，而基本等同于作文法。从“识字法”、“释名”、“读本书”到《文学初津》,《蒙学报》逐渐形成一条完整的语言文字教育序列。惟《文学初津》本身亦兼备识字、读书、作文功能，每课画为一张三栏表格：第一栏为“识字”，按照实字、活字、虚字等词类，分别解释字义；第二栏是问语、答语，叶瀚总结出从“正问反答”、“实问虚答”、“分问合答”直到“先疾后徐问”、“先徐后疾答”等共 30 多种不同问答形式，将当时新学蒙书流行的“问答书”体裁融汇到造句作文的教学之中；第三栏为填字，通过填空来训练造句作文的能力（图 2-3 左）。

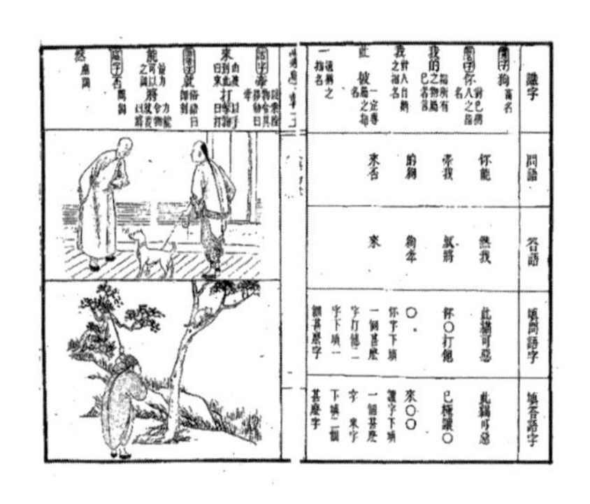
識字
問語
答語
填問語字
填答語字

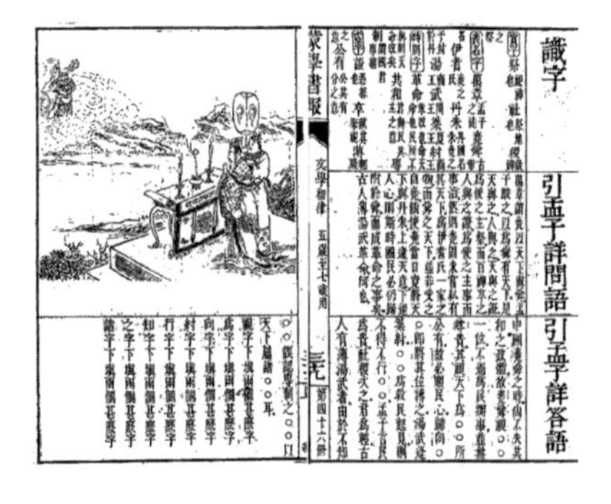
識字
引孟子詳問語
引孟子詳答語

图 2-3 《蒙学报》第 5 册（左）、第 46 册（右）所载《文学初津》

《文学初津》综合识字、读书、作文三方面训练，兼及各科知识，与“读本书”实有异曲同工之妙。开卷第一课罗列的问语、答语、填字均为白话，问答中生字的解释则参用文言或更“俗”的白话（如释“就”：“俗语曰即刻”）。但随着课程进展，文字程度及所课知识均有所加深；第三十四课起更改用“四书”内容作为问答文段，填字材料则往往取自“朱注”。[1] 这固然可以解释为戊戌政变带来的反动，但当时即便

① 见《蒙学报》第 39 册，光绪二十四年九月二十一日。

急进趋新的教育改革者，也极少直接反对四书五经的主张，一般只要求改进其读习方法。光绪二十五年二月第 43 册出刊后，《蒙学报》曾停办两年有余；到二十七年三月续印时，《文学初津》仍在连载。此前，叶瀚与汪钟霖发生龃龉，似已退出《蒙学报》并停止供稿。[①]故《蒙学报》第 46 册所载《文学初津》提到"汤武革命"，应是光绪二十五年间撰就的内容（见图 2-3 右）：

识字

[实字] 祭（祀神也） 社（祭地也） 稷（谷神之祭）

[表名字] 万章（孟子之徒） 尧舜（古帝名） 伊耆（尧之氏） 丹朱（丹国名朱尧之子封于丹） 汤（商王） 武（周王） 桀（夏王） 纣（商王）

[特别字] **革命**（革改也命天命也民所不与则天命改矣） **共和**（君与民共主之意） **专制**（谓国君专权）

[虚字] 证（凭据也） 享（歆其祭祀） 薄（轻贱之意） **公有**（公共有分之意）

引孟子详问语

万章谓尧以天下与舜．孟子驳之．以为舜有天下．是天与之．人与之．天与之证．为使之主祭．而百神享之．人与之证．为使之主事而事治．然则尧固未尝**私有**其天下．为伊耆氏一家之物．而舜之天下．并非受之自尧．倘使尧当日竟将天下与丹朱．上违天意．下逆人心．则斯时**国民**必仍归附于舜．而成**革命**之事矣．古人薄汤武**革命**．何也．

引孟子详答语

中国尧舜之时．尚不失其共和之政体．故尧舜视○○一位．不过为民办事．并无尊贵．其视天下为○○所**公有**．故必顺民心．归向○○即将其位传之．汤武逢桀纣．○○为救民起见．则不得不行○○．孟子言民为贵．社稷次之．君为轻．古人有薄汤武者．由于不知○○误认**专制**之○○以天下属诸○○耳．

视字下填两个甚么字
为字下填两个甚么字
向字下填两个甚么字
纣字下填两个甚么字
行字下填两个甚么字
知字下填两个甚么字
之字下填两个甚么字
诸字下填两个甚么字

---

① 吴以棨《致汪康年》（十八）[（己亥，1899）正月四日]："浩老（叶瀚）、甘卿（汪钟霖）决裂，闻之不解，浩事自难支持，苦难得法。此间可办可筹之事甚多，每难自主，竟不为浩一谋，于中不能无歉歉也。"《汪康年师友书札》第 1 册，第 305 页。

此课虽然采用了《孟子》题材，所涉主题、词汇却全然属于当下。戊戌政变后，维新志士和大批留学生东渡，日文译书开始流行，输入了大量来自日本的汉字新名词。己亥、壬寅间，梁启超先后倡导“诗界革命”、“文界革命”、“史界革命”乃至“小说界革命”，中国经典固有的“革命”一词获得近代含义。梁氏主导的《清议报》亦曾刊发欧榘甲《中国历代革命说略》一文，将包括汤武革命在内的“易姓革命”与西方近代以来的 Revolution 概念相对接：“中古之世，有开天辟地之大革命家出，则神汤其人也……民心所向，则革命随之。”欧氏强调，《孟子》“七篇之中，至于汤武，三致意焉”。[①]《文学初津》中的“汤武革命”一课，正是来自此类勾连古典与新义的思路。值得注意的是，叶瀚在“识字”一栏突破了语法意义上的词类区分，另立“特别字”一类，专门载录“革命”、“共和”、“专制”等新名词，问答文中更屡屡出现“国民”、“公有”、“私有”等概念。叶瀚释“革命”为“民所不与，则天命改矣”，与欧榘甲所论如出一辙，但其解“共和”为君民共主，又似靠近“周召共和”的古义，可见编者在新旧义项之间的徘徊。[②]无论如何，在“四书”及“朱注”字面的背后，叶瀚为学童开启的“文学”堂奥中已浮现梁启超一派“新文体”、“新名词”的暗流。这些新要素在整个作文教学环节中可能只是灵光一现，却有着不容忽视的“信号效应”，标志着新式蒙学教育所向往的“文体”。

《文学初津》最后一课“引《大学》实问语”云：“《礼记》有《大

① 无涯生（欧榘甲）：《中国历代革命说略》，《清议报》第 31 册，光绪二十五年（1899）九月二十一日。又参见陈建华《“革命”的现代性：中国革命话语考论》，上海古籍出版社 2000 年版，第 36—48 页。

② 按：“共和”一词作为 democracy 或 republic 译语的用法来自日文，所指颇有变化，叶瀚在此处有所混淆亦不足怪。详见陈力卫《东往东来：近代中日之间的语词概念》，社会科学文献出版社 2019 年版，第 315—321 页。

学》一篇，原有次序，而不能遽取以教幼童也……今甫入塾之人，即骤以语之，又但求成诵，而不讲其义，何如读浅近之书，为较有趣味哉？”这固然是此前由梁启超《幼学》篇提出而广为人知的论调。但与此同时，叶瀚更指出，“今编《文学初津》，所以教孩之法略备矣，当略知《大学》之端倪”，又为向下一学程的过渡埋下伏笔。[①]《蒙学报》的“训蒙”从一开始就设置有从低到高、由浅及深的全套学程框架，带有某种程度上“学制”的意味。其所灌输的旧学新知，在授予基本常识的同时，更有通向“蒙学”之上更高教育阶段的用意。因此，与之相配套的文体，自不得不逐渐由白而文，甚至趋于夹带“新名词”的“新文体”。与此前切音字、白话文论者的激进主张，或其后《京话日报》、《启蒙画报》等刊物的俗话启蒙姿态相比，《蒙学报》的启蒙文体堪称折中，在几番试验之后，基本上固定在可上可下的“浅说”层面。这也表征了《蒙学报》介于戊戌前夜幼学言论与学制酝酿期教育实践之间的过渡性质。

二 “读书科”与“读本书”

虽有“识字法”栏目和《文学初津》的尝试出新，但就对后来“蒙学读本”的直接影响而言，《蒙学报》独创的“读本书”栏目更应受到重视。“读本书”之名来自《蒙学报》翻译的日本小学教科书。在这一体裁译介过程中发挥先导作用的，是身兼汉学者和记者身份的日本人古城贞吉（1865—1949）。光绪二十二年夏，古城贞吉来到上海，先后担任《时务报》、《农学报》的东文报译，与文廷式、汪康年、罗振玉、叶瀚

① 见《蒙学报》第47册，光绪二十七年续刊（未署月日）。

等在沪趋新士人交谊颇深。[①]他参与《蒙学报》，大抵是由叶瀚向汪康年要求。[②]从光绪二十三年秋冬之际至次年初，古城贞吉先后译有《东文读本书》、《东文修身书》、《儿童笑话》、《学堂奇话》等书。《蒙学报》发刊伊始，更有在日本经商的广东人周杰臣寄赠“日本幼学书五种”请古城翻译，极力渲染当时日本“举国遍地皆学堂学会，认真讲求，凡幼男女入学堂读书”的盛况，并介绍从寻常小学到师范学堂乃至各种专门学校的学制，强调“广译日本各新书”的重要性。[③]

尽管如此，古城译报时期《蒙学报》的“东文”部分，只不过是与曾广铨等所译“西文”内容相并列的栏目，地位类似《时务报》的“东文报译”，其时日本经验尚未上升为蒙学变革的首要资源。《蒙学报》开始大量载录日文著作，反而是在光绪二十四年初古城贞吉离开上海以后。是年七月，汪锺霖致函汪康年，声称《蒙学报》已归其专办，拟将曾广铨负责的西文部分停译，“专请东人暂译东邦各种教科书”，标志着《蒙学报》取用外来“典范”的一大转折。[④]戊戌间《蒙学报》与日人广泛联络的行迹，更见于早先叶瀚为松林孝纯（1856？—？）译《日本小学校章程》所作的序言：

---

① 关于古城贞吉的汉学生涯，详见平田昌司《木下犀潭学系和“中国文学史”的形成》，《现代中国》第10辑，第1—22页。古城在上海活动的详情，参见沈国威《古城贞吉与〈时务报〉的“东文报译”》，氏著《近代中日词汇交流研究：汉字新词的创制、容受与共享》，中华书局2011年版，第364—402页。

② 叶瀚《致汪康年》（五十）［丁酉（1897）九月十四日］：“弟意欲改英法为德法，而延籐〔藤〕田译之，再请古城译东文，不知吾兄以为然否？”可知当时尚拟聘另一滞沪的日本汉学者藤田丰八（1869—1929）译西报，但未能成功，西文翻译最终还是请了曾广铨。见《汪康年师友书札》第3册，第2597页。

③ 《周君（杰臣）等赠书来函》，《蒙学报》第2册，光绪二十三年十一月初八日。

④ 汪锺霖《致汪康年》（一）［戊戌（1898）七月廿一日］，《汪康年师友书札》第1册，第1114页。又可参阅祝秉纲《致汪康年、汪诒年》（二十三）（戊戌七月廿七日），《汪康年师友书札》第2册，第1551页。

> 去年之秋，予与汪子甘卿（锺霖）立蒙学公会于海上。……暇与东人士游，辄相与商榷考求，定学堂课本。时则有若西村君子俊（时彦，1866—1924）之代联东京学社，送报与书焉；时则有若小田桐君辅勇〔勇辅〕（1874—1911）之译赠《东邦小学节略》焉；而劝立小学，情词恳切，语论至数十纸之多者，则又有森井君国雄（1867—1922）焉；今松林方丈纯孝〔孝纯〕又译赠此小学专章，往师圣制，近撷西法，吾国学校仿而行之，必有成效可观。[①]

叶瀚提到的西村时彦（号天囚）毕业于东京大学和汉讲习科，丁酉、戊戌之交随参谋本部军官来华，游说张之洞、刘坤一等督抚奉行亲日路线，对此后江、鄂新教育取法日本模式起到了促进作用。[②] 小田桐勇辅曾在甲午战后作为《日本》及《东奥日报》特派员游历台湾，得到陆羯南（1857—1907）的推荐加入《台湾日日新闻》社。[③] 森井国雄亦是记者出身，曾从事日本“国定教科书”的编纂；光绪十六年（1890）游学中国，专攻北京官话和所谓“支那时文”（公牍文）；光绪二十三年（1897）再度来华，与宋恕、叶瀚、汪锺霖、汪康年等交游密切，曾往长江一带考察；其劝说叶瀚设立小学，当在此期间。[④]

至于后来为《蒙学报》翻译了大量日文著作的松林孝纯，实是东本愿寺系统的传教僧。作为东本愿寺上海别院“轮番”之子，松林自幼学

---

① 叶瀚：《新译日本小学校章程序》，《蒙学报》第21册，光绪二十四年四月初一日。

② 西村时彦与张之洞、刘坤一等督抚的联络及影响，参见陶德民「戊戌維新前夜の『日清同盟論』——西村天囚と張之洞をめぐって」氏撰『明治の漢学者と中国——安繹・天囚・湖南の外交論策』関西大学出版社、2007、61-94 頁。

③ 小田桐勇辅的生平，参阅東亞同文會編『對支回顧錄』原書房、1968、967-968 頁。

④ 森井國雄「自敘傳」『對支回顧錄』656-657 頁。

习南京官话，光绪九年（1883）来华留学，担任东本愿寺上海别院附属小学“开导学堂”的助教，同时经理苏州东文学堂。[①] 东本愿寺上海别院内原设有“育婴堂”、“亲爱舍”等针对日本侨民的学校，起初仅教授读写、珠算之类简单科目；至光绪十四年（1888）前后改设“私立开导学堂”，始基于日本政府《小学校令》施行新式教育，按照东京府规定，教科书程度相当于日本国内的“寻常小学”。[②] 作为开导学堂创立时重要成员，松林经历了日本人学校从“寺子屋（私塾）式的教科”到西式学制下寻常小学的变迁过程，其对于学制、教科书的关注自不待言。而以其译文作为媒介，松林孝纯的教学经验更有可能影响到戊戌以后《蒙学报》引进日本资源的倾向。[③]

考松林孝纯所译《日本小学校章程》，实为七年前（1891）日本文部省颁布的《小学校教则大纲》；译文卷首冠有《劝学敕谕》一篇，即明治天皇《教育敕语》（1890）的汉文本。至光绪二十四年（1898）四月在《蒙学报》发表时，《小学校教则大纲》仍为日本现行学务规章，内列有修身、读书及作文、习字、算术、地理、历史、理科、图画、唱歌、体操、裁缝、手工等科目，反映了明治中期日本小学校分科教授的体制。尤其是其中“读书及作文”一科要旨，被认为“规定了直到1941年为止长达半个多世纪日本国语教育内容的框架”[④]，而《蒙学报》所载松林孝纯的对应译文更值得注意：

---

① 松林孝纯的生平资料较为零散，参见高西賢正『東本願寺上海開教六十年史』「年表」6頁・「資料篇」277頁。

② 高西賢正『東本願寺上海開教六十年史』67-71頁・「資料篇」268頁。

③ 松林孝纯刊登于《蒙学报》的译作，主要有《日本小学校章程》、《小学日本地理》、《小学日本史》、《小学理科新编六种》（小杉丰甕编、平阪闳补）、《家庭杂志》、《少年世界》（高山林次郎撰）、《古雄逸话》（幸田露伴撰）等，其中学制、教科书占了较大比重。

④ 甲斐雄一郎「読書科における二元的教授目標の形成過程」『国語科教育』第38集、1991年3月、107頁。

第三条　授读书作文．先令知普通文字．及日常须知之文字．文句．文章．读方缀字．及其意义．又用稳当言语字句．以养推辨思想之能　兼要启发智德．[①]

译文中“先令知普通文字”似与下句“及日常须知之文字”重复。实则该条原文为“普通ノ言語竝日常須知ノ文字……ヲ知ラシメ”[②]，“普通言语”一词在翻译时被置换成了“普通文字”。另外，译文在“文章”与“读方缀字”之间亦不应有断句，该句直译应为“文章的读方（读法）、缀方（写法）及其意义”，与前文“言语”、“文字”、“文句”等项并列。经过松林孝纯译文的处理，原本被首位强调的“普通言语”训练未能得到充分体现，“文字”、“文章”却获得了意外的突显效果。无论如何，该条介绍同时期日本小学读书作文课程的大致内容，对《蒙学报》以降清末蒙学用书的编纂，乃至新学制下语言文字学科的建立，都提供了可资参考的标准。

在明治前期学制始创的过程中，日本小学校并未形成关于语言文字的统一学科。文部省于明治19年（1886）颁布《小学校之学科及其程度》，确立“读书”、“作文”、“习字”三个独立学科并存的局面。其后“读书”、“作文”二科合并为“读书及作文”，至明治33年（1900）新制《小学校令实施规则》颁布，方才出现“国语”一科。[③]读书、作文、

① 《日本小学校章程》，《蒙学报》第21册，光绪二十四年四月初一日。断句点从原文。

② 该条原文见「文部省令第十一號：小學校教則大綱」『官報』2516號、1891年11月17日。

③ 关于明治前中期读书、作文、习字等课程的演化，除了前揭甲斐雄一郎论文，还可参阅小笠原拓「“国語科”の発見とその歴史的意義：坪井仙次郎『小学国語科之説』を中心に」『教育学研究』第70卷第4号、2003年12月、99-108頁。

习字分立原则的引进，得以与戊戌前后幼学论构建的识字、文法框架对接，成为学制颁布以前中国人自建新式蒙小学堂课程的参照。而在《教育敕语》所谓“修学习业，以启发智能、成就德器”[①]等原则指引下，日本小学校“读书科”实际上整合了语文训练（“用稳当言语字句”）和知识传授、修身教化（“启发智、德”）两方面的功能。此种“二元的”课程目标，对于缺乏师资和设施的晚清新式蒙塾而言，自有统合各科知识、节省办学成本的潜在优势。[②]

与“读书科”相配套的“读本”教科书，由于包纳了修身、历史、地理、理科各科内容，更有可能充当学制酝酿期各种“蒙学读本”最为经济的体裁来源。松林译《小学校教则大纲》中关于“读本”的规则是：

> 读本之文章．总要平易而可为普通国文之模范．故采授儿童易理会．而令其心情快活纯正者．又其所载事项．须用修身地理历史格致．其他必须日常生活而可添教授之趣味者．

《小学校教则大纲》规定了“读本”教科书所应采用的“文章”，就此提出“普通国文”的概念。何谓“普通国文”？《大纲》前文提到寻常小学读书科授“假字（假名）文及混用汉字浅易文”，高等小学读书科授“普通混用汉字文”。明治时代日本教育界一直有采用谈话体文章的呼声，但“读书科”最终的训练目的，仍是汉字片假名混用的“普通文”。

---

① 松林纯孝〔孝纯〕译赠《劝学敕谕》,《蒙学报》第21册，光绪二十四年四月初一日。

② 明治中期作为日本小学课程名的“讀書”二字，时有训读为“よみかき”（“讀み書き”，即读与写）的情形，指读书、写字等语文能力；但同时又有“ドクショ”的音读，“书”的意义由“书写”（書き）转变为“书籍”，因此也就包纳了其他各科的书籍、知识。清末教育实践者接纳“读书”科，多是从后一义着眼。

这种文体大量采用汉字词汇及训读汉文经典的风调，被认为有利于迅速而精确地传达西洋新概念，营造高雅严肃的著作格调，因此广泛应用于政府公文、报章政论、学术著作之中。[①]值得注意的是，满眼汉字的“明治普通文”，也正是梁启超等志士渡日后提倡“新文体”的模板。[②]关于“普通国文”的规定，与戊戌前后中国蒙学变革论者采用俗语文甚至切音文字的主张形成了对照。来自日本的经验表明，无论是应对“修身、地理、历史、格致”等科新知识，还是出而应世的现实需要，都决定了启蒙教育不可能采取激进论者一味求简求速的路线，必须顾及当世“普通”文体。前述《蒙学报》文体选择的变化，正符合这一认识。

《蒙学报》从创刊时就有“东文读本书”栏目，连载古城贞吉所译《小学初等读本书》。经调查比对，古城所译底本实即明治 20 年（1887）日本文部省为寻常小学校（相当于初等小学）“读书科”编刊的《寻常小学读本》（卷之一）。甚至原书所配插图也在改头换面后挪用到了《蒙学报·读本书》之中（见图 2-4）。

作为初学《读书入门》课本的接续，文部省编《寻常小学读本》虽在一开始运用“谈话体”，却不过“是低年级所用初阶性质的文章，作为引向非言文一致的、当时普通‘假名汉字混用文’的阶梯”；就此而言，该读本“尚未承认口语文与向来文语文享有同等的地位”。[③]而即便

① 从德川幕府时期到明治初年“汉文训读”的普及，实为明治时代“普通文”（又称“今体文”）作为西学媒介得以流行的背景。可参考齋藤希史「漢文の命脈——古典文から今体文へ」村田雄二郎・Christine Lamarre 編『漢字圏の近代——ことばと国家』東京大学出版会、2005、80-81 頁。

② 此方面开拓性研究，首推夏晓虹《“欧西文思”与“欧文直译体”——梁启超与明治日本散文》，载其所著《觉世与传世——梁启超的文学道路》，上海人民出版社 1991 年版，第 236—271 页。清水贤一郎则注意到明治普通文的媒介背景，称之为“帝国汉文”，借以探讨梁启超“新文体”与东京报刊传媒的关系。参见清水賢一郎「梁啓超と〈帝国漢文〉——『新文体』の誕生と明治東京のメディア文化」『アジア遊学』第 13 集、2000、22-37 頁。

③ 见山本正秀『近代文体発生の史的研究』433 頁。

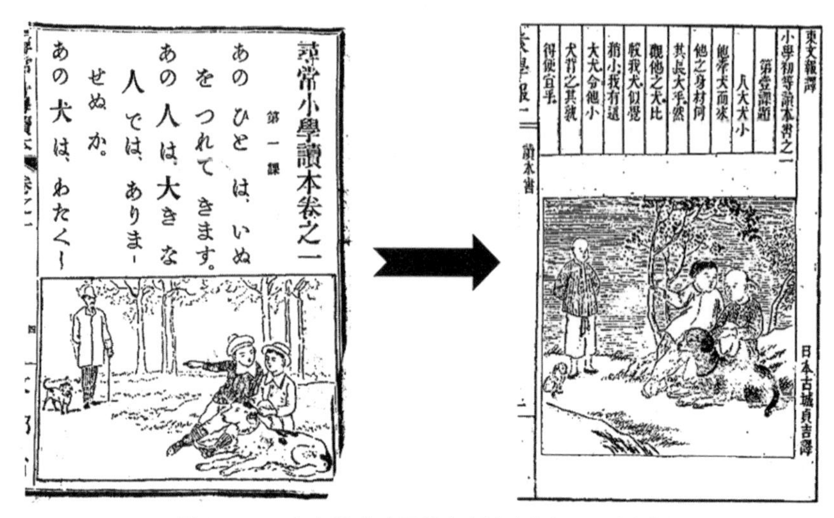

图 2-4　日本文部省《寻常小学读本》（1887）（左）
与《蒙学报・读本书》（1897）（右）

是采用“谈话体”的部分，在汉学家古城贞吉古意盎然的译笔下，口语化的日文原文也被转为带有不少难字的汉文古文。试比较日、中读本中内容相同的两课：

> あの 木 の 上 に、大き な とり が ゐます。あれ は、からす で あります。アレ、ごらんなされ、下 の えだ には、小さい の が ゐます。
>
> からす は、いたづら な とり で あります。石 を なげて やりませう か。
>
> むかふ に 人 が をる から、犬 に おはせませう。（《寻常小学读本》第二课）①

① 文部省編輯局『尋常小學讀本（卷之一）』大日本圖書株式會社、1887、4b-5b 頁。

有乌栖于树上．盖乌也．试观之．在彼卑枝．又有一稚乌焉．乌者．狡猾之鸟也．掷石以惊之乎．对面有人在．恐误中之伤人．不若嗾犬逐也．（《蒙学报·读本书》第二课）

从印刷形式看，《寻常小学读本》原文有分段、句读点和分隔单词的空格，《蒙学报》所载译文仅有断句点。文体上，日文原文采用的是东京地区流行的谈话体（“であります調”[①]），汉译文则多用“也”、“矣”、“盖”、“焉”、“乎”等文言助词、叹词。原文中“アレ、ごらんなされ”（哎呀，快来看！）之类的生动口语，译文变为“试观之”三字，大失其风调；结尾处的“嗾”字，则又太古雅。原文、译文二者最显著的差别，还在于用字：日文读本主要用片假名，仅出现八个汉字，其中“人”、“大”、“犬”、“小”四字第一课已教过，生字仅有“上”、“下”、“石”、“木”四字；而一旦译为汉文，则不得不多用难字，且无法与前课衔接。

这些转译过程中发生的问题，《蒙学报》编者一开始似乎并未意识到，直到光绪二十四年二月第9册发行时，他们才发现：“本馆近由日本教育家考得所译东文读本，原文系和音白话，且每题只用数实字、活字作方字识，然后连成文理作读本一段。前此竟未查及，今既得此法，即将中文照其法作为读本。”[②] 重要的不是“东文读本书”字面的翻译，而是要从中汲取抽象法则，“照其法”来编辑中国人自己的“读本书”。所谓“东文读本”之“法”，即每课只用数个“实字”（名词）、“活字”（动词及形容词）为生字，以生字为中心联结成文，将识字与阅读贯通的体裁。自第9册起，“读本书”内容逐渐向前后的识字、作文栏目延

① 前揭山本正秀书对《寻常小学读本》运用“であります调”有颇为详尽的分析，参见该书第435页。

② 《本报释例·上编叙目》，《蒙学报》第9册，光绪二十四年二月初一日。

伸。如该册"读本书"课题为"驴马同途"、"王生杀虎"，开卷"识字法"即授"驴、虎、狼、鹿"等字以为预备，同册《文学初津》又布置关于动物的造句作为温习，形成以"读本书"为中心的识字、读书、作文整体。而在"读本书"所选文段前，亦新增识字环节。如"驴马同途"一课文前，就有"驴（实字）任（活字）背（实字）马（实字）重（兼名实字）"一行识字内容。[①]此种别标生字的体例，在后来的"蒙学读本"及国文教科书中得以传承，一直延续至今。即便未必能完全解决初学读本用字过难、不相衔接的弊病，仍是将日文"读本书"经验加以创造性转化的成功范例。

百日维新期间，丹徒士人茅谦致信《蒙学报》，提到在维新政策鼓舞下，一时学堂大兴，但"中文教法之书，颇无善本，此《蒙学》一报所由重也"[②]。比起格致、史地之直接援引外力，"中文教法之书"即便能借鉴外国体裁，也必须照顾中文特性。这正是《蒙学报》编者从引进"读本书"体例的实践中得到的经验。由于古城贞吉离开上海并停止寄稿，第9册起"东文读本书"、"东文修身书"均告停刊，此后《蒙学报·读本书》的内容皆为自编。光绪二十八年《蒙学丛书》分类印行时，"读本书"共得四卷，每卷60课，计240课，成为同一时期"蒙学读本"的大宗。

如前所述，《蒙学报》第7—14册"读本书"曾尝试为"文话课"

---

① 《蒙学报》中"识字法"、"读本书"与《文学初津》三者的配合，大致从第9册开始，一直持续到第34册，此后三个栏目识字部分呼应逐渐减少。或许是因为各书成书有先后，不同撰著不可能在同一期上互相呼应。

② 茅谦：《蒙学报博议》，《蒙学报》第28册，光绪二十四年六月初一日。按：光绪二十三年五月前后，茅谦曾"与诸同人在江宁省垣，拟创小学报章"，则他自然会将《蒙学报》编者视为同道中人。见茅谦《变通小学议》，《皇朝蓄艾文编》卷十五，上海官书局光绪二十九年铅印本，第3b页。

附"白话解"，但白话部分仅是对"文话"正文的解说或发挥。至第15册再度更改体例，"读本书"正文注明"改正用白话"，课文内容则为本地风光的"齐桓公救卫"、"二桃杀三士"，采用了近似说书人口调的白话体。但紧接着，第16册"读本书"取自《伊索寓言》的"乌鸦衔肉"故事，行文又再次回到充满"之乎者也"的文言体。此篇课文的文字可追溯到道光二十年（1840）初版于广州的《意拾喻言》，译者是英国传教士罗伯聃（Robert Thom, 1807–1846）。罗氏的《伊索寓言》译本原是备"大英及诸外国欲习汉文者"练习"词章句读"之用，故全篇皆采接近笔记小说的文言体式。[①] 光绪十四年张赤山辑《海国妙喻》付刊，内载《喜媚》一篇，文字亦大略相同。[②]《蒙学报》编者对来自《意拾喻言》或《海国妙喻》的原译稍作润色：用空格将故事分为四段，开头冠以"人情莫不喜恭维，而往往上当"的警语，结尾的教训意味也得以加强。篇中虽有"凡人嘴里说得好听"一句白话，但从通篇行文来看，仍以文言为主。早期《蒙学报·读本书》的取材多有与《意拾喻言》重合之处，先后改写甚至搬用了其中"驴马同途"（第十七课）、"狐鹤相交"（第二十三课）、"鹿入狮穴"（第二十五课）、"狮驴争气"（同课）、"狮蚊比艺"（第三十七课）、"鹰龟"（第四十课）、"杉苇刚柔"（第四十五课）等故事。[③] 将道光年间外国成年人学习中国"词章句读"的书籍，挪用作清末幼童的识字读书教材，时代与接受对象的错位竟未妨碍文本的传递。其时《伊索寓言》已有数种白话译本可以利用。尤其是裘毓芳连载

---

① 庄际虹编《伊索寓言古译四种合刊》，林纾等译，上海大学出版社2014年版，第56、32页。

② 伊所布著，张赤山辑《海国妙喻·喜媚》，庄际虹编《伊索寓言古译四种合刊》，第63页。

③ 分别参见《蒙学报》第9、12、13、19、20、23册，光绪二十四年二月初一日、二月二十三日、三月初一日、闰三月十五日、闰三月廿三日、四月十五日。

于《无锡白话报》的白话本《海国妙喻》，据研究者考订，很可能就是转述自张赤山的文言译本，实难逃《蒙学报》编者的视野。但“读本书”却依然取用了更早的文言版本。[①]

《蒙学报》第31册开始刊载“读本书”第二卷，取材逐渐转向《二十四孝》、《日记故事》等来自传统蒙书的短篇，随着拟想学程的升高，“读本书”行文也更趋文雅。这些旨在“激发忠爱”的启蒙故事，亦是“修身书”的主要材源。通过对比“修身书”、“读本书”两栏目针对同一题材的书写，不难发现在兼容“修身”功能的同时，“读本书”自身所潜藏的学科意识。比如同样讲“陶侃运甓”的典故，“修身书”的文本主要搬用《日记故事》，仅在结尾援引《古诗》略作说教；[②]“读本书”则在开头、结尾添加议论，删去多余细节，追求完整的篇章布局。[③]类似的例子，还可举“读本书”卷二第二十五课所载司马光“破瓮救儿”的著名故事。该篇文本改写自《冷斋夜话》，却在开头添加“凡人作事，必勤勤恳恳，想出法来，方有成效可观，要在平时留心可也”一段议论作为“入话”；叙事完毕后，又拟想“使公（司马光）如群儿之相率惊走”，“公又抱之无力”等情形，说明“破瓮”势在必行。[④]“读本书”所

---

① 晚清《伊索寓言》的白话译本，至少有日本中田敬义译《北京官话伊苏普喻言》（1879）、清心书院《小孩月报》第3卷第6期所译“鸦狐”故事（1877）、裘毓芳刊登在《无锡白话报》（后改名《中国官音白话报》）第1—24册的《海国妙喻》（1898）等多种。不过据张治研究，裘毓芳的“白话译本”很可能是从张赤山的文言译本转述而来，见张治《中西因缘——近现代文学视野中的西方经典》，上海社会科学院出版社2012年版，第101页。《蒙学报》刊登过《无锡白话报》的代售启事，裘廷梁亦曾名列“蒙学报题名”，其侄女裘毓芳的白话转述本似不应被忽视。

② 蒋黼：《小学修身书》第五课，《蒙学报》第51册，光绪二十七年续印。《日记故事》的原文，参见王相增注《增广日记故事详注》下卷“操持类”，南京李光明庄刻本，第13b—14a页。

③ 《中文读本书》卷二第二十八课，《蒙学报》第44册，光绪二十七年续印。

④ 《中文读本书》卷二第二十五课，《蒙学报》第43册，光绪二十五年二月二十一日。

体现的篇章意识和“好议论”的倾向，使之获得了区别于传统蒙书乃至近代修身类课本的文体特征。

这些源自传统蒙书的课文，大概在光绪二十四年至二十五年间就已撰就，光绪二十七年续刊后仍有连载，应为使用旧稿。而从第二卷第三十九课起，直至第三、四卷完篇，“读本书”的取材再度转向西方，尤其是“剥田鸡悟化电之理”、“喻石叶知万物之源”、“乘气球借测风云”、“创无线以通电报”等科学题材，占据了其中大半篇幅。梁启超曾在《幼学》篇中提到：“西国之教人，偏于悟性者也。故睹烹水而悟汽机，睹引芥而悟重力，侯失勒约翰……畴人之良也，而自道得力乃在树叶石子之喻。”[①] 科学实验之有无，在清末曾被认为是甄别新、旧教法的一大特征；即便是在训练文章读写能力的“读本书”中，也必须灌注科学精神。早在《蒙学报》最初的文体试探时期，“读本书”栏目就已出现“格致”题材，如卷一第五十四课记富兰克林放鸢引电的轶事，有云：

> 电气为格致之妙用．然究得其理者．颇费苦心．　西人考究电学名家傅兰克令．彼知天空所有之电气．与人所造之电气．是一物而不异．　欲证其理．乃于天雷雨时．放一纸鸢．纸鸢上带一铁针．而用麻线放之．下端接丝线．防电气入手内．　初放上时．不觉电气下来．稍缓即觉麻线发涨．电气顺麻线而下．　富氏蓄之于收电之器．是为考天上之电．与人间所造之电一样之证．　乃后来有人效富氏

① 梁启超：《论学校五（变法通议三之五）·幼学》，《时务报》第16册，光绪二十二年十二月初一日。《蒙学报》第71册（出版时间不明）所载“读本书”卷三第二十一课，即提到：“西人读书，不重记性而重悟性。数十年来，学问日新，进而益上者，皆其重悟性之功也”，直接采用了梁启超此前的议论。

> 放纸鸢空中．偶一不慎．为电气击死．　然则考出格致之学．固亦捐性命．耗心力．而始有进境．　后人得依法为之．受前人之惠不浅矣．①

按照“读本书”版式的惯例，每课占据半页篇幅，分上下两栏，分别载录文、图。该课配图为一庭院，富兰克林坐中央放纸鸢，臂挽一女孩，后又有女子抱起婴儿向纸鸢（如图2-5左）；若是引电时景象，富兰克林周围三人环拥，岂不危险？实则此课“读本书”所载文、图，均来自20年前《格致汇编》所刊《美国傅兰克令传》，内有一段提到：

> 从前格致家电学未精，不知人造之电与天空闪电为二为一。傅兰克令乃设法制一纸鸢，上置钢尖一条，以麻线放之，线下端系一钥匙，钥匙下系以丝线。手执丝线之处，以防电过于身，因丝线不易引电也。当雷闪时，见纸鸢线下之钥匙能发电光火星，从此考知人造之电与天空闪电实同一物也。如第八图，为傅兰克令年老时与其孙试放纸鸢之图。②

《蒙学报》编者对此段多有增饰，不仅在首尾嵌套议论，还在结尾提炼出格致之学“捐性命、耗心力，而始有进境”的论点加以提升。惟传记中提到“第八图”（图2-5，右）原是富兰克林“年老时与其孙试放纸鸢之图”，并非当年引电情形。《蒙学报》转录时删去了此句说明，却袭用了《格致汇编》的原图（见图2-5）。

---

① 《中文读本书》卷一第五十四课，《蒙学报》第27册，光绪二十四年五月二十一日。

② 《美国傅兰克令传》，《格致汇编》第2年第1卷，光绪三年（1877）春。

图 2-5 《蒙学报》第 27 册《读本书》(1898，左)与《格致汇编·美国傅兰克令传》(1877，右)

《蒙学报》配图精美，在戊戌前后的蒙学新书中独树一帜。总图绘叶耀元本为上海广方言馆、京师同文馆肄业的优等生，撰有多种数学、测绘学著作，并于光绪二十三年夏发起《新学报》，分算学、政学、医学、博物等栏目介绍“格致”新知，同时兼任《蒙学报》算学撰述。[①]“读本书”的图文多取材于“格致”，可能也与叶耀元自身的学术背景有关。[②]光绪以降，《中西闻见录》、《格致汇编》、《益智录》、《万国公报》等西人所办科学刊物多配有插图，教会系统的《小孩月报》、《花夜记》等幼童读物亦参用图画，都有可能成为《蒙学报》直接取法的对象。[③]“画报可以启蒙”是沪上新学社会的普遍认识。[④]从文、图上下

① 《本馆办事诸人名氏》,《蒙学报》第 28 册，光绪二十四年六月初一日。

② 叶耀元生平，参见张耘田、陈巍主编《苏州民国艺文志》上册，广陵书社 2005 年版，第 116—117 页。

③ 范约翰《花夜记》见前注;《小孩月报》的概况，参见胡从经《关于〈小孩月报〉》，氏著《晚清儿童文学钩沉》，少年儿童出版社 1982 年版，第 44—49 页。

④ 《论画报可以启蒙》,《申报》光绪二十四年七月十三日；又参阅陈平原、夏晓虹《以“图像”解说“晚清”》，陈平原、夏晓虹编注《图像晚清》，百花文艺出版社 2001 年版，“导论”第 11—13 页。

分栏对照的形式来看，《蒙学报·读本书》与晚清石印“画报”体式确有共通之处，尤其是后期“读本书”移录外洋奇事，诸如“斜塔奇观”（卷二第四十二课，记比萨斜塔）、“水雷奇制”（卷三第三十一课，记无线雷及潜水艇）、“传声新法”（卷四第五课，记留声机）、“递信奇闻”（卷四第六课，记电线传递书报）等四字标题，更流露出与《点石斋画报》近似的猎奇趣味和“进入全球想象图景”的努力。[①] 这些课文未必能像“富兰克林引电”那样可以找到直接来源，但其关注氢气球（卷二第五十八课、卷四第四十八课）、望远镜（卷二第五十九课）、无线电（卷二第六十课）、赛珍会（卷三第五十三课）等新生事物的眼光，仍使“读本书”训蒙的文体带有新闻报道的风格。

除了格致新知，后期“读本书”还介绍了部分18—19世纪新出的社会理论，如亚当·斯密《国富论》（卷二第四十九课）、斯宾塞功利教育论（卷三第一课）、卢梭天赋人权说（卷三第四十四课）等，甚至还可从中窥见《蒙学报》编者对“文”的看法：

> 昔英国学人颇重古学．书院中所诵习皆属希利尼及罗马之古时著作．及本国之旧文．虽知其无用而不知变也．　一千八百年后有名士斯宾塞者．慨然忧之．特著一书．以为警醒．书中证明格致新理之有益．驳斥古文旧学之无用．颇为痛切．[②]

斯宾塞反对古典语文教育的论说，曾为梁启超幼学论所汲取，戊戌以后依然笼罩着《蒙学报》的编者。“格致新理之有益”与“古文旧学之无

① 鲁道夫·瓦格纳（Rudolf G. Wagner）：《进入全球想象图景：上海〈点石斋画报〉》，氏著《晚清的媒体图像与出版文化事业》，赖芊晔等译，台北：传记文学出版社2019年版，第98—111页。

② 《蒙学报》第61册，原刊未署出版日期，约在光绪二十七年秋。

用”对照，揭示了新法“读本书”教授语言文字的真正目的并不在于培养词章专家，而是要借此津梁获得“格致”新知。同卷第十八课（《蒙学报》第69册）驳斥“文人好古”，亦指出：“西文自古文之象形字、尖形字，变为今罗马之拼音法，故能人皆读书识字；中国则三千余年，由篆隶而成楷字，犹守古六书之遗，故字日多而人日愚也。”卷四第五十九课（《蒙学报》第105册）更预示了“世界同文”的前景：“或曰将来英文当战胜各国之文，而为世界同文之期望，殆非妄语乎？”

经过文白对照、以白释文、纯用白话的尝试，《蒙学报·读本书》的文体最终趋近于浅易化的科学新书；在承载修身、格致、史地等多学科内容的同时，并未放弃议论性与篇章完整的诉求，体现了“读本书”的词章意识。“读本书”及其背后“读书科”的课程设计，来自同时期日本学制，有其适应新教育草创期中国蒙学实际的优势。但语言文字的差异，决定了不可能直接援用外来读本，势必要回到本土的文体与媒体资源。在日本译员影响下，《蒙学报》开启了新式蒙学“典范”转移的过程，但在观念层面，仍未走出戊戌以前蒙学变革论以“格致”为学术究极的论调。“格致新理古义推翻”、“格致显三才之能”等课题，体现了“读本书”编绘者对科学新知的崇拜。后期“读本书”的文体在外观上更趋文雅化，并不能视为“倒退”或“折中”，不如说是随着学程升高，由当时承载新知识的新媒介决定的。换言之，正是“普通国文”附庸于“各科知识”的工具地位，决定了蒙学读本文体试验的限度。

三 “一用浅近文言”

在清末学制颁布之前的数年间，蒙学用书体式迅速转换，戊戌以前零星识字书、文法书、歌诀韵语的萌发状态，一变而为多种“蒙学读本”竞争的格局。当初曾断言“迄今发现唯一学习语言和文学的途径是通过认真学习经书”[①]的美国传教士潘慎文，于光绪二十七年（1901）为王亨统的《绘图蒙学课本》作序，已难掩其夸张的口气：

> 突如其来地，我们发现空气中弥漫着关于教授中文读写新途径的议论。有关学习中文新教法的书籍已经汗牛充栋，其数量还在增加。本地报纸上到处都是教授这种新教法的新书广告，教师们亦早已困扰于这个领域丰富芜杂所带来的尴尬。[②]

潘慎文作序当时可能寓目的“新教法”课本，至少有《蒙学报》所载“读本书”（1897年以降）、南洋公学《蒙学课本》（1898）及《新订蒙学课本》（1901）、王亨统编《绘图蒙学课本》（1901年以降）四种；稍后又出现了无锡三等公学堂《蒙学读本全书》（1902）及杜亚泉编《绘图文学初阶》（1902）两种产生较大影响者。这还不算当时新出的各种字课图说、新学歌诀、尺牍指南、文法教科书等专题教本。潘慎文先后任教于苏州博习书院、上海英华书院等教会学校，富于教授幼童的经验，在表达惊讶的同时亦不忘指出：此前中外教育家在文字教学方面的实践，早已为目前的变革准备了土壤，教科书的繁荣不过是满足了“长久以来就已被感知到并且日益迫切的需要”；更重要的是，取代使人毕生消磨于文字的旧法教学，中文新教法将会“使读写学习回到作为次要功课和获得

① 潘慎文：《论中国经书在教会学校及大学中的地位》，原载《在华传教士1890年大会纪录》，引自朱有瓛、高时良主编《中国近代学制史料》第4辑，第127页。

② 译自 A. P. Parker, Introduction, 载王亨统编《绘图蒙学课本》二集，上海美华书馆光绪二十七年石印本，卷首。按：加着重点部分在原文中用大写突出。

真正教育的工具这一适当的位置上，而不是作为教育的终结”。视文字、文章为教育的工具而非目的，正是“新教法”对于文学教育的基本定位，更有可能影响到“蒙学读本”编纂者别择文体的意识。

清末南洋公学发端于上海，正是新式学堂框架下中文教育兴起的产物。光绪二十二年（1896）沪绅何嗣焜参观天津北洋大学堂，发现该校学生中精通中文者寥寥，回沪后即建议盛宣怀另办南洋公学，总体目的与北洋相同，而附加熟习中文的条件。据南洋公学早期监院福开森（John C. Ferguson, 1866–1945）回忆，何嗣焜办公学的理想是：“这所学院应当针对文士阶层的子弟，使其获得近代学科训练，而学生亦能够运用练达的中国文言（a good style of Chinese literary language）把他们的思想记录下来，从而使近代学科成为中国文士生活（literary life）的组成部分。”[①] 由此可知，南洋公学始创者强调学生要能运用“练达的中国文言”表达新思想，最终目的还在于使“近代学科”进入士大夫的生活世界；与此同时，亦约束了新式学堂中文教育的文体，要求其必须适应文士大夫既有的书写习惯，即仍以当世读书社会通行的文言为主。

南洋公学设立师范的同时，“仿日本师范学校有附属小学校之法，别选年十岁内外至十七八岁止聪颖幼童”，另设“外院”；[②] 针对外院生识字读书的需要，先后编辑了《蒙学课本》和《新订蒙学课本》。关于此二书的版本、编者与印行时间，以往教育史、出版史论述多有混淆，近年经专业研究者梳理，方才渐趋明晰。《蒙学课本》分二卷，出自光绪二十三年三月入学的头班师范生陈懋治、沈庆鸿等，现有光绪二十五

① 福开森：《南洋公学的早期历史》（“Early Years of Nanyang College”），译文和原文分别见交通大学校史编写组编《交通大学校史资料选编》第1卷，西安交通大学出版社1986年版，第9—10、15—16页。按：根据所附原文，著者对译文有所调整。

② 盛宣怀：《筹集商捐开办南洋公学折》（光绪二十四年四月），《交通大学校史资料选编》第1卷，第34页。

年、二十七年的第二、三版存世；《新订蒙学课本》分三编，光绪二十七年间编定出版，编纂者是同为南洋师范生的朱树人。至于众说纷纭的《蒙学课本》初版，则未必如前人著录在光绪二十三年，更多证据显示该书最可能在光绪二十四年问世。[①] 其时已在《蒙学报·读本书》行世以后。但南洋公学两种《蒙学课本》均源自教学实践的要求，有可能填充《蒙学报》凭空编纂的缺憾。

早出的二卷本《蒙学课本》曾被认为取材过深，不适初学。[②] 实则不仅当时南洋公学外院生皆已初具文字能力，早期《蒙学报》上“读本书”与“识字法”分列的体例更表明：“读本书”本来就对应于初学识字之后的阶段，未必能用后来统合识字、读书、作文的“国文教科书”体式来要求。《蒙学课本》课文采取了与《蒙学报》第9册以后“读本书”类似的生字加文段形式，生字下偶尔附注关于字类、字义、用法的说明，但课文未加断句，亦不附图；至下卷则文段加长，增添课题与设问。全书题材涉及日用杂语、读书生活、人物事迹、格致百科、西法制造等诸多方面。其中最引人注目者，莫过于对近代国族观念、进化学说的阐释。与社会进化论有关的内容，从一开始就渗透在《蒙学课本》的课文中。如第十四、十七、二十二、三十七课便分别从宫室、用具、衣服、文字四方面，反复论证“古今风俗自质而文，盖万事皆然”，“天下各国皆然”的道理；[③] 第七十三、一〇六课更分别阐述“群学”的

---

① 参见夏晓虹《〈蒙学课本〉中的旧学新知》，《清华大学学报（哲学社会科学版）》2009年第4期。该文罗列并辨析了此前教育史、出版史家关于《蒙学课本》版本情况的各家论述，并推测“第一部《蒙学课本》的问世很可能是在1898年”，考证较可凭信，故相关情况本章不再赘述。

② 参见蒋维乔《编辑小学教科书之回忆》，《（商务印书馆）出版周刊》新156号，1935年11月23日。

③ 分别见《蒙学课本》卷一，南洋公学外院辛丑（1901）三次排印本，第3b—4a、4b、5b—6a、10页。

重要性，与同时期严复、梁启超等人对西方社会学的介绍相呼应。[1]第一百三十课援引严译《天演论》及五大人种区分，更与此前宣扬国家（第三十九课）、爱国（第七十二、一〇七课）、国耻（第一〇九课）意识的诸课文相表里，凸显新学说背后的种族危机意识。[2]

相比之下，光绪二十七年重编的《新订蒙学课本》兼具初学识字功能，更注意由浅入深的次第。新订本开卷首列“字类略式”，介绍《马氏文通》九大字类，并按其分类编排课文，其实重在识字：“非欲执童子而语以文规（语法规则）也。”每编卷首都有“编辑大意”，编者朱树人的文体意识在其中多有流露。[3]如初编第一条云：“是编专取习见习闻之事物，演以通俗文字”，似乎主张俗语启蒙，但旋即提到中国言文分离的现状，则不得不退求“文语同次”、“文俗同声”的境界：

> 我国文字、语言离为二物，识字之所以难也。其文序与语次相歧者，（原注：如云“以物与人”，此文、语相同者也；若变曰“与人以物”，则文、语不同矣）童子尤难领悟。是编专取文语同次者。凡倒装句法，及文中所有、语中所无之字，概不阑入。（原注：或谓教童子宜先以文俗同声字，此言诚是。然沪人呼“日”、“月”二字，文、俗已自不同，官音则无不同也。是编非为一人一地而作，此例亦可不拘）[4]

---

① 参见严复《原强》（光绪二十一年），王栻主编《严复集》第1册，中华书局1986年版，第5—15页；梁启超《说群自序》，《时务报》第26册，光绪二十三年四月十一日。

② 《蒙学课本》卷一第一百三十课，第51页。

③ 关于《新订蒙学课本》的重编者，以往教科书研究颇存歧说，前揭夏晓虹论文《〈蒙学课本〉中的旧学新知》已考定当为朱树人。

④ 《新订蒙学课本》初编，卷首“编辑大意”第1b页。

所谓“文语同次”，即排斥倒装等古文独有的句式，尽量采用文白相通的语序句法，在使古文平易化、谈话化的同时，亦含有俗语向书面语靠拢的要求。而在用字层面，时人更有“文俗同声”的意见，主张让儿童先识方言中“文读”、“白读”同声通用之字。①至二编程度加深，朱树人更注明：“凡近世新物及文俗通用之字，概用俗名，过俗者不录。仍就所知，各注文俗之名于下，然不能悉也。”②换句话说，俗名虽然优先成为正文，但“过俗者”却有可能遭到淘汰。如二编第三十九课“什器”（课题下注“杂字”），课文中“几案”、“筯”、“勺”均可谓“文中所有，语中所无”之字，其下则分别注有“俗曰桌”、“俗曰筷”、“俗曰汤瓢”等。③不过，无论是朱树人的“文语同次”，还是时人主张的“文俗同声”，最终都要引向“文”、“语”分离的深文理。《新订蒙学课本》三编“编辑大意”即直接申明：“前编凡文、语异次之字，概不录入，是编不拘斯例。”④

《新订蒙学课本》在文白、雅俗之间的选择，非但取决于“我国文字、语言离为二物”的现实，更与其取法的范本有关。此前已有《蒙学报》引进日式“读本书”。但对于沪上新式学堂的学子而言，更熟悉的

① 此段中向朱树人提出“文俗同声”意见的人，可能是朱氏在南洋公学的同学张一鹏（近代政治家张一麐之胞弟）。据南洋公学师范班名单，朱树人与张一鹏在光绪二十三年三月同班入学，朱树人任学长，至二十八年十月方离开；张一鹏则早在入学当年九月即退学。光绪二十四年春，张一鹏办理小学堂，“以课本未备，随手钞录，颁发各生钞读”，后辑为《便蒙丛书》，内有自撰《识字贯通法》一种，卷首“大纲”提到，“是书将寻常应用字分为二纲：一曰同声字，言语、文字相通也；一曰异声字，言语、文字不相通也。先识同声字，次识异声字，由易及难也”，实即《新订蒙学课本·编辑大意》所引“教童子宜先以文俗同声字”的主张。参见《南洋公学师范班学生名单》，《交通大学校史资料选编》第1卷，第78页；张一鹏：《识字贯通法·指针》，《便蒙丛书》，苏州开智书室光绪壬寅年（1902）六月刻本，卷首。

② 《新订蒙学课本》二编，卷首“编辑大意”第1b页。

③ 《新订蒙学课本》二编，第15a页。

④ 《新订蒙学课本》三编，卷首“编辑大意”第1b页。

先例还数当时洋场上流行的各种西文读本。戊戌以前，传教士艾约瑟就曾在其所著《西学略述》的“训蒙”卷中，详细介绍泰西“启蒙读本”的体例：

> 凡泰西新出之拆习字母诸书，作者原取便于训蒙，故皆必以一言仅合以二字母即可成一物名为始，继乃读以三字母合一物名之言，而其物之若禽若兽皆即仿图刻印……嗣而一言成为物名之字母，渐由四而五而六，以次递加。其间仿绘物形，即物成章之文，皆同上式。又间有歌诗，或为可信口而吟，或以之称颂上帝，或畅言草木，或详诵禽鱼。至于此书分有五六等第，其所选诗文，类皆名家著述，以是教授幼童，可使于嬉戏之年已多识成人之语也。①

无论是“仿绘物形”，还是选录“名家著述”，南洋公学外院的前后两种课本都逊色于《蒙学报·读本书》。然而，《新订蒙学课本》主张连字缀句之法：“先联平立之两名字（天地、日月），次联不并立之两名字（人身、牛毛），先两字，次三字、四字，则几乎成句矣，至九字、十字则接句而成文矣，……由十数字至三四十字，则皆成片断矣。”②按照学程进展，循序渐进地分布词语、课文的字数，却是《蒙学报·读本书》未能体现的构思，很可能直接得自泰西启蒙读本。

早在光绪二十五年，钟天纬创办的上海三等学堂已编译英国殖民地用《印度读本》（*Indian Readers*）为《英文初级读本》，介绍“西人课

---

① 艾约瑟：《西学略述》卷一“启蒙读本”条，见赖某深校注《艾约瑟等西学启蒙两种》，第26—27页。按：此段亦见于杞庐主人编《时务通考》卷十九，《续修四库全书》第1257册，第571页。

② 《新订蒙学课本》初编，卷首“编辑大意”第2a页。

童咸以泼拉买（Primer）并理窦（Readers）五集为首”，并提到近年来《印度读本》“广行中土，学英文者莫不由此入门”的风尚。[①] 清末《印度读本》更为畅销的译本，是同时期谢洪赉编译的《华英初阶》、《华英进阶》系列。光绪二十七年，谢洪赉在《普通学报》发表《论英文读本》一文，不仅揭橥“读本者，文语教育之中枢”之宗旨，更概述包括《印度读本》、《东方读本》（*New Oriental Readers*）、《官学读本》（*Royal Readers*）等在内的十种英文读本，特别强调这些“读本”分集递进的结构，“初、二、三集皆编者自著，语多浅近；四集略采成书，五集多摘名作，文理颇进；高等则纯集名人诗文，阳刚阴柔，笔力悉备，盖中土诗文选本类也”。[②] 此种由浅入深、由实用而“文理”的分编体制，对稍后新式蒙学读本和国文教科书体例的确立，实有深远影响。

《新订蒙学课本》初编“编辑大意”明确指出：“泰西之有读本，为科学（原注：即天文、地理等学）之管钥，亦笔札之资粮。”大量选录科学短文，不仅是《蒙学报》后期选文的特色，亦体现于早出的二卷本《蒙学课本》，算不得新奇。但书札课程的确立，却是《新订蒙学课本》得自泰西读本的一大创造：“是编于笔札通用之文字，雅俗兼采，惟俚俗不能入文者，则屏不录。”[③] 对照同书“文俗同声”、“文语同次”等用字、句法层面的规定，不难发现《新订蒙学课本》别择文体的通则，是在沟通文白的同时，排除“过文”或“过俗”者入文。应用性极强的“启告便函”、“询问便函”、“招游便函”等，往往先示以信函当用何种

---

① 《英文初级读本序》，薛毓良、刘晖桢编校《钟天纬集》，第 264 页。

② 谢洪赉：《论英文读本》，《普通学报》辛丑（1901）第 2 期。关于谢洪赉生平及《华英初阶》、《华英进阶》二书的背景、内容和影响，参见邹振环《〈华英初阶〉和晚清国人自编英语教科书的发轫》，《近代中国》第 15 辑，上海社会科学院出版社 2005 年版，第 142—160 页。

③ 《新订蒙学课本》一编，卷首“编辑大意”第 1b 页。

称谓，次及信函功能，再举其样式。例文不仅通篇文言，采用“福安”、“金安”、“文祺”等传统书札问候语，更保留了抬头、空格、偏写等示敬格式。至三编课文出现“劝学英语卒业”、“求介入青年会书”、“谋游学外国书”等涉及新学的尺牍，文体却一仍旧式。书札课程的重点并非书信内容，而是当世通行的尺牍格套。《新订蒙学课本》借鉴泰西读本载录笔札体例的同时，对古已有之的尺牍指南书（书仪）亦多有承袭（详第七章）。着眼于应世实用的功能定位，反而使其书札文体更为程式化：学生只需依式套用，更换姓名、事由等具体内容，即可成一篇流畅的书信。

《新订蒙学课本》课文受“泰西读本”影响的另一侧面，在于设拟虚构的运用：“凡所捃拾，大半译自西书，略加点窜。间有出自臆撰者，远仿凭虚亡是之体，近师西人用稗说体编小学书之例，意主启发，勿疑为私造典故也。”[①] 其实，此类模仿小说家进行设拟的文体，更多体现在新订本三编对旧本《蒙学课本》的改写之中。在《新订蒙学课本》三编总共130篇课文中，取自二卷本《蒙学课本》者至少有58课。[②] 从细微的文字润色，到大段的归并、删节、补充，新订本改写旧本课文，有三种方式值得注意：一是照顾本国风俗，如旧本“酿葡萄酒法”变为“酿陈酒略法”，“制萝卜糖法”并入中国人更习见的“制蔗糖略法”之类。[③] 第二种方式，即是添加虚构的故事框架，试比较“作茧成蛾”一课：

---

① 《新订蒙学课本》二编，卷首“编辑大意”第1b页。

② 《新订蒙学课本》三编“编辑大意”提到：“是编节取旧刊《蒙学课本》，汰旧益新，增删各半。”（第1a页）

③ 《蒙学课本》卷二第二十六、二十八课，第20b—21a、22a页；《新订蒙学课本》三编课二十五、二十六，第14b—15b页。

童子在塾中。如蚕之缚于茧中也。不亦苦乎。然蚕不缚于茧。不能成蛾。童子不入塾。不能成人。（《蒙学课本》卷一第七课，第 2a 页）

某童性不好学。深以在塾为苦。童蓄数蚕为玩具。一日见其作茧。笑而语之曰。尔辈作茧自缚。何自苦也。蚕答曰。我辈岂好作无益耶。所以自缚者。求成蛾尔。未几。蚕生翼出茧。已化为蛾矣。故蚕不自缚。不能成茧。童子不入塾。不能成人。诸生其毋以在塾为苦也。（《新订蒙学课本》三编课二，第 1b 页）

原本寥寥数句简单教训，到新订本中已变为童子与蚕对话的生动故事。第三种方式则是在搬用原课文的同时，添加照应、补充其内容的新课文。旧本《蒙学课本》中原不无采用寓言或设拟口气的课文，但多数课题仍保留了与当时格致类书刊类似的陈述口吻。如其卷一关于金、银、铜、铁、锡、土等物质元素的各课，卷二对天文学、全体学、饮食卫生知识的集中介绍等。旧本卷一第五十课内容为“释铁”，述铁的分类与物理属性，被新订本三编第五十课全文挪用。新订本在原课文后，更插入设拟张君携子参观铁政局的两课内容，使相关知识在父子对话中得以巩固扩充。类似的体式变化，仍在“文言”范围之内，但其影响于接受知识的方式，意义并不下于文白雅俗之间的挪移。

南洋公学师范生的编书实践，在清末蒙学用书从识字、文法教本向综合教科书转变的过程中占有特殊地位。光绪二十七年，王亨统编《绘图蒙学课本》首集、二集问世；次年（1902）起，杜亚泉编《绘图文学初阶》亦次第出版。在增添“绘图”等新因素的同时，二者都体现了南洋课本的持续影响力。作为商务印书馆最早编印的中文教科书，杜编采用“初阶”、“进阶”递进模式，当亦得自《华英初阶》等英文读本的启发；而其课文内容，则往往直接取自新、旧两版南洋公学《蒙学课本》。[①] 王亨统执教于教会系统的杭州育英书院，所编蒙书亦模仿英文读本，分为“捷径”（primer）与“课本”（readers）两个系列，标榜“采用外国教法学习中国语言文字”。[②] 由于王氏已编有配套的《绘图蒙学捷径》作为“披阅新闻纸与各种‘浅文理’之书”的导引，[③]《绘图蒙学课本》的起始程度较深，课文取自“救世圣道”、“天文地理”、“儒书”、“比喻故事”（寓言）等题材，似应与南洋课本有所区别。但细检其书，不仅其首集部分课文直接取自南洋公学旧版《蒙学课本》；[④] 每集篇末的“便函”一课，更是照搬《新订蒙学课本》的构思。[⑤] 基于“中土文语两歧”的现状，《新订蒙学课本》认为“背诵之法尚不可废，惟背诵而不识

---

① 仅举代表性的课文数例：如《绘图文学初阶》卷四第五十七课“说留声机器”，卷六第一课“孔子”、第十一课“知耻”、第六十七课“体操”、第九十八课“教化”，即分别来自南洋公学《新订蒙学课本》初编第八十课和二卷本《蒙学课本》卷上第四十九、四十五、八十八、一百二十二课。此外，值得注意的还有《绘图文学初阶》所配图像的来源。该书部分图像取自光绪初年教会学校清心书院《小孩月报》、《小孩月报志异》上的铜版画，或有意模仿其风格，可能跟夏瑞芳、高凤池等商务印书馆早期发起人多为清心书院出身的事实有关。

② A. P. Parker, “Introduction” 及 Wang Hangt‘ong, “English Preface”，分别载王亨统编《绘图蒙学课本》二集、首集，卷首。

③ 《王亨统〈绘图蒙学捷径〉广告》，汪家熔辑注《中国出版史料・近代部分》第 2 卷，湖北教育出版社 2004 年版，第 529 页。按：“文理”（*wen-li*）是近代教会人士对中国文言体式的特殊称呼，实指文体风格（literary style），引文中的“浅文理”（easy *wen-li*）相当于“浅近文言”，详下文。

④ 如《绘图蒙学课本》首集的第十二、十三、二十二、四十五、四十九、六十、六十二、六十六课，便分别取自南洋公学外院二卷本《蒙学课本》卷上第四十九、四十四、二十五、三十七、三十二、八十七、六十六、七十五课。

⑤ 稍有创新的是，王亨统教授书札写法时，添加了信封格式的内容，所绘信封上还附有“大清国邮政”的蟠龙邮票，后来《蒙学读本全书》、《最新国文教科书》等的书札写法，都有信封写法及图示。

字者，当以默书之法救之；背诵而不明大义者，当以问答之法救之”；[1]王亨统则主张贯彻泰西“新教法”，“不必全课背诵，惟按字解明，记其大旨，又摘功课中之字句，令学者默书于算板之上，写法宜自左而右，以免楷拭糊涂”。[2]不仅要求废除全篇背诵，更鼓励在课堂上采用汉字的右行书写。

尽管《新订蒙学课本》、《绘图蒙学课本》、《绘图文学初阶》三者均有模仿西洋读本的痕迹，但在它们问世的辛丑、壬寅年间，新教育权威已开始向日本转移。《新订蒙学课本》三编课文中，便有“某君留学日本”的情境；[3]三编第一课《入学劝勉语》提到：“诸生往岁在塾，于读书、作文、书法、算术等课，较之前岁，皆有进境……”所设想的科目安排，亦接近当时日本小学校的学制。[4]光绪二十八年，文明书局发印无锡三等公学堂所出《蒙学读本全书》，正式启用“读本”为题名。身为该书编者之一的俞复，曾撰序述其成书缘起：“同人于戊戌八月创办无锡三等公学堂。……堂中课程，略仿日本寻常小学校，分修身、读书、作文、习字、算术等科。读书一科，随编随教，本不足存，近欲录副者颇多，爰图画写稿，付之石印。”[5]20余年后，俞复又在回忆文章中提及：无锡三等公学堂的创议者为吴稚晖、俞复、丁宝书、杜嗣程四人。俞复常川在堂主事，“每日选编课书一首，令学生钞读，就本课中设问题数条

---

① 《新订蒙学课本》二编，卷首“编辑大意”第2b页。

② 王亨统：《凡例》，王亨统编《绘图蒙学课本》首集，上海美华书馆光绪二十八年重印石印本，卷首。

③ 《新订蒙学课本》三编课百十二“纸卷烟”，第65a页。

④ 《新订蒙学课本》三编课一，第1a页。

⑤ 俞复：《蒙学读本全书·序》，《蒙学读本全书》一编，卷首第1a页。按：此文又载光绪二十九年正月初十日《大公报》第225号“来稿代论”栏。二者文字互有出入，以下征引均按《蒙学读本全书》卷首所刊。

令学生笔答之……积至二十八年壬寅春，而成七编”；同年夏，俞复到沪与廉泉等共办文明书局，遂将其书付印。[⑥]吴稚晖、杜嗣程均为南洋师范生，自有可能受惠于南洋公学编辑《蒙学课本》的经验。[⑦]但维系编纂诸人更重要的纽带，则为早年共同肄业江阴南菁书院的经历，“时流年相若，谈说文史，与南菁诸子上下者……每日夕必聚市间茶舍名春源者，据其一隅之晚红晴翠楼，对九龙山暮霭，杂谈训诂词章至嚣，辄引邻座惊怪。当时隐隐领袖其间者，则为廉泉”。[⑧]春源茶舍地近无锡崇安寺，吴、廉、俞、丁诸人因而有“春源党”之称；[⑨]而后来三等公学堂的校舍，正是租在崇安寺内。借助直隶学校司、京师大学堂、学部编译局的先后审定，《蒙学读本全书》在清末风行一时，除了文明书局的石印原版，民间更有各种木版翻刻乃至手抄本流传；无锡三等公学堂将日本“读书科”与“读本书”相结合的理想，亦借此获得推广。

《蒙学读本全书》原版内封署“寻常小学堂读书科生徒用教科书”，作为与修身、作文、习字、算术等科并立的“读书科”用书，明确使用了“教科书”这一新概念。其分编结构不仅区隔了文字程度，更有区分

---

⑥ 俞复：《无锡三等学堂蒙学课本》，舒新城编《近代中国教育史料》第2册，第252—253页。据舒新城题下附注按语：“此文系十五年（1926）六月，编者专托陆费伯鸿（逵）君转索得来，述初期教科书事甚详。”但据吴稚晖后来的回忆，当时他身在上海南洋公学，对无锡三等公学堂事只是“怂恿”，未必亲身参与。参阅吴稚晖《回忆蒋竹庄先生之回忆》，《东方杂志》第33卷第1期，1936年1月1日。

⑦ 据前揭《南洋公学师范班学生名单》，吴稚晖在学期间为光绪二十四年五月至二十七年五月，曾任学长；杜嗣程光绪二十四年十月至二十八年十二月在学。见《交通大学校史资料选编》第1卷，第79—80页。

⑧ 吴稚晖：《寒厓诗集序》，《晨报附刊》1924年6月25日。按：吴稚晖、杜嗣程、丁宝书、俞复先后于光绪十五年、十七年、十九年通过甄别入学南菁书院，廉泉则在“院外附名应课”，详见赵统《南菁书院志》，上海书店出版社2015年版，第437、527—528、539—540、545、183页。

⑨ 钱基厚：《致廉建中》，附录廉建中编订，王宏整理《南湖居士年谱》，《历史文献》第9辑，上海古籍出版社2005年版，第333页。

学科范围之效：前三编多就儿童游戏“浅理”，附入启事短笺；四编模仿《弟子规》，以《论语》“弟子”章为纲，“专重德育，补修身书之缺”；五编汇集周秦子史寓言，“专重智育，为论理学（逻辑学）之引”；六编“前半为修词，后半为达理”；七编则类似传统文章选本。较之此前《蒙学报》、《蒙学课本》等偏重外洋奇闻或格致新知，《蒙学读本全书》更强调本土资源，反对早期“读本书”食洋不化的“呆译”、“强译”，主张“编学级则务合日本，而所演游戏故实，则尽属吾国惯习之事”，题材亦尽取自子史古书。除了吸收以往蒙学课文单列生字、区分字类的经验，《蒙学读本全书》规划学程较长，更有可能在课程中包纳歌谣、歌诗、古文等传统文类。这也是针对当时“坊间蒙书多用短句散语，殊少意趣，儿童诵而思倦”的欠缺。[①]

《蒙学读本全书》这种本土化或词章化的倾向，多少反映了戊戌以后教育时论的变化。光绪二十六年，有人撰文提倡“小学书以读本为最紧要”，指出非但中外读本用字难易不同，而且“东、西各国小学课书均以本国为主，必无旁及他国者，此定汉文课本最宜取法者也。约举其取材之法：实物、义训、数学、物理、性理、地理、艺业、言行、伦理、诗歌无不包举其中者，似文义甚浅，体裁甚杂，而非文学极深研几，能握其要，而又能合其序，不能恰合体裁也”。换言之，除了涵纳各科知识，编辑“读本”更需要“文学极深研几”的素养。这里所说的“以本国为主”，已有别于南洋公学一系“蒙学课本”侧重的格致救国路线；原本在危急时势下被看轻（或仅视为工具）的中国文籍，重新恢复了正面价值：“小学课书之编，约而言之，宜以振兴汉学、保立汉族为正

---

① 分别见《蒙学读本全书》二编、五编、一编，卷首“约旨”。

旨，其取材一以中国往籍为主，乃枢纽也。”[1]庚子以后，随着国族主义思潮影响下“国粹”话语的萌发，蒙学读本的取材也开始强调“以中国往籍为主”。在此舆论环境中，《蒙学读本全书》在文体上标举“浅近文言”，可以说是毫不突兀：

> 日本《寻常小学读本》，一、二编皆用国音白话。然彼有通国所习之假名，故名物皆可用之。我国无假名，则所谓白话者，不过用这个、那个、我们、他们，助成句语。儿童素未习官音者，与解浅近文言，亦未见有难易之别。况儿童惯习白话，后日试学作文，反多文俗夹杂之病，是编一用浅近文言，不敢羼入白话。[2]

同样看过“明治十七年小学新读本、二十年小学新读本、二十七年小学新读本”的教育论者陈荣衮，早就发现日本读本“第一本与第二本之上半卷……全是日本俗语”。[3]与之相比，《蒙学读本全书》编者的文体观念更有进境：并未因为参考日本典范就单纯强调俗语文，而是注意到中日两国当时的通用语有“国音”与“官音”之别。前者是已然统合方言而统一全国语音的“国语”，后者则是尚与方言并立而未尽通行的“官话”。稍后升级为教育论争焦点的“国语统一”问题，在此已见端倪。读本采用白话文

---

① 仁和倚剑生:《选录教育一得：编书方法》，原载《中国旬报》第12、13、14期，庚子年（1900）四月二十五日、五月初五日、五月二十五日，引自张一鹏辑《便蒙丛书·教育文编》，苏州开智书室光绪丁酉年六月刻本，第11b—12b页。按：此文论点与叶瀚《初学读书要略》颇多重合，且叶瀚即杭州仁和县人，吴庆坻亦曾向汪康年求证：“见报中有仁和倚剑生所著《学规》，殆即浩吾（叶瀚）耶？”见《吴庆坻致汪康年》（十），《汪康年师友书札》第1册，第377页。

② 《蒙学读本全书》一编，“约旨”第1a页。

③ 陈荣衮:《论训蒙宜用浅白读本》（1900），区朗若、冼玉清、陈德芸编校《陈子褒先生教育遗议》，第10b—12b页。

体之前，应先有各地统一的“国音”，当时尚未统一“国音”，方言区学习“官话”与学习“文言”一样困难，故不如先习作文通用的“浅近文言”。

从《蒙学课本》到《蒙学读本全书》，新学制酝酿期间的诸多蒙学读本都倾向于“雅言”和“俗话”之间的折中文体，且呈现出日益文雅化的趋势。这一趋向并非在20世纪初国族主义思潮鼓动下才突然出现，而是经历了长久的铺垫。传统中国的书写语言固然有文、白之分，但二者之间未必能划出明确界限，不仅存在广阔的中间地带，各自体式内部又有复杂的层次。将“文言”和“白话”各自视为一体而对峙起来的看法，很可能要到相当晚近才产生。[①]19世纪初，新教传教士欲将《圣经》更完整地译为汉语，不得不面对中国书写语言芜杂的状况。据近年学者研考，正是在西洋修辞学高、中、低三体说的启发下，传教士在翻译《圣经》时逐渐分化出“深文理”（high *wen-li*）、“浅文理”（low/easy *wen-li*）和“白话”（vernaculars）三条路线。[②]虽然最后取得主导地位的是官话和合本，但作为中间文体的“浅文理”却曾一度被寄予未来中国书面通行文体的希望。“浅文理”的弹性非常之大，关于其文体规范，传教士在译经时并未取得共识。但他们早就期待达成一种想象中的“中间文体”，既可以克服“深文理”（古雅文言）造成的阶级隔阂，也能避免官话（Mandarin）

---

① 正如比较语言学者何莫邪指出的：“就其概念来看，‘白话’和‘文言’都是现代的词汇，二者之间的对立并不是传统意义上的对立。……在前现代中国历史的进程中所发生的，是雅与俗之间的观念演变。”见何莫邪（Christoph Harbsmeier）《五四语言传统与修辞学》，朗宓榭（Michael Lackner）等著、顾有信（Joachim Kurtz）编著《新词语新概念：西洋译介与晚清汉语词汇之变迁》，赵兴胜等译，山东画报出版社2012年版，第392页。

② 参见郑海娟《圣经汉译与修辞三体》，《圣经文学研究》第9辑，人民文学出版社2014年版，第167—180页。郑文提到，马礼逊、米怜（William Milne, 1785-1822）等将汉文文体分为四书五经的“文雅体”、通俗小说的“白话体”，以及介于二者之间（以《三国志演义》为代表）的“中间体”，实为“三分法”的来源；此外，麦都思（Walter H. Medhurst, 1796-1857）等人还提出过“四分法”，即从“白话体”中又分出通俗小说代表的“自由体”和《圣谕广训直解》等代表的“会话体”。

或其他方言的地域局限。[①]戊戌以后，梁启超等发起"文界革命"，导入明治日本"普通文"风调和大量汉字"新名词"，充实了"浅近文言"的资源。但梁启超式的"新文体"仍介于文、白之间，可以说是在知识典范（从欧美传教士到日文书籍）和媒介（从《圣经》翻译到报章刊载）转移以后，"浅文理"吸收新资源而获得的一种新形式。

蒙学读本中继承"浅文理"的"浅近文言"，不仅是语言统一之前的代用品，更被视为由应世实用文字入门，最终通向古文辞究极的过渡津梁。对于学堂启蒙而言，取用文言与其说是出于文体学的考量，毋宁说更多着眼于"后日试学作文"的实际。文明书局所出《蒙学读本全书》由桐城古文家吴汝纶题签，发行者廉泉正是吴氏堂侄婿。其书第七编选辑《史》、《汉》、《通鉴》、《国策》、诸子及唐宋以来古文，增设圈点，可看作同时期《桐城吴氏古文读本》之类文章选本的同调。而在《蒙学读本全书》从谈话向古文过渡的过程中，甚至还可以发现西洋修辞学的痕迹。如第三编载录史地、格致内容，即明确指出："说物文辞，别为一体，逐段解释，文势断续，非若记事、论议，联属一气。故特分段详注，使读者易以醒目。后日作文，构造意匠，更无陵越失次之虞。"[②]《蒙学读本全书》对"说物文辞"（后来通称"说明文"）的自觉，使之有别于早先同样旨在说明科学知识的其他"读本书"课文。不妨比较分别来自《蒙学报·读本书》与《蒙学读本全书》的两篇"说猫"：

猫者．家畜也．性能捕鼠．其实则与虎豹狮子同类． 猫之目与他目殊．最畏日光．故光小则瞳放大．光大则瞳缩小．而细如一

---

① 参见凤媛《19世纪最后20年新教传教士关于〈圣经〉"浅文理"体的讨论与实践再探》，《史林》2020年第4期。

② 《蒙学读本全书》三编，"约旨"第1b页。

线，且有夜明之能焉．　猫之须有知觉．恒量鼠穴之口．而定身之可入与否．又其毛摩擦生电，亦与他物特别者．　古时埃及人见猫之异，则以为神而敬拜之．此风俗之陋习．如中国人之以狐为仙．土耳其人以鸟通消息于鬼．无不崇事恐后．以及各处之拜牛拜蛇拜猿狖．要皆拜猫之类也．（《蒙学报》第93册《读本书》卷四第十一课）

猫者。家兽也。谷食而成长。（猫之食物。）其状与虎相类。面圆额阔。足短尾长。身不满尺。（猫之形状。）其足有利爪。时出其爪以攫物。（猫卫身之物。）其性亲人。常依人而居。然怒则以爪侵人肤。（猫之性。）其见鼠也。矗尾直跃。攫而食之。百不一失。（猫能除害。）人以其能捕鼠也。故常养之。（结明人养猫之故。）（《蒙学读本全书》三编第十八课）

"说者，释也，述也，解释义理，而以己意述之也。"[①]中国古人多从游说、解说等角度理解"说"的内涵，说体文一开始甚至含有诡谲不实的倾向；古文体式中的"说"偏重解释义理，常与"论"联称，强调主观感受。[②]这与新式蒙学书中"说猫"、"说笔"、"说风"等"说物文辞"

---

① 吴讷：《文章辨体序说》，于北山、罗根泽校点《文章辨体序说　文体明辨序说》，人民文学出版社1998年版，第43页。

② 陆机《文赋》谓"说炜晔而谲诳"，引起刘勰的质疑（见《文心雕龙·论说》）。按：古代说体文源自诸子与游士，"往往出以寓言与滑稽"，但自《文心雕龙》以下，则多并称"论说"。姚鼐《古文辞类纂》有"书说类"，清末来裕恂在《汉文典·文章典》中分疏"说之属体有五"，即论辨、奏议、书牍、训体（字说名说）、序体（赠说）。褚斌杰指出："一般说来，凡称为'说'的文章，往往都带有某些杂文、杂感的性质，或写一时感触，或记一得之见，题目可大可小，行文也较为自由随便。"分别见来裕恂著，高维国、张格注释《汉文典注释》，南开大学出版社1993年版，第311页；褚斌杰《中国古代文体概论》，北京大学出版社1990年版，第341页。关于"说"与"论"之分合，以及古文"论说"以虚构情境带来的文学美感，参见柯庆明《"论""说"作为文学类型之美感特质》，氏著《拨云寻径：古典中国实用文类美学》，生活·读书·新知三联书店2021年版，第4—57页。

所追求的客观描述，实大相径庭。近代修辞学意义上的说明文（或称“解释文”）旨在“说明事理之所以然，与以科学之智识也。……是使晦涩者变为明晰，混乱者变为了当，影响者变为著明，使读者容易了解者也。”[①] 如前所述，《蒙学报·读本书》整体上有“好议论”的行文特点，故其“说猫”一篇在陈述知识之后，更有关于动物崇拜的一番议论，残存着“论说”的遗迹；而《蒙学读本全书》则以克制、干净、清晰的笔触，严格贯彻了近代科学说明文客观描述、条理明晰的类型特征。总体而言，《蒙学读本全书》侧重作文“意匠”，注意中文自身的特点，却未落入词章家故习；编纂者已有隐约的近代修辞学意识，更能准确而有节制地在文辞形式中填充其他各科知识。

四 通向“国文”

光绪二十六年（1900），日本文部省颁布新制《小学校令实施规则》，将“读书及作文”、“习字”二科合并，定名为“国语”，近代日本中小学校的国语科至此完全成立。然而，正如当初《蒙学读本全书》编者所预见的，在统一“国音”达成以前，“国语”并没有作为一门学科被移植到中国。取代学制酝酿期借自日本旧制的“读书科”，官定学制中曾先后有“字课”、“习字”、“作文”、“读古文词”、“词章”、“中文”、“文学”、“中国文字”、“中国文理”、“中国文学”等名目，民间教育实践者则通称之为“国文”。事实上，“国文”之称在癸卯学制初稿中已获采用。光绪三十三年（1907）学部颁布《奏定女学堂章程》，正式规定了

① 龙志泽:《文字发凡》，广智书局光绪三十一年铅印本，“修辞学第三”第25a页。

“国文”一科。[①]

问题在于，新式蒙学导出的“国文”教育，在教授识字、阅读、作文的同时，仍分担着传授其他各科“普通知识”的任务，这一附加功能甚至反过来影响到“读本”的文体选择。“普通知识”与“浅近文言”看似相辅相成，却也并非无人意识到二者之间潜在的冲突。光绪二十八年冬，文明书局主办者廉泉禀请管学大臣张百熙鉴定《蒙学读本全书》，次年又促成直隶学校司通饬全省各学堂订购。[②]其时壬寅学制业已颁布，廉泉此举意在扩大新学制下《蒙学读本全书》的影响和销路，却不期遭到吴闿生的反驳。作为古文名家吴汝纶之子，吴闿生曾游学日本，壬寅年更随父在日考察教育，回国就职于直隶学校司。在日本留学时，吴闿生受到国粹思潮的影响，取与自幼浸染其中的桐城古文之学相合，固守古文的观念日益坚卓。光绪二十九年四月，吴闿生发布《与廉惠卿部郎论蒙学书》，对文明书局“以编辑蒙学书为宗旨”不以为然。主攻“专门学”的留学经验，使吴闿生难免要看低“普通学”，但其利用古文眼光批评当世各种蒙学用书，倒也不无独到的见地：

> 今之编蒙学书者，吾见之矣。若仅以口语鄙俗浅近之理编成以教儿童，虽不合吾国之用，尚不失为外国通行之法。而今固不然，其所编为何，不问可知：大率取天文、地质、方舆、格致、汽化、动植之属，极无意趣、极难记忆、极难了解之理之事，糅杂纠纷，以强灌儿童之头脑。使一线方启之灵机从此杜绝闭塞，盲记死诵，

---

① 关于癸卯学制初稿运用“国文”一词及其修改的情况，详本书第三章。

② 廉泉：《上管学大臣论鉴定学堂课本》、直隶学校司：《通饬各学堂购书札（附廉郎中禀稿）》，《经济丛编》第20、21册，光绪二十八年十一月三十日、二十九年二月十五日。

> 了无生人之趣。甚者以西国人名地名编为韵语，文理半通不通，意义可解不可解，而授之儿童，以使之诵之背之，或强聒以语之，乌乎，其害儿童也，不啻朱砂麻黄之毒，陷人十层地狱。[1]

吴闿生批驳的重点，并不在于"外国通行"的俗语启蒙，而是"蒙学读本"对各科新学知识的灌输。"今之编蒙学书者"所"强灌"的内容虽由四书五经变为普通学新知，但摧残儿童性灵的实质却并无不同。作为古文后学，吴闿生当然不会认同"口语鄙俗浅近之理"的路线。在他看来，外国中小学校学业极浅，是因为语言文字不甚相远，"初无文学之事"；中国则不同，"吾国既以文字立国，今未能遽废，学者不通文理，将来万事不能为；……中国学问之要，固无出文理之右者也"。由此提倡幼学重在开导文理，文理既明，则一切新学可自看自明，故只需设二科：一学汉文，一学英语。如此主张固然失之偏激，提倡教文理后可以读一切新书，亦未脱离仅仅视文字为知识工具的逻辑，但吴闿生的古文背景确实照亮了蒙学改革潮流中往往被"普通知识"湮没的"文理"。更重要的是，"以文字立国"的观念还提示了文字、文章除了充当科学津梁，更有确立国族认同的大用。从国家意识的层面来认知的"国文"观念，到此已呼之欲出了。

将历古相传的文章视为"国粹"或"美术"之一种，作为清末民初"国文"学科在中学以上高端学程成立的重要条件，实际上取自日本大学"国文学"设科的思路，在此不拟展开。顺着"蒙学"或普通教育的线索下来，采用新法教学的"应用国文"，才是学制颁布前后普通教育试验的重点。光绪二十九年五月，蒋维乔受商务印书馆之托开始编辑

---

① 桐城吴启孙（闿生）：《与廉惠卿部郎论蒙学书》，《经济丛编》第26册，光绪二十九年四月三十日。

小学教科书。是即次年二月问世的《最新国文教科书》。尽管最终采用了“国文教科书”的名目，蒋维乔在日记中却曾先后称之为“蒙小学教科书”“小学读本”“蒙学读本”；[①]正式出版后，英文扉页题为“*Chinese National Readers with Illustrations*”，仍可看作在学制酝酿期“蒙学读本”（Readers）序列的延长线上。作为商务编译所整个“最新教科书”分科系列的第一种，《最新国文教科书》有日本教科书编纂者参与，每册附《教授法》，引进了“分段教学法”的体制。初版署编纂者为同属常州籍的蒋维乔、庄俞、杨瑜统三人，[②]校订者包括商务编译所的高凤谦、张元济，以及来自日本的原文部省图书审查官小谷重（生卒年待考）、原高等师范学校教授长尾槙太郎（1864—1942）等。该书久已被视为清季民初国文教科书的典范，关于其成书缘起、版本、编纂者、校订者，出版史界亦有较为可靠的考证。[③]在此仅专述其文体倾向继承“蒙学读本”的方面。

与无锡三等公学堂主办诸人一样，蒋维乔早年亦肄业于南菁书院；光绪二十八年南菁改设学堂，遂兼习新学，继而赴沪与维新志士交游，“学识始有归宿，而把定东文，革宗旨矣”。[④]接受商务印书馆编辑教科书任务时，蒋维乔已在蔡元培、吴稚晖主持的爱国学社、爱国女学校等

① 《鹪居日记》，癸卯五月廿七日、十一月廿二日、十二月初二日，《蒋维乔日记》第1册，第242、265、281页。

② 因商务印书馆急于在癸卯年内推出教科书，蒋维乔遂定计约庄、杨二人合编。见《鹪居日记》癸卯十二月初三、初五日条，《蒋维乔日记》第1册，第283、287页。

③ 参见张人凤《商务〈最新教科书〉的编纂经过和特点》，《编辑学刊》1997年第3期；汪家熔《民族魂——教科书研究》，第55—63、68—75页。

④ 《鹪居日记》，壬寅十二月三十日条，《蒋维乔日记》第1册，第222—224页。此年蒋维乔所读新书，多为《清议报全编》、《译书汇编》、《新民丛报》、《新小说报》、《埃及近世史》、《中国魂》等梁启超派的报章文字；又习《东文典问答》、《广和文汉读法》等日文入门书，为此后吸收来自日本的国文学科及教科书资源，创造了条件。

处担任过“国文教科”。[①] 其日记抄录“日本人所拟蒙小学读本材料”，以为“读本以教日用普通文字为主眼，其文以为国文模范。如蒙学第一年用短句短文，字画由简而繁，造语由浅入深，排次关系须极留意，稍进则择题目材料，分属能文之人操觚最妙”。他还指出读本材料不妨兼采历史、地理等科，但文字上必须有所区别：“记述之法，读本主雅炼、有趣味，故不妨稍涉详细。”[②] 读此可知，蒋维乔编辑教科书时，已对日本旧学制“读书科”及“读本书”的文体规定有所了解。

光绪三十年正月，《东方杂志》创刊号刊出《最新国文教科书》广告，指摘当时坊间各种蒙学读本之不合用：“或程度过高，难于领会；或零举字义，不能贯串；或貌袭西法，不合华文性质；或演为俗话，不能彼此通用。”[③]《最新国文教科书》第一、二册首列“编辑大意”，对此前新编训蒙各书或“语太古雅，不易领会”，或“语太浅俗，有碍后来学文之初基”两方面都有所批评，延续了《新订蒙学课本》、《蒙学读本全书》排除过雅过俗、追求当世通用的文体标准。关于文、白之间的抉择，则申明“本编虽纯用文言，而语意必极浅明，且皆儿童之所习知者”[④]，更与《蒙学读本全书》“一用浅近文言”的宣言相一致。其采录传统“故事”，注意到“古文深奥，不宜初学，故略加点窜，以归平易”；编写劝诫事例，则“仿古人寓言之例，假设事故”[⑤]。凡此均属早先新编

---

① 《鵪居日记》癸卯正月廿一日：“爱国学社总理蔡鹤庼先生及学监吴稚辉〔晖〕先生欲予分任国文教科，余亦愿习英文，遂偕传儿于是日入爱国。”三月十一日：“予已担任爱国女学校国文、历史、地理教科，于是日仍移居教育会中。”见《蒋维乔日记》第1册，第226—227、232页。

② 《鵪居日记》，癸卯十一月廿五日，《蒋维乔日记》第1册，第266页。

③ 见《东方杂志》第1卷第1号，光绪三十年正月廿五日。

④ 蒋维乔、庄俞、杨瑜统编纂《最新国文教科书》第1册，卷首“编辑大意”第2b页。

⑤ 见蒋维乔、庄俞、杨瑜统编纂《最新国文教科书》第2册，商务印书馆光绪三十三年孟夏第廿八版（光绪三十年季冬初版）铅印本，卷首“编辑大意”第1b页。

“蒙学读本”经验的延续。《最新国文教科书》第一、二册课文出自蒋维乔等自编，但从第三册起，编订者已有意“多选古书删削入文”。[①]其文体规划不仅照顾目前言、文不一致的现状，更考虑到儿童“后来学文”的方便，至高年级则注重书札、契约、笔据、日记等应用文训练。蒋维乔原计划在每册60课中安排理科、历史各15课，地理9课，修身、实业各7课，家事、卫生、政治等杂目7课；[②]成书后，则列有立身、居家、处世、“事物浅近之理由”、“治生之所不可缺者”等门类。[③]《最新国文教科书》虽被明确为“国文”一科教科书，却仍带有此前“蒙学读本”统合、补充各科知识的功能。

30多年后，蒋维乔追忆当年“教科书之草创”的事实已不无错乱，但他对南洋公学两种《蒙学课本》、无锡三等公学堂《蒙学读本全书》等先例依然念念不忘。[④]这种传承关系，亦可从课文题目的延续中得到印证。《最新国文教科书》中的许多课题，如地球大势、中国疆域、孔子事迹，以孔融、陶侃、司马光、文彦博等贤哲为主人公的修身故事，刻舟求剑、守株待兔、鹬蚌相争之类的先秦事语，来自《伊索寓言》的动物对话，以及每册结末集中教学的书函格式、契约写法等实用内容，在以往“蒙学读本”中早已屡见不鲜。至于课文本身的传递，不妨举先后在南洋公学《蒙学课本》、《新订蒙学课本》、杜亚泉编《绘图文学初阶》、无锡三等公学堂《蒙学读本全书》以及《最新国文教科书》中出

---

① 《鷦居日记》甲辰四月初二日：“高梦翁（凤谦）建议：以读本第三册文字渐长，难于尽善，须多选古书删削入文。……故现在专事选择古书。余检阅《韩非子》，随阅随选，以为编辑之豫备。”见《蒋维乔日记》第1册，第400页。

② 《鷦居日记》，癸卯十一月廿五日，《蒋维乔日记》第1册，第266页。

③ 《编辑初等高等小学堂国文教科书缘起》，蒋维乔、庄俞、杨瑜统编纂《最新国文教科书》第1册，卷首“缘起”第1a—1b页。

④ 参见蒋维乔《编辑小学教科书之回忆》，《(商务印书馆)出版周刊》新156号，1935年11月23日。

现的“华盛顿斫樱桃树”题材为例：

华盛顿、米利坚国开国之主也、各国之人、鲜不知其名者、少时或授以一小斧为玩具、顿戏斫庭前樱桃树、削其皮、父见而大怒、然未知顿斫之也、顿初犹豫不敢言、卒乃自白曰、此实儿所为也、父喜其诚实、抱而语之曰、樱桃千株、能及诚实之可贵耶、礼记曰、幼子常视毋诳、言年幼之人、须常教之以勿妄语也、如顿之父、可谓善教矣、(《蒙学课本》卷上第六十九课；同课亦载《新订蒙学课本》三编课七十五《华盛顿》，结尾略有改动)

美总统华盛顿。少时。其父某酷好樱树。尝植数株于庭前。爱护珍惜。过于常物。一日。华盛顿嬉于庭。时年仅八岁。不知樱之可爱。且不知其父之好之也。戏以斧伐而断之。继而其父见之。大怒。严诘华盛顿曰。谁伐予树。华盛顿大惊失色。愕然不知所答。忽悟曰。予虽触父之怒。不可不为真实语。乃告父曰。是非他人。实儿所为也。其父亦贤者。忽变色喜曰。予不怒汝之伐吾树。而喜汝之不为欺诈也。夫人必以不欺者植之基。而后能有功名事业。他日八年血战。脱羁绊而独立者。皆此不欺之一念基之也。(《蒙学读本全书》四编第七十七课《华盛顿不欺其父》)

华盛顿少时。游园中。以斧斫樱桃树。断之。其父归。见而怒曰。樱桃吾所爱。谁斫之。家人惧。不敢言。华盛顿趋至父前。自承曰。斫园樱者。儿也。父遽释怒。执其手慰之。曰。汝能不欺。予不汝罪矣。(《最新国文教科书》第四册第三十二课《华

盛顿》）[①]

华盛顿斫樱桃树轶事之传入，可追溯到咸丰五年（1855）《遐迩贯珍》所载《少年华盛顿行略》一篇。[②]清末“蒙学读本”行世短短数年间，不仅华盛顿的身份由“米利坚国开国之主”变为“美总统”，进而成为即便对小学生亦无须费辞的外国名人，相关课文亦日趋简明。需要注意的是，上引三段课文所属学程并不尽同：前二者在“蒙学堂”（初等小学）的后半程，《最新国文教科书》第四册则是供五年制初小第二年所用，尚处于初学阶段。故其课文中生字较少，多用二三字短句，亦无多余议论或介绍，可算是“儿童之所习知”的浅近文言。然而，正如编者早已指出的，文言短句亦有“不相连贯，则无意味”之弊，[③]反而会造成阅读障碍。即便在此初学课文中，亦难免要用到“遽”“斫”等难字；而如“不汝罪”这样的倒装句法，更属于此前《新订蒙学课本》初编、二编所竭力避免的“文中所有，语中所无”的状况。

《最新国文教科书》在占据清末教科书市场巨大份额的同时，亦面临着教育急进论者的批评。光绪三十三年陈荣衮撰《论初等小学读本》，执日本小学“第一年读本全是谈话体，第二年是半谈话、半文章体”为标准，遍阅国人所出各种小学教科书，以为惟有会文社《女子小学读本》及无锡三等公学堂《蒙学读本全书》一、二编差强人意。而其锋芒所指，所谓“人人心目中之某‘印书局’之小学读本”，实即商务版《最新国文教科书》：

---

① 以上数段，断句点各自不同，均照录原刊。又按：杜亚泉编《绘图文学初阶》卷六第三十五课亦有同题课文，与南洋公学《蒙学课本》内容完全相同。见杜亚泉编《绘图文学初阶》卷六，第15a页。

② 参见潘光哲《华盛顿在中国：制作“国父”》，台北：三民书局2006年版，第1—3页。

③ 蒋维乔、庄俞、杨瑜统编纂《最新国文教科书》第1册，卷首“编辑大意”第1a页。

> 今止就人人心目中之某“印书局”之小学读本，而随手拈其三数语，以为商榷焉。编者曰：深者不适用也。然第一年读本有“舒泰”、“觅捕”等字，第二年读本有煌、骤、篦、麓、焕、酱、啮、诞等字，得不谓之深乎？编者曰：句短者不适用也。然第一年读本有“至卧室，甫掀帘”等语，第二年读本有“闻乐声，弟悦甚”，“羊悦，谢狗，狗去，狼食羊”，得不谓之过短乎？彼编者曰：字画繁者不适用也。然第二年读本有啮、酱等字，岂无咬、卖、沽等字易之，而得不谓啮、酱等字为字画太繁乎？①

陈荣衮列举《最新国文教科书》卷首“编辑大意”所揭用字、造句宗旨，揭发其与课文实际的不一致之处，背后支撑的理念，正是同时期日本小学读本的“谈话体”。商务教科书文言体式的一大特点，是在第一册就“限定名字、代字、静字、动字、状字”②，尽量减少“乎”、“哉”、“也”、“矣”等文言叹字、助字的使用。类似体例，早见于《蒙学读本全书》一编“不及叹字、助字”的规定，编者认为：“叹字传神在发语之先，助字或在语终，取疑决之神，或在语间，作顿宕之势，初读书时，均未易领悟。”③但在主张浅说启蒙的陈荣衮看来，“乎”、“哉”、“也”、“矣”之类尚与“吗”、“咯”、“啦”、“呢”等白话相通，删去助字、叹字，反将导致“童子读无语气之书”的结果。

---

① 陈荣衮：《论初等小学读本》，区朗若、冼玉清、陈德芸编校《陈子褒先生教育遗议》，第26a—27b页。

② 蒋维乔、庄俞、杨瑜统编纂《最新国文教科书》第1册，卷首“编辑大意”第2a页。

③ 《蒙学读本全书》一编，“约旨”第2a页。

* * *

与后世构建的目的论式语文变革图景有所不同，戊戌前后喧腾一时的切音字方案和白话文主张，并没有深度渗入学制酝酿期的教科书体裁。从“蒙学读本”到“国文教科书”的文体规划，在“浅近文言”这一共识日益凝结的同时，甚至出现了回向文雅的势头。作为人们拟想中“国文”的折中形态，“浅近文言”既照顾了清末的语言现实（国语尚未统一）和文章现实（文言仍具通用性），又呼应了传教士区分并试译“浅文理”的经验；戊戌以后，更对明治日本“普通文”理念笼罩下的“新文体”和“新名词”加以吸收，可以说是中、西、东三重“中间文体”视野交错的产物。然而，“浅近文言”终究只是学制颁布以前一种想象中的教科书文体，非但没有现成的规范可循，更受到所传达知识内容和文本来源的支配。在此过程中，文体理念的作用仍然有限，只能在编者意识和读者意识、材源语境和课本语境的互动中不断试探其边界。

《最新国文教科书》反映了学制颁布前后蒋维乔、高凤谦、张元济等趋新者理想中的“国文”样貌；凭借商务印书馆的出版网络和教育行政机关的推介，该套教科书更塑造了清末新学制下许多学生在现实中接受的“国文教育”。惟癸卯以降国文教科书的文体理想与教学框架，仍来自戊戌、壬寅间新编“蒙学读本”的尝试。无论源于西洋还是日本，“读本书”（Readers）都展现了一种有别于中国传统蒙书和诗文选本的新型教育媒介。[①] 初学读本“既限笔划，又限字数，而布置图画不可呆

---

① 日本明治时期编辑“小学读本”的经验实际上仍源自西方。1885年文部省着手编辑《读书入门》和《寻常小学读本》，即主要根据德国小学校“Lesebuch”的体例，特别是借鉴了德人Eduard Bock（1816–1893）关于读本旨趣、目的和教授法的论述。参见山本正秀『近代文体発生の史的研究』430–431頁；大橋敦夫「湯本武比古『読書入門』の編纂をめぐって」『学海』第10号、1994年3月、103–116頁。

板，变化不穷；且必每行到底适可断句，不能将一句截断另入别行，又必使一课文字与图画共在全幅之内……”[①] 这种以文字深浅为线索、分编分科递进的综合教科书体式，在提升文体品位的同时，更容纳了各科“普通知识”，使得本来以获得读写能力为旨归的文学教育，同时充当着近代科学的津梁和国族精神的寄托，甚至由此造成“知识”对“文体”的约束。新式蒙学读本趋于“浅近文言”的定位，也是为了便于与当时报章杂志、科学译书、邮政书信等新学媒介的通行文体相沟通。

但当新学制呼之欲出之时，随着修身、史地、法政、理化等其他学科（至少在制度规章中）相继完备，势必要求“蒙学读本”及其后继者“国文教科书”凝练出独有的学科意识。“蒙学读本”编者在将文字、文章视为知识工具的同时，已经流露出一些篇章自觉和通向更高阶段词章训练的努力。几乎与此同时，在学制设计的层面，围绕承续传统小学与词章之学的问题，另一种关于“国文”的言说也正在“国粹”、“国学”等新鲜话语的激发下生成。民间读本编纂者与官方教育主导者合力，上下两股“国文”潮流相汇合，才最终确立了清末学制中层次复杂的“国文”学科。

① 《鷗居日记》，甲辰正月廿八日，《蒋维乔日记》第1册，第338页。

第三章

国家与文辞

——清季文学教育的制度化

以获得读写能力为旨归的本国语文教育，虽非清末引进西学、改创学制的重点，却攸关知识工具的获得和国族认同的形成。其在新学制中地位的奠定，更与清季国家思潮的兴起桴鼓相应。中国古代政教素来注重文字，早就形成“小学”启蒙的传统；唐宋以降，回应科举考试的要求，读书功程更突出了诗文属对等内容。但此类传统意义上的读写教学，仍有异于近代以来的新式文学教育。其间的一大区别，在于后者纳入了“通国一律”的制度框架，具有明确的目标、学程、时刻分配，要求“人人尽习”，作为国民教育系统中的一门课程，充实着近代国家的文化共同体。关于语言文字和文学书写的普遍认知，也在这一制度化的过程中呈现出更多面向。

戊戌前后语文变革论与蒙学变革论汇合，使得文字、文体、文法等文学书写问题成为教育论说的一大焦点；趋新士人试办学堂、译介学制、编纂“读本书”的努力，则为“国文”学科的确立铺垫了内容和形制。然而，民间教育家的试探终究仍有待于官定学制加以确认；被移植的外来学科框架，面临固有的政教关切和词章理念，更需要一个磨合的过程。本章将在近代国民教育和国族共同体意识勃发的背景下，重新检视清末文学教育纳入全国性学制的历程，考察包括文字训诂和诗赋词章在内的“中国文辞”，如何从危急时势下的“无用之学”升格为学校制度不可或缺的一门教科。

晚近学界颇有论著涉及清末的“文学立科”，惟相关研究多从现代学术史逆溯，往往以大学为重点，相对忽略历史脉络中普通教育的展开。关于学制设计的外来资源，以及“国文”与其他学科的横向关系，亦似仍有开掘余地。[①] 作为清廷首次正式颁布的近代化教育设计，壬寅、癸卯两学制的定章当然是讨论重点。但制度酝酿、争议、起草、修订的过程，以及背后思想语境的变化，也许更值得关注。近年新出学堂章程修订稿本等材料，亦为考察这些“过程性”问题提供了线索。

一　外来的“本国文”

甲午战争以后，新学界逐渐形成以日本为改革楷模的共识，教育亦莫能外。同一时期日本学校中各种语言文学科目的存在，有可能成为新式文学教育嵌入趋新者视野的契机。光绪二十三年（1897），康有为编成《日本书目志》，在“文学门”下胪列各种文学史著作，“语言文字门”即录有多种日本“国文学”教科书，并及作文书、文典、修辞学等类别；其小序更称羡日本“学作文有专书，学用文有专书，学记事有专书，学言语有专书”。[②] 不过，这部很可能是根据既有书目广告抄撮而成

---

① 参见陈平原《新教育与新文学——从京师大学堂到北京大学》，《学人》第4辑，江苏文艺出版社1993年版，第13—40页；陈国球《文学立科——〈京师大学堂章程〉与“文学”》，氏著《文学史书写形态与文化政治》，第1—44页；陈广宏《中国文学史之成立》第二编第一章“官学体制下的架构”，第146—168页。以上所论都从大学教育切入。中学文学课程的初步讨论，参见张心科《清末民国中学文学教育研究》，高等教育出版社2018年版，第22—27页。涵盖普通教育在内全学制的讨论，有白莎关于“清末教育体系中正规语体”的考察，但她更关心语言问题，所取角度与本章略异。参见 Elisabeth Kaske, *The Politics of Language in Chinese Education, 1895-1919*, pp.234-272.

② 康有为：《日本书目志》卷十一、卷十二，姜义华、张荣华编校《康有为全集》第3集，第419—420、446—461、470页。

的著作，究竟能在多大程度上表现康有为以及当时中国士林对日本教科体系的认知，学界仍存争议。[①]

而在此前的光绪二十二年（1896）冬，梁启超已于《时务报》发表《变法通议·师范学校》篇，列举日本寻常师范学校制度，提到："其所教者有十七事，一修身，二教育，三国语，四汉文……"并在"国语"下注明"谓倭文倭语"。[②]其所借鉴的学制，当是日本文部省于明治25年（1892）改正的《寻常师范学校之学科及其程度》，科目第三项即为"国语"，包括"讲读"、"文法"、"作文"等内容。[③]梁氏以为"依其制度损益之"，则中国师范学堂亦须"通达文字源流"。至戊戌维新期间，梁启超受命筹划《大学堂章程》，课程分为"溥〔普〕通"、"专门"两种。"溥通学"列"文学"一目，置于经学、理学、中外掌故学、诸子学、算学、格致学、地理学、政治学之后，"体操学"之前，对其内容则不置一词。[④]考虑到该章程"于大学堂中兼寓小学堂、中学堂之意，就中分列班次、循级而升"的体制，隶属于"溥通学"的"文学"科目，应即相当于进入"专门学"以前，中小学阶段"通达文字源流"的

---

① 相关考证，参见沈国威《近代中日词汇交流研究：汉字新词的创制、容受与共享》，第248—271页；王宝平《康有为〈日本书目志〉出典考》，古典研究会编《汲古》第57号，汲古书院2010年版，第13—29页。

② 新会梁启超：《论学校四（变法通议三之四）·师范学校》，《时务报》第15册，光绪二十二年十一月十五日。按："倭文倭语"四字，《饮冰室合集》本改作"日本文语"。见梁启超《变法通议·论师范》，林志钧编《饮冰室合集》文集之一，第37页。

③ 「文部省令第八號·尋常師範学校ノ學科及其程度」『官報』2710號、1892年7月11日。有意味的是，梁启超将"历史"、"外国语"、"手工"等日式学科名改译为"史志"、"西文"、"工艺"，却保留了"国语"这一在清朝容易引起混淆（"国语"本指满洲语）的名词。

④ 陈国球指出："梁启超以'文字之学'统括语言文字的初阶认识以至词章体格的学习，这个范畴之内的各种知识都可以称做'文学'，因为文学是以文字为起始点所开出的概念；……依此推论，《筹议京师大学堂章程》'溥通学'中的'文学'，应该不是最基础的语言文字学习，而是偏指'词章'；英、法、俄、德、日五种外语的学习则概以'语言文字学'称之。"陈国球：《文学史书写形态与文化政治》，第9页。

内容。[①]

教育要区分“普通”和“专门”，“溥通学者凡学生皆当通习者也，专门学者每人各占一门者也”[②]，是这一时期从外国引进的新意识。光绪二十四年春，湖广总督张之洞派遣姚锡光赴日本考察教育。姚氏回国后上陈《东瀛学校举概》，按“普通”、“陆军”、“专门”三类介绍日本学制，特为解释：“普通各学校者，乃植为人之始基，开各学之门径，盖无地不设，无人不学，故曰普通。”而在日本学校普通各科中，就包含了“本国文”、“汉文”等门目，二者意义非同寻常：

> 日本学校虽皆习西文，而实以其本国文及汉文为重，故所授功课，皆译成本国文者。其各种品类、各种名物无不订有本国名目，并不假径西文。且现其出洋之人，皆学业有成之人，否亦必学有根柢之人。故能化裁西学，而不为西学所化，视弃本国学术而从事西学者，亦实大有径庭。[③]

其间已涉及本国文学教育对于维系国家认同的意义。是年，张之洞聚集幕僚编成《劝学篇》，介绍西洋、日本学制，亦深受“普通”与“专门”两分思路的影响：“专门之学极深研几，发古人所未发，能今人所不能，毕生莫殚，子孙莫究。……公共之学所读有定书，所习有定事，所知有

---

① 梁启超撰，孙家鼐等奏《大学堂章程》，《京师大学堂档案选编》，第27、30页。

② 《京师大学堂档案选编》，第29页。按：光绪二十三年梁启超就任长沙时务学堂总教习，已有“溥通学”与“专门学”的分别，前者包含经学、诸子学、公理学、中外史志及格算诸学之粗浅者，并无与文学词章相关的内容。见梁启超《时务学堂功课详细章程》，夏晓虹辑《〈饮冰室合集〉集外文》上册，第22—23页。

③ 姚锡光：《查看日本学校大概情形手折（光绪戊戌闰三月二十日上南皮制府）》，见《东瀛学校举概》函牍（一），王宝平主编《晚清中国人日本考察记集成·教育考察记》（上），杭州大学出版社1999年，第16页。

定理，日课有定程，学成有定期。”二者既相区别，又相辅相成，不仅是外国学制的特点，更启发了新学体制下涵纳中国固有学问的途径。[①]

丁酉、戊戌间，湖南学政江标刊刻《灵鹣阁丛书》，收录有驻日公使裕庚随带翻译官译录的《日本华族女学校规则》一种，提到“本国文”课程，与“汉文”、“习字”等科并列。[②]对照日本明治26年（1893）颁定该章程原文，“本国文”实即“国文”的译语。其课程内容在初、高等小学科为“读方”、“作文”，中学科为“讲读”、“文法”、“作文”三项，与梁启超所引寻常师范学校国语科略同。[③]光绪二十四年四月，《蒙学报》登出译自明治24年（1891）《小学校教则大纲》的《日本小学校章程》，内有“读书作文”和“习字”二科宗旨。[④]同月，浙江巡抚廖寿丰派张大镛率领求是书院诸生赴日留学，归国后将访求所得编为《日本各校纪略》一书，述及高等师范学校、小学校、寻常中学校、高等学校“国语”、“读书”、“作文”、“习字”诸科名目，并在寻常中学校“国语”科目下注明“讲究日本古今文字及一切上等语”。[⑤]光绪二十五年（1899），美国人路义思（Robert Ellsworth Lewis, 1869–1969）刊布《日本学校源流》一书，系统介绍日本学制，亦述及寻常小学分“读

---

① 张之洞：《劝学篇·学制》，苑书义、孙华峰、李秉新主编《张之洞全集》第12册，第9742页。

② 佚名译《日本华族女学校规则》，《丛书集成初编》，中华书局1991年影印光绪二十三年《灵鹣阁丛书》本，第21—33页。此章程亦收入戊戌孟春时务报馆石印的《日本学校章程三种》，见《时务报馆印售书报价目》，《时务报》第51册，光绪二十四年正月廿一日。按：当时人援引此规则，又或称该科为“国语”，如郑观应《致居易斋主人（经元善）论谈女学校书》（光绪二十三年十二月）即云：“驻日本星使裕朗西尝云：日本华族女学校规则十六科，……曰国语、曰汉学、曰西文……则妇言妇功之事也。”下又引“长崎领事余又眉”的话：“日本女学分十三科：……三、国语（原注：谓日本文）。”见夏东元编《郑观应集》下册，第263页。

③ 「宮内省諭第四號・華族女學校章程」『官報』3046號、1893年8月23日。

④ 松林纯孝〔孝纯〕译《日本小学校章程》，《蒙学报》第21册，光绪二十四年四月初一日。

⑤ 见王宝平主编《晚清中国人日本考察记集成·教育考察记》（上），第33页。

书”、“作论”（作文）、“写字”（习字）三科，师范学校有“本国言语文字”（国语）、“中国文学”（汉文）二科，中学校则将“本国言语文字与中国文学”并为一科（国语及汉文）等事实，并在高等女学校部分直译相关课程为“国语”。①

正如张大镛、路义思等所译介，在同时期日本学制系统中，有关本国语文读写的学科，根据学程高低，有相当复杂的形态：大学经由明治初、中期的“和汉文学”、“和文学”科，最终确立了“国文学”一科的地位；中等以上则称“国语”或“国文”，中学校又归并原本独立成科的“汉文”而为“国语及汉文”科。惟有小学阶段的读写教育，长期未能形成统一学科。明治中期推行的《小学校之学科及其程度》（1886），规定了“读书”、“作文”、“习字”三科并存的局面，稍后又将“读书”、“作文”二科合并为“读书及作文”，亦即前引《蒙学报》所译章程中的“读书作文”。

“读书”、“作文”、“习字”分科并立的格局，特别是以“读书科”涵纳各科知识的思路，适应晚清新式教育资源匮乏的现实，在戊戌前后新编“蒙学读本”的实践中获得了一定的反响（详第二章）。至明治33年日本文部省颁布新制《小学校令实施规则》，“读书及作文”和“习字”二科合并为“国语科”，近代日本学制就此完成从小学到大学一贯的“国语—国文学”科目。这一新变化，虽然很快反映在当时国人译介日本学校制度的文字中，却并未得到充分的重视。② 光绪二十七年（1901）春，

① 路义思撰，卫理口译，范熙庸笔述《日本学校源流》，上海江南制造局光绪己亥年（1899）铅印本，第21、22、51页。

② 时充留日学生总监督的夏偕复，在光绪二十七年十月撰文介绍日本学制，已于寻常、高等小学校学科中明列“国语”一科。这是著者所见最早反映日本明治33年新制《小学校令实施规则》的例子，见夏偕复《学校刍言》，《教育世界》第14号，辛丑十月下。此外，《译书汇编》所附《日本学校系统说》一文亦按含有“国语科”的新制介绍了日本小学课程。见《译书汇编》第2年第7期，壬寅七月，“附录”栏。

《教育世界》登出樊炳清所译日本《小学校令》，仍取明治23年（1890）旧制，分列读书、作文、习字三科。[①]次年（1902）三月，罗振玉发表《学制私议》，已是在为迫在眉睫的新学制建言，却依旧作此三科；[②]七月间，壬寅学制正式颁布，其蒙学、小学阶段的读写课程，亦采取了分科治之的策略。

壬寅学制的最低学级为蒙学堂，其课程门目："修身第一，字课第二，习字第三，读经第四……"总共八科当中，读写类课程仅次于"修身"，且在"读经"之前；字课、习字两门占总课时比高达33.3%，为各科之首。"字课"一门继承了戊戌前后幼学新论注重初学识字的主张，将传统蒙学"杂字"与新兴文法学的"字类"体系相结合，按照实字、静字、动字、虚字、积字成句法的顺序分配四年学程，很可能对同一时期新编"蒙学读本"的经验有所汲取。[③]蒙学堂毕业后升入寻常小学，在"修身"、"读经"之后，列有"作文"、"习字"科目，但要到第二年才开笔作文，两科占总课时比例为16.7%，与修身、读经课时相当。[④]根据当年十二月京师大学堂所出《暂定各学堂应用书目》，"字课作文"类用书有《澄衷学堂字课图说》、张维新《初级普通启蒙图课》、王筠《文字蒙求》、苗夔《说文建首字读》、无锡三等公学堂《蒙学读本【全书】》、戴懋哉《汉文教授法》、马建忠《马氏文通》七种，参考书为段玉裁《说文解字注》，可见该部分内容试图糅合清儒训诂、新出蒙学字

---

① 樊炳清译《小学校令》，《教育世界》第2号，辛丑四月上。

② 罗振玉：《学制私议》，《教育世界》第24号，壬寅三月下。

③ 如朱树人《新订蒙学课本》初编的识字部分即按照"字类"排列："先名字，次静字；名字先有形而后无形；静字先有象而后无象……"；无锡三等公学堂的《蒙学读本全书》一编则"总汇诸字，分隶七类，备终卷之后温习演句之用"。分别见《新订蒙学课本》初编，卷首"编辑大意"第2a页；《蒙学读本全书》一编，卷首"约旨"第2a页。

④ 《钦定蒙学堂章程》、《钦定小学堂章程》（光绪二十八年七月十二日），璩鑫圭、唐良炎编《中国近代教育史资料汇编·学制演变》，第291—292、280—284页。

课以及最新“蒙学读本”、文法学知识的努力。[①]

至升入高等小学堂，始有“读古文词”课程，与习字、作文二科每周（十二日）轮替，第二、三年每周减少习字两课时，合计占总课时14.8%。中学堂以上，则统一为“词章”一科，课时渐少。但大学堂师范馆仍为习字、作文二科，以与师范生所教蒙、小学课程衔接。大学堂在“文学科”（相当于 School of Letters）中设“词章学”一门，列第六位，居经学、史学、理学、诸子学、掌故学之后，“外国语言文字学”之前。[②]

对照新制《小学校令实施规则》之前的日本旧学制，不难发现壬寅学制与之在高等小学阶段最为吻合：读古文词、习字、作文的三分，即相当于日本旧制小学的读书、习字、作文三科。但在启蒙最初阶段，仍不得不有所调适：如蒙学堂无作文而突出“字课”，或是考虑到当时中国尚未有通行的拼音字母，不若日本幼童从学之始就可凭假名读写，因此加强识字环节，亦便于与传统蒙学资源衔接。蒙学堂、寻常小学堂均不设读书科，但“读经”一科的设计，仍可看作一定程度上分担了读书科的内容。至于中学堂、高等学堂（政科）、大学堂预备科（政科）所习“词章”，则相当于日本中等以上学校的“国语”或“国语及汉文”科。总体而言，壬寅学制的语文课程在基础教育阶段分为多科，中等以上则统为一科，课时随着学程上升而减少，中小学阶段本国语文位置仅次于“修身”等思想规训类课程。这些特点，都与日本明治33年以前的旧学制相通。

再看教授内容：壬寅学制规定寻常小学堂第一、二年作文由口语联

① 京师大学堂：《暂定各学堂应用书目》，京师大学堂光绪二十八年十二月刻本，第4a—4b页。

② 《钦定中学堂章程》、《钦定高等学堂章程》、《钦定大学堂章程》（光绪二十八年七月十二日），璩鑫圭、唐良炎编《中国近代教育史资料汇编·学制演变》，第273、246、251、245页。

句起步，第三年始作记事文七八句。至高等小学第一年作记事文短篇，第二年作日记、浅短书札，第三年作说理文短篇；“读古文词课”则是第一年记事之文，第二年说理之文，第三年词赋、诗歌。中学堂设“词章”课：第一年作记事文，第二年作说理文，第三年学章奏、传记诸体文，第四年学词赋、诗歌。大学堂师范馆有“作文”课：第一年记事文，第二年说理文，第三年章奏、传记、词赋、诗歌诸体，第四年“考文体流别”。高等学堂（政科）及大学堂预备科（政科）的“词章”课，均为讲“中国词章流别”。①

以往研究多注重此中“词章流别”与文学史的关系。其实，贯穿于小学作文、读古文词、词章等课程的新型文体格局，或许亦值得注意。壬寅学制的作文内容，被分为记事文、说理文、日记、短札、章奏、传记、词赋、诗歌等类，“记事文”和“说理文”的对立尤其突出，且“记事”总在“说理”之前。宋代以降古文总集或选本中，固然已出现将文章按功能分为“记叙”、“议论”两大类的趋势。但若对照日本学制规定，从“记事”、“论说”等词的沿袭来看，外来影响同样不容忽视。明治25年《寻常师范学校之学科及其程度》所揭“国语”作文次第：第一学年“使用平易文体作日用书牍记事文”，第二学年“准前学年，更使作论说文，兼翻译简易汉文为国文”，即是“记事”在“论说”之先。②

与后出的癸卯学制定章相较，壬寅学制读写课程的安排更侧重工具性，甚至时而流露对本国文辞的忽略。如规定高等小学堂可“加外国文而除去古文词”③；高等学堂及大学堂预备科分为政（文商政法）、艺（理

---

① 璩鑫圭、唐良炎编《中国近代教育史资料汇编·学制演变》，第280、282—283、273—274、246—247、251—252页。

② 「文部省令第八號：尋常師範学校ノ學科及其程度」『官報』2710號、1892年7月11日。

③ 璩鑫圭、唐良炎编《中国近代教育史资料汇编·学制演变》，第284页。

工农医）两科，政科有“词章”课，艺科则不设任何本国语文课程，带有显著的实用主义思维。

二　“理胜”与“辞胜”

光绪二十七年京师大学堂重建，暂充新式教育的最高行政机构，壬寅学制正是在此背景下开始起草。其时管学大臣张百熙倾向新学，拜吴汝纶任大学堂总教习，又聘请于式枚、张鹤龄、沈兆祉、李希圣、罗惇曧诸人参与。据称，此次章程即出自张鹤龄、沈兆祉的创议，[①]课程亦以张、沈及李希圣参议为多。[②]大学堂副总教习张鹤龄“总司编订学堂教科诸书”[③]，曾拟有一份《编书处章程》，提到编辑“文章课本”的宗旨：

> 溯自秦汉以降，文学繁兴，擘其大端，可分两派：一以理胜，一以辞胜。凡奏议、论说之属，关系于政治学术者，皆理胜者也；凡词赋、记述诸家，争较于文章派别者，皆辞胜者也。兹所选择，一以理胜于辞为主，部析类从，以资诵习，冀得扩充学识，洞明源流。凡十家、八家之名，阳湖、桐城之别派，一空故见，无取苟同。[④]

---

① 吴汝纶：《答张小浦观察》[壬寅（1902）四月九日]，见《吴汝纶全集》第3册，第390页。

② 光绪二十八年六月初五日《大公报》“时事要闻”栏记载：“闻管学大臣此次拟定之大、中、小、蒙学课程，以沈小沂（兆祉）、李亦园（希圣）、张小圃（鹤龄）三君参议为多。”吴汝纶及其门生在北京发行的《经济丛编》亦有类似报道。见《兴学端倪》，《经济丛编》第10册，光绪二十八年六月三十日。罗惇曧回忆此次章程“多出沈兆祉手”，参见罗惇曧《京师大学堂成立记》，孙安邦、王开学点校《罗瘿公笔记选》，山西古籍出版社1997年版，第62页。

③ 《振兴学务》，《经济丛编》第6册，光绪二十八年四月二十九日。

④ 张筱浦庶常拟稿《京师大学堂编书处章程》，《经济丛编》第9册，光绪二十八年六月十五日。

张鹤龄分别古来文学有“理胜”与“辞胜”两支：前者重在政治学术，偏向实用；后者则较量派别家数，专注于文辞。张鹤龄的立场显然在“理胜”一边，反映了壬寅学制主导者注重实用的文学教育观。[①]然而，壬寅学制各章程虽然出自朝廷政令，却与戊戌间梁启超所拟《大学堂章程》一样，只是趋新势力短暂掌握权力的产物，并未产生深远的影响。[②]当时在“学务”领域拥有更多发言权的，其实是身居京城之外，在晚清内轻外重格局下日益握有实权的督抚。戊戌以降，张之洞、刘坤一、袁世凯等实力派官员竞相筹办新学，尤其是张之洞在癸卯年进京参与重订学制，将督抚经验确立为国家制度，为原本虚悬于本土经验之上的外来学制提供了一个坚固的制度外壳。

以“儒臣”自命的张之洞，早在光绪二十四年春发布的《劝学篇》中，就欲模仿西洋、日本“学堂教人之法”（与“专门箸述之学”相对），构建“中学守约”的门径。其学程设计以十五岁为界：十五岁以前，仍依旧法诵《孝经》、四书、五经，并读含有史略、天文、地理内容的“歌括”、“图式”等书；文章方面，则要兼及“汉唐宋人明白晓畅文字有益于今日行文者”；十五岁以后，始纳入“普通学”范围，按“有限有程，人人能解，且限定人人必解”的宗旨，约为九门。其中“词章”一门居第五，要在“读有实事者”：

---

① 曹丕《典论·论文》：“孔融体气高妙，有过人者，然不能持论，理不胜辞。”（《文选》卷五十二）“理胜于辞”这一判断的背后，实隐含以“持论”为主的文体立场。又陆机《文赋》列举各种文体特质，最后总结说：“要辞达而理举，故无取乎冗长。”（《文选》卷十七）可知论文之际“辞”、“理”并称，由来久矣。见萧统编，李善注《文选》卷五十二、卷十七，上海古籍出版社1986年版，第2271、766页。

② 壬寅前后参划学制的京师大学堂诸人，与康、梁一派多有瓜葛，造成学制颁布后推行的阻碍。参见《力诋学堂》、《责务大学》、《新民丛报》第23、24号，光绪二十八年十二月一日、十五日。

一为文人，便无足观。况在今日，不惟不屑，亦不暇矣。然词章有奏议、书牍、记事之用，不能废也。当于史传及专集、总集中，择其叙事、述理之文读之；其他姑置不读。若学者自作，勿为钩章棘句之文，勿为浮诞䴏琐之诗，则不至劳精损志矣。[①]

在戊戌前后内外交急的形势下，谈论“文人”、“文学”的基调是不屑且不暇，从事诗文更被认为有“劳精损志”、占用实学精力的危险。故必须将其范围限制在“奏议、书牍、记事”等庙堂应用文体，专读史传和集部中“叙事”、“述理”两类文章。此种突出政治实用性、压抑诗文创作的论调，似是当时士林不分新旧立场的共识。前有梁启超主张“词章不能谓之学”[②]，后则如张鹤龄编订“文章课本”时强调“以理胜于辞为主”，注重奏议论说，以及壬寅学制之关注“记事文”、“说理文”，都可看作类似观念的产物。

相对于“词章”的边缘地位，《劝学篇》的“守约”方案中另有“小学”一门，殿列九门最后，却相当受重视。张之洞辈认为小学（文字训诂）对于中国传统的意义，犹如西学之有翻译：“欲知其人之意，必先晓其人之语。去古久远，经文简奥，无论汉学、宋学，断无读书而不先通训诂之理。近人厌中学者动诋训诂，此大谬可骇者也。”关键在于

① 《劝学篇·守约》，苑书义、孙华峰、李秉新主编《张之洞全集》第12册，第9730页。

② 梁启超《万木草堂小学学记·学文》：“词章不能谓之学也。虽然，言之无文行之而不远。说理、论事务求透达，亦当厝意。若夫骈丽之章、歌曲之作，以娱魂性，偶一为之，毋令溺志。”其注重“说理、论事”的实用性，警告勿溺于骈文词曲，无论是理路还是论调，都与张之洞《劝学篇》如出一口。见下河边半五郎编《饮冰室文集类编》上册，帝国印刷株式会社1904年版，第694页。并参见前揭陈国球文的分析，氏著《文学史书写形态与文化政治》，第7—8页。

讲法不能过繁，须注重大旨大例："若废小学不讲，或讲之故为繁难，致人厌弃，则经典之古义茫昧，仅存迂浅俗说，后起趋时之才士，必皆薄圣道为不足观，吾恐终有经籍道熄之一日也。"[①] 因此，"小学"兴废几乎被视作关乎整个经学传统存亡的枢纽。这固然是张氏早年"由小学入经学者，其经学可信……"[②]之类看法的延续，更为此后纳入"小学"内容的"中国文辞"课程从边缘走向中心埋下了伏笔。

光绪二十七年五、六月之交，作为对朝廷重开新政的回应，张之洞联合两江总督刘坤一奏陈变法三折，史称"江楚会奏"。其第一折规划学堂办法，明确以日本教科为典范，分为蒙学、小学校、高等小学校、中学校、高等学校及专门学校、大学校六级。八岁以上入蒙学，"习识字，正语音"；十二岁入小学校习"普通学"；十五岁入高等小学校，须"学行文法，学为策论、词章"。至中学校，"仍兼习策论、词章，并习公牍、书记文字……词章一门亦设教习"，但管理较为松散，"学生愿习与否均听其便，弁兵入学者，专学策论，免习词章"。[③] 高等学校下设七个专门，"文学"仅为"经学"一门下的附属；专门学校则仅"温习"中国经学、文学而已。虽然奏折在最后强调"经史词章，仍设专门"，实则仍采取了文章实用化的立场；在忽略"词章"的同时，却特别突显"策论"，当是为了与科举改试论、策、经义的主张相配合。[④]

光绪二十七年九月，时任山东巡抚的袁世凯上奏《山东大学堂章

① 《劝学篇·守约》，苑书义、孙华峰、李秉新主编《张之洞全集》第12册，第9731—9732页。

② 《书目答问·国朝著述诸家姓名略》，苑书义、孙华峰、李秉新主编《张之洞全集》第12册，第9976页。

③ 张之洞、刘坤一奏《变通政治人才为先遵旨筹议折》（光绪二十七年五月二十七日），苑书义、孙华峰、李秉新主编《张之洞全集》第2册，第1396—1398页。

④ 苑书义、孙华峰、李秉新主编《张之洞全集》第2册，第1402—1403页。

程》，借鉴登州文会馆的分斋制度，发明了以一所省级“大学堂”统摄从小学（备斋）、中学（正斋）直至专门学（专斋）全套学制的办法。[①]壬寅学制颁布以前，山东大学堂的复合模式被多地督抚效仿，引发行省一级兴建“大学堂”的风潮。[②]袁氏所奏章程中的本国文辞课程仍不显著，其备斋、正斋虽设“古文”一门，内容却是“作中文策论、四书义、五经义”，且规定“备斋、正斋学生每月均作中文策论一篇、经义一篇，或作公牍、书记文字”，实可视为书院课艺的延续。而以策论、经义为主，注重公牍、书记等应用文，亦是回应科举新章的要求。[③]随后，袁世凯调任直隶总督，光绪二十八年七月出奏直隶各属师范学堂、小学堂、中学堂等拟定暂行章程。其中，本国文辞课程通称“文学”，居经学后，为第二科。其内容在师范学堂均为“策论”，惟三年毕业的第四斋自第二年起增加“经义”；小学堂前两年学“策论”，第三、四年增“经义”；中学堂各年均学“古文、经义、策论”三项，基本延续了

---

① 参见崔华杰《登州文会馆与山东大学堂学缘述论》，《山东大学学报（哲学社会科学版）》2013年第2期。

② 光绪二十七年十二月江苏巡抚聂缉椝上奏《遵改书院为学堂疏》，即称“苏州省城大学堂……其课程、等级、班次，不外山东章程先从备斋、正斋入手，再习专斋之意”；二十八年正月浙江巡抚任道镕奏《遵旨改设学堂疏》云，“大学先设正斋，未设专斋……其余一切条规，略仿山东章程”；同年六月贵州巡抚邓华熙出奏《试办大学堂暂行章程》亦提到，“贵州设立大学堂……其规制办法，亦遵旨仿照山东大学堂章程”；广东巡抚陶模奏设广东大学堂，亦称，“酌仿山东大学堂办法，先设备斋，二年升入正斋，三年升入专斋”。分别见璩鑫圭、唐良炎编《中国近代教育史资料汇编・学制演变》，第64、66、92—93页；《粤督陶奏设广东大学堂请废科举折并附片》，《政艺通报》壬寅第13期，光绪二十八年八月朔日。当时曾有谕旨着各省均照山东章程办理，西安行在政务处还以袁世凯所奏为模板，颁布过一个《各省大学堂章程》，但似乎影响不大。参见《政务处奉饬颁定各省大学堂章程》，《北京新闻汇报》光绪二十七年十月各期，台北：文海出版社1967年影印合订本，第8册，第4319—4370页。

③ 袁世凯奏《遵旨改设学堂酌拟试办章程折》（光绪二十七年九月二十四日），廖一中、罗真容整理《袁世凯奏议》卷十，天津古籍出版社1987年版，上册第317—340页。此处第334页。

山东章程的以经义、策论为重的方针。[①]

可以看出，张之洞、刘坤一、袁世凯对于新学堂本国文学教育的设想，含有配合科场改制的用意，或旨在培养章奏、公牍、记事等为官从政的文字能力，似乎跟壬寅学制体现的民间蒙学实践和外来学制资源处在渊源不同的脉络上。但二者却共享着贬低文辞修饰的实用化立场，亦即张鹤龄所谓“理胜”的思路。这也提示在壬寅学制照搬日本学制体系的表面之下，其对于“读书”、“作文”、“习字”等新课程的理解，可能仍是课艺射策之学。光绪二十八年十月，张之洞上奏《筹定学堂规模次第兴办折》，以湖北经验挑战全国学制，其中涉及本国文辞的内容，依然是漫不经心：小学、中学设“中文”科，居“修身 / 伦理”、“读经 / 温经”之后，教学内容及教材不明；文高等学则将“道德学、文学均附于经学之内”，延续江楚会奏的设计。[②]湖北学制指出“普通之学”、“专门之学”、“实业之学”、“美术之学”的区别，以“启发国民之忠义，化成国民之善良”为要务，却尚未突出以文章教育造就国民意识的作用。

回溯拟构学制的各种早期方案，文字、文章实用化的“理胜”思路堪称主流。但与此同时，还有一股偏向“辞胜”的潜流，亦不容忽视。光绪十四年（1888），古文家吴汝纶接主保定莲池书院，在此后十多年中，成为北方文教的引领者。甲午以后，吴氏在院中兼设西文课程，提倡新学而不废文辞，以为：“中国之学，有益于世者绝少，就其精要者，仍以究心文词为最切”；[③]又尝谓：“救时要策自以讲习西文为务，然中国

---

① 袁世凯奏《筹设直隶师范学堂小学堂拟定暂行章程折》《筹设直隶各属中学堂拟定暂行章程折》（光绪二十八年七月初五日），《袁世凯奏议》卷十七、十八，中册第585—589、595—596、601—602页。

② 《筹定学堂规模次第兴办折》（光绪二十八年十月初一日），苑书义、孙华峰、李秉新主编《张之洞全集》第2册，第1488—1502页。

③ 吴汝纶：《答阎鹤泉》[丁酉（1897）二月初四日]，《吴汝纶全集》第3册，尺牍卷一，第142页。

文理必不可不讲。往时出洋学生，归而悉弃不用，徒以不解中学。……中学门径至多，以文理通达为最重。”[①]吴汝纶本为桐城古文后学，但其学问眼光，实得自常年在曾国藩幕府中的历练。在他看来，西学冲击下经史之学日见无用，反而衬托出“文词”、“文理”本身的意义。他认为中国文字精华寄于姚鼐《古文辞类纂》，将来新学堂“六经不必尽读”，“中国浩如烟海之书，行当废去”，“而姚选古文则万不能废，以此为学堂必用之书，当与六艺并传不朽也”。[②]靠拉低“六艺”来彰显古文的地位，实为相当激进的策略。

光绪二十七年秋的吴汝纶日记中有一篇《驳议两湖张制军变法三疏》，逐条批斥江楚会奏的新政规划。针对原折“中学校……仍兼习策论、词章，并公牍、书记文字”的规定，吴汝纶认为此类设计“于文字阶级，殊失次序”，进而指出“张公（之洞）以中国文学但备应奉文字之用，故视之甚轻”，可谓击中了《劝学篇》以来文学实用化观点的要害。[③]吴氏认定“文学不讲，即孔教将亡”，作为江楚方案的替代，曾为顺天学政陆宝忠开列过一份“学堂书目”，刻意突出诗文之学的地位：如学童七八岁入小学堂，在学经书、子史、写字、西学的同时，即规定读诗课程，用唐人五七言绝句、汉魏乐府、元白歌行、张王乐府之类；十二三岁入中学堂，更专设一门“学作诗文”，文依次读《古文辞类纂》论辨、奏议两类，诗用王士禛《古诗选》、姚鼐《今体诗选》；至十六七岁入大学堂，文类续读姚选序跋、书说、赠序、杂记诸类，诗仍读王、

---

① 吴汝纶：《与李赞臣》（丁酉四月十六日），《吴汝纶全集》第3册，第149页。

② 戊戌前后，吴汝纶曾在书信中屡次提出将《古文辞类纂》与“六经”并列甚至取代“六经”的观点。参见吴氏《答阎鹤泉》（丁酉二月初四日）、《答姚慕庭》（戊戌三月廿三日）、《答严幾道》（己亥正月卅日）诸函，《吴汝纶全集》第3册，尺牍卷一、卷二，第142—143、185—186、231页。

③ 见《吴汝纶全集》第4册，日记卷六，第456、458页。

姚二选。[①]辛丑以后，吴汝纶在直隶的兴学业绩获得管学大臣张百熙的重视，旋被聘为大学堂总教习，并于光绪二十八年五月至九月间赴日考察教育。但他的考察成果，并未充分体现在是年七月颁布的壬寅学制中。惟当年十二月京师大学堂刊布《暂定各学堂应用书目》，"词章"类用书与吴氏"学堂书目"颇多重合，带有一定的古文正统意识。[②]

较之其对于壬寅学制规划的有限影响，吴汝纶一派"辞胜"主张的长远意义，还在于很快结合了来自日本的"国学"、"国粹"话语。在日本考察期间，吴汝纶了解到"欧西诸国学堂，必以国学为中坚"[③]，随即向大学堂诸人转告"吾国不可自废国学"。[④]后来更从滨尾新（1849—1925）、井上哲次郎（1856—1944）等学者处获知"东西两文明"之说，大旨谓东洋文明皆精神上事，西国文明皆制度上事，科学制度西洋领先，精神文明则东洋独擅。[⑤]吴汝纶晚年沉浸于新学，却始终未脱古文名家的习气。他很快将该说中的"精神文明"置换为"文学"，尝云："西人好讲哲学，彼哲学大明，亦必研求吾国文学。以吾国文学，实宇内哲学之大宗也。凡吾学之益于世者，其高在能治平天下，其次则言能达意，足状难显之情，此诚政治家必要之事，不得以空疏见诮。"[⑥]此处

① 吴汝纶：《与陆伯奎学使》（辛丑九月十七日），《吴汝纶全集》第3册，尺牍卷三，第374、377—379页。

② 该书目"词章"类用书包括：梅曾亮编《古文词略》、姚鼐编《古文辞类纂〔篹〕》、王士禛编《古诗选》、姚鼐编《今体诗选》四种选本；参考书为《文选李善注》、《御选唐宋文醇》、《御选唐宋诗醇》及曾国藩的《经史百家杂钞》。见京师大学堂《暂定各学堂应用书目》，第6a—6b页。

③ 《吴汝纶全集》第4册，日记卷十，第702—703页。

④ 吴汝纶：《答大学堂执事诸君饯别时条陈应查事宜》［壬寅（1902）九月十一日］，《吴汝纶全集》第3册，尺牍卷四，第443页。

⑤ 参见《吴汝纶全集》第4册，日记卷十，第706页；《井上哲次郎笔谈》，《东游丛录》卷四，《吴汝纶全集》第3册，第757页。

⑥ 吴汝纶此语，原载明治35年（1902）9月12日（光绪廿八年八月十一日）《日本新闻》，译文引自《东游日报译编》，《经济丛编》第28册，光绪二十九年闰五月十五日。

“哲学”泛指广义上的学术。吴汝纶以“文学”为中国独有“国学”的代表，期待其在东西两文明之间占有一席之地。

曾在日本留学的吴汝纶之子吴闿生，比其父更露骨地接受了日本国粹主义说辞，继而将中国文章之学代入其中。光绪二十九年正月吴汝纶辞世后，吴闿生在直隶重印《桐城吴氏古文读本》，系之以序云：

> 国立于天地之间，必有其所以存，而非他人之所同者。日本之帝统、美国之民政，皆是也。文也者，吾国之所以存也。故繄古以来，国祚有迁移，而文教不废。虽以秦皇之暴慢，元世祖之雄强，不能改也。炎黄之种裔不亡，文字万无可灭理，流俗一时之向背，曷足为有无乎？多见其不知量而已。[①]

随着20世纪初国粹思潮的兴起，诸如“国立于天地之间，必有其所以存，而非他人之所同者”之类的国族主义表达，很快在各种新学报刊、论著中泛滥。光绪二十九年末，邓实刊布《鸡鸣风雨楼独立书》，内有《语言文字独立》一篇，即声称：“夫一国之立，必有其所以自立之精神焉，以为一国之粹。精神不灭，则其国亦不灭。文言者，吾国所以立国之精神，而当宝之以为国粹者也。”邓实所说的“文言”特指诗赋文章。他驳斥此前语文变革论者“夷其语言文字则足以智民而强国”的功利论点，借用当时流行的地理决定论观念，指出中国人有“好文”的天性，实得自历史地理环境而不容抹杀：“吾国凡百政法艺术，其不如欧美，信矣；若夫诗歌之美，文藻之长，则实优胜之。此其特美之性质，固自其

① 吴闿生：《重印古文读本序》，《北江先生文集》卷二，文学社民国13年刻本，第13b页。

土地、山川、风俗、民质、历史、政教所陶铸而来者也。”[1]

以文字、文言在内的“国文”为中国独有之“国粹”，表面上看，与民间教育界流行的“国语”与国家相互维系之论（详下文）颇为接近，甚至邓实等国粹论者也往往迎合时趋，将“国文”、“国语”混为一谈。实则二者理路截然不同：（1）“国语—国家”维系论借重来自西洋或日本的“国语”理念，在内、外两个侧面都强调“求同”——惟有泯灭中国固有语文“落后”、“不统一”的特异性，才能使中国的语言、文字、文学获得近代国族语文的资格，从而配合晚清国家跻身近代国族之林。（2）而在吴闿生、邓实等发掘中国独有“诗歌之美，文藻之长”的逻辑链条上，关键却是“立异”——作为与日本“万世一系”神话、美国民选政治并称的“特美之性质”，必须强调中国文辞为他国所不具备的特异性，如古文家所谓气韵声音、史家所称风土民情等。由前一思路，自然要踏袭欧洲各国、日本推行语言民族主义的经验，提倡“言文一致”的口语文，统一语言，改革文字；[2]由后一思路，则又不得不高调维持诗文之学，将“言文一致”限定在通俗启蒙的范围，否则就将失去文辞作为“国粹”的立足点。这两种理路体现了不同的近代国族认同方

---

① 邓实：《鸡鸣风雨楼独立书·语言文字独立》，《政艺通报》第2年第24号，光绪二十九年十二月初一日。

② 关于“语言民族主义”的概括介绍，参见安德森（Benedict Anderson）《想象的共同体：民族主义的起源与散布》，吴叡人译，上海人民出版社2003年版，第81—95页。需要指出的是，即便在近代西欧，不同国家或民族共同体中“语言民族主义”的表现和作用也各有差异；此处所谓“语言民族主义的经验”，主要是就在晚清士人认知中被整体化并理想化的外来“言文一致”印象而言，未必符合当时西方或日本的语言实际。关于“语言民族主义”的差异，可参阅陈平《语言民族主义：欧洲与中国》，《外语教学与研究》2008年第1期。按：陈平论文认为近代中国的语文认识主要是工具论的，“汉字汉文和汉语……并没有像德语和法语那样被尊奉为中华民族属性的代表，或是中华民族的认同标记”。对此观点，本书无不保留，因该文主要从与西欧“语言”比较的角度切入，多少忽略了汉字和诗古文辞等书写层面带来的文化认同问题。

式（“你有我也有”还是“我有你没有”），却被同时引为国文立科的依据，成为日后争执的源头。

三 癸卯学制稿本所见的国文学科

戊戌以来“词章”不受官方重视的情形，到光绪二十九年十一月二十六日（1904年1月13日）颁布癸卯学制之时，发生了决定性的转折。《奏定学务纲要》在“全国学堂总要”诸条和“宜注重读经以存圣教”、“经学课程简要”之后，便是“学堂不得废弃中国文辞以便读古来经籍”一条。[①] 相对于壬寅学制的首创，癸卯学制最终奏定的版本“条目更加详密，课程更加完备，禁戒更加谨严”[②]，有关本国语言文字的课程分为三种：

（1）初等小学堂称“中国文字”。

（2）高等小学堂、中学堂、高等学堂、初级及优级师范学堂、中等及高等农工商实业学堂、译学馆称“中国文学”；大学堂实行分科大学制，文学科大学下设“中国文学门”专科；经学科大学全科及文学科大学下的中国史学门、万国史学门均以“中国文学”为随意科，英、法、德、俄、日各国文学门则以之为主课。

（3）相当于初级职业教育的“艺徒学堂”、初等农工商实业学堂、实业补习普通学堂则称“中国文理”。

---

① 张之洞、张百熙、荣庆：《奏定学务纲要》，璩鑫圭、唐良炎编《中国近代教育史资料汇编·学制演变》，第499—501页。

② 张之洞、张百熙、荣庆：《奏定学务纲要》，璩鑫圭、唐良炎编《中国近代教育史资料汇编·学制演变》，第495页。

尽管名称随学程变化，但本国语文训练完全被统合于一科之内，[①]高等学堂、优级师范学堂文、理、医各类均要求修习。至少在分科格局上，已与日本明治33年新制以后贯彻上下的“国语—国文学”科相合。“中国文字”、“中国文学”、“中国文理”在《学务纲要》中统称为“中国文辞”，各学程宗旨、教法不同，在各学堂章程皆有详尽规定。

作为对前一年试颁壬寅学制的修订和补充，癸卯年各学堂章程的重订实由张之洞方面主导。就学科门类和课程系统而言，癸卯学制依然师法日本，且较壬寅学制更贴近明治33年以后的日本新制课程体系。此前，吴汝纶曾汇集壬寅在日考察学务期间所受讲义、日记、图表、函札，为《东游丛录》一书；光绪二十九年夏秋间，日本贵族院议员伊泽修二（1851—1917）亦通过外务部向内廷进呈了《日本学制大纲》。[②]二书均载有同时期日本最新的学校章程和课程规则，有可能成为重订学制的参考。癸卯学制各学堂章程的实际主撰者，一般认为是张之洞幕府中曾游历日本且与东瀛学界保有联系的陈毅、胡钧二人，故亦有渠道获得当时日本现行学制的一手资料。[③]惟其中“《学务纲要》、经学各门及

① 仅有三处例外：（一）初级师范学堂考虑到师范生将来“教幼童”之需，将“习字”另立一科；（二）高等商业学校为适应商业文牍，预科设“书法”、“作文”二科，本科另设“商业文”科目；（三）实业补习普通学堂的商业科，在普通科目的“中国文理”外，须加习“商业书信”。此外，进士馆、高等工业学堂、农业及工业教员讲习所均不设本国语文课程，商业教员讲习所亦仅设“商业作文”课。见璩鑫圭、唐良炎编《中国近代教育史资料汇编·学制演变》，第411、471、452—453、475—477页。

② 《外务部呈进日本议员续译新书折》（光绪二十九年七月初一日），《清光绪朝中日交涉史料》卷六七，故宫博物院1932年铅印本，第11a—11b页。按：贺葆真于1914年底拜访张之洞幕僚纪钜维，纪告以：“张文襄所著书，皆他人所为……《奏定学堂章程》，刘仕骥所译《日本学制大纲》也。”见徐雁平整理《贺葆真日记》，凤凰出版社2014年版，第274页。

③ 当时《新民丛报》有《记北京大学堂事》一则报道，提到“张之洞前奉懿旨令即改定大学堂章程后，当将保荐特科之陈毅、胡钧留京赞助。顷拟就之稿本，页数几于盈尺，命意由之洞，而笔墨则悉以陈、胡主之”。见《新民丛报》第38、39号合刊，光绪二十九年八月十四日。王国维则称“奏定学校章程，草创之者沔阳陈君毅，而南皮张尚书实成之”，似乎陈毅的作用更大，但将陈毅的籍贯黄陂误为沔阳，而沔阳恰是胡钧的籍贯。见《奏定经学科大学文学科大学章程书后》，《教育世界》第118号，丙午（1906）正月下旬。

各学堂中国文学课程”等部分，据说出自张之洞的“手定”，带有强烈的本土意识和守成立场，在整体趋新的学制框架中显得颇为突兀。①

长久以来，讨论癸卯学制表现的官方教育宗旨和学科意识，几乎都是依据光绪二十九年十一月颁行的奏定本；对于各章程修订的具体过程，以及在此期间学科体系、教学理念的调整，特别是张之洞究竟在哪些环节添加了“手定”等问题，一直缺乏有力的实证材料。直到最近，吉林省图书馆藏“清内府档案稿本”癸卯学制各学堂章程面世（收入该馆所编《清末教育史料辑刊》），共收录25件重订章程的过程本。其中，《译学馆开办章程》第一次稿、《高等学堂章程》第一次稿，以及《高等师范学堂章程》第二、三次稿，《初等（级）师范学堂章程》第一至三次稿等件，均有较多涉及文学教育的内容，为厘清癸卯学制“中国文辞”学科体系的来源和调整过程，提供了初步的线索。

（一）学科名义的调整

新出各章程早期稿本的面目与奏定本有较大差距，首先体现在学科名词的运用。应对戊戌以后“新名词”泛滥的形势，《奏定学务纲要》专列有“戒袭用外国无谓名词以存国文端士风”一条，各学堂章程中的一些课程亦随之采用了本土化名称。但通过与稿本的比较，则可发现这些本土化学科名的最初形态往往都是“日本名词”。如定章中“交涉学”、“人伦道德”、“辨学”三科，初稿分别作“国际法”、“伦理”、“论理”；晚清学人早就惯用的“数学”一词，为了区别于日本学校课程名，在稿本中已被涂改为“算学”；甚至“寻常师范”、“幼稚园”、“日常”这些

① 许同莘：《张文襄公年谱》卷八，《北京图书馆藏珍本年谱丛刊》第174册，北京图书馆出版社1999年影印本，第95页。

普通称谓，也要刻意改成“初等师范”、“蒙养园”、“常日”等。[①]此类“正名”举措努力规避外来表达，稿本的存在却暴露了其学科框架的最初来源。同一章程各次稿本中名义的变化，更有可能揭示学制主导者方针的转换。

在《高等学堂章程》第一次稿、《初等师范学堂章程》第一次稿、《高等师范学堂章程》第二次稿中，均出现了“国文”这一科目。[②]其在当时日本高等学校、师范学校学制中对应位置的学科，正是“国语”或“国语及汉文”。[③]由此可知，在癸卯学制的最初设计之中，非但早就采用了民间已开始流行的“国文”一词，更有意对标同时期日本学校的“国语”一科。但在紧随而来《高等师范学堂章程》第二次稿中，就出现了一些改动的痕迹：在“学科课程”部分，可以看到好几处“国文”之上都添加了一个“中”字（例如图3-1左）。[④]而到《高等师范学堂章程》第三次稿，《初级师范学堂章程》第二、三次稿的同样位置，以及《译学馆开办章程》第一次稿、《高等农业学堂章程》第一至三稿、《高等商船学堂章程》和《水产学堂章程》第一至四稿中，学科名均已统一为“中国文”。《高等师范学堂章程》第三次稿当中还有一处，在“中国文”后添补了一个“章”字（如图3-1右）。[⑤]似可推断，癸卯学制创稿之初的文学科名称，经历了从“国文”统改为“中国文”的过程，甚至有

---

① 分别见吉林省图书馆编《清末教育史料辑刊》第4册，国家图书馆出版社2020年版，第40、158、168、325、441页。

② 《清末教育史料辑刊》第4册，第158、195、198、204、327、341页。

③ 分别见「高等師範學校ノ學科及其程度」·「高等中學校規則」·「尋常師範學校ノ學科及其程度」『官報』918·1912·2710號、1886年10月14日·1887年2月23日·1892年7月11日。按：日本旧制“高等中学校”于1894年改称“高等学校”，即清末学制中“高等学堂”所本。

④ 见《清末教育史料辑刊》第4册，第196、199、200、202页。

⑤ 《清末教育史料辑刊》第4册，第196、200、202页。

转向“中国文章”之势。但目前所见材料中，还未出现奏定本中的“中国文学”或“中国文理”之称。

第三節　豫科學科程度及每星期授業時刻如左表

學科	程度	每星期鐘點
倫理	人倫道德之要旨	二
經學	群經大義	六
國文	講讀　文法　作文　京話	三

心理學	中國文章	英語	歷史	生物學	體操
普通心理學	講讀　作文	講讀　文法　作文	中國史	生物通論　生物進化論	體操及有益遊戲運動　兵式訓練
二	六	十二	三	二	三

图 3-1　“国文”改为“中国文”（左）与“中国文”改为“中国文章”（右）

（二）以“讲读、文法、作文、文学史”为框架

现存各稿本中，初、高两等师范章程的最初稿本与日本学制关系尤为密切。《初等师范学堂章程》第一次稿主要模仿日本文部省明治 25 年修订颁布的《寻常师范学校之学科及其程度》，特别是“学科程度”、“教育要旨”等部分，某些条目几乎可视为逐字翻译。[①] 日本原章程中“国语”列修身、教育之后，为第三科；稿本因添加经学一科，“国文”

① 《初等师范学堂章程》第一次稿原题《寻常师范学堂章程》，封面墨笔改“寻常”二字为“初等”；至第二次稿又改“初等”为“初级”。第一次稿本在“学堂办法”部分，增加了适应中国草创情形的“急设师范传习所”等内容，自是日本原章程所无。见《清末教育史料辑刊》第 4 册，第 319、391、332—324 页。

退置第四。第一、二学年的教学框架完全相同：均分为“讲读”、“文法”、“作文”三部分，仅将日本原章“文法”项下“假名之用法、言语之种类”改为“六书之文体、虚词之用法”的本地风光而已。日本寻常师范学制仅三年，癸卯学制最初规划为四年，故原章第三年“文学史之大要”、“作文”、“授教授读书作文之次序方法”三项被分入两年，又在行间用小字增添“言语”一项，专门“使练习京话”。[①]

此中值得注意的，一是首次在学制中引进了以“授中国文字之起原及文学昌达变迁之要略”为宗旨的“文学史”名目；二是增添“京话”练习，回应了此前吴汝纶以“京城声口”统一国语的建议，亦可视为奏定章程中“官话”一门的滥觞（详下节）；三是强调师范科特点，在最后一年指导师范生教授小学国文课的次序方法：“授国文者，务期正音训、辨句读，明句意、章意，兼讲究文理结构，其作文之文题，当就各学科所授事项及日常必须事项选之，务取联络各科学，且适于实用。”此段亦从日本原章程翻译而来，展现了小学国文课兼顾语文能力与普通各学科知识的二元特性。

至《初级师范学堂章程》第二次稿，学程延展为五年，“中国文”课程结构基本未变，内容则得到充实。第一、二年“讲读”除选取“平易雅驯之文”的一贯要求，更补充了本地化范本：“《御选古文渊鉴》最为善本，可量学堂之日力读之”；第三年进一步要求：“使看近代政事、奏议、书说之文，为之讲论”，但“不必熟读”。“作文”一项则在原有“日用书札记事”、“论说文”等文类要求的基础上，增加“篇幅宜短不宜长”、“不以多为贵”等提示。第一稿中颇显突兀的“文学史”，改称“中国文学通论”或“历代文学通论”。[②]“文学史”之名亦见于《译学馆开

---

① 《清末教育史料辑刊》第4册，第342—345页。

② 《清末教育史料辑刊》第4册，第437—440、422页。按：“中国文学通论”之称，是在“各科目程度及每星期时刻表”中以行书补入的。

办章程》和《高等师范学堂章程》第二、三次稿。在《高等师范学堂章程》第三次稿的“文学史”三字旁，添加了可能表示疑问或删改建议的顿点，流露出学制审查者对文学史学科的犹豫态度（如图 3-2 左）。[①]

《初级师范学堂章程》第三次誊清底稿与第二次稿差别不大，惟该稿行间、页眉多有批改，批语字体接近张之洞或其幕僚惯用的苏体字（图 3-2 中、右）。其中一些改窜，如将源自“文学史”一科的“历代文学通论”宗旨改为“讲中国古今文章流别，文风盛衰之要略，及文章于政事、身事〔世〕有关系之处”等，后来在奏定本中得以保留。[②]

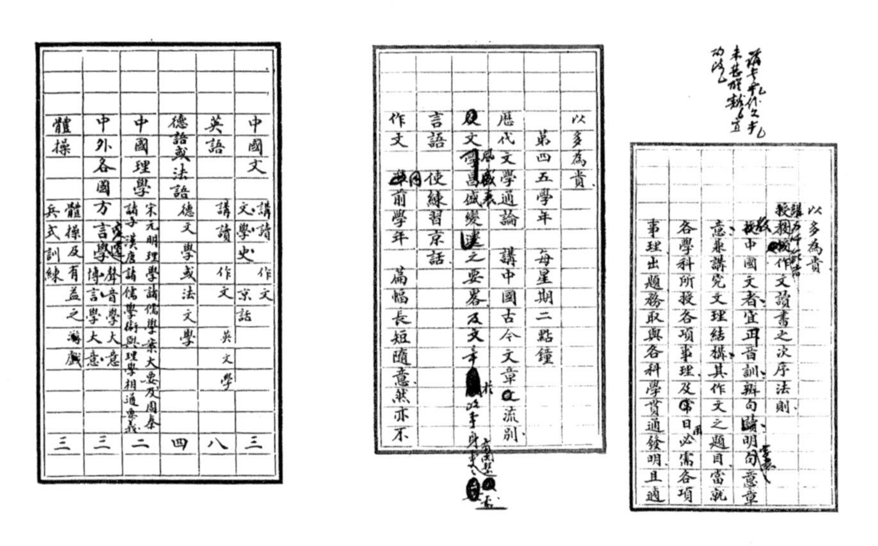
科目	内容	钟点
中國文	講讀　作文　文學史　京話	三
英語	講讀　作文　英文學	八
德語或法語	德文學或法文學	四
中國理學	宋元明理學諸儒學案大要及周秦諸子漢唐諸儒學術與理學相通要義	二
中外各國方言學	聲音學大意　博言學大意	三
體操	體操及有益之遊戲　兵式訓練	三

以多為貴
第四五學年　每星期二點鐘
歷代文學通論　講中國古今文章流別
文學盛衰之要畧及文章
言語　使練習京話
作文　前學年　篇幅長短隨意然亦不

以多為貴
作文讀書之次序法則
中國文者宜再音訓辨句讀明句意章
意兼講究文理結構其作文之題目當就
各學科所授各項事理及日必需各項
事理出題務取與各科學貫通發明且適

图 3-2 《高等师范学堂章程》第三稿中标记“文学史”之处（左）与《初级师范学堂章程》第三稿之批改（中、右）

① 《清末教育史料辑刊》第 4 册，第 270、272 页。

② 见《清末教育史料辑刊》第 5 册，第 49、50 页；璩鑫圭、唐良炎编《中国近代教育史资料汇编·学制演变》，第 407 页。除了“国文”或“中国文”课程的局部调适，《初级师范学堂章程》第二次稿对经学宗旨的大幅调整和第三次稿以行书增补的习字科要旨半页，最终也都保留在奏定本中。因与主题无关，兹不详述。见《清末教育史料辑刊》第 4 册，第 433—436 页；第 5 册，第 72 页。并参见璩鑫圭、唐良炎编《中国近代教育史资料汇编·学制演变》，第 406—407、411 页。

再看更高一级学程的高等师范。《高等师范学堂章程》第二次稿分为预科、本科、研究科三类（奏定本改称“公共科”、“分类科”、“加习科”），本科下设四学部。其模板是日本文部省明治33年改正颁布的《高等师范学校规则》。[1]延续日本原章程国语、汉文两科的分布，高等师范章程第二次稿中的“国文”作为主课，仅见于“以国文、外国语为主”的“第一学部”课程，同时又为“第二学部”（主修地理、历史）随意科，其他两学部（分别主修算学、物理、化学和动物、植物、矿物、生理学）均未设置。与初等师范章程第一次稿类似，高等师范“第一学部”国文科仍分为“讲读”、“文法”、“作文”、“文学史”（第二年起）等项，但删去了原章程中“比较文法”（主修外国语者修之）一项，增添了“京话”。国文一科以讲读、文法、作文、文学史为主的框架，亦见于与之并列的英语、德语（或法语）等科。值得一提的是，《高等师范学堂章程》第二次稿甚至照搬了日本原章中的“言语学”科，作为“第一学部”第三年的主课，包含声音学（语音学）、博言学（比较语言学）两项内容。[2]

但是，前述从“国文”到“中国文”的科名变化，又暗示学制主导者关注文学教育的视点，正渐由“求同”转向“存异”。除了对“文学史”概念的潜在质疑，《高等师范学堂章程》第二次稿中的“言语学”一科，在第三次稿中更名为“中外各国方言变迁学”，其下“博言学”项目旁边，同样出现了不甚认同的墨点（见图3-2左）。[3]到最后颁行的

---

① 「高等師範學校規程中改正」·「高等師範學校規則改正」『官報』4963·5083號、1900年1月20日·6月4日。按：日本明治中后期高等师范课程几经修改，1886年《高等师范学校之学科及其程度》分男、女校，男校课程含理化、博物、文学三科；1894年《高等师范学校规则》则归并为文、理两科（女子高等师范学校另列），1900年的“改正”针对1894年“规则”，又细分为三科四部。

② 见《清末教育史料辑刊》第4册，第202—207页。

③ 《清末教育史料辑刊》第4册，第272页。

《奏定优级师范学堂章程》中，不仅“文学史”名目和“言语学”一科内容已完全消失，“中国文学”更升级为四类学科通习的必修科。[①]以初稿袭用、翻译的日本学制框架为基础，通过点窜名词、补充材料、调整结构等方式，课程逐步实现本土化。从各次稿本到奏定本的修改痕迹中，可以体会到学制主导者的这一基本策略。

（三）“文学史”的隐去与“各体文字”的凸显

吉林图书馆藏的这25件稿本，只显露了整个癸卯学制重订文献的冰山一角；由于最受关注的中小学堂和大学堂章程稿本尚未发现，“中国文辞”课程体系的形成过程仍然不甚清晰。此外，即便从同一学堂章程不同版本序列的内部来看，稿本呈现的最终面目与奏定本仍有较大距离，二者之间应存在着大量修改程序。似可推断，这批稿本当为学制重订最初阶段的文件。张之洞等参与修订学堂章程，始自光绪二十九年闰五月间。[②]据中国社会科学院近代史研究所藏张之洞《京寓函稿》，是年六月，张之洞曾数次邀约张鹤龄、李希圣等曾参划壬寅学制的大学堂职

---

① 见璩鑫圭、唐良炎编《中国近代教育史资料汇编·学制演变》，第420—427页。按：高等（后改称“优级”）师范学堂各章程版本中变化较大的学科，除国文以外，还有同样仅为第一部分主课的“理学”一门。该科模拟日本原章“哲学”一科而设，内容为“周秦诸子、汉唐宋元明儒学术大要”；至第三次稿本改称“中国理学”，讲“宋元明理学诸儒学案大要，及周秦诸子汉唐诸儒学术与理学相通要义”；至奏定本改称“周秦诸子学”，并在科目表后增加一段说明，甄别周秦诸子“驳杂害理之处”及其纳入“文学课程”的用意。《清末教育史料辑刊》第4册，第206、272、422页；璩鑫圭、唐良炎编《中国近代教育史资料汇编·学制演变》，第422、428页。

② 光绪二十九年闰五月初三日，张百熙、荣庆联衔奏请添派张之洞会商学务。参见《奏请添派重臣会商学务折》，璩鑫圭、唐良炎编《中国近代教育史资料汇编·学制演变》，第296—297页。

员到寓商讨学务，[①]并命其草拟译书局、编书局等章程初稿。[②]至八月初，新章程初稿已齐，闻知张鹤龄有出京打算，张之洞立即差专弁致函张百熙请代为挽留，“候学堂章程定议再行”。[③]此次新出学制稿本中，正有《译学馆开办章程》（第一次稿）一种，所附《译学馆沿革略》篇末署“光绪二十九年癸卯三月褉日记”[④]，则至少该篇成稿在张之洞参与学制之前。目前所见各稿本未必出自张之洞或其幕僚之手，很可能是癸卯六月至八月间张鹤龄、李希圣等壬寅学制旧人的草创，但经过了张之洞等改笔。壬寅学制步趋日本章程的办法，也自然得到了延续。

尽管如此，通过现有早期稿本与奏定本的比较，以及奏定本各学堂章程之间的横向系联，仍有可能呈现从“国文”回向“中国文辞”背后的思路；稿本与奏定本之间的断裂，更能凸显张鹤龄等出走以后，张之洞为新式文学教育添加的政教色彩。在初等、高等师范学堂章程的几次稿本中，国文课程均采用了来自日本国语科的“讲读、文法、作文、文学史”框架。按奏定本规定“初级师范学堂与中学堂入学学生，学力相等，

---

① 张之洞《致管学大臣吏部大臣张》（光绪二十九年六月十一日）：“冶秋（张百熙）仁兄大人阁下：惠函读悉，贵大学堂日本两教习（按：指服部宇之吉、岩谷孙藏二人），订于今日来谈学务，今日十二点钟在敝寓奉候。（原注：东教习来两人即可）并希嘱张小圃（鹤龄）观察，李柳溪（家驹）太史，李亦元（希圣）刑部同来为荷……”《致大学堂总办于、代总教习张、堂提调李、编译局李》（六月十六日）：“柳溪、晦若（于式枚）、小圃、亦元仁兄大人阁下径启者：学务繁重，应商之事甚多，拟屈台从于今日午后四点钟惠临敝寓，借共商榷……”二函稿件均载《京寓函稿》第1本，中国社会科学院近代史研究所藏档案：甲182-213。按：目前中国社会科学院近代史研究所所藏档案已归入中国历史研究院统一管理。

② 张之洞：《致管学大臣张》（光绪二十九年八月廿八日），《京寓函稿》第1本，中国社会科学院近代史研究所藏档案：甲182-213。

③ 张之洞：《致管学大臣吏部大堂张》（光绪二十九年八月五日发），《京寓函稿》第2本，中国社会科学院近代史研究所藏档案：甲182-213。

④ 《清末教育史料辑刊》第4册，第152页。

故学科程度亦大略相同”[①]，致使两种学堂“中国文学”科的内容、教法多有重合。《奏定中学堂章程》和《奏定初级师范学堂章程》中均有一段按照“文义”、“文法”、“作文”三项顺序阐述“学为文之次第”，似即源自“讲读、文法、作文”的三分：

> 一曰文义：文者积字而成，用字必有来历，下字必求的解，虽本乎古，亦不骇乎今。此语似浅实深，自幼学以至名家，皆为要事。二曰文法：文法备于古人之文，故求文法者，必自讲读始。先使读经、史、子、集中平易雅驯之文，《御选古文渊鉴》最为善本，可量学生之日力择读之，并为讲解其义法；次则近代有关系之文，亦可流览，【但】不必熟读。三曰作文：以清真雅正为主，一忌用僻怪字，二忌用涩口句，三忌发狂妄议论，四忌袭用报馆陈言，五忌以空言敷衍成篇。[②]

不过，其中“文义”一项显然与“讲读”不相对应；“用字必有来历，下字必求的解，虽本乎古，亦不骇乎今”的要求，只是学制主导者出于修辞敏感而宣示的文体原则。下面“文法”部分首先提出“求文法者，必自讲读始”，可知奏定本实已将稿本“讲读”一项包含在了“文法”之中，紧接着的“先使读经、史、子、集中平易雅驯之文，《御选古文渊鉴》最为善本，可量学生之日力择读之……次则近代有关系之文，亦可浏览，但不必熟读”数句，正是承自《初级师范学堂章程》第二、三次

① 璩鑫圭、唐良炎编《中国近代教育史资料汇编·学制演变》，第405页。

② 《奏定中学堂章程》、《奏定初级师范学堂章程》，璩鑫圭、唐良炎编《中国近代教育史资料汇编·学制演变》，第329、407页。原注略。按：段中“但不必熟读”之“但”字，《奏定中学堂章程》脱；“三曰作文”下，《奏定初级师范学堂章程》多出“师范生作文，题目篇幅长短皆可不拘，惟当”十七字。

稿本国文“讲读”部分的规定。[①]接下来才进入“文法”的正题：“并为讲解其义法”——以古文家的“义法”之说取代了稿本中来自日本学制而加以微调的“文法”定义（“讲六书粗浅之义例、南北古今音韵变迁之大略、虚词之用法、作为文章之诸法则”[②]）。最后“作文”部分，则完全抛弃了稿本按照日本章程铺排的学文阶梯（从“日用书札记事文”到“论说文”），转而强调清代科场“清真雅正”的衡文标准，所列“五忌”更有其传统资源和现实针对。

从稿本到奏定本，另一个值得注意的跨越，是“文学史”的隐去。如前所述，稿本系列渐以“中国文学通论”或“历代文学通论”取代“文学史”名目，但仍作为“中国文”课程框架中单列的一项内容。奏定章程则仅在大学堂的“中国文学门”列有“历代文章流别”一课，注明“日本有《中国文学史》，可仿其意，自行编纂讲授”[③]。前引奏定本中学堂和初级师范学堂章程中重复的“学为文之次第”一段后，有“次讲中国古今文章流别，文风盛衰之要略，及文章于（一作‘与’）政事、身世关系处”等句，[④]实承自《初级师范学堂章程》第三次稿中“历代文学通论”一项经修改后的要旨。在奏定本《学科程度表》中，中学堂、初级师范学堂第五年读文、作文之外兼讲“中国历代文章名家大略”，高等学堂第三年“兼考究历代文章流派”，优级师范学堂则在公共科（相当于稿本中的“预科”）的中国文学课程中要求“讲历代文章源流义

---

① 《清末教育史料辑刊》第4册，第437页；第5册，第46页。按：在中学堂、初级师范学堂中国文学科的课时安排中，奏定本在习字和文章名家大略之外，均只有“读文”、“作文”两项，亦应是将稿本中的“文法”与“讲读”合并为“读文”的结果。

② 《初级师范学堂章程》（第三稿），《清末教育史料辑刊》第5册，第46—47页。

③ 璩鑫圭、唐良炎编《中国近代教育史资料汇编·学制演变》，第363、365页。

④ 璩鑫圭、唐良炎编《中国近代教育史资料汇编·学制演变》，第329、407页。

法”。[①] 这些内容均可视为稿本中“文学史”一项的遗迹。但不仅其主体限于“文章”，所谓“名家大略”、历代“流派”、“源流义法”，亦无法与中国传统的“文章流别”或“文体明辨”之学相区别。

在抹去稿本“文学史”痕迹的同时，奏定本章程刻意凸显的，正是集部之学与文章辨体之学。《奏定优级师范学堂章程》的中国文学课程，完全抛弃了稿本中由讲读、文法、作文、京话、文学史五项组成的框架，代之以笼统的“练习各体文字”；《奏定高等学堂章程》亦然。[②] 奏定本各章程更罗列了多种诗文总集和选本，除了见于中学堂、初级师范学堂和译学馆章程的《御选古文渊鉴》[③]，大学堂章程在中国文学门“周秦至今文章名家”课程中，更列举了《文纪》、《汉魏百三名家集》、《唐文粹》、《宋文鉴》、《南宋文范》、《金文雅》、《元文类》、《明文衡》、《皇清文颖》、姚椿《国朝文录》以及《昭明文选》、《御选唐宋文醇》、《御选唐宋诗醇》、《古文苑》、《续古文苑》、《古文辞类纂》、《骈体文钞》、《湖海文传》等书名，并补充说明“欲以文章名家者，除多看总集外，其专集尤须多读”。[④] 事实上，见于《奏定大学堂章程》的这份书目，正是从张之洞名下《书目答问》一书的“总集类文之属”节选而来，可以说再

---

① 璩鑫圭、唐良炎编《中国近代教育史资料汇编·学制演变》，第334、415、420页。

② 璩鑫圭、唐良炎编《中国近代教育史资料汇编·学制演变》，第422—426、340页。

③ 按：第一次稿本《译学馆开办章程》“中国文”一科内容为“读《左传》、《国语》、《国策》、《史记》、《汉书》、文学史、作文”；至奏定本则改为“选读《古文渊鉴》及历代名臣奏议，兼作文”，并特地指出：“向来学方言者，于中国文词多不措意，不知中国文理不深，则于外国书精深之理，不能确解悉达；且中文太浅，则入仕以后，成就必不能远大。故本馆现定课程，于中国文学亦为注重。”见《奏定译学馆章程》，璩鑫圭、唐良炎编《中国近代教育史资料汇编·学制演变》，第435—436页；《清末教育史料辑刊》第4册，第48页。

④ 见《奏定大学堂章程》，璩鑫圭、唐良炎编《中国近代教育史资料汇编·学制演变》，第365页。按：奏定章程刻本“周秦至今文章名家”一课本为单列，下换行说明“文集浩如烟海……”云云；整理本误作“周秦至今文章名家之文集浩如烟海……”衍一“之”字，遂使此课程未能凸显。参见《奏定学堂章程·大学堂章程》，湖北学务处刻本，第27a—27b页。

现了张氏早年集部版本之学的理念。[①]

在为“中国文学”一科填充传统文章流别和集部之学的同时，奏定本中学堂、高等学堂及初、优两级师范章程中的“外国语”诸门，却基本上沿袭了稿木从日本学制导入的“讲读、文法、作文、文学史”框架，且并不回避“文学史”等新名目。奏定章程关于外语教法的指示相当谨慎且谦虚，但云“责成语学教员，考究最合用之教授法”[②]，与其指点中国文学课程时的自信口吻形成鲜明对比。这种“中外有别”，更映衬出癸卯学制奏定本重构“中国文学”一科的意义：不复是学制稿本中“国文”那样的单纯语文学科，更被托付了传承国族文明、存续经史命脉的使命。

四　从“不屑不暇”到“不可不讲”

奏定本章程中从“国文科”夺胎换骨而来的“中国文学科”，作为中国独有词章之学的媒介，已不再限于“应世达意”的工具性。《奏定学务纲要》所称“中国文辞”包含各体，既有“阐理纪事、述德达情”而“最为可贵”的古文，亦有适用“国家典礼制诰”而“亦不可废”的骈文，甚至兼容“涵养性情，发抒怀抱……稍存古人乐教遗意”的古今体诗与词赋。[③]虽然仍存轩轾之意，但在“理”和“事”之外兼顾“德”

---

① 署张之洞《书目答问》(四)，苑书义、孙华峰、李秉新主编《张之洞全集》第12册，第9957—9959页。其中惟《昭明文选》在“总集类文选之属”、《御选唐宋诗醇》在“总集类诗之属”。

② 璩鑫圭、唐良炎编《中国近代教育史资料汇编·学制演变》，第346页。

③ 璩鑫圭、唐良炎编《中国近代教育史资料汇编·学制演变》，第499页。

与“情”，亦与此前督抚兴学规划中单纯注重实用的“词章”一门有所不同。是年张之洞进京主导重订学制，在引进湖北兴学经验的同时，也有意回应中枢整顿学风、预防流弊的诉求。①戊戌时代“不屑亦不暇”的词章之学，何以上升为与“读经讲经”并列，且非要张之洞“手定”不可的“中国文学”？要理解此中曲折，除了检视学堂章程纸面上的修改痕迹，更须回溯戊戌以来张之洞等学制主导者关于本国语文认知的内在变化。

首先，20世纪初从日本引进的“国语”理念，进一步提升了本国语文在学制整体规划中的地位。早在光绪二十八年吴汝纶访日期间，伊泽修二就曾告以“国语统一”促成“爱国心”之说。②吴氏随即致信张百熙，建言大学堂编辑“国语课本”，主张用“京城声口”使天下语音一律，称为“国民团体最要之义”。③癸卯学制各稿本在国文课程中附入“京话”一项，正可视作对前一年吴汝纶建议的回应。几乎与此同时，与张之洞系统关系密切的《教育世界》杂志，亦刊出了介绍“国语教授之必要”的文字：“环球各国无不奖励国语，以国民之团结赖以巩固也。欲灭其国家，必先禁其国语。古罗马人制服他国，以禁其国语为第一政略，盖可破坏其国民之团结，而使其同化于我，帖然而为我之新领土也。”④无论是“言文一致”还是“国语统一”，二者都将语言文字与国家能力视为一体。至癸卯奏定本学制中，“京话”一门改称“官话”，

---

① 按：癸卯年张之洞参与学务，进而主导改订学制，并非单纯的新旧人事之争；其主要动因，是为了应对当年京师大学堂等处的拒俄学潮。相关考证，参见拙著《政教存续与文教转型——近代学术史上的张之洞学人圈》，北京大学出版社2015年版，第184—189页。

② 吴振麟录《贵族院议员伊泽修二氏谈片》，《东游丛录》卷四，《吴汝纶全集》第3册，第795—799页。

③ 吴汝纶：《与张尚书》（光绪二十八年九月十一日），《吴汝纶全集》第3册，第435—437页。

④ 日本育成会编，桐乡沈纮译《欧美教育观》第七章“教授”，《教育世界》第35号，壬寅九月上。

规定“以官音统一天下之语言，故自师范以及高等小学堂，均于‘中国文’一科内附入‘官话’一门”。[1]

然而“官话”一门尚未独立成科，将其附入“中国文”的设计，提示学制主导者理想中的国文课程，并非如民间教育改革者所设想，仅仅作为“国语统一”以前的代用品，而是另有其目标。从稿本到奏定本，癸卯学制的“中国文辞”课程体系有意识地吸收了国语理念附带的共同体意识，却回避了具体的言文一致程序。[2] 相对于“国语统一”带来的空间同一性，学制主导者似乎更强调“文字”、“文理”、“文学”等书写层面的问题，进而凭此构建时、空两个维度的同一性：不仅在空间上以“四民常用之文理”统合地域、阶级的差别，更要在时间上回溯圣贤遗文，沟通经典与当下。张之洞关于“中国文学”的独特认知，正是在这一夹缝中生成，其间亦受到外来思想的冲击和启悟。

前述光绪二十四年姚锡光访日后，湖北方面先后又派出两次较大规模的对日教育考察。就中，光绪二十七年十一月罗振玉率领陈毅、胡钧等人东渡，被认为直接影响了张之洞的学制思想。[3] 其时，正值日本小学校新设国语科，而中学校发生汉文科存废论争之际。是年十二月

---

① 张之洞、张百熙、荣庆:《奏定学务纲要》，璩鑫圭、唐良炎编《中国近代教育史资料汇编·学制演变》，第505页。注意此处保留了稿本中使用的“中国文”这一学科名，当是统稿时未及删改的痕迹。

② 癸卯学制虽强调“期于全国语言统一，民志因之团结”，却规定练习官话以《圣谕广训直解》为准，仍未脱以文言为书面正文，而以白话为下一等通俗阐释的意识。白莎观察到癸卯学制中的“官话”仅停留于正音（“凡授科学均以官音讲解”），未及语法及词汇，有回避将官话定义为包括语言、文章两方面的独立语文的倾向。见 Elisabeth Kaske, “Mandarin, Vernacular and National Language: China’s Emerging Concept of a National Language in the Early Twentieth Century,” in *Mapping Meanings: The Field of New Learning in Late Qing China*, Michael Lackner and Natascha Vittinghoff eds. (Leiden & Boston: Brill, 2004), pp. 265–332.

③ 关于罗振玉此次访日与张之洞一派学制推进的关系，详见汪婉『清末中国対日教育考察の研究』汲古書院、1998、236-248頁。

二十七日，罗振玉到文部省拜会负责地方中小学教育的“普通学务局长”泽柳政太郎（1865—1927），谈及小学“读书科”与汉字存废的关系。泽柳告以中国小学教育“必创为切音字，以谋教育之普及”，但切音字仅是识字辅助，高等小学以上仍用汉字，即便是在日本，全废汉字亦有困难。① 教育名家嘉纳治五郎（1860—1938）则向罗氏建议“言文一致”应由俗趋雅：“如小学读本，先用北京话，令各省之言语画一，以后改修，则去俗语十一，而潜易以文言……悉合文字而后已。”② 回国以后，罗振玉将相关论点整理为《论文字之关教育及改良意见》一文，刊发于《教育世界》。文中指出中国文字有“繁密过甚”和“言文不一致”二难，欲谋改良，又不能“决然去之”，则不如通行两种文字：“一为向来之象形书，以供高等小学校以上之用；一为切音字，以供初等教育之用”；欲达“言文一致”，则“必升语言以合文字，无降文字以合语言之理”。③ 这些来自日本教育家的意见，并非一味迎合拼音化或通俗化，而是将二者作为手段，强调掌握汉字、文言仍是读写训练的目标，更有可能获得张之洞一派的认同。

光绪二十八年正月十二日，罗振玉自日本返回上海。不久，管学大臣张百熙致电张之洞咨询学务。张之洞即在复电中一改《劝学篇》轻视词章的论调，提出“中国文章不可不讲”的要义：

> 七曰中国文章不可不讲。自高等小学至大学，皆宜专设一门。

---

① 罗振玉：《扶桑两月记》辛丑十二月二十七日条下，罗继祖、王同策编《罗振玉学术论著集》第11集，上海古籍出版社2010年版，第116页。按：泽柳政太郎后来成了激进的废汉字论者，主张日本改行罗马字，立场与罗振玉当年所记不同。参见安田敏朗『漢字廃止の思想史』平凡社、2016、84頁。

② 罗振玉：《论文字之关教育及改良意见》，《教育世界》第31号，壬寅（1902）七月上。

③ 罗振玉：《论文字之关教育及改良意见》，《教育世界》第31号，壬寅（1902）七月上。

> 韩昌黎云"文以载道"，此语极精，今日尤切。中国之道具于经史，经史文辞古雅，浅学不解，自然不观。若不讲文章，经史不废而自废。①

癸卯学制稿本曾一度出现"中国文章"的课名，张之洞强调，"自高等小学至大学，皆宜专设一门"，亦即后来奏定本高等小学堂以上的"中国文学科"。援引韩愈"文以载道"之说，不一定拘泥于古文家的立场。②张之洞和新教育家一样，都把文章视为"载道"的途径，不过这条途径通向的目的地却可能大不相同：张之洞心目中本国文学教育的目标是中国独有的"经史"，亦即中国独有之"道"。马建忠以西洋"数度、格致、法律、性理诸学"为终点的"文以致道"，虽然亦属题中之义，却非最重要的宗旨。③提升"中国文章"的地位，正是对西学威胁下中学危机的回应，要在"今日尤切"四字。其目的并不寄于文辞本身，而是因为"经史文辞古雅"，不讲文章则"经史不废而自废"，势将导致古今时间共同体（古文—经史—道）的断绝，在张之洞看来，其危险程度不亚于空间共同体（国语—国民—近代国家）的分裂。

光绪二十九年冬《奏定学务纲要》颁布，强调"学堂不得废弃中国文辞"，实即两年前张之洞与张百熙论"中国文章不可不讲"的延续。《学务纲要》吸取"文化"、"国粹"等新语词，调门高了许多，声言"中国各种文体，历代相承，实为五大洲文化之精华"，"外国学堂最重保存国粹，

---

① 张之洞:《致京张冶秋尚书》(光绪二十八年正月三十日)，苑书义、孙华峰、李秉新主编《张之洞全集》第11册，第8745页。

② 参见 Elisabeth Kaske, *The Politics of Language in Chinese Education, 1895-1919*, pp. 253-265. 张之洞早年曾受学于古文家朱琦，与桐城古文确有渊源。见《抱冰堂弟子记》，苑书义、孙华峰、李秉新主编《张之洞全集》第12册，第10631页。

③ 马建忠:《马氏文通·后序》，第2a—2b页。

此即保存国粹之一大端”云云，似乎与从吴汝纶到邓实所主张的国粹在文学之说并无二致。但细按其以文辞为“国粹”的理据，则是“必能为中国各体文辞，然后能通解经史古书，传述圣贤精理。文学既废，则经籍无人能读”，则“文学”的价值仍须依附于经史。[①] 癸卯学制定章中文学教育的附庸地位，亦体现在其与壬寅学制读写类课程占总学时比例的对照。壬寅学制基本符合同时期日本学校国语科学时从高学级到低学级不断增加的趋势：蒙学堂占比最高，“字课”、“习字”二科共占总学时的 33.3%，是各科中课时最多的科目；寻常小学堂次之，占 16.7%。而在癸卯学制相当于壬寅学制蒙学堂和寻常小学堂的初等小学堂中，“中国文字”课仅占总学时 13.3%，同学程“读经讲经”课程占比却高达 40%；高等小学堂“中国文学”加入“官话”内容，学时比提高到 22.2%，为各学程最高，却仍不如“读经讲经”的 33.3%。[②] 国文课时始终少于读经课时，是癸卯学制最为时人诟病的缺陷之一，却也正是“儒臣”张之洞的私衷所寄。除了小学阶段“供谋生应世之需”、“备应世达意之用”的基础字课，“中国文学”的一大功能便是辅助读经讲史。

“若不讲文章，经史不废而自废”，“文学既废，则经籍无人能读”等句式，让人联想到《劝学篇》中“若废小学不讲……终有经籍道熄之一日”的判断。“小学”和“文章”、“文学”可以替换。由此推论，在张之洞壬寅以前的知识结构中，与癸卯学制“中国文学”更为对应的部分，并非“词章”，而是“小学”。《奏定大学堂章程》罗列“研究文学之要义”，首先是古今字体、音韵、名义训诂三者变迁，相当于《劝学篇·守约》“小学”条下“解六书之区分、通古今韵之隔阂、识古籀篆

① 璩鑫圭、唐良炎编《中国近代教育史资料汇编·学制演变》，第 499—500 页。

② 参见本书附表 1《壬寅、癸卯两学制国文类课程学时占总课时比例》。

之原委”等内容。[①] 接着断言,“古以治化为文,今以词章为文,关于世运之升降”[②],可知在学制主导者观念中,“词章为文”绝不是值得追求的理想。从戊戌到癸卯,张之洞关于“词章”的偏见并没有根本上的改变,发生变化的只是新学制将原本属于不同知识类别的“小学”、“词章”等内容,都纳入了“中国文辞”的范围,且为之“专设一门”。“小学”内容的加入,巩固了文学教育在整个知识体系中的地位。“中国文字”、“中国文理”、“中国文学”依次递进,正符合乾嘉诸儒所揭“由字以通其词,由词以通其道”的治学途径。[③]

在《奏定学务纲要》中,除了指向经史的“文以载道”,针对“外国无谓名词”横流的现状,学制主导者还从厘正文体的角度提出了“文以载政”的命题:“古人云‘文以载道’,今日时势,更兼有文以载政之用,故外国论治论学,率以言语文字所行之远近,验权力教化所及之广狭。”[④]此说大体接近今人所称“软实力”,其背景则是戊戌以后在报刊和译书的引导下,借自日本的大量“新名词”流播一世,构成对传统政教

---

① 见苑书义、孙华峰、李秉新主编《张之洞全集》第12册,第9731页。惟《劝学篇·守约》中所举“小学”属于普通学,到癸卯学制中则升级为大学堂“中国文学”专门的内容。

② 见《奏定大学堂章程》,璩鑫圭、唐良炎编《中国近代教育史资料汇编·学制演变》,第363页。按:由于学界已有较多先行研究,本章略去了对大学堂章程中国文学课程及“研究法”的考述。值得注意的是,学者指出这种包括小学在内的宽泛“文学”理解,可能仍来自日本学制范式,只不过存在着某种“时间差”,“受日本在位的前辈文化教育人士建议之影响,设立京师大学堂文学科分科大学的‘钦定’、‘奏定’两个章程,所仿效的主要是日本明治初年呈东人设置古典讲习科这一段时期的教育方针与学制”。见陈广宏《中国文学史之成立》,第153页;并参见同书第161—168页对“文学研究法”的考释。

③ 戴震:《与是仲明论学书》,汤志钧等编《戴震集》,上海古籍出版社2009年版,文集九,第183页。

④ 张之洞、张百熙、荣庆:《奏定学务纲要》,璩鑫圭、唐良炎编《中国近代教育史资料汇编·学制演变》,第500页。

及其文章载体的挑战。[①]除了经史所传之“道”，“政”被确立为“文学”的另一目标，亦呼应了《劝学篇》以来对词章政治实用性的重视：“假使学堂中人全不能操笔为文，则将来入官以后，所有奏议、公牍、书札、记事，将令何人为之乎？……宋儒所谓一为文人，便无足观，诚痛乎其言之也。盖黜华崇实则可，因噎废食则不可。”[②]在强调记事、说理、公牍文字通用性这一点上，学制的主张似乎与当时民间教育家标举的“普通文”理念有相通之处。但在张之洞等看来，除了“化学家、制造家及一切专门之学，考有新物新法，因创为新字”这类不得已的情形，日常“通用文字”仍须剔除一切不必要的外来语词和文法。[③]这一立场，不仅关乎国族语文的“纯化”，[④]更是长久以来官方“厘正文体”经验的延续。奏定本中学堂、初级师范学堂“作文”一项教法，均明示文体须以“清真雅正为宗”，又模仿清初方苞、李绂等古文家告示“古文辞禁”的形式，胪列生僻怪字、涩口句式、狂妄议论、报馆陈言、空言敷衍为五种文禁。[⑤]“清真雅正”本是雍正以降科场衡文的标准，后来逐渐泛滥，

① 参考实藤惠秀《中国人留学日本史》，谭汝谦、林启彦译，生活·读书·新知三联书店1983年版，第293—295、301—305页；沈国威《清末民初中国社会对日本借词之反应》，氏著《近代中日词汇交流研究：汉字新词的创制、容受与共享》，第285—320页。

② 张之洞、张百熙、荣庆：《奏定学务纲要》，璩鑫圭、唐良炎编《中国近代教育史资料汇编·学制演变》，第500页。

③ 就此而言，张之洞等并不是在普遍意义上排斥一切“新名词”，而是强调在科学专门之需以外的通用名词不能滥用。《奏定大学堂章程》“中国文学研究法”就曾提到“西人专门之学皆有专门之文字，与《汉·艺文志》学出于官同意”；《奏定学务纲要》亦指出“外国文体界限本自分明”。其所要检点的文类是“官私文牍一切著述”及“课本日记考试文卷”等，背后有在“普通”和“专门”之间辨体的意识。参见璩鑫圭、唐良炎编《中国近代教育史资料汇编·学制演变》，第364、501页。

④ 清末张之洞、端方等教育规划者对外来名词及其相关文体、修辞特征的拒斥，实可置入近代民族国家兴起过程中“语言纯化主义”（Linguistic Purism）的背景来理解。关于语言纯化运动中的非语言因素，参考George Thomas, *Linguistic Purism* (London and New York: Longman, 1992), pp.135-145.

⑤ 《奏定中学堂章程》，璩鑫圭、唐良炎编《中国近代教育史资料汇编·学制演变》，第329页；又参见潘务正《清代“古文辞禁”论》，《文学评论》2018年第4期。

“从制艺文推到一切文学”。[①] 光绪初年，张之洞在四川发落士子，推崇“清真雅正”为“文家极轨”，针对晚近“误以庸腐空疏者当之”的倾向，将四字分别重释为“书理透露，明白晓畅”（清）、“有意义，不剿袭”（真）、“有书卷，无鄙语，有先正气息，无油腔滥调”（雅）、“不俶诡，不纤佻，无偏锋，无奇格”（正）四项要求，强调“不惟制义，即诗古文辞，岂能有外于此”。[②] 时至清末，癸卯学制期待的普通应用文体，仍处在清代科场衡文与古文义法的延长线上，其对于新名词和报章文体的拒斥态度，实有别于《蒙学报》、《蒙学读本全书》、《最新国文教科书》等民间教科书所主张的“浅近文言”。

奏定本各学堂章程中“中国文辞”课程的培养目标实可析为三个层次：一是初学阶段应世谋生所必需的语文技能；二是在此基础上，运用“中国文法字义”读写奏议、公牍、书札、记事等“通用文字”的能力；三是获得读经读史的能力，进而维系国族文化共同体。高等小学堂以上的“中国文学”兼容小学训诂和古文义法，为“读经讲经”提供文字途径，带有浓厚的政教意识。[③] 具体到文章教学，学制更有意糅合新式文法与古文义法。《奏定初级师范学堂章程》指示“教学童作文之次序法则”，不仅罗列字法、句法、篇法在内的普通文法，更要求师范生在国文教学中突出“熟读”与“拟古”，二者被称为“自然进功之法”。学制

---

① 参见《钦定学政全书》卷六“厘正文体”，乾隆三十九年武英殿刻本，第 3a—4a 页；方孝岳《清初“清真雅正”的标准和方望溪的义法论》，氏著《中国文学批评　中国散文概论》，生活·读书·新知三联书店 2007 年版，第 265—284 页。

② 张之洞:《輶轩语·语文》，苑书义、孙华峰、李秉新主编《张之洞全集》第 12 册，第 9799 页。

③ 清末学制规划中经学教育的重点有“经义”到“经文”的转移，癸卯学制强调经书文本的记诵，“中国文学”科也在一定程度上被视为读经辅助。参见拙撰《张之洞学制规划中的近代国族——从〈劝学篇〉到癸卯学制》，《变风变雅——清季民初的诗文、学术与政教》，上海人民出版社 2021 年版，第 103—148 页。

主导者在其间罕见地流露了自身对于“文章”的认知：“文章乃虚灵之物，其佳否半由自悟，不能尽教；惟诵读极熟，兼常令拟古，则自能领悟进益。”[①] 清末引进西洋文法学，本意在为过去依赖记诵模拟的文章之学找到一种可以在课堂上教授的法则。早在戊戌以前，趋新士人就批评中国古典诗文的模仿习气，“其所用虚字、活字，多是仿用留存的，以致古人词例之学，日即销亡”。[②] 癸卯学制设想的文章教法，仍以“熟读”、“拟古”为法门；“文章乃虚灵之物”的判断，几乎消解了引进新式文法学的必要。[③]

* * *

清季改创全国性学制，始于戊戌前后朝野各界对外国学校章程的译介，其中有关本国语文读写课程的规定，亦借此得以输入。延续民间教育实践者的经验，官方一开始就确立了模仿日本学制的策略。壬寅学制仍以日本旧制为模板，蒙、小学堂分为字课、习字、作文、读古文

---

① 《奏定初级师范学堂章程》，璩鑫圭、唐良炎编《中国近代教育史资料汇编·学制演变》，第408页。按：“教学童作文之次序法则”一项，其稿本作“授教授作文读书之次序方法”（第三次稿本墨笔改作“讲为师范者教作文读书之次序法则”，眉批：“讲书乎？作文乎？未甚显豁，宜酌改”），本为日本寻常师范学校国语科最后一年讲授教学法的课程，但奏定本中关于字法、句法、篇法和两项“自然进功之法”的内容，均为稿本所无；稿本中译自日本章程的部分，仅要求作文题目与各学科及日常必需事项沟通的一段得以保留。见《清末教育史料辑刊》第4册，第344—345、440—441页；第5册，第50页。

② 叶瀚：《中文释例·开端小引》，《蒙学报》第1册，光绪二十三年十一月十一日。

③ 这仅是就高等小学堂以上“中国文学”的作文教学而言。在最初识字环节，癸卯学制初等小学堂“中国文字”课与壬寅学制蒙学堂“字课”一样，仍以来自西方文法学的“字类”为入门：第一年“讲动字、静字、虚字、实字之区别，兼授以虚字与实字连缀之法”，依然延续此前新编蒙学读本和文法书的经验（但也没有直接搬用《马氏文通》的“九类字”）。从这一区别中亦可见“中国文字”与“中国文学”两种国文课程亚类着眼点之不同。见《奏定初等小学堂章程》，璩鑫圭、唐良炎编《中国近代教育史资料汇编·学制演变》，第306页。

词等科，中学以上则统合为“词章”一科。各省督抚在筹办新学的过程中，往往兼及文学一科，但仅留意科场文字与政事应用文体而已。至光绪二十九年十一月癸卯学制颁行，始以日本明治33年新制“国语—国文学”科为准，确立包含文字、文理、文学在内的“中国文辞”课程体系。从新出癸卯学制稿本可以推论，各学堂章程中的“中国文学”一科最初仍称“国文”，对应日本学制的国语科，并在中等教育阶段引进了以“讲读、文法、作文、文学史”四项为轴的教学框架，具有普遍语文学科的意识。但在国粹思潮和学制主导者政教关切的引导下，通过改窜名词、充实材料、调整结构、罗列纲目等形式，章程条文中“文学史”等新鲜内容逐渐隐去，官方文体意识与传统词章资源则日益凸显。

癸卯学制的修订由张之洞一系主导，但奠定其框架的最初稿本，则可能仍出自壬寅学制的起草者。就文学教育的部分而言，强调语言文字的实用、通用，注重文辞与国家的相互维系，本是民间与官方、趋新派与稳健派、壬寅学制与癸卯学制共享的观点。然而，清季以来教育史论述往往夸张朝野对立，放大两个学制之间的断裂；由张之洞“手定”的经学、文学两科，更是从其颁布之日起，就已遭到新派教育家的指责。[1]光绪三十三年（1907）正月，《奏定女学堂章程》颁布，本国语文课程恢复“国文”之名，其“要旨在使能解普通之言语及文字，更能以文字

---

[1] 奏定章程颁布后不久，商务印书馆有意迎合，拟改变即将发行的国文教科书体例，随即引起编校人员不满。蒋维乔日记中提到：“因京师大学堂新定章程所定小学科全然谬戾，不合教育公理，而商务馆资本家为谋利起见，颇有欲强从之者。而张菊翁（元济）、高梦翁（凤谦）及余等均不愿遵之，小谷（重）、长尾（槙太郎）之意亦然。”见《鹪居日记》，癸卯十二月十四日（1904年1月30日），《蒋维乔日记》第1册，第306—307页。当时趋新舆论对奏定章程的批评，亦主要集矢于经学、文学二科，参见《奏定小学堂章程平议》，《时报》光绪三十年五月二十二、二十三日；王国维《奏定经学科大学文学科大学章程书后》，《教育世界》第118号，丙午（1906）正月下旬。

自达其意"；国文课时占总学时比例，亦较癸卯学制大幅提高：初等小学达50%，高等小学为30%，女子师范学堂为11.8%。[①]两年后（1909），江苏教育总会发起变通学制，学部奏请增加小学国文时刻，删去历史、地理、格致三科，将相关知识并入文学读本内讲授。[②]凡此均可视作对癸卯学制的反弹。至民国肇造，废止读经，中、小学校国文课时大增。壬子学制规定小学校"国文"要旨"在使儿童学习普通语言文字，养成发表思想之能力，兼以启发其智德"，中学校在此基础上增加"略解高深文字，涵养文学之兴趣"的要求："首授以近世文，渐及于近古文，并文字源流，文法要略，及文学史之大概。"[③]二者分别挪用了日本明治33年《小学校令实施规则》和明治34年《中学校令实施规则》中的"国语（及汉文）科要旨"，中学国文课程更恢复了文学史的地位。[④]

癸卯学制对日本"国语—国文学"科目的本土化调适，常被视作"国文"通向"国语"进程中的一次顿挫；而从清末变通学制到民初壬子、癸丑学制国文课程的再度"日本化"，更令人慨叹张之洞等调停新旧的苦心终成徒劳。不过，如果能够换一种视角看待"制度"，不仅仅从一时的可行性、有效性、普遍性评判其成败，而同时注意到制度筹

① 学部：《奏定女学堂章程折》，璩鑫圭、唐良炎编《中国近代教育史资料汇编·学制演变》，第586、588、593、596—600页。

② 学部：《奏请变通初等小学堂章程折》（宣统元年三月二十六日），璩鑫圭、唐良炎编《中国近代教育史资料汇编·学制演变》，第551—555页。

③ 教育部订定《小学校教则及课程表》（1912年12月）、《中学校令实施规则》（1912年12月2日），璩鑫圭、唐良炎编《中国近代教育史资料汇编·学制演变》，第702、680页。

④ 明治33年日本文部省《小学校令实施规则》："国语要旨：在使生徒知普通言语及日用所必须文字文章，养成能正确表彰其思想之能，兼启发其智、德。"明治34年文部省《中学校令实施规则》："国语汉文要旨：在使生徒能了解普通言语文章，正确、自由表彰其思想，兼养其文学趣味，以资智、德之开发。国汉文以现时之国文为主，使讲读之，渐进使读近古国文，作实用简易文字，教以文法之大要及国文学史之一斑。"见南洋公学译学院《新译日本法规大全》第8册，商务印书馆2007年版，第586、448—449页。

划者理念的传播，那么学制改订过程中关于本国文学地位和功能的思考，或许仍有其深远的思想史意义。作为清末新政在学务领域的指导性纲领，癸卯学制于朝野新旧各个层面都有广泛的传播，官方力量在省、府、州、县各级的推广，更促进了新式文学教育向内地和乡村的普及（虽也遭遇到习俗的抵制和扭曲）。《奏定学务纲要》阐述“中国各体文辞”之要义，引发了教育场域中“文学”话题的中心化：“文学”适当扩张边界之后，被赋予承续经史国粹、维系共同体意识的功能，不再被教育主导者视为近代国家文化工程中的负资产。各学堂章程对古典资源的强调，沟通了新学课程与古文义法，对国文用书的编纂思路亦有所启发。在此前“蒙学读本—国文教科书”的体例之外，癸卯以后涌现出一系列广义“文法”类教材，中学以上教科书则多采用古文选本的形制。作为与语法学、修辞学、文学史等新知识体系对接的资源，词章之学开始得到近代学科理念的发掘。

第四章

作为文学门径的“文法”

——语法学、修辞学与近代文章学的刷新

癸卯学制构建了清末新式文学教育的学科框架和教学取向，却也留下不少有待充实的缝隙。从“文字”到“文学”的知识跨越，表现在课程设置上，即是否教授作文。清末新学堂中的作文课，一般仍要求学写古文的记事、论说。[①] 在记诵、模拟等“自然进功之法”外，《奏定中学堂章程》、《奏定初级师范学堂章程》设有“文法”一项，专门传授作文技术。但如前章所述，奏定本章程将源自日本学制的“文法”合并于“讲读”，标举“文法备于古人之文”。其所谓“文法”的实质，主要还是清代古文家盛称的“义法”。

而在民间教育实践中，早就有另一种“文法”教学的方案。光绪三十二年（1906）七月，《寰球中国学生报》刊出范祎《国文之研究》一文，针对国文教育由浅入深的困难，主张援引外来的学科工具：

彼以国文为难者，非国文之过，研究无术之过也。盖研究一国

---

① 例如光绪三十年（1904）胡适升入上海梅溪学堂第二班，作文题目是“论题：原日本之所由强”和“经义题：古之为关也将以御暴今之为关也将以为暴”；沈雁冰则提到乌镇立志小学“月月有考试，单考国文一课，写一篇文章（常常是史论）……每周要我们写一篇作文，题目常常是史论，如《秦始皇汉武帝合论》之类”。见胡适《四十自述》，欧阳哲生编《胡适文集》第1卷，第67页；茅盾《学生时代》，钟桂松主编《茅盾全集》第35卷，黄山书社2014年版，第79—80页。此类回忆材料甚多，恕不备举。

> 文字，必有两步：其初步曰成语法 Grammar 是已，其进步曰修辞学 Rhetoric 是已。……成语法者，蒙学、小学之学科也；修辞学者，中学、高等学之学科也。凡农工商贾，必通成语法；学士、博士以上，必通修辞学；再进而上，则文学家之专门，非所论于普通矣。故修辞学为研究国文之第二步。[①]

范祎不仅如戊戌前后幼学论者那样，视“成语法”为蒙、小学识字读书的基础，更提出“修辞学”一门，作为从“普通学”上达“文学家之专门”的阶梯。[②] 与同时代教育家多关注普通读写能力不同的是，其主张已涉及近代意义上的专门文学研究。

语法学和修辞学知识的导入，充实了中等以上国文教育中“文法”环节的资源，却也有可能带来知识体系的混淆，造成清末民初独有的“修辞文法混淆时期”。[③] 出于学科立场，现代语法学、修辞学史对这段“混淆时期”多致不满。然而，此类混淆、交错或学科未定的状态，亦有可能激发多样化的教学设计，甚至引起学科资源的再整合。本章虽从戊戌前后着眼于童蒙初学的“文法书”切入，却更关注新学制颁布以后中学以上“文法”教学和相关用书的展开。在西洋语法学和修辞学知识“文章学化”的过程中，来自日本的“文典”体裁和修辞学著译发挥了中间触媒的作用，激活了一部分中国固有的文论、诗文评

---

① 范祎：《国文之研究》，《寰球中国学生报》第 2 期，丙午（1906）七月。按：《寰球中国学生报》是清末以联络世界各地中国留学生为宗旨的“寰球中国学生会”机关刊物，早期多刊有关于国粹、国文乃至国语（官话）问题的讨论。

② 范祎将识字启蒙、语法、修辞学三者分别对应于初、中、高等不同教育阶段的看法，很可能源自西洋古典教育的分级。参见亨利 – 伊雷内 · 马鲁（Henri-Irénée Marrou）《古典教育史 · 罗马卷》，王晓侠、龚觅、孟玉秋译，华东师范大学出版社 2017 年版，第 83 页。

③ 陈望道：《修辞学发凡》，上海教育出版社 2001 年版，第 285—287 页。

和文章作法书。清末民初“文法”话语的宽泛意涵，不仅促进了古今东西文学资源的交汇，更为“文学家之专门”进入新教育场域开辟了门径。

一　东西知识网络中的“文法书”

明末中西交通以来，关于中国文言、官话以及各种方言的语法，来自欧洲的传教士和汉学家相继撰有多种著作，却对中国士大夫的知识世界影响甚微。[①]晚清士人最初接触到语法学知识体系，更多时候是以西文教本为媒介，视之为一种学习外语的法则。光绪四年（1878），郭赞生据*English School Grammar*译成《文法初阶》，已开始使用指涉“砌字成章之学”的“文法”一词；[②]十年以后，《申报》登出推销京师同文馆汪凤藻所译《英文举隅》的广告，亦言及“英国向有‘文法’一书，专讲以字造句之法”。[③]凡此皆为“文法”二字与西文“Grammar”概念对接的早期例证。不过，直到戊戌维新前后，此种外来的“文法”概念和“文法书”体例才逐渐转型为中国人学习本国文章的途径。而这一转变，仍造端于康、梁一派改革幼学的主张。

---

① 17—19世纪西人所撰中文语法书甚多，参见姚小平《〈汉文经纬〉与〈马氏文通〉》，《当代语言学》1999年第2期；卡萨齐、莎丽达：《汉语流传欧洲史》，第92—158页。

② 关于郭赞生所译《文法初阶》的基本情况，参见黄兴涛《〈文学书官话〉和〈文法初阶〉》，《文史知识》2006年第1期。

③ 《新印英文举隅出售》，《申报》光绪十四年二月初一日。

（一）“文法书”的发端

康有为早年向门人出示“蒙学假定书目”，即含有《文法童学》一种，专讲“实字联虚字法，读〔续〕字成句，续句成章，续章成篇，皆引古经史证成之”。[①] 其时康有为关于“文法”的认识，包括分别虚、实字类及字、句、章法等内容，已初具西洋近代语法书规模。光绪二十二年十二月（1897年初），梁启超发表《幼学》篇，延续康氏书目思路，提出新编七种蒙书的方案，紧随“识字书”后的第二种书，即为“文法书”。在“言文一致”观念的启悟下，梁启超认定上古语言与文字合，“学言即学文”，后世言文分离，“魏文帝、刘彦和始有论文之作，然率为工文者说法，非为学文者问津。故后世恒有读书万卷，而下笔冗沓弇俗不足观者”；与之对照，则是西人识字之后就有“文法专书”，讲授“若何联数字而成句，若何缀数句而成笔，深浅先后，条理秩然”。[②]

梁启超区分泰西“文法专书”和《典论·论文》、《文心雕龙》等古典文论，指出二者预设对象有“工文者”和“学文者”之别，启蒙意识相当明晰。但这一论点却在传播过程中引发了争议。戊戌年间，叶德辉撰文批驳梁氏幼学论，即曾就此发难。叶氏承认曹丕、刘勰所著“初非为教人”，却更强调中国文章本来就代有闻人，何须借径他方？况且“八家派别，大开圈点之风，时文道兴，而开阖承接之法，日益详密”，令叶德辉不解的是：梁氏既然唾弃古文、时文之“文法”，又为何惟独

① 卢湘父：《万木草堂忆旧》，夏晓虹编《追忆康有为》，第234页。

② 梁启超：《论学校五（变法通议三之五）·幼学》，《时务报》第17册，光绪二十二年十二月十一日。

崇拜西人“文法”？[①]西洋“文法”当其引进之初，就已难免与中国传统上的文章笔法之学混淆。

尽管如此，戊戌前后引进西洋语法知识体系的最初努力，多半仍以促进启蒙识字为首要目的，词章之学尚非急务。光绪二十三年（1897），杭州趋新之士叶瀚出版《初学读书要略》一书，内亦包含“文法”一节。叶瀚指出中国古人“文法”本有定例：“其文字有借近、通转、代用之例，其解字有本义、引伸、转伸、旁伸诸义之例，其辨口气法有长短开合之法，其论辞势法有缓急轻重之法。”可知其所谓“文法”范围颇广，囊括文字、音韵、训诂、文章声气、布置取势等多方面内容。[②]是年冬，叶瀚与友人发起《蒙学报》，并在该报连载自撰的“文法书”《中文释例》。其书根据高邮王氏《经传释词》体例，第一卷明音读，第二卷明义类，在实字、活字、虚字等传统名目之下，介绍西洋语法学的词类区分。[③]在“开端小引”中，叶瀚凭借一种文白夹杂的文体，畅论“文法”与言文分合、词章演进之间的关系，显然引早先梁启超的论述为同调：

> 中国诗歌赋颂，及唐宋古文家，均属词章家。凡词章须规橅格调字句，词多而例少，故规橅之文，其所用虚字、活字，多是仿用留存的，以致古人词例之学，日即销亡，于是语言文字相离日远。[④]

跟梁启超一样，叶瀚认定上古言文一致，故有“文法”（语法）可言，

① 叶德辉：《非〈幼学通议〉》，苏舆辑《翼教丛编》，第133—134页。

② 叶瀚：《初学读书要略》，“初学宜读诸书要略”第10b页。

③ 叶瀚：《中文释例》卷二，《蒙学报》第5册，光绪二十三年十二月初一日。

④ 叶瀚：《中文释例·开端小引》，《蒙学报》第1册，光绪二十三年十一月十一日。

三代以后则言文分离，词章家只以模仿为事，讲究词藻格调，遂致“文法”衰落。同时期《蒙学报》上还登有王季烈所编《文法捷径》一种，包含“区别字类、推论文义、由字以成句、由句以成文”等内容，意在“使童子略识字义，即可缀句为文”。[①]丁酉、戊戌之间，包括《蒙学报·读本书》、南洋公学《蒙学课本》等最初的新体蒙学读本在内，幼学用书逐渐在字课中加注“字类”。外来文法新知的运用，大体不出康、梁划定的启蒙识字范围。

梁启超在《幼学》篇的“文法书”条下，提到“马眉叔近著中国文法书未成”。[②]《马氏文通·例言》则云：“此书在泰西名为‘葛郎玛’。‘葛郎玛’者，音原希腊，训曰字式，犹云学文之程式也。”[③]光绪二十四年（1898）三月、九月，在维新事业大起大落的风潮中，马建忠先后为《文通》撰写序、后序。针对旧式训蒙弊端，马氏坚守与康、梁一致的立场，强调“文法”作为革新工具的宗旨：“西文本难也而易学如彼，华文本易也而难学如此者，则以西文有一定之规矩，学者可循序渐进而知所止境，华文经籍，虽亦有规矩隐寓其中，特无有为之比拟而揭示之。”[④]又指出：“童蒙入塾，先学切音，而后授以葛郎玛，凡字之分类与所以配用成句之式具在。明于此，无不文从字顺，而后进学格致数度，旁及舆图、史乘，绰有余力，未及弱冠，已斐然有成矣。”[⑤]马氏以“葛郎玛”为学习一切科学的入门，其先学切音字，后授“葛郎玛”的思路，更与梁启超《幼学》篇首列“识字书”、继列

① 王季烈：《文法捷径》，《蒙学报》第23册，光绪二十四年四月十五日。

② 梁启超：《论学校五（变法通议三之五）·幼学》，《时务报》第17册，光绪二十二年十二月十一日。

③ 马建忠：《马氏文通·例言》，第1b页。

④ 马建忠：《马氏文通·后序》，第2b页。

⑤ 马建忠：《马氏文通·例言》，第1b页。

"文法书"的次第若合符契。

然而，作为一部前无古人的体系性创制，《马氏文通》有其迎合时趋的启蒙宗旨，却也难掩深入堂奥的治学祈向。马氏引进"葛郎玛"新说，主要根据拉丁语法，同时"取材于《经传释词》、《古书疑义举例》者独多，……亦食戴（震）学之赐也"。[①] 在传授西洋语法学新知的同时，《文通》亦含有一些修辞意识，注重语气、语意、语势等"辞气"要素的语法作用。[②] 正如论者早已指出的："语法和修辞、作文的相结合，原来是传统选文家'评点'所擅长；《文通》时而使用'评点'术语应付局面，解释文法。"[③] 此种回向传统文章学的趋势，更体现在马氏对引例的选择：

> 为文之道，古人远胜今人，则时运升降为之也。古文之运，有三变焉：春秋之世，文运以神，《论语》之神淡，《系辞》之神化，《左传》之神隽，《檀弓》之神疏，《庄周》之神逸。周秦以后，文运以气，《国语》之气朴，《国策》之气劲，《史记》之气郁，《汉书》之气凝，而《孟子》则独得浩然之气。下此则韩愈氏之文，较诸以上之运神、运气者，愈为仅知文理而已。今所取为凭证者，至韩愈氏

---

① 见中国之新民（梁启超）《论中国学术思想变迁之大势·近世之学术》，《新民丛报》第55号，光绪三十年九月十五日。关于《马氏文通》的著作来源，历来纷说不一，难以考实。姚小平认为来自拉丁语法及传统小学的影响可以断定，至于是否受"普遍唯理语法"影响尚难以断论。阿兰·贝罗贝（Alain Peyrauble）指出《文通》受西方学者所撰中文语法书影响的可能性较小，马建忠"脑子想的肯定是西方学者编纂的关于西方语法规则的语法书"，特别是17世纪基于笛卡尔哲学原理创建的《波尔—罗瓦雅尔语法》（*Grammaire de Port-Royal*, 1660），被认为"是《文通》的主要渊源"。分别见姚小平《〈马氏文通〉来源考》，《〈马氏文通〉与中国语言学史》，外语教育与研究出版社2003年版，第112—137页；阿兰·贝罗贝《〈马氏文通〉渊源试探》，朗宓榭等著、顾有信编著《新词语新概念：西洋译介与晚清汉语词汇之变迁》，第355—370页。

② 参见袁本良《〈马氏文通〉的辞气论》，侯精一、施关淦编《〈马氏文通〉与汉语语法学》，商务印书馆2000年版，第92—110页。

③ 平田昌司：《光绪二十四年的古文》，《现代中国》第1辑，第164—165页。

而止。先乎韩文，而非以上所数者，如《公羊》、《穀梁》、《荀子》、《管子》，亦间取焉。惟排偶声律者，等之自郐以下耳。[①]

马建忠标举“为文之道，古人远胜今人”，进而勾勒春秋以下文章按照“神、气、理”三要素依次递降的趋势。其例证来源，亦准此集中于先秦经、子，两汉史书，而下止于韩愈。这一退化的文章史图景，不同于清人推重“唐宋古文典型”的正统理念，[②]亦未必出自“词气必合于秦汉以上”的复古意识。[③]崇尚上古经子为“文章不祧之祖”，除了受制于清儒训诂引证的先例，更有可能与梁启超、叶瀚类似，仍是有取于“上古言文一致”的判断。《马氏文通》的文法分析，时或顾及口诵节奏、句读起伏、声调抑扬。[④]此处强调“文神”、“文气”相对于“文理”的优位，沿袭了古文声气论的术语，亦隐含文章以“声音”为主的判断标准。作为普遍的作文原则，“葛郎玛”的作用领域不限于“姚姬传氏之所类篹、曾文正之所杂钞”，更是“诗赋词曲，下至八股时文，盖无有能外其法者”。[⑤]与此同时，《文通》却至少在原则上贬低“排偶声律”，仍

① 马建忠：《马氏文通·例言》，第2b—3a页。

② 参见郭英德《唐宋古文典型在清初的重构》，《中国社会科学》2021年第5期。

③ 章太炎《膏兰室札记》卷二“论近世古文家不识字”条：“凡曰古文者，非直以其散行而已，词气必合于秦汉以上，训诂必合于秦汉以上。”沈延国等校点《章太炎全集》（一），上海人民出版社1982年版，第210页。

④ 吕叔湘、王海棻在《〈马氏文通读本〉导言》中指出：“《文通》的作者不愿意把自己局限在严格意义的语法范围之内，常常要涉及修辞。”例如修饰语与被修饰语之间“之”的用与不用、字数的奇偶、语句的节奏、段落的起结等。见吕叔湘、王海棻编《马氏文通读本》，上海教育出版社1986年版，第37—39页。

⑤ 马建忠：《马氏文通·例言》，第3b页。按：关于“文法”能否涵盖诗歌韵文，“文学革命”酝酿时期仍有激烈争论。1916年2月2日，胡适致信任鸿隽，提出“诗界革命三事”，第二条即“须讲求文法”，且云“诗之文法原不异文之文法”。其立场实可回溯至《马氏文通》以“文法”涵盖韵散一切文类的主张。参见耿云志主编《胡适遗稿及秘藏书信》第19册，黄山书社1994年版，第86—87页。

取狭义上与“魏晋六朝骈俪之文”对峙的“古文”为主要对象，划定了清末一系列文法书的分析范围。[①]

（二）日式“文典”的导入

《马氏文通》在清末教育界广泛流行，特别是其开卷阐释的“九大字类”，很快凝结为新学中人的常识，逐渐融入新体蒙学读本乃至国文教科书的框架。但另一方面，就《文通》本身作为教科书的适用性而言，历来评价却多为负面。[②]适应教学实践的文法教科书，未必要如《文通》那样追求语法体系的完整性，当人们开始寻求更为简明实用的体裁之时，来自日本的“文典”形制进入了视野。

光绪二十六年（1900）前后，有一篇署名“仁和倚剑生”的《编书方法》流传于新学界，内著一节专论“汉文典”编纂之必要：

---

① 曾国藩《复许振祎》（咸丰十一年三月十一日）：“古文者，韩退之氏厌弃魏晋六朝骈俪之文，而反之于六经、两汉，从而名焉者也。”《曾国藩全集·书信》（三），郭翠柏等整理，岳麓书社1994年版，第1971页。按：《马氏文通》处理的对象仍是一般意义上的“古文”，同时却要强调“文法”的普遍性。“排偶声律者，等之自郐以下”一句，就曾引来怀疑：“究竟是不值研究呢，还是因套不上（西洋语法体系）而放弃呢？”参见启功《汉语现象论丛·前言》，商务印书馆2018年版，第2页。据学者统计，《马氏文通》的实际引书有56种，远远超出《例言》所举17种，甚至包括了《诗经》、《楚辞》、束皙《补亡诗》等韵文。参见陈国华《普遍唯理语法和〈马氏文通〉》，张西平、杨慧林编《近代西方汉语研究论集》，商务印书馆2013年版，第161—162页。

② 后出文法书对《马氏文通》多有批评，诸如“不合教科书体例”［猪狩幸之助：《教科适用汉文典·凡例》，王克昌译，杭州东文学社光绪壬寅（1902）仲秋铅印本］、“非童蒙所能领悟”、“引据宏博，辨释精微……于蒙学教科之程度，尤相去甚远”（王绍翰编《寻常小学速通文法教科书·序》，上海新学会社光绪三十年十一月铅印本）、“文规未备，不合教科”［来裕恂编纂《汉文典》，商务印书馆宣统元年五版（光绪三十二年初版）铅印本］、“详赡博衍，小学生徒领会匪易”［商务印书馆编译所编《（初级师范学堂教科书）中国文典》，商务印书馆光绪三十二年九月初版铅印本］等评语，大多针对其不适应教学实际的特点。

> 尚有最要者，即编“汉文典”是也。中国文理甚富，而文法则甚无定例。其故由于沿变而不求本，如古文只讲格段，八股只知局法、调法、字法，此皆为沿变而不返者也。……中国汉文讲明词句之法，久已失传。秦汉诸古文，多用国语入文，故有释词之法。后至骈文兴，则只以积句积章为重矣。韩柳古文兴，则又只讲积章之法矣。文体屡变，故文法难明。①

此段认定秦汉时代言文相合（“用国语入文”），故有语法（“释词之法”）可言；后世古文、八股只讲格段句调之法，导致文法“无定例可循”，与戊戌以前叶瀚《中文释例》所论如出一口。惟其称述的“汉文典”，却是来自日本的全新著作体裁，范围更广于《马氏文通》等探讨的“葛郎玛”。作者强调编辑《汉文典》须包含三部分：（1）“讲文字造作之原”。世界文字分为连字（英法德文）、交字（和文）、积字（汉文）三种，汉文须讲明六书，字法分名字、语字、词字三类。（2）“究明语词用法”。“东文讲明词性，属于文典之第二部，西文文典亦如之，大致分为字法、句法两种。……词法宜求诸上古文，句法、章法宜求诸中古、近代之骈散文。”（3）“讲明文章结构之体裁”。上古文体分为“韵法文”（诗歌、骚赋、箴铭）和“词法文”（志语、经、论、史传、书、疏）两种，中古为“章句文”，韩柳以后为“格段文”，近代则成“附合文体”。观此可知，这位仁和倚剑生心目中的“汉文典”，已囊括文字训诂、词性及句法章法、文章结构和文体三方面内容。正如其所自陈，应是受到

---

① 仁和倚剑生：《选录教育一得：编书方法》，原载《中国旬报》第12、13、14期，庚子年（1900）四月二十五日、五月初五日、五月二十五日，引自张一鹏辑《便蒙丛书·教育文编》，第19a—21a页。

“东文文典”分部体制的启发。[①]

日本幕末、明治初年的西文教科书往往冠以“文典”二字，同一时期导入的西洋语法读物，亦多以“文典”之名行世。明治中后期，解说日本本国文章和文法的“国文典”应运而生。明治 30 年（1897）语言学家大槻文彦（1847—1928）在其集大成的著作《广日本文典》中，确立了“文字篇”、“单语篇”、“文章篇”三部结构，亦即仁和倚剑生文中提到的“东文文典”分部体制。不过，《广日本文典》的“文章篇”主要涉及句法成分（主语、说明语、客语、修饰语等）、句子结构（联构文、插入文、倒置文等），相当于《马氏文通》解说“词”（句法功能）、“句”（主句）、“读”（从句）的层面，仍在西洋语法学范围内。仁和倚剑生则似将“文典第三部”的“文章篇”误解为“文章结构之体裁”，掺入了文体分类、文章演进、格调体段等溢出语法学的内容。

除了“洋文典”和“国文典”，日本明治时期还流行着一类以中国古典文章为研治对象的“汉文典”。明治 10 年（1877），大槻文彦、金谷昭（生卒年待考）各自将美国教士高第丕（Tarlton P. Crawford, 1821–1902）与华人张儒珍合著的《文学书官话》（*Mandarin Grammar*）改写为训解本和训点本，分别题作《支那文典》和《大清文典》。高第丕原书以官话为分析对象，并不涉及古文（日本所谓“汉文”）。[②]同年，汉学者冈三庆（生卒年待考）推出《开卷惊新作文用字明辨》，注明“一名《汉文典》”，自称根据唐彪《读书作文谱》中的“虚字用法”及“英国文典”结撰，重在分析“虚字”。十年后，冈三庆又撰成《冈氏之支那文

① 关于“仁和倚剑生”的《编书方法》，拙撰《清末“文法”的空间——从〈马氏文通〉到〈汉文典〉》一文早有考述，见《中国文学学报》（香港）第 4 期，2013 年，第 55—82 页。

② 参见牛島德次《日本汉语语法研究史》，甄岳刚等译，北京语言学院出版社 1993 年版，第 39—43 页；袁廣泉「明治期における日中間文法学の交流」石川禎浩・狭間直樹編『近代東アジアにおける翻訳概念の展開』京都大学人文科学研究所、2013、119-141 頁。

典》（1887），“大体以 Pinneo 之《英文典》为母本”，注重词类、用词法的分析，被认为是“日本人所创作的最初的洋式汉文法”。[①]

光绪二十八年（1902）八月，杭州东文学社出版了题署“日本猪狩幸之助著、仁和王克昌译”的《教科适用汉文典》。管见所及，似为目前所见最早题为“汉文典”的中文著作。全书分品词、单文、复文、多义文字、同义文字、同音相通等篇，其“凡例”指摘《马氏文通》不合教科体例，自诩所译“虽以东西文典为本，而中国文法之大要，已尽于此”。关于引证例文，则强调：“古今文虽有异，而文法则无不同，故文典必以古文为主，此编引用各语，皆以《史》、《汉》以上之书为限。”[②]推崇上古的取材原则，与《马氏文通》并无二致。在介绍同时期日本文法体系时，译者认为“其中用语有沿用东名者，意极明显，亦不难一览而了然”。故“品词篇”介绍词类，完全沿袭日式“品词”的划分和称谓，而置《马氏文通》已有的九大字类体系于不顾。

猪狩幸之助（生卒年待考）此书原题《汉文典》，明治 31 年（1898）夏由东京金港堂出版；同年孟冬《马氏文通》才初印其前六卷，二者之间不可能存在影响关系。猪狩“以古文为主”的安排，应是考虑当时日本人读写“汉文”的实际需要。[③]书前著“凡例”声称：“从来国语有国语文典，外国语有外国语文典，而汉文却无文典，此为教育上之一大缺点。”[④]——根本无视此前冈三庆等日本汉学者的先行著作，却津

① 三浦叶「明治年間に於ける漢文法の研究——その著書について」氏著『明治の漢學』汲古書院、1998、311-389 頁。此处第 361 页。

② 猪狩幸之助：《教科适用汉文典》，卷首。

③ 按：猪狩幸之助《汉文典》书前原有《序论》九篇，分述字体、文字之构成、音义、四声、字音、外国语汉译、音读、训读；书后附有《〈韵镜〉之解释》、《本朝（日本）音韵学史》、意大利福罗秘车利（Zanoni Volpicelli, 1856-1936）撰《古韵考》（Chinese Phonology）以及《字音假名遣》（字音假名用法）等篇。以上内容均在王克昌译本中删去。

④ 猪狩幸之助著・上田万年閲『漢文典』金港堂、1898、「凡例」1 頁。

津乐道欧美传教士或汉学家的既有成果。[①]猪狩幸之助还提到其书“是在文科大学教授上田万年（1867—1937）指导下创作，经过其校阅而公之于世”[②]，显示他与当时日本主流语言学者的关系。该书与汉学者所编“汉文典”最大的不同，可以说是更集中于语法问题本身，由词性分类（品词篇）进入单句（单文篇）、复句（复文篇）等句法层次，内容较为简明。中译本书名强调“教科适用”，自有补救此前《马氏文通》等体系化著作流于庞杂的用意。

（三）适应启蒙的“文法教科书”

与《教科适用汉文典》限定“文典必以古文为主”形成对照的是，学制颁布以前多数国人自编的文法书，主要仍着眼于启蒙的需要。光绪二十九年（1903）十月，上海开明书店出版刘师培《小学校用国文典问答》。刘氏此书有意识地要与《东莱博议》、《古文观止》等代表的“古文文法”划清界限，[③]虽冠名为“文典”，其实却是模仿丁福保的《东文典问答》（1902），“以分析字类为主，而以国文缀系法继之”，定位为“小学校国文教课本”；同时，又将《马氏文通》分配到中学校以上

① 猪狩幸之助著・上田万年閲『漢文典』「序論」8頁。按：猪狩在此处提到了艾约瑟、华特士（Thomas Watters, 1840–1901）、阿恩德（Carl Arendt, 1838–1902）、甲柏连孜（Georg von der Gabelentz, 1840–1893）、翟理斯（Herbert Allen Giles, 1845–1935）等人关于汉字方言研究。所列参考用书中，除了来自江户时代伊藤东涯（1670—1736）、东条一堂（1778—1857）的旧派汉文法，更有甲柏连孜的《汉文经纬》（*Chinesische Grammatik*, 1881）和华特士的 *Essays on the Chinese Language*（1889）二书；其侧重“古文”的观念，也可能受到《汉文经纬》的影响。

② 猪狩幸之助著・上田万年閲『漢文典』「凡例」3頁。

③ 参见刘师培《国文杂记》，《左盦外集》卷十三，南桂馨编《刘申叔遗书》，江苏古籍出版社1997年影印本，第1658—1659页。

课程，参用《文通》对丁福保原书词类作出修正。[①]当时采用问答体的文法启蒙书，至少还有光绪三十年十一月上海新学会社印行的王绍翰编《寻常小学速通文法教科书》。该书同样标榜“为训蒙而作”，故“全用白话解说”；分析字类时亦注意变通，教法上则强调“教者将此编逐条讲解以后，必须令童蒙练习，或举数实字以令其分别字类，或举数虚字以令其仿造句式，如此方见功效”，均显示出适应童蒙初学的特点。[②]

清末民初“文法教科书”一语含义复杂，如《桐城吴氏文法教科书》、《左传文法教科书》、《孟子文法教科书》之类，实际上就是古文选本。但坊间更常见的却是像《寻常小学速通文法教科书》那样，以字类区分等语法入门知识作为初学读书的门径。文法教科书的另一种形式，是充当“蒙学读本”配套的讲解书。光绪二十八年（1902）文明书局出版无锡三等公学堂《蒙学读本全书》时，就刊出了“文法书续出”的预告。次年六月同样由文明书局出版的朱树人编《蒙学文法教科书》，似即为此种蒙学读本的配套读物。在解说字类时，朱树人兼顾了文言、白话两方面“文法”：

动字一

语式　属一人或一物之两动字句式

鸦鹊飞而鸣　白马惊而驰　童子趋而进　老人醉而卧　儿惧而不入　客笑而不答

大家又笑又说　我一人悄悄儿坐着　一个孩子哭勒走　一个孩子笑勒跑　我快活到睡不着　他只管笑不说话

---

① 刘光汉：《国文典问答》，万仕国辑校《刘申叔遗书补遗》上册，广陵书社2008年版，第72—97页。

② 王绍翰编《寻常小学速通文法教科书·例言四条》，卷首。

按此课两动字中间。以而字连之。以类相从。此而字乃类辞连字也。前四句而字可省。后二句而字不可省。[①]

此课讲两动字连用的句式，分别以大字的文言文段落和小字的白话文段落为例，并对连接两动字的“而”作出语法上的解释（“类辞连字”）。《蒙学文法教科书》首列“教授法”，内有一条指示：“语言与文字，吾国既不能一致，则初学作文直与习外国文字者相等。欲引儿童渐进于文规，当先令熟于文、话之界限。是编每课文、话并列，意在便初学互为演译之用。”[②]值得注意的是，在上引段落中，白话文的句法形式比文言文更丰富，如“悄悄儿”是北方官话中的儿化，而“哭勒走”、“笑勒跑”又带有吴方言色彩。编者指出“是编所列名、代、动、静等名目，非欲执童蒙而语此轨则，但以便编次时之条理而已”，对于字类等语法学新知在启蒙教育中的局限有相当清醒的认识。

除了添加白话，图像也可以成为普及“文法”的有力媒介。光绪三十年前后，沈雁冰就读于浙江桐乡县乌镇小学，国文课本除了杜亚泉编的《绘图文学初阶》之外，就是杭州彪蒙书室石印的施崇恩编《绘图速通虚字法》。施崇恩将“虚字”分为分量、代名、推量、命令、过去、未来、层复、抉择、设想、疑问、承应、直拒、断定、禁止、接续、转折、停顿、指定、赞叹、根究、急迫、舒缓、原谅、经历、总结等25类。较之《马氏文通》所揭介字、连字、助字、叹字四类，施编不仅重复烦琐，甚至多有不合语法体系之处，却往往是着眼于日常实用的安排。此书讲授语法知识“全用白话”，更尝试以图像来表现“顶虚

① 见朱树人编《蒙学文法教科书》，上海文明书局光绪三十二年五月第十二版（光绪二十九年八月初版）铅印本，卷中第1a—1b页。按：此段引文中句间空格及字号异同、断句点等形式，悉照原书。

② 见《教授法述略》，朱树人编《蒙学文法教科书》，卷首第1a页。

的字”①，给少年沈雁冰留下深刻印象：“例如用‘虎猛于马’这一句，来说明‘于’字的一种用法，同时那插画就是一只咆哮的老虎和一匹正在逃避的马；又如解释‘更’字，用‘此山高彼山更高’这么一句，插图便是两座山头，一高一低，中间有两人在那里指手划脚，仰头赞叹。”②癸卯前后，彪蒙书室（原在杭州，后迁上海）专以出版各种蒙学用书知名，体裁介于旧式蒙书和新式教科书之间，多采石印，配以图画。总之，应对启蒙实践的需要，当时新学堂中“文法”教学的范围，虽然仍以浅近文言为主，却早已溢出《马氏文通》规定的文学性古文领域；在引进外来语法体系和著作体例的同时，也呈现了若干贴近幼童程度和教学实际的本土化创造。

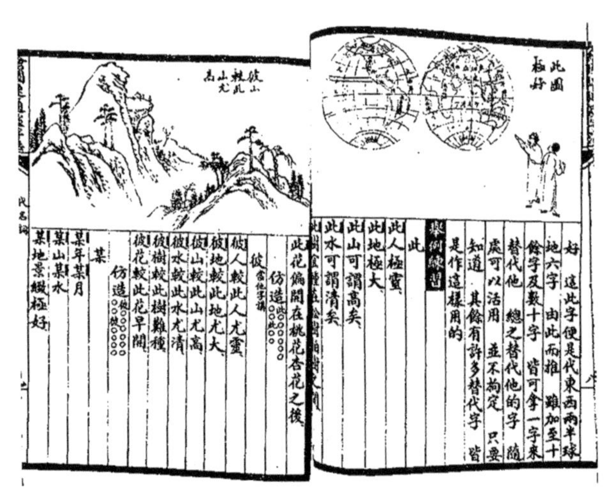
此圖極好
好　這此字便是代東西兩半球
地六字　由此而推　雖加至十
餘字及數十字　皆可拿一字來
替代他　總之替代他的字　隨
處可以活用　並不拘定　只要
知道　其餘有許多替代字　皆
是作這樣用的
舉例練習
此
此人極蠢、
此地極大、
此山可謂高矣、
此水可謂清矣、
此樹宜種在松樹柏樹之間
此花偏開在桃花杏花之後、
仿造
彼山較此山尤高
彼　當他字講
彼人較此人尤蠢、
彼地較此地尤大、
彼山較此山尤高
彼水較此水尤清
彼樹較此樹難種
彼花較此花早開
仿造
某
某年某月
某山某水
某地景緻極好
代名詞

图 4–1　施崇恩编《绘图速通虚字法》以图像表现“虚字”文法

① 《绘图速通虚字法·凡例》第五条：“顶虚的字本不能画图，但是不画图，更不容易明白。现在想出来一个变通的法子，把有神气可画的虚字，固然是画了；那不可画的，只得从实字中衬托出来，每页中只画一两件，略见大意。”见施崇恩编《绘图速通虚字法》，光绪二十九年杭州彪蒙书室石印本，卷首“凡例”第 1a—1b 页。

② 茅盾：《我的小学时代（自传之一章）》，《宇宙风》第 68 期，1938 年 5 月 16 日。按：对照原书，茅盾的回忆略有误，其所称“此山高彼山更高”的图像，应为解释“彼”字的“彼山较此山尤高”（如图 4–1）。见施崇恩编《绘图速通虚字法》第 1 册，第 9a 页。

（四）适应学制的“文典教科书”

壬寅学制颁布前后，出现了署名为“泉唐戴懋哉克敦”和“伟庐主人”的两种《汉文教授法》，内容迥然不同。戴克敦编《汉文教授法》在光绪二十八年八月由杭州编译局初版铅印，实是讲授词性、句法的文法书。该书原拟分上、下编：“上编所言有识字、造句、分类辨用诸法；下编所言有句中之字、句中之句、句中各字之排列、句中各字之联属诸法。”目前仅见上编。其凡例声称：“于汉文则采诸《马氏文通》、《蒙学课本》、《文学初阶》等书，于西文则采诸司温吞氏（William Swinton, 1833-1892）、耐司非耳氏（John C. Nesfield，生卒年待考）、麦格斯活耳氏、克赖格氏、门由耳诸文法书，虽只语单词，间参臆说，而宏纲巨目，悉有折中。”但从其所驱使的日式词汇来看，戴氏很可能也是借径日本，或利用了和译的西洋文典。该书课文仍是在字类项目下摘编例句，强调“专为童蒙而设，故各字各句皆就浅易立说。”戴氏《汉文教授法》在清末蒙、小学教育实践中不无影响。光绪二十八年十二月，京师大学堂刊布《暂定各学堂应用书目》，在“字课作文”类中编入此种，并下按语云：“此书以西人文法部居汉字，以西文教法施之汉人，最为明确。惜太少。然以此发凡，不难推广。”光绪三十年十一月再版石印本，内封即有癸卯五月管学大臣张百熙的题笺。顺便一提的是，《暂定各学堂应用书目》亦列有《马氏文通》，仅注明“须节要讲授”而已。[①]

从戊戌前后到壬寅、癸卯学制颁布，新撰、新译的各种文法书多着眼于辅助蒙学识字造句的需要，有意与传统文章学保持距离。其所模拟

① 京师大学堂：《暂定各学堂应用书目》，第4b页。

的典范，则呈现出从拉丁语法向同时代日本“文典”著作转移的趋势。正如戴克敦《汉文教授法·例言》所云：“中国数千年来向无文法课本，惟马氏独创巨制，足启支那文字未宣之秘。”[①]《马氏文通》系统地引进“葛郎玛”体系，无疑大为拓展了国人对于“文法”的理解，但规模过于宏大、不适教科实际等缺陷，却使之并未能发挥最初预想作为科学津梁的启蒙功用，反而指向了一种专门之学。取代《马氏文通》成为典范的日式“文典”，本有“文字”、“品词”、“文章”等多部，但在启蒙教育阶段受到关注的，仍然是“品词”即词类区划的部分。同时，亦已开始出现怀疑语法词类知识在初学阶段效用的看法。光绪三十年（1904）四月，蒋维乔在编辑《最新国文教科书》配套“教授法”时，日本顾问长尾甲就与他“谈及名、动等词惟中学校讲文法始用之，小学不宜用”；蒋维乔质以日本小学教授书也有此等名目，长尾的回答是：“日本教授书求形式上之动目，铺排此等文法，实为缺点。著书者往往蹈此弊，不可从。”蒋维乔在日记中称自己“甚韪其言”。[②]

癸卯学制颁布以后，以古文讲读和作文为中心，中学堂、师范学堂、高等学堂的“文法”课程次第展开。但其时在中学堂、师范学堂流行的单行文法书，仍以讲述词性分类等语法内容为主，延续了按“品词”分章的形式。光绪三十二年九月，商务印书馆编译所编《（初级师范学堂教科书）中国文典》出版。由于初级师范学堂以培养小学教师为目标，该书实际上仍以“小学生徒”程度为准，分为正文和“参证”两部分。正文部分的语法解说，译自儿岛献吉郎（1866—1931）《汉文典》中分析词性分类的第二篇《文辞典》（详下节），在体辞、用辞、状辞、

① 戴克敦编《汉文教授法》，杭州编译局光绪二十八年初版铅印本，“例言”第1a页。

② 《鹪居日记》，甲辰年四月十一日，《蒋维乔日记》第1册，第409页。

助辞四大类之下分别“十品辞”；“参证”部分则“列《马氏文通》并本馆《国文教科书》句”[①]。《马氏文通》、《最新国文教科书》均为商务印书馆所出，通过《中国文典》的节取、参证，不仅打通了国文教科书与文法教科书的界限，更激活了此前因不适教科而遭到批评的《文通》内容，形成了商务印书馆从读本到文法的教科书序列。因此，《中国文典》亦可视作从教学实际的角度，利用日本“文典”的框架，对《文通》的庞杂内容进行了一次实用化、简捷化改写。

相较之下，光绪三十三年由东京多文社初版，后来又由商务印书馆改版行世的《初等国文典》，则更具有个人原创性。据作者章士钊自述，光绪三十二年有长沙同乡女士数人赴日留学，嘱其教授国文。章氏遂择取姚鼐《古文辞类篹》授之，诠释时则用“西文规律”，大获成功，遂整理而著为《初等国文典》一书，供“中学校一、二、三年级用之”。章士钊特别提到当时他与刘师培之间的分歧：“吾友仪征刘子，其文学当今所稀闻也。特其持论以教国文必首明小学，分析字类次之。余则以为先后适得其反。”章士钊认为“小学”（语言文字之学）实为专门之业，并举苏洵、苏轼父子之例，说明“为应用之文，固亦不必深娴雅诂者也。……故小学者，当专科治之，不可以授初学”[②]。章氏指出，“文典不外词性论、文章论二部，今以初级之故，专分词性，文章论暂未涉及也”，可知对于日式文典的分部体裁有一定程度的了解。惟其设想中的“文章论”，以联句成章的句法内容为主，并非有关“文章结构之体裁”的讨论。

取代马建忠最初的启蒙教科书定位，《马氏文通》最终被确立为中

---

① 《中国文典第一编凡例》，《（初级师范学堂教科书）中国文典》，卷首。

② 章士钊：《初等国文典》，熊崇煦校，东京多文社光绪三十三年四月初版铅印本，“序例”第2页。

学堂参考书。光绪三十三年（1907），学部批复章士钊上呈《初等国文典》，同时斥责马氏书"执泰西文法以治国文，规仿太切，颇乏独到之处；又征引浩繁，本非教科体裁，不适学堂之用"；而章氏《初等国文典》则"分类详备，诠解精当，实为近今不可多得之书，亟应审定作为中学堂一二年级国文教科用书"，并要求更名为《中等国文典》，以符名实。[①] 但是到了次年五月二十一日，《学部官报》第57期刊载出《本部审定中学暂用书目表》，则同时列有《马氏文通》及《中等国文典》两种文法书。《马氏文通》被认定为中学教员参考用书，部员所拟审定意见一改前次的苛责态度，指出："近时作'国文典'者颇多，类皆袭其似而未知其所以然，亦可见此书之精审矣。虽非教科书，应审定为参考之善本。"针对"马氏征引稍繁，本非教科体例"的缺点，又规定章士钊的《初等国文典》作为学生参考用书，亦即同时认可了清末两种渊源不同的文法体系。[②] 新式"文法—文典"教科书虽然不尽符合癸卯学制对于"文法"的定义，但到此还是被官方纳入了中学国文教育的范围。

二　"文典"与"文章"

光绪三十四年（1908）春，时任日本早稻田大学讲师的广池千九郎（1866—1938）来华调查学术。其间，得到与学部左侍郎严修见面的机会，并就中国文字、文典等问题与严氏交换了意见。广池亦曾撰有《支那文典》（1905）一书，被誉为明治时期日本汉文典的"集大成"之

① 学部：《长沙章士钊呈初等国文典请审定禀批》，《学部官报》第31期，光绪三十三年七月二十一日。

② 学部：《本部审定中学暂用书目表》，《学部官报》第57期，光绪三十四年五月二十一日。

作。[①] 在其即将回国之际，严修赠以三部中国人自著的“文典书”，分别为：

> 《初等国文典》　一册　光绪三十三年出版　长沙章士钊著
> 《汉文典》　　　二册　光绪三十二年出版　萧山来裕恂著
> 《文字发凡》　　一册　光绪三十一年出版　桂林龙伯纯著

广池千九郎读过这些书以后，觉得三者都以《马氏文通》为底本，同时参考“日本文典教学”中得到的知识，“本来就是教育式的，而非学者式的著书；并非研究性的创作，而是说明性的教科书”。[②] 其实，严修赠予广池氏的这三部书，在内容、风格、体裁等各方面都有很大差别：《初等国文典》为解说词性分类的纯粹语法书，《文字发凡》被后人视为修辞学著作，来裕恂的《汉文典》则介于二者之间。尽管最后只有《初等国文典》通过了学部的中学用书审定，[③]但在严修等朝廷教育主导者眼中，三者至少被认为是内容相近的著书。可知当时“文典”的著述意识已趋于宽泛，逐渐从语法启蒙的门径深入到文章修辞的堂奥。

《汉文典》的作者来裕恂早年肄业诂经精舍，曾师从俞樾、孙诒让等朴学名家，据说“颇能通许、郑之学”[④]。光绪二十七年（1901），来氏任杭州求是书院（后改为浙江大学堂）教习，与高凤岐同事，亦熟

---

① 参见牛岛德次《日本汉语语法研究史》，第 54—55 页。

② 廣池千九郎『應用支那文典』早稻田大學文學科、1909、4-5 頁；袁廣泉「明治期における日中間文法学の交流」石川禎浩・狹間直樹編『近代東アジアにおける翻訳概念の展開』131 頁。

③ 学部：《本部审定中学暂用书目表》，《学部官报》第 57 期，光绪三十四年五月二十一日。

④ 俞樾：《叙》，见来裕恂《匏园诗集》，张格、高维国校点，天津古籍出版社 1996 年版，卷首第 1 页。

识其弟高凤谦，奠定了日后与商务印书馆合作的人脉。[①] 光绪二十九年（1903）夏，来裕恂赴日留学，入弘文书院普通师范班，亦曾应邀襄助横滨中华学校教务。次年夏初返里，“暑日在家无事，著《汉文典》以自遣”。[②]

商务印书馆广告将来氏《汉文典》列入“中学堂用”教科书。[③] 但来裕恂自述著述宗旨，仍在文法启蒙意识的笼罩下，欲“以泰东西各国文典之体，详举中国四千年来之文字，疆而正之，缕而晰之，示国民以程途，使通国无不识字之人，无不读书之人”。[④] 甲辰（1904）间来氏撰有《阅白话报》一诗，述“欧洲当十六世纪前，本国言语尚未用诸文学。自达泰氏（但丁）以国语著书，而国民精神因之畅达。我国自古代来，言文不一，与欧洲十六世纪前同。欲救其弊，舍用白话文，其道何由”云云，实取自《警钟日报》社说。[⑤] 读其诗，可知他对普通教育、白话报及新小说的启蒙意识，都有相当程度的理解。[⑥] 赴日留学经历和语言能力的获得，更使之有机会接触同时代日本“文典”著述的最新成果。[⑦] 在《汉文典》书前自序中，来裕恂有一段文字点评东、西洋各种

① 来裕恂：《与宋燕生论近代学》、《赠高梦旦（凤谦）江伯训（畬经）》、《赠高啸桐（凤岐，时大学堂共事）》，分别见来裕恂《匏园诗集》卷十三、十四，第246、254—255页。

② 来裕恂：《暑日在家无事著汉文典以自遣》、《海宁朱稼云（宝瑨）在长安办中学校邀任教科》、《暑日予著文学史内子尝伴予至夜分或达旦》，来裕恂：《匏园诗集》卷十六、十七，第321页。

③ 《上海商务印书馆新出各种教科书广告》，《（初级师范学堂教科书）中国文典》，卷末。

④ 来裕恂：《汉文典序》，来裕恂著，高维国、张格注释《汉文典注释》，第2页。标点有所调整，下同。

⑤ 《论白话报与中国前途之关系（续昨稿）》，《警钟日报》甲辰（1904）三月十一日。

⑥ 来裕恂《阅白话报》：“教育首当谋普及，言文一致用方宏。中流社会程犹浅，高等词章理曷明。但使俗情能露布，会看文化自风行。灌输民智此为易，常识多从说部生。”见《匏园诗集》卷十六，第300—301页。

⑦ 来裕恂：《暑日在家无事著汉文典以自遣》其二，《匏园诗集》卷十六，第302页。

“文典”，罗列书目颇丰，却又不无启人疑窦之处：

> 今【未】有合一炉而冶之，甄陶上下古今，列举字法、文法，如涅氏《英文典》、大槻氏《【广】日本文典》之精美详备者也。而或以《马氏文通》当之。夫马氏之书，固为杰作，但文规未备，不合教科；或又以日本文学家所著之《汉文典》当之，然猪狩氏之《汉文典》、大槻文彦之《支那文典》、冈三庆之《汉文典》、儿岛献吉郎之《汉文典》，类皆以日文之品词强一汉文，是未明中国文字之性质。故于字之品性、文之法则，只剌取汉土古书，断以臆说，拉杂成书，非徒浅近，抑多讹舛。①

这里所举编著《英文典》的“涅氏”，实即前引戴克敦《汉文教授法》中提到的“耐司非耳氏”（John Collinson Nesfield），所撰系列文法书在清末民国时期曾以“纳氏文法”之名风行一世。序中称为“涅氏《英文典》”，显然是袭自日文书名。②来裕恂以涅氏《英文典》与大槻文彦的《广日本文典》为本国人为本国文撰写“文典”的典范，既不满《马氏文通》不合教科书体例，又批评猪狩幸之助、大槻文彦、冈三庆、儿岛献吉郎等日人所撰“汉文典”都是使汉文强就日文的词性分类，未明中国文字性质。

然而，前文已经提到，大槻文彦的《支那文典》其实是高第丕与张

① 来裕恂：《汉文典序》，来裕恂著，高维国、张格注释《汉文典注释》，第2页。

② 参见邹振环《清末民初上海群益书社与〈纳氏文法〉的译刊及其影响》，复旦大学历史学系编《中国现代学科的形成》，上海古籍出版社2007年版，第105—123页。邹文提及Nesfield文法书“在日本被毕业于东京大学英文科的岛文次郎补译为《涅氏邦文英文典》，该书正篇、后篇和续篇分别由富山房出版于1898、1899和1909年”。见《中国现代学科的形成》，第106页。

儒珍合著《文学书官话》的注解本。原书主要分析官话，并不以日本人所谓“汉文”为对象，即便大槻氏在其“解”中沿用了日式词类名称，亦不存在“以日文之品词强一汉文”的问题。可见来裕恂未必看过他所批评的这些先行著作。至少涅氏和大槻文彦的楷模，应是循着日本汉学家儿岛献吉郎所著《汉文典》的“例言”发现的：

> 初，予读涅氏《英文典》及大槻氏《广日本文典》，聊有自得之处，乃始起欲著《汉文典》之志。后获马氏之《文通》及猪狩氏之《汉文典》，我心有甚慊者焉。因益欲完成前志，遂至于执笔起稿，时明治三十四年（1901）七月也。①

儿岛献吉郎先后著有《汉文典》及《续汉文典》，分别在明治 35 年（1902）8 月和次年 2 月初版，正好赶上来裕恂赴日游学的时间。其时中国的文典、文法教科书，受猪狩、大槻等语法学家“汉文典”体例影响，基本上局限于词性分类、句法解说等单纯的语法知识。来裕恂的《汉文典》则分有“文字典”、“文章典”两部分，在文字学、词类划分之外，更着重文法、文诀、文体的探讨，甚至涉及修辞内容。其在选材和分部上的创新，貌似返回了中国固有的文章学传统，实则仍多受惠于儿岛《汉文典》等外来著作。只不过，这一时期随着国粹思潮的流行，对外国典范的别择范围和功能期待也在变化之中。在继续接引新思想、新语汇、新知识体系的同时，被选择、模仿的东西洋著作体式和学科观念，也有可能为回向传统资源提供契机。

明治 15 年（1882），东京大学增设“古典讲习科”，次年又在该科

① 兒島獻吉郎『漢文典』富山房、1902、「例言」1 頁。

设乙部，专门研修汉籍。出身备前国汉学世家的儿岛献吉郎，即为古典讲习科第二届毕业生。[①]在其《汉文典》的开卷，儿岛献吉郎设置了一段自问自答：“知我者评此书，曰参酌国文典、欧文典者也。予答曰然。不知我者读此书，曰并无参酌国文典、欧文典之处。予答曰然。”接下来，便交代自己受到涅氏、大槻氏触动，又不满于《马氏文通》及猪狩《汉文典》，从而起意著书的经过。但到起稿之时，却“发誓斥去前日诵读一切之文法书”。[②]故其书体制、内容与同时代日本的其他文典著作相比，都有较大差别。

明治35年，东京富山房刊行了儿岛献吉郎《汉文典》的第一版。该版包括第一篇“文字典”和第二篇“文辞典”。前者以文字学为主，并及音韵学、训诂学常识；后者则分述十种品词，相当于当时一般“汉文典”著作的主体部分。针对言文一致论者指斥汉字“点画易谬”、“音义难记”，儿岛认为当谋教授法的改良，先以六书、音韵训诂教授诸生，故有第一篇“文字典”的加入。该书“例言”最后提到：“当余欲著此书之时，本期待得出第一篇文字典、第二篇文辞典、第三篇文章典。今仅有第一篇、第二篇上梓，盖欲第三篇他日作为《汉文修辞法》出版，读者幸谅之。”[③]但取代原计划中的《汉文修辞法》，第二年儿岛另出了《续汉文典》一书，分为“文章典”、“修辞典”两部。其“文章典”所研讨的“文章”，并非大槻文彦《广日本文典·文章篇》以句法功能、句子结构为主的“文章”，而是强调文章区别于语言而独有其“规矩”、“法式”的论点：

---

① 关于儿岛献吉郎生平与著述的简要情况，参见三浦叶「兒島星江（獻吉郎）とその學問——古典講習科漢書課卒業生の一活動」氏著『明治の漢學』231-243頁。

② 兒島獻吉郎『漢文典』「例言」1-4頁。

③ 兒島獻吉郎『漢文典』「例言」4頁。

> “文章典”者，论文章构成之典则者也。……“文章”者，汇集言语及文法上之词汇，作句、为章、成篇，以完整表彰意思者也。故于文章典论述之范围，应自用字、造句之方法，推及于篇章之法则。若夫修辞学上之典型，则于第二篇“修辞典”有所叙述也。[①]

由此进入第二篇“修辞典”的探讨，则更“不止教授构成规则性的文辞之法则，乃指示作为美术性的文章的方法”。儿岛在这一部分并没有直接援引明治时期日本颇为流行的西洋修辞学（Rhetoric）或美学概念，而是更多地采用了和汉传统文章学的术语。他将文章分为“达意”和“修辞”两种：“达意之文，根据规矩典型，以正确与明晰为主，既能很好地发抒己意，又能使他人领解我意。而修辞之文则不一定遵守规矩典型，有抑扬，有擒纵，有正反，有详略，于正确中求圆活，明晰背后，以婉曲为旨。”[②] 同时代日本的“汉文典”编撰者，或者出自新兴的语言学科，多从学理上强调西式语法内容的辨析；或者就实际应用的需要着眼，注重教科适用性。儿岛氏涵纳古典文章与修辞内容的新著《汉文典》，正是其早年古典讲习科背景与“反言文一致”论调的延伸，与大槻文彦、猪狩幸之助、冈三庆等人的小册子相比，显得相当异类。[③]

前节已述，光绪二十六年仁和倚剑生著《编书方法》，向国人介绍

---

① 兒島獻吉郎『續漢文典』富山房、1903、1-2 頁。

② 兒島獻吉郎『續漢文典』117-118 頁。

③ 儿岛献吉郎曾于明治 22 年（1889）挑起“言文一致”论战，主张“言文一致乃未开之风习，言文分离乃文明之常态”，引来山田美妙（1868—1910）等知名作家的反驳。参见山本正秀『近代文体発生の史的研究』704-727 頁。

“汉文典”的体例，已指出“汉文典”应包括“文字造作之原”、“究明语词用法”、“讲明文章结构之体裁”三部分。在同时期日本人所撰各种“汉文典”著作中，真正实现此种分部结构者，正是儿岛献吉郎的《汉文典》和《续汉文典》。无论是儿岛最初设想的文字典、文辞典、文章典三部，还是他对文章结构体裁的强调，均与“仁和倚剑生”所述相合。而当初在介绍“文典之第二部”时，“仁和倚剑生”曾指出：

> 东文讲明词性，属于文典之第二部，西国文典亦如之。大致分为字法、句法两种。惟中国汉文讲明词句之法，久已失传。秦汉诸古文，多用国语入文，故有释词之法。后至骈文兴，则只以积句积章为重矣。韩柳古文兴，则又只讲积章之法矣。文体屡变，故文法难明。今为略标文体之流变，曰词法宜求诸上古文，句法、章法宜求之中古、近代之骈散文。[①]

与此极为相似的一段话，出现在来裕恂《汉文典·文字典》论述词性分类的第三卷“字品”题下：

> 东文讲明词性，属于文典之第二部，西国文典亦如之，大致分字法、句法两种。中国讲明词句之法久已失传。秦汉以上多以国语入文，故有释词之法。至骈文兴，以积句积章为重，而释词之法废矣。厥后韩柳作古文，亦只作积章之法，而词法鲜有究及者。[②]

---

① 仁和倚剑生：《选录教育一得：编书方法》，张一鹏辑《便蒙丛书·教育文编》，第19a—21a页。

② 来裕恂：《汉文典·文字典》第三卷“字品”，来裕恂著，高维国、张格注释《汉文典注释》，第74页。

两相对照，可知来裕恂很可能读过“仁和倚剑生”此文。《编书方法》述毕“汉文典”的编法，更论及“取材于诸史文苑传、《文心雕龙》及诸家诗文集，可以创立一文学小史稿本，依文学史定例，再编文典”，对于来氏稍后创编《中国文学史稿》之举，抑或不无影响。来裕恂应看过《编书方法》等介绍“汉文典”体裁的文字，到日本后又接触到儿岛献吉郎《汉文典》等著作。在其文字、文辞（词类）、文章分部体裁的启发下，来氏《汉文典》增加了当时中国一般文法书所无的小学训诂和文章学知识：其“文字典”述“字之源流与品性”，包括文字学和词类学，相当于儿岛《汉文典》的“文字典”、“文辞典”。其“文章典”“论文之法规与品格”，相当于儿岛《续汉文典》的“文章典”、“修辞典”。

按照儿岛献吉郎《汉文典》的分部顺序，来裕恂《汉文典》首列“文字典”，述汉字的起源、功用、称谓、变化以及六书形音义原理。与儿岛以“六书”改良汉字教法的初衷不同，来裕恂认为“六书”之学繁赜，考证家言人人殊，解说时不能“局蹐于汉学旧说，以戾文典义例”，更要立足于教学现实。[①] 在具体阐释“六书”之时，来裕恂则要比儿岛在行得多。如关于历来小学家聚讼的“转注”，儿岛《汉文典》释为“转其义，或注其意味，遂转化其音”，举日本音读汉字的一字多音为例，实为曲解。[②] 来裕恂则就《说文》“考”、“老”二字论之，强调转注不属声，应“以义统之”，历数自许慎、卫恒、贾逵直至清初顾炎武、潘耒论转注之说以为证明。[③] 来氏“文字典”第三卷“字品”即词性分类部分，对应于儿岛《汉文典》的第二篇“文辞典”，却并

---

① 来裕恂著，高维国、张格注释《汉文典注释》，第 7 页。

② 兒島獻吉郎『漢文典』27-28 頁。

③ 来裕恂著，高维国、张格注释《汉文典注释》，第 37—40、44 页。

没有采用儿岛原书的日式品词分类，而是沿用了《马氏文通》的九类字体系。

来氏《汉文典》下部为“文章典”，分为“文法”、“文诀”、“文体”、“文论”四卷。这部分所称“文法”，显然不是Grammar的译语，而颇接近癸卯学制定章中的“文法”，主要阐述包括字法、句法、章法、篇法在内的文章作法。论者不难从中发现搬用陈骙《文则》、陈绎曾《文筌》(又称《文章欧冶》)、高琦《文章一贯》、李腾芳《文字法三十五则》、归有光《文章指南》等传统文章学著作的痕迹。[①]又如其“字法”一篇述“语助法”，分为起语字、接语字、转语字、辅语字、束语字、叹语字、歇语字七节，各举例字进行解说，实是取自清初唐彪《读书作文谱》论“文中用字法”一大段。[②]尽管如此，涉及文章界说、变迁、品格、分类等问题，来氏仍不能不参考外来新资源。这些接近后来文学理论、修辞学和文学史的学科专门知识，却都在“文法”的名义之下，纳入了“文典”的著述框架。

1.“文学”的界说和学科位置

来裕恂在《汉文典·文章典》第四卷“文论”的原理篇揭橥：“地球各国学校，皆列国文一科。始也借以启普通知识，继则进而为专门之学。果何为郑重若斯哉？以文之盛衰，系乎国之存亡，故知保存其文，即能保存其国……故有文斯有国，有国斯有文。”[③]除了呼应《奏定学务

① 参见宗廷虎、李金苓《中国修辞学通史·近现代卷》，第177—185页；朱迎平《〈汉文典〉的文章学体系及其特点》，王水照、朱刚主编《中国古代文章学的成立与展开》，复旦大学出版社2011年版，第483—495页。

② 唐彪辑撰《读书作文谱》卷之七，第96—104页。

③ 来裕恂著，高维国、张格注释《汉文典注释》，第374—375页。

纲要》宣扬的国文即国粹论，来氏此处更指出“国文”一科有“普通知识”和“专门之学”的区别。以往教育家多就初学启蒙谈国文重要性，作为“专门之学”的国文又如何定位？“文论”卷第二篇“界说”讨论了文与辞、文与字、文与学、文与道四组关系，提出古今一切学术都可分为讲万殊之学的“理学”和讲一本之学的“道学”两种，“文学”则属于“理学”之下的“无形理学”。[①] 来裕恂所述学科体系以及“文学”在其中的位置，可以归纳为图 4-2。

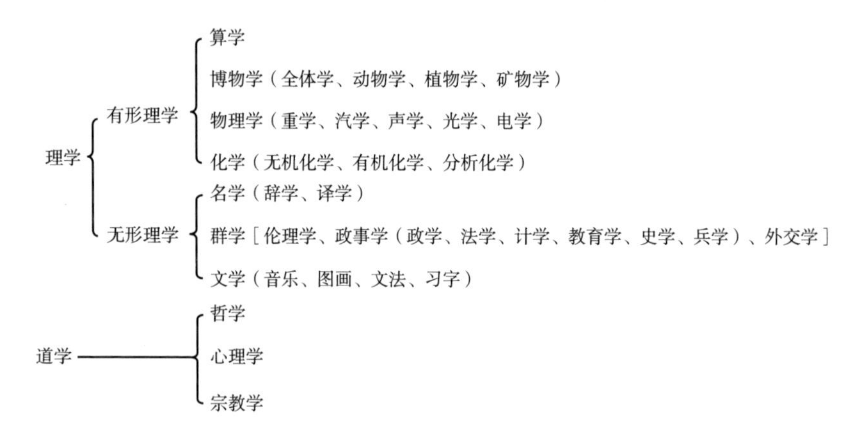

图 4-2　来裕恂所述学科体系及其中“文学”所在的位置

来裕恂强调“理学”与“道学”之分来自“吾中国之言学”，实际上却是源于近代西方广义上科学（Physik）与哲学（Metaphysik）的对立。考来氏此处所述学科体系，实取自蔡元培于光绪二十七年九月出版的《学堂教科论》。蔡氏的相关论述则是以日本哲学家井上圆了（1858—1919）的著作为中介，吸收了德国学者多伊森（Paul Deussen,

① 来裕恂著，高维国、张格注释《汉文典注释》，第 382—383 页。

1845–1919）的学科体系论。[①]蔡元培根据井上之说，分学堂教科为“有形理学”（相当于自然科学）、“无形理学”（类似社会科学，又称“有象哲学”）、“哲学”（又称“无象哲学”、“实体哲学”）三部，并说明“彼云哲学，即吾国所谓‘道学’也”。[②]纳入“无形理学”的“文学”一门，亦见于《学堂教科论》。蔡氏指出：“文学者亦谓之美术学，《春秋》所谓文致太平，而（斯宾塞）《肄业要览》称为玩物适情之学者，以音乐为最显，移风易俗，言者详矣”；其“文学”包括音乐、诗歌骈文、图画、书法、小说诸学。[③]对照井上原书，可知《学堂教科论》所称“文学”，正处于多伊森学科体系中“美学”（Ästhetik）的位置，故能兼包诸种文艺。[④]其下属的“诗歌骈文学”一项，才是来裕恂专论的词章之学。经过来裕恂的删并，“文学”与名学（逻辑学）、群学（广义社会学）并立，不再局限于传达科学知识或国族意识的工具。同时，广义的“文学”也无法自外于他科知识。来裕恂强调必须通一切之学，才有可能振起一国之文，所以“于学中求文，谓之不知务；于文中求学，谓之不知本”。[⑤]

① 蔡隺庼（元培）先生稿《哲学总论（续第一期）》，《普通学报》第2期，光绪二十七年十一月；《妖怪学讲义录（总论）》（1906），高平叔编《蔡元培全集》第1卷，中华书局1984年版，第263—264页。按：相关内容蔡元培分别译自井上圆了《佛学活论本论》（1890）与《妖怪学讲义》（1894）二书，而井上的学科体系表，又源自多伊森的 *Elemente der metaphysik*（1877）一书。见井上圓了『純正哲學講義』哲學館、1894、47–48頁。

② 蔡元培：《学堂教科论》，高平叔编《蔡元培全集》第1卷，第142页。

③ 高平叔编《蔡元培全集》第1卷，第144—145页。

④ 井上圆了最初译为“审美学”，在Deussen原书中即作Ästhetik，见井上圓了『純正哲學講義』48頁。

⑤ 来裕恂著，高维国、张格注释《汉文典注释》，第383页。

2. 文章史的变迁

《汉文典·文章典》第四卷“文论”中值得注意的，还有“变迁”一篇。该篇推崇春秋战国为“极盛时代”，魏晋、六朝为“薄弱”、“淫靡”时代，尚不出近世古文家讲述文章流变的见解。言及元代文章衰微，同时指出“小说戏曲……最发达”；认定明代为文章兴复时代，“惟震川（归有光）一派稍褊薄耳，然不得谓非文章之正宗也”；声言清朝文章昌明，“方（苞）以理胜，刘（大櫆）以才胜，姚（鼐）则兼其所长。……后得曾涤笙（国藩）以雄直之气、宏通之识，合汉学、宋学，发为文章，不立宗派”；而近今文章“以适用为主，……于论说、诗歌、小说等力为改良，以求适用”。[①] 这些判断应出自来裕恂的自家心得，同时融入了一些新出的文学史视点（如注重小说戏曲等）。辛丑年与好友评点学林，来氏曾写下“桐城（吴汝纶）、湘绮（王闿运）文章擅，艺苑犹资一木支”的诗句，可见他对同时代文章家数的看法。[②] 光绪三十二年《汉文典》出版时，来裕恂又写诗自陈：“学希许郑文班马，法准欧苏义柳韩。”学问宗主训诂考据，文章以马班格调扩充八大家的门庭，与曾国藩古文不立门户的宗尚相近。[③] 相关论点，来裕恂在稍后撰写的《中国文学史稿》中亦有所发露。

3. 文章的“品致”（Style 或 Taste）

来氏《汉文典·文章典》专设有“文品”一篇，首举“文品如人品，大抵不外阴阳二性”，似乎仍是延续姚鼐、曾国藩等论阴阳刚柔的

---

① 来裕恂著，高维国、张格注释《汉文典注释》，第412、414、416—417页。

② 来裕恂：《与宋燕生论近代学》，《匏园诗集》卷十三，第246页。

③ 来裕恂：《赴沪为汉文典出版》，《匏园诗集》卷十八，第338页。

旧说，进而提及锺嵘、司空图《诗品》。然而，对读文本即可发现：来裕恂在具体阐释六类三十三种“文品”时，并没有那么依傍于古典诗文评的“诗品”、“文品”，而是直接挪用了儿岛献吉郎《续汉文典·修辞典》中“文之品致”一章的分类（见表4-1）。

表4-1　来裕恂论“文品”与儿岛献吉郎“文之品致”的对照

	儿岛《续汉文典·修辞典·文之品致》	来裕恂《汉文典·文章典·文品》
庄重	雄浑 典雅 崇大 宏肆 森严 高远 苍古 沉郁……	典雅 雄浑 崇大 闳肆 谨严 高远
优美	丰润 秾艳 敦腴 富赡 委婉 流丽	丰润 殊丽 委婉 和易 秀美 蕴藉
轻快	平淡 洒脱 清新 奇巧 圆活 滑稽 嘲谑	神妙 飘逸 平淡 潇洒 新奇 圆适 滑稽
遒劲	豪放 跌宕 奔逸 锐利 奇峭 老健 简炼 高峻	清刚 强直 豪放 倾险 峭刻 英锐 劲拔
明晰	精核 简洁 平正 明鬯 疏通	简洁 平正 明畅
精致	精炼 详悉 曲折 周密	精约 缜密 纯粹 温厚

光绪三十年林传甲在大学堂优级师范科讲授国文，其《中国文学史》讲义已暗中引用了儿岛区分的“庄重、优美、轻快、遒劲、明晰、精致”六类“文之品致”，并摘取了其中部分例证。[①]来裕恂《汉文典》则在挪用基础上再加以改写，不仅对六类“品致”的具体内容有所增删，还将儿岛氏的评语扩充为类似《二十四诗品》风格的赏析段落。如儿岛论“庄重”：

庄重者，用谨严之笔，遣浑厚之意也。即雄浑、典雅、崇大、宏肆、森严、高远、苍古、沉郁，气魄渊厚，丰采莹彻，词尽而有

① 林传甲编《（京师大学堂国文讲义）中国文学史》第六篇“初学篇章宜分别文之品致”条，武林谋新室宣统二年六月校正再版铅印本，第75页。

> 余韵，意止而有余情。所谓有渊然之光、苍然之色者，皆属此部。远如《尚书》之典雅,《春秋》之谨严，近则韩退之《平淮西碑》之庄重,《原道》之崇大，及苏老泉《张益州画像记》之雄浑，皆此类也。①

到来裕恂《汉文典·文章典》中，则先总述“庄重”宗旨，实即檃栝儿岛氏语：“庄重之文，必运以浑厚之意，出以谨严之笔，其气魄则闳而大，其丰神则莹而澈，渊然之光，苍然之色，时发见于外。此类是也。”然后，再将儿岛所举“雄浑、典雅、崇大、宏肆、森严、高远、苍古、沉郁”以及引书时提到的“谨严”、“庄重”等要素合并，敷演为来氏书中的“典雅、雄浑、崇大、闳肆、谨严、高远”六节。

儿岛献吉郎将“文之品致”纳入《修辞典》，所论各种“文品”，实与当时日本学者译自西洋修辞学的“风格论”不无相通之处。作为日本近代修辞学的开山之作，菊池大麓译自钱伯斯百科全书条目的《修辞及华文》（1879）论及“一般文体之品格”，就已列有：简易（Simplicity）、明晰（Clearness）、势力（Strength）、感动（Feeling）、彻底（Expressiveness）、洗新（Freshness）、典雅雍容（Taste Elegance）、音调（Melody）、奇警（Epigram）、跌宕（Sublime）、富丽（Beauty）、哀情（Pathos）、滑稽（Ludicrous）、讥刺（Wit）、戏谑（Humour）等多种风格要素。日本明治时期的修辞学著作大多包含此类辨析，儿岛对西洋学问不无抵拒，却仍有可能受其濡染。其论“文之品致”时所列“优美”、“遒劲”、“明晰”、“典雅”、“崇大”、“滑稽”、“跌宕”、“周密”等名目，均可在同时代修辞学书关于“文体”（Style）或“嗜好”

① 兒島獻吉郎『續漢文典』126-127 頁。

（Taste）的描述中找到。[①] 这些渊源于西洋修辞学的风格要素，随后又经过来裕恂的改写，被赋予“文品”、“诗品”等中国既有的词章赏析形式。

4. 文章的“辨体”

来裕恂在“文章典”的“文体”一卷开头，追溯了中国古来文家辨体的谱系：

> 中国文家，辨体者众矣……自《昭明文选》分类三十七，宋元以来，总集别集虽稍更其列目，要以《文选》为主。但《文选》分类，前哲已多有议之者。至明吴讷《文章辨体》径增为五十类，而徐师曾之《文体明辨》又细别为百一类，徒从形体上观察。故近人毛西河、朱竹垞之徒，痛斥《文体明辨》。自姚惜抱《古文辞类纂》分部十三，于是古文之门径，可于文体求之。然赠序、书说之分类，于义究有未安。曾涤笙《经史百家杂钞》易为十一类，文义较密，而体裁则未之及焉。[②]

来氏赞成清初毛奇龄、朱彝尊等学者的观点，认为从《文选》到明人《文章辨体》、《文体明辨》都仅从形式上考察，失于烦琐，较认同姚鼐、曾国藩的分类。只是此段评议古今文体分类的文字，依旧取自儿岛献吉郎：

① 速水博司『近代日本修辞学史——西洋修辞学の導入から挫折まで』有朋堂、1988、351 頁。

② 来裕恂著，高维国、张格注释《汉文典注释》，第 292 页。

> 梁昭明太子之《文选》类别文章，分为……三十七类，宋元以来文集，即列朝之总集、名家之别集等，多据《文选》之分类法选次，或更有细别其名目者。明吴讷之《文章辨体》分文体为五十类，徐师曾之《文体明辨》更细别之为百一类。然而此等分类，毕竟不过文题上所见之皮相的观察。细讨其内容，则百一之类中，其名殊实同、题目异而性质相齐者，所在多有。宜清之毛西河、朱竹垞辈于徐氏《文体明辨》痛加贬斥，谓之不可视为书籍。故姚鼐之《古文辞类纂〔篹〕》分文章部门为……十三类，大体得其要。然而如若从作家之著意及著笔上概观之，则应知毕竟不过叙记、议论而已。①

儿岛原书论“体裁上之分类”，别为叙记、议论二体。来裕恂《汉文典》中“文体”一卷则列有叙记（序跋、传记、表志）、议论（论说、奏议、箴规）、辞令（诏令、誓告、文词）三大类，自是延续真德秀《文章正宗》以来按照文章功能区分大类的惯例。来裕恂言及曾国藩《经史百家杂钞》，则为儿岛献吉郎未曾提到的资源。参用《文章正宗》四大类和《古文辞类篹》十三小类,《经史百家杂钞》以著述（论著、词赋、序跋）、告语（诏令、奏议、书牍、哀祭）、记载（传志、叙记、典志、杂记）三门统摄十一类，亦对来氏的分类法有所影响。

来氏所分小类中“文词”、“奏议”两种的归属较为特别。真德秀《文章正宗》单独列“诗赋”为一大类；曾国藩《经史百家杂钞》不录诗歌，而以词赋入“著述门”。来裕恂则将狭义之“文”（俳谐文或杂著

---

①　兒島獻吉郎『續漢文典』57-59 頁。

文）、诗歌、词赋、乐府、小说统合为“文词”一小类，又将此“文词”挪入“辞令”大类。与此同时，不同于曾氏以“奏议”为“告语”之一种，来氏《汉文典》中的“奏议”在“议论”大类之下。关于“议论”中最为重要的“论说”文章，来裕恂指出：

> 盖原于名学，而合于论理学者也。[①]

清末“名学”、“论理学”均为西洋逻辑学（Logic）的译语，前者源自严复，后者则取自日本译词。[②]但若如此理解，则该句就成了同义反复。此处“名学”二字或指“名家之学”，正可呼应“议论”篇题旨中“议论之文……有诸子之遗风”等语。强调议论文的逻辑学要素，并将之上溯到先秦名家，本是晚清西学盛行与诸子学复兴两股潮流交汇而形成的认识，经过章太炎、严复、章士钊等学者提倡，至民初遂有“逻辑文学”之称。[③]当诗词歌赋不再被视为“著述”而挪入“辞令”，原本在“告语”范围内，强调措辞应对当否的“奏议”，则回到了注重逻辑思理的“议论”一类。在与真德秀、曾国藩近似的框架设计之下，来裕恂对细部归类的微调，亦可表现近代文体观念在西学影响下的暗中腾挪。

除了承自文章总集的“辨体”之学，来氏在“文章典”第四卷“文

① 来裕恂著，高维国、张格注释《汉文典注释》，第 310 页。

② 梁启超《近世文明初祖二大家之学说》：“按英语 Logic，日本译之为‘论理学’，中国旧译‘辨学’，侯官严氏以其近于战国坚白异同之言，译为‘名学’。然此学实与战国诡辩家言不同。”见《新民丛报》第 1 号，光绪二十八年正月初一日。并参见左玉河《名学、辨学与论理学：清末逻辑学译本与中国现代逻辑学科之形成》，《社会科学研究》2016 年第 6 期。

③ 见罗家伦《近代中国文学思想的变迁》，《新潮》第 2 卷第 5 号，1919 年 12 月 1 日；胡适《五十年来中国之文学》（1922），欧阳哲生编《胡适文集》第 3 卷，第 234—236 页。

论”之下，又设立“种类”一篇，从体裁（撰著之体、集录之体）、格律（韵文、骈文、四六文、散文或古文）、学术（儒、道、阴阳、法、名、纵横、杂家之文）、世用（名世、寿世、经世、酬世之文）、性质（理胜、情胜、才胜、辞胜之文）、通俗（公移、柬牍、语录、小说之文）六方面，以更为宏观的视野区别文章种类。[①] 其中，“性质”上按照理、情、才、辞分述文章之能事，固然是古文或小说评点中古已有之的思路，却同样直接源自儿岛献吉郎《续汉文典·文章典》的论述：

> 从性质上，文章分为理的、气的、情的、才的、辞的五种。[②]

儿岛在此段下辨别谢枋得《文章轨范》“放胆文”、“小心文”亦似性质分类，可惜难以从中认识作者意趣，故未能纳入。来氏亦云：“昔谢枋得分放胆、小心二体，亦从性质上观之，惜范围稍狭。”[③] 在具体论述时，来裕恂往往自出机杼：不仅有细节的调整（如儿岛推崇苏轼、袁枚为“才的文章”之作手，来氏则改为贾谊、苏轼），更将儿岛所分五类当中“气的文章”一类完全删去。儿岛氏书中曾提及“相对而言，汉文家当中气的作家比较多”[④]，来裕恂则有意忽略古文家艳称的“气胜之文”。

值得注意的是，在来裕恂《汉文典》出版以前，儿岛献吉郎《汉文典》在清末新学界已经有了一定程度的接受。早在光绪二十九年（1903），章太炎致书刘师培论“辞典当分词性”，就已提到：“日本九品之法，施于汉文，或有进退失据，儿岛献吉复增前置词为十品，然此皆

① 来裕恂著，高维国、张格注释《汉文典注释》，第385—398页。

② 兒島獻吉郎『續漢文典』63頁。

③ 来裕恂著，高维国、张格注释《汉文典注释》，第395—396页。

④ 兒島獻吉郎『續漢文典』64-65頁。

以欧语强傅汉文。”[①] 六年后（1909）致信罗振玉，章太炎又言及“儿岛献吉之伦，不习辞气，而自为《汉文典》”[②]，继而在《教育今语杂志》中斥责：“可笑有个日本人儿岛献吉，又做一部《汉文典》，援引古书，也没有《文通》的完备。”[③] 儿岛《汉文典》在清末的译本，除了前述光绪三十二年商务印书馆编译所摘译其“第二篇”而成的《中国文典》，还有光绪三十一年八月上海科学书局排印的丁永铸译《国文典》，仅为原书第一、二篇的节译。[④] 光绪三十二年二月，文明书局推出通州俞固礼“译著”的《最新作文教科书》，分为“文章典”和“修辞典”两部分，实即译自儿岛《续汉文典》，几乎是以“和文汉读法”节抄原书的产物。[⑤]

要之，在来裕恂之前，中国学者对儿岛《汉文典》的批评或译介，仍主要集中在分析词类的语法部分，视之为与《马氏文通》、《初等国文典》同类的“葛郎玛”。即便有对其书“文章”和“修辞”部分的译介，也还停留在抄译原文的水准。儿岛献吉郎和来裕恂先后致力于在“文典”体式中开拓“文章”的空间，但他们的这一番努力，却未必能适应清末国文教育弥漫的功利氛围。光绪三十二年四月，商务印书馆首版来裕恂《汉文典》问世，版权页附注英文标题为“*A Manual of Chinese*

---

① 章太炎：《再与刘光汉书》，徐复编校《章太炎全集》（四），上海人民出版社1985年版，第150页。

② 章太炎：《与罗振玉书》，徐复编校《章太炎全集》（四），第172页。

③ 章太炎：《教育的根本要从自国自心发出来》，陈平原选编《章太炎的白话文》，贵州教育出版社2001年版，第96页。

④ 有东京弘文堂和上海作新社两种铅印本，均署光绪三十一年八月出版。

⑤ 著者所见俞固礼此书为“光绪三十二年二月初版”的铅印本，内文及版权页皆作“最新作文教科书”，但外封署“中等作文教科书”，当时似颇以《中等作文教科书》之名行世。如蒋维乔光绪三十四年二月初六日日记即提到：“阅毕《中等作文教科书》一册，是书为通州俞固礼译著，上卷为‘文章典’，下卷为‘修辞典’，尚有条理，可作教科之用。”见《蒋维乔日记》第2册，第528页。又按：清末尚有戴克敦编辑的另一种《最新作文教科书》（商务印书馆光绪三十四年八月初版铅印本），为针对初等小学用《最新国文教科书》的配套作文书，与俞氏所译此种不同。

Grammar”，同样归入了“葛郎玛”一类。在这种期待视野之下，来氏《汉文典》的缺点当然相当明显。[①] 宣统元年十一月（1910年初），学部批复商务印书馆呈审教科书，即明确指出：“查（来裕恂）《汉文典》分‘文字典’、‘文章典’二种。‘文字典’征引有本，条理亦颇明晰，可作为参考用书，错误处另纸批出，务即照改。‘文章典’未免臆说，兹事体大，非可率为。”[②] 来氏用力较多的“文章典”部分，反而被视为“臆说”而未获采纳。

三　“修辞”与“美辞”

除了当时教育界普遍理解为Grammar对应物的“文典”，清末民初同样以日本为中介引进的“修辞学”或“美辞学”（Rhetoric），则被定位为改良中等以上国文教育、通向文学专门研究更进一步的资源。前引光绪三十二年《寰球中国学生报》刊出的《国文之研究》一文，已指明“修辞学”为“成语法”之后“研究国文之第二步。”[③] 作者范祎为传教士林乐知（Young John Allen，1836-1907）晚年的得力助手，“幼而读书，嗜诗古文辞之学”，却并非“谬持保存国粹之迂见，方襟矩袖，导后来学子以顽锢否塞之途”的保守之士，[④] 故更能融汇中西文章，追溯“中国

① 1916年，胡适在留美期间“读萧山来裕恂之《汉文典》”，犹以为“此书眼光甚狭，殊不足取”。见曹伯言整理《胡适日记全编》第2册，第385页。

② 学部：《商务印书馆经理候选道夏瑞芳呈汉文典及希腊各史请审定批》，《学部官报》第134期，宣统二年九月初一日。

③ 范祎：《国文之研究》，《寰球中国学生报》第2期，丙午（1906）七月。

④ 范祎生平自述，见《万国公报二百册之祝词》，《万国公报》（月刊）第200册，光绪三十一年八月。

之修辞学”的源头：

> 若夫中国之修辞学，则历代以来，成书不胜枚举。陆机之《文赋》、锺嵘之《诗品》、贽〔挚〕虞之《文章流别》、刘勰之《文心雕龙》，为人人所知者。唐宋名人无不有论文之书散见各集，明代之批抹家尤盛于一时。其修辞学之所造，即其文字派别之所在。鹿门（茅坤）、震川（归有光）、公安、竟陵，见地既殊，途径斯异，绵绵薪传，至今未绝。此真中国文学界之特色也。

不同于“文典”主要取则于西洋或日本，“修辞学”这一学科名词虽取自日本，但中国古来就有“修辞立其诚”的传统。[①] 外来的修辞学知识体系，至少看上去更容易跟癸卯学制要求的“历代名家流别”、“历代文家论文要言”等内容对接。除了介绍“修辞学”分为体格、思想、词藻、声调四方面，范祎还指出国文“最近之学说”分为两种：“一有历史性质者，易言之曰记事文；一有哲学性质者，易言之曰说理文。”这一区分标准，同样取自同时代日本的修辞学著作。来自西洋并经过日本转手的近代修辞学体系，被认为足以整合六朝诗文论、唐宋论文书札、明代“批抹家”等“文字派别”，甚至可以激活一些在中国本土被压抑的文章学资源。

正是在范祎此文发表前后的光绪三十一年至三十二年间（1905—1906），出现了一批译介或援用明治时期日本修辞学著译的中、高等学堂教科书，以汤振常的《修词学教科书》、龙志泽的《文字发凡》（又称

① 尽管早有学者指出，历代文家和现代修辞学者将《易·文言传》引孔子“修辞立其诚，所以居业也”句中的“修辞”理解为修治文辞，实为误解经义。参见周策纵《易经“修辞立其诚”辨》，《中国文哲研究集刊》1993年第3期。

《中学文法教科书》)、王葆心的《高等文学讲义》为代表。这些著作最初涌现的时间点，正是清廷废止科举之际，又值“美术”、“美学”观念次第引进。正如其各异的标题所显示的，“修词〔辞〕学”在清末往往被视为“文法”与“文学”的重叠部分。更重要的是，借由这种学科混淆状态，西洋修辞学带来的叙事、记事、议论、解释等“构思”分类，得以与中国固有的“文章辨体”传统融合，为文章学在新式学堂体制和教科书体裁中的传授，搭建了最初的结构框架。①

（一）作为技艺的“修辞学”

光绪三十一年（1905）五月，上海开明书店首印《修词学教科书》一册。作者汤振常为同盟会成员，受南洋中学校长王培孙器重，长期担任该校国文教习。②在《修词学教科书》的“叙言”中，汤氏指出中学国文教育当分“讲、读、作、写”四项：“讲”的内容包括“国文典、论理学、修词〔辞〕学、文学史”，即以西洋古典学基础“三艺”（语法、逻辑、修辞）加上近代兴起的文学史而构成广义的文学知识体系；“读”与“作”则分为“记事文、叙事文、解释文、议论文”四种体式展开，又以时代为别逆溯，“自近世文而近古文，而中古文，而上古文”。这一框架接近同时期日本中学校、高等学校国语课程由讲读、

---

① 近代意义上的修辞学导入中国，以往研究多以汤振常《修词学教科书》为起点，近年则有学者注意到光绪三十年发表于《北洋学报》的《演说美辞法》[编译自泽田诚武《（雄辩秘术）演说美辞法》]一书。参见霍四通《中国近现代修辞学要籍选编》，上海教育出版社2019年版，第3—17页。按：《演说美辞法》所介绍的知识体系，属于古典修辞学的“雄辩术”（Oratory），主要关注演说技术，与近代以来成熟的“文学界之修词法”尚有不同。

② 有关汤振常生平，参见霍四通《〈修词学教科书〉作者考》，氏著《中国现代修辞学的建立——以陈望道〈修辞学发凡〉考释为中心》，第254—267页。

文法、作文、文学史等部组成的结构。《修词学教科书》“用为南洋中学第四年级国文讲本”，在癸卯学制中学堂五年学程中，属较高阶段的教学内容。[①] 其卷首冠有开明书店经理夏清贻的序文，提到此书在清末“文法书”撰述史上的特殊意义：“近今作家始知准则欧文，讲撰文典，要于字类学綦详，而于组织成文之理，如英文所设 Syntax 者，犹未之尽。修词学者，其一部分也。”[②] 修辞学被定位为继“文典”讲究“字类学”之后，专门研讨句法措辞（Syntax）的一门学科。

汤振常在其书卷末“附记参考各种书目”，包括刘勰《文心雕龙》、唐彪《读书作文谱》、儿岛献吉郎《汉文典》、佐佐政一《修辞法》、岛村泷太郎《新美辞学》五种。[③] 此外还附记了“参考书摘要”和“例题”。但正如其“叙言”所自陈：“是书编述时，以日本武岛又次【郎】之《修词〔辞〕学》为粉本”。汤氏书分“体制”与“构想”两编：前编述“文之构成”（文字、句节、段落、篇章）及“转义”（trope）、“辞样”（figures of speech）等修辞格知识，后编则分记事文、叙事文、解释文、议论文四类，阐述行文构思。[④] 这一结构正是取自日本学者武岛又次郎（1872—1967）的《修辞学》一书。除了偶尔添加“白乐天每作一诗必使老妪解之”之类的本土例证，或将原书立足日本的论述改

---

① 汤振常编《修词学教科书》，上海开明书店光绪三十一年五月初版铅印本，卷首“叙言”第 1b—2a 页。

② 汤振常编《修词学教科书》，卷首“序”第 1a 页。

③ 汤振常编《修词学教科书》，第 45a 页。

④ 汤振常编《修词学教科书》，卷首“叙言”第 1a 页。按：“辞样”今通译为“修辞格”，“转义”则为各种比喻在内的“改变词语本来意义而用于临时的修辞意义”的现象。在古罗马昆体良（Marcus Fabius Quintilianus, c.35–c.95）奠定的古典修辞学体系中，二者为两个并列的概念，但现代修辞学渐趋于将二者都统于“修辞格”。

撰为中国情形，[①]《修词学教科书》几乎可看作武岛原书去除例证之后的梗概译本。

近代日本对西洋修辞学知识体系的接受，始于西周（1829—1897）、尾崎行雄（1858—1954）、菊池大麓（1855—1917）等学者的开拓；从自由民权运动时期的口头演说术，到集中于文章技巧、文艺批评等书面领域的体制化知识，Rhetoric 有过“论理术”、“文辞学”、“华文学”、“修辞学”、“美辞学”等多种译名。明治中后期，高田早苗（1860—1938）、坪内逍遥（1859—1935）、岛村泷太郎（1871—1918）等“早稻田系”学者（东京专门学校师生）强调“Rhetoric”与美学研究的关系，创制了“美辞学”之称。与之相对，帝国大学出身的武岛又次郎、佐佐政一（1872—1917）等则偏重应用写作，仍采用通行的“修辞学”之名，亦称“修辞法”、“文章组织法”。明治 31 年（1898）作为“帝国百科全书”之一种出版的武岛又次郎《修辞学》，自然属于后者。[②]

在光绪二十八年（1902）发表的《文学说例》一文中，章太炎就已引及武岛《修辞学》，但仅涉及其书第一编“文章之构成”关于言语（词汇）三种分类及用法的论述，仍是置于章氏素来关心的“正名”问题中来理解。[③]两年后（1904），林传甲的《中国文学史》讲义亦提到“日本文学士武岛又次郎所著《修辞学》较‘文典’更有进者”，以修辞

① 如“体制”篇中“文字”一节提到滥用外来语的弊端，武岛原书强调“日本文脉”受“汉文脉”和西洋词汇干扰的负面后果，汤书则改取“中国文脉”纯化的立场：“我国昔日，已有佛教之流入，间与印度文脉相杂，近则日本文脉、欧西文脉盛行于国中。此等弊窦，见于翻译书中最多……”分别见武島又次郎『修辭學』博文館、1898、41-42 頁；汤振常编《修词学教科书》，第 9b—10a 页。

② 关于明治时期日本修辞学的演变，除了前揭速水博司的文献奠基性著作『近代日本修辞学史——西洋修辞学の導入から挫折まで』之外，还可参考 Massimiliano Tomasi, *Rhetoric in Modern Japan: Western Influences on the Development of Narrative and Oratorical Style* (Honolulu: University of Hawaii Press, 2004), pp. 45-92.

③ 章氏学：《文学说例》，《新民丛报》第 15 号，光绪二十八年八月初一日。

学附会奏定章程“修辞立诚辞达而已二语为文章之本”的规定，继而展开关于字法、句法、章法、篇法的解说。[④]章、林二氏的援引，其实都偏离了修辞学本身的意涵。直到汤振常的《修词学教科书》问世，才通过亦步亦趋的“和文汉读”，揭示出“修辞学”的定义：

> 修词学者，教人能用适当之言语，以表白思想感情之学科也。[⑤]

此句武岛氏原文作：“修辭學とは、思想感情を、言語もて最も有効に表白するを教ふる學科也。”（直译为：修辞学者，教人以语言最为有效地表白思想感情之学科也）值得注意的是，原文中“最为有效地”一语，在汤氏译文中被替换成了“适当”，多少减弱了原文定义中积极修辞的意味。

根据武岛原书，汤振常指出修辞学实以西洋古典“三艺”（trivium）中的另外两门学科为基础：一为“文典”（语法），一为“论理学”（逻辑）；同时，修辞学又自有其学科确定性，相对于“文典”、“论理学”只讲文句语法或思维逻辑的对错，修辞学则进一步论其巧拙美恶。关于“Rhetoric”的译名，武岛指出“修辞”二字带有使文辞趋于华美的意味，并没有表达出原词的真意，故只能姑且用之。然而，在参考 Adams S. Hill（1833–1910）、John F. Genung（1850–1919）、Barrett Wendell（1855–1921）等应用修辞学（Practical Rhetoric）著作的同时，武岛《修辞学》仍纳入了诗歌韵文，甚至认为修辞学应包括“诗学”。针对“修辞学乃是技术，而非学问”的论断，武岛又有如下一段分辨：

---

④　林传甲编《（京师大学堂国文讲义）中国文学史》，第 52 页。

⑤　汤振常编《修词学教科书 · 总论》，第 1a 页；武島又次郎『修辭學』1 頁。

> 修辞学究竟是学问，还是技艺？发现使文章变得巧妙的诸种规则，将它们抽象出来，作为原理来教人，就此而言，修辞学乃是学问也。所谓学问，无非就是综合性的知识。但就其论述这等原理应如何运用的部分而言，则又是技艺。所谓技艺，亦即通过反复熟习而使之有效的知识。Adam Sherman Hill 氏尝曰："修辞学是技艺，而非学问。因为它并未对任何事物进行观察、发现、分类，却展现了解析其观察、发现、分类的结果如何传达于他人（的技艺）。修辞学不是把知识当成知识来运用，而是作为（其他知识的）助力和方便法门来运用。"此说虽无不道理，无乃太倾向于应用一面乎？①

Hill 以对事物的"观察、发现、分类"作为学问的标准，在"技艺"与"学问"之间作出区分，断定修辞学为技艺，而非学问。这一论点，正合于清末教育界对于国文的普遍看法，亦即仅将文字、文章视为学问的手段而非目的。但武岛对此却不无犹豫，可以说是徘徊于修辞学的工具性与学术性之间。到了汤振常的《修词学教科书》中，武岛原书中的上述段落被简化为"修词学属于应用的方面，故为技术，而非学问"一句，完全偏向了应用作文的一方。②《修词学教科书》新增的一些补注和说明，更巩固了这种修辞学作为学问工具的印象。如针对上编"转义

① 武島又次郎『修辭學』4 頁。按：此段中的"技艺"一词，日文原文作"藝術"二字，但与现在中、日文通行的"艺术"意思不同，指的是形而下的技能，故改译之。

② 汤振常编《修词学教科书》，第 1b 页。按：下划线部分，原书中以旁圈加以强调。又汤氏在其书附录的"参考书摘要"部分引佐佐政一云："修词学研究之理由，欲使人知作文之要，无非各达其意志，便于应用而已，并非专门之学比也。"（第 43b 页）与前引范祎所称通向"文学家之专门"的修辞学实有区别，充分体现了武岛又次郎、佐佐政一等应用修辞学派的观点。

及词〔辞〕样”章所述各种修辞格，汤氏强调“若于作清顺之文，尚未得心应手，辄欲博人赞美，先用力于转义、辞样二者，我知文之终不可通，而所谓转义、词〔辞〕样者，亦必误解，仅以涂饰为工已耳”；在下编“构想”第四章“解释文”部分，汤氏先于题注中点出“我国此种文极少，以科学不发达故”，继而又穿插一段议论云：“我国文词，不重朴实正确，而以风华流利者为长，此由解释文之未发达也，推其原因，以科学阙如故。”[①] 这些地方均可看出汤振常把修辞学当作科学表达精密化的“适当”手段，而深以夸饰涂泽为戒的立场。

西洋修辞学知识体系在中文文献中的浮现，并非始自清末，而是发端于晚明耶稣会士的著作。“Rhetoric”最初译为“勒铎里加”。万历末叶高一志（Alfonso Vagnone, 1566–1640）所撰《童幼教育·西学》篇中，已涉及古典修辞学“五科目”的典范结构，即：（1）选题（inventio，武岛译为“構想”）；（2）布局（dispositio）；（3）遣词（elocutio，武岛译为“躰製”）；（4）记忆（memoria）；（5）诵说（pronuntiatio, actio）。[②] 其中，研究“词语的选择与搭配、三种风格体裁理论以及修辞格”的“遣词”部分，随着修辞学重点从口头演讲转向书面文饰，近世以来日益成为学者研习的主体。[③] 然而，当清末修辞学再度传来之际，这部分知识却遭到了文章工具化观念的稀释。当时备

---

① 见汤振常《修词学教科书》，第25a—25b、32a页。

② 见高一志著，梅谦立编注，谭杰校勘《童幼教育今注》卷之下，商务印书馆2017年版，第216—217页；参见李奭学《中国晚明与欧洲文学：明末耶稣会古典型证道故事考诠》（修订本），生活·读书·新知三联书店2010年版，第25—34页。按：高一志原文未提及“五科目”具体名称，此处系根据通行译名概括。

③ 恩斯特·R. 库尔提乌斯（Ernst Robert Curtius）：《欧洲文学与拉丁中世纪》，林振华译，浙江大学出版社2017年版，第78—81页。按：修辞学“五科目”中，“记忆”和“诵说”属于古典时期口头演说术的内容，“选题”和“布局”则为形诸语言之前的构思，这四项内容逐渐边缘化，最后形成了实际上以研究“遣词”即修辞格内容为主的格局。参见佐藤信夫《修辞感觉》，肖书文译，重庆大学出版社2016年版，第26—27页。

受中国读书人关注的，并非修辞学这门“学问”本身，而是以同时代日本修辞学著作为媒介，意外导入的一种全新的文章分类方式。正如《修词学教科书》结构所呈现的，古典修辞学“五科目”被简化成“体制”（style）与“构想”（invention）两编。后者实际上是按“记事文”、“叙事文”、“解释文”、“议论文”四类，分别论述不同写作目的和相应体裁下的构思要求，对应于同时期欧美应用修辞学著作中的“Kinds of Composition”（作文分类）部分。[①] 这种新型文章分类法，在日本明治时期各个学派的修辞学读物中反复出现，对于习惯了从《文选》到《文体明辨》的“辨体”传统，或者熟知《文章正宗》直至《经史百家杂钞》等古文选本的清末中国读书人而言，可以说是既熟悉又陌生。

表 4-2　明治时期日本修辞学著作的“作文分类”

	菊池大麓《修辞及华文》（1879）	高田早苗《美辞学》（1889）	武岛又次郎《修辞学》（1898）	佐佐政一《修辞法》（1901）
Description	记文	记事文	记事文	记述文
Narration	叙文	叙事文	叙事文	说话文
Exposition	证明文	解释文	解释文	说明文
Argument			议论文	议论文
Persuasion	说服	诱说文	（诱说文）	劝诱文

资料来源：速水博司『近代日本修辞学史——西洋修辞学の導入から挫折まで』351 頁。

早在学制颁布之前的“蒙学读本”时期，类似的新型文体分类就已

① 据速水博司考证，武岛又次郎《修辞学》第二编“构想”部分分述四类文，系依据 Adam S. Hill《修辞学原理》一书的第二部分“Kinds of Composition”，原书即按 Description（记事文）、Narration（叙事文）、Exposition（解释文）、Argument（议论文）四类展开。参见速水博司『近代日本修辞学史——西洋修辞学の導入から挫折まで』149-154 頁；Adam Sherman Hill, *The Principles of Rhetoric* (New York: Haper & Brothers Publishers, 1896), pp. 247-248.

有所传播。光绪二十八年，上海文明书局石印无锡三等公学堂《蒙学读本全书》，其第二编“约旨”已提到：“叙述语言与记事文法别为一类”；第三编“约旨”更指出：“说物文辞，别为一体，逐段解释，文势断续，非若记事、论议，联属一气。故特分段详注，使读者易以醒目。后日作文，构造意匠，更无陵越失次之虞。”[①] 这些关于读本各体“文法”的论述，分别观之并无特别之处，似乎仍是“叙记”、“议论”、“辞命”等古文选本归类的延续。合观之则可发现，四者正对应叙事文、记事文、解释文、议论文的分类。“叙述语言与记事文法别为一类”的说法，当即武岛所强调的叙事文与记事文之分：“叙事文所关涉之处与记事文相同，皆为事实与物体。然在记事文，要在解说其如何存在、如何显见；在叙事文，则记述其所为何事或所遭何事也。就记事而言，绘画、雕刻、音乐较记事文更为有效；然就叙事而言，叙事文则不无远过是等诸美术之处。”[②] 在《修词学教科书》问世的第二年（1906），与汤振常同在南洋中学堂教授国文的王纳善出版了《国文读本粹化新编》一书，计划分叙述文、记录文、论说文三编选录范文，更有可能直接受到汤书所介绍修辞学“作文分类”的影响。其将以往古文选本视为一类的“叙述文”和“记录文”分开，亦有取于武岛《修辞学》对“记事”和“叙事”的区分。[③]

---

① 《蒙学读本全书》，二编“约旨”第1b页、三编“约旨”第1b页。

② 武島又次郎『修辭學』153-154・178頁。

③ 需要指出的是，中国传统文章技法著作中亦有区分“记事”与“叙事”的先例。如元代陈绎曾《文章欧冶》（原题《文筌》）即在《古文谱》“叙事”一式下分列：“叙事：依事直陈为叙，叙贵条直平易；记事：区分类聚为记，记贵方整洁净。”见陈绎曾《文章欧冶·古文谱三》，王水照主编《历代文话》第2册，第1241页。按：《文章欧冶》一书在日本江户时代颇为流行，明治时期学者以“记事”、“叙事”二词对译西洋修辞学中的Description与Narration，或亦受其影响。但二者实质并不相同，清末国文用书中的“记录文”、“叙述文”之别，仍是就外来的修辞学意义而言。

（二）“美辞学”与传统文章学的再生

与《修词学教科书》同年出版的《文字发凡》，又题《中学文法教科书》，在清末中学教育界有着更为广泛的接受面。作者龙志泽早岁受业于康有为，戊戌前曾在桂林参与创办宣扬康氏学说的“圣学会”，后任教于广州时敏学堂。[①] 在光绪二十八年时敏书局出版的《修身科讲义》中，龙志泽自述“未出国门一步，未入外国学堂肄业，于普通、专门之学毫无成就，兼以不通东西文字……仅就已译之书稍为观览”。[②]《文字发凡》在光绪三十一年八月由梁启超一派操控的上海广智书局出版，体现了龙氏与康、梁系统的师承渊源。

《文字发凡》的序文成于光绪三十年十月。龙志泽在文中指出：西洋有“文法”，所以童子不到十五岁就已文字大通，“然后本此文字之知识，以学算数、图画、地理、历史、理化、政治、律法、兵农、哲学等书，故能智识大进，学业早成”，正与梁启超、马建忠视“文法”为科学津梁的观念相符。[③] 立足于科举垂废的时代情境，龙氏认定中国文章衰落有两大原因：一是类书盛行，二是八股取士；废八股改试论策以后，“似可思想自由、言论自由，于文界放一光明也”，而各学堂教授国文未有良法。[④] 作者指出，“近岁作文教科书，亦有编辑者”，但都是“教蒙学之法，合于中学、大学之教科书，无有也”，从中正可看出《文字发凡》一书的定位。[⑤]

---

① 龙志泽的生平概略，参见霍四通《〈文字发凡〉作者考》，氏著《中国现代修辞学的建立——以陈望道〈修辞学发凡〉考释为中心》，第268—285页。

② 龙伯纯孝廉志泽：《修身科讲义》，时敏书局光绪二十八年季春铅印本，卷首。

③ 龙志泽：《文字发凡》，卷首“叙”第1b页。

④ 龙志泽：《文字发凡》，卷首“叙”第3a页。

⑤ 龙志泽：《文字发凡》，卷首“例言”第1b页。

又谓：“凡一国必有一国之文，文必有谱，是谓文法，即泰西所谓‘格那麻’是也。文法之中，凡识字、造句、成章，诸法皆备。”[1]龙氏自称其书为“格那麻”（Grammar），似即《马氏文通》以下讲究词类分析的语法书。然而，其书结构却更接近来裕恂的《汉文典》。全书分为三部：“一曰正字学，二曰词性学，三曰修辞学”。总共四卷篇幅中，“修辞学”占有两卷之多。

修辞学史研究者已指出，龙志泽《文字发凡》的“修辞学”部分不仅借鉴了武岛又次郎《修辞学》、岛村泷太郎《新美辞学》两种日本修辞学著作，甚至连涉及中国传统文章学的资源，也是取自日本汉学者池田芦洲（1864—1933）的《文法独案内》一书。[2]通过文本对勘，可整理《文字发凡》取用日本材源的情况为表 4–3。

表 4–3　龙志泽《文字发凡·修辞学》取用日本材源情况

<table>
<tr><th colspan="2">《文字发凡·修辞学》</th><th colspan="2">日本材源</th></tr>
<tr><td rowspan="4">卷三</td><td>句法、段落</td><td colspan="2">池田芦洲《文法独案内》之“文法详解”</td></tr>
<tr><td>构思</td><td colspan="2">武岛又次郎《修辞学》第二编“构想”</td></tr>
<tr><td>修辞现象</td><td colspan="2">岛村泷太郎《新美辞学》第二编“修辞论”第一章“修辞论之组织”、第二章“词藻论”</td></tr>
<tr><td>五十四种“布置”</td><td colspan="2">池田芦洲《文法独案内》之“文法杂则”</td></tr>
<tr><td rowspan="8">卷四</td><td>文法图说</td><td colspan="2">池田芦洲《文法独案内》之“文法图说”</td></tr>
<tr><td>体制</td><td colspan="2">武岛又次郎《修辞学》第一编“体制”</td></tr>
<tr><td>主观的文体、
客观的文体</td><td colspan="2">岛村泷太郎《新美辞学》第二编“修辞论”第三章“文体论”</td></tr>
<tr><td>“叙事体”以下辨别文体</td><td rowspan="5">池田芦洲《文法独案内》</td><td>“文法详解·体制”</td></tr>
<tr><td>古文辨品</td><td>“古文辨品”</td></tr>
<tr><td>评论古文</td><td>“评古文”</td></tr>
<tr><td>作文秘诀</td><td>“文家秘诀”</td></tr>
<tr><td>作文澄养法</td><td>“论立本”</td></tr>
</table>

① 龙志泽：《文字发凡》，卷首“例言”第 1a 页。

② 宗廷虎、李金苓：《中国修辞学通史·近现代卷》，第 153—159 页。

如前所述，武岛《修辞学》和岛村《新美辞学》，分别属于应用普及类和美学研究类两种风格迥异的修辞学著作系列。岛村泷太郎继承了坪内逍遥的文学革新抱负和美学论述，所撰《新美辞学》（1902）书前即冠有坪内序言。其所谓“美辞学”，是“解说修饰文辞使之趋向于美的学理，亦即一种文章学，而文章则是一种美术”；岛村还强调美辞学的“学”是指“科学地推论（文辞之所以为美的）理法之谓”，可知在“学问”与“技艺”之间，显然倾向于前者。[①]这种偏于美术性文章的“美辞学”，比起武岛又次郎等主张的应用型修辞学，更能容纳中国传统的文章学和诗文评。岛村在其书中提出“东洋美辞学”的概念。他虽不满中国诗文评著述混淆了“修辞现象和一般文学现象的区别”，仅视之为研究材料，却仍列举《毛诗》“六义”、刘勰《文心雕龙》、陈骙《文则》、严羽《沧浪诗话》、陈绎曾《文章欧冶》、高琦《文章一贯》、徐师曾《文体明辨》等书，作为“东洋美辞学”的代表。岛村氏认为清初唐彪的《读书作文谱》“最具修辞书的体裁：从书法、读法、评论到文章的体制、题法、辞法、种类、诗的体式等内容均有涉及，虽失之驳杂，而极尽委曲，可谓支那美辞学最为完备的著作”。[②]

龙志泽兼取武岛和岛村的著作，可能正因为二者侧重不同，有互见补充之效。如武岛书中最为显眼的记事文、叙事文、解释文、议论文四门类，就未在坪内、岛村一系美辞学著作中出现；而岛村《新美辞学》论“修辞现象”，其中关于“消极语彩”、“积极语彩”的细致分梳，亦

---

① 島村瀧太郎『新美辭學』東京専門學校出版部、1902、1・159-164・169頁；速水博司『近代日本修辞学史——西洋修辞学の導入から挫折まで』192-194頁。

② 島村瀧太郎『新美辭學』182-187頁。

为武岛等应用型修辞法所不及。[①]《文字发凡》对于武岛、岛村二书内容的增删亦值得注意。二书原本都列有丰富的文例，龙氏将其大部删去，只保留少数汉诗文例证。武岛《修辞学》论“科学记事文”与“美术记事文”的区别，有云：“科学之记事，如不通动植物诸学，则于其种类之形状、性质多有背谬；美术之记事，往往放其思想，骋为丽辞，徒欲引人快乐、动人感觉，遂不觉故为幻境，与实事相背”，龙氏在此段后插入“此两弊我国文家多中之”一句；[②]武岛论文章体制首重明晰精确，龙氏随之大发议论：“我国人半多思想朦胧，言辞晦涩，故其为文，常有不精确透彻之弊。夫世界日进文明，事理物质，剖析日精；若非以极精确透彻之笔，乌足以达哉？凡欲改良文字者，愿于此致意焉。”[③]《文字发凡》完整搬用了武岛《修辞学》框架，其“体制”与“构想”两编都包罗在内；对于岛村《新美辞学》，则仅摘用第二编“修辞论”，且内容多有置换。如论“譬喻法”，岛村原书重在介绍西洋修辞学“转义”的类型，分为直喻、隐喻、提喻、换喻、讽喻、引喻、声喻、字喻、词喻、类喻共十项；顺带指出“支那譬喻法常与典据相混”，故仅在小字“参照”部分略及陈骙《文则》的十种譬喻。《文字发凡》则将《文则》十种譬喻升为正文，复在其后添加提喻、换喻、讽喻、声喻四种西式比喻法作为补充，合为“譬喻法十四种”。[④]岛村《新美辞学》第三编“美论”实为从“美辞学”上升到美学专门的过渡，这部分内容在《文字发凡》亦付阙如。龙氏对于坪内、岛村一系“美辞学”强调的文章美术性，似

---

① 民国以后的重要修辞学著作，如王易的《修辞学》（1926）、《修辞学通诠》（1930），陈望道的《修辞学发凡》（1932）等，都沿用了“消极修辞”、“积极修辞”的区分。参见霍四通《中国现代修辞学的建立——以陈望道〈修辞学发凡〉考释为中心》，第86—99页。

② 龙志泽：《文字发凡》卷三，“修辞学第三”第22b页。

③ 龙志泽：《文字发凡》卷四，“修辞学第四”第8a页。

④ 龙志泽：《文字发凡》卷三，“修辞学第三”第29a—31b页；島村瀧太郎『新美辭學』300—366頁。

乎还缺乏理解能力。

《文字发凡》译介岛村《新美辞学》之际，往往在原书的"美辞学"论述中掺入来自传统文章学的资源。这些传统素材，又多袭自《文法独案内》之类日本汉学者撰写的通俗读物。不妨举龙氏对岛村原书"修辞现象"一节的引用为例：《新美辞学》将"积极的想彩"总分为譬喻法、化成法、布置法、表出法四种修辞类型；《文字发凡》则在其后增添"布置"一大类，胪列从"宾主"、"虚实"、"衬贴"、"垫拽"、"繁复"直至"画龙点睛"、"常山蛇势"、"百尺竿头进一步"、"顶针回环"、"急脉缓受"、"缓脉急受"、"对面冷刺"等总共54种古文笔法术语。[①]龙志泽显然混淆了这些见于古文、时文乃至小说评点的笔法术语与近代"修辞格"之间的界限，其54种"布置"的分类，多半取自池田芦洲《文法独案内》中的"文法杂则"一篇。又如岛村《新美辞学》的"文体论"部分原有"主观的文体"与"客观的文体"两部分：前者即文章风格，后者又分"基于思想性质的文体"与"基于语言特征的文体"。基于思想如实用文体、美文体之类；基于语言则有和文体、汉文体、西洋文体、古语文体、今语文体、上流语、下流语、女性语、男性语、雅文体、俗文体、雅俗折中体、言文一致体等。这些文体区分，有日本言文一致运动的背景，却都被龙志泽搬用。不过，紧接着这些新式"文体"区分，《文字发凡》却突然插入了以叙事、议论、辞令、诗赋四类为纲的古文分类。[②]这固然是真德秀《文章正宗》以来的常谈，而大分类之下的"辨体"部分，则袭自《文法独案内》中转载《文章欧冶·古文谱》的部分。

明治20年（1887）由大阪与民社刊刻的《文法独案内》，采用两

---

① 龙志泽：《文字发凡》卷三，"修辞学第三"第36b—49b页。

② 龙志泽：《文字发凡》卷四，"修辞学第四"第12a—22a页。

栏“鳌头”加一栏正文的通俗书款式，正如书题所示，不过是当时日本读书社会流行的诸多汉文自学辅导书之一种。作者池田芦洲是汉学塾二松学舍教师。他在该书例言中写道：“余尝考明清及本朝（指日本）诸家之所论述，……非敢示大方君子，姑欲供家塾子之用焉耳。”[①] 这种抄撮成书、“供家塾子之用”的粗浅读物，却乘着清末“东学”掩袭一世的声势，成为新学界重建“文法”之学竞相取材的对象。光绪二十九年六月，商务印书馆出版了“伟庐主人”编译的《汉文教授法》。该书自诩为《马氏文通》一类“文法书”，实则“降求日本人之读吾中国书者而编辑之”[②]，内容与戴克敦的同名著作大相径庭。全书分为文章科目、文法详述、古文评语、古文辨品、古文余论、论学古文、论锻炼之法、论古文法则、标记圈点法、拾句新法等门类，几乎全部袭自池田芦洲《文法独案内》。《文字发凡》对《文法独案内》的取用，还没有达到“伟庐主人”那样露骨的程度，却也占据了卷三、四两卷“修辞学”的颇多篇幅。

正如池田芦洲所自述，《文法独案内》的材料其实仍辑自宋元以来中国文章家、批点家、选家的著述。其“文章科条”篇分古今词章为叙事、议论、辞令、诗赋四类，自是真德秀《文章正宗》确立的范式；“文法详解”篇论“体制”，引自“陈汶阳（绎曾）辨体”、“李九我（廷机）辨品”；“体段六法”分为起、承、铺、叙、过、结，“论立本”强调澄神、养心、养力、养气、定志，以及“拾句作文新法”中分段等内容，均取自陈绎曾的《文章欧冶》。[③] 这些本土资源并未得到龙志泽、“伟庐主人”等新学之士的直接引用，直到经过日本汉学者的汇集加工，才得以逆输入清末取法日本典范的“文法教科书”。这一过程所体现的文化

---

① 池田蘆洲『文法獨案内』與民社、1887、卷首「例」。

② 伟庐主人编译《汉文教授法·序》，商务印书馆光绪二十九年六月首版铅印本，卷首。

③ 王水照主编《历代文话》第2册，第1231—1333页。

权势升降，实在值得深味。

清末国人文化自信丧失，甚至“国学”的价值，也往往需要“东学”来印证。但若站在“文法”资源再生的角度看，从《文法独案内》到《文字发凡》的“回传”过程激活了一批过去被主流诗文评著作压抑的文章技法类读物，在东亚文章学的交流史上仍有其意义。不同于体式零碎散漫、强调体悟活参的诗话或狭义上的“文话”，以陈绎曾《文章欧冶》（原题《文筌》）、高琦《文章一贯》、唐彪《读书作文谱》为代表的文章作法书讲究规矩绳墨，较具完整的体系，更强调教学上的切实可行。明清时代主流诗文之学并不看重这些偏向实用的论述，或者像唐彪《读书作文谱》那样被限定为启蒙读物，或者如《文章欧冶》、《文章一贯》那样渐在本土失传。[①] 然而，此类兼备体系性、实用性、可操作性的文章技法指南，在江户时代乃至明治初年的日本却备受推崇，得到不断的翻刻、训点、汇编乃至注释，进而遭遇西洋修辞学的框架。[②]

光绪三十三年十一月，《学部官报》刊出《直隶重订中学堂现行详章》，在“中国文学”科目下指示：“文者积字而成，用字必有来历，下字必求的解。《文字发凡》一书最适于讲解，于‘文义’、‘文法’，可作为课本。”[③] 对应于癸卯学制“文义”、“文法”两项课业要求，《文字发凡》一度获得官方教育行政力量的认可。宣统三年（1911）黄人《中国文学史》出版，书中“文典”一节，亦将《文字发凡》与《马氏文通》、来裕恂《汉文典》、严复《英文汉诂》、章太炎《文学释〔说〕例》并

---

① 据王宜瑗撰《历代文话》提要，《文章欧冶》“国内罕见，现通行本为日本元禄元年（1688）伊藤长胤刊本……此本乃据朝鲜光州刊本重刊……国内仅存两本”；《文章一贯》“国内久无传本，日本东京成篑堂文库藏有朝鲜铜活字本。又有宽永二十一年（1644）四月京都风月宗智刊本”。王水照主编《历代文话》第2册，第1219—1221、2148页。

② 参见卞东波《日本江户时代的汉文文话对中国文章学的受容》，氏著《域外稽古录：东亚汉籍与中国古典文学研究综论》，北京大学出版社2019年版，第342—370页。

③ 《直隶重订中学堂现行详章》，《学部官报》第41期，光绪三十三年十一月初一日。

列，称此五种“体例最明备”，且能“贯通中外上下古今”。[①] 需要注意的是，黄人所举“文典”各书并不限于狭义的“文典”范围：《马氏文通》、《英文汉诂》尚属比较纯粹的语法书，来氏《汉文典》、龙氏《文字发凡》则兼容语法学、修辞学乃至传统文字学、文章学，甚至章太炎所述清儒训诂词例之学，也被黄人包罗在“文典”之内。

语法（Grammar）和修辞（Rhetoric）同属西洋古典时代以来的通识学艺，都以言辞为对象，却对应着不同的学习阶段，有着迥异的拟人形象：语法是位严厉的老妪，带着手术用的刀和锉，随时铲平儿童的文法错误；修辞则化身为一名高挑美艳的女子，身着修辞格（figures of speech）装饰的长裙，手持御敌的武器。[②] 然而，在清末国文教育向中等以上学程试探的过程中，二者同被视为“文法”一门的资源，在教学用书中也往往互相交错、混淆。[③] 实用化、工具化、技艺化的教育趋向之下，严格判断“对错”的语法成为一切“文法”的典型。这不仅延缓了国文教育上达“文学家之专门”的步骤，更使作为近世修辞学主体的修辞格部分黯然不彰。尽管如此，戊戌以降“文法书”的涌现和随之而来的“文法溢出效应”，仍为国文教育在幼学启蒙的层次之上打开了一个全新的世界。其中容纳了来自语法学、修辞学的外来学科框架、文体分类和概念语汇，更杂糅着不同层次的本土经验，在有限的范围内重组了传统文章学的结构和秩序。

---

① 黄人：《中国文学史》，杨旭辉点校，苏州大学出版社 2015 年版，第 99—100 页。

② 参见卡佩拉（Martianus Capella，公元 5 世纪）以拟人寓言手法描述“自由七艺”的名篇《菲洛罗吉亚与墨丘利的婚礼》，恩斯特·R. 库尔提乌斯：《欧洲文学与拉丁中世纪》，第 41 页。

③ 需要指出的是，西洋古典语法、修辞的范围和侧重，与近代以来学科化的语法学和修辞学实有差别。随着修辞学的文体化，欧洲中世纪已有语法与修辞混合的趋势，甚至修辞格也被视为语法的一部分。参见戴维·L. 瓦格纳（David L. Wagner）编《中世纪的自由七艺》，张卜天译，湖南科学技术出版社 2016 年版，第 112—116 页；恩斯特·R. 库尔提乌斯：《欧洲文学与拉丁中世纪》，第 48—50 页。

余论 “我法”与“彼法”

从《马氏文通》、《初等国文典》、来氏《汉文典》到《文字发凡》，无论其重点在“葛郎玛”还是修辞学，清末新知识界引进“文法”的初衷，多针对原先被认为无规矩可循的文章之学，想要赋予其可以在新学体制下授受的“规矩方圆”，背后又隐含着从记诵吟咏到课堂讲解这一知识传递方式的变化（详第八章）。正如章士钊《初等国文典·序例》所云：“学课各科之配置，皆有定限。其国文一科，必不复能如吾辈当年之吟诵者，则不易辙以求其通，万无几幸。夫所谓易辙者，当不外晰词性、制文律数者矣。”[①] 问题在于，传统词章之学是否真如马建忠、叶瀚、章士钊等所说的那样缺乏“规矩方圆”？宣统二年（1910）有《中国文学指南》一册出世，自命为“中学堂、师范学堂、高等学堂及大学堂凡为教员为学生习文科者不可不备之书”，实则不过选录古来诗文家评议文字而已。但序文对于当世“文法诸书”施以酷评，相当犀利：

> 吾国近时所出文法诸书，句磔字裂，至不稍假借，乌虖！严已。然类盗窃东籍，窜以己意，支离破碎，阅未终卷而已昏昏欲卧矣。窃谓文之径途广，有直记事实者，有偶抒性灵者，必一一取名、代、动、静等字如栉之比，如发之数，非特无此体制，亦适以文为桎梏而已。且未闻吾国之以文名家者，如昔之韩柳氏、欧苏氏亦曾有事于此与？等而上之，左、庄、马、班亦曾肄业及之与？是

---

① 章士钊：《初等国文典》，“序例”第2页。

皆未窥吾国文学之富且美，偶眩于东人糟粕之言，已食其毒，欲更以之鸩人者也。[①]

此部《中国文学指南》的作者为山阴人邵伯棠，曾编有《初学论说文范》、《高等小学论说文范》、《女子论说文范》等教本，在清末民初坊间颇为流行。[②]邵氏自述编撰《初学论说文范》等书的大意，有言：“忆少时作文，亦曾历此境，后阅各家批解之本，如《东莱博议》、《古文观止》、《古文笔法【百篇】》之类，寻其段落之所在，览其义法之所训，乃稍稍有所悟，而后之执笔为文，时模仿焉。故以上三书，至今市肆流行，岁销以数万计，此亦足当吾国文法书之一斑也。”可知在其认识中，世俗古文选本即可当“文法书”，只不过事实、时势变异，例文不得不重选，故“今为之立一格：其事实则取之小学各种教科书，其批评、其训释则取之《博议》等书”。此外，《论说文范》还保留了古文选本的圈点体式：“计一篇之中，有单圈、有密圈、有套圈、有密点，其文之筋节处有连点，段落处有钩画”；文末则著以总评：“有论时事者，有论题理者，有论笔法者，究其实，则皆研究文法之助也。”[③]

在清末民初高等小学以上国文教育的现实中，真正占有势力的读物，未必是采取外来“葛郎玛”或修辞学框架的新体“文法书”，反而往往是《论说文范》之类沿袭选本体例的坊行读本，甚至适应新学制的中学国文

① 邵伯棠：《中国文学指南·序》，上海会文堂粹记宣统二年五月石印本，卷首。

② “论说文范”系列读本在民初小学校中颇为盛行，蔡东藩称其高等小学一册“甫出版即风行全国，不数月已销至万余”，甚至其中部分含有所谓“排日”倾向的课文，还引起了日本外务省的抗议。参见徐冰《中国近代教科书中的日本和日本人形象——交流与冲突的轨迹》第四章“近代中日教科书冲突”，商务印书馆2014年版，第174—187页。

③ 邵伯棠编《初学论说文范》，上海会文堂粹记石印本（出版年不明），卷首“撰述大意”。按：《初学论说文范》见于清末《科学图书社图书目录》和邵氏自撰《中国文学指南》所附书目，则其问世至少在宣统二年（1910）五月以前。

教科书，亦取《古文辞类纂》或《经史百家杂钞》等古文选本为典范（详下章）。这一趋向，固然受制于学制定章“文法备于古人之文，故求文法者，必自讲读始”的规定，但也说明本国文章实际传授经验中的“文法”，本自不同于外来理论的“文法”。彼之科学津梁，在此适为文章桎梏。

就传统意义上的“文法”而言，通于时文的古文笔法之学，在科举改制乃至废止以后仍然绵延不绝。光绪三十一年（1905），彪蒙书室接续“识字实在易”、“虚字实在易”出版《绘图蒙学造句实在易》，编者在“凡例”中声明“一切新名词概从删汰”，更特别澄清“此书所辑，皆原本我国旧有之文法；至为预备读东、西文起见，必弃我法以就彼法，容拟另为一编”，刻意区分了源自古文笔法的“我法”与通于西洋、日本“葛郎玛”的“彼法”。[①]全书分为拼法、嵌法、炼法、解法、译法、叠法、装法、化法、接法、顿法、翻法、宕法、分并法、开合法、详略法、问答法共16项；在“接法”之下，又有顺接、逆接、正接、反接、直接、曲接、伸一笔接、撇一笔接、进一层接、退一层接、比较接、连环接、上下相应接、单双相间接等小类，实与宋元以来文章技法书提示体段之间过接、转折的“制法”相通。[②]而如“顿法”、“宕法”等名目，则显然衍自古文笔法中“宕笔”、“顿笔”等术语。[③]

清末彪蒙书室的“实在易”系列读本自成体系，经过识字、虚字、造句三阶段，更进一层则为“论说”，故又有标记“初等小学适用”的《论

① 施崇恩编《绘图蒙学造句实在易》，彪蒙书室光绪三十一年石印本，卷首“凡例”第1b页。

② 参见陈绎曾《文章欧冶·古文谱四》“制法九十字”，王水照主编《历代文话》第2册，第1244—1253页。

③ 《绘图蒙学造句实在易》释“顿法”：“譬如走路十里五里，不能一气赶到，中间须要停顿几次。”（第53a页）又释“宕法”：“譬如有样物件，向空中高挂，被风吹动，摇摇无定。这便是‘宕’的说法。凡一篇文字之中，总要有宕句，才觉活泼。”（第57a页）凡此均与古文或时文笔法论著中“宕笔”、“顿笔”的定义接近。参见于学训辑《文法合刻·笔法论》，余祖坤编《历代文话续编》上册，凤凰出版社2013年版，第472—473页。

说入门》一书行世。该书序文明确指出“现在不用八股，专用论说”，突出论说文在科举改制以后文章世界的特殊地位。又云：“就是现在从外国译出来的书，那一部没有笔法在里面？可知作文方法，是无论中外，不论古今，终究要历劫不磨的呢”，则又似欲使其“文法”沟通中西。[①] 实则抽取该书初编所谓论说文法的结构，正近乎明清时代流行的“笔法”之学（见表 4-4）。

表 4-4 《论说入门》一书的结构

点题法	正点 反点 顺点 逆点 起处点 中间点法 末尾补点法
起法	议论起 叙事起 单譬喻起 双譬喻起 翻空起 堆叠起 开合起 感叹起
承法	议论承 叙事承 单譬喻承 双譬喻承 翻空承 堆叠承 开合承 感叹承
转法	议论转 叙事转 单譬喻转 双譬喻转 翻空转 堆叠转 开合转 感叹转 无笔不转
合法	议论合 叙事合 单譬喻合 双譬喻合 翻空合 堆叠合 开合合 感叹合
开合法	先开后合 先合后开 前后开中间合 前后合中间开 随开随合 开多合少 开少合多
平侧法	先平后侧 先侧后平 前后平中间侧 前后侧中间平 随平随侧 侧多平少 平多侧少
譬喻法	譬喻起 譬喻承 譬喻转 譬喻收 前后双用譬喻 前中双用譬喻 中后双用譬喻
议叙法	先议后叙 先叙后议 前后议中间叙 前后叙中间议 随叙随议 叙繁议简 叙简议繁
翻空法	起处翻 承处翻 转处翻 合处翻 一翻又翻 双排翻又翻
堆叠法	叠两句数见 叠三句数见 叠四句数见 起处用叠 承处用叠 转处用叠 合处用叠
呼应法	首尾呼应 首腹呼应 腹尾呼应 首呼而腹尾俱应
感叹法	感叹起 感叹承 感叹转 感叹合 前后感叹 前中感叹 中后感叹
总束法	起用总束 承用总束 转用总束 合用总束 前后用总束 前中用总束 中后用总束

① 程宗启等编《（初等小学适用）论说入门》第1册，彪蒙书室石印本，“序”第1b、2a页。

其大致思路，是在（1）起、承、转、合、前、中、后、总束等“体段”，（2）议论、叙事等“体式”，（3）开合、平侧、譬喻、翻空、堆叠、呼应、感叹等“技法”三个维度之间排列组合，搭建出以14大类包含99小类的文法框架，并在此框架下罗列例文。类似的体例，早见于光绪初年以来书塾流行的《古文笔法百篇》，大抵都是按照若干“笔法”分类选辑范文，圈点评语亦“专论文法”而少及文义，从而区别于历来以家数、时代或体式为序的古文选本。[①] 不同的是，《古文笔法百篇》旨在“化古文为时文”，受制于既有的古文名篇，据之总结通于时文的“笔法”体系，难免重叠牵强之弊。[②]《绘图蒙学造句实在易》、《论说入门》的例句、例文则为编者自撰，不仅适应了时代主题，更可自我作古、理论先行，实现古文笔法框架的架空化、条理化、体系化。

即便是取法外来“文典”体例的来裕恂《汉文典》，在其“文章典”的“文法”部分罗列“章法”时，也仍然是按照起、承、转、结四大类的框架，组合顺、逆、正、反、断、续、总、分等各种笔法；论“篇法”则总结了提纲、叙事、照应、抑扬、问难、浑含、暗论、推原、比兴、分总、反复、翻案、针棒、牵合、排比、击蛇、点睛、脱胎、相形、层叠、宾主、缓急、论断、预伏、借论、推广等26种谋篇布局之法或“关乎章段之节腠”的结构方法，多取自古文、时文或小说的评点术语。[③] 清末甚至有一种《汉文典古文读本》，专取来氏“文法篇内所

---

① 参见李扶九选辑，黄仁黼评纂《古文笔法百篇·凡例六则》，岳麓书社1984年版，卷首第6页。

② 按《古文笔法百篇》共分20类，分别为：“对偶”、“就题字生情”、“一字立骨”、“波澜纵横”、“曲折翻驳”、“起笔不平”、“小中见大”、“无中生有”、“借影”、“写照”、“进步”、“虚托”、“巧避”、“旷达”、“感慨”、“雄伟”、“奇异”、“华丽”、“正大”、“论文”。

③ 来裕恂著，高维国、张格注释《汉文典注释》，第199—235页。按：其中“照应”、“抑扬”、“推原”、“推广”、“宾主”、“预伏”等法，亦见于唐彪辑撰《读书作文谱》卷七“文章诸法”。

引之文，次第选录”。[①]以《论说入门》为代表的古文笔法书不受学制规定的年级分配限制，较之新体文法书，更容易获得新学堂以外各类“私塾”的青睐。光绪三十一年前后，舒新城在湖南溆浦入“张氏学塾”，即开读“当时最流行”的《论说入门》；[②]四川垫江的私塾课程，亦规定必须诵读《论说入门》、《论说文范》、《论说精华》、《东莱博议》、《古文快笔》等范本。[③]新式学堂中也不乏以之充当教科书或课外参考的例证，且不限定于小学或中学。前引沈雁冰回忆中，清末浙江桐乡乌镇立志小学的国文课本，即为《速通虚字法》和《论说入门》二种；郭廷以在河南舞阳乡间上小学，则以《论说文范》、《论说入门》、《东莱博议》等书作为商务印书馆国文教科书的补充教材。[④]相比之下，朱自清要晚到上中学时才“偶然买到一部《姜〔蘉〕园课蒙草》，一部彪蒙书室的《论说入门》”，从中获得“指示写作的方法”。[⑤]

---

① 《汉文典古文读本》的编者为奉天女子师范学校国文女教习吕美荪（吕碧城之胞姊），宣统二年十一月出版。其书“例言”有云：“《汉文典》文法篇内引用之文，或只摘字句者，或节选段落者，兹皆采辑全篇，不独供文法之研究，且可见先正之轨范。”见徐新韵《吕碧城三姊妹文学研究》，暨南大学出版社 2015 年版，第 150—162 页。

② 舒新城：《我的教育：三十五年教育生活史（1893—1928）》，广东人民出版社 2016 年版，第 28 页。但在舒新城的回忆中，《论说入门》被误记为“张之洞所著”，自是不确。

③ 罗康达、李恒熙、程致君：《垫江的私塾》，《垫江文史资料选辑》第 1 辑，垫江县文史资料委员会 1988 年版，第 126 页。

④ 张朋园等访问《郭廷以口述自传》，中国大百科全书出版社 2009 年版，第 37 页。

⑤ 朱自清：《〈文心〉序》，朱乔森编《朱自清全集》第 1 卷，江苏教育出版社 1988 年版，第 283 页。按：朱氏提到的《蘉园课蒙草》共分三编，光绪末丹徒回儒童琮（雪蘉）编订，其兄童镕（在兹）评注。今存光绪二十九年（1903）邗上刻本（初二编）、光绪甲辰至乙巳（1904—1905）上海同文社铅印本（二编全）、宣统二年（1910）上海铸记石印本（仅见初二编）等。据光绪二十九年七月蔡源深序：“迩者金布改试策论，初学苦无读本，因有课蒙草之刻”，知其书为针对科举改制而作，范文或取自学生课作，或为童氏自改，初、二编为四书义及史论题目，三编则含有《轮船论》、《电报论》、《铁路论》等新学课题。初编书前有《行文等级说略》一篇，将文法分为“语爽”、“气通”、“层次”、“笔法”、“章法”、“魄力”、“神韵”“色泽”八级，主要通过题下评语点出（石印本改为眉批）。但细审其批语，则似仍以提示“笔法”为主。

《论说入门》前后共出五集，在同类书中尤称畅销且长销。这种商业成功，离不开民间教育家“旧瓶装新酒”的策略。被填充进古文笔法框架中的例文，乃是“短则五六百字、长则一千字的言富国强兵之道的论文或史论”，更充满了军国民主义、铁血主义、立宪政体、强权论、义务教育等外来新理念。编者在序言中开宗明义，指出：“如今我们中国最要紧的，是考究西学，讲究西法”，文章被认为与铅、石印刷机一样，是传播西学、西法的“机器”。[①] 照此逻辑，“文法”的新旧并不重要，源自古文乃至时文程式的体段、层次、笔法之学，同样可以成为传播新知的利器。古文笔法的延续也并不象征着文化传统的存续，因为“文”与“道”早就被打作两截。其背后预设的文章工具论，与援引外来语法学、修辞学的新体文法书并无二致。无论“彼法”还是“我法”，究竟只是“法”而非“道”。清末从民间兴起而凝结于官定学制的“文法”，为专门词章之学开拓了介入普通教育的门径，但工具化的国文教育要从“技艺”上升为“学问”，仍有待于其他资源的汇入。

---

① 程宗启等编《（初等小学适用）论说入门》第1册，“序”第1a页。

第五章

古文门类的脉延

——从国文选本到文学讲义

晚清咸同以降通过曾国藩等大吏提倡而中兴的古文之学，在新式文学教育展开后仍然葆有生命力。《奏定中学堂章程》中“讲读古文”一项的要求，更为古文选本进入新学堂提供了制度支撑。与小学堂普遍使用新体教科书并尝试新式“教授法”不同，清末中等以上国文教学或直接采用古文选本，或利用选本形式的教科书，古文家在教科书编纂活动中亦相当活跃。[①]“学生至入中学堂，多读经书，渐悉故事”[②]，新体蒙学读本及小学国文课程中一度突出的文、白之争，到中学阶段暂时被搁置；取而代之的焦点问题，是对应奏定章程“练习各体文字”、“考究历代文章流派”等要求而突显的古文“门类”之分。

清季民初，桐城后学姚永朴先后在京师法政学堂和北大文科讲授

---

① 近年已颇有论著讨论晚清古文家与国文教育、古文选本与国文教科书关系等问题，参见吴微《从“古文选本”到“国文读本”——桐城文章与文学教育的转型》，《国学研究》第27卷，北京大学出版社2011年版，第75—104页；李斌《清末古文家与中学国文教科书的编写》，《文学遗产》2013年第5期；胡晓阳《晚清桐城派“古文初学选本”研究》，安徽师范大学2015年硕士学位论文；张心科《清末民国中学文学教育研究》，高等教育出版社2018年版，第30—41页。李斌、张心科主要关注林纾、吴曾祺所编两种中学国文教科书（但张书主要讨论二书在民元以后的“重订”本）；胡晓阳则梳理了吴汝纶《初学古文读本》、吴闿生《桐城吴氏文法教科书》、吴芝瑛《俗语注解小学古文读本》、姚永朴与姚永概合编《国文初学读本》、秦同培《初级中学国文读本》等桐城一系的“初学”读本，亦值得注意。

② 吴增〔曾〕祺评选《中学国文教科书》第1册，商务印书馆光绪三十四年铅印本，卷首“例言”第1页。

“国文学”，其《文学研究法》讲义列有“门类”一篇，声言：“欲学文章必先辨其门类，门者其纲也，类者其目也。”古文门、类有别，与编集选本的实践密切相关。姚永朴指出《文选》以降“或有以时代分者，或有以家数分者，或有以作用分者，或有以文法分者”，从中古诗文总集到近世古文选本，分类标准不外此四种。立足桐城一系古文之学的立场，姚永朴仍推姚鼐《古文辞类纂》十三类和曾国藩《经史百家杂钞》三门十一类为分类的典范。① 民国以后，学者总结早期中等学校国文选本的体裁趋向，亦以民元为界，区分了“姚选标准时期”和“曾选标准时期”。②

本章将从古文选本渗入中学堂国文课程的历史契机发端，检视清末中、高等国文选本的体例和旨趣，呈现古文门类框架在新教育场域的脉延。与《文选》以来细分体类的形制有别，清季国文选本基本趋向于宋元以降古文总集归纳大类的方式。类型体系虽大致趋同，不同选本在“论说”、“叙记”等具体门类之间却各有侧重，或对各门类的从学次第有相异的看法。这些分歧对应“笔法”、“义法”、“声气”等多个层次的文章教育模式，体现了古文之学的近代分化。文法书（详第四章）、古文选本、文学讲义三者构成清末中等以上国文用书的三种基本形式。从中学国文选本到高等文学讲义，文章分类体系亦开始牵涉文学定义、范围、统系等理论问题。由《文章正宗》、《古文辞类纂》、《经史百家杂钞》等经典选本奠定的古文门类框架，遭遇转手自日本的应用修辞学、文学史知识，逐渐演化出一种崭新的文章学结构。民国以降，作文教学出现

---

① 姚永朴：《文学研究法·门类》，王水照主编《历代文话》第7册，第6862—6863页。

② 黎锦熙：《三十年来中等学校国文选本书目提要》，《师大月刊》第2期，1933年1月。按：格于“经部审定”的体例，黎目在清末部分仅录林纾评选《中学国文读本》和吴曾祺《中学国文教科书》两种，忽略了一些受《经史百家杂钞》影响的选本。

了“三分法”、“四分法”、“五分法”等文体分大类的习惯，影响及于今日；而其源头，正可回溯清季教育家在文章学传统和近代西方文学周边知识之间的对接。[①]

一　选本与门类

光绪二十八年（1902）颁布壬寅学制，在中学堂及以上设“词章学”，并未规定教学用书。当年十二月京师大学堂颁发《暂定各学堂应用书目》，“词章”类依次列有梅曾亮《古文词略》、姚鼐《古文辞类纂》、王士禛《古诗选》、姚鼐《今体诗选》四种；参考书部分，则包括《文选李善注》、《御选唐宋文醇》、《御选唐宋诗醇》及曾国藩《经史百家杂钞》等，范围不囿于“古文”。[②]次年颁行癸卯学制，在奏定本中学堂、初级师范学堂章程中，规定“使读经、史、子、集中平易雅驯之文，《御选古文渊鉴》最为善本，可量学生之日力择读之（原注：如乡曲无此书，可择较为大雅之本读之）”[③]。至宣统二年（1910），学部第一次审定中学堂、初级师范学堂用书，“中国文学”部分仍不列书目，仅在“凡例”中说明除学制所定《御选古文渊鉴》外，还可选读蔡世远《古文雅正》、唐德宜《古文翼》、姚鼐《古文辞类纂》、黎庶昌与王先谦两

① 陈尔杰在其学位论文《“文章选本”与教科书——民初“国文”观念的塑造》（北京大学2008年硕士学位论文）中，专章讨论了民初国文教科书的“文章辨体”与作文“四分法”的发生，惟对于晚清时期这一问题发端的情形，未遑涉及。

② 见京师大学堂《暂定各学堂应用书目》，第6a页。其中《古文辞类纂》所标版本为“兴县康氏刻本、江苏书局重刻本”。

③ 《奏定中学堂章程》，璩鑫圭、唐良炎编《中国近代教育史资料汇编·学制演变》，第329页。

种《续古文辞类纂》、梅曾亮《古文词略》、曾国藩《经史百家杂钞》、贺长龄《皇朝经世文编》等。[①] 清末学制章程所定中等教育国文用书多采既有的古文选本，对于纳入新编教科书则比较慎重。[②] 在古文选本中，除了灌输理学正统意识或点缀经世意向的《御选古文渊鉴》、《古文雅正》、《皇朝经世文编》三种，显然以《古文辞类纂》、《古文词略》、《经史百家杂钞》等桐城、湘乡系统的选本为正宗，而完全排斥《古文观止》、《古文析义》等清代坊刻盛行的“俗选”，取法不可谓不高。[③]

《古文辞类纂》等选本在清末学制章程中的特殊地位，源自吴汝纶一系古文家对新学堂课程和教科书编纂的持续参与。早在光绪二十七年（1901）秋，吴氏为顺天学政陆宝忠开列“学堂书目”，已规划按照《古文辞类纂》十三类贯穿文章学程：十二三岁入中学堂，“先读论辨类中欧、曾、苏、王诸论及奏议下编两苏诸策，后读贾、马、韩、柳诸论及汉人奏疏对策”，十六七岁入大学堂，续读序跋、书说、赠序、杂记等类，至二十岁以后入“中国专门学”，再读碑志、词赋、哀祭三类。[④] 吴汝纶对《古文辞类纂》的倾倒，除了桐城乡学的渊源，更直接来自曾

① 学部：《第一次审定中学堂初级师范学堂暂用书目凡例》，《教育杂志》第2年第9期，宣统二年九月初十日。

② 与此形成对照的是，学部审定的初等小学校用书中，早就纳入了商务印书馆《最新国文教科书》（附《教授法》）、文明书局《初等小学读本》等新编教科书。见学部《通行第一次审定初等小学书目》，《学部官报》第4期，光绪三十二年九月十一日。

③ 近代桐城文人许商彝教子弟有言：“雅士读《古文辞类纂》，俗人读《古文观止》。”可见古文选本雅俗之间的分际。不过，学制理想与教学实际之间的距离亦不容忽视，阮真的回忆即指出：“那时各校的国文教师，仍然惯用《古文观止》，很少采用教科书的。……国文教师既然没有教育的眼光，只靠一部自幼熟读的宝书——《古文观止》——那怕不能教国文，学生又没有求真实的学问知识的倾向，只须读些古文腔调，就算好了。”分别见许结《诗囚：父亲的诗与人生》，凤凰出版社2009年版，第6页；阮真《几种现行初中国文教科书的分析研究》，《岭南学报》第1卷第1期，1920年12月，第101—102页。

④ 吴汝纶：《与陆伯奎学使》（光绪二十七年九月十七日），《吴汝纶全集》第3册，第374、377—379页。

国藩。他在书信中一再指出曾氏自谓“文字之传得之姚氏”，其实对姚鼐自作文字尚非真心佩服，主要还是服膺《古文辞类纂》。[①] 戊戌时期，面对西学压力和国族危机，吴汝纶曾预计“此后必应改习西学，中国浩如烟海之书行当废去”，惟有《古文辞类纂》一编“二千年高文略具于此”，可作为保存“周孔遗文”的凭借。[②] 因此欲在上海集资石印吴刻《古文辞类纂》，以取代通行的康刻本，分发学堂使用。[③] 吴汝纶有意将《古文辞类纂》打造为新学堂压缩中国学问以迁就西学的途径，为桐城一系古文选本进入新教育场域埋下了伏笔。[④] 在清末官方创立新学的进程中，常年讲学于保定莲池书院的古文家吴汝纶本自居边缘，但庚子前后在北方支拄新学的实绩，却使他声名鹊起。光绪二十七年十二月，管学大臣张百熙拜请吴汝纶出任京师大学堂总教习，随即于次年东渡日本考察学制。吴汝纶在日期间，不仅将所见所闻汇报管学大臣，更编成《东游丛录》一书，对壬寅、癸卯两学制的制定都有潜在影响。其门人子弟严修、高步瀛、马其昶、姚永朴、吴闿生等，于清季或主掌学部，或执教于大学堂，或活跃于地方学务，更使古文家成为近代教育改制进程中一股不容忽视的势力。

吴汝纶之子吴闿生早年赴日留学，曾编定儿时课文之本，题为《古

---

① 吴汝纶:《与李赞臣》（光绪二十三年四月十六日）、《答姚慕庭》（光绪二十四年三月廿三日），《吴汝纶全集》第3册，第149、186页。

② 吴汝纶:《答严幾道》（光绪二十五年正月卅日），《吴汝纶全集》第3册，第231页。

③ 吴汝纶集资石印《古文辞类纂》的工程，后因庚子乱中资金尽失而夭折。但此时已有另一桐城学人萧穆为李承渊校订的汲古阁字体重刻本，经过吴汝纶校勘，且如其所愿加上了姚鼐晚年圈识。其事始末，详吴汝纶日记“光绪二十八年三月廿六日”条下，见《吴汝纶全集》第4册，第814页。

④ 除了《古文辞类纂》，吴汝纶亦曾一度提出梅曾亮的《古文词略》作为新学堂“中学”一门载体。光绪二十四年十月初四日致廉泉信有云：“鄙意西学诸生，但读《论语》、《孟子》及曾文正《杂钞》中《左传》诸篇，益之以梅伯言《古文词略》，便已足用。”见《吴汝纶全集》第3册，第206页。

文读本》，付东京三省堂印行，后被直隶学校司采为教科书。[①]此种《古文读本》分前后二篇，从《战国策》、庄子、荀子、屈原、宋玉、贾生直至姚鼐、梅曾亮、曾国藩、张裕钊，按时代顺序排列各家，同时顾及由浅入深的次第，以《战国策》、诸子寓言、史传短篇为入门。后来吴闿生更就该书所选韩非诸《难》"粗加铨次，益以史公序赞若干首"，撰为《桐城吴氏文法教科书》，作为保定两江公立小学的"文法教科书"。[②]在吴闿生编本之外，清末市面上还流行着另一种程度较深的《桐城吴氏古文读本》，实为吴门弟子常堉璋取吴汝纶评选《古文辞类篹》的节本编选而成。常编本按姚氏所分十三类别为十三卷，虽被吴闿生指责为并非吴汝纶评选之旧，却在清末学塾和学堂教育中都有较大影响。[③]冯友兰就曾忆及，光绪三十三年前后随父在湖北衙门中，师爷前来教读，"经书不读了，只读古文，读本是吴汝纶所选的《桐城吴氏古文读本》，一开头就是贾谊的《过秦论》"[④]，用的正是常堉璋编本。远在贵阳的贵州优级师范学堂，国文课程亦以选授《桐城吴氏古文读本》为主。[⑤]以经营新式教科书为主业的上海科学图书社，所编营业书目更直接将常编本纳

---

① 该书内封有"壬寅十月于日本印行"之款，版权页则署"明治三十六年二月五日印刷，明治三十六年二月八日发行。"按吴闿生书前"弁言"："《古文读本》二卷，儿时家大人所授读。择古今文字驯雅有机趣可以开濬智识者。唐以前皆简短，自欧公而下则渐深，以其时学力固已较进也。……今兹朝廷取西法，广学校，学科益多，文章之事不可终废，欲启辟蹊径，莫逾于此编者。日本三省堂书肆，请为印行，因取稿本付之。惜圈识未完，当俟重印时，请家公校补。日本之志汉文者，亦可以考焉。区区一线之延，盖亚洲之绝学也已。壬寅冬日启孙谨识，时留学东京早稻田大学。"该本后有北京河北书局、华新书局排印本。

② 吴闿生：《桐城吴氏文法教科书·叙》，文明书局光绪三十一年五月铅印本，卷首。

③ 吴闿生对常堉璋冒用《古文读本》之名颇有意见，特在《重印古文读本弁言》中指出："近时饶阳常君堉璋取先君评选姚氏《类纂〔篹〕》印行，亦名《古文读本》，与此本绝殊。彼书宜名《姚选古文简本》，乃符事实，而常君等校印，颇以私意去取。如《原道》、《与孟尚书书》皆弃不载，其他割截尚多，则非先君之旧矣。"见桐城吴先生点定《古文读本》，北京河北书局光绪二十九年铅印本，卷首第4页。

④ 冯友兰：《三松堂自序》，生活·读书·新知三联书店1984年版，第19页。

⑤ 韩汝燧、丁宜中：《贵州优级师范选科琐忆》，《贵州文史资料选辑》第17辑，1984年，第127—128页。

入“中学堂用书”的“国文”类之下。[1]

两种吴氏“古文读本”同时流播，亦可说明清末学堂内外古文传习的不同层次。吴闿生编本由“课儿本”改订而来，多收寓言短篇，与同时期较高学程的新体蒙学读本或高等小学教科书的取材接近。而就更高层次的古文之学而言，《古文辞类篹》近百年来的流播，代表了按照一定门类来传授文章的方式。中国古典文章早就形成区分体类的传统。从形制、主题乃至实用功能等维度细辨类别源流，以《文章流别》、《文选》、《文心雕龙》为嚆矢，造极于明人《文章辨体》、《文体明辨》诸作。姚鼐《古文辞类篹》则将此前日趋细化的众多文体整合为十三类，“是从选本出发，而非从文体学出发”[2]。至曾国藩《经史百家杂钞》，又在姚选基础上删并而为十一类，总以著述、告语、记载三门。“著述门”包论著、词赋、序跋三类，分别为著作之无韵、有韵，以及“他人之著作序述其意者”；“告语门”含诏令、奏议、书牍、哀祭四类，对应于“上告下”、“下告上”、“同辈相告”、“人告于鬼神”四种实用情境；“记载门”下有传志、叙记、典志、杂记四类，分别记人、记事、记政典、记杂事。三大门十一小类的框架看上去颇具条理，各“类”之上的“门”，主要是按照文章功能，亦即姚永朴所谓“作用”来归纳。[3]

《经史百家杂钞》的十一小类直接源自姚鼐，归并三大门的设计则另有所本。南宋以降，在《文选》以体叙次的编集传统之外，出现了以文章功能叙次大类的新方式。真德秀《文章正宗》用辞命、议论、叙事、诗赋四大类笼括古今各体文字，开辟了一种全新的分类范

① 《科学图书社图书目录》，周振鹤编《晚清营业书目》，上海书店出版社2005年版，第596页。

② 见吴承学、何诗海《〈古文辞类篹〉编纂体例之文体学意义》，《北京大学学报（哲学社会科学版）》2015年第3期。

③ 曾国藩编纂《经史百家杂钞》，传忠书局光绪二年秋刻本，“序例”第1b—3b页。

式。[①] 自此以后，文章总集的分类日益呈现"分体"与"归类"两种趋势的分化。"分体"日益细密的同时，"归类"则渐趋"记叙"与"议论"二分的共识；亦有选家将分体与归类结合，出现如储欣《唐宋八大家类选》六大类二十九小类那样，用大门类嵌套小文类的方式。[②] 姚鼐、曾国藩所编古文选本的门类框架，正可置入这一谱系中来考察。《古文辞类篹》虽未归纳大类，但其十三类文体的排列顺序，实即遵循《文章正宗》四大类的分布；[③] 曾钞的"著述"、"告语"、"记载"三门，亦相当于真德秀所分"议论"、"辞命"、"叙事"三类。清末更有学者注意到储欣"类选"框架与姚、曾选本之间的对应关系："姚氏前，储氏《八大家类选》分六门三十类，[④] 其奏疏、书状即曾之告语门，其序记、传志即曾之记载门，论著、词章即曾之著述门，已几几乎合百成千矣。"[⑤]

真德秀、储欣、姚鼐、曾国藩四家选本的大类归纳在整体上具有延续性，但具体门、类结构又颇有出入。[⑥] 首先，四家选本收录范围不

---

① 关于真德秀《文章正宗》所分四大类的文体学意义，参阅吴承学《宋代文章总集的文体学意义》，《中国社会科学》2009 年第 2 期；曾枣庄《真德秀〈文章正宗〉的"四分法"及其文体论》，氏著《中国古代文体学》上卷，上海人民出版社 2012 年版，第 293—296 页。此外，任竞泽更指出真氏四分法与曹丕《典论·论文》分奏议、书论、铭诔、诗赋"四科"的关系，见氏著《宋代文体学研究论稿》，商务印书馆 2011 年版，第 71—72 页。

② 参见蔡德龙《清文话中的文体分类观》，《南京大学学报》2012 年第 1 期。

③ 《古文辞类篹》论辨第一、序跋第二、奏议第三、书说第四、赠序第五相当于真氏"议论"类，诏令第六为真氏"辞命"类，传状第七、碑志第八、杂记第九为"叙事"类，箴铭第十、赞颂第十一、词赋第十二、哀祭第十三为"诗赋"类。当然，具体类别内容实有出入，如《文章正宗》"诗赋"仅选古诗歌及"箴铭颂赞郊庙乐歌琴操"而不选辞赋，姚选则为辞赋专列一类等，但整体分布上的对应关系却非常明显。

④ 按：储欣《唐宋八大家类选引言》所列各门小类数相加，常被合计为 30 小类，但实际上则仅 29 类，盖因"传志类"下的"志铭"一类误计为两类耳。相关考辨，详见付琼《清代唐宋八大家散文选本考录》，商务印书馆 2016 年版，第 99 页。

⑤ 王葆心编撰《高等文学讲义》卷四上"总术篇"，汉口维新中西印书局光绪三十二年十二月铅印本，第 5b—6a 页。

⑥ 真、储、姚、曾四家古文选本门类的横向比较，参见本书附表 2《真、储、姚、曾四家选本门类序次对照》。

同，造成了分类细部的差异。真氏“诗赋”一类选古诗歌等而不录词赋；[①]储、姚、曾三家皆不取诗歌，而另列有“词章”或“词赋”等门类收录词赋、箴铭、赞颂等。真氏节选《左传》、《国语》入“辞命”、“叙事”类，开“后来坊刻古文之例”[②]；储选限于八大家，姚选排除经、子且“不载史传”[③]；曾钞虽承袭姚选类例，却广收经、史、子之文。《经史百家杂钞》号称“每类必以六经冠其端”，以示各体文章源头；[④]又增设“叙记”、“典志”二类，分别收录《左传》、《史记》、《通鉴》叙事文字及三《礼》、各史书志、典章考记，流露出从“文人之文”向“学人之文”的视点转移。更值得注意的，则是各选本大门类次序的变化。真氏“辞命”为第一类，储欣以“奏疏”、“书状”为前两大类；至《古文辞类篹》，始改以“论辨”居首，曾钞随之以“著述门”下的“论著”类为第一，又升此前屈居后位的“词赋”次之。再看大类下的小类归属：储选将“哀词”、“祭文”归入“词章”大类，姚选专列“哀祭”类于“词赋”之后，殿全书最末，亦属于广义上词赋的板块；曾钞则将“哀祭”移入对应于储选“奏疏”、“书状”两大类的“告语门”，从而与“词赋”类远隔，可见其看待哀祭文的重点已从词藻转向应用。储选合

---

① 真德秀《文章正宗・纲目・诗赋》：“此编律诗虽工，亦不得与，若箴、铭、颂、赞、郊庙乐歌、琴操，皆诗之属，间亦采摘一二，以附其间。至于辞赋，则有文公《集注》、《楚辞后语》，今亦不录。”见《西山先生真文忠公文章正宗》卷首，嘉靖甲子（1564）序刻本，“纲目”第4b页。

② 《武英殿本四库全书总目》第54册，国家图书馆2019年影印本，第221页。

③ 姚鼐：《古文辞类篹序目》，徐树铮辑《诸家评点古文辞类篹》第1册，第26页。按：姚鼐不录经、子、史的选例可以上溯《文选》，而直接影响更可能来自方苞的《古文约选序例》，实际上都是受制于“篇各一事”的选本体裁。

④ 见曾国藩编《经史百家杂钞・序例》。按：曾氏此处仅概括言之，实则“传志类”并未冠以经书，其上下两编分别以《史记》纪传及蔡邕碑文居首。又：《经史百家杂钞》每类首列经、史源头的理念，实多启自姚鼐《古文辞类篹序目》所揭文体源流，只是姚选限于“选古文辞”的体例，未能在所选篇目中贯彻而已。

序、引、记三体为“序记”一门，侧重记事；姚选列“序跋”、“赠序”为两类；曾钞删去“赠序”一类，总归“序跋”，为“著述门”之一类。同一序名之下，记序、赠序、书序有别，各选本侧重亦有所不同。此外，小文类之间的归并腾挪亦不容忽视。储选二十九小类并为姚选十三类自不待言；姚、曾二选归类的微妙变化，更可折射晚清以降桐城文章趋向的新变。姚鼐原分“箴铭”、“赞颂”、“词赋”为三类，曾钞合为“词赋”一类（仍分上下编，对应于词赋与箴铭赞颂）；姚选“传状”本自为一类，曾钞则将之与“碑志”类中墓碑文一种合并，成为“传志”一类（亦分上下编，分录史传、碑传）；姚选“碑志”类中纪功碑、宫室祠庙碑两种，分别归入曾钞“叙记”、“杂记”二类。当初，姚鼐于《古文辞类篹序目》中单列“碑志”一类，旨在强调“金石之文自与史家异体”[①]；《经史百家杂钞》却淡化碑志文的体式特征，将之散入“记载门”各属。总体而言，曾钞似较姚选更重《文章正宗》以来由实用功能定义的理论性分类，而相对弱化由文章物质载体或形制特征标识的历史性分类。这一趋势的呈现，对于清季民初国文选本框架的确立和外来文章分类理论的导入，都有重要的意义。

曾国藩《经史百家杂钞》综合了真氏四大类和姚选十三类两个古文分类的传统，被认为是“纲举目张，笼盖往籍”。[②]但在以传承湘乡古文之学为职志的吴汝纶那里，更受到关注的，却是曾氏另一部秘不示人的私家选本《古文四象》。[③]曾国藩根据姚鼐阴阳刚柔之说，区分

① 姚鼐：《古文辞类篹序目》，徐树铮辑《诸家评点古文辞类篹》第1册，第42—42页。

② 王葆心编撰《高等文学讲义》卷四上，第6a页。

③ 吴汝纶曾在致林纾信中提到：“此书（指《古文四象》）止敝处钞有底本，人间别无副钞，殆古今最精之选本，虽已刻之《经史【百家】杂钞》不能及也。”见《吴汝纶全集》第3册，第422页。

太阳、少阴、少阳、太阴“四象”，配以气势、情韵、趣味、识度四种“文境”，又于“四象”中各析为二，分为喷薄、跌荡、沉雄、凄恻、恢诡、闲适、闳括、含蓄八类。吴汝纶自称早年在曾国藩幕府窥见《古文四象》定本，抄有目录，而未及评语圈识；晚年访求原本不可得，遂依旧藏目次缮写成册，厘为五卷，命吴闿生携至日本石印，并函请林纾、冒广生协助校订。[①] 至光绪三十四年（1908），始有吴门再传赵衡排印的四卷本，民初又有张翔鸾评注本和常堉璋督刻的五卷本，次序略有不同。[②]“四象”近乎风格分类，涵盖经、史、子、文赋、诗歌，并不限于狭义上的“古文”；[③] 而其中“气势”、“情韵”等说，更与古文家的讽诵实践息息相关。[④] 吴汝纶曾向唐文治传授得自曾国藩的吟文秘诀，唐氏欲求进境，即揭《古文四象》为例。[⑤] 唐文治在清季民初致力于兴办教

---

① 吴汝纶整理刊印《古文四象》的始末，详其光绪二十二年十月廿七日《与曾重伯》、光绪二十四年十月初十日《致曾君和袭侯》、光绪二十七年五月十八日《答贺松坡》、光绪二十八年八月初六日《与林琴南》四函及戊戌年所作《记古文四象后》一文。分别载《吴汝纶全集》第3册，第136—137、218、353、422—423页；第1册，第301—302页。

② 《古文四象》的版本流传，参见王澧华《曾国藩家藏史料考论》，广西师范大学出版社1996年版，第226—235页。按：“古文四象”次序，赵衡四卷本为太阳、少阳、太阴、少阴，常堉璋刻本则据吴汝纶所抄原目及曾国藩同治五年十一月初二日家书，列为太阳、太阴、少阴、少阳。曾氏首提“古文四象”，在同治四年六月初一日《与二子书》，六月十九日又信称：“气势、识度、情韵、趣味四者，偶思邵子四象之说可以分配，兹录于别纸，尔试究之。”所附《文章各得阴阳之美表》，顺序则为太阳、少阴、少阳、太阴。分别见常堉璋编刻《古文四象》，中国书店2010年影印民国间刻本，“跋”第1b页；钟叔河汇编校点《曾国藩往来家书全编》，海南出版社1997年版，上卷第225、227页。

③ 《文章各得阴阳之美表》，钟叔河汇编校点《曾国藩往来家书全编》，上卷第227页。按：此表分配“四象”，分为经书、百家（诸子、楚辞、史传）、“自抄分类古文”、“自抄十八家诗”四类，可知“四象”范围甚广。

④ 唐文治《论读文法》：“阳刚之文，宜急读、极急读，高音短音，而其气疾；阴柔之文，宜缓读、极缓读，轻音长音，而其气徐；少阳、少阴之文，宜平读，平音而其气在不疾不徐之间。”见《国专月刊》第5卷第5号，1937年6月15日。

⑤ 唐文治：《桐城吴挚甫先生文评手迹跋》，《茹经堂文集三编》卷五，沈云龙主编《近代中国史料丛刊》续辑第33种，台北：文海出版社1974年影印本，第1382—1385页。

育，有意构建“国文大义”的体系，发扬“唐调”吟诵著称一世，遂使“四象”之说不致因其“高古”而遽尔湮没。

《古文辞类篹》为乾隆末姚鼐主讲梅花书院时所编，姚氏虽自谦不过开示门径，实则有意凭此区别于“俗学”。[①]《经史百家杂钞》与《古文四象》则为咸同间曾国藩公余自编的家塾教本和讽诵底本，笼罩经史子集，立意高远，带有较强的个人修身意图。《古文四象》印本体例未尽完善，[②]姚选、曾钞在七百篇上下的庞大篇幅，亦未必能直接应用于国文教育的现场。然而，凭借吴汝纶一系古文后学的点勘、校刻和反复鼓吹，姚、曾选本不仅在官定学制中确立了典范地位，三书各异的古文门类框架，更为这一时期中等国文选本的编纂提供了可选的模式。

二　“论说入门”还是“记叙为先”

清末新式蒙学读本和小学国文教科书的相继涌现，在学制颁布前后迅速形成一个读者市场。与之相比，中等以上国文教科书却发端颇晚。大概因为学制初立，中学堂本非急务，加之尚无高等小学堂毕业生升

① 姚鼐《与张梧冈》：“鼐有《古文辞类篹》，石士（陈用光）编修处有钞本，借阅之，便可知门径。若夫超然自得，不从门入，此非言说可喻，存乎妙悟矣。”见姚鼐撰《惜抱轩尺牍》卷二，卢坡点校，安徽大学出版社 2014 年版，第 35 页；参看徐雁平《书院与桐城文派的传衍》，氏著《清代东南书院与学术及文学》，第 52—55 页。

② 今本《古文四象》实根据吴汝纶所抄目录选文重编，吴氏目录来源不明，故清季民国时期颇有怀疑此本的看法。服膺“四象”之说和吴汝纶古文之学的唐文治，亦曾指出：“抑吾考《古文四象》之为书，目次颇多率略，又古人文之脍炙人口者，如韩昌黎《张中丞传后叙》（原注：阳刚之至美者）、欧阳永叔《泷冈阡表》（原注：阴柔之至美者），均未入选，意者其未成之书欤？”朱东润对照吴氏目录分类、选篇与曾氏自记，发现不无出入，据此断定“挚甫遽认《四象》为手定本者，误矣”。分别见唐文治《国文阴阳刚柔大义绪言》，邓国光辑释《唐文治文章学论著集》第1册，欧阳艳华、何洁莹校，上海古籍出版社2020年版，第 334 页；朱东润《古文四象论述评》，《国立武汉大学文哲季刊》第 4 卷第 2 期，1935 年。

入，学堂、学生都较少。[①] 大概在光绪二十九年（1903）前后，江楚书局刻印了一种《高等国文学教科书》，是目前已知最早标明中等以上程度的国文教科书。[②] 作者程先甲，江苏江宁人，字鼎臣，又字（号）一夔，光绪辛卯（1891）科举人，光绪二十九年（一说二十四年）举经济特科，尝佐端方幕府，先后师从蒯光典、缪荃孙，并任江南高等学堂教习。[③] 此书首列宗旨，强调“欧洲各国皆以捍卫国文、推暨国文为急务，学堂课程必先列国文一目”，并引吴汝纶《东游丛录》所载日本政治家田中不二麿语为证，以文字存亡攸关国家命脉。接着评议近时新出教本，程先甲点出了当时中学、高等学国文教科书阙如的状况：

> 近日所编之国文书，如南洋公学之《蒙学课本》、印书馆之《文学初阶》、无锡三等学堂之《蒙学读本》，皆为粗浅文法，仅可为蒙学、小学之课本，（原注：《蒙学课本》之初编、《文学初阶》之

---

① 针对中学堂创办之时尚无“高等小学毕业生升入肄业”的状况，癸卯学制《奏定中学堂章程》特列变通条例：“准十五岁以上十八岁以下，文理明顺、略知初级普通学者，亦得入学”，但“此例于学堂开办合法五年以后即不行用”。见璩鑫圭、唐良炎编《中国近代教育史资料汇编·学制演变》，第335页。

② 1934年《第一次中国教育年鉴》附载《教科书之发刊概况》：光绪二十九年“江楚编译官书局出版……程先甲编木版本《高等国文【学】教科书》二篇”。见国民政府教育部《第一次中国教育年鉴》戊编“教育杂录”，开明书店1934年版，第119页。又冒广生《程君一夔传》列举程氏著述，有“《高等国文学教科书》四十卷”。按：北京大学图书馆藏《高等国文学教科书》有两种：一为木刻本，含甲编“古文格式目”、“古文格式论说科”选文（有圈点、眉批）两部分，牌记署“江楚书局”，不著出版时间；一为铅印本，含“全编宗旨”、“总标目”、甲编“古文格式目”三部分，但无选文，亦无出版者、出版时间等信息。

③ 程先甲生平，参见冒广生《程君一夔传》，《青鹤》第1卷第17期，1933年7月16日；潘宗鼎《私谥懿文程一夔先生墓志铭》，卞孝萱、唐文权编《民国人物碑传集》，凤凰出版社2011年版，第456—458页。按：此《高等国文学教科书》似应与程氏在江南高等学堂的教学经历有关。江南高等学堂于光绪二十八年四月开学，程先甲任该校国文等科讲席，光绪三十一年辞去后由柳诒征继任。见柳曾符、柳佳编《柳诒徵年谱简编》，《劬堂学记》，上海书店出版社2002年版，第349页。

一二等册、无锡《读本》之初编，必俟学生已识数百字方可以此授之，又《蒙学课本》之二三编、《文学初阶》之第五本、无锡《读本》之二三六编，皆不适于教科之用，是当分别观之。）而中学、高等之教科书尚付阙如。坊间所刊《左传义法举要》仅具国文之一分子，又体近笔记，不适教科之用，乌得以之当高等文法书？况方氏之文显背史公、韩、柳之宗旨，其说未尽可从。是编专明高等国文捷法，以期中学堂、高等学堂之刻日成熟。甲编以授中学，乙、丙二编以授高等。①

程氏不仅对癸卯以前蒙学、小学课本的编选相当熟悉，更不满于当时坊间刊行方苞《左传义法举要》以充高等文法书的状况。他批评方苞古文有悖“史公、韩、柳之宗旨”，尚属出于文章趣味的一家之言。而指出方书“体近笔记，不适教科之用”，则切中当世流行各种中、西“文法书”的要害。程氏心目中“适用”的体裁，仍为分门别类的文章选本，针对中学堂、高等学堂各层级需要，其书分为三编，分编之中即寓分体之意。

程先甲认为中国文章体式虽繁，大别不外古文、骈文、今文三途，应“以古文为基础，以骈文为拯救，以今文为通俗”②，依其次序排列教科书为三编。程先甲早岁就以词赋骈文知名，据说其“为文以经史为根柢，以小学为门户向牖，尤熟精《选》理”。③《高等国文学教科书》开卷即揭示“能骈文而后古文可工，能骈、古文而后今文可工”的法门，

① 程先甲编《高等国文学教科书》，铅印本（不著出版者及出版时间），“全编宗旨”第1b—2a页。

② 程先甲编《高等国文学教科书》，铅印本，“全编宗旨”第1b页。

③ 见冒广生《程君一夔传》，《青鹤》第1卷第17期，1933年7月16日。

从骈文家和《选》学家的立场出发，自不难理解其书对方苞古文的苛评。程氏又按此体式“三途”分派学程：中学堂学“古文”，高等学堂学“骈文”（分颂扬、讽喻、小品三种）与“今文”（奏折、公牍、合同、章程等应用文字）。中学堂“古文”课程共三学年，每年分上、中、下三学期；与之相应，“古文”分为“论说”、“文言”、“记序”三科，每科之下又分数小类，对应到每一学期：

> 第一年：上期作论说科论道之文；中期作论说科论事之文；下期作论说科论古之文。
>
> 第二年：上期作文言科四言之文；中期作文言科四言变体之文；下期作记序科纪年、日记、记人之文。
>
> 第三年：上期作记序科记人、记大事之文；中期作记序科记杂事、记琐事、序跋之文；下期总习论说、文言、记序三科之文。①

其古文部分的门类框架，有似曾国藩《经史百家杂钞》以大门嵌套小类的结构，但“三科”内容却与曾氏“三门”有别。特别是其中“文言”一科，乃是“以韵语为文言，说本阮文达”，继承了阮元《文言说》的理念。具体到教科书的编排，则是按古文格式、古文律例、古文利病、古文流别图、古文沿革图、古文气息比例表、文力比较表、古文原质化分表的次序标目。从“比例”、“文力”、“原质化分”等词可以看出，作者颇有意尝试在古文教学之中融汇格致新知。②

至于“三科”古文研习的次第，程先甲主张以“论说科”为先。这

① 程先甲编《高等国文学教科书》，铅印本，“全编宗旨”第2a页。

② 程先甲编《高等国文学教科书》，铅印本，“总标目”第1a页。

一安排，未必出自姚、曾以来古文选本“论辨”居首的惯例，而是为了使中学堂作文与蒙学、小学堂“问答”相衔接。程氏自陈：“先之以论说科者，以蒙学第三年即当作粗浅问答，由问答累积而引申之，即论说矣。是以由蒙学入寻常小学、高等小学，其国文学一科，必当由作问答之途渐趋于作论说，而中学、高等之教科书，必当与蒙学、小学一线相衔也。今日来中学堂、高等学堂者，虽未必由蒙学、小学出身，然欲学古文，亦必自论说始。”从目前可见甲编“论说科”分类来看：“论道”部分含问答、论说、辨议、书牍等“用之以明道者”；“论事”部分则有诏令、奏议、对策、驳议、条陈、章程、辨说、论议、书牍、家书等“用之以言事者”。[①] 程先甲指责《古文辞类篹》十三类“杂糅破碎”，曾氏删为三大门十一类，“已视姚氏为简易矣。然其所区著述、告语、记载三门，实不足以扼古文之纲领，而批导古文之大郤大窾以示学者，未见其易知易从也。又其论著类不分细目，传志门亦无细目，则条理不密也。”[②] 他更指摘曾钞有“选文不慎”（如列前、后《赤壁赋》入词赋类，程氏以为“两首直是骈体游记”）、“流别不明”（选《平淮西碑》入叙记类，不知区分“金石之记事”与“史传之记事”）、“文体不备”（漏载章程、条陈、“记琐事之文”等晚出体式，删去赠序、寿序）等弊端，辨体意识相当明确。

程先甲《高等国文学教科书》针对的学程为中学、高等学各三年，并不符合癸卯学制中学堂五年的规定。学制颁布前后，又涌现出零星数种中学及以上国文教科书，如上海育材书塾《中等国文读本》（光绪二十九年文明书局版）、丁福保编《高等教育国文读本》（光绪三十一年

① 程先甲编《高等国文学教科书》甲编，江楚书局刻本，“古文格式目”第1b—2b页。

② 程先甲编《高等国文学教科书》甲编，“古文格式目”第10b页。

八月文明书局版）等。其中，丁编实是子书选本，标榜“非先秦两汉之书不敢观”，仍属课外参考书籍。在文章归类方面较有自觉意识的，则有同出于光绪三十二年（1906）的王纳善《国文读本粹化新编》和潘博《高等国文读本》二种。

王纳善原名王引才，是晚清上海新教育界颇为传奇的人物。他从家塾蒙师起家，光绪二十一年（1895）参与创办育材（才）书塾并任教习；二十七年书塾改学堂，三十年更名南洋中学堂，实为近代中等教育发端的先驱。[①]据说王纳善当时已具革命思想，“教授时每揭《孟子》民贵君轻之理为演讲资料。所选教材，如柳宗元《送薛存义序》、黄黎洲《原君》之类数十篇，而冠以《礼运》大道为公一段，加以注解，成为一帙。而成功家、发明家、创造家、制造家之传记文字，尤所视为珍品，或作补充材料，或用以口授笔述”[②]。可想而知，其编辑的教科书当以趋新为宗旨，所谓《粹化新编》，便是要将“国粹”和“欧化”结合。该书现存初编“叙述类”的部分，所选十三篇，为同治以来崔国因、郭嵩焘、曾纪泽、陈炽、薛福成、黄遵宪、黎庶昌、单士釐等人的海外游记。王氏有感于当时“中学堂学生，其文词每不合名理”，欲破除他们对“事物真理、世界时势”的隔膜，故“内容多属洋务”。但他也提到如果真要“成就一种应用之高尚文笔”，还是要熟读古来名家文字，因此预告续出“记叙类”古文选本和柳文选本。[③]在篇首“编辑大意”

① 参见姚明晖《上海早期的新式学堂——南洋中学》，《南洋中学文史资料选辑》（一），上海市南洋中学印本（出版年不明），第62—63页。按：育材书塾之名，清末文献或作“育才”，或作“育材”，并不统一。

② 王培孙：《述从兄引才事》，孙元主编《南洋中学文史资料选辑》（二），南洋中学档案室2003年版，第51—52页。

③ 王纳善编《国文读本粹化新编》卷首《初编叙述类篇目》，上海群学会光绪三十二年二月铅印本，第2—3页。

中，王纳善自陈全书结构："首叙述文，次记录文，又次论说文，约分三集"，在教授应用上又分为"诵读类文"和"观览类文"二类。[①]叙述、记录、论说的三分法，与以往古文选本所分"叙记"、"论辨"等门类相近；但也可能已受到近代欧美应用修辞学"作文分类"中叙事文、记事文、议论文等类型结构的影响。较早将这种分类法介绍到国内的汤振常《修词学教科书》，正是南洋中学国文科的教科用书。关于各类的教授次序，王纳善援引其弟王建善（立才）《国文教授进阶》的观点，认为"初学读书作文，莫善于札记一法"，故首录叙述文、记录文，而以论说文殿后，颠倒了姚、曾以来选本首列"论辨"的惯例。

与上述诸种中、高等选本相比，潘博编纂的《高等国文读本》不仅卷帙完整，而且贴合学制。名为"高等"，实则"谨遵钦定学堂章程，中学五年，分为五编"，专供中学堂应用，光绪三十二年三月由上海广智书局印行。其时正值科举新停，旧学废弛，随着新学的普及，中学堂生源日益增广。潘氏在其书序中引吴汝纶遗言，认定"科举废，学堂宜以国文为最重之科"，不取新进后生"觉民之道无取文言"的"谬论"。[②]潘博原名又博，字若海，广东南海人，早岁从学简朝亮，又尝入万木草堂师事康有为；清季供职于京中，从朱祖谋、赵熙等游，同时仍与流亡海外的梁启超保持联系。[③]其书付梁氏遥控的广智书局出版，即缘自这层背景。他还曾为同乡邓实、黄节发起的《国粹学报》撰序，有云："中国开化最早，持其学以与外域较，其间或短长得失则有之矣，而岂谓尽

---

① 王纳善编《国文读本粹化新编》卷首，第1a页。

② 潘博编《高等国文读本》第1册，广智书局光绪三十二年三月洋装铅印本，卷首"叙"第1—2页。

③ 潘博事迹，参见汪国垣《光宣以来诗坛旁记·潘若海》，张寅彭主编《民国诗话丛编》第5册，上海书店出版社2001年版，第484—485页。

在淘汰之例耶？国之衰也，乃学之不明，而非学之无用。”[①] 正是从同情国粹派的立场出发，潘博对前代古文选家相当推重。他认为《古文辞类纂》和《经史百家杂钞》最有“义法”，不过“二书渊博浩大，宜为专门研究之书，非浅学所能遽窥”，因此重编读本，按照年期由浅入深，“范围不越乎姚氏、曾氏，而程度求合乎学者之用也”。[②]

潘氏《高等国文读本》共选古文214篇，相当于姚、曾两部选本各自三分之一不到的篇幅。选文共分为三体十类：“曰叙记、曰传志、曰杂记，皆纪载之体也；曰诏令、曰奏议、曰书说、曰哀祭，皆告语之体也；曰论辨、曰序述、曰辞赋，皆著述之体也。”五编之中，第一到三编各门备具，第四、五编则互有阙略。按此三体即为《经史百家杂钞》三门；十类则从曾钞删去“典志”，其他几类稍变名目而已。选篇题下著按语，所引“曾文正公云”，往往取自《求阙斋读书录》；篇中夹注或说明段意，或指点“开合提顿、抑扬顿挫”的文法，亦多采录《经史百家杂钞》、《鸣原堂论文》批注及《读书录》评语。延续曾钞“浸淫及于晋宋”的趋势，潘博也选录了一些六朝骈文。可以说，无论从选文范围、门类体系还是评注、圈点的取材来看，潘博此书都深受曾国藩古文之学的影响。不过，潘书每编“三体”的排序，却较曾钞“三门”大有变化：“姚、曾先录著述之文（原注：论辨、序跋等类），此编则置之于后，而以纪载之文为先，盖以学为文者，宜先从叙事入手也。”[③] 与王纳善《粹化新编》的设计一样，潘博选本亦以叙记文为先，并有意多选《左传》、《史记》篇目。据其自述，乃是有取于桐城祖师方苞的“义法”之说：

① 潘博:《国粹学报叙》,《国粹学报》第1期，光绪三十一年正月二十日。

② 潘博编《高等国文读本》第1册，卷首“叙”第2页。

③ 潘博编《高等国文读本》第1册，卷首“叙”第2—3页。

> 文不外序事、立论两体。序事之文，以义法为本，《易》所谓“言有序”者是也；立论之文，以义理为本，《易》所谓“言有物”者是也。有物之文，非多读书多积理，不可骤几；而义法则固可讲而明之也。义法莫备于《左氏》、《史记》，而言之精且详者，莫如望溪方氏。故此编于《左》、《史》文录之最多，而颇采方氏之说，以备考镜。①

此处所援引的，正是方苞《又书货殖列传后》提出的著名论断：“《春秋》之制义法，自太史公发之，而后之深于文者亦具焉。义即《易》之所谓‘言有物’也，法即《易》之所谓‘言有序’也。”②但方氏本以“有物”、“有序”二者分释“义”与“法”，潘博则不惜曲解方苞的原意，以“有物”对应“立论”之“义理”，“有序”对应“序事”之“义法”。其“义法”专就叙事而言，不仅借此论证了“文不外序事、立论两体”的判断，更强化了学文“宜先从叙事入手”的主张。

除了门类次序的变化，潘书对曾钞中篇章的类属亦有所调整。如第五编选韩愈《平淮西碑》，归入“杂记类”，题注云：“此篇曾文正公《经史百家杂钞》入之叙记类，予谓此亦碑记体也，故入之杂记。”③姚鼐在《古文辞类纂》碑志类“序目”中曾强调“金石之文自与史家异体”，前述程先甲《高等国文学教科书》亦指出“《平淮西碑》虽亦序记之属，

① 潘博编《高等国文读本》第1册，第3页。

② 方苞：《又书货殖列传后》，《方苞集》卷二，刘季高校点，上海古籍出版社1983年版，第58—59页。

③ 潘博编《高等国文读本》第5册，第67页。

而实金石之记事，非史传之记事，乃曾书统曰序记，则流别不明也"。[①]在《经史百家杂钞》中,《南海神庙碑》、《柳州罗池庙碑》等宫庙碑记归入"杂记类",《平淮西碑》一篇纪功碑记，则与《左传》、《通鉴》等史传叙事同列在"叙记类"。[②]曾钞"叙记类"《平淮西碑》之前为《通鉴》中记载同一段史实的"裴度李愬平蔡之役"，与韩碑互见对照，当非无意之举。[③]潘博将《平淮西碑》重新归入多收碑记的"杂记"，更多从文章体式而非记事功能来考虑。其《高等国文读本》在《平淮西碑》文末全录方苞《书韩退之平淮西碑后》一篇。方氏在该篇中提示"碑记墓志之有铭，犹史有赞论，义法创自太史公"，强调碑记"序"、"铭"二者互避重文复说，正是体式特征所在。[④]其所谓"义法"，本就含有树立不同体式界限的意味。[⑤]

---

① 程先甲:《高等国文学教科书》甲编,"古文格式目"第10b—11a页。

② "杂记"与"碑志"本非一体。姚鼐《古文辞类纂序目》称:"杂记类者，亦碑文之属，碑主于称颂功德，记则所纪大小事殊，取义各异。"姚选"碑志类"可按功能分为纪功碑（如韩愈《平淮西碑》)、宫室庙宇碑（如《南海神庙碑》、《柳州罗池庙碑》)、墓志碑（姚鼐编入"碑志类"下编）三类。《经史百家杂钞》将碑志文散入"记载门"各类：墓碑为"传志"之属下编，宫室庙宇碑并入"杂记"，纪功碑入"叙记"，似是着眼于所记之"事"来分类。但"事"之大小本为模糊。在由《经史百家杂钞》删略而成的《经史百家简编》中，曾国藩又将《柳州罗池庙碑》从"杂记"移入"叙记"。见《经史百家简编》卷下，传忠书局同治甲戌（1874）季夏刻本，第34a—35a页。

③ 按：韩愈《平淮西碑》以多叙裴度而排抑李愬遭磨，其叙宪宗授命及诸将攻城降卒，又曾被讥为叙事非实、体类俳戏。曾钞先以《通鉴》"裴度李愬平蔡之役"一段记载，或亦存持平之意。

④ 见潘博编《高等国文读本》第5册，第71页。按：方苞此篇称韩碑"铭词未有义具于碑志者"，沿袭了宋代以来"呼前序曰志"的习惯，姚鼐曾辨其误。又姚范评《平淮西碑》有云:"或云铭词当出于序之外，补序所不及，仅以避重文耆，其亦未达《诗》、《书》之殊轨，文质之异用矣"，似亦针对方苞此篇书后而言。分别见徐树铮辑《诸家评点古文辞类纂》第1册，第43页；第3册，第587—588页。

⑤ 方苞《答乔介夫书》:"盖诸体之文，各有义法。"见《方苞集》卷六，第137页。按：潘博虽按照"碑记体"的标准将《平淮西碑》归入"杂记"，却并没有恢复姚鼐的"碑志"一类，且墓志文仍是沿袭《经史百家杂钞》归入"传志"类，可知其读本分类仍是依违于姚选与曾钞两种标准之间。

潘博《高等国文读本》针对新学制下的中学教学，其区划从“序事”到“立论”的学文次第，除了得自古文义法理论的启示，更有可能是为了配合学制规定。早在戊戌时期，张之洞《劝学篇·守约》规划“词章”一科，就已提到“当于史传及专集、总集中择其叙事、述理之文读之”。[①]壬寅学制小学设“作文”课，寻常小学堂第一、二年教口语联句，第三年作记事文，以“记事文”为由口语到作文的入门。至高等小学堂，“读古文词”课第一年记事之文、第二年说理之文、第三年词赋诗歌，“作文”课第一年作记事文短篇、第二年作日记及浅短书札、第三年作说理文短篇；中学堂设“词章”课：第一年作记事文；第二年作说理文；第三年学章奏、传记诸体文；第四年学词赋、诗歌诸体文。至少在普通文字的领域，均宣示从记事到说理的顺序。[②]癸卯学制《奏定高等小学堂章程》则规定：“中国文学”课程第一、二年“以俗话翻文话”，至第三年始作“极短篇记事文”，第四年作“短篇记事文、说理文”，仍是以记事文为入门；[③]中学堂及以上章程并未重复这些内容，但作文的基本架构已然确立。需要注意的是，清末学制多取则于同时期日本的模板，故其作文学程中记事、说理的区分和两种文顺序的规定，未必完全是本土文章学自然进展的产物。日本文部省于明治25年颁布《寻常师范学校之学科及其程度》，曾作为清末新学制样板广为流传（详第三章）。其中规定国语科作文教学次第：第一学年“使之用平易文体作日用书牍记事文”，第二学年“准前学年更使作论说文”，[④]亦是记事文

---

① 《劝学篇·守约》，苑书义、孙华峰、李秉新主编《张之洞全集》第12册，第9730页。

② 璩鑫圭、唐良炎编《中国近代教育史资料汇编·学制演变》，第280、282—283、273—274页。

③ 《奏定高等小学堂章程》，璩鑫圭、唐良炎编《中国近代教育史资料汇编·学制演变》，第320、321页。

④ 「尋常師範學校ノ學科及其程度」『官報』2710號、1892年7月11日。

为先，且与壬寅、癸卯两学制措辞颇为一致。[①]

清季中学国文选本中“记叙”与“议论”两大类别的升降，蕴含着古文理论、作文实践、学制规划等多重视线的交错。宋元以来，选家逐渐达成古文统为记叙、议论两大类的共识；清人论文尤重叙事，有“文章以叙事为最难”之说。[②]具体到“课蒙学文”的次第，则往往与难易的判断成反比例，或仍不得不循时文导向而“先为论事”。[③]时至清季，随着科举改试策论和报章议论的风行，不仅学堂作文仍多出策论、史论题目，坊行古文笔法书如《论说文范》、《论说入门》、《论说精华》之类，亦多以“论说”二字抓人眼球，似乎论说能力已成为作文的中心环节。但在“经世文”、“策论文”泛滥一世的风潮中，仍有学者坚守先通记叙而后学议论的观点。戊戌期间，陈澹然选“经史以降经世文”为《文宪》八十卷，即不忘指出“经世之文，首推论策，若空文摹拟，流弊亦等时文”；针对近世文家分体过碎的弊病，其书仅分纪述、典制、论策、书疏、诏令、箴歌六类，特别申明：“古之为文，不外记事、论事。先通记事之法，论事方有持循。纪述、典制，皆记事也；论策、书疏，皆论事也；诏令、箴歌则出入四者之间。”[④]故其六类实统于“记事”、“论事”二

① 日本明治时期出版有大量标题含有“记事论说”四字的作文指南书，修辞学著作引进作文分类，亦有记事、叙事、论说、解释等类别，都可能对其学制中“记事文”、“论说文”的分类和排序产生影响。关于明治时期的“记事论说”类作文书，参见齋藤希史「『記事論説文例』——銅版作文書の誕生」氏著『漢文脈の近代：清末＝明治の文学圏』名古屋大学出版会、2005、236-263 頁。

② 章学诚:《论课蒙学文法》,《章学诚遗书》，文物出版社 1986 年版，第 685 页；参见何诗海《“文章莫难于叙事”说及其文章学意义》,《文学遗产》2018 年第 1 期。

③ 《章学诚遗书》，第 683 页。按：章学诚《论课蒙学文法》一篇旨在指导书院诸生在外“授徒为业”的方法，故既要表现自家以史为文、文章复古的立场，又不得不俯就世俗需求。所述学文次第按论事、传赞、辞命、序例、考订、叙事、说理七类依次递进。在“论事”之外另有“说理”一类，必须待“学问充足”以后才能从事，自与参考时文标准的“论事”一类有别。

④ 陈澹然:《文宪例言》，王水照主编《历代文话》第 7 册，第 6806—6807 页。

门之下，且以“记事”为先。光绪三十年前后，林传甲在大学堂优级师范科讲授《中国文学史》，则将“文之成章者”分为“治事之文”、“纪事之文”、“论事之文”三类：“治事文自上而下者曰诏令体，自下而上者曰奏议体，上下兼用者曰书说体。”这一框架显然来自《经史百家杂钞》的三大门。惟独关于论事、记事之先后，林传甲并不同意日本幕末文家斋藤正谦（1797—1865）“宜先学论事文为便”的论断：“鄙意则以为习纪事为便，而治事文尤为切用，敢质之海内外教育家，以为何如？”[①] 林传甲提出的问题，在王纳善、潘博两种国文选本的体例中得到了回应。

潘博在其《高等国文读本》“略例”中曾强调他所揭示的古文“义法”并非近世词章家所谓“笔法”，并称后者是“制义家之所为”[②]，鄙夷之情溢于言表。从中正可看出清末古文教育的层次之分：作为科举遗风而流行于民间书塾的论说笔法，与得到古文家和新学制双重加持而应用于新学堂的国文选本，各有设定的市场和读者。“笔法”和“义法”看似接近，其实却有俗、雅之别。林传甲、潘博、王纳善主张“以叙事为先”，有各异的针对和依据，却都显示了新学堂文章教育的品位。面对俗选本的泛滥，林传甲、潘博的底气来自从方苞到曾国藩的古文之学，但他们自己却身处古文圈子之外，未必能体会二百年来古文派别、家数的复杂纠葛。直到光、宣之交，林纾、吴曾祺、唐文治等古文后学开始直接参与国文选本的编纂，晚近古文之学的分歧才开始渗入教科书世界。

---

① 林传甲编《（京师大学堂国文讲义）中国文学史》，第66、77—78页。按：林传甲引“拙斋〔堂〕谓宜先学论事文为便”，不无误解。斋藤正谦《拙堂文话》卷七：“凡作文，议论易而叙事难。譬之叙事如造明堂辟雍，门阶户席皆有程式，虽一楹一牖，不可妄移易；议论如空中楼阁，不厌出新意，故难易迥异。”所论是叙事、议论之难易，而非先后。王水照主编《历代文话》第10册，第9926页。

② 潘博编《高等国文读本》，卷首“叙”第3页。

三　“义法”与“声气”

光绪三十四年四月至九月间，商务印书馆连续推出两种针对五年制中学的国文教科书，即林纾《中学国文读本》（十册）和吴曾祺《中学国文教科书》（五集）。二者都采取了以代分集的形制，从“国朝文”逆溯直至“周秦汉魏文”。林选十册分三年出完，第一、二册初版后四个月即获再版，至宣统三年八月出至第七版；吴选则一次出齐五集，宣统二年十一月已出至第五版。民国以后，二书经过重订继续行世。[①]此前，商务印书馆曾于学制颁布伊始推出轰动一时的《最新国文教科书》，“备初等小学五年教科之用”，至光绪三十一年七月出完十册；接着《最新高等小学国文教科书》问世，于光绪三十二年十二月（1907年初）初版第一册，三十三年六月出完八册。光绪三十四年出版中学堂用国文教科书，自是出于接续学程的需要。

据光绪三十三年十二月林纾自序：“吾友张菊生（元济）、高啸桐（凤岐）、梦旦（凤谦）昆季，以书属予选国朝文，且命之曰必简必精。”[②]可知商务馆方最初是要选“国朝文”。同属福州乡籍的吴曾祺，与高凤岐兄弟“为文字交”多年，可能也收到了类似的请求。[③]吴氏常

① 民国初年，为适应中学校四年的新学制，林、吴二选由许国英分别重订为八册和四集出版。原书中“国朝”字样改为“清”，林选中曾国藩为江忠源、罗泽南、李续宾、李续宜、曾国华等所撰志铭哀词，以及各处“昭忠祠记”等不符合辛亥以后政治趋向的篇目，都遭删去。但此重订本依旧畅销，如吴选《中学国文教科书》至1913年3月已销至第八版，更不用说各地的翻版盗印了。

② 林纾评选《中学国文读本》第1册，商务印书馆光绪三十四年四月初版铅印本，卷首第1b页。

③ 吴曾祺早年教授乡里，与高凤岐“为文字交……居同里闬，每相过从”，吴氏“于并世文人少所许可，独推重啸桐，每与余言：啸桐治古文义例精严，为同时侪辈所不逮”。见江畲经《涵香山馆文集序》，吴曾祺：《涵香山馆文集》二集，商务印书馆1935年版，卷首第1a页。

年在涵芬楼抄选古文，准备较为充分，故能一下子由今溯古，选出全帙。相比之下，林选的编集、出版过程较长。与纯粹的古文选家吴曾祺不同，林纾其时既以翻译西洋小说知名，又先后任教于京师五城中学堂及大学堂预科、师范科；至宣统二年八月选毕全书时，已是分科大学经、文二科的正式教员。[①] 自光绪二十三年（1897）在苍霞精舍“授诸生古文”[②]，林纾先后辗转于福州、杭州、京师各处学堂，自家古文理念之上叠加了现场教学经验。其古文入手的途径，是由归有光上溯《左》、《史》义法，又不薄六朝文字，“长于叙悲，巧曲哀梗”[③]。这些个人嗜好至评选《中学国文读本》时仍有所体现。如其第三册“元明文”多选归文，林纾自陈乃是“取其情致绵密，得力于马、班之《外戚传》为多，读之令人生无穷之思，此则余之私嗜也”，甚至不惜与曾国藩指摘震川文“无大题目”之论立异；[④] 第八册选“六朝文”，也是“皆决以己意，获当与否，亦莫复前审”[⑤]。对照林、吴两种教科书与姚、曾选本篇目，论者曾指出选家趣味和眼光的作用使二书呈现出“不同于《古文辞类

① 参见陈平原《林纾与北京大学的离合悲欢》，《文艺争鸣》2016年第1期。

② 林纾：《苍霞精舍后轩记》，《畏庐文集》，商务印书馆1923年版，第59b页。

③ 涛园居士：《〈埃司兰情侠传〉序》，引自陈平原、夏晓虹编《二十世纪中国小说理论资料》第1卷，北京大学出版社1997年版，第136页。

④ 林纾评选《中学国文读本》第3册，商务印书馆宣统元年四月初版铅印本，“序”第1b页。后来林纾更在《震川集选序》中畅发其说，归文“最足动人者，无过言情之作，是得于《史记》之《外戚传》。巧于叙悲，自是震川独造之处。墓铭近欧而不近韩，赠序则大有变化，惟不及韩之遒练耳。曾文正讥震川无大题目，余读之捧腹。文正官宰相，震川官知县转太仆寺丞。文正收复金陵，震川老死牖下。责村居之人不审朝廷大政，可乎？虽然，王凤洲以达官执文坛牛耳，震川视之蔑如。果文正之言与震川同时而发，吾恐妄庸巨子之目，将不属之凤洲矣”。见朱羲胄编《春觉斋著述记》卷二，世界书局1949年版，第12页。

⑤ 林纾评选《中学国文读本》第8册，商务印书馆宣统二年正月初版铅印本，“序”第1b页。

篹》等桐城选本的独特面貌”。[①] 问题在于，“桐城选本”亦非铁板一块。从《古文约选》、《古文辞类篹》、《古文词略》到《经史百家杂钞》、《桐城吴氏古文读本》，篇选乃至结构的出入比比皆是，除了选家个人偏好的差异，背后也有相同古文祈向之下各自从入门径和侧重点的不同。因此仍有必要先从宏观的文章学理念出发，确认林纾等人所撰“国文教科书”在晚近古文版图中的位置。

清季民初，林纾任教于京师大学堂，得以结交出自吴汝纶门下而同在京中讲学的姚永朴、永概兄弟、马其昶等桐城嫡系，但他与桐城古文的因缘，还可回溯到辛、壬之际与吴汝纶本人的一段交往。据林纾日后追记，“辛丑（1901）入都，晤吴挚甫先生于五城学堂，论《史记》竟日”。当时所论要点有三：一是《大宛列传》归评本不划断诸国而融为长篇，前半以张骞贯穿，后半以大宛马为线索，为“融散为整”之法；二是《绛侯周勃世家》略于周勃而详于周亚夫，如西人集高楼而辟公园，为“疏密繁简”之法；三是对照《彭越传》与《高祖本纪》，可知详略互见之例。[②] 林纾早年古文之学从归有光《评点史记》悟入，认同归、方以来“专论文章气脉”一路，注重脉络断续与详略虚实的布局，多在“关锁穿插”处施加批圈笺识。[③] 七年后，林纾评选《中学国文读本》出版，同样著有大量批点，旨在“开示义法”。林氏批语除了训解

---

① 参见李斌《清末古文家与中学国文教科书的编写》,《文学遗产》2013 年第 5 期。

② 林纾:《桐城吴先生点勘史记读本序》,《畏庐续集》，商务印书馆 1927 年版，第 8a—9b 页。

③ 林纾曾自述光绪二十五年前后“客杭州时得一旧本，不审为谁氏所刊，序目已散落，余于书中关锁穿插处加一朱点，一日就日中映视，则经余点处，其下咸有淡黄圜，同其八九也，心异之。追读至终卷，则娄江谢氏用震川（归有光）本加黄为标识”。见林纾《畏庐续集》，第 8a—8b 页。按：归评在晚清与方苞的《史记评点》合刊为《归方评点史记合笔》，林纾自诩的“归方义法”，当即就此而言。清末章太炎尝称林纾的古文之学是“以猥俗评选之见，而论六艺诸子之文”，虽近于诋毁，却也不无道理。见章绛《与人论文书》,《学林》第 2 册，1910 年，“杂文录”栏。

字句、串讲文义、抒发议论等基本功能，很多时候正是围绕文章脉络、布局展开，或点醒“脉络筋节，或断或续，或伏或应”之所在，或指示字法、句法、笔法的奥窍。如第六册选韩愈《答胡生书》，开篇即点出：“通篇均用逆折之笔，以折为顿，少顿即转，气不促而恢然有余裕。”①说明运用“逆折之笔”、“顿笔”、“转笔”的效果，以便学生从“笔势”进入文章脉络。又如他日被林纾赞为“匠心独运，开后生小子无数法门”的韩愈《送齐暤下第序》，②篇首批语先代入作者视角，托出下笔的难处：“大凡以贫贱见抑者，则送行之序自可出之慷慨淋漓，然齐暤以贵介弟为有司矫情黜免，不能与刘蕡诸人同等。”然后才显出韩愈字法造势、化难为易的手段：“观他劈头用一‘公’字，随手带起‘亲疏远迩’四字，著一‘亲’字‘迩’字，已将齐生事拢罩矣，以下自易着手。”③经常为人忽略的是，《中学国文读本》是林纾第一部公开出版的古文评选，亦可称为其古文之学表著于世的起点，《春觉斋论文》、《韩柳文研究法》、《左传撷华》等古文论著中的一些精彩段落，多可在这部中学教科书中找到源头。

宣统元年（1909）十月改版的《商务印书馆书目提要》，在“中学国文读本”条下特意强调：“林先生专治古文，名满海内，此书内容不待赘述。”④似乎其时林纾已颇以古文家知名。不过，该目录中所见林纾的古文著述实仅此一部，而在“名家小说”、“新译小说”、“说部丛书”等类中，则著录了46种注明“林纾译”的外国小说，此外还有林纾自撰的一部“笔记小说”《技击余闻》。《中学国文读本》编选的前三年（光

① 林纾评选《中学国文读本》第6册，商务印书馆宣统元年九月初版铅印本，第29a页。

② 林纾：《古文辞类纂选本自序》，朱羲胄编《春觉斋著述记》卷二，第10页。

③ 林纾评选《中学国文读本》第6册，第38a页。

④ 周振鹤编《晚清营业书目》，第276页。

绪三十三年至宣统元年）也正是林译小说“精神饱满”的高产期。[①] 著译小说的实践，是否会影响到同时期展开的古文评选，亦是值得考察的问题。《中学国文读本》眉批倒是颇有提及小说之处。如第三册“元明文”选高启《书博鸡者事》，批云：“小说之与史记分别，在重与佻：小说语固有俊者，然佻也；史记语凝重处似笨，然所以脱去小说之习，正贵一个笨字耳。”[②] 第六册“唐文”选柳宗元《黔之驴》，亦有类似提示：“凡作此等文字，非生峭古雅，便易流入小说，以小说佻、古文肃也，读者当从毫厘中辨之。”[③] 不难发现，举凡林纾古文评点中提及小说，主要针对叙记文，要在撇清与“小说气”的关系。但反过来，当林纾翻译小说之时，则往往附会古文义法，致力于寻找二者沟通之处。[④] 光绪二十七年末撰《黑奴吁天录例言》有言：“是书开场、伏脉、接笋、结穴，处处均得古文家义法。可知中西文法，有不同而同者。”当年向吴汝纶“讲论竟日”的《史记》文法，也常被林纾引来阐释小说技法，如“融散为整”法见于《斐洲烟水愁城录序》（1905），“详略互见”法见于《洪罕女郎传跋语》（1906）等。[⑤] 在林纾的有意引导下，读者甚至也开

---

① 据朱羲胄统计，光绪三十三年出版林译 12 部，三十四年 19 部；宣统元年 10 部。在各年译著分布中均属偏高，光绪三十四年更与 1921 年并列为林纾译作问世最多之年。见朱羲胄编《春觉斋著述记》卷一，第 17 页。按：朱氏统计有不尽精确之处，部分林译小说初版亦难以确定，但应能体现大致趋势。

② 林纾评选《中学国文读本》第 3 册，第 29a 页。

③ 林纾评选《中学国文读本》第 6 册，第 6a 页。按：林选此类批语甚多，且多就柳文而谈，如第七册选柳宗元《童区寄传》，批云：“此等文近于小说，不以幽秀古峭出之，易流于琐细。”（第 1a 页）批《李赤传》云：“传中事怪特俚鄙，记之不善即流于小说。然柳州孤愤，极力痛诋世人，故有此作。寓言至是，毒极矣。”（第 5a 页）

④ 关于林纾作古文与译小说的两套文体标准，参见汪国垣《光宣以来诗坛旁记》“清末五小说家”条，张寅彭主编《民国诗话丛编》第 5 册，第 430 页；钱锺书《七缀集 · 林纾的翻译》，生活 · 读书 · 新知三联书店 2002 年版，第 93—94 页。

⑤ 分别见陈平原、夏晓虹编《二十世纪中国小说理论资料》第 1 卷，第 43、157—158、181—182 页。

始养成“以读《史》、《汉》之法”读林译小说的习惯。[①] 林纾翻译小说的文体，当然有别于他要灌输给中学生的“古文”典范。[②] 但小说在清末得到西学光环的加持，虽无当于“雅洁”，却有合于“义法”。翻译小说的经历，也有可能反过来强化既有的古文观念。林纾阐释小说技法与古文“义法”，采用的正是同一套术语。

自方苞以来，“义法”二字久为古文家门面语，其内涵亦多有变化。[③] 清末姚永朴曾总结：“记载之文，全以义法为主。所谓义者，有归宿之谓；所谓法者，有起、有结、有呼、有应、有提掇、有过脉、有顿挫、有钩勒之谓。”[④] 此类“从规矩证入”的理解，正接近林纾得自《评点史记》而通于小说叙事的“义法”，亦代表了晚清人对“义法”一词的一般理解。惟自方苞以下，古文义法又别有“从声音证入”的一路。[⑤] 正如姚鼐弟子方东树所申论：“徒讲义法，而不解精神气脉，则于古人之妙，终未有领会悟入处。”[⑥]“义法”惟有上通“精神气脉”，才能有别于

---

① 恽毓鼎宣统三年二月初五日记：“卧看林译《鬼山狼侠记》……畏庐同年工古文，以《史》、《汉》义法译润欧美名家之书，故所译各具面目，各有精神，处处引人入胜，余即以读《史》、《汉》之法读之，不特破寂而已。”见史晓风整理《恽毓鼎澄斋日记》，浙江古籍出版社 2004 年版，第 524 页。

② 参见汪国垣《光宣以来诗坛旁记》“清末五小说家”条，张寅彭主编《民国诗话丛编》第 5 册，第 430 页。

③ 关于方苞以降“义法”说的变化及相关争论，参见方孝岳《中国文学批评　中国散文概论》，生活·读书·新知三联书店 2007 年版，第 270—284 页；郭绍虞《中国文学批评史》下册，商务印书馆 2010 年版，第 375—397 页；段熙仲《论桐城派“义法”说及其实质》、《再论桐城派》，王气中等《桐城派研究论文集》，安徽人民出版社 1963 年版，第 93—108、173—190 页。

④ 姚永朴：《文学研究法·记载》，王水照主编《历代文话》第 7 册，第 6918 页。

⑤ 郭绍虞尝沟通明人“秦汉”、“唐宋”两派文论与桐城“义法”说，指出古文义法“有牵涉到道的方面的门面语，也有专重在文的方面的真知语。……专就学文形式而言，则又能融合秦汉派（前后七子）之从声音证入以摹拟昔人之语言，与唐宋派（归有光、唐顺之）之从规矩证入以摹拟昔人之体式”。见郭绍虞《中国文学批评史》下册，第 374—375 页。

⑥ 方东树撰，吴汝纶、吴闿生评《吴氏评本昭昧詹言》卷一，武强贺氏民国 7 年刻本，第 6b 页。按：此句之上，吴闿生录有吴汝纶批语：“南青（姚范）之不满望溪（方苞）以此。”

时文“笔法”之学；而欲“暗通其气”，入手工夫则在“精诵”。[①]然而，乾隆以来日渐凸显的这条由诵读声响上探神气的途径，却正是林纾不太提倡的。《中学国文读本》第一册“国朝文”选有姚鼐《答翁学士书》，批语就姚氏“声色之美，因乎意与气而时变者也”一句发挥，以为：“主气之说，昌黎亦恒言之，先生（姚鼐）言意与气相御而为词声，即从是以发；然而能如是者，仍根诸近道二字而来，后人徒讲声气，无益也。”[②]至第六册“唐文”自序，论及韩愈古文，林纾又有以下一段议论：

> 时辈泥昌黎声气之论，往往循声蓄气，以穷步昌黎。实则昌黎宁止以声气胜耶？气之流行于肢体，不可见也。凡所运动，皆气为之。舍肢体而言气，不可。行文若舍其意境、法律、理解，但为抗声楞响，是皆谓之气乎？故惟理醇，而后法立，法立则以意遣词，神完见定，择言始精，言精则一篇中具有声气，始不可漫灭。[③]

林纾反复强调“道”与“理”为文之根本，自是源自《中学国文读本》卷首所揭“古文惟其理之获，与道无悖者，则味之弥臻于无穷”的宗旨。而其要点，则在指斥泥于声气之说的“后人”或“时辈”。在此前后，林纾有一函致密友冒广生，解说从《史记》到韩愈的“蓄缩”、“续断”之法，顺带评议清人古文，论及曾国藩以下“因声求气”之说，终于揭晓其批语、序言中“后人”、“时辈”的所指：

① 方东树《书惜抱先生墓志铭后》：“大学者欲学古人之文，必先在精诵，沉潜反复，讽玩之深且久，暗通其气于运思置词、迎拒措注之会。然后其自为之以成其词也，自然严而法、达而臧。”见《考槃集文录》卷五，严云绶点校《桐城派名家文集·方东树集》，安徽教育出版社2014年版，第325页。

② 林纾评选《中学国文读本》第1册，第20b—21a页。

③ 林纾评选《中学国文读本》第6册卷首，“序”第1a—1b页。

曾文正主定“因声求气”四字诀，张濂亭（裕钊）极尊奉之，时时漏出犷悍之气，亦未必如所谓“不得不行”也。[①]

桐城古文“声气”之论发自刘大櫆，后来姚鼐、梅曾亮、方东树各有阐述，至曾国藩始以讽诵实践大昌其说，所谓“读书不能求之声、气二者之间，徒糟魄耳”。[②]而将之提炼为“因声求气”四字，则是曾门弟子张裕钊、吴汝纶往复论文的成果。林纾认为“因声求气”在张裕钊处露出“犷悍”之弊，对之不无微词，却回避了吴汝纶在其中的作用。稍后，林纾在大学堂讲授古文，《春觉斋论文》中“声调”一则更明言：“张濂亭先生恒执‘因声求气’之言用以诲人。实则讲声调者，断不能取古人之声调揣摩而摹仿之，在乎性情厚、道理足、书味深，凡近忠孝文字，偶尔纵笔，自有一种高骞之声调。”[③]所论亦与《中学国文读本》序言、批语相符。同时期致冒广生的另一信中，林纾还提到“濂卿文主‘因声求气’，有时亦近嚣悍，仅选一二篇而已”[④]，当即指《中学国文读本》的编选。林选“国朝文”两册共录文 58 篇，桐城相关诸家中方苞 3 篇、姚鼐 8 篇、梅曾亮 3 篇、曾国藩 18 篇；张裕钊则仅《与黎莼斋书》1 篇而已。

需要说明的是，林纾论古文并非不讲究声气，更不是要如激进趋新

---

① 林纾：《致冒广生》（七），上海博物馆编《冒广生友朋书札》，上海书画出版社 2009 年版，第 193 页。光绪二十八年至三十三年间，林纾与冒广生在五城学堂共事，二人曾在光绪二十八年春一同师事吴汝纶。事详拙撰《“海内三古文家合像”与清季古文风尚》（《文汇学人》第 443 期，2020 年 7 月）一文。

② 《曾国藩全集·日记》（一），萧守英等整理，岳麓书社 1987 年版，第 698 页。

③ 见王水照主编《历代文话》第 7 册，第 6373 页。按：《春觉斋论文》1913 年 6 月起在《平报》连载，应为宣统二年以后林纾在文科大学讲授古文学的讲义。

④ 《冒广生友朋书札》，第 197 页。

者那样废止古文讽诵。《中学国文读本》批语亦偶有涉及声响之处，如选《平淮西碑》，即提示“凡作大典制文字，句长则声枵，句短则气凝，所以能短之故，由少用虚字也”[①]。随后在大学堂批改学生札记，林纾亦指出铭文“有声”的特点，但字声必须基于“波折停蓄之态”，若只在声响上用功，“则声亦近枵”[②]；又说“专于桐城派文揣摩其声调，虽几无病之境，而亦必无精气神味”[③]。林纾晚年课儿作文，指出只知“造句”不能“行气”，乃是“不读之病”，因此布置每天读《过秦论》三篇，具体读法是：“一篇可五六遍，不要高声，默诵亦得。”[④] 姚鼐尝谓：“大抵学古文者，必要放声疾读，又缓读，只久之自悟；若但能默看，即终身作外行也。”[⑤] 林纾所谓“默诵”，还不是与朗诵对立的“默看”，但他提倡的古文读法，绝不是曾国藩那样“声音达十室以外”的高诵朗吟，殆可断言。对于常年在新学堂任教的林纾而言，所编读本不取“声气”而专重当时一般理解的“义法”，当亦有此类教学实际的考量。毕竟“义法”可讲而“声气”难究，在分班讲授的新型教学空间和一减再减的国文课时局限下，作为“声气”载体的放声吟诵面临诸多实际困难。[⑥] 讲求“义法”较之追索“气味”，相对而言更具可操作性。

与这种专注“义法”规矩的教学观相适应，林选《中学国文读本》排除“流入于枯淡”的经生之文，亦不取“隳突恣肆，无复规检”的史

---

① 林纾评选《中学国文读本》第7册，商务印书馆宣统元年九月初版铅印本，第11a页。

② 见林纾《畏庐续集·书黄生札记后》，第12b—13b页。

③ 林纾口授，朱羲胄纂述《文微·造作第四》，王水照主编《历代文话》第7册，第6537页。

④ 夏晓虹、包立民编注《林纾家书》，商务印书馆2016年版，第119页。

⑤ 姚鼐：《与陈硕士》（三十七），姚鼐撰《惜抱轩尺牍》卷六，第94页。

⑥ 光绪三十三年（1907）八月，在瑞安县中学堂担任国文教习的张棡就在日记中记录了诵读给新式课堂带来的困扰：“二堂上丁班国文，三堂上丙班国文课，诸生高声诵文，颇觉喧扰。项君申甫来商，谓国文须令诸生潜心圈点为是，予答以且俟下来复行之。”见《张棡日记》，第1013页。

家之文，从《经史百家杂钞》的庞大规模退回到《古文辞类篹》的分类框架。各集之间虽以时代逆溯，每集所选则按姚选十三类排列。惟从先秦到清朝，每个时代都要按这十多类选文，其实不太容易。尤其是在文章分类意识出现以前的"周秦汉魏"部分，林纾到此不得不放弃分体原则：

> 此为古文读本之第九、第十册，及周秦汉魏矣。顾《国策》之文姚惜抱先生以之入奏议类，而《左传》及《史记》、《汉书》则未及选也。《左传》为编年体，又为记事体，然断不能以之入"记事"一门。余嗜《左传》、《史记》、《汉书》日不去手，今选周秦汉魏，安能舍此三者勿选？然准之真西山《文章正宗》之四类，储同人《八家类选》及姚姬传《古文辞类纂〔篹〕》之十三类，位置均难妥帖，则不能不自我作古，以年代递贯而下，不更分门别类矣，此惟林西仲《古文析义》之陋本，方有是法，不得已而从之。①

此处提到真、储、姚三家类别都难以归纳《左传》、《史记》、《汉书》的文字，却又不同意《经史百家杂钞》纳《左传》入"记载门"的办法，其实触及了古文选家分类的一个内在困难：作为"古文"源头和典范的先秦两汉之文往往难以归类。因为文章总集的许多具体门类都来自魏晋六朝体类之学发达以后形成的"历史性分类"，未必能套用到这些类别成立以前的文献。就此而言，《经史百家杂钞》偏向"理论性分类"的分门法确实较为适用。

吴曾祺《中学国文教科书》的结构或可看作林选读本"周秦汉魏

---

① 林纾评选《中学国文读本》第9册"周秦汉魏文"，商务印书馆宣统二年十一月初版铅印本，卷首"序"第1a页。

文”部分的放大。不仅按照时代来分编，吴曾祺的选本在每编内部也不再分体，而是依作者叙次，“以年代递贯而下”，完全采用了《古文析义》、《古文观止》等俗体选本的样式。如此粗率的编排，并不能归因于编者缺乏辨体意识。稍后，商务印书馆推出吴氏抄选的《涵芬楼古今文钞》一百卷，便是以《古文辞类纂》十三类为纲，于其下再细分213个小目，详辨各体源流、功能、形态，可以说是把从《文选》、《文心雕龙》到《文章辨体》、《文体明辨》的“细分”传统发挥到了极致。[①]然而，后来改名为《涵芬楼古今文范》而与《古今文钞》一同行世的《中学国文教科书》，却有不同的用意。[②]

在姚永朴的《文学研究法》中，“以时代分者”也构成一种文章分类的模式。时至清末，文章选本按时代分编，更可附会外来的“文学史”观念。癸卯学制规定中学堂“中国文学”科讲习文义、文法、作文之后，“次讲中国古今文章流别、文风盛衰之要略，及文章于政事身世关系处”[③]，实源自当时日本中学国语科讲授“文学史”的要求（详第三章）。宣统元年二月，商务印书馆《教育杂志》介绍《中学国文教科书》，称道其书“每集之首，有例言一篇，综论其时文家之渊源、文章之优劣，颇多独到之论。学者得此，不啻读文学史矣”[④]。吴选各编“例言”主要就文章源流派别立说，称为“文学史”不无夸张，但其中也确有识得文派流变的精要之语。如其论曾国藩推宗桐城，“而欲少矫其懦

---

① 参见吴曾祺《文体刍言》，《涵芬楼文谈》附录，王水照主编《历代文话》第7册，第6631—6660页。

② 在吴曾祺的《漪香山馆文集》中，有《古今文范初集序》至《五集序》五篇，题下注明“原名《中学国文教科书》”，实即《中学国文教科书》每集书前的“例言”。见《漪香山馆文集·目录》，商务印书馆1915年铅印本，卷首。

③ 《奏定中学堂章程》，璩鑫圭、唐良炎编《中国近代教育史资料汇编·学制演变》，第329页。

④ 见《教育杂志》第1年第2期，宣统元年二月二十五日，“绍介批评”栏。

缓之失，故其持论以光气为主，以音响为辅”数句，日后被钱基博采入《现代中国文学史》，遂成为文学史家评价湘乡古文的定论。[①]吴曾祺选本每集选篇量大概是林选对应部分的 2—3 倍，在大家名篇之外，往往兼及不以文名的学者或不甚知名的篇章。以“国朝文”为例，林纾选王猷定、朱彝尊、侯方域、魏禧、汪琬、方苞、孙嘉淦、周树槐、姚鼐、恽敬、龙启瑞、朱仕琇、梅曾亮、郑珍、曾国藩、吴敏树、张裕钊共 17 家，篇目则集中于方、姚、曾等名家，同属桐城系统的刘大櫆亦未入选，标准甚严。吴曾祺选本亦以清初三家及桐城、阳湖、湘乡统系为主，但同时兼及顾炎武、黄宗羲、毛奇龄、陈宏谋、李绂、纪昀、汪中、龚自珍、冯桂芬等学者或官员，古文系统中亦多出刘大櫆、鲁一同、王拯、李元度诸家，全编以多尔衮《与明史可法书》冠首，结以薛福成、吴汝纶，保存全史的意识相当明确。此外，以往较少获得选家关注的五代文、金代文、元文等，吴选亦均以专集收录。[②]

吴曾祺在《中学国文教科书》开卷即指出并世选本颇少适用的状况，“高者曲究于气味之微，下者或越乎义法之外，二者工拙迥殊，而于教人之道均有所未备”；又指责清代汉学诸儒所作“往往不合于古文义法，至不足当识者之一笑”[③]。与林纾不取“因声求气”说的立场类似，吴曾祺亦以为“气味之微”对于中学国文教学而言过于高蹈，而宁取较合“教人之道”的“义法”。他指示义法的手段仍是批语和圈点：“于每

① 见吴增〔曾〕祺评选《中学国文教科书》第 1 册，卷首第 5—6 页；钱基博《现代中国文学史》，岳麓书社 1986 年版，第 33 页。

② 《中学国文教科书》遍收各代的初衷，正如吴曾祺在全书“例言”中所述：“自周秦以至今日，阅二千余年，气运既殊，文章亦因之日变，其渐趋于薄者，势使然也。因其渐薄，而尽力追摹，以求复其旧者，又通人硕士之所有事也。回而溯之，一代之隆，必有数作者撑柱其间。……必如明代李崆峒（梦阳）所云，文非秦汉不读，未免言之太过。”见吴增〔曾〕祺评选《中学国文教科书》第 1 册，卷首第 1 页。

③ 吴增〔曾〕祺评选《中学国文教科书》第 1 册，卷首第 5 页。

篇之中，略言其命意所在，间及其经营结构之法”，但不过分刻画，以区别于明末以来的评点家。所选篇目以“不戾于绳尺者为主”，每集“诸体具备”。惟连珠体、上梁文等不常用体类则不选，词赋类赞颂、箴铭、哀祭诸体外一概不录，并且“窃附姚氏之意”，不取曾钞广收的经、史、子之文。对于学制强调的“文以载道”、“非有关系不作”等教学原则，吴曾祺提出质疑；归有光被曾国藩讥为“无大题目”，吴曾祺一如林纾，为其大鸣不平。[①] 日后黎锦熙称清末国文选本遵循“姚选标准”，正是就林、吴二选步趋《古文辞类纂》而慎选经、史、子之文的体例而言。与套用《经史百家杂钞》框架的潘博不同，林纾、吴曾祺更看重教学实际，代表了活跃于教育现场的教师观点。其选文范围的收缩，亦因清末中学堂在“中国文学”之外另有“读经讲经”一科，专门研习经书，国文教科书遂得以专注于词章。

尽管如此，依托吴汝纶及其后学的文教影响力，曾国藩一系选本及其所传递的声气诵读之学，在近代国文教育场域中仍然颇占势力。活跃于清季以至整个民国时期教育界的唐文治即为一典型例证。光绪二十七年（1901）十月，唐文治有机会当面向吴汝纶求教为文之法，吴氏告以“子欲求进境，非明文章阴阳刚柔之道不可”，而欲明“阴阳刚柔”，又宜知曾国藩“古文四象”之说。他为唐文治解说诵读法的要诀：“文章之道，感动性情，义通乎乐，故当从声音入，先讲求读法。……读文之法，不求之于心，而求之于气，不听之以气，而听之以神。”[②] 光绪三十三年（1907）八月，唐文治就任上海高等实业学堂监督；次年于每星期日设立国文补习课，亲自上堂讲授。因为“苦无国文教授善本，爰随讲随

---

① 均见吴增〔曾〕祺评选《中学国文教科书》第1册，“例言”第1—4页。

② 唐文治：《桐城吴挚甫先生文评手迹跋》，《茹经堂文集三编》卷五，沈云龙主编《近代中国史料丛刊》续编第33种，台北：文海出版社1974年影印本，第1382—1385页。

编，普论大义，分才、性、理、气等凡二十余门”，即《国文大义》。[①]《国文大义》只是当时唐文治所编教科书的一部分，全书原题《高等国文读本》，宣统元年正月至翌年十一月间由与吴汝纶父子关系密切的上海文明书局印行。

唐文治在其书卷首即声明：“兹编系为高等学堂而设，必须中学毕业，国文具有根柢者，方能领悟”[②]，自与林纾、吴曾祺所编中学教科书层次有别。全书分为三部，共八卷：第一、二卷为《国文大义》，按文理分门解说，选辑古文；第三、四卷为《古人论文大义》，辑录前人论文名篇；第五至八卷为《国文阴阳刚柔大义》，取曾国藩“古文四象”之说编为选本，排序则仍按年代、家数，仅在每篇下注明“四象”所属，选篇多有与《国文大义》重合者。在“例言”中，唐文治将其心目中的“古文”分为五大部分：“《左氏》、《公羊》、《穀梁》、《国语》、《国策》为一部；《史》、《汉》、韩、欧为一部；屈、宋、马、扬为一部；贾、董、晁、刘为一部；老、庄、荀、韩为一部，其余皆支与流裔耳”，不仅采用曾国藩探源经、史、子并及扬、马辞赋的策略，更以先秦两汉之文为主，唐宋以下仅及韩、欧二家而已。[③]至于近世之文，本拟另编《致用录》，专选曾国藩、胡林翼、左宗棠、李鸿章等人公牍文字，“于外交之学尤三致意焉”。[④]

唐文治的《高等国文读本》旨在构建一个明体达用的古文体系，其

① 唐文治：《茹经先生自定年谱》，无锡国学专修学校1935年版，第59—63页。

② 唐文治编《高等国文读本》卷一，文明书局宣统元年正月初版铅印本，卷首“例言”第1a页。

③ 唐文治在《国文阴阳刚柔大义绪言》中提及“吴挚甫（汝纶）先生语余：曾（国藩）先生之文系用欧之骨，用韩之貌”，则推崇韩、欧，亦源自曾、吴一系古文之学的启示。见邓国光辑释《唐文治文章学论著集》第1册，第330页。

④ 唐文治编《高等国文读本》卷一，卷首“例言”第1b—2a页。

《国文大义》选文的结构，更呈现了在姚永朴所称体裁、时代、作用之外，另一种由唐文治自创的选本框架。除了开篇阐述“文之根源”的部分，《国文大义》的主体，是按照气、情、才、志意与理、繁简、奇正变化、声、色、味、神、戒律十一门来选录古文，大体是取姚鼐《古文辞类纂序目》中“神、理、气、味、格、律、声、色”八项错综而成。但其中“文之情”一门，姚氏未及论列。曾国藩“古文四象”有“少阴情韵”一种，以《诗经》、《楚辞》、《经史百家杂钞》“词赋”类及《十八家诗钞》杜甫、李商隐二家诗当之；[①]又尝分“人心各具自然之文”为“理”、“情”二端：“东汉至隋，文人秀士，大抵义不孤行，辞多俪语……此皆习于情韵者也。”[②]唐文治则在此门中追溯古文“言情”的谱系：《诗经》、《离骚》“为千古言情之祖”，《论语》、《孟子》“亦多情至之文”；“司马迁亦善言情，惜其性质稍嫌粗杂”，“诸葛武侯《出师表》几有字字血泪”，“陆宣公为德宗撰制诏，专务引过罪己，以感人心”。[③]唐文治又指出“情不可以伪为”，李密《陈情表》非不真挚，惟其中“少事伪朝”一语进退失据，鄙陋之情不觉流露；又奏疏文字须从“情”字注意，于叙事中抒情，尤为不易。选文为《史记·屈原列传》、《汉书·苏武传》、诸葛亮《出师表》、欧阳修《泷冈阡表》四篇，就此建立古文的“抒情传统”。

在“论文之奇正变化”一门，唐文治更对“义法”之说提出质疑。姚鼐尝致憾于方苞读《史记》不能包括其“大处、远处、疏淡处及华丽

---

① 《文章各得阴阳之美表》，钟叔河汇编校点《曾国藩往来家书全编》，上卷第227页。

② 《湖南文征序》，《曾国藩诗文集》文集卷四，王澧华校点，上海古籍出版社2005年版，第411—412页。

③ 唐文治编《高等国文读本》卷一，“国文大义上”，第8a—8b页。

非常处”，“止以义法论文，则得其一端而已”。[①] 唐文治则主要从曾国藩以来“有所变而后大”的格局着眼。他先是援引吴汝纶“道贵正，而文者必以奇胜”的论断，继而铺陈变化之法贵在“纯乎天机”，绝非前人狭隘理解的“义法”所能牢笼：

> 昔人论变化，每欲以义法绳之。鄙人窃谓论义法愈密，则文气愈卑，故诸生中凡具有才气者，只须读古人之文，至临文时，任天而动，变化自生，不必空言义法也。[②]

唐文治对“从规矩证入”的一路“义法”之说不甚佩服的态度，于此已昭然可见。他认为变化不在义法，而在“任天而动”，入手则“只须读古人之文”。通过反复诵读来获得文章“天机”，这正是张裕钊与吴汝纶榷论“因声求气”的要义。吴汝纶尝谓“苟其气之既昌，则所为抗队、诎折、断续、敛侈、缓急、长短、申缩、抑扬、顿挫之节，一皆循乎机势之自然”；张裕钊则强调“必讽诵之深且久，使吾之气与古人诉合于无间，然后能深契自然之妙”[③]。二家均以讽诵声气为自然入妙的途径。唐书“奇正变化”一门选文分理想之奇、比喻之奇、格局之奇、义理造言之正、格局之正五类。刘大櫆曾指出，“字句之奇，不足为奇，气奇则真奇矣，神奇者古来亦不多见”。唐文治引之，并补充道：“作文须至线索迷离惝恍之境，而实则极分明，方为神奇。”他认为惟有文字之奇才

---

① 姚鼐：《与陈硕士（用光）》（一），姚鼐撰《惜抱轩尺牍》卷五，第75页。

② 唐文治编《高等国文读本》卷一，“国文大义上”，第33b—34a页；参见吴汝纶《与姚仲实》（光绪十三年），《吴汝纶全集》第3册，第52页。

③ 分别见吴汝纶《答张廉卿》［丙戌（1886）七月六日］，《吴汝纶全集》第3册，第35—36页；张裕钊《答吴至父书》，《张裕钊诗文集》，王达敏校点，上海古籍出版社2007年版，第83—85页。

能应对“世变愈嬗而愈新”的时局，从而“以国文包天下之奇象”，探讨古文的“奇正变化”，亦有回应近代以来“名教奇变”之用。[①]

唐文治借以超越“义法”绳墨的“奇正变化”说，来自刘大櫆的“好奇”，更与曾国藩、张裕钊、吴汝纶不满于桐城方、姚诸老“雄奇瑰伟之境尚少”，从而拓展文境的努力有关。其中“奇崛”、“谲怪”、“恢诡”诸般文境的开拓，又寄于讽诵的声调，故紧接着不能不论“文之声”。唐文治指出古文声音本于“乐教”，要在调和阴阳刚柔。他发挥吴汝纶所述曾国藩、张裕钊的旧说，指出方、姚之徒未能究极声音之道，是因为他们拘泥于“古文”的范围：“惟其求声于古文之文，而不知求声于古书，所以其声日卑，由是阳而散，阴而集，刚而怒，柔而慑者，比比而见矣。”[②]在《国文大义》中，“声之文”按阴阳刚柔和五音区划，分为刚、柔、刚而近于怒、柔而近于慑、黄钟之声、大吕之声、刚质柔声、柔质刚声、宫声、商声、徵声 11 类。由声、色、味而进至于“古文理论最高层位”的“文之神”，唐氏又于阴阳之中分配美、恶，区为至诚、豪迈、灵警（以上阳刚之美）、淡远、凄婉、冷隽（以上阴柔之美）、骄奢、强梁、放诞（以上阳刚之恶）、柔佞、依违、蠢野（以上阴柔之恶）共“十二神”，作为选录古文的框架。[③]这种按照文境或文品选文的方式，正是模仿自曾国藩的《古文四象》。

唐文治念念不忘吴汝纶的遗教，认定古文之学臻于曾氏“四象”，“实系登峰造极，蔑以复加之诣；学者倘能窥寻斯义，叹观止矣”[④]，据

① 唐文治编《高等国文读本》卷一，“国文大义上”，第 41b 页；参见刘大櫆《论文偶记》（一六），王水照主编《历代文话》第 4 册，第 4110 页。

② 唐文治编《高等国文读本》卷二，“国文大义下”，第 1a—3b 页。

③ 唐文治：《论文之神》，唐文治编《高等国文读本》卷二，“国文大义下”，第 33b 页；参见邓国光辑释《唐文治文章学论著集》第 1 册，第 105 页。

④ 唐文治：《例言》，唐文治编《高等国文读本》卷一，卷首第 1b 页。

此续选《国文阴阳刚柔大义》四卷。《国文大义》与《国文阴阳刚柔大义》两种读本皆取法乎上，自然较前此模仿《古文辞类篹》或《经史百家杂钞》的各种中学国文选本为深。同时唐文治又编有《高等小学国文读本》四册，“为高等小学而设，中学校程度较浅者，亦可用之”[①]。其第一册选趣味短篇杂文；第二、三册节选《孟子》、《史记》，提示“用笔不入平庸”；第四册再选“杂文”，分为雄健、诚挚、雅逸、怪奇、名隽、灵警、恢诡、恬适八品，与《古文四象》“八境”或《国文大义》“十二神”多有贯通。针对清末学制与新式教授法推崇“讲授”而贬低“记诵”的观点，唐文治强调“用此编教授者，务以熟读背诵或默写为第一要事，否则宁勿用此也”，不惜与时论对立。[②]唐氏晚年又辑有《国文经纬贯通大义》八卷，凭借自家“课徒二十年”的阅历，专示无锡国学专修馆诸生。全书按44种“法”选辑经史古文，始于“局度整齐”、“辘轳旋转”、“格律谨严”等谋篇布局之法，终于“炼气归神”与“神光离合”之境，每“法”之下注明适用品类，规定学生“务以精熟背诵、不差一字为主”。诸书虽有深浅之别，却大致都在《国文大义》所揭“十一门”体系的范围内，以讽诵声气为入手，以自然神气为极致，亦即曾、张、吴“因声求气”之旨。[③]

---

① 见唐文治《高等小学国文读本·例言》，邓国光辑释《唐文治文章学论著集》第2册，第653页。据邓国光所撰“整理说明”，该种读本初刊于宣统庚戌（1910），整理底本则为1914年1月上海东方书局的再版本。又按：上海高等实业学堂还编有《中学国文读本》一种，作为《高等国文读本》前导。参见唐文治《中学国文读本序》，《茹经堂文集二编》卷五，沈云龙主编《近代中国史料丛刊》续编第33种，第793—798页。

② 唐文治：《高等小学国文读本·例言》，邓国光辑释《唐文治文章学论著集》第2册，第654页。

③ 参见唐文治《国文经纬贯通大义》“目录”、“叙”、“例言”，邓国光辑释《唐文治文章学论著集》第3册，第925—945页。按：唐文治此种按“法”分类的方式，颇似《古文笔法百篇》等世俗笔法选本，但其所揭法度由浅入深，最终达于“神气”之堂奥，则迥非“以时文为古文”的笔法之学所能比拟。

唐文治在《国文大义》中质疑“义法”绳墨，推崇曾、张、吴一系“因声求气”之说，正与林纾选本的立场相背。林、唐两种选本的设定对象，有中学堂与高等学堂学生之别。但如前所述，唐文治亦尝编辑高等小学、中学乃至大学国文读本，宗旨与《国文大义》并无大别；林纾在京师大学堂讲授古文，也颇取《中学国文读本》的评语发挥。由此可推知，二人歧见不仅取决于所编教科书对应学程的高低或体裁的详略，更展现了清末两种不同的古文教育理念。

论者早已注意到，吴汝纶身后其古文学统已开始分化：贺涛、吴闿生等居河北，延续曾、张、吴以来“推大斯文之途术”，有意拓展“雄奇瑰伟之境”，对唐宋古文则不无贬抑；与之相对，跟林纾接近的姚永朴、姚永概、马其昶一辈供职于京师各学堂，“恪守邑先正之法，载其清静”，仍以八大家为门径。[①]“二姚一马”收缩“古文”范围，亦有使之与新学堂“文学”一科对接的用意。林纾的古文之学标榜“归方义法”，实则源自明人史传评点；《中学国文读本》以评点见长，同一套术语也可用来阐释小说技法。唐文治则从吴汝纶所示“文章之道，感动性情，义通乎乐，故当从声音入”数句悟入，将声气之学落实在日常讽诵，旁通于诗赋乃至音乐，更在议论、叙事之外，注意到古文言情的谱系。二者相对，正代表着清末民初古文之学分化的两种趋势，同时也对应于古文教育的不同层次。从被视为“俗学”的“论说入门”，到新学堂古文教学的“叙事为先”，再到深入高等文学堂奥的“声气言情”，多层次的古文之学被投射到新旧文学教育的各个维度。伴随着修辞学、文学史等外

---

① 见钱基博《四版增订识语》，钱基博:《现代中国文学史》，第510页。关于吴闿生等人与“二姚一马”的分裂，以及这“两个古文群体”对唐宋古文的不同态度，可分别参见潘务正《从吴（闿生）马（其昶）反目看晚清民国桐城文派的理论取向》,《清代文学研究集刊》第3辑，人民文学出版社2010年版，第174—185页；石珂《桐城末学的群体构成与唐宋古文接受》,《安徽大学学报（哲学社会科学版）》2011年第6期。

来知识体系的导入，在讲究“义法”或“笔法”的叙事、说理之外，通于诗赋声乐的“抒情”作用正浮出水面。文章门类渐从宋代以来古文选本的“记叙”、“议论”二分中，演化出“叙事、说理、解释、抒情”的四分体系。

四 “情、事、理三种统系”

唐文治的《高等国文读本》实为古文选本，而每门选篇之前详著阐说，使得《国文大义》、《古人论文大义》、《国文阴阳刚柔大义》三部构成一个体系，故初刊时亦称《高等学堂国文讲义》。唐氏追溯“讲义”二字名义：“讲义之名，肇自有宋，大抵由门人弟子记载，俚俗之辞，均所不忌。”[①] 清末学堂内外流行着不少题为“讲义”的读物。此类著作仿自日本大学或专门学校“讲义录”体式，所述内容多属师范、高等学堂乃至大学堂的“专门学”，与课堂教学有密切联系。[②] 较之小学、中学普通国文采用的“读本”、“选本”体式，“讲义”作为专门文学知识的媒介，带有一定的著述性质。如清末林传甲、黄人所著“文学史”，就曾题署为“讲义”行世；古文方面，有林纾《春觉斋论文》、姚永朴《文学研究法》等。但若论取合古今中西诸种“文学”资源而自成体系，并在此基础上提出一种全新的文章门类框架，则当首推王葆心的《高等文学讲义》。

---

① 唐文治编《高等国文读本》卷一，卷首“例言”第 1a 页。

② 吴辟畺（阎生）《日本早稻田大学讲义录丛译旨趣》：“讲义录者，师生传授之词。外国学校全凭口说，而别具讲义录记其所说，授生徒以备遗忘，且以饷校外者。原文皆教师自著，幽深学理，一以浅近释之，其体裁姁姁如老妪絮语，务使人人易知。”见《经济丛编》第 20 册，光绪二十八年十一月三十日。

王葆心字季芗，湖北罗田人，早年肄业黄州经古书院，继而考取张之洞创立的武昌两湖书院；光绪二十四年起迭主博通、义川、晴川等书院，书院改学堂后任教于汉黄德道师范学堂。[①]《高等文学讲义》六卷，订为四册，光绪三十二年十二月由汉口维新中西书局发行。据学者考证，该种讲义原型为光绪二十七年前后王葆心在罗田义川书院时所撰，原本仅有简单纲目，后扩充为汉黄德道师范学堂“文学科”讲义，“新立篇目，取裁近日新资料与旧资料，鼓铸而镕化之，定一新旧文学适中之法式”，最终整合成《高等文学讲义》出版。[②]宣统以后，又修订扩充为《古文辞通义》，成为一部系统的文章学著作。近年来，围绕王葆心《古文辞通义》定本已涌现多种论著。惟早期讲义本改扩为《古文辞通义》时，曾抹去原先融汇“新旧文学”、“字句与东文相类”的若干痕迹。[③]游移于中外“文学”资源之间的《高等文学讲义》未尽完善，却更能反映清末学堂教育的原生态。

《高等文学讲义》本以师范学生为对象，但其“文学”理念不仅通于《奏定大学堂章程》所载“中国文学研究法”，[④]更连接着由语法、修辞、逻辑、文学史构成的近代西方语文学知识体系，颇有专门之学的气象。尝谓：“近今文学家，称文学界域中，尚赖种种之联合，而其用始完备。如欲思想无误，须明论理学；欲语言无误，须有国文典；欲得文学过去之状态，须解文学史。”而王葆心对其讲义的自我定位，则是

① 王保龢：《附识》，附载《古文辞通义》卷末，王水照主编《历代文话》第8册，第8140—8141页。

② 参见吴伯雄《〈古文辞通义〉研究》，复旦大学2007年博士学位论文，第7、27页；常方舟《失落的文章学传统：〈古文辞通义〉》，复旦大学出版社2020年版，第44—47页。

③ 见王葆心《古文辞通义·原序》，王水照主编《历代文话》第8册，第7034页。

④ 王葆心讲义曾多次援引《奏定大学堂章程》中国文学门课程中的“中国文学研究法”，见王葆心编撰《高等文学讲义》，卷一第24a页，卷二上第8a—8b、15a页，卷四上第3a、5a、13a页，卷四下第13a—13b、23a、24a、25b、26a页等处。

“实与东西人所称修词〔辞〕学之一种用意正合”。[①] 他列举武岛又次郎《修辞学》、佐佐政一《修辞法》、岛村泷太郎《新美辞学》、萩野由之（1860—1924）《中等教育作文法》等多种日本修辞学著作，同时也承认这些日文书多未见原本，“惟近译《中等作文教科书》、《修词学教科书》曾一览及”。[②] 其讲义中时而一见的修辞学内容，主要来自汤振常《修词学教科书》译介的武岛又次郎《修辞学》一书。尽管如此，王葆心还是尽力汲取了当时所能接触到的“文学”新义。在“纯粹之学”与“应用之学”之间，他更认同前者，以为“吾国之经学、史学、理学、文学，本自具优美尊贵之价值。洎欧学输入，而天下嚣然目此旧有之学曰无用，亦犹彼人士诟哲学、美术为无用之说也”，进而申言，“文学者，有美术之技能者也。美术之天职，今人《静庵文集》论之详矣”[③]。通过王国维刚刚出版的《静庵文集》，王葆心对哲学、美术的超功利性已有所理解。其讲义在迎合《奏定大学堂章程》规定的同时，亦导入了此时方兴未艾的“美学”话语，包含着突破奏定章程所持文章载道、载政之论的可能。

---

① 王葆心编撰《高等文学讲义》，卷首“叙例”第3a—3b页。按：由语法、修辞、逻辑、文学史等构成的“文学”，在王葆心体系中仍属“小范围”；此外有与“质学”（自然科学）对立的“大范围”之“文学”：“以今古文及哲学为主（原注：哲学赅伦理、论理、性理三门），而历史、舆地、政治为辅（原注略）。故凡学术中，须主文字以讲之者，皆可隶入‘文学’。东人图书馆著录义例，凡吾国旧日经部之小学、史部之目录、子部之小说，均隶‘文学’（原注：帝国图书馆新订目录体例）。定章分科大学之文学科，亦与西人功令所分同。”（“叙例”第2a页）可知其“大范围之说”的“文学”，相当于西欧、日本大学学制及《奏定大学堂章程》中“文学部”、“文学科”，包含古今文章、哲学、史地、政治等内容在内。

② 王葆心编撰《高等文学讲义》，“叙例”第3b页。此外，王葆心在讲义中还引到石川鸿斋（1833—1918）《正续文法详论》、儿岛献吉郎《汉文典》、山岸辑光（生卒年待考）《汉文正典》等日本汉学家的文章技法书。他称“修词学”为“文法规则”，仍是从文章作法的角度理解。

③ 参见王葆心《高等文学讲义》，“叙例”第4b页；王国维《论哲学家与美术家之天职》，《静庵文集》，上海教育世界社光绪三十一年铅印本，第83a—85a页。

王葆心在借鉴外来文学新说的同时，亦明确其书并非“东人搜讨原论之新裁”，仍将沿袭“本国论文家之旧轨”。[①]他模仿《文心雕龙》的体制，将全书析为解蔽、究旨、识途、总术、关系、义例六篇，分类摘引传统文章学著作，取材甚为庞博。王葆心认为元明以来《修辞鉴衡》、《文脉》、《文章辨体》、《文体明辨》等“各有旨归，不适今用”，清代叶元垲《睿吾楼文话》、李元度《古文话》则仅“辑录旧说，不加以研究”；刘熙载《艺概》最有名，又不专论古文。可知其所论的“文学”虽然范围广大，却仍以“古文”为中心，且欲有所发明。[②]作为当年两湖书院高才生，王葆心在讲义中时而援引张之洞的文章论，[③]古文趣味则偏向广义的桐城“义法”。《究指篇》论散文宜求典实古雅，即叮嘱诸生“守桐城之义法，流弊绝少”；同时亦不忘指出固守义法有“入于薄弱”之病，认可曾国藩对桐城门庭的扩充。[④]《解蔽篇》阐论文、道关系，历举朱熹、罗有高、包世臣、曾国藩之说，以为“文正之说，网罗最广”[⑤]；又称“究其用，则曾氏之法举以救桐城末派之弊，殊为有益焉”[⑥]。

王葆心在《总术篇》中提出以“情、事、理三种统系”整合古今文章分类，实即融汇曾国藩《经史百家杂钞》门类与外来应用修辞学、文学史新知而成的奇想。[⑦]针对《文选》以降日益烦琐的体类细分，王葆心主张真德秀、储欣、姚鼐、曾国藩四家选本较为简明的归类，就中最

---

① 王葆心编撰《高等文学讲义》,“叙例”第4a页。

② 王葆心编撰《高等文学讲义》,“叙例”第3a页。

③ 王葆心编撰《高等文学讲义》，卷一第24a页、卷二第3a页、卷四下第24b页。

④ 王葆心编撰《高等文学讲义》卷二，第9a页。

⑤ 王葆心编撰《高等文学讲义》卷一，第15a页。

⑥ 王葆心编撰《高等文学讲义》卷三上，第10a页。

⑦ 聂安福《情、事、理三种统系——王葆心文章发展史观研究》[《广州大学学报（社会科学版）》2009年第12期]一文已介绍王葆心用情、事、理三种统系构建文章史观，却对此种分类的外来渊源和文体学意义不无忽略。

认可曾氏以著述、告语、记载三门涵盖十一类文的思路。其讲义分文章为三门十五类，较《经史百家杂钞》多出“赠言”（即姚选“赠序”类）、“载言”（典谟训诰、语录、对策等）、“诗歌”、“传注”四类。各类“本体”之下，还增附了晚近产生的各种“变体”，并不以韵散、古今、雅俗等畛域自限。[①] 而他更重要的创造，还在于从宏观上将《经史百家杂钞》中告语、记载、著述三门，分别对应于“情、事、理”三个维度，尤其是要在古文固有的“说理”和“纪事”传统之外，导入近世文章较为缺略的“述情”一门：

> 告语门者，述情之汇；记载门者，纪事之汇；著述门者，说理之汇也。三门之中，对于情、事、理三者，有时亦各有自相参互之用，而其注重之地与区别之界，要可略以情、事、理三者，画归而隶属之。[②]

曾钞“告语门”包括诏令、奏议、书牍、哀祭四类，“著述门”则有论著、词赋、序跋三类。王葆心将二者投射到“述情”与“说理”之分，其实有一定难度。不仅诏令、奏议难以一概用“述情”归纳，要将诗歌、词赋保留在“说理”的“著述门”中，更是需要费辞弥缝。[③] 王葆

① 王葆心：《古文门类各家目次异同比较表》，王葆心编撰《高等文学讲义》卷四上，第6a—8a页。

② 王葆心编撰《高等文学讲义》卷四上，第8a页。

③ 王葆心在附注中有一段调和之论：“诗歌、词赋属著述，然溯其古义，则古人诗赋多用于陈奏讽谏，则下告上之类；或用以言志，或用以赠答，则同辈相告之类。绎此二义，皆与告语门通。”见王葆心编撰《高等文学讲义》卷四上，第9a页。与之类似，同时期来裕恂撰《汉文典》，在《文章典》的《文体》卷中，亦将包括狭义之“文”（俳谐文或杂著文）、诗歌、词赋、乐府、小说在内的“文词”纳入相当于真氏“辞命”类（或曾氏“告语门”）的“辞令”篇。见来裕恂著，高维国、张格注释《汉文典注释》，第341、315页。

心试图在前代文论中寻找“三种统系”的依据。他提到王世贞尝分六经、两汉、六朝文章为“理而词”、“事而词”、“辞而词”三层，即是综有情、事、理三类，“盖所谓词者，亦可谓之情也”[①]。章学诚《文史通义·诗教上》篇称经学、史学、立言（诸子）不专家而文章有经义、传记、论辨之体。王葆心由此推论三种统系与经、史、子的分化有关：“经义分自经类，在著述门，为说理；记载分自史类，在记载门，为记事；论辨分自子，其类亦统在著述之说理。告语一门，亦言〔六〕经、《左》、《史》之遗，推合其类，应并出自经、史。三者之外，统归词章，词章则抒情一类之汇，而情、事、理三者之流别明焉。”[②]这些举证其实都未免牵强。前人文论之中，叶燮曾指出“天地间万有不齐之物之数，总不出乎理、事、情三者”，恽敬分释“言理”、“言事”、“言情”为三种文辞气象，吴德旋亦曾将古来文章分为“记事纂言”、“言理”、“言情”三类。[③]但三家之论均未得到王葆心的征引。

---

① 王葆心编撰《高等文学讲义》卷四上，第8a页；王世贞语见《艺苑卮言》卷一，凤凰出版社2009年版，第14页。

② 王葆心编撰《高等文学讲义》卷四上，第8a—8b页。

③ 叶燮《与友人论文书》：“六经者，理、事、情之权舆也。合而言之，则凡经之一句一义，皆各备此三者而互相发明。分而言之，则《易》似专言乎理，《书》、《春秋》、《礼》似专言乎事，《诗》似专言乎情，此经之原本也。而推其流之所至，因《易》之流而为言，则议论、辨说等作是也；因《书》、《春秋》、《礼》之流而为言，则史传、纪述、典制等作是也；因《诗》之流而为言，则辞赋、诗歌等作是也。”引自王运熙、顾易生编《清代文论选》上册，人民文学出版社1999年版，第268页。恽敬《与纫之论文书》：“言理之辞，如火之明，上下无不灼然，而迹不可求也；言情之辞，如水之曲行旁至，灌渠入穴，远来而不知所往也；言事之辞，如土之坟壤咸泻，而无不可用也。”见《大云山房文稿初集》卷三，万陆等标校《恽敬集》，上海古籍出版社2013年版，第129页。吴德旋《许叔翘文集序》：“记事纂言之文原于《书》，继之者左氏《春秋内外传》也，司马迁、班固、陈寿其委也；言理之文原于《易》、《论语》，继之者孟子、荀卿也，董仲舒、扬雄、韩愈其委也；言情之文原于《诗》，继之者屈原、宋玉也，枚乘、司马相如、张衡、曹植其委也。”见《初月楼文钞》卷五，道光三年刻本，第8b—9a页。

王葆心如此苦心孤诣构建的“三种统系”框架，以之“演出历代之文派”、“统合文家之时代”、“区分文家之家数”，归根到底，还是急于要将源自曾钞的三大门与外来新知对接。被其引为例证的外来资源：一为马君武光绪二十九年发表于《新民丛报》的《法兰西文学说例》一文，谓法国散文分五种：“其中有三种，曰记事，即表中之记载门所属也；曰辩论，即表中著述门所属也；曰书牍，即表中告语门所属也。”[①] 马君武提到的另外两类散文是“学说”和“戏剧”，却因为无法纳入“三种统系”而被忽略。[②] 王葆心又举日本《记事论说文范》、《国民作文轨范》之类作文指南书将文章分为记事、论说两类为证。如前节所述，此种分类早已体现在清末学制对中小学作文课程的设计中。[③] 更直接的资源则是得自武岛又次郎《修辞学》的记事文、叙事文、议论文、解释文四类之分。在《高等文学讲义》第五卷《关系篇》中，王葆心列举了“告语文”、“纪载文”、“著述文”三种文章的具体作法，似乎仍是在曾钞三大门和情、事、理三种统系的框架下。但其“著述文”却包含“解释文作法”和“议论文作法”两节。[④] 到后来改定的《古文辞通义》中，相应部分就改成了告语文、记载文、解释文、议论文四类。[⑤] 其融汇、牵合古今中西各种资源论证“三种统系”的思路，略如表 5-1 所示。

---

① 王葆心编撰《高等文学讲义》卷四上，第 8b—9a 页。

② 贵公（马君武）：《法兰西文学说例》，《新民丛报》第 33 号，光绪二十九年五月十四日。

③ 王葆心在《识途篇》讲论“作法”之时，即指出：“从前奏定学章（按指壬寅学制），分记事文、说理文二种，而以记事文为入手之程限，续定学章《大学章程》称研究文学凡记事、记行、记地、记山水、记草木、记器物、记礼仪文体、表谱文体、目录文体、图说文体、专门艺术文体，皆文章家所需用。记事文之流别如此其繁，而在今日需用尤切，由此以返文，入诸有实有用，其意可深思也。”见王葆心编撰《高等文学讲义》卷三上，第 15a 页。

④ 王葆心编撰《高等文学讲义》卷五，第 7b—18a 页。

⑤ 王葆心：《古文辞通义》卷十七、十八，王水照主编《历代文话》第 8 册，第 7985—8041 页。

表5-1 情、事、理三种统系渊源

三种统系	曾国藩《经史百家杂钞》三门	章学诚《文史通义·诗教上》	马君武《法兰西文学说例》论 Prose	武岛又次郎《修辞学》	王葆心《高等文学讲义·关系篇》
情	告语门	（集→词章）	书牍 epistolaire	（无）	告语文＝述情
事	记载门	史→传记	记事 narratif	记事文 叙事文	纪载文＝纪事
理	著述门	经→经义 子→论辨	辩论 oratoire	解释文 议论文	著述文＝说理（解释文、议论文）

前章已述，清末从日本导入的修辞学著作，多包含面向实用的作文指导内容，往往分为记事（Description）、叙事（Narrative）、解释（Exposition）、诱说（Persuasion）、议论（Argument）等四至五种类型展开。这一知识板块并不属于古典修辞学，而是19世纪欧美应用修辞学兴起以后，修辞学重点从口头演说转向书面作文的产物。以日本明治时期文学界颇流行的亚勒山德·倍因（Alexander Bain, 1818-1903）著《英文作文与修辞手册》（*English Composition and Rhetoric, A Manual*, 1867）为例，其书分为两部：第一部“体制之一般”（Style in General），涵盖修辞格、修辞布局、风格嗜好等传统修辞学知识；第二部“作文分类”（Kinds of Composition），即由上述Description、Narrative、Exposition、Persuasion四种文与诗歌（含Lyric、Epic、Dramatic三类）共五章组成。[①]高田早苗于明治22年（1889）出版《美

① Alexander Bain, *English Composition and Rhetoric, A Manual* (New York: D. Appleton and Company, 1867), pp.4-5. “亚勒山德·倍因”是日本明治时代学者使用的汉字表记。按：倍因氏原书中诱说文（Persuation）一类亦作“Oratory”，亦即“作为修辞术源主题”的雄辩术，但相对于传统修辞学最为注重的演说现场，19世纪应用修辞学论述此类文字时，主要关注其与论证术和逻辑学的关系。

辞学》，分为前、后二编，即完全采用了倍因氏《手册》的框架。在相当于原书“作文分类”部分的“后编”开卷，高田比较了“西洋之分类法”与中国传统的文章体类：

> 本来日本也遵循中国自古以来的分类法，将文章大别为“论文”和“记文”两种；细分之，则为辞、赋、说、解、序、记、箴、铭、颂、文、传、碑、辨、表、原、论、书等数十类。然熟考文章之性质，大别之法未免不足，而细分又过于烦琐。今从西洋之分类法，先将文章大别为“散文”与“韵文”二类……①

高田早苗指出古来日本沿袭的中国传统文章体类有“大别”与“细分”两个层面：“大别为‘论文’和‘记文’两种”，即宋元以来古文分为“议论”、“叙事”两大门的趋势；“细分”所举的17类文，则来自近世日本家弦户诵的《古文真宝后集》。②高田认为这两种传统分类法各有“过”与“不足”之病，故宁取“西洋分类法”，也就是倍因氏“作文分类”的框架：先分散文、韵文为两大门，散文中又分记事文、叙事文、解释文、诱说文四类。惟其中“叙事”、“记事”等译名，仍沿用了东亚传统文章学的称呼。③高田早苗确定的类别名称在明治中后期日本修辞学著作中得到延续。明治31年武岛又次郎《修辞学》一书出

① 高田早苗『美辭學』金港堂、1889、後編1-2頁。

② 按：《古文真宝》一书前集选诗、后集选文，元明两代一度颇为盛行，但明末以后却几乎消失，反而在近世朝鲜、日本获得大量翻刻、笺注、训解，影响极大。江户时代日本流行的《古文真宝》是“后集”选文分为17类的“魁本大字本”，“不仅成为读书人的教养书，而且用做教育儿童的教科书”。这种趋势一直延续到明治时代。详见熊礼汇《〈古文真宝〉的编者、版本演变及其在韩国、日本的传播》，《人文论丛》2007年卷，中国社会科学出版社2007年版，第471—503页。

③ 见《文章欧冶·古文谱三》，王水照主编《历代文话》第2册，第1241页。

版，同样步趋倍因氏《手册》分为两部结构。但其中分体阐述文章构思部分的内容，依据的是 Adam S. Hill《修辞学原理》（*The Principles of Rhetoric*, 1896）的“作文分类”，依次为“记事文”、“叙事文”、“解释文”、“议论文”，而将倍因氏分类中的“诱说文”包括在“议论文”之内。[①] 纳入“议论”一类以后，四类文的译名形态更接近传统的古文门类；从“记事”、“叙事”发端而终于“议论”的顺序，也基本固定了下来。经过汤振常《修词学教科书》、龙志泽《文字发凡》等书的译介，这种“四分法”在清末新学界开始流播，成为王葆心提出“情、事、理三种统系”的背景。

近代日本修辞学著作中“记事”、“叙事”、“议论”等类的译名，既使清末读书人感到亲切，又有可能因这种亲切而忽略了其与中国固有文章学不同的学科脉络。王葆心从真德秀《文章正宗》的辞命、议论、叙事、诗赋四类出发，指责武岛所分“衡以文体全部，所该遂多缺略”。[②] 但其对修辞学文类内部的一些显著分别，却未必都能理解。比如自倍因氏到武岛氏无不强调“记事”与“叙事”之分，前者描写复杂的静态对象，后者则叙述“一系列场景、位相的推移或事件的流变”[③]。《高等文学讲义》则将二者归为“纪事”一类。又如基于科学实证的“解释文”一类（今译“说明文”），本与强调逻辑论证的“议论文”不同科。汤振常《修词学教科书》“解释文”部分曾点出：“我国此种文极少，以科学不发达故”，又谓：“我国文词，不重朴实正确，而以风华流利者为长，

① 参见速水博司『近代日本修辞学史——西洋修辞学の導入から挫折まで』149-154 頁；Adam Sherman Hill, *The Principles of Rhetoric*, pp. 247–248.

② 王葆心编撰《高等文学讲义》，“叙例”第 4a 页。

③ Alexander Bain, *English Composition and Rhetoric, A Manual,* p.166.

此由解释文之未发达也，推其原因，以科学阙如故。”[①] 王葆心则认为汤振常“但徇东籍，未能反而精察本国完备之文学”，进而指出“我国汉之笺注、唐之义疏、宋之章句，最号发达，四部中俱夥，其体重在朴实正确，即所谓解释文也”，将“解释文”等同于中国固有的经解、注疏、章句之类。[②] 乾嘉以来，学者“立考据之名，然后以注疏为文”[③]，浸假而“随文解义”的注疏本身也被当作文章体裁。[④] 曾国藩曾在《经史百家杂钞序例》中将“读”、“传”、“注”、“笺”、“疏”、“说”、“解”等纳入广义的“序跋类”（“他人之著作序述其意者”）[⑤]，王葆心改称此类为“传注类”，仍隶“著述门”。而“著述门”在三种统系中又对应于“说理”。于是，被视作经解注疏的“解释文”便顺理成章与“议论文”一起组成了“说理”一系。到此为止，王葆心统合武岛又次郎《修辞学》四类入《经史百家杂钞》著述、记载两门，大体还算顺畅。但剩下的“告语”一门却颇难处理。王葆心将“告语文”的功能定位为“述情”，非但在应用修辞学“作文分类”中找不到对应，而且从真德秀到曾国藩，“辞命”或“告语”都强调奏对往来的实用功效，与抒情功能亦不必然相关。

将“情之文”视为与叙事、说理并列的文章类别，传统文论中并非没有先例。但王葆心在三者之中首推“情”的作用，仍主要来自西学启迪。西洋哲学有知、情、意三分之说，日本明治时期文豪坪内逍遥在其

---

① 汤振常编《修词学教科书》，第25a—25b、32a页。

② 王葆心编撰《高等文学讲义》，“叙例”第4a页。

③ 刘师培：《论近世文学之变迁》，《国粹学报》第26期，光绪三十三年正月二十日。

④ 如俞樾门人王兆芳所著《文章释》，即首列释、解、故、传、微、注、笺、义、义疏等“修学之文章”四十八体；章太炎《论文学》更将“疏证”列为无韵文“学说科”之一类，且以之为“有句读文”的典范。分别见王水照主编《历代文话》第7册，第6259—6278页；章炳麟：《国学讲习会略说》，秀光社1906年版，第47、52—53页。

⑤ 曾国藩编纂《经史百家杂钞》，“序例”第2a页。

名作《美辞论稿》（1893）中，将之运用于文章分类：智之文以思虑为具，以阐明、辩论为作用，以知解为目的，包括叙说、辩论；情之文以想象为具，以表白、描写为作用，以感动为目的，包括“华文”（美文）和诗歌；意之文兼思虑、想象为具，以奖励、鼓舞为作用，以实践为目的。坪内还在智、情、意三类文与修辞学“作文分类”、陈绎曾《文章欧冶》所分“叙事”、“议论”、“辞令”三类之间作了对照。[①]随后，在武岛又次郎《修辞学》中，文章的刺激作用被分为“智的”、“情的”、“美的”三种，分别诉诸人的理性、感情、嗜好，表现为明晰、势力、优丽三种风格。[②]不过，“知、情、意”与“情、事、理”仍有差异：前者侧重于“心力”发动的机制，后者则为文章作用（“抒”、“叙”、“说”）的对象。其实，关于“述情”之文的直接源头，王葆心讲义中一段夹注早已有所交代：

> 述情一派之缺略于后世，由于道德政治之见太重，谓述情一派为冷淡不急之文字，而文字固有之兴味全失矣。《静庵文集》曰：我国诗歌“咏史、怀人〔古〕、感事、赠人之题目，弥满充塞【于诗界】，而抒情、叙事之作，什佰不能得一；其有美术上之价值者，仅其写自然之美之一方面耳”。吾观述情、叙事之诗歌，惟汉人最可贵，由当时述情一派未亡也，文字亦然。[③]

王葆心引王国维《静庵文集》语，仍来自《论哲学家与美术家之天职》

---

① 坪内逍遥「美辭論稿」『早稲田文學』第 33 號、1893 年 2 月。

② 武島又次郎『修辭學』10 頁。

③ 王葆心编撰《高等文学讲义》卷四上，第 11a 页；参见王国维《论哲学家与美术家之天职》，《静庵文集》，第 84a 页。

一篇。其中“抒情”、“叙事”都是就诗歌而言，对应于西洋古典诗学“Lyric”与“Epic”的二分。在倍因氏《手册》的“作文分类”中，与四类“散文”并立的“韵文”包含Lyric、Epic、Dramatic三类，高田早苗分别译为“讽咏诗”、“叙事诗”、“戏曲诗”；但“叙事诗”（Epic Poetry）与“叙事文”（Narrative）本是诗学与修辞作文不同脉络下的类别，只是高田采用的汉字译名偶合而已。王葆心却将二者混为一谈，遂使与“叙事”并列的“抒情”亦由“诗”而通于“文”。《高等文学讲义》引用“日本人桑里氏”论“希腊罗马文学时代”：“西人文学，先有诗歌、悲剧，是先发见言情之文；继有历史，而发见纪事之作；其雄辩、批评、理学、科学，各承散文派后而踵兴，盖是三者，说理统系中事也。是说理之风，盛于言情、纪事之后矣。……故言情或起于文字未作之先，纪事则随文字而具，说理则在文字略备之后矣。三者滋生之次第，无中外一也。”[①] 追本溯源，王葆心对情、事、理三种文的分类及排列次序，除了对曾氏三大门和应用修辞学“作文分类”的综合，更以王国维的美学说为媒介，受到西洋诗学分类和文学史论述的影响。

王葆心对“述情文”统系的伸张，在清季国文教育崇尚功利实用的整体氛围中颇显突兀。癸卯学制中学以上文义、文法、作文课程均以“应用的古文”为旨归，各种国文教科书、文章选本很少取用词赋骈文，[②] 诗歌更被排斥在“文学”课程之外；作为文法资源的修辞学

① 王葆心编撰《高等文学讲义》卷四上，第11a—12a页；按：王葆心所引“桑里氏”未明为谁，其所称古希腊、罗马文学发生的次第，与涩江保《希腊罗马文学史》所述颇为相近。

② 如吴曾祺就在其《中学国文教科书·例言》中明确指出：“词赋一门……近来选古文者，或不之及。然平心而论，摛华挨藻，自有专家，未可合以为一。则列之古文之外，与列之古文之中，未见古人之必是，而今人之必非也。兹编亦一概不录，惟赞颂、箴铭、哀祭诸体，多用有韵之文，今于每集俱存数篇。”见吴增〔曾〕祺评选《中学国文教科书》第1册，卷首第2页。

知识，亦侧重于实用作文一系。唐文治《高等国文读本》独列“情之文”为一门，但与“气之文”、“才之文”等并列，仍是从古文生成机制上讲，与记事、论说这些功能分类并不在一个层面上。[①]至王葆心《高等文学讲义》绾合中外文论，将“情”与“事”（叙记）、“理”（论说）并列，词赋、诗歌为中心的述情之文始获得教育上的普通文体资格，更为民国以后作文教学“抒情文”或“情感文”一类的确立打下始基。

《高等文学讲义》初稿甫成，王葆心的友人陈曾寿就将其书“呈学部审定，作为中学堂以上参考书，刊之《学部官报》及《审定书目》”。以光绪三十三年（1907）王葆心进京就职于学部和礼学馆为契机，其讲义得到京中袁嘉穀、马其昶、姚永朴、陈澹然、林纾、陈衍、胡玉缙、顾印愚等学人的印可，张亨嘉、乔树枏、严修等学部同僚也颇为嘉赏，大学堂“分科大学文科诸君多展转购求以去”[②]。是年四月二十七日，任教于浙江瑞安县中学堂的张棡读到王氏此讲义，称其“罗列今古言文诸书，折衷斟酌，不倚不偏，洵足当博大精深四字，以视近日新出之《中国文学史》、《支那文学史》及《国文典》、《汉文典》，往日之《文话》、《文则》等书，犹培塿也”[③]。民初古文家姚永朴在北大讲授文学，所著《文学研究法》模仿《文心雕龙》体例，同样是一部富有雄心的体系之作。内有《范围》一篇，界画文学“其义之由广而狭”，指出文学家有别于性理家、考据家、政治家、小说家，但在篇末却笔锋一转，进而论文学

① 此外，曾被王葆心征引的儿岛献吉郎《续汉文典》一书也曾提到：“从性质上，文章分为理的、气的、情的、才的、辞的五种。”见『續漢文典』63頁。

② 王葆心宣统三年（1911）识语，载其所撰《古文辞通义》卷首，王水照主编《历代文话》第8册，第7033—7035页。

③ 见《张棡日记》，第978—979页。

之“乃所以为广者”：

> 吾尝论古今著作，不外经、史、子、集四类。约而言之，其体裁惟子与史二者而已。盖诸子中，《管》、《晏》、《老》、《墨》、《列》、《庄》、《扬》、《韩非》、《吕览》、《淮南》，皆说理者也；屈、宋则述情者也；《左》、《国》、马、班以下诸史，则叙事者也。经于理、情、事三者，无不备焉，盖子、史之源也。如子之说理者本于《易》，述情者本于《诗》；史之叙事者，本于《尚书》、《春秋》、三《礼》。此其大凡也。集于理、情、事三者，亦无不备焉，则子、史之委也。……大抵集中如论辨、序跋、诏令、奏议、书说、赠序、箴铭，皆毗于说理者；词赋、诗歌、哀祭，则毗于述情者；传状、碑志、典志、叙记、杂记、赞颂，皆毗于叙事者。①

此段论述理、情、事三者在经、史、子、集四部的分布，酷似王葆心从章学诚《诗教上》篇所论经、史、子源流中剥出“情、事、理三种统系”的思路。惟姚永朴固守古文矩矱，仍按姚选、曾钞旧例，列“说理”（论辨、奏议等类）于“述情”、“叙事”之前，遂改王葆心“情、事、理三种统系”的顺序为理、情、事。姚永朴对王葆心三种统系之间的罅隙也有所修补，主要是不再将“理、情、事”三者机械地对应于《经史百家杂钞》三大门。如曾钞“著述”一门，王葆心系于“说理文”，姚永朴则分别论之：“大抵论辨、箴铭，毗于说理与事者为多；词赋则毗于述情者为多。”②“告语”一门也不复专属于“述情”：“其上告

① 姚永朴：《文学研究法·范围》，王水照主编《历代文话》第7册，第6854—6855页。

② 姚永朴：《文学研究法·著述》，王水照主编《历代文话》第7册，第6898页。

下者曰诏令，下告上者曰奏议，同辈相告曰书牍、曰赠序，人告于鬼神者曰哀祭。前四类毗于说理、说事者为多，而述情亦存乎其中；后一类毗于述情者为多，而理与事亦存乎其中。”[①] 说理、叙事、述情之分，渐有从文学“门类”回归文章“功效”的趋势。要之，凭借姚永朴桐城后学的名望，特别是他在清季民初先后任教于京师法政学堂和北大文科的经历，王葆心统合古文门类与西洋修辞学、文学史知识体系而成的“情、事、理三种统系”，正有可能获得更大范围的传播。

余论　断裂与脉延

从古文选本到涵盖古今中外全体的文学讲义，宋元以来将文章大别为“论说”、“记叙”的两大门趋势，在清末被扩展成“情、事、理三种统系”。新学制、新知识带来的变化寓于传统文章学的脉延，中等以上国文教育在教学适用和知识实用的诉求之上，已开始摸索作为一科专门学理的体系性。“说理”、“叙事”、“抒情”三者不仅构成理念上的门类框架，更在教育考量中有其难易和从入先后的区别。不同门类侧重的文章选本分别以“笔法”、“义法”、“声气”为着眼点，背后既有古文观念的分歧，亦体现着近代文章教育应对不同教学条件、知识程度、社会需要的分层。

清末学制在中学堂以上注重讲读古文，《御选古文渊鉴》、《古文辞类篹》、《经史百家杂钞》等古文选本先后被指定为教学用书。吴汝纶系古文家活跃于新教育界，更确立了姚、曾选本在中学国文教育中的典

① 姚永朴：《文学研究法·告语》，王水照主编《历代文话》第7册，第6906页。

范地位。壬寅、癸卯两学制和几部早期的选本型教科书，都延续了真德秀《文章正宗》以来归纳功能大类的趋势，大致将古今文章分为“论说”与“记叙”两门。在曾国藩《经史百家杂钞》影响下，以大门类嵌套小文类，从而区分不同分类层次的模式颇为流行。但其间部分选本已改变姚选、曾钞以来“论辨”居首的惯例，以“记事文”或“叙记文”为先。清季民初，科举改试策论的遗风与报章社论的流行，共同造就了学塾乃至部分新学堂作文教学以“论说”为中心的风气，坊行铅、石印作文读物多围绕古文与时文相通的“笔法”展开。与之相对，潘博、林纾、吴曾祺三种国文选本均标榜桐城“义法”，自有别于俗选。惟时际清末，桐城古文统系亦在衍化之中。林纾以史传“义法”阐释小说技法，所编《中学国文读本》突出“意境、理解、法律”，隐含着挑战曾国藩、张裕钊、吴汝纶一系“因声求气”说的观点。唐文治的《高等国文读本》则高自标置，张扬得自曾、吴一脉相传的讽诵读法，以“四象古文”归纳文类，由“声气自然”上达天机，对林纾等孜孜以求的“义法”绳墨却不无非议。中学以上国文教科书各异的分类框架和门类侧重，折射出古文之学的近代分化。

古文选本的门类框架在清末国文教育场域中得以延续，更为新型文章分类的引进准备了接受媒介。19世纪欧美应用修辞学知识体系经日本一转手而传入，记事文、叙事文、解释文、议论文四者构成的“作文分类”，亦得以与从真德秀到曾国藩的古文归类对接。此种新型分类法从古文选本的“叙记”类中分出记事、叙事两类，在“论说文”中注入逻辑推理的步骤，还新增了强调科学理性的“解释文”一类。王葆心《高等文学讲义》统合中外文学资源，在“叙事”、“说理”二分之外，汲取西洋诗学中叙事诗、抒情诗的对立，增加“述情”一类，整理为“情、事、理”三种统系，将之对应于《经史百家杂钞》的告语、记载、著述三门。借助新近导入的“美术”话语，王葆心的讲义突破了清末学制的功利基调，特别强调“述情”一系文学，使词赋、诗歌为中心的“述情之文”得以进入新学堂国文教育的视野。

民国肇造，学制更定，经科既废，国文一科纳入部分读经内容。曾国藩《经史百家杂钞》以其笼括四部的规模，一度成为新编中学国文选本的模板。不过，随着“文学革命”的推进，世运改变文运，清末以来活跃在国文教育界的古文家势力终趋式微。惟独以“情、事、理”三者为维度的作文分类，依托应用修辞学和写作学话语，在普通教育领域仍然得以保留，构成民国时期大量作文指导书乃至部分国文教科书的基本格局。

1916年，叶绍钧与陈文钟连名发表《国文教授之商榷》一文，指出“我国文字不难于识字而难于造句，尤难于明白文章之体裁”，高小以上学生，虽不必严密区分文体，却应了解大体判别。故于“篇法”之中揭橥三种文体：叙记体（含写生的、简单的、复杂的、叙情的、叙智的五类）、说明体（含叙情的、叙智的、例证的、汇类的、议论的五类）、论说体（含演绎的、归纳的、对比的三类）；以叙记体为入门，而将抒情之文散入叙记、说明二体下的“叙情”一小类。[①] 此后涌现各种作文指导书或课程指导大致延续了这种结构，以记事、叙事、说明、议论、抒情等组成“普通文”一大类。与之并列，则有书札、契约、法规等“应用文”以及诗歌、小说、戏剧组成的“文艺文”。

“普通文”的分类显然是清季以来引进应用修辞学“作文分类”的结果，但民国时期学者多能意识到此种后设“理论性分类”的局限性。

① 陈文钟、叶绍钧:《国文教授之商榷》(一)，原载《尚公集》(尚公小学十周年纪念集，商务印书馆1916年版)，引自刘国正主编《叶圣陶教育文集》，人民教育出版社1994年版，第5—7页。

如夏丏尊、刘薰宇合著《文章作法》（1924）就指出："文体底分类，原只是为说明便利和作者自身态度不同；实际上并没有纯粹属于某种体裁的文字。"[①]在实际的作文指导中，记事文和叙事文常合为"记叙文"一大类，议论文和说明文（原译"解释文"）则并为"论说文"，仿佛回到了古文选本两大门的格局。但从1920年代起，作文指导书又开始在"记叙文"、"论说文"之外增加"抒情文"（或称"情感文"、"发抒文"）一类。1922年7月，梁启超于南开暑期学校演说《中学以上作文教学法》，便将文章大别为"记载之文"、"论辩之文"、"情感之文"三种。梁氏认为三种文都应教应学，但"第三种情感之文美术性含得格外多，算是专门文学家所当有事。中学学生以会作应用之文为最要。这一种不必人人皆学"[②]。翌月梁氏在东南大学演讲同一题目，便只以"客观的吸进来"和"主观的发出来"为标准分为"记述之文"与"论辨之文"两种。如此处理，并不意味着忽略"情感之文"。当年春，梁启超就在清华开过"中国韵文里头所表现的情感"系列讲座；惟在事、理二者与情之间，仍存有"应用"与"美术"、"普通"与"专门"的畛域。[③]叶绍钧于1924年出版《作文论》，针对历来古文选本门类纷杂之弊，强调若要符合"包举"、"对等"、"正确"的分类三原则，惟有"分文字为叙

---

① 夏丏尊、刘薰宇：《文章作法》，开明书店1930年订正八版，第35—36页。

② 梁启超：《中学以上作文教学法》，《改造》第4卷第9号，（署）1922年5月15日（实际刊行在7月以后）。此篇未载完，全本改题《作文教学法》，后收入林志钧编《饮冰室合集》专集之七十。此外，尚有卫士生、束世澂根据梁氏在东南大学暑期学校的同名讲演记录而成的《（梁任公先生讲）中学以上作文教学法》一书，1925年由上海中华书局出版。相关考辨，参见夏晓虹《梁启超的文类概念辨析》，夏晓虹、王风等：《文学语言与文章体式——从晚清到"五四"》，安徽教育出版社2004年版，第175—183页。

③ 按：此处梁启超所说"应用"是针对"情感之文"（在梁氏主要是指韵文）而言。但民国时期作文书和国文课程标准有时又以"应用文"专指书信、公牍等文件，而将记叙文、议论文、说明文等类置于"普通文"之下，形成"普通文"、"文艺文"、"应用文"三分的格局。

述、议论、抒情三类”，与梁启超所见略同。[①]1931年，孙俍工撰文提出“国文体式和内容”的体系，其中亦有“抒情文”一类。不过，孙氏的“抒情文”介于诗歌、小说、戏曲三类组成的“纯文学”与记叙、议论、说明、应用四体组成的“杂文学”之间，指的是“我国古代底辞赋及现代所流行的散文诗”，仍属于一种“文章”，与梁启超主要以“韵文”为主的“情感之文”不同。孙氏体系又按内容分为“事物的、思想的、情感的”三类（颇似王葆心“情、事、理”三系），但与上述“体式”并不对应，而是交错于各类文章之中。[②]至1932年教育部颁布初级中学国文课程标准，正式在记叙、说明、议论三类“普通文”和书信公文等“应用文”之外增加“抒情文”一类。[③]民国时期的“抒情文”或“美文”概念，多指向诗歌、小说、戏剧，对应的实际上是整个“纯文学”（belles-lettres）领域，但在作文法中往往只能就修辞作用来谈，说明“文章学”的界限也不能无限扩大。[④]

以梁启超《中学以上作文教学法》为代表的作文讨论，回应了清季以来中学国文选本中一些久已受到关注的问题，除了“记叙”、“论说”、“抒情”三分体系的完成，还有对三门文章从学次第的反思。同时期梁氏另撰有《为什么要注重叙事文字》一篇，批评学校“专做”、“滥做”、

---

① 叶绍钧：《作文论》，商务印书馆1924年版，第27—28页。按：叶氏所举“包举、对等、正确”三项分类原则，实来自梁启超《中学以上作文教学法》关于记载文“类概法”的论述，可见其受梁氏此文影响之深。

② 孙俍工：《从中学底国文说到大学底国文》，《新学生》创刊号，1931年1月1日。

③ 教育部：《初级中学课程标准·国文》，商务印书馆1932年版，第3页。

④ 除了各类“普通文”、“文艺文”、“应用文”之外，有的作文法（如夏丏尊、刘薰宇合著《文章作法》、周乐山《作文法精义》等）还专列有“小品文”一类。关于民国时期代表性作文指导书和相关课程标准中文章分类的初步统计，参看本书附表3《民元以后作文分类举例》。

“速做”议论文的弊端，强调“做叙事文的好处”。[①]1933年胡云翼与谢秋萍合著《文章作法》出版，书中再次提起作文“应该从那一类文体做起”的问题：

> 从前教人做文章，总是从论说文做起，其理由是认定论说文可以启发作者的思想。这实在是一个大错。做论说文必须有智识学问做基础，方才有思想见解可以申说。初学作文的人大都没有几许智识学问，缺乏概念的思考力，倘一定要他们架空地去做富于抽象性的论说文，其结果当然是很坏的成绩。[②]

“现在学校中作文一科，所作者大率偏重论事文。”[③]20世纪二三十年代梁启超、胡云翼等面临的状况，似乎较清末并未有多大改善。梁启超将这种现象归结为“八股策论的余毒”，指出议论文为中心的作文教学不仅导致“剿说”、“空疏及剽滑”、“轻率”、“刻薄及不负责任”、“好走偏锋”等弊病，更将造成一种“虚伪的教育”；学作叙述文则可以“养成重实际的习惯，不喜欢说空话”。梁氏主要还是从人格培养角度立论。[④]胡云翼等则侧重作文入手的难易：一来“记叙文乃是一切文章的基础”，非记叙文也常含有记叙成分；二则记叙文容易图功：“做论说文往往苦于缺乏材料内容，无话可说；至记叙文则注重写景叙事，举凡日常所看见的景物，所经过或听闻的事件。都是记叙的资料。”在这种共识之下，民国时期作文法的分类排序多以记叙文为先。1932年教育部颁发初

① 梁启超：《为什么要注重叙事文字》，林志钧编《饮冰室合集》文集之四十三，第84页。
② 胡云翼、谢秋萍：《文章作法》，上海亚细亚书局1933年版，第64页。
③ 梁启超：《为什么要注重叙事文字》，林志钧编《饮冰室合集》文集之四十三，第81—82页。
④ 梁启超：《为什么要注重叙事文字》，林志钧编《饮冰室合集》文集之四十三，第82—84页。

中课程标准，涉及国文科“各种文体之排列”，亦规定：“第一年偏重记叙文、抒情文，第二年偏重说明文、抒情文，第三年偏重议论文及应用文件。”①

记叙、议论、说明、抒情的区别，在今不过是中学生的常识。然而，许多简单切近的认知往往有其深厚乃至复杂的根脉，经过艰难调适，才成为日常生活中可以视而不见的“常识”。从真德秀的辞命、议论、叙事、诗赋，到曾国藩的著述、告语、记载，再到应用修辞学“作文分类”的记事、叙事、解释、议论，直至王葆心的“情、事、理三种统系”——古今中西语境不同、脉络各异的文章传统互相交织，最终构成今人常识中的文章门类。所谓“脉延”者，或许正是如此。譬如一条长河，不断有支流汇入，有潜流暗涌，上可以沿流溯源，下则能盈科而进，自有超出文白语体、新旧文学这些断裂表象的地方。

① 教育部：《初级中学课程标准·国文》，第3页。

第六章

文教制度与诗教习俗

——清季新教育中的古诗歌

在清末改创学制的过程中，一度专设有“读古诗歌”课程，通行于中小学堂及初级师范学堂。相关内容并不见于“中国文学”科目，而是寄身在“修身科”之下，充当着新学堂道德伦教的手段。癸卯学制附载有《中小学堂读古诗歌法》，提倡吟咏而限制创作，取材专以谣谚、乐府、古体诗为主。“读古诗歌”课程的设立，催生了若干种诗歌教科书。孙振麒编《女学修身古诗歌》（1906）、黄节编《古诗歌读本》（1909）、江楚书局刻《小学堂诗歌》（出版年份待考）等，均为此时期代表性的教本。孙、黄二种严格遵照学制，立足修身伦教，专选乐府、古体；《小学堂诗歌》则延续近世蒙学诗选的惯例，主要收录五七言律绝。此外，古诗歌虽被排斥在国文科目之外，却仍有一些零星诗篇收录于各种国文教科书。

本章关注清末新式学堂教育对古典诗歌资源的取舍，将首先检视新学制纳入古诗歌的缘起。清季民初的国文教育强调应世实用，以文章为中心，取古文为轨范，诗歌教学相对边缘。但也有教育家意识到诗歌符合儿童天性，可以充当教学调剂，进而将儒家诗教、乐教理念对应于西洋、日本的音乐唱歌课程。宋明以降，理学（包括心学）思潮渗入基层教化，歌诗习礼久已被当作塑造道德的工具，由此产生多种训蒙诗选，为新学制下修身科讲习“有益风化之古诗歌”提供了素材。《女学修身古诗歌》、《古诗歌读本》等修身类诗歌教科书，正是在此基础上编纂。而《小学堂诗歌》之类近体诗读本流传不绝，则体现了传统蒙学诗课的惯性。从近代诗教流衍的多元脉络中，正可发现精英化、理想化的学制设计与数百年来诗教习俗之间的参差。

一　“修身科”下的“古诗歌”

制定“通国一律”的学制来规定教育方针、学校体系和分级、分科教学的次第，是清季新政引进西方教育制度的重要侧面。清末全国性学制的酝酿始于戊戌维新时期，梁启超草拟《大学堂章程》中即设有文学科，作为“溥通学”之一种，内容却语焉不详。①同时，张之洞在《劝学篇》中规划“中学守约”九门，第五门为“词章”，专重“叙事述理之文”，警诫“若学者自作，勿为钩章棘句之文，勿为浮诞傀琐之诗”，已表露对诗文雕琢风气的不满。②在国族危机意识的笼罩下，诗歌难免因其“无用”沦为新教育不暇乃至不屑顾及的对象。随着科举改制呼声的高涨，趋新士人将“八韵”（试帖诗）与“八股”同列为“天下至贱之业”，吁请尽快废止。③光绪二十四年（1898）五月二十二日，礼部

① 梁启超撰，孙家鼐等奏《大学堂章程》，《京师大学堂档案选编》，第27、30页。

② 张之洞：《劝学篇·守约》，苑书义、孙华峰、李秉新主编《张之洞全集》第12册，第9730页。

③ 梁启超：《公车上书请变通科举折》，《知新报》光绪二十四年四月二十一日。稍后，张之洞、陈宝箴等督抚上奏科举新章，亦主张废止乡会试、朝考和各种考差中的“诗赋小楷”，如有应奉文字之需，则按考试南书房、考试中书例临时加试即可。参见张之洞、陈宝箴《妥议科举新章折》（光绪二十四年五月十六日），苑书义、孙华峰、李秉新主编《张之洞全集》第2册，第1308—1309页。

奉旨："嗣后一切考试均着毋庸用五言八韵诗。"[①] 政变后短暂恢复旧制，至光绪二十七年尽废四书文、试律，改试论、策、经义，在根本上动摇了声律属对等诗歌技能在童蒙教育中的位置。

戊戌前后新式教育尚处在草创期，朝野言论颇为多歧。一方面是朝廷文教规划中诗歌显著边缘化的趋势，与此同时，也不无将诗歌纳入未来学制或学堂功课的动议。早在戊戌年首次议改科举之际，吴汝纶就从词章家立场，主张"诗赋亦不可废，如汉赋、如汉魏以来大家之诗，皆中国之奇宝"，进而提出头二场试论、策，第三场试"诗赋或他杂题"的方案。[②] 至辛丑（1901）秋间，吴氏为顺天学政陆宝忠开列"学堂书目"，强调"中国文学先后次第"，大、中、小学均专设"诗"课。小学读诗材料包括：（1）"唐人五、七言绝句，如'床前明月光'、'松下问童子'、'少小离家老大回'、'独在异乡为异客'之类，凡意深者勿读"；（2）"汉魏乐府，如'日出东南隅'、'孔雀东南飞'之类，难解者勿读"；（3）"元白歌行，张王乐府，皆取其易上口者"。至中学，则接读王士禛《古诗选》、姚鼐《今体诗选》，并要求教者参考方东树《昭昧詹言》加以解说，同时教生徒"学作诗文"。[③] 吴汝纶以容易上口的绝句、乐府、歌行为学诗入门，中学以上则援引王、姚二选及方东树著作，熔铸唐宋，兼及作诗，表现了桐城诗学的特点。光绪二十八年十二月，京师大学堂刊行《暂定各学堂应用书目》，"词章"门下选入《古诗选》和

① 中国第一历史档案馆编《光绪宣统两朝上谕档》第24册，广西师范大学出版社1996年影印本，第241页。

② 吴汝纶：《答傅润沅》（戊戌六月廿八日），《吴汝纶全集》第3册，第203—205页。

③ 吴汝纶：《与陆伯奎学使》（辛丑九月十七日），《吴汝纶全集》第3册，第374、377页。吴汝纶方案中大学亦设"诗"一门，仍读王、姚二选："五古读阮公、二谢、鲍，七古读李、韩、黄诸公，五律读杜，七律读小李杜及朱诗"；至二十岁以后入"中国专门学"，则读各种总集、别集，可见其有完整的诗学课程设计。见《吴汝纶全集》第3册，第378页。

《今体诗选》，并以《御选唐宋诗醇》为参考书，与吴汝纶的思路颇为接近。[①]

同样选取乐府、古体为门径，还有一种意见依托传统“诗教”观念，认为古诗歌易于吟咏，有益人伦风化，当纳入道德教育范围。如康有为早年论幼学，已建议“自《三百篇》外，凡汉魏以下诗歌乐府，暨方今乐府，皆当选其厚人伦、美风化、养性情者，俾之讽诵，和以琴弦，以养其心”[②]。光绪二十八年六月，大学堂编书处颁布章程，在“文章课本”之外，另有编辑“诗学课本”的计划：“拟断代选择，自汉魏以迄国朝，取其导扬忠孝，激发性情及寄托讽喻，有政俗人心之关系者，撰为定本，以资扬扢。本兴观群怨之宗风，寓敦厚温柔之德育，亦古人诗教之遗也。”[③]立意与康说相似。同年，无锡三等公学堂出版《蒙学读本全书》，其第二编多选韵语。编者自述宗旨时，提到诗歌与修身一科的关系：

> 歌诗为情感教育，专使儿童起文学之嗜好，发忠孝之至性，于修身一科，极有关系，宜随时引掖，干预其内蕴之活泼。[④]

此处所称“修身”，不止儒家修齐治平的故训，更是近代引进的一门新学科。根据学程不同，当时又有“伦理”、“道德学”、“道德人伦”等称名，实皆为西文 Ethics 的意译。[⑤]清末新学制酝酿过程中的修身科，主

---

① 京师大学堂：《暂定各学堂应用书目》，第 6a—6b 页。

② 康有为：《论幼学》，姜义华、张荣华编校《康有为全集》第 1 集，第 60 页。

③ 张鹤龄拟稿《京师大学堂编书处章程》，《经济丛编》第 9 册，光绪二十八年六月十五日。

④ 《蒙学读本全书》二编，卷首“约旨”第 1b 页。

⑤ 详见黄兴涛、曾建立《清末新式学堂的伦理教育与伦理教科书探论——兼论现代伦理学学科在中国的兴起》，《清史研究》2008 年第 1 期。

要参照日本明治时代通过伦理教育灌注忠君爱国意识的经验，欲以外来伦理学框架维系固有的人伦纲纪。因此，能够感发“忠孝之至性”的古诗歌，也被看作“修身”的材料。民间教育家还注意到诗歌有调节劳逸之功，如在上海试验教授新法的塾师王立才，每当“察众精神疲倦，则高歌古人诗以节之”。①

在光绪二十八年七月颁布的壬寅学制中，高等小学第三年“读古文词”课和中学第四年“词章”课都包含了“词赋诗歌”一项；大学堂文学科设“词章学”，诗歌内容还出现在大学堂师范馆第三年“作文”课所学的诸体文中。②壬寅学制将诗歌置于词章范围内，与记事文、说理文、章奏、传记等实用文体并列。次年十一月癸卯学制颁行，《奏定学务纲要》界定“中国文辞”涵盖古文、骈文、古今体诗、词赋在内的“中国各体文辞”，明确要求“各学堂中国文学一科……兼令诵读有益德性风化之古诗歌，以代外国学堂之唱歌音乐”③。然而，遍检癸卯学制之下各学堂章程，“中国文字”、“中国文理”、“中国文学”等课程的宗旨及时刻表中，却均无教授诗歌的对应内容。正如研究者早已指出的，癸卯学制的“中国文学”课程有排斥诗歌词赋而独尊古文的倾向，其所谓“文学”实际上是文章之学。④

但《奏定学务纲要》中“诵读有益德性风化之古诗歌”的规定并未落空，只不过未如通行意见将诗歌纳入“文学”范围。在癸卯学制初

---

① 王植善：“叙”，王立才编《初等国文教授》，开明书店光绪二十八年石印本，卷首“叙”第4a页。

② 见璩鑫圭、唐良炎编《中国近代教育史资料汇编·学制演变》，第283、274、251页。

③ 张之洞、张百熙、荣庆：《奏定学务纲要》，见璩鑫圭、唐良炎编《中国近代教育史资料汇编·学制演变》，第499—501页。

④ 参见陈国球《文学史书写形态与文化政治》，第24—25页；覃永清《知识生产与学科规训——晚清以来中国文学学科史探微》，中国社会科学出版社2012年版，第69页。

等小学、高等小学、中学、初级师范四种学堂章程的“每星期课程时刻表”后，都附有一份内容大致相同的《中小学堂读古诗歌法》。[①]对照初等、高等小学堂章程修身一科要义，皆有“兼令诵读有益风化之古诗歌，以涵养其性情，舒畅其肺气，则所听讲授经书之理，不视为迂板矣”数句，[②]可知癸卯学制的“读古诗歌”课程实隶属于修身科。特别在小学堂阶段，古诗歌既有涵养德性、调节身心的功能，也与修身、读经等科所授经义配合，被认为可以防止儿童对枯燥的经训宣教感到厌倦。值得注意的是，此处提到古诗歌的读法为“诵读”，亦与壬寅、癸卯二学制鼓励讲授而限制记诵的总体趋向不尽合拍。

《中小学堂读古诗歌法》开篇即援引“外国中小学堂皆有唱歌音乐一门功课，本古人弦歌学道之意”，可知修身科读古诗歌的设计，还有接引西洋、日本学校音乐课程的用意。近代中国引进西式音乐教育始自教会学校，梁启超《幼学》篇已提到西人学塾“必习音乐，使无厌苦，且和其血气”的特点。[③]但学制主要模仿的对象，却是同时期日本学校的“唱歌”课。光绪二十四年春，上海《蒙学报》译刊《日本小学校章程》，就介绍了同时期日本学校将“唱歌”列为寻常小学随意科和高等小学必修科的安排，其要旨在“兼令辨知音乐之美而涵养德性”，歌词选取“古今名家之作中，用雅正而令快活，以纯和儿童之心情”的部分。[④]壬寅年《大学堂章程》筹划时，据传原有“音乐学”科目，但慑

① 分别见《奏定初等小学堂章程》、《奏定高等小学堂章程》、《奏定中学堂章程》、《奏定初级师范学堂章程》，璩鑫圭、唐良炎编《中国近代教育史资料汇编·学制演变》，第308—309、322、334、415页。

② 璩鑫圭、唐良炎编《中国近代教育史资料汇编·学制演变》，第303、317页。

③ 梁启超：《论学校五（变法通议三之五）·幼学》，《时务报》第16册，光绪二十二年十二月初一日。

④ 松林纯孝〔孝纯〕译《日本小学校章程》，《蒙学报》第22册，光绪二十四年四月初一日。

于“教戏子”的指责而未获采纳。[①]癸卯学制吸取了这一教训，即便承认外国学校唱歌“深合古意”，仍声明“惟中国古乐雅音失传已久，此时学堂音乐一门，只可暂从缓设”[②]，转而将乐教之义寄托在修身科“读古诗歌”课程中。此种权宜之计，当然混淆了学堂乐歌与古诗歌的性质，甚至有阻碍新式音乐课程传播之虞。[③]但西洋音乐原理、唱歌课程获得广泛认可，也有可能为恢复诗歌词章在教育中的地位提供论据。光绪三十二年（1906）正月，李叔同在日本创刊《音乐小杂志》，即援引“日本唱歌，其词意袭用我古诗者，约十之九五”的事实，指出西学输入以来国人蔑视词章的偏颇。[④]

无论是辅助修身伦理的规训，还是接引唱歌音乐的新知，“古诗歌”进入新学制的时代语境不容忽视。而在努力追赶时趋的姿态背后，《中小学堂读古诗歌法》揭示的学诗次第和教学选材却颇为复古。首先，在初等小学阶段，规定“须择古歌谣及古人五言绝句之理正词婉能感发人者，惟只可读三、四、五言，句法万不可长，每首字数尤不可多”，主要在闲暇放学时吟诵；进至高等小学，再读五、七言古体诗；中学则“篇幅长短不拘”。所读诗歌取自“通行之《古诗源》、《古谣谚》二书，

---

① 张缉光：《致汪康年》（五），《汪康年师友书札》第2册，第1789页。

② 张之洞、张百熙、荣庆：《奏定学务纲要》，璩鑫圭、唐良炎编《中国近代教育史资料汇编·学制演变》，第507页。

③ 光绪三十年直隶学校司批复高朔、蒋荫春所呈唱歌教本，即指出歌词宗旨不当，应按奏定章程选入陈弘谋《养正遗规》所选诗歌及其他古诗歌。可见《中小学堂读古诗歌法》要求对唱歌课程的潜在影响。光绪三十一年前后，安徽芜湖县绅创办的襄垣小学堂遭该省学务处申斥，有一条理由就是单设音乐课：“定章……已将读有益风化之古诗歌列入修身功课之内，毋庸另设专科”，则“读古诗歌”课程的存在，已妨碍到音乐课的引进。分别见《学校司详各属蒙小学堂增入唱歌一门并呈歌词文并批》，《大公报》光绪三十年四月十五日；《学务处札文之顽固》，《申报》光绪三十一年五月廿九日。

④ 息霜（李叔同）：《呜呼！词章！》，《音乐小杂志》（东京）第1期，丙午（1906）正月二十日。

并郭茂倩《乐府诗集》中之雅正铿锵者（原注：其轻佻不庄者勿读），及李白、孟郊、白居易、张籍、杨维桢、李东阳、尤侗诸人之乐府，暨其他名家集中之乐府有益风化者”，而如“唐宋人之七言绝句词义兼美者皆协律可歌，亦可授读”。由此可知，癸卯学制所谓“古诗歌”主要是指古歌谣、乐府诗和古体诗，同时兼容少量唐宋人浅易七绝，但严格排斥律诗。“万不可读律诗”、“万不宜作诗”、“诵读既多，必然能作”等原则被反复强调。《中小学堂读古诗歌法》标榜复古，显然是为了跟科场改制以前专从属对入门、着眼于律诗乃至试帖诗写作的蒙学诗课划清界限。在禁绝作诗的同时，更强调吟咏诵读的工夫，其选篇以“词旨雅正”、“音节协和”为标准。“古诗歌”与“律诗”之间的对立、“读”与“作”之间的隔绝，正是词章有用、无用的分际。总之，“有益风化”才是诗教的根本使命。

这一套诗歌功课并非凭空结撰，学制规划者自陈是师法“王文成训蒙教约”和“吕新吾社学要略”，亦即欲在理学（包含心学）的教化传统中确立其位置。[①] 宋元以降，道学日盛，儒者规划读书日程，往往论及诗歌教学的利弊。如元代朱门后学程端礼曾专门告诫：“大〔小〕学不得令日日作诗作对，虚费日力。今世俗之教，十五岁前不能读记九经正文，皆是此弊。”[②] 可见“日日作诗作对”的启蒙习俗来源已久，且早就被认为有碍经学记诵。但另一方面，道学家又注意到诗歌韵文的教化优势，如程颢就曾指出诗歌含有“意趣”，可以引人乐学，“别欲作诗，略言教童子洒扫、应对、事长之节，令朝夕歌之”[③]，意在创作符合理学教化观念的蒙学韵语。与之相对，朱熹则更强调从既有古诗中发掘资源：

---

① 见璩鑫圭、唐良炎编《中国近代教育史资料汇编·学制演变》，第 308 页。

② 程端礼撰《程氏家塾读书分年日程》卷一，第 7b—8a 页。

③ 叶采集解，程水龙校注《近思录集解》卷十二，中华书局 2017 年版，第 275 页。

“尝妄欲抄取经史诸书所载韵语，下及《文选》汉魏古词，以尽乎郭景纯、陶渊明之所作，自为一编，而附于《三百篇》、《楚辞》之后，以为诗之根本准则；又于其下二等之中，择其近于古者，各为一编，以为之羽翼舆卫。”[①] 癸卯学制“读古诗歌”课程专取乐府诗、古体诗的体裁偏向和警惕“陷溺”作诗的态度，均可在程、朱一系诗教言论中找到源头。[②]

明代心学崛起，“觉民行道”的思想转型，促使儒者将更多眼光投向基层教化。[③] 王阳明《训蒙大意示刘伯颂等》并《教约》一篇（学制称为“训蒙教约”）本为兴立“社学”而作，针对晚近“记诵词章之习”，主张教童子“诱之歌诗，以发其志意；导之习礼，以肃其威仪”；更提示应从学童精力宣泄的内在需要理解“歌诗”的意义：“非但发其志意而已，亦所以泄其跳号呼啸于咏歌，宣其幽抑结滞于音节也。”[④] 故在诗歌的宗旨趋向之外，更注意歌咏的形式：“须要整容定气，清朗其声音，均审其节调，毋躁而急，毋荡而嚣，毋馁而慑，久则精神宣畅，

① 朱熹：《答巩仲至》（四），《晦庵先生朱文公文集》卷六十四，朱杰人、严佐之、刘永翔主编《朱子全书》第23册，第3095页。

② 朱熹尝揭示理学家作诗“真味发溢”与常人“思量诗句”之不同：“作诗间以数句适怀亦不妨，但不用多作，盖便是陷溺尔。当其不应事时，平淡自摄，岂不胜如思量诗句？至如真味发溢，又却与寻常好吟者不同。”见《朱子语类》卷一四〇，朱杰人、严佐之、刘永翔主编《朱子全书》第18册，第4332页。

③ 参见余英时《明代理学与政治文化发微》，氏著《宋明理学与政治文化》，吉林出版集团有限责任公司2008年版，第158—214页；丁为祥《从“得君行道”到“觉民行道”——阳明“良知学”对道德理性的落实与推进》，《学术月刊》2017年第5期。

④ 陈荣捷：《王阳明传习录详注集评》，学生书局1983年版，第276—277页。按：王阳明对歌咏形式的关注实与明代文人“歌诗”风习有关，参见孙之梅《明代歌诗考——兼论明代诗学的歌诗品质》，《文学评论》2012年第1期；另外，胡琦对王阳明一系“歌诗”的“九声四气法”亦有详细辩证，见其所撰《知识与技艺：明儒歌法考》，《文艺研究》2021年第7期。

心气和平矣。”[1]王阳明之后，经世学者吕坤同样致力于社学兴复，主张“每日遇童子倦怠懒散之时，歌诗一章”；吕氏的创举，还在提出一套依据人伦纲纪分类编选古诗的设想，“择古今极浅、极切、极痛快、极感发、极关系者，集为一书”。他举《诗经》各篇为例：《陟岵》、《蓼莪》、《凯风》为“父母”，《常棣》、《小宛》、《杕杜》为“兄弟”，《江汉》、《出【其】东门》为“男女”，《鸡鸣》、《雄雉》为“夫妇”，《燕燕》为“嫡妾”，《伐木》为“朋友”，《芄兰》为“童子”，《葛藟》为“民穷”，《相鼠》为“教礼”，《伐檀》为“训义”，《采苓》、《青蝇》为“戒谗”，《蟋蟀》、《瓠叶》为“示俭”，《采蘋》为“重祀”，《白驹》为“悦贤”；下及“汉魏以来乐府古诗、近世教民俗语”等，均可照此重排。[2]这种按照“伦类”选诗的思路，开启了诗歌选本的一个新类型。

王、吕二氏的训蒙论得到清季官定学制的采纳，很可能与陈弘谋《养正遗规》的援引有关。[3]作为清代地方官布政施教的典范，陈弘谋在继承理学正统的同时，亦吸收了王阳明知行合一说和吕坤以降的“实学”思想。[4]这种既守正又务实的姿态，在清末动荡时期确立的道德谱系中尤其受到推崇，陈氏所辑《五种遗规》在近代教育规划中亦享有特殊的地位。癸卯学制以其“理极纯正，语极平实”，与“读古诗歌”并

① 陈荣捷：《王阳明传习录详注集评》，第278页。

② 吕坤：《实政录》卷三，王国轩、王秀梅整理《吕坤全集》（中），中华书局2008年版，第993页。

③ 此外，王阳明的训蒙论在清末获得了外来教育学说的印证，可能也是其受到重视的一大因素。如当时颇为流行的原亮三郎《内外教育小史》一书，即推崇阳明所论“有与近时欧美教育家之宗旨符合者”。见沈纮译《内外教育小史》，《教育丛书初集》，光绪二十七年石印本，上册第18b页。

④ 关于陈弘谋对王阳明、吕坤思想的接受，参见罗威廉（William T. Rowe）《救世——陈弘谋与十八世纪中国的精英意识》，陈乃宣等译，中国人民大学出版社2013年版，第177—182页。罗氏尤其指出吕坤“几乎肯定是对陈弘谋的生活和思想有最大影响的人物”。

列为中学堂、初级师范学堂修身科的主课。[①]《中小学堂读古诗歌法》所列“训蒙教约”、“社学要略”等篇名，与王氏《传习录》、吕氏《实政录》原书所载并不相同，实亦取自陈弘谋名下的改编。在《养正遗规补编》所录《王文成训蒙教约》题下，陈弘谋指出诗歌选本“种类不一”，非但风云月露之作无益于性情，“靡曼之音”更力万不可歌，只宜编选“其有关伦理性情，而又易知易从者”。[②] 陈氏举同时代汪薇所编《诗伦》一种为例，从其书中选出数十首“歌诗”附于阳明说后。

汪薇编选的《诗伦》成于康熙年间，“大旨不出君臣、父子、夫妇、昆弟、朋友之间，此外纵名篇络绎、佳句骈罗，而无与人伦者，概不载”；选诗体裁则标榜“一以乐府为主，而辅以五、七言古诗，更择其顿挫深长，足以羽翼乐府者；而陈势浩汗、修辞密丽之作，无取焉”[③]，与癸卯学制专崇乐府、古体的倾向略同。这种复古编例，还被上溯到姚铉《唐文粹》、吕祖谦《皇朝文鉴》、真德秀《文章正宗》等兼收古诗的古文选本。[④] 然而，由于认识到“以一诗专言一伦”的难度，《诗伦》实际上仍依世代编次，并未贯彻分五伦类编的思路。直到光绪初李元度编成《小学弦歌》，才真正实现吕坤按“伦类”编诗的理想。李氏所编分“教”、“戒”二门：正面教训十六类，反面训诫十二类，最后以“广劝戒”门作结，“窃体程朱之意，摭古今诗之可以厚人伦、励风俗者，博观而约取之……冀附《小学》以行”[⑤]，有着明确的伦教意识。《小学弦歌》

① 见璩鑫圭、唐良炎编《中国近代教育史资料汇编·学制演变》，第328、406页。

② 在《养正遗规补编》所录《王文成训蒙教约》篇后，附有从汪薇《诗伦》中选出“歌诗”20题，但其中“朱子四时读书乐”四首并不见于《诗伦》，或为陈氏自选。见陈弘谋撰《五种遗规》，苏丽娟点校，凤凰出版社2016年版，第70—78页。

③ 见汪薇《诗伦·凡例》，《四库未收书辑刊》第10辑第30册，北京出版社1997年影印康熙间寒木堂刻本，第101—102页。

④ 吴瞻淇识语，《四库未收书辑刊》第10辑第30册，第184页。

⑤ 李元度：《小学弦歌·序》，文昌书局光绪八年秋月重刊本，卷首第2a页。

上选三代，下及清人，推崇“三百篇及汉魏盛唐之意境”，兼收古、近体诗，且强调“诗贵有理趣，然忌作理语……是编所录，皆取其含蓄而有余味者，使读者领取弦外之音，自能舞蹈奋兴而不自已”，有意识地区别于《击壤集》、《濂洛风雅》之类“堕于理障”的诗选。李元度以军功著称一世，声威及于词章，《小学弦歌》至清末民初犹有诸多节选本流传。[①] 稍后又有李寿萱辑录《五朝诗铎》，专选唐、宋、元、明、清有关伦教之诗，亦以君臣、父子、兄弟、夫妇、师友等伦类为序。[②] 但选者无闻，终不如李氏选本流播久远。

朱熹尝谓：“至律诗出，而后诗之与法，始皆大变。”[③] 癸卯学制在中小学堂修身科下设立“读有益风化之古诗歌”一门，固然受到晚近教育思潮（特别是西洋、日本唱歌音乐课程）的直接启发，但所罗列的具体“读法”，却是以陈弘谋《养正遗规补编》等理学色彩浓厚的政书为中介，上接王阳明、吕坤的社学训蒙观，更可溯源到两宋道学兴起以来植根于人伦涵养、以乐府古体为主的复古诗论。这一理学诗教传统，针对科举词章的弊端，在清代形成了一些立足于“伦类”的古诗歌读本，不仅构成清末新学制插入“读古诗歌”课业的思想资源，更为科举改废以后新型诗歌教科书的编辑提供了示范。

二　“其失在不学作诗”

在新学制的制定之外，取代四书五经、“三、百、千、千”或各种

① 目前可见者，如刘永亭《小学弦歌节钞》（都门文德斋光绪三十一年刻本）、周子秀《小学弦歌选本》（民国间刻本）、周学熙《小学弦歌约选》（民国间周氏师古堂刻本）等。

② 参见李寿萱《五朝诗铎》，叙州府学署光绪十四年孟冬月刻本，“凡例”第1a页。

③ 朱熹：《答巩仲至》（四），朱杰人、严佐之、刘永翔主编《朱子全书》第23册，第3095页。

诗文选本，清末文教转型的另一表征即是新体教科书的流行。借助出版网络和印刷技术的革新，教科书与立足于课堂空间的分段教学法配合，改变着传统的知识传播和接受模式。在这种全新的教学体裁之下，“古诗歌”又将如何传承？以下分别从一般教科书中的古诗歌内容和专门诗歌教科书两方面来考察。

癸卯学制设计的“读古诗歌”课程并不在国文科范围内，但清末涌现的各种国文教科书仍选录了一些诗篇，不过这些诗歌课文占总课文数的比例极小。如商务印书馆《最新国文教科书》（1904—1905）针对初等小学五年学程，共编有10册，每册60课；总共600篇课文中，仅有李绅《悯农》（第三册第五十五课）、白居易《慈乌夜啼》（第四册第三十四课）、白居易《新制布裘》（第四册第五十四课）、阮籍《咏怀·壮士何慷慨》（第五册第四十四课）、陆游《金错刀行》（第六册第三十六课）、白居易《燕诗示刘叟》（第八册第十二课）、岑参《白雪歌送武判官归京》（第八册第五十一课）、《木兰诗》节选（第九册第十三课）、杜甫《前出塞》（第十册第十四课）、白居易《凶宅》（第十册第四十九课）等十篇古诗歌。《最新国文教科书》附有《教授法》，反映了编者理想中的教学模式。试举第六册所选陆游《金错刀行》一课教法为例，教师首先揭示“要旨”：“本课意义，提倡尚武精神，文字为诗歌体。”[1]光绪三十二年（1906）三月，清廷宣示五条“教育宗旨”，第四条即为“尚武”，规定“国文、历史、地理等科，宜详述海陆战争之事迹，绘画炮台兵舰旗帜之图形，叙列戍穷边使绝域之勋业”[2]。在这种氛

① 蒋维乔等编纂《最新国文教科书教授法》第6册，商务印书馆光绪三十二年十月三版铅印本，第406页。

② 学部：《奏陈教育宗旨折》（光绪三十二年三月初一日），璩鑫圭、唐良炎编《中国近代教育史资料汇编·学制演变》，第545页。

围下，不仅“集中什九从军乐”的陆放翁诗备受关注，同套课本中《咏怀・壮士何慷慨》、《白雪歌送武判官归京》、《木兰诗》、《前出塞》等篇的入选，亦应与此有关。除了揭示宗旨，《最新国文教科书教授法》又按预备、教授、应用三步骤指示“教授次序”，分段解说章句字义。“诗歌体”教法与其他记事、说理文体并无显著差异，只在最后“参考”部分，说明古诗“凡转韵处，必二句叠韵”的体式特点。同时期其他国文教科书亦大抵如此。有时更以诗篇配合其他散文课题，如中国图书公司所出《初等小学国文课本》第六册第十四至十七课依次为“鸦片”、“鸦片之战”、“陈化成”，第十八课即选录《咏陈化成》诗作为呼应，所示教授法也是分三节解说诗意。[①] 因此，即便有零星诗篇收入国文教科书，基本上仍以文章视之，选篇标准在于国民道德与尚武精神，对诗歌本身的体式特征殊少注意。

另一类是严格遵照癸卯学制《中小学堂读古诗歌法》，从修身伦理角度编辑的专门诗歌教科书。目前所见最早者，为浙江奉化人孙振麒编辑的《女学修身古诗歌》，光绪三十二年四月由新学会社印行。据清末《新学会社书目提要》，该书“谨遵定章，采取有益风化之古诗歌，【供】普通女学修身科之用，所选诸作皆能激发女子志气，陶淑女子性情，凡治家忧国及智勇侠烈之作，采取尤富。分前后二编。前编专取短章，后编则取其长歌及历朝乐府之脍炙人口者。女学界不可不人各一编也”[②]。不过，清末学部直至光绪三十三年正月才颁布《奏定女学堂章程》，此处所谓“定章”，实是借用癸卯学制关于读古诗歌的通行规定，故仍放在普通学堂修身科中，以短章、乐府、歌行为材料。此段提要亦见于光

① 参见朱树人编辑《初等小学国文教授本》第6册，沈恩孚、夏曰璈校订，中国图书公司宣统二年十一月初版铅印本，第26b—27b页。

② 《新学会社书目提要》，上海新学会社铅印本（出版年不明），第13—14页。

绪三十二年至三十三年间的《时报》广告，可知编印者的目标市场正是以上海为中心的市民知识圈。① 编者孙振麒此前还有一部《小学新唱歌》问世，对新式音乐教育亦似颇有心得。②

《女学修身古诗歌》分前后二编，目前仅见后编，收录自汉至清乐府、古体、歌行共23题计27首，题材皆与女子或女德相关。诗句行间附著圈点，诗后附注或评语亦颇著“女学”特色。如评李白《妾薄命》诗云：“以色事人，正女界之通病，欲去此病，非学不可矣。”评白居易《蜀路石妇》诗：“西人好摩铜像，崇拜伟人，石妇如此好德，有同情矣。”尤侗《铁夫人》、《臣夫表》评语则云：“读以上二章，专制政体之酷，至明已极。故世界文明，则立宪之事，必当见之实行也。”③ 凡此皆具时代精神，可以看出编者较趋新的政治立场。不过，有时评语又显出颇保守的心态，如《古诗为焦仲卿妻作》的评语，就仍注重“孝道”的劝诫。④《女学修身古诗歌》评语中更有两处引到“李次青曰”，一处提及沈德潜《古诗源》，提示了编者选诗、评诗的资源。⑤ 在其“后编”所选27首诗中，除李白诗八首和沈明臣《大树村刘氏少妇打虎行》一首，其余18首均见于李元度的《小学弦歌》。

---

① 《时报》光绪三十二年闰四月初二至初八日、光绪三十三年正月初七日，“广告”栏。季家珍（Joan Judge）曾指出《时报》的定位介于“官”与“民”之间，体现了清末“新兴中间阶层”的重要性。参见氏著《印刷与政治：〈时报〉与晚清中国的改革文化》，王樊一婧译，广西师范大学出版社2015年版，第12—13页。

② 参见邹振环《新学会社与〈旅顺实战记〉的译刊》，《上海档案史料研究》第18辑，上海三联书店2015年版，第33页。

③ 孙振麒编辑《女学修身古诗歌》后编，庄景仲校订，上海新学会社光绪三十二年四月铅印本，第3a、6a、10b页。

④ 孙振麒编辑《女学修身古诗歌》后编，第18b页。

⑤ 孙振麒编辑《女学修身古诗歌》后编，第5b、22b、13a页。

光绪三十四年（1908）前后，又有贵州铜仁人徐承锦呈学部审定《蒙学诗歌教科书》，分为"古人诗歌"和"时务诗歌"两部分。学部的审定意见认为前者"浅深未合程度"，后者"多俗俚杂乱不可用"，予以驳回，其书今亦不传。[①] 较为完整且获得一定影响的诗歌教科书，当推黄节所编《古诗歌读本》三卷。该书于宣统元年（1909）八月由国学保存会铅印，封面署"初等小学　高等小学　中学　初级师范修身科所用书"，并经"广东提学司指定"，有明确的官方背景。书前著有"编纂例略"六条，皆以"谨案奏定学堂章程"一句起首，似是严格对照学制"读古诗歌"一门的要求编成。光绪末叶，黄节与同出简朝亮门下的同学邓实在上海提倡新学，发起《政艺通报》，旋与章太炎、刘师培等订交，转向"春秋民族主义"；光绪三十一年创立国学保存会并发行《国粹学报》，又参与创建"南社"。但随后却日益专注学术、教育，逐渐脱离反清运动。宣统元年春，黄节就聘两广优级师范学堂，《古诗歌读本》即成于此时。[②]

《古诗歌读本》书前有任元熙、廖景曾二序，皆张扬古来诗教之论，取以附会外来教育学说。任序回顾诗史，指斥唐宋而后"试士重排律"的弊端，更不满于晚近"百科杂出，群喙沸鸣，且欲废诗不用；其或知声韵之宜存，要亦袭一二新曲俚辞，以凑合于象胥琴谱而已"，对沿袭外国乐谱的学堂乐歌亦多有非议。[③] 廖序则重在发挥学制纳古诗歌于修身科的用意，指出"王渔洋《古诗选》、沈归愚《古诗源》、汪辱斋《诗

---

① 见《学部官报》第66期"审定书目"，光绪三十四年八月廿一日。

② 参见李韶清编《顺德黄晦闻先生年谱》，附载黄节《蒹葭楼自定诗稿原本》，广东人民出版社1998年版，第271—288页。

③ 黄节编纂《古诗歌读本》，上海国学保存会宣统元年八月铅印本，卷首"序"第1a页。任序又见《国粹学报》第61期，宣统元年十一月二十日。

伦》”等先儒选本可为典范。[①]黄节本人在其读本“例略”中亦交代，书中夹注“皆采自前人，而以新安汪辱斋之说为多”[②]。验诸所载篇章，《古诗歌读本》基本上可视作清初汪薇所辑《诗伦》一书的节选本，不仅选篇几乎全出自汪书，连题注、夹注、尾注乃至评语都一字不易地加以袭取。黄节所作的改动，主要是选诗排序：《诗伦》原以时代为序，《古诗歌读本》则按“字数多寡，句法篇幅长短区分先后”。原书评注的个别措辞也有所变化，如“革命”一词，汪选批语指朝代更替；清季“革命”转为 Revolution 的译语，在官定课本中出现较为敏感，《古诗歌读本》一概改为“鼎革”。[③]这些微小改动，当然不足以彰显黄节本人的诗学涵养和政治立场。制约于《诗伦》原书的道学背景，《古诗歌读本》中羼入了大量宣扬忠君、孝亲、守节等传统伦理的篇目。例如韩愈《拘幽操》中“臣罪当诛兮天王圣明”等句，戊戌前新学家已斥其“倡邪说以诬往圣，逞一时之谀悦，而坏万世之心术”[④]；《古诗歌读本》却仍照单全收，保留了汪薇“天下无不是之父母，君父一而已矣”等评语，与黄节早年深斥“君学”的主张相左。[⑤]

值得注意的是，编纂《古诗歌读本》同时或稍后，正是黄节诗人生涯的发端期。宣统二年（1910）黄节在广州发起诗学讲习所，编有《诗学讲习所讲义录》一种，今存其第一编《诗学源流》，实即民国间北京大学《诗学》讲义的雏形。在宣统原版的讲义序言中，黄节对癸卯学制

---

① 黄节编纂《古诗歌读本》，卷首“序”第2a页。

② 黄节编纂《古诗歌读本》，“例略”第2a页。

③ 如杨维桢《宋忠臣》诗后评语，《诗伦》原作“自古革命之际”，《古诗歌读本》改为“自古鼎革之初”。见黄节编纂《古诗歌读本》卷一，第4b页。

④ 谭嗣同著，张玉亮校《仁学（汇校本）》，浙江古籍出版社2021年版，第98页。

⑤ 黄节编纂《古诗歌读本》卷 ，第10a页。黄节曾区别“孔学”与“君学”，参见黄晦闻《孔学君学辩》，《政艺通报》丁未第1—2号，光绪三十三年正月十五日、二月初一日。

忽视词章的倾向表达了不满，从中正可窥见其早年诗教经验与此后诗学发端之间的隐秘关联：

> 或曰：今《学堂章程》中学、高等咸重经学，又咸必以《诗》为首，讵或轻诸？是则然矣。然群经皆治身之书，学者闻其理而忽其辞，则不能引诸吾身，称情而出。其失在不学作诗。[①]

表面上看，此处仅针对经学课程中“诗学”的不足，指出学诗者除了从《诗经》“求其义”，更要“于《楚辞》以降求其辞”。但若细审癸卯学制读经课程的宗旨，实与修身科和《中小学堂读古诗歌法》相贯穿，都是意在维持风教，抵消新学流弊。“读古诗歌”课程强调“词旨雅正”，排斥文辞雕琢，取道学、心学家说为诗教典则，将诗歌降格为“治身”之具，同样带有重“义”忽“辞”的偏向。黄节的敏锐之处在于揭示学者若“不学作诗”，则不仅“诗学”本身无法整全，即便是仅求“治身”的修身“诗教”，终究也无法达成。因为“诗教”的内容虽在“义”，诗义感发的效果仍须凭借“辞”，亦即黄节反复申说的“引诸吾身，称情而出”。而对于“辞”的敏感，必须通过作诗来把握。这才是黄节兴办诗学讲习所的初衷，实际上是要对癸卯学制压制作诗的论调提出挑战。

作为黄节诗学讲义的第一编，《诗学源流》部分尚未涉及作诗方法，仅梳理周秦至明诗学流传的线索，以充当学习作诗的预备。若结合同时期黄节所编的另一部《文学史概》讲义来看，《诗学源流》是诗体流变

① 见黄节《诗学讲习所讲义录·诗学源流》，《广州大典》第38辑第3册，广州出版社2008年影印粤东编译公司宣统二年铅印本，第719页。按：此段“其失在不学作诗”之前数句，北大讲义本作“夫《诗》三百篇，学者童而习之。然闻其义而忽其辞，则不能引诸吾身，以称情而出”，已将批评清末学制的时代背景刊落。见黄节撰《诗学》，张寅彭主编《民国诗话丛编》第2册，第489页。

史，《文学史概》则纯述文章变迁，二者均强调诗文以世运为转移，按时代分章析节，推究“因果得失”，带有一定的文学史色彩。[①]《诗学源流》的目标是通向作诗，故其史的叙述中往往掺有诗人黄节的自家心得。如推重六朝诗学，以为“六朝之辞藻，上承汉魏而下开唐宋，凡诗之体格，无不备于是时”，已开日后黄节校注“三曹”及阮、谢、鲍诗之先河；而在“宋代诗学”一章详说陈师道“怨出于仁”，则与黄节早年诗学“专宗后山”的趣向有关。[②]虽然出自同一编者，《诗学源流》作为课外讲义所呈现的自家面目，与《古诗歌读本》作为官定课本的全袭他书、泯然无我形成了鲜明的对照。

三　蒙学诗课的延续

尽管癸卯学制设立了“读古诗歌”课程，但清末学制规定与各地域、各层级学校的教学实际尚有不少差距。首先，新式学堂在短期内并未能取代“私塾”（包括家塾、义塾、蒙馆、经馆等不同层次），[③]新学制中的古诗歌课程自然也难以普及。而在新学堂内部，随着“唱歌科”与“学堂乐歌”陆续引进，作为乐教替代品的“读古诗歌”一门能否得到落实，也颇存疑问。即便新学堂按学制开辟古诗歌课，其内容、教

---

① 黄节《文学史概·叙论》：“夫千古之文章，每与千古之世运为转移……若夫征古今文章之变迁沿革，而推求其因果得失者，此则文学史之大观也。”按：黄节《文学史概》铅印本及抄本（残），均藏广东省立中山图书馆；铅印本下书口署“宁城县前街台城公司承印”，出版时间不明，但从书中称“国朝”并避清讳的情形来看，当是清末所作。

② 见黄节《诗学讲习所讲义录·诗学源流》，《广州大典》第38辑第3册，第721、725页。关于黄节各时期诗学宗尚的变化，参见左鹏军《岭表诗坛一代宗师黄节》，《岭峤春秋——黄节研究论文集》，中山大学出版社2003年版，第58—69页。

③ 参见左松涛《近代中国的私塾与学堂之争》，第204—286页。

法、宗尚还可能因地域风气、教师偏好等因素有所歧趋，从而使张之洞等学制规划者“有益风化”的期待落空。

与清末学制压抑作诗的倾向形成反差的是，清代前中期正是一个诗学、诗教全面繁盛的时代。在近世蒙学功程中，读诗属对往往在识字之后与浏览散文故事同时展开，因其符合孩童兴趣，更能使之懂得“虚实死活字”的原理。[①]清初诸帝雅好文艺，渐于功令中加试诗赋，乾隆二十二年（1757）诏试五言八韵诗，五十二年（1787）更将诗题升至乡会试首场。“崇诗和尊唐两种意志通过试诗而融为一体”，不仅引起试帖诗集编纂的热潮，更促进了蒙学诗法乃至一般诗学的兴盛。[②]清中叶以降，《古唐诗合解》、《唐诗三百首》、《唐诗近体》等童蒙诗选日益流行，甚至在清末科场废诗以后，仍为蒙馆必读之书。刘鹗《老残游记》第七回写东昌府书肆掌柜介绍旧书，“讲正经学问”的闱墨选本之次，便是“讲杂学的，还有《古唐诗合解》、《唐诗三百首》”[③]。

癸卯学制对近体诗（尤其是与试帖诗有关的律诗）颇为排斥，但回到清人诗学启蒙的实践，从近体入门却相当普遍。《红楼梦》中“香菱学诗”一节，林黛玉指点门径，便是《王摩诘全集》五言律读一百首，“再读一二百首老杜的七言律，再把李青莲的七言绝句读一二百首”，然后才上溯汉魏六朝诸家。[④]道咸间胡本渊编《唐诗近体》，以五律、五绝、七绝、七律（附排律）为序，分为四卷，原序有云：“初学读诗，必以有唐一代为法门，近体又其入门之先者也。由近体而入古，由唐之古上溯汉魏之古，

---

① 参见张志公《传统蒙学教育初探（附蒙学书目稿）》，上海教育出版社1964年版，第92—106页。

② 详见蒋寅《科举试诗对清代诗学的影响》，《中国社会科学》2014年第10期。

③ 洪都百炼生（刘鹗）：《老残游记》卷七，《绣像小说》第13号，光绪二十九年十月初一日。

④ 《脂砚斋重评石头记庚辰本》第5册，国家图书馆出版社2019年影印本，第184页。

以寻诗教之源，非可一朝一夕求矣。”[①] 此外，又有吴淦《唐诗启蒙》一种，仅选律诗百余首，因其“音韵调和，可为启蒙之助”[②]。学制规划标举理念上的复古，民间诗教选本则更侧重教学便利和实际功效。近体诗韵律协调、诗法谨严，篇幅相对短小，适合初学入手；下可与蒙学属对的功课衔接，上可应对科举试诗的要求，自然有其存续空间。

直到科举和试律行将废止之际，以律诗诵读和属对训练为中心的蒙学诗课，在民间仍然颇为普遍。郭沫若追记发蒙时所读书有“《三字经》、司空图的‘诗品’、唐诗、《千家诗》”，随后才进入五经和古文，“做对子是六岁开始的，做试帖诗是七岁开始的”[③]。光绪三十年（1904）舒新城在湖南乡间上私塾，其时科考已经废弃四书文和试帖诗，但功课“仍是习八股文和应制诗”，每日饭后乘凉“对对”，“经过一二个月，再出题教我们作第一联的两句诗”[④]。私塾和学堂之外，传统社会儿童学诗的另一重要来源是家庭（特别是母、姊）的化育。赵元任儿时“晚上多半儿还要念诗，诗全是我母亲教的”，主要吟诵《唐诗三百首》。[⑤] 俞平伯则在四岁时由长姊教诵唐人诗句“《三百首》之类”。[⑥] 此外，还有自

---

① 《胡愚溪先生原序》，胡本渊评选《唐诗近体》，南京李光明庄光绪十七年题刻本，卷首第1a页。

② 引自孙琴安《唐诗选本提要》，上海书店出版社2005年版，第447页。

③ 郭沫若:《我的学生时代》,《野草》第4卷第3期，1942年6月15日。

④ 舒新城:《我和教育：三十五年教育生活史（1893—1928）》，第23—24页。

⑤ 赵元任:《早年回忆·上学念书》，季剑青编译《赵元任早年自传》，商务印书馆2014年版，第57—58页。

⑥ 孙玉蓉:《俞平伯年谱》，天津人民出版社2001年版，第3页；俞平伯:《遥夜闺思引·跋语》,《俞平伯全集》第1卷，花山文艺出版社1997年版，第499页。据俞氏他处回忆:“我小时候还没有废科举，虽然父亲（俞陛云）做诗，但并不给我讲诗，也不让我念诗；平时专门背经书，是为了准备参加科举考试。”可知“父教”的科举经书和传自母、姊的诗歌“杂学”之间，犹有严格界限。见《关于治学问和做文章》(1985),《俞平伯全集》第2卷，第813页。

学者：张恨水十一岁时“莫名其妙地爱上了《千家诗》，要求先生教给我读诗”，后来又被要求试律，却不懂平仄，“只有拿了一部诗韵死翻。就这样填鸭式的，在半年之内，我搞懂了平仄。而对《千家诗》，也更觉有味了”。[①] 从律诗和属对入门的诗教习俗如此根深蒂固，以至于胡适十六岁转入中国公学之时，“偶然翻读吴汝纶选的一种古文读本，其中第四册全是古诗歌……看了这些乐府歌辞和五七言诗歌，才知道诗歌原来是这样自由的，才知道做诗原来不必先学对仗”[②]。

光绪末江楚书局刊刻的《小学堂诗歌》四卷，正可看作试律废止以后诗教习俗依旧延续的一个标本。该书也是目前所见唯一在癸卯学制“读古诗歌法”思路之外的清末诗歌教科书。除了卷首所署“江楚书局”四字牌记，其他编刊信息均付阙如。光绪二十七年秋，为应对新学堂教科书的需求，张之洞、刘坤一创办江楚编译官书局，以缪荃孙为总纂。《小学堂诗歌》亦有出自缪氏的传说。[③]1934年《第一次中国教育年鉴》附录《教科书之发刊概况》，则有光绪二十九年“江楚编译官书局出版……木版本《小学堂用诗歌》四卷”的记载。[④]查《艺风老人日记》，

① 张恨水：《写作生涯回忆》，张占国，魏守忠编《张恨水研究资料》，天津人民出版社1986年版，第12—13页。

② 胡适：《四十自述》，欧阳哲生编《胡适文集》第1卷，第85、87页。按：今见吴汝纶编选的各种古文选本似并无附录诗歌者。清末曾有一种题署“陈太仆（兆伦）、吴京卿（汝纶）评”的《古文词略读本》行世（有北京宏道学社光绪三十一年五月初版铅印本），实为梅曾亮《古文词略》的一个汇评节本（陈兆伦为康乾间人，有《陈太仆批选八家文钞》传世；所“评”自非道咸间梅曾亮选的《古文词略》本身，而是在梅选所收古文中汇录此前陈兆伦的评语）。其书第四册卷二十一以下即为诗歌，仅选歌谣、乐府、古体，与胡适描述相符。疑胡适所见，即为此种。

③ 周作人曾在《中学读古诗的意见》一文中提到：“那是一部木版大本的书，上下两册，光绪年间江楚编译局所刻，书名是《小学堂诗歌》。据说那是缪荃孙所编，虽然并未署名。”见钟叔河编《周作人文类编·千百年眼》，湖南文艺出版社1998年版，第751页。

④ 《教科书之发刊概况》，国民政府教育部：《第一次中国教育年鉴》戊编《教育杂录》，开明书店1934年版，第119页。

此前一年缪荃孙曾与其门人交接《姚选五七言绝》、《万首绝句》、《今体诗》、两种《三体诗》、《小学弦歌》等诗歌选本。[①]光绪三十二年十二月，缪氏又在日记中明确提到其门人“梁慕韩来，交去《小学诗歌》”。[②]

《小学堂诗歌》共选诗229题，其中唐诗206题，按五言绝句、七言绝句、五言律诗、七言律诗四体，依次分为四卷。[③]所选几乎纯为近体，并不符合“读古诗歌”课程专取谣谚、乐府、古体的规定，在清末诗歌教科书中颇形独异。[④]作为新体教科书，亦未采用早先选本圈点、批校等形式，仅在每篇诗后增加一段解说，类似“说诗”体例。其解说内容兼包训诂名物、字句意蕴、诗法格律、意境兴象等，往往袭取此前选本或别集的评注，而加以改写。《小学堂诗歌》解说中明确提及的前人选本，有沈德潜《唐诗别裁集》、徐增《说唐诗》、何焯批点《唐贤三体诗句法》三种。其中何批仅出现一次，似是偶及。[⑤]来自《说唐诗》的内容集中在前两卷，援引最多的当数《唐诗别裁集》。有时亦加以驳正：编者在开卷第一首卢照邻《曲池荷》诗后，即指摘沈德潜“抱才

---

① 参见《缪荃孙全集·日记》（二）光绪二十八年正月七日、九月廿四日、十一月廿七日条下，凤凰出版社2014年版，第165、203、212页。但需注意的是，缪氏日记中提到的这些诗学选本，并非《小学堂诗歌》主要材源（详下文），故其与编纂诗歌教科书是否有联系，亦未可确定。

② 《缪荃孙全集·日记》（二），第428页。

③ 《小学堂诗歌》的体例有不尽统一之处，如卷一“五言绝句”选唐、宋、元、明四代诗，似是通代诗选的设计；但二、三、四卷却仅选唐人，最终成为一部唐诗为主的选本。又如卷二“七言绝句”选王勃至戎昱59题，卷三前半又重选王昌龄至郑谷七绝23题（卷三后半则为五律），分卷亦似未经整饬。另外，所选206题唐诗中，也夹杂有“太上隐者”《答人》等“伪唐诗”。这些地方，都显示《小学堂诗歌》的成书可能比较仓促。

④ 按《小学堂诗歌》所选七言绝句中含有少量乐府诗，编者对乐府与绝句的区别甚为明晰。刘禹锡《竹枝词》题下按语云：“乐府视七绝诗体裁有别，而《竹枝》等类，义本陈风，尤为自然之音节，因登数则，以见其概。”见《小学堂诗歌》卷二，佚名编纂，江楚书局刻本（不著出版时间），第50a页。

⑤ 《小学堂诗歌》卷一，第6b—7b页。

不遇，早年零落”之说，以为“似于‘君不知’三字未理会”；解读张说《蜀道后期》中“客心争日月”一句，则谓“徐而庵（增）谓与日月争速，细按之已过当”[①]。明引或明驳之外，解说中更多有暗袭之处。如评韦承庆《南行别弟》“断句以自然为宗，此种最是难到”，评王建《行宫》“‘说玄宗’仍不说玄宗长短，故佳”等，皆袭自《唐诗别裁集》。[②]此类不著出处的蹈袭之例甚多。除了沈、徐二选，清初王尧衢的《古唐诗合解》也是《小学堂诗歌》评注的一大材源。但四卷解说中绝未提及此书，可能与当时人认知中《古唐诗合解》的“俗本”印象有关。[③]

近时学者研讨清代唐诗选本，常在《唐诗别裁集》之类主持风雅的大家名选与《古唐诗合解》、《唐诗三百首》等用于蒙学的“普及型选本”之间作出区分。[④]二者的选家层次、编选宗旨、选篇侧重确实各有不同。《小学堂诗歌》却尝试将之融为一炉，不无寓提高于普及的用意。更重要的是，沈德潜《唐诗别裁集》在编撰之初，就以“求诗教之本原”为旨归，[⑤]且久已为蒙学诗选所取资。前引胡本渊《唐诗近体》便自陈“诗后注解多取沈文慤《别裁》，较王尧衢之穿凿大相径庭”[⑥]；同治间罗汝怀在《唐诗三百首》基础上增选《唐诗六百编》，亦多引沈氏评

---

① 分别见《小学堂诗歌》卷一，第1a、2b—3a页。

② 《小学堂诗歌》卷一，第1b、11a页；参见沈德潜《唐诗别裁集》卷十九，上海古籍出版社1979年版，第606、628页。按:《唐诗别裁集》列此《行宫》诗于王建名下，题下加注“一作元稹诗”,《小学堂诗歌》承之。

③ 如光绪二十五年（1899）刊行的一份《幼学分年日程》，就将《古唐诗合解》、《千家诗》同归入“俗谬不可读”之列，而与《古诗源》、《唐诗三百首》相区别。见陈惟彦《幼学分年日程》，韩锡铎编《中华蒙学集成》，辽宁教育出版社1993年版，第1559页。

④ 参见韩胜《清代唐诗选本研究》，中国社会科学出版社2010年版，第15—21页。

⑤ 沈德潜:《原序》,《唐诗别裁集》，卷首第1页。

⑥ 《唐诗近体目录》后附合州周氏评语，见胡本渊评选《唐诗近体》，卷首。

语。[1]《小学堂诗歌》的创造，还在于将沈德潜反对“自立意见”而提倡“略示轨途”、“意味自出”的只言片语并列于徐增、王尧衢选本中与之大相径庭的“穿凿附会”、“悠谬支离”之说。徐、王、沈三人皆籍贯吴中，所传诗学脉络本不无交集，此种“混搭”或亦表现了编者的诗学史敏感。

徐增的《说唐诗》和王尧衢的《古唐诗合解》均继承了金圣叹以来“分解”说诗的方法，可视为晚明诗文评选风气的流衍。[2]《小学堂诗歌》对“分解”之说殊少响应。其受自徐、王二选的影响，主要是说诗口气和批评态度。试对照《小学堂诗歌》与徐增《说唐诗》对同一首白居易《闺怨词》的解说：

> 箔，簾也。闺人终夜无眠，只将泪眼向珠箔纱窗上熬练工夫。始则淡笼寒月，是初睡时冷落情形；继则背置晓灯，是乍醒时凄凉况味。且孤月残灯，愁人下泪物也。自夜至晓，簌簌不休，巾子上那一点不是血痕，就是那一点不化春冰。却为何说是“一半”？要知初睡时夜未深，是巾上宿渍之泪；乍醒时天渐晓，是巾上新沾之泪。宿者已冷，故成冰；新者尚温，故未成冰。算来恰好是一半光景。若谓笼统皆是春冰，便无分寸。诗人不作痴语，所以擅场。“春冰”二字甚哀艳，似暗用薛夜来入魏宫时，唾壶盛泪化为红冰事。(《小学堂诗歌》卷一，第 11b—12a 页)

> “珠箔笼寒月”，室中映得空洞，是夜间将睡去的凄凉；“纱窗

① 参见《唐诗选本提要》，上海书店出版社 2005 年版，第 434 页。

② 参见蒋寅《徐增对金圣叹诗学的继承和修正》，《北京师范大学学报（社会科学版）》2006 年第 4 期。

> 背晓灯”，床头耿耿如豆，是晓来将醒时的凄凉。月与灯，皆愁人下泪物也。“夜来”，是从夜以至天晓，巾上总有一夜之泪。为何又说“一半是春冰”？那一半却是甚么？盖既云夜来，则巾上有一半隔宿之泪，有一半新下之泪，隔宿之泪已冷，故成冰；新下之泪尚温，故未成冰也。“一半”二字妙绝，而庵拈出来，供人一笑。（徐增《说唐诗》卷八）[①]

较之徐增的率性说诗，《小学堂诗歌》作为教科书必须考虑教学实际，多出了解释字义和典故的部分。除此之外，中间大段串说则全从《说唐诗》脱化，尤其是提出“一半是春冰”何以“一半”的问题，正是“而庵拈出来”的独得之秘。前人称赞徐增说诗的风格是“见此九曲珠，必欲穿此九曲孔，将此性灵来看古人之诗，则古人之性灵所在自见……如身化为蚁，衔线穿九曲珠，盘盘旋旋，转转折折，高高下下，尽力钻研，津关方透”[②]。此段说诗非但为诗人写心，设想“外设形影”背后的“内藏线路”，更设身于诗人所写闺妇之所见，自问自答，说明“有一半隔宿之泪，有一半新下之泪”，令诗意显豁无余。在解说刘禹锡《饮酒看牡丹》“但愁花有语，不为老人开”二句时，徐增又化身刘梦得，设问：“今日正是人厌弃我之日，何故却在牡丹花前饮酒？”于是有“梦得多遭折磨，见花亦有戒心”等一番揣度。[③] 对此，《小学堂诗歌》亦全部照搬，代入刘禹锡声口云：“今日正是弃我之时，我乃饮酒看牡丹，不已傎欤？然亦在我甘心而已。……但虑牡丹解语，不肯假借我。”[④]受到《说

---

① 徐增著，樊维纲校注《说唐诗》，中州古籍出版社 1990 年版，第 196—197 页。

② 李图南：《而庵先生说唐诗序》，徐增著，樊维纲校注《说唐诗》卷首，第 6—7 页。

③ 徐增著，樊维纲校注《说唐诗》卷八，第 194 页。

④ 《小学堂诗歌》卷一，第 10b 页。

唐诗》的影响，此种设问引导，说之唯恐不尽，甚至化身作者，代入第一人称的“说诗”口气，在《小学堂诗歌》中屡见不鲜。

徐增《说唐诗》“正为世之不识字而作与不识字而选，诸下下人说，匪为识字人得上乘最上乘说”，故其“说多近俚，而不雅驯”。[①]前引《闺怨词》解说即多用“的”、“甚么”等白话助词，两个“凄凉”反复诉说。说诗文体的显白，照理最能迎合清末新教育家强调儿童心理、提倡白话启蒙的主张。但到《小学堂诗歌》中，对应段落语句却重新趋于文雅，“睡去的凄凉”、“醒来的凄凉”成了“冷落情形”、“凄凉况味”。又如《小学堂诗歌》卷三选许浑《客有卜居不遂薄游秦陇因题》一诗，解说取自《古唐诗合解》。王尧衢原解从“客”的境遇立说：“客无房子住，情况无聊，乃遥望五侯甲第如云，因作想曰：‘有房子的如此其多’，而卜居不遂，能无怨怅！”[②]可谓千古同慨，以白话出之，相当醒目。至《小学堂诗歌》挪用其说，似嫌字句太过浅俗，遂将同样意绪改写为“无家之客，凄然自念，颇难为怀”12字。[③]说诗文体的重新文雅化，再次印证清末教育舆论虽揭橥“白话”、“国语”为鹄的，但落实到教育实践和教科书编纂，则往往回向“浅近文言”的趋势。

《小学堂诗歌》选杜甫29题48首（集中在律诗）、李白37题44首，韩愈10题11首、李商隐16题16首（集中在七律）。这些大家的入选篇目中有一部分很少见于流行的诗学选本。详审其解说、题注文字的来源便可发现，对于以上四家，编者利用的资源主要不是来自选本，而是颇采录前人的别集评注本：如其解杜诗多援引浦起龙《读杜心解》与杨伦《杜诗镜铨》，解说中虽时而引及“钱笺”、“仇注”和《杜臆》，实

① 陈签：《而庵说唐诗序》，徐增著，樊维纲校注《说唐诗》卷首，第4页。

② 王尧衢选注《古唐诗合解》卷十，黄熙年等点校，岳麓书社1989年版，第284页。

③ 《小学堂诗歌》卷三，第11a页。

则都是从浦、杨二本转录。李白诗注解采王琦《李太白集注》为多，韩愈诗采廖莹中《东雅堂昌黎集注》，李商隐诗的解说则主要袭自冯浩的《玉溪生诗笺注》。[①]

这些来自别集注本的资源，对《小学堂诗歌》的解诗风格也有潜在影响。以杜诗评注为例，浦、杨二本注重"篇法"、"章法"的指摘，《小学堂诗歌》卷三解《房兵曹胡马》、《画鹰》、《得舍弟消息二首》、《铜瓶》、《观猎》诸篇，即多属意于"承上分注"、"起结往复"等"炼局"之法。[②]别集注本还提供了一般选本不尽具备的训诂、名物、地志等方面的详解，对一些诗句的把握也更为体贴。如杜甫《咏怀古迹》其五"万古云霄一羽毛"一句，沈德潜《唐诗别裁集》从旧说，以为"云霄羽毛，犹鸾凤高翔，状其（诸葛亮）才品之不可及也"[③]。《读杜心解》却针锋相对地指出："旧解以云霄一羽作'鸾凤高翔'，几不成句，且使全神俱失。"[④]《杜诗镜铨》更据焦竑《笔乘》发挥："世徒以三分功业相矜，不知屈处偏隅，其胸中蕴抱，百未一展，万古而下所及见者，特云霄之一羽毛耳"，进而断言"旧解多支离"[⑤]。《小学堂诗歌》综合浦、杨二家，亦以"旧注"为"支离"。[⑥]当然，采取注本亦未必盲从。李商隐《锦瑟》一诗历来解说纷纭，冯浩注主"悼亡"之说。《小学堂诗歌》解

① 在蒙学诗选中援引别集评注，也是较为普遍的做法。章燮《唐诗三百首注疏条款》即提到其注解书中"李白、杜甫诗，皆遵王琦、仇兆鳌二先生注释。其余诸公或解一二者，亦采入之，或有总解，俱附后"。见吴绍烈、周艺校点《唐诗三百首注疏》，安徽人民出版社1983年版，卷首第7页。

② 《小学堂诗歌》卷三，第25a—26a、28a、39a、41b页。

③ 见沈德潜《唐诗别裁集》卷十四，第462页。仇兆鳌《杜诗详注》引元俞浙："'一羽毛'如鸾凤高翔，独步云霄，无与为匹也。"见仇兆鳌辑注《杜诗详注》卷十七，中华书局1979年版，第1506页。

④ 浦起龙：《读杜心解》卷四之二，中华书局1961年版，第659页。

⑤ 杨伦：《杜诗镜铨》卷十三，中华书局上海编辑所1962年版，第653页。

⑥ 《小学堂诗歌》卷四，第20a页。

说则谓："是皆以字句求之也。古人伤老感逝，每有无端之慨，悼亡之义近似，而不必以弦柱证之。……千古慧业文人，自有一种伤心怀抱，钝根安足语此？"[①] 堪称通达之论。

作为清末的新式学堂课本，《小学堂诗歌》解说中偶尔也会流露些许时代特色。如其解李白《渡荆门送别》"云生结海楼"句，在引用《史记》、《国史补》出典后，不忘补充"今日光学家言"，解释海市蜃楼是自然现象而"非真有仙境"。[②] 注李商隐《马嵬》诗中"九州"，既引邹衍大九州说，复"证以今日五洲"。[③] 韩琮《暮春浐水送别》有"暮云宫阙古今情"之句，解云："暮云宫阙，古今人情所依恋，即爱国之心也。"[④]"爱国心"在清末也是一个新名词，光绪二十八年吴汝纶赴日考察教育，便曾"遍访名家叩'爱国心'之说"[⑤]。不过，就全部解说来看，这些新学语只是作为点缀偶露峥嵘。

整体而言，《小学堂诗歌》以清代诗教选本和诗集评注为材源，探索童蒙说诗的口气与语体，仍在传统诗学、诗教的范围内。而专注于近体律绝，注重体会诗学内在法度的倾向，更与癸卯学制以"古诗歌"为教化工具的理念格格不入。《小学堂诗歌》卷二多录李白七绝，《宣城见杜鹃花》诗后有一段按语，是难得的编者自白："七绝至太白，仙才濬发，往往别辟灵境，有不可以寻常蹊径求者，读之令人眉飞色舞，但觉飘然不群而已。多录之，俾初学开益性灵。"[⑥] 最后的"开益性灵"四字，

① 《小学堂诗歌》卷四，第30a—30b页。

② 《小学堂诗歌》卷二，第20b页。

③ 《小学堂诗歌》卷四，第36a页。

④ 《小学堂诗歌》卷三，第12a页。

⑤ 吴振麟录《贵族院议员伊泽修二氏谈片》，《东游丛录》卷四，《吴汝纶全集》第3册，第795页。

⑥ 《小学堂诗歌》卷二，第35b页。

提示清末“诗教”本亦有可能在伦常纲纪或国民道德之外，开掘出一种立足诗学本位的价值。惜乎其为潮流所掩，学堂教育中的“文学”在很长一段时间内仍局限于“文章”。

余论　诗教的歧路

宣统元年三月，学部变通中学堂课程，“乐歌”被列为随意科目，要求“择五、七言古诗歌，词旨雅正、音节谐和、足以发舒志气、涵养性情、篇幅不甚长者，于一星期内酌加一二小时教之”①。按其实际，仍是敷演癸卯学制的“读古诗歌法”，不过已不再寄于修身科之下，而是独立成科。辛亥鼎革以后，单列的“读古诗歌”课程在学制中已绝迹，却仍有个别教师“于小学校、师范学校课修身时，参教诗歌，以增兴味”②。1916年，商务印书馆出版贾丰臻编《修身诗教》，是继李元度《小学弦歌》后，又一部按“伦类”分卷的蒙学诗选。然而世易时移，儒教的三纲六纪已被新式伦理学框架取代。贾氏书设“为己”、“家庭”、“社会”、“国家”四章，每章下设若干节；如“为己”章下为勉学、立身、知足、廉洁、勤俭、杂戒六节，每节选诗数首。自汉人《陌上桑》、古乐府《长歌行》直至清末民初《军人新乐府》、《四时从军乐》等，共收诗106题，适用范围“除修身外，作为国文教授或参考之资，亦未尝

---

① 学部：《奏变通中学堂课程分为文科实科折》（宣统元年三月二十六日），璩鑫圭、唐良炎编《中国近代教育史资料汇编·学制演变》，第565、568页。将“古诗歌”直接改造为音乐学科的舆论背景，还可参看庄俞《教育琐谈》，《教育杂志》第1年第4期，宣统元年三月廿五日。

② 贾丰臻：《修身诗教》，商务印书馆1916年版，卷首“序”第1页。

不可”[①]。

随着音乐学科的确立和儒教修身的式微，清末这段“古诗歌”开课的历程迅速被教育新潮湮没。与之相对，《小学堂诗歌》偏向诗法性灵，其所代表的蒙学诗课传统，到民国时仍在各种私塾和学堂中延续。其书也有一定程度的流传，得到丁福保、周作人等晚近名流的收藏。[②]1952年初，周作人在《语文教学》发表短文，建议中学生从古诗入手学习文言，并说他提出这个意见，正是来自江楚书局《小学堂诗歌》的启发。[③]周氏撰写此文的本意，是要反对向来学文从散文（韩愈以后所谓“古文”）入手的方式，指出诗歌形式的教学优势，“只是多用实字堆叠下去，除字义外极少特殊的语法需要说明的”，实已触及近代创兴新学以来长期以文章为文学教育中心的偏颇。

无论是立足“有益风化”，还是追求“开益性灵”，清末新教育传承古诗歌的两条进路各有深远的学术渊源。从道学家、心学家的复古诗论到明清之际的说诗评点，直至有清一代各个层次的诗歌选本，学制规划者与民间教科书编者为了激活古典诗歌的近代教育价值，取材可谓不遗余力，而其影响终究有限。除了功利化兴学思路的限制，士大夫诗学与基层蒙学诗课的取向并不完全同步，科举试诗的污名化及其废止，都是不可忽略的因素。清中叶以来，诗风渐趋宋调，或者回向“汉魏六朝”；趋新者则在“古风格”中加入“新语词”、“新意境”。这些诗学新变在基层诗教与诗选中虽不无体现，却尚未形成主流。到清末规划新学制之

---

① 贾丰臻:《修身诗教》，卷首“凡例”第2页。

② 复旦大学图书馆古籍部藏《小学堂诗歌》二册，卷首有“丁福保鉴藏经籍图书”、“震旦大学图书馆丁氏文库”二印；中国国家图书馆普通古籍分馆藏《小学堂诗歌》一册（卷一、二），内封钤“一篑轩”印，卷首有“苦雨斋藏书印”、“知堂老人”二印，知为周作人旧藏。

③ 钟叔河编《周作人文类编·千百年眼》，第749—753页。

时，为了与行将废止的科举试诗划清界限，又刻意排除词章维度的诗法训练，压制作诗，规避律体。表面上假托“诗乐合一”的复古意识，摆出古典诗教与西洋乐教融合的姿态，实则抽空古诗的质料，使之成为空洞的宣教工具。正如黄节指出的，“风化”之“义”的达成，正有赖于“性灵”之“辞”的感发，惟有作诗方能促进读诗，诗教的“义”与“辞”本不可析分。

清末学制单列“古诗歌”课程的这段史实，在近代新式教育兴起的过程中，或许只是无足轻重的插曲，最终也未能造就一个新的诗教传统。然而，考察其背景、缘起与兴废，对于理解清末民初文学词章在整个知识结构中的位置，进而反思晚清以降新式文学教育的性质与偏至，却有不容抹杀的意义。在古典诗教式微的同时，另一种“诗教”也正在展开——趋新士人从事新体歌诀、韵言、乐歌、军歌的写作，以之为新知识和新国民意识的传播媒介。惟其着眼点在当下创作，已逸出“古诗歌”教育的范围。

第七章

“实用”与“虚文”之间

——近代新编尺牍教本的源流

中国古代书信的体式规格，植根于传统社会的伦常秩序和身份意识，逐渐形成包括称谓、抬头、款识、体段、套语等在内的一整套程式。“书仪”作为居家礼仪之一种，久已为日用类书和童蒙教育所取资。明代以降，篇幅短小、语词隽永的“尺牍”[①]受到重视，涌现出一批尺牍专集，或辑录古今名公撰制，或应对日常应酬之需，在实用功能之外，亦追求性灵与词采，构成一个独特的文学类型。[②]

晚清西学涌入，随着学堂教育的深入和铅石印出版机构的繁兴，在翻印既有尺牍指南、尺牍专集的同时，坊间流行着大量新编尺牍教本。这些教本的设定读者，或为学堂学生，或为普通社会；书籍形态或为单

---

① “尺牍”一词在不同历史时期含义有别：其原义为“长一尺之木牍”，指涉书写材料及其规格；最初写在“尺牍”上的内容不一定是书信，古代长篇“书论”亦非一片“尺牍”所能容纳。东汉后期以降，逐渐开始在“尺牍”上书写与长篇“书论”不同的短篇“私书”。随着纸张的流行，“尺牍”一词作为书写质料的意味日益淡化，最终转变为一类文章的代称。宋代以后开始出现狭义的用法，专指短篇书简。（以上关于“尺牍”概念变化的梳理，承蒙王迎春老师赐教，谨此致谢）近亦有学者从“公”、“私”或“正式”、“非正式”的角度定义宋代文集中“书”与“尺牍”的分化（参见浅见洋二《文本的“公”与“私”——苏轼尺牍与文集编纂》，《文学遗产》2019年第5期）。

② 明清时代尺牍结集的概况，参看欧明俊《明代尺牍的辑刻与传布》，《古典文学知识》2018年第4期；邹振环《清代书札文献的分类与史料价值》，《社会·历史·文献——传统中国研究国际学术研讨会论文集》，上海人民出版社2006年版，第453—459页。此外，陆雪松《清初尺牍选本研究》（东南大学出版社2019年版）一书讨论了清初尺牍征选和编集的情况。

行，或为教科书之一部分，却大都将关注点放在尺牍程式的传授之上。在外来教科书体例和英文尺牍范本启发下，尺牍亦被新式文学教育接纳，成为新体蒙学读本和国文教科书不可或缺的一部分。继而出现了专门的“尺牍教科书”，学生尺牍、女子尺牍、白话尺牍等新类型尤其引人注目。尺牍典范、类型、主题、语体的翻新，为传统尺牍程式带来诸多挑战，最终导出改良尺牍的方案。但这一过程并非一蹴而就，旧程式与新内容、新语体之间，仍有一段共存时期。

本章考索近代尺牍课程与教本的源流，意在探讨清末以降国文教育在“实用”层次面临的问题。近代尺牍教本数量巨大、类别繁多、内容驳杂，铅石印本多有沿袭、剽窃、篡改之弊，梳理其脉络殊不易易。本章选取其中具有节点意义的数种，主要关注近代新编教本与传统尺牍程式之间的关系。作为伦常秩序和社会习俗的投射，尺牍程式在日用实践领域具有强固的惯性，并没有紧随学制改创或政体更迭而发生急遽的变化。但这些日用知识一旦进入新学堂教育，成为国文科目下的一种技能，简化和调适又不可避免。近代教育家强调尺牍属于“应用文”之一种，视之为救赎文学教育无用论的重要指标。但尺牍课程的特殊性却在于，其“实用”本寄于“虚文”之中——如果取消一切称谓区别、语气轻重、文饰虚套，仅视之为与电报、电话、新闻纸无异的信息传递媒介，那么尺牍文类的生命亦将宣告终结。

一　学堂尺牍的先声

中国传统尺牍用书可以溯源到两晋南北朝时期的“书仪”。此类读物侧重传授书信的程式套路，常与礼节仪注相配合。元明以后，“书仪”

内容融入各种日用类书，日益注重通俗实用。①而自明代中叶起，另一种由文人编选、以收集范文为主的尺牍专集亦开始流行。就中又分为“名公尺牍”与“捷用尺牍”两类：前者如杨慎《赤牍清裁》（王世贞增选为《尺牍清裁》）、沈佳胤《翰海》、周亮工《尺牍新钞》、李渔《尺牍初征》以及徐士俊、汪淇《尺牍新语》等，选录前代或征集当代尺牍，多注重性灵独创，有意“芟除套谈”②。而如旧题钟惺纂《如面谈》、金阊叶启元刻《增补较正熊寅幾先生捷用尺牍双鱼》、题冯梦龙辑《折梅笺》等“捷用尺牍”，则强调“浅深各致、雅俗并宜”③，应对日常生活中各种交流需要，并不排斥“活套体式”、称呼品级等知识性内容，甚至与同时代日用类书中的书函门类颇有互文。④从编纂体例看，《尺牍清裁》、《尺牍新钞》等名公尺牍以人为序，突出名篇作者；捷用尺牍则多分门别类，如在“通问”类下，拟出“未会瞻仰”、“乍会欣喜”、“久别思慕”、“近别叙情”等情形，以便仿作者设身处地，“信手优孟”。⑤流风所及，《翰海》、《尺牍新语》等名公尺牍也采用了分类编排，或如李渔《尺牍初征》另编类目，专供检索之用。⑥

---

① 参见周一良《书仪源流考》，《历史研究》1990年第5期。

② 徐士俊、汪淇：《分类尺牍新语·例言八则》，《四库全书存目丛书》集部第396册，齐鲁书社1997年影印康熙二年刻本，第362页。

③ 《增补较正熊寅幾先生捷用尺牍双鱼》卷首陈继儒序，明末金阊叶启元刻本，“序”第4a—4b页。

④ 《增补较正熊寅幾先生捷用尺牍双鱼》卷七关约、契帖、婚书，卷八称呼、请帖，卷九祭文活套等内容，即与《新板增补天下便用文林妙锦万宝全书》（书林安正堂万历四十年刻本）等日用类书中的“文翰门”“启札门”多有重叠。《折梅笺》书前列有“书笺活套体式”，说明一封书信有“一叙别，二瞻仰，三称颂，四神相，五起居，六自叙，七入事，八祈亮，九结尾，十‘名具正肃’或用‘某名再顿首’，十一左冲”等部分组成的活套，后又有奉书体式、回书体式、左冲活套、书简封筒式等实用性内容。见魏同贤主编《冯梦龙全集·折梅笺 牌经》，上海古籍出版社1993年版，第1—5页。

⑤ 魏同贤主编《冯梦龙全集·折梅笺 牌经》，卷首“凡例”第2页。

⑥ 李渔：《尺牍初征·凡例五条》，《四库禁毁书丛刊》集部第153册，北京出版社1997年影印顺治十七年刻本，第503页。

降至清中叶，《翰海》、《如面谈》、《尺牍新钞》、《尺牍初征》诸书遭到禁毁，明清之际以尺牍为性灵小品的风气也被四库馆臣讥为“轻佻纤巧”。[①]不过，介绍各种程式套语的应用型尺牍书仍不断涌现，“秋水轩”、“雪鸿轩”等骈体尺牍集的流行，体现了尺牍词采的新趋。晚明清初尺牍集中常见的“经世”、“时事”、“丽情”门类等逐渐消弭，但诸如庆贺、慰唁、问候、造访、迎送、邀约、延请等日常酬应，请托、荐举、规诫、求情等人情世故，以及借贷、索欠、缓期、馈送、酬谢等经济往来，仍是分类尺牍专集中历久不变的门目。在居家生活、文人交游之外，清代尺牍专集更多反映外出游幕、经商经历，或添加居官则例、家训家诫、商算要诀等实用内容，体现出社会生活重点的迁移。

晚清西学东渐，在上海洋场的经商往来中，传统尺牍知识仍然拥有市场。光绪十四年（1888）冬，《申报》刊出一则尺牍广告，介绍海昌书庄新出《尺牍书信要语估看银洋》一书，内容包括“行商各号近时往来、四时通候、婚丧喜庆、荐托贸易，以及家书男女党族交接称呼、时令新年拜书贺启、估看银洋要语、论洋要法”等，实际上是尺牍书仪与学徒从商指南的结合。当时已出现改题为《经商尺牍》的盗印本，此则广告意在声明版权，亦可见一时风尚所趋。广告后附有代售书籍价目，列举了《尺牍初桄》、《通问便集》、《朱批秋水轩》、《管注秋水轩》、《朱批知愧尺》、《朱批袁枚尺牍》、《朱批笔耕尺》、《尺牍入门》、《采新尺牍》、《〔管〕可寿斋尺牍》、《贸易指南商贾尺牍》、《增注见心尺》、《洋务尺牍》、《各省异名录》等多种尺牍实用书。[②]其中，《尺牍初桄》和《通问

① 参见《四库全书总目》总集类存目《尺牍新语》、《尺牍嘤鸣集》提要，《武英殿本四库全书总目》，国家图书馆出版社2019年影印本，第57册，第36、70页。

② 见《申报》光绪十四年十月廿一日、十月廿八日、十一月初三日。按：其中“知愧尺”、“笔耕尺”、“采新尺牍”、“见心尺”分别为《知愧轩尺牍》、《笔耕斋尺牍提要》、《尺牍采新集》、《尺牍见心集》等尺牍书名的略称。

便集》两种较为特别。二书既非“秋水轩”、“雪鸿轩”之类传统文人尺牍，又不合学徒经商之需，实乃近代学堂尺牍教本的先声。

据研究者考定，《尺牍初桄》和《通问便集》二书编者，正是在清末常年主持耶稣会徐汇公学（Collège Saint Ignace）校务的司铎蒋升（字邑虚，号南窗侍者、子虚氏），其人还编有《益闻益智丛录》、《皇朝直省府厅州县歌括》、《五洲括地歌》、《书契便蒙》等启蒙读物。[①]徐汇公学创校于道光三十年（1850），最初“学生所习功课，新生则专读国文”；据光绪初年旁观者的描写，课堂中“学生们用震耳的声音朗诵经典作品，每个学生反复大声读唱从未有人给他讲解过的课文……背书时学生的头摇来摇去，甚至全身都左右摇摆起来”[②]，与当时城乡学塾的普遍教法并无二致。在《尺牍初桄》自序中，蒋升自述曾有编录“古今名人词料尺牍”共四集的计划——初集罗列尺牍套语程式，二集采录“尺牍中清新之作”，三集“饰句修辞尤擅美境”，四集“众格咸备，于柬帖、书契、锦联之类，罔不收罗”，并明言“将为塾中弟子辈学习酬应计也”，当是针对徐汇公学在校生日常应酬的需要而作。[③]但最后似仅成初集、二集两集。二集先行出版，改称《通问便集》，光绪七年（1881）十月由天主教土山湾慈母堂排印，后又有申报馆丛书、广百宋斋本、畬经堂增注本等诸多重印本。其书“只取文事，至书札规格，不甚讲究……一切应酬套语，载在他集，是集独略”[④]。与之相对，专论规格套语的初集则改编为《尺牍初桄》四卷，光绪九年（1883）成书，次年由文贤阁书

① 参见叶文玲、张振国《晚清徐汇公学校长蒋邑虚生平著述考》，《成都师范学院学报》2015年第4期。

② 《〈徐汇中小学校刊〉记徐汇中学校史》、《〈江南传教史〉记徐汇公学》，见朱有瓛、高时良编《中国近代学制史料》第4辑，第226、231页。

③ 南窗侍者子虚氏编《尺牍初桄》，文贤阁书局光绪十二年铅字重印本，“序”第2a页。

④ 南沙乐安子虚：《通问便集》，沪西土山湾慈母堂光绪七年铅印本，“凡例”第1a—1b页。

局排印出版，同时“坊间多有以原板翻刻，或仍其名，或异其额”[①]，又有土山湾慈母堂的重排本和申报馆改编为二卷的丛书本。

《通问便集》共收尺牍范文434篇，分为家族函禀、外戚书禀（附师生禀札）、通禀尊长、朋友赠答四类，每类又按主题分若干小类。如“朋友赠答”之下，有托代、荐举、延请、借贷、求索、还欠、馈遗、酬谢、探问、催促、辞却、诉苦、述怀、贸易、资助、规劝、慰唁、灾荒、救灾、庆贺、怨责、争讼、卧游、理境、缕陈等25类，延续了晚明以来尺牍专集按应用情境分类的惯例。蒋升自承其书实系“裒集前人名牍及近时笔札，加以撰稿数十纸”[②]，但除了“家族函禀”中有10篇明言取自《板桥家书》，其他均未署明出处。表7-1列出目前考订的部分选篇材源，以见其取材之一斑。

表7-1　《通问便集》部分选篇材源

《通问便集》篇目	材源
杂存类·偿逋约缓（三篇）	《分类详注饮香尺牍》卷三《缓期类》
残害类·自戕图害	《益闻录》第28号（光绪五年十一月初二日）
业产类·强占私河	《益闻录》第5号（光绪五年闰三月廿六日）
荐举类·推荐契友	《欧阳文忠公书简》卷一《与富文忠公》（二）
诉苦类·旅况艰苦	糅合缪艮《尺牍嘤求集》卷一《复龚澄轩丈》、《复程小谷》二函
诉苦类·痛诉牢愁	缪艮《尺牍嘤求集》卷一《寄孙逊斋》
诉苦类·客途伤遇	缪艮《尺牍嘤求集》卷四《寄戴金溪》
述怀类·恤孤募费	缪艮《尺牍嘤求集》卷四《致余同仁》
规劝类·劝息争执	陈弘谋《培远堂手札节要》卷上《寄杨星亭嗣琛书》
规劝类·勉力为善	陈弘谋《培远堂书札节要》卷中《寄刘含章书》

① 南窗侍者子虚氏编《尺牍初桄》卷首。

② 南沙乐安子虚：《通问便集》，“叙”第1b—2a页。

续表

《通问便集》篇目	材源
规劝类・友于宜敦	陈弘谋《培远堂书札节要》卷下《寄杨继白方起书》
规劝类・答劝节劳	陈弘谋《培远堂书札节要》卷下《寄朱晓园书》
规劝类・勉人旷达	沈佳胤《翰海》卷十二《黄山谷答廖宣叔》
灾荒类・叙谊告灾	沈佳胤《翰海》卷十一《徐存斋上申瑶泉乞救荒》
又	沈佳胤《翰海》卷十一《陈眉公上王荆石相公》
灾荒类・预筹赈款	《申报》光绪五年四月初七日 《汇录协赈晋豫诸君来函・潘君振声来函》
灾荒类・协助筹赈	《申报》光绪五年四月廿九日 《协助晋赈潘君振声闰月二十八日山西绛州来函》
卧游类・叙郊居乐（八篇）	沈佳胤《翰海》卷九《梁肃与徐十九》、《王凤洲与殷无美》、《屠长卿与龙君善》、《白乐天寄元稹》、《乐天庐山草堂记》、《元次山唐亭》、《罗景纶山居》、《袁石浦寄三弟小修》诸函
理境类・唤醒迷途	沈佳胤《翰海》卷十二《屠赤水与秦君阳》
理境类・论惜费用	陈弘谋《培远堂书札节要》卷上《寄德松如先生书》
缕陈类・治家读书	陈弘谋《培远堂书札节要》卷中《寄程扶南书》

表 7-1 所列资源中不乏名家撰作，似乎悬的甚高。实则其中清代以前的篇目，多转贩自晚明沈佳胤辑录的名公尺牍集《翰海》，所列“自叙”、“卧游”等类目，更直接取自沈书。[1] 而如《尺牍嘤求集》、《饮香尺牍》等乾隆以后刊行的应用尺牍集也在采录之列，多涉及游幕、游馆等题材。《板桥家书》和陈弘谋书札的入选，则主要出于道德教化的考虑。《通问便集》还利用了最新出刊的报章，不仅将天主教刊物《益闻录》上登出的两则社会新闻改写成了禀札，还在“灾荒类”转载当年《申报》上的两封赈灾来函。

① 《翰海》在乾隆间曾遭禁毁，蒋升得以利用该书，亦可旁证晚清书禁的松弛。参见雷梦辰《清代各省禁书汇考》，书目文献出版社 1989 年版，第 173 页。

蒋升的选篇涵盖名公尺牍、捷用尺牍乃至同时代报章，要将如此驳杂零散的材源统合为一部天主教学堂的应用教本，改撰工夫自不可少。除了删改古奥艰涩或“欠雅驯”之处，更要将一些尺牍名家笔下的特殊词语、名物、风格转写为可供学子模仿的通用形式，必要时还得从宗教立场暗度陈仓。比如“规劝类”《勉人旷达》一篇，改写自黄庭坚的名篇《答廖宣叔书》，旨在劝人挣脱“利、衰、毁、誉、称、讥、苦、乐”等现世束缚。此八项即佛典所称“八风”，《翰海》所载原札谓：“此八物无明种子也，人从无明种子中生。连皮带骨，定无可逃之地。”[①]蒋升的改撰并不回避“八风”、“太虚”等佛教术语，却删去原札关于“无名种子”的论述，最终导向“岂料得丧都缘大造预定，决不可计校而为之”的结论。“大造”二字用三抬格式突出，显指彼教中的“天主”。[②]

作为蒋升尺牍书著作计划中的进阶部分，《通问便集》可视为晚明以降尺牍专集在近代教会学堂中的变形。与之相对，被定位为入门初编的《尺牍初桄》则主要继承从中古“书仪”直至近世日用类书“书翰”一门的实用特色，专注于尺牍套语程式。蒋升并不讳言《尺牍初桄》实乃乾嘉间江西塾师涂谦所作《分类缄腋》的改写本，在书前直接刊出了涂氏原序和凡例。[③]《分类缄腋》原书结构极具日常适用性，分列“间别”、“思慕”、“缺候”、“抱歉”、“按时”、“抚景”、“稔知”……一百多种情境分类，汇集尺牍套语；每种情境下又针对平辈、晚辈、尊

① 见陈继儒鉴定，沈佳胤撰集《翰海》卷十二《黄山谷答廖宣叔》，《四库禁毁书丛刊》集部第20册，第370页。

② 南沙乐安子虚：《通问便集》，第98a页。

③ 《尺牍初桄》卷首附载涂谦原序署“道光七年岁在丁亥（1827）孟春”，今见《分类缄腋》原刻本或署“嘉庆二十五年岁在庚辰（1820）孟春月”。按序文开头“余自己酉（乾隆五十四年，1789）秋托耕砚田……历今三十余稔”，自以后者为确。盖旧时坊刻多有擅改题序年月的做法。见涂谦《分类缄腋序》，《稀见清代四部补编》第275册，经学文化事业有限公司2019年影印英德堂刻本，第14页。

长、师长、官长等不同对象罗列各异措辞，“其下语气，各随时、地、事发挥”，随时可查可套。开卷介绍称呼、抬头、落款、避忌等“书札规格”，卷末附释各种套语的结构层次，构建了一个尺牍用语的“知识仓库”。

《尺牍初桄》主要节略《分类缄腋》成书，更可谓后者的升级版。为了便于写信时检索、替换字面，蒋升不仅汇注书札典故于卷首，更借鉴元明以来日用类书体式，摘录天文、地理、岁时、职官、人品等各类“异名”，附录中国、日本通商口岸和五大洲列国题名，“俾商家出入，咸有所考镜”①。卷二载录“称呼辨讹”及各类亲族称呼，则取自光绪初年流行的官箴书《宦乡要则》。“称呼辨讹”第一条谓：“自称总宜谦抑，断无高己之理；称人总宜尊敬，断无卑人之理。故晚辈自称宜循分，……前辈自称宜略分”，如晚辈来书自称“侄”或“再侄”，前辈回书只得称“愚弟”。② 写信、受信双方在“分”（尊卑）、“谊”（亲疏）、“年”（长幼）上的身份差距固然是前提，但具体到亲戚、乡党、官场等不同场合，哪些因素需要强调，哪些又要忽略乃至抑制，却有诸多心照不宣的习俗惯例。《宦乡要则》实际上是一部“游幕秘钞”，其编者不满于当时坊刻尺牍“每仅录所叙情词，而于各样法程，未道只字”的状况，为了解决低级官员、宾僚、幕友拟札的实际困难，主张“既言其所当然，复详言其所以然”③。这种务实的态度正好适应了《尺牍初桄》自居“药钝之葫芦，发蒙之嚆矢”的定位。

---

① 南窗侍者子虚氏编《尺牍初桄》卷首，“凡例”第4a页。

② 南窗侍者子虚氏编《尺牍初桄》卷二，第8a—8b页；张鉴瀛：《宦乡要则》卷三《辨讹》，《官箴书集成》第9册，黄山书社1997年影印光绪间刻本，第128页；各种亲族称呼见张氏书卷六第185—201页。又《尺牍初桄》卷二所载“书札规格”中有关丧中札式、封套签式各条，亦来自《宦乡要则》，见该书卷二“通札式”部分。

③ 张鉴瀛：《宦乡要则·凡例》，《官箴书集成》第9册，第103页。

在《分类缄腋》、《宦乡要则》等先行撰著提供框架和材料的基础上，《尺牍初桄》从零散的尺牍用语、规格、层次套路中总结出一套便于检索的体系，促进了近代尺牍套语的“定型化”。[①] 其书借助新式印刷技术广泛流播，很快覆盖了坊间众多木刻尺牍书，成为近代早期尺牍教本的代表。至清末新学制酝酿之际，有人提出小学堂训蒙应讲究“信札”一门，但“遍阅信札无一可教童子者，惟《尺牍初桄》得由分而合之法”，建议择取其中浅白部分，点窜为新编课本。[②]《通问便集》和《尺牍初桄》大体仍处在传统尺牍书的范围内，二书分别继承了来自晚明以来尺牍专集和近世尺牍套语集的资源。《通问便集》曾被清末一些西式学堂选为课本，但较高的词章定位和不时穿插的宗教内容，都有可能限制其传播范围。[③] 相比之下，《尺牍初桄》则获得了持久而广泛的回响：不仅有多种木刻、石印、铅印翻版，直到民国时期仍时有增订新编之举。[④] 在日益急迫的实用诉求下，传统尺牍的“虚文”亦出现了分化：明季以来尺牍专集传递的文章趣味略显不合时宜，而系统化的程式套语仍是社会交际的必需。

---

① 郑逸梅曾谓：“直至清朝嘉庆道光年间，流行的袁子才《小仓山房尺牍》也还没有什么固定框框。大约在光绪、宣统间，书坊刊印了什么《尺牍初桄》、《书翰津梁》等书，书信末尾的请安才定型化了。”这一判断未免武断，但感受的趋势大体不错。见《郑逸梅选集》第 4 卷，黑龙江人民出版社 2001 年版，第 395 页。

② 《再续拟小学堂训蒙新法》，金匮阙铸补斋辑《皇朝新政文编》卷五，中西译书会光绪壬寅（1902）冬月石印本，第 24a 页。

③ 如光绪三十年（1904）香港殖民当局的官办中学皇仁书院（Queen’s College）复设汉文课，即将《通问便集》列为初级第一、二班的用书，至中级班则读《写信必读》、《秋水轩尺牍》等。见王齐乐《香港中文教育发展史》，波文书局 1983 年版，第 258—259 页。

④ 1914 年蒋升七十岁时，曾有祝寿诗称颂他“更以余事训童蒙，《尺牍初桄》不胫走。《通问》、《书契》两集成，尤便家家探囊取。一时纸贵逾洛阳，更番排印分先后”。见张志瀛《祝蒋邑虚司铎七秩》，《善导报》第 13 期，1914 年 6 月中旬。

二　教科书中的尺牍课

中国古典“书仪”和书牍之学源远流长，但在童蒙课程中并未如经传、古文、诗歌等文类那样获得稳定的地位。人们多半还是把写信能力当作一种通过社会阅历自然习得的日用知识，而非学校体制内指定的功课。现代考古学者李济回忆他在清末由旧式学塾考入县立小学堂，此时已读完四书而开始习《周礼》，却“尚不能提笔写一封简单的家信”；初学写信上款书奉的“父亲大人膝下敬禀者”九个字，甚至给他带来了终生铭记的“精神上的苦恼”。[①]揆诸史实，正是甲午以后新式学堂和教科书体裁的发轫，才使“尺牍”作为一项实用技能进入教育体制。光绪二十二年（1896）钟天纬在上海筹办三等学堂，经馆第四年“作文”课中即有“渐写尺牍”一项。[②]此时逐渐兴起的学堂英文课中，也往往会安插“英文尺牍”一项内容。[③]在中国传统的书仪、日用类书或尺牍专集之外，新体教科书和英文尺牍书的引进，更有可能为尺牍教育提供一些新的资源。

作为近代新体教科书的前身，戊戌维新到学制颁布数年间涌现的“蒙学读本”往往包含书信程式和尺牍例文等内容，或在课文中穿插，或集中一段时间专门教授，对此后国文教科书中的尺牍课文有着直接影响。光绪二十七年（1901），朱树人重编的《新订蒙学课本》问世。该书在第二编后半安排了专设的尺牍课，各篇课文以不同主题类型与受信

---

① 李济:《我的初学时代——留学前所受的教育》，李光谟、李宁编《李济学术随笔》，上海人民出版社 2008 年版，第 6 页。

② 薛毓良、刘晖桢编校《钟天纬集》，第 249 页。

③ 分别参见盛宣怀《拟设天津中西学堂禀》，朱有瓛主编《中国近代学制史料》第 1 辑下册，第 590、499 页；袁世凯《奏办山东大学堂章程折》附《中西学分年课程表》，璩鑫圭、唐良炎编《中国近代教育史资料汇编 · 学制演变》，第 60 页。

对象配合，自第八十五课起，每五课穿插一次，每课开头均为有关称谓的知识。如第八十五课“请假便函”，即以“弟子称师曰夫子，自称受业……”等语起首，然后罗列信文。信中称谓、抬头、偏写（自称以小字偏格写）、请安、具名等程式基本上符合传统要求。惟其称谓语并不采用明清时代在上款书奉语前写出（某某大人膝下 / 尊前 / 大鉴……）的通式，而是统一以“敬禀者”、“敬启者”等启事语作为信件开头，在书末请安时才以双抬写出受信人称谓。[①]（见图 7-1 左）

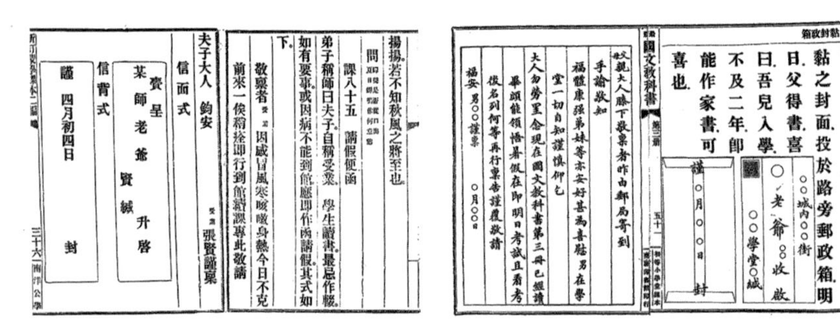
揚揚。若不知秋風之將至也。
課八十五　請假便函
弟子稱師曰夫子。自稱受業。學生讀書。最忌作輟。如有要事。或因病不能到館。應即作函請假。其式如下。
敬稟者　因感冒風寒咳嗽身熱今日不克前來一俟稍痊即行到館補課專此敬請
夫子大人　鈞安　受業張賢謹稟
信面式
賚呈　某師老爺　升啓　賢緘
信背式
謹　四月初四日　封

黏封政箱
黏之封面。投於路旁郵政箱。明日。父得書。喜曰。吾兒入學。不及二年。即能作家書。可喜也。
○○城內○○街　○○老爺收啟　○○學堂○緘
謹　○月○○日　封
父親大人膝下敬稟者昨由郵局寄到
手諭敬知
福體康強弟妹等亦安好甚為喜慰男在學
堂一切自知謹慎仰乞
大人勿勞罣念現在國文教科書第三冊已經讀
畢頗能領悟暑假在即明日考試且看考
後名列何等再行稟告謹覆敬請
福安　男○○謹稟　○月○○日

图 7-1　南洋公学《新订蒙学课本》（1901，左）
与《最新国文教科书》（1904，右）所载尺牍课

同样初版于光绪二十七年的王亨统《绘图蒙学课本》，尺牍内容集中于首集、二集两集之末，分为请假、启告、请托、询问、借书五种信式。编者尝试提出简化尺牍格式的建议：“尺牍常用客套与种种浮文，其费工夫，实属不少，何如有辞直书，达而已矣？”并在课后设问：“尺牍叙实事与尚浮文，其费工夫多寡如何？”[②]而在光绪二十八年出版的无锡三等公学堂《蒙学读本全书》三编中，则出现了十篇连续的尺牍课文，

① 《新订蒙学课本》二编，第 35b—36a 页。

② 王亨统编《绘图蒙学课本》二集，第八十课，第 95a 页。

内容与南洋公学《新订蒙学课本》二编所载多有雷同。[①]同年问世的杜亚泉编《绘图文学初阶》，改用间断穿插方式，在卷五中收录7课尺牍。[②]可能是受铅字排版的限制，传统上需要双抬乃至三抬的“父亲”、“叔父”等尊长称呼，在《绘图文学初阶》中仅以空格示尊。上述各种新体读本一般都会罗列信面式样等实用知识，《绘图文学初阶》还专设有“邮政局”等课，介绍信封、信箱、邮票、明信片等新式邮政事项。[③]

中国传统“书仪”本就属于“幼仪”教养的一部分，关于近世流行的程式套语，清末流行的《尺牍初桄》之类亦提供了丰富而成系统的资料。但在新体蒙学读本中穿插尺牍课文的构思，并非完全来自本土。南洋公学《新订蒙学课本》曾在“编辑大意”中交代缘起：

> 尺牍为人生必需之文字，童子尤喜为之；西国读本，间有杂以尺牍者，亦善法也。兹仿其体例，列便函十课，简短易学，无粉饰累赘之谈。[④]

此处“西国读本”实是指当时上海洋场上流行的英文教本。光绪二十四年至二十五年间（1898—1899），商务印书馆印行谢洪赉根据《印度读本》编译的《华英初阶》、《华英进阶》系列教材，即强调“尺牍体裁”为英文读本不可或缺之一要素，在课文中亦多有穿插。[⑤]以《华英进阶》初编第六十课“禀师尺牍”（Letters to a Teacher）为例，该课英文信前

---

① 《蒙学读本全书》三编，第43a—52b页。

② 杜亚泉编《绘图文学初阶》卷五，第12b—13a、14a、16a—16b、19a—19b、22a—22b、29a—30b页。

③ 杜亚泉编《绘图文学初阶》卷五，第10b—11b页。

④ 《新订蒙学课本》二编，卷首“编辑大意”第1b—2a页。

⑤ 谢洪赉：《华英初阶序》，汪家熔辑注《中国出版史料·近代部分》第2卷，第656页。

有一段说明，汉译云："如你能为力，终勿不到学堂；倘你有病，宜送信给你先生，你可写一信给他，如下文。"[①] 对照南洋公学《新订蒙学课本》二编第八十五课"请假便函"信前"学生读书，最忌作辍；如有要事，或因病不能到馆，应即作函请假，其式如下"一段导语，沿袭之迹宛然可见。[②] 应对新式学堂英文课程和通商口岸贸易往来的实际需要，专门的英文尺牍指南（letter-writer）亦次第导入。商务印书馆早在光绪二十五年就有石印《新增华英尺牍》之举。其书首列"信面格式"、"信内称呼"、"信内省笔字"、"信内格式"等形式知识，然后按先"家书"后"便函"的顺序，罗列附有汉译的英文书信范文，末附讣告、拜帖、禀牍等实用格式。[③] 此类英汉对照的尺牍书在清末已颇流行。光绪二十八年商务印书馆新书广告即著录有《华英文件指南》（*English and Chinese Complete Letter Writer*）、《英法尺牍译要》（*Select Correspondence: French and English*）两种，据称"业已广泛应用于中国官学堂及各教会学校"。[④]19 世纪后半叶伦敦 Frederick Warne & Co. 出版的小册子 *The Companion Letter Writer: A Complete Guide to Correspondence on All Subjects Relating to Friendship, Love, and Business, with Numerous Commercial Forms* 亦曾风行一时，先后有美生印书馆（May Sun & Co.）题为《华英商贾尺牍》（1904）的汉译增注本和商务印书馆改题《英文尺牍》（1907 年初版）的重排本。原书分为"少年通信"（Juvenile Correspondent）、"情书"（Lover's Oracle）、"商业函牍"（Business Letter-writer）三部分，但今见美生、商务两种印本

---

① 谢洪赉编《华英进阶初集》，商务印书馆光绪二十八年第十四次重印本，第 67 页。

② 《新订蒙学课本》二编，第 35b 页。

③ 《商务印书馆书目提要·英文杂类》，周振鹤编《晚清营业书目》，第 343 页。按：著者所见本卷首题名下署"光绪己亥上海石印"八字。

④ "Commercial Press Book Depot"，谢洪赉编《华英进阶初集》，书后第 2 页。

都将“情书”一类整体删去，而将重点放在经商尺牍和反映学生生活的少年题材之上。[①]

随着壬寅、癸卯学制相继颁布，尺牍被纳入官定学堂章程和学科体系，成为新式文学教育的一部分。壬寅学制在高等小学第二年“作文”科目下，附有“作日记、浅短书札”的要求。[②]次年颁定癸卯学制，《奏定学务纲要》明确“中国文学”一科须“教以浅显书信记事文法，以资官私实用”；《奏定初等小学堂章程》则规定“当使之以俗语叙事，及日用简短书信，以开他日自己作文之先路，供谋生应世之要需”，并在初小第五年“中国文字”课目附注“教以俗话作日用书信”。此外，初级师范学堂简易科“中国文学”课加入了“作日用书牍”的要求，实业补习普通学堂商业科亦须加习“商业书信”。[③]按照学制规划，尺牍不仅纳入国文一科的范围，更被限定在初小或高小某一阶段集中训练。

商务印书馆在学制颁布后不久即推出《最新国文教科书》，却并没有遵循定章规定的尺牍训练学年。书札课文分散在该套教科书第三至八册各册之中（适用于初等小学第二至四学年），在称谓、规格之外，亦注重介绍近代邮政知识。[④]《最新国文教科书》初版正文用铅字体，书札

---

① 据前揭《商务印书馆书目提要·英文杂类》“英文尺牍”条：“是书共分三类，一关于学生者，自初等以至高等，年龄不同，措词自异；一关于情爱者，寄情写怨，别具体裁；一关于商业者，贸易往来，所关甚大。”则似该书曾完整引进，但今见宣统以下以至民国时期的《英文尺牍》重印本均只有“少年通信”和“商业函牍”两部分。见周振鹤编《晚清营业书目》，第342—343页。

② 《钦定小学堂章程》，璩鑫圭、唐良炎编《中国近代教育史资料汇编·学制演变》，第282页。

③ 分别见《奏定学务纲要》、《奏定初等小学堂章程》、《奏定初级师范学堂章程》、《奏定实业补习普通学堂章程》，璩鑫圭、唐良炎编《中国近代教育史资料汇编·学制演变》，第500、304、308、415、453页

④ 如第七册第四十八课“邮政”在介绍邮政局、明信片、挂号信及邮资等知识之外，更在插图中展示挂号信、包裹、新闻纸、明信片、书籍、货样、来回明信片与包裹报税清单、汇票、邮政局资费表的样本。见蒋维乔、庄俞、杨瑜统编纂《最新国文教科书》第7册，商务印书馆光绪三十年十二月初版铅印本，第36a—38a页。

范文则改用石印套图，以便呈现行、楷书体和抬头款式的变化（图 7-1 右）。范文中抬头的运用亦趋简化：上书父母虽仍用双抬，对师长则仅用单抬，对平辈的兄弟、朋友更只用平抬。对照前此《尺牍初桄》中“抬头格数，多则三抬，少亦须用双抬，不得以单抬致干轻亵”[①]的规定，显得颇为疏阔。光、宣之交，学部颁布了一套官定国文教科书，同样没有步趋学制安排。初小部分基本沿袭《最新国文教科书》的成例，高小部分则将书札、禀启等应用文作为“附课”，置于每册最后。部颁教材的尺牍范文颇为古雅，如《致同学书》一课开头：“某某仁兄同学大人文几：别后忽已隔岁，每怀芝范，晨夕拳拳，敬维上侍康娱，起居多适，滋〔兹〕以为慰……”[②]实即套用传统尺牍书“一间别、二思慕、三缺候、四惆怅”之类的“问候熟识人层次”，[③]必经此番套路才能进入正题。不过，该信上款仅用平抬，且有两处由于换行抬头而出现了一行中只写一字的情况，犯了传统尺牍款式中“一字不能成行”的禁忌。部颁课本强调尺牍“以简明为得体”，[④]大体保留了传统格式，却也没有拘泥于款式细则。

三　新题材与旧程式

除了穿插在蒙学读本或国文教科书中的尺牍课文，这一时期还涌现了大量专门传授书札程式的新编尺牍教本。铅石印技术的普及，引起

① 南窗侍者子虚氏编《尺牍初桄》卷二，第 1b 页。

② 《学部第一次编纂高等小学国文教科书》第 1 册，学部图书局宣统二年石印本，第 36a 页。

③ 南窗侍者子虚氏编《尺牍初桄》卷四“尺牍各语层次”，第 8b—9a 页。

④ 《学部第一次编纂高等小学国文教科书》第 6 册，第 54a 页。

了日用图书印刷高潮；新办邮政事业带来的书信便利，更有可能扩展尺牍书的读者范围。清末短短数年之间，仅商务印书馆一家就至少发行有《新撰学生尺牍》、《新撰女子尺牍》、《历代名人书札》、《国朝名人书札》、《历代名人小简》、《国朝名人小简》、《新撰商业尺牍》、《新撰普通尺牍》八种尺牍书；[1]专注于启蒙教育的彪蒙书室则先后推出《最新蒙学尺牍教科书》、《最新初级尺牍教科书》、《初等小学学生尺牍范本》、《高等小学学生尺牍范本》、《最新商务写信实在易》、《初等商业应用尺牍范本》、《高等商业应用尺牍范本》、《商务分类往来尺牍》、《最新女子分类尺牍范本》、《最新三百六十行时务尺牍》、《最新工商谈话通信法》、《普通应用白话尺牍初编》、《商业应用白话尺牍》、《历代名人尺牍精华录》、《最新八行手札》、《普通分类往来短札》等在内的一连串尺牍书。[2]其中有的仍属传统名公尺牍，有的则针对工商界或官场政界实需，还有一些附会新学堂教学模式的“尺牍教科书”，包含学生尺牍、女子尺牍、白话尺牍等题材类型。

较早单行出版的尺牍教科书，可举无锡窦警凡编《普通应用尺牍教本》为例，光绪二十九年（1903）四月由上海文明书局石印初版。该书卷首插有一张铜版印制的“邮便交通”图，绘画轮船、火车等近代交通工具带来的邮政便利。编者不满坊行尺牍“非竞尚文藻，即流为俚俗”，指出尺牍书必须“足以资程式”，有意识地将尺牍教授的重点放在“称谓款式”之上，并将这一侧重归结为中国“家族主义”的社会特点：

吾国家族主义，完全发达，凡同姓合族属，异姓治际会，上杀

① 见周振鹤编《晚清营业书目》，第279—280页。

② 见施崇恩编《普通应用白话尺牍初编》，上海彪蒙书室宣统三年二月四版，书后广告。

> 旁推，无不发现于酬酢赠答。是书比事属辞，具见旧社会尊卑亲疏之状况，书简小道，后日占风俗者，亦可以考社会之变迁。[①]

编者窦警凡后来还著有《历朝文学史》一书。[②]其对“家族主义”、“社会之变迁”等名词的运用，说明他虽未必自认趋新派，却颇能接受新观念。《普通应用尺牍教本》开创了利用尺牍书进行新学启蒙的先例，“所载日用酬酢，均合公理，亦微寓教育之旨也”。[③]其范文广泛涉及学堂招考、开运动会、破除迷信、提倡西医、兴办女学、立宪政体等新题材，最后殿以“奴仆上书”一篇，“以见不能自立，仰人余沥者之最失自由也”，已是在借尺牍主题抒发政论。[④]随后出版的彪蒙书室程宗启《蒙学尺牍教科书》（1906）、商务印书馆《新撰学生尺牍》（1907）等新编尺牍教本，无不采取了类似的启蒙姿态。这些“学生尺牍”以书信范文为宣传媒介，模拟“新学生口气”，向收信的“亲族乡党”灌输科学、国族、立宪、军国民主义等新理念，同时谴责缠足、唱本、赛会、龙舟、私塾朴责等旧风俗，充当了向学堂以外宣扬近代生活方式和政治词汇的传声筒。[⑤]

不过，在窦警凡的《普通应用尺牍教本》中，这些新理念、新题材却出之以严格的传统尺牍样式。无论是称谓、抬头、偏写还是套语、层

---

① 窦警凡编《普通应用尺牍教本》，文明书局光绪三十二年十一月六版石印本，“约旨”第1a页。

② 周兴陆：《窦警凡〈历朝文学史〉——国人自著的第一部中国文学史》，《古典文学知识》2003年第6期。

③ 窦警凡编《普通应用尺牍教本》，“约旨”第1b页。

④ 窦警凡编《普通应用尺牍教本》卷下，第71a页。

⑤ 有关这些主题的尺牍范文，参见程宗启《蒙学尺牍教科书》，彪蒙书室光绪三十四年三月再版石印本，第19b—21a、30a—b、31a—32b页。

次的运用，窦氏所编都要比同时期蒙学读本或国文教科书中的尺牍课文更为严谨。该书在印刷形式上还有一个创例，即利用石印技术表现书体的变化：下对上一律用端楷，上对下则参用行书（见图 7–2），后来亦成为清末民初诸多尺牍教本的通行印刷形式。

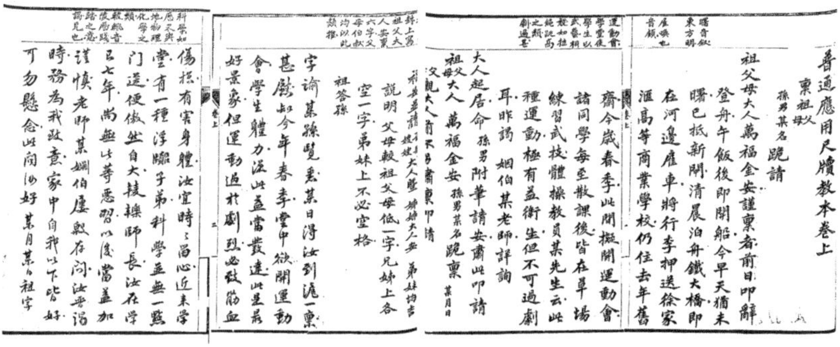
普通應用尺牘教本卷上
稟祖父母
孫男某名跪請
祖父母大人萬福金安謹稟者前日叩辭
登舟午飯後即開船今早天猶未
曙已抵新閘清晨泊舟鐵大橋即
在河邊雇車將行李押送徐家
滙高等商業學校仍住去年舊
齋今歲春季此間擬開運動會
諸同學每至散課後皆在草場
練習武技體操教員某先生云此
種運動極有益衛生但不可過劇
耳昨謁 姻伯某老師詳詢
大人起居命 孫男附筆請安肅此叩請
祖父母大人萬福金安 孫男某名跪稟 某月日
說明 父母較祖父母低一字 兄姊上各
空一字 弟妹上不必空格
祖答孫
字諭某孫覽悉某日得汝到滬一稟
甚慰知今年春季堂中欲開運動
會學生體力藉此益當發達此是最
好景象但運動過於劇烈必致筋血
傷損有害身體汝宜時時留心近來學
堂有一種浮囂子弟科學並無一點
門徑便傲然自大披襟師長汝在學
已七年尚無此等惡習以後當益加
謹慎老師某姻伯處數有問汝要謁
時務為我致意家中自我以下皆好
可勿懸念此問汝好 某月某日祖字

图 7–2 《普通应用尺牍教本》禀祖父母书（楷书体）
与祖答孙书（行书体）的书体对照

在尺牍范文之后，窦编时而还附有提示尺牍程式要点的“说明”，如卷上“婶答姆”篇后：

> 说明：江左之俗，妇人呼夫兄、弟曰伯、叔，凡夫之亲族，皆以子女之称为称。然辈行究不可混。伯对弟妇则自称曰兄，叔对嫂则自称曰弟。妇人从夫，礼也。伯姒之尊与胞兄同，故首行亦书“尊前”云云。若从伯姒，则云“尊右”足矣。夫之胞姊同。①

这里是在辨别是民间俗称与尺牍称谓的关系。江南风俗，妇人对夫之兄、弟皆仿子女口气称为伯、叔。但尺牍称谓及相应的“书奉语”根据

① 窦警凡编《普通应用尺牍教本》卷上，45a—45b 页。

的是行辈，而非口头称呼。伯致弟妇、叔致嫂，当然只能自称兄、弟。至于弟之妇（婶）答复信兄之妇（姆），则应按“妇人从夫”原则，参照致丈夫胞兄之例，书奉“尊前”一语；若是致信从兄之妇，则用稍平近的“尊右”即可。此类称谓用语的辨别相当琐碎。值得注意的是，编者对称谓规则背后“妇人从夫”之类的礼教原则并无异议。时至清季，确实有一些新情况需要变通。如夫妇间通信称谓，世俗有称妻子为某姊某妹者，窦氏指出若是中表亲联姻自无不可，妻子称夫为“夫子大人”也有典据，但都“不如不书上款之为大方”[①]。又如传统上“嫂叔不通问，何况内姨”，《普通应用尺牍教本》却偏偏收入了一通男子致妻妹的书信，末附“说明”云：“现今女权渐次发达，交际之状态变矣，况姊家无他女人，妹家无男人，设有病险等事，安得不致此信？”[②]不过，此类变体仅涉及局部调整，窦氏并无意改革传统尺牍称谓款式的体系。[③]

类似的“旧瓶装新酒”策略，亦见于商务印书馆编印的《新撰学生尺牍》。该书初版于光绪三十三年（1907），至1940年代仍不断有订正重版。编者号称以欧美学校教科书为楷式，“专为小学作范本，故往来书讯皆用小学生徒口吻……决不稍稍溢分”[④]。惟其所谓“新撰”，主要体现在尺牍文字反映的学堂生活，格式套路则一仍旧贯。书前“凡例”附有

① 窦警凡编《普通应用尺牍教本》卷上，第52a—52b页。

② 窦警凡编《普通应用尺牍教本》卷上，第57b—58a页。

③ 光绪三十三年，直隶视学员在沧州高等小学堂视察时，发现该校“书简科”初级即用窦警凡《普通应用尺牍教本》，二级用袁枚《小仓山房尺牍》，认为“此二书皆富于辞藻，于幼学不甚合用”。从中亦可窥见地方教育当局印象中窦编本在“辞藻”上接近清人尺牍专集的特点。参见陈恩荣《查视沧州各属学务情形报告》，《直隶教育杂志》丁未年第15期，光绪三十三年十月初一日。

④ 商务印书馆编译所：《新撰学生尺牍》，商务印书馆光绪三十三年八月初版石印本，“凡例”第1b页。按：该书著者所见最晚版本为1940年8月的“国难后第九版”。

《书札款式》一篇，胪列称谓、抬头、书体、书式、封面、签式乃至信纸折法、丧制用语等诸多细节，颇为实用。[①]经比对，在总共25条“书札款式”中，有12条见于前述光绪初蒋升编撰的《尺牍初桄》；[②]而蒋书中相关条目，又分别袭自乾嘉以来《分类缄腋》、《宦乡要则》等书。如前文所引《尺牍初桄》中来自《宦乡要则》的“自称总宜谦抑”一条，《新撰学生尺牍》作：“自称总宜卑牧，称人总宜尊敬。故晚辈自称宜循分，有称侄、称再侄者；长辈自称宜略分，只得通称愚弟。亦有尊长施于卑幼，只具姓名不加称呼者，然必分、谊俱尊，方可如此，否则仍以从谦为是。”[③]与“学生尺牍”时髦内容配套的“小学生徒口吻”，仍离不开清中叶以降定型的官私尺牍程式。

窦警凡所谓“女权渐次发达”带来的一个结果，就是“女子尺牍”这一新类型的发端。关于清末女子尺牍范文反映的女界、女学新动向，近年已有研究初步涉及。[④]本章更为关心的是，导入“女子”这一身份设定以后，尺牍教科书传达的程式套语会发生哪些变化？光绪三十三年或稍后，上海会文学社出版了山阴杜芝庭编辑的《最新应用女子尺牍教科书》，开篇即谓“称谓款式，抬头体例，为尺牍中最属紧要之事”，继而陈说其书对于女子尺牍程式的考量：

> 惟是男子相呼之式，古书中不少概见，女子则绝无仅有。且有数项，甚难得一确实之名称者，本书不敢臆造，亦不敢从俗，总期

---

① 《新撰学生尺牍》，“凡例”第2b—7a页。

② 南窗侍者子虚氏编《尺牍初桄》卷二，第1a—2b、8a—10a页。

③ 《新撰学生尺牍》，“凡例”第3a页。

④ 参见 Oi Man Cheng, “Epistolary Guidebooks for Women in Early Twentieth Century China and the Shaping of Modern Chinese Women’s National Consciousness,” *New Zealand Journal of Asian Studies* 14, no.2 (2012), pp.105–120.

一衷大雅，便于普行。[①]

杜芝庭对“称谓款式”的重视态度，可能正是来自窦警凡。不仅其“编辑大意”重复了窦氏关于“家族主义”的论述，书中对尺牍格式的解说也沿袭了窦编在范文之后补充说明的体例，甚至存在一些雷同的内容。如前引《普通应用尺牍教本》中论叔、伯、婶、姆称呼一段，杜编即在略作改动后全盘挪用。[②]

具体到女子书信的特殊程式，也并非如杜芝庭所说前人“绝无仅有”。前述蒋升《尺牍初桄》中即载有取自《宦乡要则》的“妇女行帖称呼”一则，此外更罗列了专供女子使用的“书札起首语”和“颂扬起居潭祉欣祝统语”。[③]《最新应用女子尺牍教科书》中确有一些体贴女子身份的解说，实亦袭自传统闺阁书问的旧例。如论肃拜语云：“女子未出嫁而与人信札，自叙名之下，或用‘谨启’，或用‘手肃’，均无不可；若已出嫁之后，则与戚眷世交之信，概用‘敛衽’”[④]。论下款具名云：“女子已嫁，与戚友之信，自叙名必曰‘适某郡某氏’。”[⑤]除了偶尔出现“脑安”之类略显新奇的请安语，杜编范文中引人注目的“妇人会”、“女子国民捐”、“家政改良会”等女界题材，均被包裹在严格的传统尺牍程式之内。编者解说某些程式的依据，亦不出“夫为妻纲”（解释女子上父亲禀中提及“母亲”只需单抬）、“女以夫为家”（解释女子

① 杜芝庭编《最新应用女子尺牍教科书》，上海会文学社光绪三十三年序石印本，上编“编辑大意”第1a页。

② 杜芝庭编《最新应用女子尺牍教科书》，上编第21b页。

③ 南窗侍者子虚氏编《尺牍初桄》，卷二，第21a—24a页；卷四，第16a—17b页。

④ 杜芝庭编《最新应用女子尺牍教科书》，上编第11b页。

⑤ 杜芝庭编《最新应用女子尺牍教科书》，上编第18a页。

上父母禀中提及舅姑也要称“家舅”“家姑”）等礼教原则。[①]

惟独在解说“附叩语”时，“女子尺牍”出现了一种不得不变通的状况。近世书札在具名下有“附叩”之例，通常是亲属中居下位者（妻或子、弟）附于写信的居上位者（夫或父、兄）名下，向收信人顺带表示问候。但女子尺牍范文既然设定女性为作者，便有可能出现上位者（夫）附于下位者（妻）的变例。如杜芝庭所录女子上父母的“乞兄来署接己归”一函，末具“女某某叩上〼婿及外孙同叩”。解说有云：“叙名下附及同叩之人，常例向系紧接，惟婿名与己平等，而于名义上，又觉较己稍尊，故必须空格以示区别。”[②]其中的考量颇为微妙。“附叩”本应紧接具名而写，但这里添加一个空格，正是为了调适新时代内容与旧程式之间引而未发的冲突——晚清女学初兴，新式教科书中的妻子本应获得与丈夫“平等”的地位，但丈夫“于名义上”仍然“稍尊”，夫附于妻的格式也显得突兀，于是加入空格以示与传统附叩形式的区别。

四　从“白话尺牍”到“白话书信”

清末新编尺牍教本中另一个引人注目的类型是白话尺牍。戊戌维新前后白话文主张与白话报的流布，促成了朝野上下俗语启蒙的热潮。癸卯学制规定初等小学堂应“教以俗话作日用书信”[③]，各种白话尺牍书应运而生。回溯尺牍文体史，明末清初亦不乏清新浅白的尺牍小品，形式

---

① 杜芝庭编《最新应用女子尺牍教科书》，上编第33a页，下编第4a页。

② 杜芝庭编《最新应用女子尺牍教科书》，下编第27b—28a页。

③ 《奏定初等小学堂章程》，璩鑫圭、唐良炎编《中国近代教育史资料汇编·学制演变》，第308页。

颇为自由。清代中期以后，尺牍文体日趋骈俪化，出现了“秋水轩”、“雪鸿轩”等流播甚广的骈体尺牍集，书札程式也在这一过程中逐渐固定。[①] 清末白话尺牍再兴，有无可能反过来消解与典故套语、四六“辞藻”密切相关的程式化书写？换言之，文白语体与尺牍程式的存废之间是否存在对应关系？这一问题看似限于尺牍文体内部，实则仍须结合尺牍的交际功能和与之对应的社会风俗来讨论。

在光绪三十四年（1908）三月以前，专门致力于出版白话启蒙教材的彪蒙书室就已石印了一部《普通应用白话尺牍初编》，编者正是彪蒙书室主人施崇恩。[②] 他在书前“凡例”中明确交代：“这部尺牍，不是给会写信的人看的，原是给最不会写信的人做个榜样，将意中要说的话，照样写出，老老实实，明明白白，稍能写几个字的人，便能够做得到的，这亦是一个简便的法子。”[③] 可知其定位正是学堂以外的社会启蒙。全书照历来尺牍专集惯例分为家书、贸易、荐托、劝诫、论事、问候、庆贺、慰问、闺阁等类，附录短札。“凡例”又云：“这部书所用白话，纯是官话，但其中稍搀［掺］几个文字眼，总不使十分艰深，要使寻常人俱看得明白的。”[④] 施崇恩对“白话”的理解主要是官话，却不妨掺杂文言字眼。对照书中范文的体式来看，不仅抬头、行款等格式与普通文言书信没有差别，书奉、间别、请安等套语也一概沿袭，使用“官话”主要体现在信件主体的言事部分。试举第一课“禀父”为例：

---

① 参见赵树功《中国尺牍文学史》，第574—581页。

② 按：目前仅见该书宣统三年二月出版的四版，但该书广告见于光绪三十四年三月再版的《蒙学尺牍教科书》，故推定应在此之前初版。

③ 施崇恩编《普通应用白话尺牍初编》，“凡例”第1a页。

④ 施崇恩编《普通应用白话尺牍初编》，“凡例”第1a—1b页。

父亲大人膝下敬禀者男自初二日拜别 /

⧄大人以后。即至轮船码头。搭坐轮船。于第二日下 /

⧄⧄午一点钟到申。一路平安。望勿 /

⧄记念。是日即托某世叔领我进店。此店局面尚大。/

⧄⧄现拜某先生为师。某先生待男甚为谦和。不过 /

⧄⧄店中各事。男虽则要上前去做。总是茫无头绪。/

⧄⧄奈何奈何。肃此敬请 /

⧄福安男麟百拜[①]

除了“记念”这个略带方言色彩的用词，该信措辞与一般书禀并无多大差别。施崇恩主编的这部白话尺牍刻意运用了一些民间俗谚，并在旁添加密圈，使之醒目。这些密圈标示的字句，或许更能提示编者心目中“白话”的存在形态和适用范围。如“瓦罐不离井上破”，“有一个钱钉子换一个钱糖”，“常将有日思无日，莫到无时看人面”，“穷的那有穷到底，富的那有富到头，十年财主轮流转，斗大蜡烛难照后”之类，皆与钱财得失有关。[②]又如贺新婚信云：“长麻黑胖，都是宜男相”，“好花不结果，好女不多男，只要能传宗接代……”慰丧妻则云：“妻子如衣服，衣服破，尚可补，将来再续娶一位贤德夫人”，显得颇为陈腐庸俗。[③]据此推测，施崇恩预设的读者应与新学社会有一定距离。书中大量范文主题都是外出学徒或经商的经历，为此还专辟有“贸易”一类。其采录

① 施崇恩编《普通应用白话尺牍初编》，“家书类”第1a—1b页。按：为了体现原尺牍款式，本节两段独立引文保留了抬头（空格用⧄表示）、换行（用“/”表示）、小字偏写，未加现代标点。

② 施崇恩编《普通应用白话尺牍初编》，“劝戒类”第5b—6a、6b页；“论事类”第4a页。

③ 施崇恩编《普通应用白话尺牍初编》，“庆贺类”第4b、7a页；“慰问类”第2b页。

“白话”，很可能只是应对店铺应酬的实际需要。

与之相似，宣统三年八月政新书局初版的另一部《普通应用白话尺牍》同样体现了显著的经商特色。虽然次年改装的封面上题有“初等小学必备”字样，但内容却与新学堂甚少瓜葛。编者在序中自述材料来源：“余潦倒商场，几及三十余年，往来交际，其有尺素贻我者，几满奚囊，求其雅俗共赏者……使儿辈抄录以为范本。”[①] 书中内文分为上下两栏：下栏为尺牍正文，上栏则为“生意须知”等学徒入门读物。宣统元年澄衷书局出版新阳陈也梅编《普通商业应用白话尺牍》，直接标题“商业”，内容也基本近似。若忽略“白话”的文体特征，清代坊间此类“商业尺牍”可谓汗牛充栋，较著名者如《江湖尺牍分韵撮要》、《指南尺牍生理要诀》等，实际上都是尺牍书仪与从商指南的结合。由于受众知识水准较低，这些书往往加入“杂用要字”、“善恶字眼”、“俗话注解”等通俗内容，同时收录后人纳入文言范围的称呼款式、时令套语。无论白话俗语还是文言套语，二者都带有强烈的实用诉求，本来就不冲突。

同样标题为“白话尺牍”，不同教本对白话体式的把握也可能有差异。不妨举政新书局本《普通应用白话尺牍》第一篇“子外奉父书”与前引彪蒙书室本的“禀父”一课对照：

> 父亲大人膝下。叩别
>
> □尊前。一眨眼皮已经两月。无刻不想。儿住在外头。/
>
> □□不能够立于旁边服事。这个忤逆之罪自然深 /

① 四明杨樾缮楷，慈溪陈小楼校阅《普通应用白话尺牍》，政新书局宣统三年八月石印本，“序”第1a页。按：笔者所见版本内文署“普通应用白话尺牍”，版权页署“宣统三年八月初版”，但外封则改题“初等小学必备白话普通尺牍　民国元年三月初版”，应为民元以后的改装。

⧄⧄重。这也何消说得。倘能够稍为钱到手里。立刻 /
⧄⧄回家。何敢久住外头。而累 /
⧄大人的忧愁。不知道 /
⧄玉体强健。合家安好否。儿近来身体徼幸平安。不 /
⧄⧄必放在心上。所恨生意艰难。不能多寄家用。/
⧄⧄东凑西移。止得拾元之数。随交邮政局寄上。/
⧄⧄望即
⧄查收。肃此。叩请
⧄金安[①]

此篇称谓问候仍保持旧式，语言却较彪蒙书室本更为生动。特别是“一眨眼皮”、“何消说得”等俗话的自然运用，实有别于施崇恩硬套俗谚的方式。上面提到的三种“白话尺牍”，在民初都有翻印或盗印，对于普通社会通信的白话化或许不无推动。但其各异的文体倾向，也说明清末民初“白话”弹性之大。这些教本采用“白话”，未必出于白话文运动的进步立场或启蒙姿态，更多是为了回应经商应酬的实需，因此也就完全可以与同样着眼于实用的传统程式并存。

真正对传统尺牍程式造成实质性冲击的，可能还是政治革命带来的伦理震荡。辛亥革命爆发后，南京临时政府内务部颁令废除“老爷”、“大人”等称呼，许多清末时期初版的尺牍教本也纷纷推出修订版，以适应新形势需要。1912年，文明书局重版窦警凡的《普通应用尺牍教本》，就对原书多有订正补充。原编“约旨”中的“家族主义”一条，新版中改换为如下宣言：“满清专制，已达极点，等威自不少假借。今共和告

① 四明杨樾缮楷，慈溪陈小楼校阅《普通应用白话尺牍》，政新书局宣统三年石印本，“家书类”第1a—1b页。

成，法律平等，故酬酢启事之际，不得不稍夷阶级。妾媵本干例禁，婢仆亦与寻常人同，本编不别列，恐留专制之余毒也。”[①]至于“稍夷阶级”的具体表现，如将“尊卑”字样改为“亲疏”，删去原编中妾室、仆隶书信之类，自不待言。

更为显著的变化，则是民元重订版在原版上、下两册末都增添了几通“新书简”。以上册所录第一封新书简“寄父亲”为例：开头上款为“至爱之父亲”，结尾请安仅写“驰系不尽”四字，末具“父亲之爱儿某名”，与传统程式截然不同。信后“说明”有云：

> 西洋书函，百年以前，亦与中国相同，多其文饰，后因人事繁多，非简易不能迅速，故删除繁文。每函定有五项呆板之式，千篇一致，于是程式画一，幼年学习书函，一见而能。如除去抬头、提行等等，可免无数错误，下笔为之胆壮。且措辞尚质而不尚文，亲爱或反有加。[②]

自戊戌以后英文尺牍书引进，“西洋书函”导入中国已逾十年，到此时才对中文尺牍程式产生实质影响。改编者指出西洋书简同样曾经繁缛多文，近百年才改用简式，遂使传播效率大增，国人若加以模仿，不仅能免于动辄得咎的程式，更将破除浮文，促进真实情感的交流。这里涉及尺牍中“文”与“质”的关系，提示了一个重要的观念变化：长久以来，尺牍程式（“文”）被认为是完成其交际功能（“质”）的必需，非如此写信便不能完成日常酬应。但“西洋书函”百年来的变迁，却揭示传

① 窦警凡原编《（民国）普通应用尺牍教本》，文明书局1912年4月七版石印本，卷首第1a页。

② 窦警凡原编《（民国）普通应用尺牍教本》，卷上第71a—71b页。

统尺牍的“文”和“质”很可能早已脱节，甚至相互排斥，去除称谓、抬头、套语之后，“亲爱或反有加”。

基于这一理念，新书简部分导入了一套全新的尺牍程式，即取自英文尺牍的“五项呆板之式”。（1）上款：对父母等至亲称“至爱之……”，稍疏远的亲戚称“至贵重之……”，对特别疏远的亲戚或一般朋友则用“贵重之……”，显然是对英文当中“My dear”、“My dearest”、“Distinguished”等称呼语（salutation）的模仿。（2）函语：“直写所欲言，无一语繁文”，惟在结尾收束时用“千万珍重/保重，驰系不尽”八字，或只用“驰系不尽”四字亦可。（3）下款：至亲之间，子对父署“父亲之爱儿某”，父对子署“吾儿最爱之父亲”；稍疏远的亲戚，侄对伯父可署“大伯所爱重者某”，反之署“吾侄所礼爱者某”；对同辈及朋友，则可署“受吾子之礼爱者某”、“受吾子之爱重者某”，亦即英文书信“My love”、“Yours sincerely”、“Yours respectfully”等落款语（complimentary close）的变体。此外两项，则为：（4）年月日；（5）发信地址。[①]

据此民元重订版改编者自称，这种新程式乃基于通信实践：“近来见于报纸者，有吴万柳夫人芝瑛致石门徐大女士寄尘诸书，皆曾改从新式”[②]，指向清末民初吴芝瑛与徐自华的书信往来。光绪末叶，吴、徐二人为安葬秋瑾等事奔走，曾在《时报》、《申报》等处登出多通书信。不过，目前所见吴、徐通信大体仍采旧式；真正改用前述改良程式的，实是辛亥年间吴芝瑛致上海女子北伐队“陈司令”及“邵君”的两封信，均刊载于《民立报》。前信上款即“贵重之月也陈先生麾下”，落款署

① 窦警凡原编《（民国）普通应用尺牍教本》，卷上第71b—74a页。

② 窦警凡原编《（民国）普通应用尺牍教本》，卷上第71a—71b页。

“吾子之挚友吴芝瑛谨启”。[①] 但两信对于新程式的表现也仅止于上款和落款两处，其他如请安语略为“驰系不尽”、信末署日期地址之类的意见，可能仍是《普通应用尺牍教本》改编者的创造。

除了称谓款式，随着民元前后礼俗的变化，配合各种传统礼仪场合的尺牍套语也开始遭到质疑。1912年，中华书局刚成立就编印了《详注中华高等学生尺牍》，意在抢占当时还不甚受书坊关注的“高等程度学生”市场。这一较高的读者设定，使该书格外强调称谓、典故的雅致脱俗，甚至刻意采用了石印的“八行笺式”。但在分释各种尺牍程式时，编者仍表达了对“印板文字陈陈相因”的不满，指出风俗“进化”对尺牍用语的新要求：“方今人事进化，俗尚维新，婚姻之制已更，名利之途亦异。结婚尚文明，则‘赤绳’、‘红叶’之语无可引进；进身从选举，则‘采芹’、‘食苹’之例不可援举。凡旧时庆贺之口吻，胥不适用于今日之社会。”[②] 不过，编者并未由此而提出一套适应新礼俗的新语词，只是要求学者“拾取陈腐之名词，运以新颖之思想”，仍取新旧调和的立场。

如前所述，清末兴起的“白话尺牍”与传统程式之间并无必然冲突，而民初提出改良书信程式、套语建议时，亦未涉及书信语体的文白。然而，这种语体与程式两不相妨的状态，到“文学革命”之后却再也难以维持。胡适《文学改良刍议》所揭“八事”之中，“须言之有物”、“务去滥调陈语”、“不用典”、“不讲对仗”等条，对传统尺牍程式

① 见郭长海、郭君兮主编《吴芝瑛集》，黄山书社2018年版，第108—110页。按：出版《普通应用尺牍教本》的文明书局即由吴芝瑛的丈夫廉泉主办。

② 《详注中华高等学生尺牍》，中华书局1912年8月初版石印本，上册第12a页。

可谓着着致命。[①]这些主张一开始并不一定与使用白话文捆绑，[②]但随着国语运动与文学革命合流，变革程式的要求逐渐被归结到“话怎么说就怎么写”的白话文宗旨，遂一发不可收拾。相关意见首发于报章议论，1920年6月，《时事新报·学灯》刊出一篇题为《评论现在通行的尺牍》的“来论”：开头就说“现在书肆里出版尺牍底教科书，学校里教授做尺牍底方法，我觉得都是不对，几何把交通人底意思的本旨要失去了”[③]。作者指出“阶级抬”和四六套语都是近世才出现的“假古董”，接着将程式问题与从文到白的语体变革对接：“写信底文体，最好是用白话，不要什么套头不套头，直直爽爽地写了几句。”此篇来论刊出后不久，《寰球中国学生会周刊》即有回应文章，认同书信只是传达语言的工具，并举例说既然当面称呼时“从来没有听见过‘大人’、‘尊前’等肉麻的声音，那么信上也当然不必用这等虚伪的恭维”，一切以“讲话的时候”为标准。[④]

体现此类彻底改革尺牍程式主张的教本，首推1921年1月亚东图书馆初版的高语罕编《白话书信》一书。该书原是高氏在安徽芜湖商业夜校的讲义，“采用来往书信讨论社会问题的形式”，出版当年就印了三版计9000册，最终印数超过10万，是民国时期拥有极大影响力的畅销书。[⑤]在书前“绪论”部分，高语罕讨论了书信的功能、种类、写法、名号、敬语、格式等问题。他指出书信的本质是“替代语言的工具——

---

① 胡适：《文学改良刍议》，《新青年》第2卷第5号，1917年1月1日。

② 1916年8月21日，胡适在日记中提出“文学革命八条件”，补充说明道：“能有这八事的五六，便与‘死文学’不同，正不必全用白话。”见曹伯言整理《胡适日记全编》第2册，第464—465页。

③ 镌中：《评论现在通行的尺牍》，《时事新报·学灯》1920年3月26日。

④ 敏於：《改良尺牍的讨论》，《寰球中国学生会周刊》第27期，1920年4月17日。

⑤ 见汪原放《亚东图书馆与陈独秀》，学林出版社2006年版，第79页。

就是把当面要说的言语写在纸上，传达远方，仿佛打电话似的”，据此确立白话书信的“写法”：

> （1）不用古典，不求雅驯，不事虚文。
>
> （2）一是一，二是二，直捷爽快。
>
> （3）说话要合彼此的身份，高亢不得，卑微不得。
>
> （4）要表足最诚恳的态度，最深厚的情感。
>
> （5）字画要清楚整齐……
>
> （6）要用标点符号表足语气。要依文法分段，每段起头应低两格。
>
> （7）墨色要乌黑有光……
>
> （8）凡遇信中地名，人名，和数目字，以及年，月，日，时，都应书写清楚，免得误事。①

总共列为八条，实有向胡适“文学革命八事”致敬的用意。其中“不用古典”、“用标点符号”等主张，更是“文学革命”的题中之义。接着罗列书信称呼，取《尔雅》与英文称谓对照，亦属清末民初常见的引古证今套路。高语罕所针对的，正是中古以降形成的书信程仪，如其论师生之间的称谓：“从前师弟的礼节，非常尊严；学生对于先生称‘夫子’或‘老师’；自称‘受业’或‘弟子’。现在学校里面和从前大不同了！教习和学生很模糊的，不甚讲究了，好点的学生对于所信仰的教习，称做先生，自称学生，便算万分客气。”② 高语罕同样注重“身份”问题，只

① 高语罕编《白话书信》，亚东图书馆1928年10月版，第5—6页。

② 高语罕编《白话书信》，第13页。

是现代社会人际关系和交往模式都发生了变化，书信程式亦不得不随之变革。传统尺牍称谓既被斥为“阶级思想”遗存，“还有一些古典主义的，不合理的斯文话头，也要把他一律廓清”。高氏所拟新式书信程式极端简化，如致父母信，上款顶格写“我的父·母亲”，接下来用冒号领起正文，最后祝“健康”并直接具名“你们的儿子（或女儿）某某”即可。①

余论　程式与礼俗

清季民初这一波尺牍教本的出版热，可视为学制改创、邮政新办、出版业发达、外来资源影响等诸多因素交互作用的产物。其在教育思想史上的背景，则是尺牍作为一种“应用文”适应了近代日趋功利化的教育氛围。晚清时代词章之学曾被贬斥为无用“虚文”，惟有尺牍是其中的例外。张之洞《劝学篇》极力贬低“词章”一科，却仍指出“词章有奏议、书牍、记事之用，不能废也”②；壬寅、癸卯学制和民间涌现的各种教科书正是从这一角度将尺牍纳入“国文”课程。直至民初，黄炎培引进美国“实用主义”教育理念，仍以“多作书函”作为国文实用化的突破口。③

问题在于，如何理解尺牍的“实用”？在民初黄炎培看来，国文课堂上讲授尺牍的好材料正是“旧时《宦乡要则》、今之《官商快览》”之类的日用书。换言之，在传统伦常秩序、社会结构还没有发生根本变化

① 高语罕编《白话书信》，第16、24—26页。

② 见苑书义、孙华峰、李秉新主编《张之洞全集》第12册，第9730页。

③ 黄炎培:《学校教育采用实用主义之商榷》,《教育杂志》第5卷第7号，1913年10月10日。

之时，尺牍实用性正是寄于包括称谓、抬头、款式、套语等在内的程式套路，官、商、学各界也正是凭此达成长久以来的交流默契。清季民初坊间流行着巨量的尺牍指南和分类尺牍专集，无论其体例新旧，所传授的知识基本上仍以这些程式化内容为中心，或者在有限范围内调适程式，使之适应新理念和新体例。然而，当政治革命震荡了这些程式套语依据的人伦礼俗，继起的“文学革命”更提出了另一套实用指标——替代语言，最有用的套路瞬间沦为最虚无的累赘。①

只不过传统尺牍程式的远去又是一个渐进的过程。1920年唐弢就读小学，学校在国文之外增加一门“应用文”，所授即为尺牍程式：“虽然八行书、黄伞格早已过时，而课本却选用了骈四俪六的《秋水轩尺牍》，老师教了一些怎样称呼、如何抬头之类的学问，只是内容都是请托问候的话，满纸恭维恭维……”②新编的尺牍教材也在探索折中的方案。如民国间商务印书馆函授学校所出《初级尺牍教本》便同时罗列了新旧两种式样：一方面是传统款式的无可挽回的松弛，“单抬式及平抬式尤为通行，双抬式则渐见减少”；另一方面，却在新旧之间发明了一种“不纯粹的新式”——“首行还用‘大鉴’等字样，中间提及受信人和受信人的尊亲属，要空一格写，以代替旧式的抬头，自称处仍小字旁写……颂祝语常不省去，且于自己具名的下面，也常用‘启’、‘上’等等的结尾字。”③尺牍的款式和套语固然随时俗流变，但凭借称谓轻重、语气缓急

---

① 直到1940年代，尺牍在内的文言应用文教育仍被普遍认为能够应对“社会需要”，从而在中学国文课程中得以保留。但持新文学立场的学者则指出：“只要文章写通了，写好了，自然可以‘应用’”；学生写不好书札等应用文的原因，正是“旧应用文的因袭势力”的延续。参见阮真《中学国文教学法》，正中书局1943年版，第136页；李广田《论中学国文教材中的应用文》，《国文月刊》第34期，1945年4月。

② 唐弢：《我与杂文》，《唐弢文集》第5卷，社会科学文献出版社1995年版，第117页。

③ 《初级尺牍教本》，商务印书馆函授学校国文科（出版年不明），第1册，第29、35—36页。

等"虚文"表达身份意识与人情厚薄，这一原理却亘古不变。[①] 这也正是历史悠久的书札尺牍有别于近代以降电报、电话等新型信息媒介的地方。就此而言，斟酌古今体式经验，求得一种折中的程式，未尝不是一条出路。

① 岸本美绪曾根据明清时代名片的称谓和规格考察"身份感觉"的变化，参见氏撰「名刺の効用——明清時代における士大夫の交際」岸本美緒『風俗と時代観：明清史論集 I』研文出版、2012、179-217 頁。

第八章

从“记诵”到“讲授”

——文教转型中的“读书革命”

清季新学堂骤兴，但城乡腹地的启蒙教化仍多在各类旧式学塾中展开，后者正是新式教育和全国性学制改革的对象。当时深入中国腹地的西洋传教士，常会带着惊异的语气，在游记中描写旧式学塾的读书场面，特别突出从中感受到的“声音刺激”。试以麦嘉湖（John Macgowan, 1835–1922）和明恩溥（Arthur Henderson Smith, 1845–1932）先后造访华北乡间学塾的两次记述为例：

> 让我们吃惊的是，突然就听到屋子一角传来一个细小而尖锐的声音，几乎同时，另一方向又发出了一个深沉的低音符。其他声音一个接一个地加入进来，直到屋里没有一处是安静的。每个人都以他喉咙所能发出的最高音调，尖叫出（screaming out）所读的文句。这种混响听起来可并不和谐，因为每个学童的课文都各不相干，只是以他自己的音调叫出他想要印在记忆中的特定字词。……学童们在与声音的碰撞中度过了那些难熬的岁月——每一次碰撞虽短暂却极不和谐，没有任何可能启发他们想象力的思想萌芽。[1]

① J. Macgowan, *Men and Manners of Modern China* (New York: Dodd, Mead and Company, 1912), pp.84–86.

> 每个学生被指定读书上的一两行，他的“学习”就是尽其可能高调地吼叫（bellowing）。每个中国人都认为这种呼喊（shouting）是小孩教育中必不可少的成分。如果他不呼喊，老师怎么能确定他是在学习呢？……然而，意义和表达则完全被忽视了，因为中国的学生没有在心中理解这些文字所表达的思想。他唯一关心的就是背书（recitation）。一旦他真正熟悉了要背的一段文字，立刻高声地哼哼（hum）起来，就像陀螺或圆锯发出的嗡嗡声。……对于一个不了解情况的外国人来说，读书人这么大的吼叫声，使得学塾就像一个大杂院（bedlam）似的。①

通过外来者之眼（耳）感受到的“尖叫”、“吼叫”、“呼喊”、“哼哼”，正是传统读书人自幼濡染其间而习焉不察的出声诵读。但在传教士笔下，这种出声读书的方式却是令人“吃惊”的奇观。诵读的动力是记忆，但所背经典本身的“意义和表达”却在这一片“声音碰撞”的过程中“完全被忽视”了。私塾空间中混乱嘈杂的教学场面，与新学堂理想中整齐安静的教室空间形成了对比。二者之间的反差，被清末教育改革者划定为“中学记诵”与“西学讲授”的方法之争，对应于“记性”与“悟性”两重认知境界。清末最后十多年间成长起来的书生，许多人都体验过这样一场“读书革命”：他们的童年在与记诵声音的“碰撞”中度过，随后则主动或被动地加入了新式课堂的教学秩序。

清季国文教育取代传统文教而起，不仅体现在教学理念、教本体裁、文体追求或知识框架的刷新，更伴随着从“记诵”到“讲授”的知

① 明恩溥：《中国乡村生活》，陈午晴、唐军译，中华书局2006年版，第56—58页。根据原文对译文略有改动，见 Arthur H. Smith, *Village Life in China: A Stydy in Sociology* (Edinburgh and London: Oliphant, Anderson & Ferrier, 1899), pp.80–82.

识传播方式变迁。教授法和读书法的新旧更迭覆盖了经学、史学、词章、义理之学等诸多面临古今转辙的学问门类，涉及从学塾、书院到学堂的空间和制度变化，并不限于"国文"一科，但却是在文学教育领域首先发轫。或者更精确地讲，以"国文"为名的新式文学教育本身，就是"读书革命"诉求召唤出来的产物。只是这场"读书革命"，究竟是古今文教转型的自然之趋与必然之势，还是从一开始就受制于"他者"眼光，出自中西"二元对立"、"权势转移"的情势所逼，由此夸大了"不成问题的问题"，都值得返回言论和教育的现场重新考索。

西方阅读史研究素有"读书革命"（Leserevolution）之说，谓18世纪末西欧文化经历了从"精读"到"泛读"的转型：读书对象从少量典籍扩充到大量报刊、小说和实用读物，有计划的反复阅读让位于一次性浏览或"无意识的阅读习惯"，阅读行为亦渐从社群朗读转向个人默读。① 从古代"音读文化"向近代"默读文化"的转变，更引起广泛的争论。② 在晚近更为精细的研究中，这些本质化的判断都遭遇了挑战。清末的"读书革命"与西欧近代Leserevolution的性质不尽相同，毋宁说更是维新政论和教育实践的副产品。本章将从学制与教材的文本世界重返言论和实践的现场，考察读书法、教授法与教学空间的变化。在教育改革者的规划以外，更取受教育者的亲历和回忆作为验证，同时

---

① 西欧18世纪"读书革命"之说较早由德国历史学者Rolf Engelsing提出，参见罗伯特·达恩顿（Robert Darnton）《阅读史初探》，氏著《拉莫莱特之吻：有关文化史的思考》，萧知纬译，华东师范大学出版社2011年版，第140—150页；伊恩·P. 瓦特（Ian P. Watt）：《小说的兴起》，高原、董红钧译，生活·读书·新知三联书店1992年版，第47页。相关争议，见Reinhard Wittimann, "Was There a Reading Revolution at the End of the Eighteenth Century," in *A History of Reading in West*, Gugliemo Cavallo and Roger Chartier eds. (Amherst and Boston: University of Massachusetts Press, 2003), pp.284-312.

② 参见William A. Johnson, "Toward a Sociology of Reading in Classical Antiquity," *American Journal of Philology* 121, no.4 (January 2000), pp. 593-627；黄晶《古代的朗读与默读》,《书城》2012年第11期。

也尝试揭示这些追述背后的主观预设。具体将呈现以下问题：（1）记诵读法的渊源及其在清末读书现场的延续；（2）记诵读法在近代的负面化，以及“中学记诵”与“西学讲授”这一二元对立被建构的缘起和过程；（3）清末新学堂体制、分科之学、分段教授法导入后，“教授法”（pedagogy）和教学空间如何影响读书实践，并最终将言论场中建构的对立坐实为新式文学教育的标准。

一　读书现场中的“记诵”

令外来者感到惊异的“吼叫”式读书，作为教化流播和知识传承的重要形式，可以追溯到先秦时代的讽诵。《周礼》记大司乐“以乐语教国子：兴、道、讽、诵、言、语”，郑玄注：“倍文曰讽，以声节之曰诵。”[①] 汉兴，萧何草律：“太史试学童，能讽书九千字以上，乃得为史”，亦以讽诵作为选拔书吏的标准。[②] 宋元以降，随着科举制度的普及，记诵在蒙学教育中的地位日益凸显，[③] 许多家规都把通背经书作为子弟行冠礼的先决

---

① 孙诒让撰，王文锦、陈玉霞整理《周礼正义》卷四十二，中华书局 1987 年版，第 1724—1725 页。

② 《汉书·艺文志》“六艺略小学类”序，陈国庆编《汉书艺文志注释汇编》，中华书局 1983 年版，第 91 页。按：类似段落，亦见于许慎《说文解字序》所引尉律以及晚近出土汉律。富谷至指出其中的“学童”，是“志在成为书记官而学习文字的特殊儿童群体，而不是初学童子这种一般意义上的学童”。氏著《文书行政的汉帝国》，刘恒武、孔李波译，江苏人民出版社 2013 年版，第 114 页。

③ 《朱子小学》引《杨文公家训》：“童稚之学，不止记诵，养其良知良能，当以先入之言为主”，正说明记诵在童蒙教育中的位置。清末罗振玉就此指出：“‘童稚之学，不止记诵’，知宋代已以记诵为小学功夫。此等谬误，相沿已久。”分别见朱杰人、严佐之、刘永翔主编《朱子全书》第 13 册，第 434 页；罗振玉《宋儒小学教育谈》，《教育世界》第 74 号，甲辰（1904）三月下。

条件。[①] 对举业俗学不无批评的道学家，亦从心性工夫的角度主张“书须成诵”、“熟读精思”。[②] 近世读书功程习称的“记诵之学”包含“记”和“诵”两个层次：前者注重记忆力（“记性”）的培养，在启蒙阶段最为突显；与之相对，较高层次的诵读吟咏强调对于节奏、韵律、声情的审美体会，尤为词章家所重，但二者在教育过程中实为不可分的整体。[③]

明清之际，王阳明、吕坤、陆世仪等儒者致力于基层社学，提倡“歌诗习礼”，意在纠正流俗记诵的偏颇；在记诵读法之外，唐彪、崔学古、王筠等蒙师更注意到识字和讲解的重要性。[④] 不过，一般读书社会仍普遍认同理学家着眼于人格塑造的“熟读精思”之法。特别是元儒程端礼推广朱熹、真德秀等“读书教规”遗意，将之精细化、程式化而成的《程氏家塾读书分年日程》，在清代的书院和学塾中颇为流行。[⑤] 其书

---

① 元代浦江郑氏义门后人郑泳的《郑氏家仪》影响深远，其中就提到：“吾家子弟年十六，许行冠礼，皆要通背四书五经正文，讲说大义，否则直至二十一岁，必父母无期已上丧，始可行之。”见楼含松主编《中国历代家训集成》第 2 册，浙江古籍出版社 2017 年版，第 1189 页。类似段落见于明清以至民国时期不同地域的各种家族规范，但对于记背对象的要求则随功令变化，往往简化为“四书一经”。

② 张载《经学理窟·义理》：“书须成诵，精思多在夜中，或静坐得之。不记则思不起。”见《张载集》，章锡琛点校，中华书局 1978 年版，第 275 页。朱熹称张载“教人读书必欲成诵，真是学者第一义。须是如此，已上方有着力处也”。见《答张元德》，《晦庵先生朱文公文集》卷六十二，朱杰人、严佐之、刘永翔主编《朱子全书》第 23 册，第 2989 页。

③ 虞莉的博士论文从阅读史角度梳理了宋代以降“记诵”之学的进展，参见 Li Yu, *A History of Reading in Late Imperial China, 1000-1800* (PhD Diss., The Ohio State University, 2003), pp. 48–67.

④ 宋元以来蒙学教法的内在变化，可参考熊秉真《童年忆往：中国孩子的历史》（台北：麦田出版 2000 年版）、谢和耐（Jaques Gernet）《童蒙教育（11—17 世纪）》（《法国汉学》第 8 辑，中华书局 2003 年版，第 99—154 页）等论著的梳理。清初“识字”教育的兴起，参见 Li Yu, “Character Recognition: A New Method of Learning to Read in Late Imperial China,” *Late Imperial China* 33, no.2 (2012), pp. 1–39.

⑤ 根据徐雁平的研究，《程氏家塾读书分年日程》现存 28 个版本中，清代版本占 26 个，多出自督抚学政之手，其在清代得以持续流行，缘于官方有意识的提倡，意在压抑“科举流俗之学”；许多书院都取《程氏家塾读书分年日程》作为课程标准，甚至到晚清仍有仿作出现。参见徐雁平《〈读书分年日程〉与“救科举时文之弊”》，《南京师大学报（社会科学版）》2012 年第 3 期；《〈读书分年日程〉与清代的书院》，《南京晓庄学院学报》2006 年第 5 期。

对于记诵功程的安排，代表了元明清三代学塾读书的基本方法，每日功课都是从温背熟书开始：

> 每夙兴，即先自倍读已读册首书至昨日所读书一遍。内一日看读，内一日倍读。生处误处记号，以待夜间补正遍数。……师标起止于日程空眼簿。凡册首书烂熟，无一句生误，方是工夫已到。方可他日退在夜间，与平日已读书轮流倍温，乃得力。如未精熟，遽然退混诸书中，则温倍渐疏，不得力矣，宜谨之。凡倍读熟书，逐字逐句，要读之缓而又缓，思而又思。使理与心浃。朱子所谓“精思”，所谓“虚心涵泳”，孔子所谓“温故知新”，以异于记问之学者，在乎此也。①

依据“朱子读书法”所示“循序渐进”、“熟读精思”、“虚心涵泳”等原则，程端礼设计了包括字训、小学书、本经、传注、诸史、古文、性理书在内一整套分年递进的读写教程。每日先背已读书（后世谓之“温旧书”），再授未读书（后世谓之“上新书”），读书过程被细分为划大段、定句读、圈发假借字音、面读校正、分细段、还案看读背读并记遍数、通大段背读等程序，并设有数珠、计数板子、“空眼簿”之类计算遍数或标记起止的工具。每细段要求看读一百遍，背读一百遍：“句句字字要分明，不可太快，读须声实，如讲说然；句尽字重道，则句完，不可添虚声，致句读不明，且难足遍数……二百遍足，即以墨销朱点，即换读如前。”最后“通大段倍读二三十遍”，回环往复记忆，看读与背读交错，

① 程端礼撰《程氏家塾读书分年日程》卷之一，第2a—3a页。

“必待一书毕，然后方换一书”，以达成“终身不忘”的目标。[①]后世理学家还会强调记诵之功在“经”（包括性理书）和“史”之间有所区划：“记诵之功，读史不必用。若‘五经’、‘四书’、《太极》、《西铭》之类，必不可不成诵，不成诵，则义理不出也。”[②]史书中满是需要记忆的“见闻之知”，却并非记诵法的用武之地；记诵法主要针对经书和性理书传递的“德性之知”，甚至被认为有“出义理”之效。

宋元以降理学家揭示的记诵功程，对于明清两代基层学塾的教学法有着笼罩性的影响。以下主要就作为近代“读书革命”背景的清代读书现场略作考述。[③]描述乾隆年间江浙一带风俗的日本江户时代情报书《清俗纪闻》，曾提到当时蒙塾“每日有固定之功课”：早晨师生来到学馆，“学生均先将书放在先生之案上，打开书包拿出书本，将前一天教过之处念三四遍之后，先生将该书本拿起令学生背诵，学生背向先生背诵前一天所学之处，每天均是如此”[④]。（图 8-1）

学馆功课包括认“块头字”、句读、诵习，以及午后的习字、讲授，较高学程的背诗作诗、读史传、作文等项；认字超过三百即可教以诵读，继而读四书五经。吴越客商向日本长崎官员转述当时学馆的

---

① 程端礼撰《程氏家塾读书分年日程》卷之一，第 4a—5a 页。

② 陆世仪撰，张伯行辑《陆桴亭思辨录辑要》卷之四，商务印书馆 1936 年版，第 45 页。《程氏家塾读书分年日程》中亦有“读经”与“看史”之别。但在事实上未必能作如此清晰的划分，出声诵读史书的习惯一直存在，有名的苏舜钦读《汉书》下酒的故事即为佐证。

③ 关于明代基层学塾的记诵之学，可参考佐野公治的开拓性研究，见氏撰「明代における記誦——中國人と經書」『日本中國學會報』第 33 集、1981、101—122 頁。一般学塾的日课，参见刘晓东《明代的塾师与基层社会》，商务印书馆 2010 年版，第 161—168 页。刘著指出：“明代的童蒙之教，虽因时空差异而不尽相同，但基本均以朱熹的《训〔童〕蒙须知》为圭臬……而教材则大多以熊大年的《养蒙大训》为蓝本而增益之。”见刘晓东《明代的塾师与基层社会》，第 162 页。

④ 中川忠英编撰《清俗纪闻》卷五“閭学”，方克、孙玄龄译，中华书局 2006 年版，第 285 页。

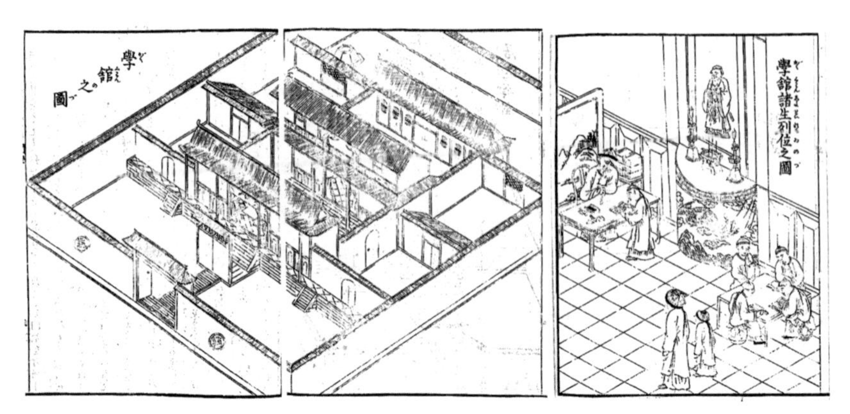

图 8–1 《清俗纪闻》中描绘的乾隆时期学塾建筑（左）、内部陈列及教读情景（右）

诵习要求是：

> 每日早晨读书时须容貌整齐，志向坚定，留心句读，做到字字分晓。读书时不可东张西望，赏玩他物，并详记诵读遍数。遍数已满而尚不能背诵时，则应继续诵读，直至能背诵为止。而不满遍数即能背诵者，亦须背满遍数。①

出自清代中期客商之口的这段学塾规则，实本自南宋末《程董二先生学则》中的“读书必专一”一条：“必正心肃容，计遍数：遍数已足，而未成诵，必须成诵；遍数未足，虽已成诵，必满遍数。”② 此种以“记遍数”为核心的诵读法，正是前述程端礼所揭读书日程的精髓，直到晚清时期仍在延续。光绪二十一年（1895）正月，刚满十一岁的周作人开始在绍兴三味书屋附读，“书房里的功课是上午背书、上书，读生书六十

① 中川忠英编撰《清俗纪闻》卷五“闾学”，第 286 页。

② 程端礼撰《程氏家塾读书分年日程》卷首“纲领”，第 4b—5a 页。

遍，写字；下午读书六十遍，傍晚不对课，讲唐诗一首”[①]。光绪十二年（1886）生于湖北鄂城的朱峙三，壮年后根据“旧藏童年所读《三字经》、《论语》、《孝经》、父亲所书方块字六百余枚，查看程师于字旁所列月日”[②]，追记八岁以后读书次第及每日功课。其大概学程是：八岁入学之初读《三字经》、《阴骘文》，同时认“皮纸壳子”字块，两个月后上经书，以《论语》、《大学》、《孝经》、《中庸》、《孟子》为序；十岁“四书”读毕，接读“唐诗”，继而上《诗经》、《书经》、《易经》、《左传》、《礼记》，午后兼讲《龙文鞭影》、《故事》等，同时温诵已读经书，均要求“包本背诵”。十岁起对对子，十一岁作“破承题”，学试帖诗，十二岁起每月三、八日作文及诗，读《十四层》等八股文法书，辨四声、学等韵。自八岁至十五岁七年间，朱氏“惟《礼记》未读三分之一，其余四子五经、《幼学琼林》、《龙文鞭影》俱已读毕”，并熟诵《唐诗三百首》、《七家诗》、《古文观止》及八股文若干篇。每日上新书、温旧书、习字、作诗文的功程，犹与近六百年前的程氏《日程》相符。[③]周一良民初在天津接受旧式学塾教育，家中存有一张1922年前后的“日课”表，同样复刻了程氏《日程》由诵、说、写、作等项组成的教学整体：

读生书　　礼记　左传

温熟书　　孝经　诗经　论语　孟子

讲　书　　仪礼（每星期二次）

---

① 周作人：《我学国文的经验》，钟叔河编《周作人文类编·本色》，第186页。

② 《朱峙三日记》第1册，光绪十九年癸巳“小引”，国家图书馆出版社2011年影印本，第7页。

③ 《朱峙三日记》第1册，第267—268页。值得注意的是，与理学家设计的读书功程相比，朱峙三的读书课程亦受到民间知识濡染，如《阴骘文》等通俗善书也在记诵之列，开笔作文之后，更被要求看《三国演义》、《东周列国志》以“开思路”。

看　书　资治通鉴（每星期二、四、六点十页）

朱子小学（每星期一、三、五点五页）

同用红笔点句读如有不懂解处可问先生

写　字　汉碑额十字（每日写）

说文五十字（每星期一、三、五）须请先生略为讲音训

黄庭经（每星期二、四、六）先用油纸景写二月①

必须指出的是，清末儿童的读书阶段、读经次序、每日课程，往往因地域、阶层和家世背景的差别呈现出一定弹性。在特殊的家学氛围中，读书的范围和次序更有可能逸出通行课程的设计。如仪征刘氏号称“五世传经”，其子弟“启蒙入学，必先读《尔雅》，习其训诂”，自与理学家从“小学书”、“四书”入手的门径有别。②近代以古文著称的武强贺氏，子弟读书次序亦颇特别：“初读《诗经》，次《尚书》，次《礼记》之《大学》、《中庸》二篇，次《论语》，次《孟子》。又读《礼记》，至于《月令》而止。”③启蒙方法还受制于塾师素养和学童材性。咸丰间曾国藩与诸弟商讨教子，指出曾纪泽“读书记性不好，悟性较佳，若令其句句读熟，或责其不可再生，则愈读愈蠢，将来仍不能读完经书也”，故只要求曾国荃“将泽儿未读之经每日点五六百字，教一遍，解一遍，令其读十遍而已，不必能背诵也，不必常温习也”④。曾氏生平服膺朱子读书法，但其教子方案则似不再受记诵功程的约束。

---

① 周一良：《毕竟是书生》，《周一良集》第5卷，辽宁教育出版社1998年版，第328页。

② 梅鹤孙著，梅英超整理《青谿旧屋仪征刘氏五世小记》，上海古籍出版社2004年版，第64页。

③ 徐雁平整理《贺葆真日记》，光绪十七年四月初一日，第1页。

④ 《与诸弟书》，咸丰五年二月廿九日，钟叔河汇编校点《曾国藩往来家书全编》，中卷第157页。

至于读书的场景和读书声音的实况，不妨参考赵元任的追述。赵氏籍贯江苏常州，幼时随父住直隶，平日讲“北边话”，但塾师却是从家乡请来，用常州绅士的“读书音”教读。赵元任日后专治语言学与音乐学，曾将吟诵作为研究对象，存有诵读录音，取其早年读书回忆与专业论文互证，较可凭信：

> 我们念起书来不是照平常念字或是说话的声音念，总是打起腔来念的。念书的调儿不但一处一处不同，就是在常州一处，看念什么东西用不同的什么调儿。念“四书”有“四书”的调儿，念诗有念诗的调儿，念古文有念古文的调儿。可是照我们家的念法，《诗经》不算是诗，是像“四书”那么念，是一种直不拢统的腔调；“五经”里头《左传》又是像古文那么念的，腔调拉得又婉转一点儿。①

在1927年所撰《新诗歌集序》中，赵元任就已结合亲身经历总结“中国吟调儿用法的情形”，指出不同诗文体裁的吟调各自不同，又随地方有别：“吟律诗、吟词的调儿从一省到一省，变得比较的不多，而吟古诗、吟文的调儿差不多一城有一城的调儿。”②后来更区别了针对《三字经》、《百家姓》、《千字文》、“四书”等启蒙读物的“唱读”和应用于“五经”、“唐诗”、《古文观止》的“吟诗”：唱读“既不是声调和语调的数字合成，从而产生一种通常的语言，也不是具音乐旋律的歌唱，它是介乎这两者之间的东西，它主要是根据语词的音位的声调上，用一种固

① 季剑青编译《赵元任早年自传》，第55　56页。

② 《赵元任全集》第11册，商务印书馆2005年版，第7页。

定的方式说话的特点”；与之对照，吟诗“基本上是根据文字的声调而定，但是也并不是每个音都完全就这么固定了的。每一篇文字虽然有它固定的一套声调，吟诵的人每次把它配上同一个总调，多多少少老是会有些小出入的”[①]。读书音以方言中的“绅谈”为基础，带有较为灵活的音乐性。其腔调则与教育阶段和所读文本的体裁都有关系。[②]

清末学童熟悉的教学空间，是书塾当中散漫的桌椅布置，如同丰子恺晚年回忆的场景：“座位并不是课桌，就是先生家里的普通桌子，或者是自己家里搬来的桌子。座位并不排成一列，零零星星地安排，就同普通人家的房间布置一样。课堂里没有黑板，实际上也用不到黑板。”这又与传统蒙学因人而异的教学模式有关，每个学生都有他自己的记诵功程，与他人不同。因此“先生教书是一个一个教的。先生叫声‘张三’，张三便拿了书走到先生的书桌旁边，站着听先生教。教毕，先生再叫‘李四’，李四便也拿了书走过去受教。……每天每人教多少时光，教多少书，没有一定，全看先生高兴”，塾师就生徒逐一进行检查或指点。“私塾里不讲时间，因为那时绝大多数人家没有自鸣钟。学生早上入学，中午‘放饭学’，下午再入学，傍晚‘放夜学’，这些时间都没有一定，全看先生的生活情况。”[③]总之，没有严格的时间观念和规整的空间布置，教学现场不是如学堂教室那般共时划一的知识共同体，而是在同一空间

---

① 赵元任：《中国语言里的声调、语调、唱读、吟诗、韵白、依声调作曲和不依声调作曲》，《赵元任音乐论文集》，中国文联出版社 1994 年版，第 5—6 页。此外还可参考《常州吟诗的乐调十七例》，《赵元任全集》第 11 册，第 519—521 页。

② 关于诵读腔调的起源，胡适曾推测“大概诵经之法，要念出音调节奏来，是中国古代所没有的。这法子自西域传进来；后来传遍中国，不但和尚念经有调子；小孩念书，秀才读八股文章，都哼出调子来，都是印度的影响”。见《白话文学史》上卷，新月书店 1929 年版，第 205 页。但最近研究对此说多有质疑，参见伏俊琏《先秦两汉时期的“诵”与“诵”的表达方式》，《俗赋研究》，中华书局 2008 年版，第 48 页。

③ 丰子恺：《私塾生活》，《儿童时代》第 17 期，1962 年。

中并行着多条读书路径，形成外来者耳中“各不相干”的混响：“大家放开喉咙读一阵书，真是人声鼎沸。有念‘仁远乎哉我欲仁斯仁至矣’（《论语·述而》）的，有念‘笑人齿缺曰狗窦大开’（《幼学琼林·身体》）的，有念‘上九潜龙勿用’（《易·乾》）的，有念‘厥土下上上错厥贡苞茅橘柚’（《书·禹贡》）的……先生自己也念书。后来，我们的声音便低下去，静下去了，只有他还大声朗读着：‘铁如意，指挥倜傥，一坐皆惊呢；金叵罗，颠倒淋漓噫，千杯未醉嗬……’（刘翰《李克用置酒三垂岗赋》，取自南菁书院课艺）。”[①] 鲁迅追忆的名场面可能还融入了些文学家的加工，夏丏尊则透露了同一书塾中不同学程背后的现实考量：“我所读的功课是和我的兄弟们不同的。他们读毕‘四书’，就读些《幼学琼林》和尺牍书类，而我却非读《左传》、《诗经》、《礼记》等等不可。他们不必做八股文，而我却非做八股文不可。因为我是要预备将来做读书人的。”[②]

二　“念”与“讲”

有关清末读书经验的回忆文字中，经常突出的另一个问题是私塾教育的“光念不讲”。“讲解”作为特别的待遇，需要向塾师要求，或者等到较高学程才有可能施行。胡适在《四十自述》中追记幼学经历，提起家塾学生逃学的缘故，除了不能用本地口音念书而遭到体罚，还有先生不肯“讲书”：

① 鲁迅：《从百草园到三味书屋》，《鲁迅全集》第2册，人民文学出版社2005年版，第290—291页。

② 夏丏尊：《我的中学生时代》，《平屋杂文》，开明书店1935年版，第109—118页。

> 我们家乡的蒙馆学金太轻，每个学生每年只送两块银元。先生对于这一类学生，自然不肯耐心教书，每天只教他们念死书，背死书，从来不肯为他们“讲书”。小学生初念有韵的书，也还不十分叫苦。后来念《幼学琼林》、“四书”一类的散文，他们自然毫不觉得有趣味，因为全不懂得书中说的是什么。①

然而，胡适却是其中的例外。由于母亲对儿子读书的渴望，学金从第一年的6块钱，加到最后一年的12元，特为叮嘱先生讲书：“每读一字，须讲一字的意思；每读一句，须讲一句的意思。”后来胡适发现，他的同学虽也读过“四书”，却连家信中的“父亲大人膝下”都不能懂得，“这时候，我才明白我是一个受特别待遇的人，因为别人每年出两块钱，我去年却送十块钱。我一生最得力的是讲书”②。相比之下，后来成为小说家的张恨水则没那么幸运：“念过上下《论》，念过《孟子》。我除了会和同学查注解上的对子（原注：两行之中，两个同样的字并排列着）而外，对书上什么都不理解。有一天，先生和较大的两个学生讲书，讲的是《孟子》齐人章。我很偶然的在一旁听下去，觉得这书不也很有味吗？”③

除了经济原因，是否“讲书”也有地域差别，比胡、张早一辈的北方人齐如山就指出：“那个时候念书，先生只管念，不给你讲，不但此，就是以后念‘四书’，也是光念不讲。从前南方，或北方大城中，念书

① 胡适：《四十自述》，欧阳哲生编《胡适文集》第1卷，第48页。

② 胡适：《四十自述》，欧阳哲生编《胡适文集》第1卷，第49页。

③ 张恨水：《写作生涯回忆》，张占国、魏守忠编《张恨水研究资料》，天津人民出版社1986年版，第11页。

的情形要好的多，到了北方乡间，就差多了。儿童念书，要到十岁以上，方才连读带讲，这个名词叫作‘开讲’。”[1]出身常州世家而客居直隶的赵元任，其读书体验便与此前齐如山所述北方乡间的情形不同：“只有我们先生非要念什么就得懂什么，跟向来读书不求甚解的法子相反的。”不过赵元任也说了，这在“那时候儿是破例的事情”，可见无论南北城乡，“光念不讲”固然有程度的区别，但在初学时期，“讲书”都还不是普遍的教学方式。[2]即便清末崛起的一些新学堂，也依然采用只念不讲的教法。宣统二年（1910）梁实秋入学专门服务端方一族子弟的陶氏学堂，据说是“所谓新式的洋学堂”，却颇觉失望：“国文老师是一位南方人，已不记得他的姓名，教我们读《诗经》。他根据他的祖传秘方，教我们读，教我们背诵，就是不讲解，当然即使讲解也不是儿童所能领略。……一首诗朗诵过几十遍，深深的记入在我们的脑子里，迄今有些首诗我能记得清清楚楚。脑子里记若干首诗当然是好事，但是付了多大的代价！一部分童时宝贵的光阴是这样耗去的！”[3]

“光念不讲”的积习，在“五四”以后的学塾记忆中几乎成了旧式蒙学教育无法洗脱的原罪。“讲书”被认为是读书“最得力”的项目，不带讲解的“背诵”则是浪费“宝贵的光阴”。然而，如果返回记诵读法所依据的宋元儒读书论，拒绝“讲书”未必就是塾师偷懒或程度不足，而自有其理路上的支撑。因为在理学家看来，记诵过程不仅关乎所读内容的理解和存储，按照预定日程反复出声记诵，这一程式化行为本

① 齐如山：《七十年前小学童》，梁燕主编《齐如山文集》第10卷，河北教育出版社2010年版，第62页。

② 季剑青编译《赵元任早年自传》，第51页。

③ 梁实秋：《我在小学》，中国现代文学馆编《梁实秋文集》，华夏出版社2000年版，第111页。

身，就带有磨炼心性、收束“放心”的效用。正如朱熹在《童蒙须知》中所指示的：

> 凡读书，须整顿几案，令洁净端正，将书册整齐顿放，正身体对书册，详缓看字，子细分明。读之，须要读得字字响亮，不可误一字，不可少一字，不可多一字，不可倒一字。不可牵强暗记。只是要多诵遍数，自然上口，久远不忘。古人云：“读书千遍，其义自见。”谓熟读则不待解说，自晓其义也。[①]

这是清代读书人耳熟能详的段落，一些学塾还将之改写为“功课单”，悬挂壁上垂为训诫。[②]（图 8-2）在朱熹的描述中，读书过程带有强烈的仪式感，旨在通过姿势标准、声音响亮、不断重复的熟读来涵养人格。意义的解说相对来讲没那么紧迫，或者说，理解是熟读后自然会达致的效果。《朱子语类》中亦反复出现类似的训教：“若晓得义理，又皆记得，固是好；若晓文义不得，只背得，少间不知不觉，自然相触发，晓得这义理。盖这一段文义横在心下，自是放不得，必晓而后已。”[③]又谓“大凡读书，多在讽诵中见义理”，《诗》“全在讽诵之功”，[④]《尚书》

---

① 朱熹：《童蒙须知·读书写文字第四》，朱杰人、严佐之、刘永翔主编《朱子全书》第 13 册，第 373—374 页。

② 中川忠英编撰《清俗纪闻》卷五，第 300—302 页。按《程氏家塾读书分年日程》卷一：“又以朱子《童子须知》贴壁，于饭后（原注：行饭时）使之记说一段。”见程端礼撰《程氏家塾读书分年日程》卷一，第 1a—1b 页。

③ 黎靖德等编《朱子语类》卷一百二十一，朱杰人、严佐之、刘永翔主编《朱子全书》第 18 册，第 3811 页。

④ 见黎靖德等编《朱子语类》卷一〇四，朱杰人、严佐之、刘永翔主编《朱子全书》第 17 册，第 3429 页。

中《仲虺之诰》、《太甲》诸篇亦“只是熟读，义理自分明，何俟于解”[①]。由“成诵”、“讽诵”、“熟读”而“自然……晓得”、“义理自分明”的认知过程，正是近世蒙教“光念不讲”如此普遍的内在支撑。

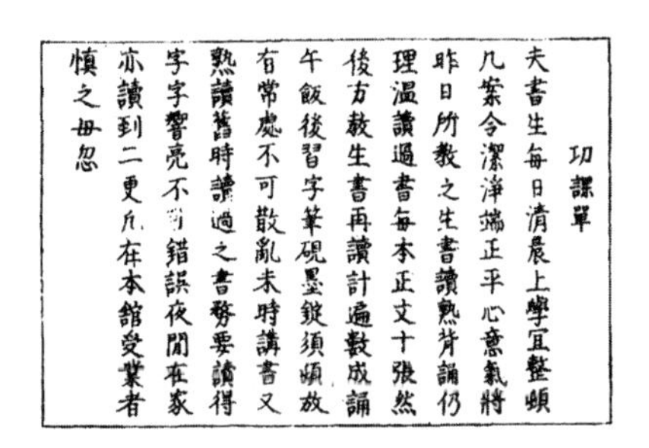

功課單

夫書生每日清晨上學宜整頓几案令潔淨端正平心意氣將昨日所教之生書讀熟背誦仍理溫讀過書每本正文十張然後方教生書再讀計遍數成誦午飯後習字筆硯墨錠須頓放有常處不可散亂未時講書又熟讀舊時讀過之書務要讀得字字響亮不可錯誤夜間在家亦讀到二更凡在本館受業者慎之毋忽

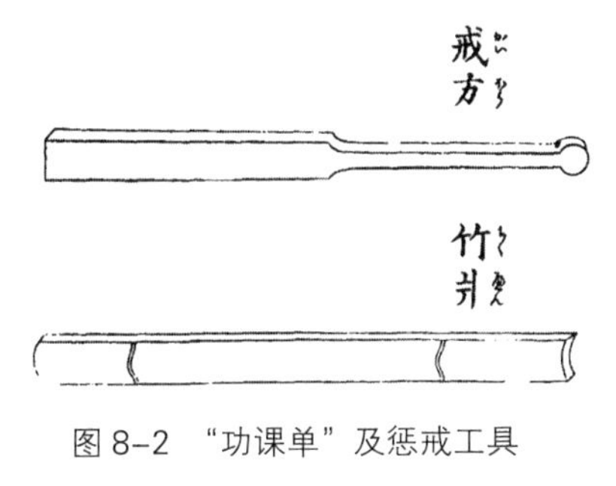

图 8–2　“功课单”及惩戒工具

此外，强调“记诵”也未必就意味着“讲解”不受重视。《荀子·致士》云：“诵说而不陵不犯，可以为师。”杨倞注：“诵谓诵经，说谓解说。”[②]“诵”、“说”相配，自古已然。《金石萃编》载录北宋至和元年（1054）《京兆府小学规》碑文，即在区分三等诸生每日“念书”、“念诗”、“吟诗”课程的同时，规定“教授每日讲说经书三两纸，授诸生所诵经书文句音义”[③]。元代程端礼所排《日程》亦列有“师试说昨日已说书”和“授说平日已读书”两项。[④]惟“授说”总须在“诵经”达到一定程度后实施，即齐如山回忆中提到的“开讲”。司马光《居家杂仪》一篇在近世流传颇广，内有一段模仿《礼记》编排幼学次第，规定儿童自七岁“始诵《孝经》、《论语》，虽女子亦宜诵之”，八岁“男子诵《尚书》”，到此皆不为讲解。

① 见黎靖德等编《朱子语类》卷七十八，朱杰人、严佐之、刘永翔主编《朱子全书》第16册，第2632页。

② 王先谦撰，沈啸寰、王星贤点校《荀子集解》卷九，中华书局1988年版，第263—264页。

③ 旧题王昶编录《金石萃编》卷一百三十四，扫叶山房民国10年刻本，第6a页。

④ 程端礼撰《程氏家塾读书分年日程》卷一，第5a—6b页。

至九岁，“男子诵《春秋》及诸史，始为之讲解，使晓义理；女子亦为之讲解《论语》、《孝经》及《列女传》、《女戒〔诫〕》之类，略晓大意”；十岁“男子出就外傅，居宿于外，读《诗》、《礼》，傅为之讲解，使知仁、义、礼、知、信”①。在司马光、朱熹等先儒示范的学程之中，“诵”本就在“讲”之先，二者并不同时开始，但“讲解”亦是“使晓义理”不可或缺的环节。

清初一些蒙师自道心得，往往强调“讲书”，以自别于“俗学”。唐彪有云：“凡书随读随解，则能明晰其理，久久胸中自能有所开悟。若读而不讲，不明其理，虽所读者盈笥，亦与不读者无异矣。故先生教学工夫，必以勤讲解为第一义也。”②一些学规也强调“讲”与“读”的配合：“训蒙之道，讲解最为紧要。昔人云：读得一尺，不如行得一寸。然读而不讲，讲而不解，则欲行未由也。故善教者不畏烦苦，字解句释，必求其明而后止，而又无书不掐到身上。”③甚至还有学规告诫“多讲”之弊，不难推想“讲书之法”在一些地域的繁盛。④前引《清俗纪闻》亦转录了清代中期江南一带蒙馆的“讲授”场景：“先生于午后二时讲书，学馆众学生坐正拜听。先生讲毕后，学业优秀之学生谈论当天先生所讲授之处，并熟读当天所授之书。”⑤

---

① 司马光：《司马氏书仪》卷之四，同治七年夏四月江苏书局复刻归安汪氏仿宋本，第6a—6b页。其《居家杂仪》部分，后因收入《朱子家礼》卷一“通礼”而获广泛传播。见吾妻重二汇校《〈朱子家礼〉宋本汇校》，上海古籍出版社2021年版，第28—29页。

② 唐彪：《父师善诱法》卷上，唐彪辑撰《读书作文谱》，第175页。

③ 王晋之：《问青园课程·学规》，韩锡铎编《中华蒙学集成》，辽宁教育出版社1993年版，第1403页。

④ 如李新庵原注，陈彝重订《重订训学良规》即曾告诫：“讲书切不可贪多，多则必不能详，听者反难记易忘。”见徐梓、王雪梅编《蒙学要义》，山西教育出版社1991年版，第124页。

⑤ 中川忠英编撰《清俗纪闻》卷五，第287页。

取清代基层蒙学的讲书论与近人读书回忆中对“讲书”的刻意突显相比较，二者动机实有本质不同。前者以“讲书”为进学辅助，不太会用讲解否定记诵的必要性。如唐彪在提倡“勤讲解为第一义”的同时，仍以熟读记遍数为学塾的基本功课，还为之具体设法：“欲学生书熟，必当设筹以记遍数，每读十遍令缴一筹。一者书之遍数得实，不致虚冒；二者按期令缴筹，迟则便可催促督责之；三者筹不容不缴，则学生不得不勤读，以早完课程。殆一举而三善备矣。”[①] 而在近代以来趋新者的童年回忆中，“记诵”与“讲授”往往是对立的，三家村塾“光念不讲”的弊端被放大为整个传统蒙学的弱点，不仅忽略宋元儒读书法注重记诵的内在机理，亦淡化了本土固有的“讲书”传统。这种全新的读书认识，实离不开“他者”眼光的启悟。

乾隆末叶英国马戛尔尼使团来华，堪称近世中西交通史上的一大事件。随团到访的约翰·巴罗爵士（Sir John Barrow, 1764–1848），更在其游记中留下了西人笔下有关中国童蒙教法的较早记录：“中国儿童一般大约六岁开始学习语文。他们开始是认识一些简单的字，不管其含义或者了解它们的意思，其结果是除了艰苦学习外，五六年时间内不识一个字的意思。……我听说，一个正规受教育的学生用心牢记孔夫子的若干卷书，以致他能够仅听字的声音就知道某一段或某一句出自何处，但根本不用知道其义。”[②] 在巴罗的描写中，中国学塾的识字、记诵课程已被视为一种不包含理解或讲解的教学法。至道光二十四年（1844），英国圣公会传教士施美夫（George Smith, 1815–1871）历游通商五口，在上海城中领略到了学童记诵经书的实况：“每个学生都背对教师站立，左右

① 见唐彪《父师善诱法》卷下，唐彪辑撰《读书作文谱》，第184页。

② 见乔治·马戛尔尼、约翰·巴罗《马戛尔尼使团使华观感》，何高济、何毓宁译，商务印书馆2013年版，第263页。

摇晃着，用一种歌唱的语调，快速而清晰地大声朗诵《大学》中的某个段落。教师手中拿着一支笔，在书上做记号，标明学生的进度。”[①] 不但写及诵读的姿态和音乐性，还注意到教师“记遍数”的动作。为了体现学塾的空间布置，施美夫还在书中配了一张图，摹画一名学生背对塾师背书的情形（图 8-3）。这种师、生相“背”的景象，正是近代西方关于中国学塾的描画或照相中经常突出的要素。

图 8-3　施美夫《五口通商城市游记》中的学塾背书景象

早期来华西人的这些观察，尚未包含过于露骨的批判，但字里行间已流溢出欧洲中心意识带来的猎奇心态。朝鲜使臣洪大容（1731—1783）于乾隆三十年（1765）过访直隶永平县，描述当地“贞女庙学童”的读书场景：“其摇身疾读，与我国（朝鲜）儿曹无异也。问其师。一童对曰：‘这庙当家的和尚。’言毕又读。见其书为‘四书’、《诗经》、《千字文》、《三字经》、《百家姓》等书，或兼读数书……将诵者奉书向师僧，置卓〔桌〕上，退而肃揖，背立疾诵，诵毕，又回身肃揖。师僧即粘红

① 施美夫：《五口通商城市游记》，温时幸译，北京图书馆出版社 2007 年版，第 232—233 页。

签于已诵章上，书‘某日’，然后退立。次诵者并如是。虽退立者，皆下视植立，无敢有游目乱次者……齐鲁授受之仪，可想也已。”[①]同样是背对塾师的背诵和“记遍数”的流程，在朝鲜使臣的视线中，却表现了值得仰视的“齐鲁授受之仪”。大致在咸丰十年（1860）来使的朴齐寅（1818—1884）亦观察到中国学塾只念不讲的惯例：“傍有群儿之读书室，一学究踞椅危坐，见我入来，能知起身，端揖赍饰，礼数可嘉也。学童十余个，或读《论》、《孟》，或诵《诗》、《书》，讲声急促，可骇可听。只能诵读，未曾讲义，久久习诵，自然悟解云。以其所习章句，乃是日用恒语，所以易于晓解，虽妇人孺子，目不识丁，而口能吐凤，以其因文字而入于言语故也。”[②]相对于朝鲜人以异国语读汉文而不得不讲解的情形，使臣反而羡慕中国学童因“文字而入于言语”，有不必讲解之便。同一“光念不讲”的记诵场面，在强弱、远近、亲疏有别的“他者”视线之下，可以呈现出截然不同的形象。

三　“记性”与“悟性”

光绪丙申、丁酉之交，梁启超在《时务报》连载《幼学》篇，倡

① 洪大容:《湛轩燕记》(二)，林基中编《燕行录全集》第42卷，东国大学校出版部2001年版，第180页。按：洪氏文集中有《与梅轩书》一篇，流露了他对记诵的看法：“读书固不患记诵，惟初学，舍记诵益无依据。每日将所受书，先要精诵，音读无错，然后始立算：先读一遍，次诵一遍，次看一遍，看已复读，总得三四十遍而止。每毕，受一卷或半卷，并前受，亦先读，次诵，次看，各得三四遍而止。”读此可知朝鲜士大夫理想中的读书法，亦与宋元儒读书功程相近；其所谓“立算”，当即“记遍数”之法。见洪大容《湛轩书外集》卷一，《韩国文集丛刊》第248册影印本，财团法人民族文化推进会1990年版，第120a页。

② 朴齐仁〔寅〕:《燕行日记》卷　，林基中编《燕行录全集》第76卷，第48—49页。按：《燕行录全集》此卷卷首著录朴氏姓名及生卒年均有误。

导变革学究教法，提出一套新编蒙学用书的方案（详第一章）。在文章开头，梁氏援引"古之教学者"与泰西教育论著两方面例证，指摘中国"学究教法"诸多弊端，随即从"全体学"高度引出了中西教法背后"记性"与"悟性"的对立：

> 人之生也，有大脑，有小脑。（原注：即魂、魄也，西人为"全体学"者，魂译言大脑，魄译言小脑。）大脑主悟性者也，小脑主记性者也。……小脑一成而难变，大脑屡濬而愈深，故教童子者，导之以悟性甚易，强之以记性甚难。何以故？悟性主往（原注：以锐入为主），其事顺，其道通，通故灵；记性主回（原注：如返照然），其事逆，其道塞，塞故钝。……西国之教人，偏于悟性者也，故睹烹水而悟汽机，睹引芥而悟重力……中国之教人，偏于记性者也，故古地理、古宫室、古训诂、古名物，纤悉考据，字字有来历；其课学童也，不因势以导，不引譬以喻，惟苦口呆读，必求背诵而后已。……由前之说，谓之导脑；由后之说，谓之窒脑。导脑者脑日强，窒脑者脑日伤。此西人之创新法、制新器者，所以车载斗量，而中国殆几绝也。[①]

梁启超在中、西教法之间截然二分：中学主"记性"，西学主"悟性"；根据其所传递的脑学新说，悟性顺而记性逆，"与其强记，不如其善悟"。梁氏自陈"未克游西域，观于其塾与其学究"，他的学校论主要是借鉴《德国学校论略》、《七国新学备要》、《文学兴国策》等传教士著、译的新学概略，从中获得泰西蒙学"先识字，次辨训，次造句，次

① 梁启超：《论学校五（变法通议三之五）· 幼学》，《时务报》第16册，光绪二十二年十二月初一日。

成文，不躐等也”的认识。这些观点本身在当时趋新学界可能算不上新奇，但梁氏综合运用来自“全体学”（生理学）、佛学术语和科学史的例证，对彼时深信格致新理的新学中人而言，可谓一大冲击。

梁启超提出“悟性”先于“记性”之说，除了受康有为、夏曾佑等人“魂魄论”的启示，[①] 更以传教士的教育论说为直接源头。早在同治、光绪之交，花之安就强调“中国学规”有过早研习经书、不切实用之弊，并将其病灶归结于重“记性”而忽“讲解”的教法：“徒念书而不讲解，则心花不开。中国读书之法，不能颖悟新理，以讲解之工少也。念书不过开记性，然记性只灵才之一端。人之灵才宜尽用，用其一，可乎？”比较“念书”与“讲解”的优劣、“记性”与“颖悟”的强弱，已开20年后梁氏对比“悟性”与“记性”之说的先河。[②] 至光绪七年（1881），狄考文刊文指责“中国为学之规第能使人长记性，鲜能令人长心思”，继而分析“记性”与“思才”的长短：“岂知思之为益，较记性尤为紧要。盖记之为用，第识前人之旧章，非启后人之新法；……若思才则不然，思古所未有者，而补其缺略；思今所本无者，而生其巧妙，思路愈广，即学问愈深。”[③] 其论调更与梁氏《幼学》篇若合符契。甲午战争以后，林乐知提出幼塾“减书增学”之法，主张分别读书缓急：宜

---

① 康有为早年在万木草堂讲学，曾以“魂”、“魄”之别区分孟子、荀子的性说：“荀子言性以魄言之，孟子言性以魂言之，皆不能备。”又云：“学者能以魂制魄，君子也；若以魄夺魂，小人也。”已在二者之间作出了“魂”优先于“魄”的判断。至于“孺子有魄无魂，故无知识”之说，更是将“魂”视为获得“知识”的必要条件。见康有为《万木草堂口说·荀子》，姜义华、张荣华编校《康有为全集》第2集，第186页。梁启超在给严复的信中指出：“以魂、魄属大小囟之论，闻诸穗卿（夏曾佑）。”见《与严又陵先生书》（丁酉春），林志钧编《饮冰室合集》文集一，第106页。

② 花之安：《教化议》，《泰西学校、教化议合刻》，商务印书馆光绪二十三年铅印本，第19页。

③ 狄考文：《振兴学校论》，《万国公报》（周刊）第653卷，光绪七年闰七月初三日。按：《振兴学校论》前半部分曾以《论学问之益原无限量》为题，重刊于《万国公报》（月刊）第52卷，光绪十九年四月。

读之书“全免其背诵之例”，则“中国之书读一二年即可毕事”；教师应在学童识字读书之始即讲解字义、诠释书理，并辅导其复习，“以验其悟性、记性”。[①] 这些主张均有可能成为梁启超取用的资源。

传教士或梁启超不取“记性”、贬低“文辞”的观点，实有批评科考的用意，未必专就记诵教法立言。[②] 其实，“悟性”、“记性”之间的区分和对置，也是明清时期蒙学论著中的常见话题。而对“悟性”与“记性”轻重、先后的不同处置，则显示了新旧蒙学视野的差异。清初硕儒陆世仪即有言：

> 凡人有记性，有悟性。自十五以前，物欲未染，知识未开，则多记性、少悟性；自十五以后，知识既开，物欲渐染，则多悟性、少记性。故人凡有所当读书，皆当自十五以前使之熟读，不但四书五经，即如天文、地理、史学、算学之类，皆有歌诀，皆须熟读。若年稍长，不惟不肯诵读，且不能诵读矣。[③]

陆世仪基于记性和悟性之分的学程区划，到晚清仍颇有回响。[④] 但其所称十五岁以前多记性，故当熟读经书白文、各种歌诀的观点，作为蒙学

---

① 林乐知著，蔡尔康译《险语对》（下之中），《万国公报》（月刊）第87册，光绪二十二年三月。

② 梁启超在《幼学》篇中即指出：“其诵经也，试题之所自出耳，科第之所自来耳。”又谓：“近世之专以记诵教人者，亦有故焉，彼其读书固为科第也，诵经固为题目也。……故窒脑之祸，自考试始。”可见其纸背用意。见《时务报》第16册，光绪二十二年十二月初一日。

③ 张伯行辑《陆桴亭论小学》，张伯行编《养正类编》卷二，《丛书集成新编》第33册，第301页上栏。

④ 如郑观应在《答潘均笙先生论学校书》中，即全文照录陆世仪此段。见夏东元编《郑观应集》下册，第222页。

重记诵而缓讲解的一大论据，却正是戊戌前后幼学新论批驳的对象。

之所以能完成蒙学读书论的颠倒，除了取用传教士言说，梁启超很可能得到了斯宾塞（Herbert Spencer, 1820–1903）教育论的直接启悟。斯氏"教育论四篇"中的《什么知识最有价值》（What knowledge is of most worth?）一文，早在光绪八年（1882）就由颜永京译出，题为《肄业要览》。光绪二十二年（1896），梁启超将此译本列入所著《西学书目表》，归为"学制"类，称其"有新理新法"；继而又在《读西学书法》中提到"颜永京有《肄业要览》一书，言教学童之理法，颇多精义，父兄欲成就其子弟，不可不读之"，可谓推崇备至。[①]斯宾塞此文主张以功利价值划分知识等级，提倡"有用"的科学教育，反对"无用"的古典教养。当时与梁启超立场接近的《湘学新报》编者，已看出斯氏教育论与梁氏幼学论的沟通："梁启超谓中国之学重记，外国重悟，是书（《肄业要览》）则谓格致所练记性，胜于文字所练，其旨一也。"[②]梁启超提倡"悟性"、批评"记诵"的立场，取近代科学教育（"格致"）为基准，实与19世纪西欧功利主义教育论同条共贯。

《肄业要览》中攻击古典语文教养的论点，亦可视为16、17世纪以来欧洲教育世俗化潮流之余波。曾在古典和中世纪教育中扮演重要角色的"记忆"和"背诵"，[③]逐渐带上负面色彩；与此同时，理解、领悟和

---

① 夏晓虹辑《〈饮冰室合集〉集外文》下册，第1132、1164页。

② 《掌故书目提要·肄业要览一卷》，《湘学新报》第4册，光绪二十三年四月二十一日。

③ "在直至罗马帝国晚期的整个古代，人们读书时都很少有默诵的习惯，他们要么独自高声朗读，要么如果条件允许的话，干脆让仆人为自己朗读。……（希腊化时期的教育中）经典选文不仅需要诵读，还必须被学生默记于心。他们逐字吟诵典籍时，总是习惯于边念边唱，特别是那些初学者更是如此。"见亨利－伊雷内·马鲁撰《古典教育史·希腊卷》，龚觅、孟玉秋译，华东师范大学出版社2017年版，第328—329页。进入中世纪，以熟记《圣经》文本为核心目标的背诵（lectio），更被修道院奉为每日在规定时间内施行的灵修功程，此类课程一直延续到近世。参见米歇尔·普契卡（Michaela Puzicha）评注《本笃会规评注》，杜海龙译，上海三联书店2015年版，第538—557页。

实验、实践的能力，则被赋予更高地位。[1] 清末译自日文的《内外教育小史》尝述其概略云："教育之改革，固原于古文学之再兴（即文艺复兴），当时学者多习希腊、罗马之古文，爱古代之死语，而厌日用之活语。……然当是时，有卓识数辈出焉……马敦（Michel de Montaigne，即蒙田，1533–1592）实教育改良家之祖也，于古学横流之中屹然独立，时方趋古语而我习国语，时方贵旧知而我重新知；谙记教法盛行，则斥谙记之窒脑；器械教法久袭，则责器械之束心……乔好诺德（James Johonnot, 1823–1888）极口排斥专擅记忆之练习及谙记、谙诵之教授，盖出于斯宾塞尔。斯宾塞尔之贱古学、贵实学，而唱教育宗旨在令人为完全生活之说者，承洛克（John Locke, 1632–1704）、路苏（Jean-Jacques Rousseau，即卢梭，1712–1778）、博泰罗的（Johann Heinrich Pestalozzi，即裴斯泰洛齐，1746–1827）、弗兰培尔（Friedrich Wilhelm Fröbel，即福禄贝尔，1782–1852）数子之主义，而集其成也。"[2] 按其叙述，近代西方教育似乎同样经历了从"记诵"到"讲授"的教学法转型。而在来华西人的议论中，也早就有将中国蒙学记诵比附于同时期欧洲学校希腊、拉丁文教育的论调。如前述马戛尔尼使团副使约翰·巴罗的游记，提到中国学塾死记硬背、忽视字义的现象，即将之与"形而上学的拉丁文法"相提并论。[3] 随着 19 世纪社会科学理论和科学教育的繁

---

① 参见涂尔干《教育思想的演进》，李康译，商务印书馆 2016 年版，第 405—425 页。

② 原亮三郎：《内外教育小史》，沈纮译，《教育丛书初编》光绪二十七年铅印本，下编第 9a、11a 页。

③ 乔治·马戛尔尼、约翰·巴罗：《马戛尔尼使团使华观感》，第 263 页。巴罗等人记述的历史背景，正是 18—19 世纪工业化带来的西方文教变革："工业革命对科技知识和现代民族语言的需求推动了欧美通识教育的兴起，挑战了以研读经典、陶冶德性为宗旨的古典人文教育，引发了'科学'与'文学'之争。"见王冬青《重塑"心智"：维多利亚时期英国的教育改革与来华西人眼中的儒家教育》，《外国文学评论》2017 年第 2 期。按：本章对约翰·巴罗等早期来华西人记述的关注，亦来自王冬青先生赐观的论文，谨此致谢。

兴，欧洲公立学校崇尚科学实验、排斥古典语文之势愈演愈烈。来华传教士涉足教育改革，揭橥“格致”、“益智”、“广学”为旗号，致力于普及科学知识，正以同时代欧洲的教育变革为背景。①他们取从蒙田到斯宾塞的古典教育批判论为透镜，将近代欧洲文教史上的“古今之争”投射到晚清中国的学塾场域。深受其影响的梁启超等趋新者，更将原本在教育过程中互为先后、互相补充的“记性”和“悟性”（“记诵”和“讲解”）对立起来，使之成为中学和西学、保守与进步之间冲突的投射。在趋新之士的描述中，“记诵”是中国学问保守乃至国势积弱的源头，而理解力、领悟力的扩展则被认定为西方科学昌明、国力强盛的渊薮。

借助“记性”与“悟性”对立的认知框架，很快形成了“中学重记、西学重悟”，“讲授文明、记诵野蛮”之类的刻板印象。同时期涌现的一些新体蒙学读本，已借课文或插图呈现“背书”与“讲书”的对比。②流风所及，甚至许多旧学中人的言论也开始受到影响。光绪二十八年（1902），吴汝纶东渡日本考察教育，意在借鉴新式学校制度。但身为古文家的吴氏，却又始终对中国固有的“记诵之学”不能释怀。在与长尾槙太郎笔谈时，吴汝纶提出欲取法日本“设立西学”却不忍废弃“吾国国学”的两难。长尾应以小、中、高等学校“半汉文半西学”的方案，吴汝纶则从教学法角度深觉为难：

---

① 19世纪西欧公立学校引入“普遍教育”理念，导致“人们对公立学校的拉丁语和希腊语教学发动了直接攻击，并且取得了成功。将拉丁语作为大学入学必要条件的规定被放松或废除了，公众对希腊语和拉丁语诗歌、哲学和历史的熟悉程度下降”。见吉尔伯特·海厄特（Gilbert Highet）《古典传统：希腊—罗马对西方文学的影响》，王晨译，北京联合出版公司2015年版，第409页。

② 如杜亚泉《绘图文学初阶》卷一第八十七课、卷五第七十三课两次出现的“背书图”与卷三第四十七课的“讲书图”形成了鲜明的对比：前者描绘昏暗混乱的背书场景，学生背对塾师，与西人游记所绘略同；后者则为明亮的讲授空间，桌椅布置虽仍属旧式，但已刻画以教师为中心的集体教读。分别见杜亚泉编《绘图文学初阶》卷一，第22b页；卷五第33b页；卷三第15a页。

> 课程中半西半，仆以为甚难合并。西学不求能记诵，止是讲授而已，汉学则非倍诵温习，不能牢记，不牢记，则读如未读。今若使学生倍诵温习，则一师不过能教五六学生，势不能如西学之一堂六七十人，同班共受一学。①

吴汝纶认定西学重“讲授”，且分为一定学程阶段，一个课堂坐六七十个人，可以“同班共受”；中国学问则要求“记诵”，每人所记之书不同，并无统一的课程，而为了督责温诵，一名教师不过能教“五六学生”，与新学堂的教室空间亦不相匹配。在日期间，吴汝纶曾屡次向日本学者、教育家咨询如何在新学堂中并存“记诵”、“讲授”两种学问。②

吴汝纶此次赴日考察的背景，正是全国性学制的酝酿。庚子年末新政重开后，科场改制，各地新学堂纷起，对于依托学塾空间和科举制度的记诵读法造成了现实威胁。光绪二十七年五、六月之交，张之洞与刘坤一会奏“变法三折”，首折“变通政治人才为先”，罗列泰西各国“教法之善”，第一条就是“求讲解不责记诵”；在“十二岁以上入小学校，习普通学，兼习五经”的部分，亦强调“先讲解，后记诵”之法。③光绪二十八年颁布壬寅学制，《蒙学堂章程》第二章提示“功课教法”，除了注重“优游讲说”，深戒“夏楚之事”，便是注重“讲解”、弱化“记诵”：

① 《长尾槙太郎笔谈》，《东游丛录》卷四，《吴汝纶全集》第3册，第765页。

② 参见《东游丛录》卷四及《日记》卷十，《吴汝纶全集》第3册，第765、803、809页；第4册，第704页。

③ 张之洞、刘坤一：《变通政治人才为先遵旨筹议折》，苑书义、孙华峰、李秉新主编《张之洞全集》第2册，第1395页。

> 凡教授之法，以讲解为最要，诵读次之，至背诵则择紧要处试验。若遍责背诵，必伤脑力，所当切戒。[①]

章程在此处更区分了“诵读”与“背诵”：大概前者只是出声循读，不必记忆，故尚能作为辅助讲解、退而求其次的教法。至于背诵，则被认为有“伤脑力”之虞，必须严格局限于少数“紧要处试验”。从中也可看出，清末教育改革对“记诵”的“记”和“诵”两面实有不同的态度。在次年颁行的癸卯学制中，初等小学堂、高等小学堂两部章程都继承了上引文段。[②]

然而，癸卯学制搬用外来教育经验的同时，仍“注重读经以存圣教”。在儒臣张之洞主导下，对于依附于经训的记诵之学，亦稍存回护之意。[③]其初级师范、中小学经训课程称“读经讲经”，刻意区分了“读”和“讲”两个层次。其中，初、高等小学每星期12学时，“读经”与“挑背及讲解”各半，注明“每日所授之经，必使成诵乃已”；中学堂、初级师范学堂每星期9学时，读经6学时，“挑背及讲解”3学时。[④]

---

① 《钦定蒙学堂章程》，璩鑫圭、唐良炎编《中国近代教育史资料汇编·学制演变》，第293页。

② 《奏定初等小学堂章程》、《奏定高等小学堂章程》，璩鑫圭、唐良炎编《中国近代教育史资料汇编·学制演变》，第309、323页。

③ 光绪二十八年十月张之洞上奏湖北学制，便颇为“讽诵”辩护，有云：“尝考古人为学，原有讽诵一门，见于《周礼》、《戴记》。其时经籍简少，并不为害。故汉之名士有读书精熟之称，魏之经生有读书百遍之法。其弊始自六朝尚对策，唐取帖经，两宋重词科，并记注疏子史，北宋又设神童科，幼稚即记多经，于是学童读书，务为苦读强记，以致耗精多而实用少。今欲救之，但令仿古人专经之法，少读数部可也，或明其大义不背全文亦可也。若小学不读经，中学不温经，则万万不可。”见《筹定学堂规模次第兴办折》，苑书义、孙华峰、李秉新主编《张之洞全集》第2册，第1500页。

④ 参见《奏定初等小学堂章程》、《奏定高等小学堂章程》、《奏定中学堂章程》、《奏定学务纲要》，见璩鑫圭、唐良炎编《中国近代教育史资料汇编·学制演变》，第303—304、317—318、332—334、498—499页。

《奏定学务纲要》论及“诵读”和“记忆”之法，则引日本学校制度为依据：

> 日本小学堂，亦有高声诵读，期于纯熟者，亦常有资质较钝，迟至日暮始散者；陆军学生每二点钟讲授一二千字，必以全能记忆者，始给足分。谓外国读书必不责其记忆，无是理也。[①]

欲维护传统而取东瀛为证，正是清末保守者的惯用策略。同时期日本小学生徒的“高声诵读”，未必就是中国书塾的“打起腔来念”；癸卯学制中所谓“读经书”，须在新式学堂空间中实施，亦已不复“专执一卷，令其埋头讽诵”的旧式读书。惟其关于外国读书也要“责其记忆”的认识，超越了“中学记诵”与“西学讲授”对立的刻板印象，实不无见地。

四　从“无法”到“有法”

短短数年间，“记性”与“悟性”对立、“西学讲授”优于“中学记诵”的意识，迅速由激进的报章时论凝固为全国性学制的定论。而这一波在人们认识中建构起来的“读书革命”，仍有待于从舆论主张、制度设计落实为在新学堂中可以操作的教学实践。新学制颁布前后，尤其在国文教育领域，曾出现大量题为“教授法”的著书，或取则于西洋、日本，或来自中国塾师的自道心得，提供了考察这一实操化过程的材料。

---

① 璩鑫圭、唐良炎编《中国近代教育史资料汇编·学制演变》，第506页。

光绪二十八年十一月由育材书塾编辑、开明书店发行的《初等国文教授》二册，是管见所及最早的国人自编新式教授法。编者王立才（建善）为嘉定南翔人，“十三岁即学为训蒙，甚严整……至十六七岁时，顿悟教法之不善，乃不尚严整，除朴责，创口授笔述法及野中游散法”，后与其兄王引才（纳善）同执教于上海王氏育材书塾，“教授国文兼为医，则习演说，倡运动，凡可以鼓少年之气力，而开拓其思想者，无不力为之”。[①] 又尝编著《国文教授进阶》、《葆精大论》，此外还译有《生殖器新书上下编》、《生物之过去未来》、《并吞中国策》、《普通动物学》、《致富锦囊》等书。[②]

王立才的新教法，基于他先后在南翔乡间学塾和上海新式学堂授课经验的对照，对于旧教法的“不善”有切身体会。所撰国文教授法亦着眼于纠正背诵弊端，提倡讲解新法。如第十七课注解即云：“欲学生书熟，既无取背书矣，欲不背而自熟，又莫善于多讲之法。”[③] 此外又列出“革除背诵”、“背诵费时”、“背诵伤脑”三条宗旨，以为：“人之贵于禽兽，不徒能言也，又在能解，使能言而不能解，则与鸟兽无异矣。……乡曲之蒙师无不以背诵为亟，不知背诵繁则讲解简，背诵多则思想少。日用其惨酷之鞭挞，驱人入于禽兽之域，是亦不可以已乎？”[④] 在他看来，“背诵”不仅与“讲解”互为升降，更有碍思想发达。而尤可见出时论影响之处，当数对于“背诵伤脑”这一生理机制的解说：

---

① 见王培孙《叙》，王立才编《初等国文教授》，卷首“叙”第1a—1b、3a—3b页。

② 《王立才著译各书》，附载王立才编《国文教授进阶》，上海作新社光绪二十九年闰五月铅印本，卷尾；参见张晓《近代汉译西学书目提要：明末至1919》，北京大学出版社2012年版，第238页。

③ 王立才编《初等国文教授》，上编第10b页。

④ 王立才编《初等国文教授》，下编第31b页。

> 背诵之害，非一言所得尽也。吾尝原背诵之故，大抵缘为师者懒惰，怠于监读，乃以背诵为稽查学生之法。学生感其懒惰之气，读时愈不认真，及至背诵，必难顺流而下。而为师者貌为严厉，不提一字，逼学生以必背。学生万想不出，呆立案侧，习为泥滞窒塞，则足以伤脑；惊骇备至，则足以伤脑；用心于无可用心之地，则足以伤脑。但使背诵之功多一分，则学生之性灵少一分。久而久之，变成一无用之人。是亦不可以已乎！是亦不可以已乎！①

突出“背诵”与“性灵”互不相容，自是对梁启超《幼学》篇以来教育时论的发展，亦符合此时刚刚发布的官定学制要求。与王寅学制章程类似，王立才亦对“背诵”与“诵读”有所区别：“此书编成排句，取便诵读，似仍由向时习俗，然实有分别：吾之法，诵读则可，背诵则断断不可。”其书分为上编课文和下编教法两部，课文编为“排句”，就是为了便于诵读，但“背诵则断断不可”。那又如何在“记遍数”的旧法之外督责读书功效？王氏提出“监读之法”，即教师监督学生读足遍数，务必保证书熟：“至书之必须读熟，则吾以为凡学一事，皆务纯熟，假令隐约记忆，不能喷射而出，又有何用？如其书不善，则不读可也。读之必须熟之。此鄙见之有异于时贤也。”②与“时贤”的激进态度稍异，王立才并不排斥朱熹以降“熟读精思”之法，只是排除了过分程式化的背记部分。

王立才教授法中呈现的另一个变化，是新教学空间的引进。具有整齐课桌、黑板和统一课程的讲授，成为“新教授法”推广的要义。在

① 王立才编《初等国文教授》，下编第33a—33b页。

② 王立才编《初等国文教授》，上编第17b—18a页。

《初等国文教授》的篇首，王立才特地介绍了“书桌摆列之式”，并绘图加以说明（图 8-4）：

> 凡书桌摆列之式，大抵先生右向，则学生皆左向，先生前向，则学生皆后向。学生与先生，必适相对向，庶耳目易于专注。断不可散乱摆列，如村馆之旧习。如村镇蒙师，馆地狭窄，须变通办理，可稍有异同，不可不知此意。[①]

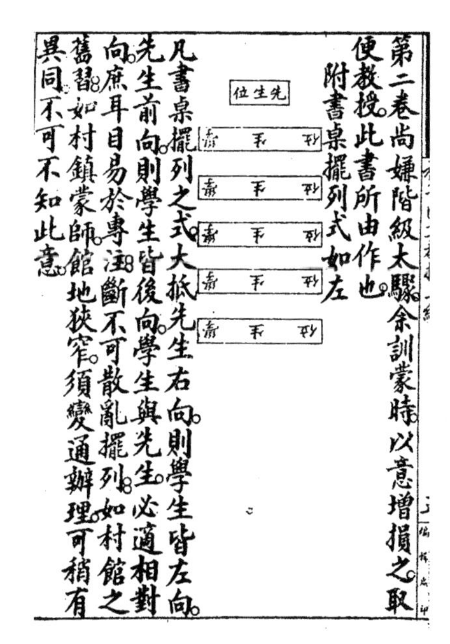
第二卷尚嫌階級太驟余訓蒙時以意增損之取
便教授此書所由作也
附書桌擺列式如左
先生位
凡書桌擺列之式大抵先生右向則學生皆左向
先生前向則學生皆後向學生與先生必適相對
向庶耳目易於專注斷不可散亂擺列如村館之
舊習如村鎮蒙師館地狹窄須變通辦理可稍有
異同不可不知此意

图 8-4 《初等国文教授》所附“书桌摆列之式”

此处反复强调的是学生与教师必须“适相对向”，才能使耳目专注。对于清末学塾的师生而言，实为一种崭新的知识传导模式。这种新教学布局中实施的全班统一讲解，亦截然有别于此前学塾中各自为政的分散教读：“授读时，学生约十人为一班，各摊读本于面前。先为之逐字解释，次为之逐句解释，乃教之读。教习开口，学生齐声随之。共教五遍，乃令逐一还讲。有不能还讲者，再为之讲解。……学生还讲毕，仍先生倡读，学生随读。继而令各学生停读，惟一学生读，而各学生静听之。或三四学生同读，四五学生静听。均可。随时相机而行，读毕后，大半已熟矣。”大旨以解释字句为先，然后才是集体整齐划一的教读，又令学

① 王立才编《初等国文教授》，初编第 5b 页。

生逐个“还讲”，以验证教学效果。[①]

《初等国文教授》兼备教本和教学法两方面内容，提倡学塾教法的变革，更引导了随后“私塾改良”风潮的兴起。清末另有方浏生《蒙师箴言》一编流行于世，同样斥责背诵“窒性灵、废时刻”，正是以王立才此书为“蓝本”。[②]不过，与这些塾师自编的教授法相比，当时新学堂中更占势力的，则是从日本导入的各种西式“教授法”。光绪三十年（1904）以后，源自赫尔巴特（Johann Friedrich Herbart, 1776-1841）的五段教授法在天津、无锡、南通等地小学付诸实践，逐渐形成风气，“一时小学教员皆奉之为圭臬”。[③]分段教授法的理论前提，是在教学过程中注重激发“兴味”和“类化”作用，以教师在班级中的讲授为中心，按学生接受知识的心理过程，将课程区分为若干阶段。据清末民初作为教员亲历教法变革的俞子夷回忆，五段法的传播可分三期：第一期在光绪三十四年（1908）以前，“从旧时私塾的个别讲解转变为班级上课，‘先生讲，学生听’这一套新技术开始建立”，主要是“仿用讲演……仅仅在讲义或口头谈话中推行”；光绪三十二年（1906）以后方始引入“启发式教法”，即“参用问答法，不单纯用讲演法”，可见新教法也处在不断改善、扩充之中。[④]分段教授法在清末学堂得以普及，亦有赖于简约

---

① 王立才编《初等国文教授》，初编第6a—6b页。

② 《（学部审定宣讲用书）蒙师箴言》，《中国近现代教育资料汇编（1900—1911）》第91册，海豚出版社2015年影印本，第10—13页。关于《蒙师箴言》的基本情况，参见瞿骏《如何救孩子——〈蒙师箴言〉与清末童蒙之教》，《史林》2017年第6期。

③ 郑朝熙、孙世庆、韩定生：《中国之初等教育》，《教育丛刊》第4卷第2辑，1923年5月。赫尔巴特教授法在清末民初有一个逐渐铺展的过程。至1920年代杜威（John Dewey, 1859-1952）访华以后，以教师讲授为中心的“赫尔巴特主义”逐渐被“儿童中心主义”取代，但“教育实际上的五段教授法并未消逝，而是以教案或备课的形式或变体，稳定地流传下来”。见陈泺翔、林仁杰《赫尔巴特主义及其教学法在近代中国发展之研究》，《教育研究月刊》（台北）第294期，2018年10月。

④ 俞子夷：《现代我国小学教学法演变一斑——一个回忆简录（一）（二）》，《华东师范大学学报（教育科学版）》1987年第4期。

化和本土化的工夫。如较早引进的汤本武比古《教授学》书后附有“孔子五段教授法”，引《论语·述而》中“不愤不启”一章，以为“盖即五段法尔：愤，豫备阶段也；启，授与阶段也；悱，联合阶段也；发，结合阶段也；三隅反，应用阶段也”。[①]而从清末时期各类教育报刊登载的“教案”来看，分段教授法虽然从原理上适用于一切学科，但其最早和最为广泛的应用，仍在国文一科。[②]

清末分段教授法的流行，还跟教科书的兴起有绝大关系。商务印书馆自光绪三十年起推出“最新教科书”系列，首创为教科书配套《教授法》的模式。以最早问世的“国文教授法”为例：《最新国文教科书》首册大致初版于光绪三十年二月初九、初十日之间，[③]与之配套的《最新国文教科书教授法》初版版权页署“光绪三十年岁次甲辰六月十五日”[④]。考虑到实际出书还可能比所署日期更早，教科书与教授法的出版，相距至多四个半月。又按主编者蒋维乔日记：是年二月十九日“归后编国文第一册《教授法》”，三月初十日“编《教授法》第一册已毕”，四月

---

① 汤本武比古：《教授学》第十三章，《教育丛书初集》光绪二十七年石印本，第24a页。按：汤本武比古此书原题《新编教授学》，初版于1895年；汉译本改题《教授学》，连载于《教育世界》第12—14号（光绪辛丑九月下至十月下），后收入教育世界社《教育丛书初集》。参见肖菊梅《清末民初赫尔巴特“五段形式教学阶段”的导入及推广——以汤本武比谷的〈教授学〉为考察中心》，《教师教育学报》2014年第1期。

② 参见孙秀玲《赫尔巴特教学法在清末的实践——基于73份小学教案的文本分析》，《教育史研究》2020年第2期。

③ 蒋维乔光绪三十年二月十五日日记：“国文教科书第一册已出，未及五六日，而已销完四千部，现拟再版矣。”则《最新国文教科书》初版的实际刊行时间，应为“五六日”之前的二月初九、初十日。见《蒋维乔日记》第1册，第348页。

④ 此初版本现藏人民教育出版社，内封署“武进蒋维乔、阳湖庄俞、阳湖杨瑜统编纂”，“日本前文部省图书审查官小谷重、日本前高等师范学校教授长尾槙太郎、福建长乐高凤谦、浙江海盐张元济校订”，与《最新国文教科书》初版署名全同。但著者自藏同书“光绪三十二年岁次丙午孟夏月八版”的另一版本，内封编纂、校订者仅署蒋维乔、庄俞、高凤谦、张元济四人，版权页署“光绪三十年岁次甲辰孟秋月初版”，较人教社藏本所署初版时间晚了半个月以上。

十一日“归后编第二册《教授法》”，教授法的编辑实与教科书的出版相衔。[①]《最新国文教科书教授法》卷首“总论”指出：“五段教授法，皆本于心理学而定之，然欲拘泥此法以施于国文，往往不可行。何也？国文有文字，有意义，若二者各用五段法，则徒费时刻，使生徒厌倦。若二者同时并授，则于意义欲分配五段，尚非难事；于文字则文法错综，分段极难，故不可拘也。”[②]于是采取“近代教育家”意见，结合国文教授的实际，将五段省为三段，“提示”、“比较”、“总括”合并为“教授”一段。此类配套教科书的分段教授法，大体都以“教授”环节为中心，立足于新学堂的空间和教具（图8-5）。试举两例为证：

> 教习先以粉笔，写天字于黑版上，（原注：偏僻之地，不能得粉笔黑版者，可以粉版墨笔代之。）再朗诵“天”字，令学生次第认读。其音有轻重不正者，则改正之，务令发音一一皆准，练习数遍。……教员又指黑版上“天”字，讲明起笔先后之法，令学生于石版上仿写。（原注：偏僻处不能购石版石笔者，则不必令儿童仿写，但讲明字之起笔先后。）[③]

> 先将上方所列生字，注意于读法，令学生次第仿读，而矫正其音之轻重不准者。又令仿写，而注意于起笔先后，然后教员将全文朗读数过，并注意于读法之停顿。（原注：首二句，一停顿；中三句，一停顿；末五句，一停顿。）既毕，任指学生中一人，令之朗读，余则静听，如读有差误，问本生自知误否。如不知，则依次问

① 《蒋维乔日记》第1册，第359、389、408页。

② 蒋维乔等编纂《最新国文教科书教授法》第1册，“总论”第1b页。

③ 蒋维乔等编纂《最新国文教科书教授法》第1册，第一课，第1a—1b页。

他生，又任指一生令读之。（原注：每课读法停顿，与运用项所言分段之法相同，以下各课，即不赘述，教员先自参看，如法朗诵可也。）学生于读法既皆无误，然后教员将本课逐句解释一过，又将全文合解一过，再令学生挨次各讲一句或二句，以验其明白与否。[①]

在上述文段中，不难发现新教法中“读法”（或“朗诵”）的训练仍然吃重，但与“光念不讲”的学塾记诵显然不同。新教法仅要求把握区分段落之处的停顿，并无抑扬顿挫乃至婉转绵长等声调上的讲究。教师讲授之时，可用白话解释浅近文言的课文，但“不可将上项所演白话，写于黑板，以乱学生之意”。换言之，白话（或方言）在讲授过程中是不能付诸文字的，仅停留于声音。而各地方言不同，当时官话尚未普及，故应“各以土话出之，不必泥定官话”[②]。

图8-5 《最新国文教科书》第一册描画的学堂讲授空间

“最新教科书”系列的国文、修身、算学、经训等科均出有《教授法》，实为这一时期商务印书馆接受日资和日本人员，引进日本教科书编纂经验的产物。这一创举更引起出版界同行竞相模

① 蒋维乔、庄俞编《最新国文教科书教授法》第2册，光绪三十一年二月四版铅印本，第一课，第1a—1b页。

② 蒋维乔、庄俞编《最新国文教科书教授法》第2册，第1b、3b页。

仿。仅就国文一科而言，著者经眼的配套教科书用“教授法”至少有春风馆《初等小学国文教科书教授法》（1906年以降）、学部《初等小学国文教授书》（1906年以降）、戴克让《初等小学国文教授法》（1907）、朱树人《初等小学国文教授本》（1907—1911）、中国图书公司《单级用初等小学国文教授本》（1910）等。这些新式“国文教授书”主要依据分段教授法排列，同时顾及国文学科特点和教学实际，往往将五段变通为三段或四段。[①]讲授之时则多主张用白话或方言讲解，[②]强调教授步骤，[③]时而亦凸显中国文字的特点。[④]凡此诸端，均受到商务印书馆先行经验的启发。

在分段讲授法取代初学记诵法的同时，更高教学层次上的古文吟

---

① 严格遵循五段教授法的，如学部所编：“本书用五段教授法，每课皆按次列之”，但“统括之义往往由比较而得，故本书合二段列之”，实际上仍分四段。见《初等小学国文教授书》第1册，学部编译图书局光绪三十四年再版（光绪三十二年初版）铅印本，“凡例”第3a—3b页。朱树人编本亦强调变通，其“编辑大意”云：“本编略依五段层序，各分四节：首发端，次讲义，次参考，次缀法。形式内容，分途理解。”见朱树人编辑《初等小学国文教授本》第1册，沈恩孚、夏曰琖校订，中国图书公司光绪三十三年正月初版铅印本，卷首“编辑大意”第1页。

② 如前揭学部所编《初等小学国文教授书》“凡例”中即规定：“教授时应纯用俗言讲解，使儿童皆能明晓，不可为书中文言所拘。”见学部《初等小学国文教授书》第1册，“凡例”第3b页。戴克让编教授法则强调文、白分别为教员、学生而设：“一、教法用文言，为教员平日豫备之用（原注：对于教员而设者）；一、讲义用白话，为教员讲堂讲授之用（原注：对于学生而设者）。”见戴克让编《初等小学国文教授法》第1册，彪蒙书室光绪三十三年二月初版石印本，卷首“例言”第1a页。

③ 朱树人在其《初等小学国文教授本》第2册卷首的“国文教授总论”中指出：“教师于教授国文时，揭开课本，不问学生之能自解与否，直按课文滔滔讲下，此最非法。学生往往习课本三四册，尚不能自解小段文者，正坐此弊。然则当如何？曰：每授一课，教师且勿讲解。先说明生字，即令学生自读而自讲之。即不能解全句，亦当令解半句，有讹谬则正之。此与讲授事实时，教师频频插问，以刺激儿童之神经者，用意正同。”见朱树人编辑《初等小学国文教授本》第2册，沈恩孚、夏曰琖校订，光绪三十三年初版铅印本，卷首第1页。

④ 朱树人“国文教授总论”即提到：“吾国文字，语多孤立，非能文之士，未易聆音而知字。故听写一法，初学仍当以旧日默书法代之。默写后教师订正讹谬，但当于字体及文法上注意，不可如旧法之拘泥形式，责学生以一字不差也。”见朱树人编辑《初等小学国文教授本》第2册，卷首第2页。

诵，亦开始遭遇新教法的挑战。癸卯学制规定师范生“教学童作文之次序法则”，尚承认“自然进功”的熟读和拟古功夫，以为“文章乃虚灵之物，其佳否半由自悟，不能尽教；惟诵读极熟，兼常令拟古，则自能领悟进益”[①]。清末传教士对旧式学塾的观察，亦注意到着眼于记忆的初学背诵和稍解文义之后的熟读吟咏有别。[②]但批判记诵的言论却往往将二者混为一谈。随着戊戌以后各类“文法书”的流行（详第四章），在教育改革者的视野中，文章不再是通过熟读模拟才能掌握的“虚灵之物”，而必须为之赋予一种可以在新型课堂体制下授受的“规则”。刘师培在《国文杂记》（1903）中声言：“中国人动言中国文词非他国所及，岂知西人之于文字也，皆有一定之规则，不可稍违。而中国之所谓文法者，仅曰效周秦诸子，效八家已耳。即儿童之初学作文，亦仅授以唐宋文数十篇，使之诵习，便以为文法可通，此诚孔子所谓贼夫人之子者矣。故欲授国文，先自罢诵古文始。”[③]章士钊撰《初等国文典·序例》（1907）则谓：“学课各科之配置皆有定限，其国文一科，必不复能如吾辈当年之吟诵者，则不易辙以求其通，万无几幸。夫所谓易辙者，当不外晰词性、制文律数者矣。”[④]外来“文法”的导入反衬了传统词章之学的“无法”，而学堂分科、班级教学限制之下古文吟诵的没落，又成了研习“文法”的动因。

无论是“教授法”还是“文法”，都体现了教育改革者对于“法度”的渴慕。作为批判的对象，他们心目中以记诵为中心的旧式蒙学和词章

① 《奏定初级师范学堂章程》，璩鑫圭、唐良炎编《中国近代教育史资料汇编·学制演变》，第408页。

② 参见 J. Macgowan, *Men and Manners of Modern China*, pp.85–86.

③ 刘师培：《国文杂记》，南桂馨编《刘申叔遗书》，江苏古籍出版社1997年影印本，第1658—1659页。

④ 章士钊：《初等国文典》，“序例”第2页。

教育，是一种缺乏阶段分划且不具操作性的混沌状态。从“无法”到“有法”的追求，正是从“记诵”到“讲授”更迭的思想基础。就像王立才在《初等国文教授》书中预言的：“愈文明则有法之动愈多，愈野蛮则无法之动愈多。植物之蔓延，此无法之动也；鸟之鸣，此无法之动也；人之言语，此有法之动也。无法之动，不知其然而然者也；有法之动，有为而为之者也。”①

在废科举兴学堂的大势之下，宋元儒“读书法”确立的记诵之学渐被外来的“教授法”取代，一大后果便是产出了不记诵经书的读书人。比如梁漱溟晚年曾反复提起“对于四书五经至今没有诵读过，只看过而已。这在同我一般年纪的人是很少的。不读‘四书’，而读《地球韵言》，当然是出于我父亲的意思。他是距今四十五年前，不主张儿童读经的人。这在当时自是一破例的事”②。从“诵读”到“看过而已”，其间的差别不可以道里计。不过，考虑到梁家在清末立宪时期的趋新氛围，从小饱看《启蒙画报》和《京话日报》的梁漱溟，不读“四书”而读以旧体裁传达新知识的《地球韵言》，似乎也在情理之中。此外还有瞿兑之的例子：

> 童时受经，不严于倍诵，于《周礼》、《仪礼》、《公》、《縠》，尤几止于循览。本无强识之能，记问遂益疏阔。比稍知向学，则每树一义，必遍寻诸经、子、史，乃能穷其所之。巨帙如《通考》、《通鉴》，且检复无虑数十过，过目辄忘。③

---

① 王立才编《初等国文教授》，下编第43a页。

② 梁漱溟：《我的自学小史》，《梁漱溟全集》第2卷，山东人民出版社2005年版，第667页。

③ 瞿宣颖：《补书堂志》，《补书堂文录》，1961年2月题记油印本，第41b—42a页。

瞿兑之之父瞿鸿禨历任河南、浙江、四川、江苏学政，官至外务部尚书、军机大臣。瞿兑之六岁（1899）就外傅，读《论语》、《孟子》及唐诗，起步似无异于常人；后来接触到《历代统系歌》、上海澄衷学堂《字课图说》、湖北自强学堂《地球韵言》等新编蒙学书，并看农学会所编《通艺报》。十三岁（1906）“毕诵诸经”，入京师译学馆，始学英文、算学。次年瞿鸿禨遭遇“丁未政潮”而返乡，瞿兑之从此“以恣观群籍为乐”。[①]然而，即便是这样的钟鸣鼎食之家，子弟受经已然“不严于倍诵”，偏僻点的经书更只停留于浏览。可见风潮之移人，虽有大力，莫之敢逆。

余论　漫长的读书革命

从“记诵”到“讲授”的转变，最初只是趋新士人受外来者视点启发而拟想的一种教育愿景；“中学记诵”与“西学讲授”之间对立关系的建立，更简化了中国传统蒙学和西方近代教育两方面的复杂状况。但在维新舆论驱动下，清末新学制的实施和新式教科书、教授法的出版，却将之坐实为一股不可逆转的潮流。这股潮流不限于一个线性的方向，还包含着许多潜流、回流，有待于在“教”和“读”两个层面，从阅读史、社会史、教育史的交错线索中来认识。本章呈现的不过是这场“读书革命”最初发动的痕迹，其深入和普及，有一个更为漫长的过程。

清末新学制颁布后，初学记诵之法虽已备受批评，讽诵诗文的习惯却在新学堂中存续了较长时间。光绪三十二年前后，孙雄在直隶客籍

① 瞿宣颖：《补书堂文录》，第39a页。

学堂教授“中国文学”，即主张“讽咏诵读之不可废”，拟将每星期学时“匀其半以讽诵古文，余则仍续论历代文体”。他比较讲授文体流别与讽诵古文，以为二者相辅相成，但以后者为根本：“譬之养生，论文体犹冬饮汤夏饮水也，讽诵古文则犹谷食也；譬之从政，论文体犹译书报以开民智也，讽诵古文则犹兴农工商以培实业、广设轮电路矿以蕲富国裕民也。两者交相为益，而其巨细不侔。”[①] 赵元任回忆自己离开家塾后在常州念高小，在南京念中学，读《古文辞类篹》也仍是“打起腔来念”。[②] 这种状况一直延续到民元乃至新文化运动以后。美国南卡罗来纳大学“活动影像研究资料库”藏有福克斯公司摄于 1929 年的一段新闻胶片，记录了当时上海一所小学教读的情况：露天摆放着整齐的桌椅，师生相对授受，有黑板、粉笔等教具，教学过程中也采用了启发式问答教法，但片中师生讲授、问答均操沪语，最后则是学生齐声拖腔背诵。[③] 所诵课文为商务印书馆《新时代国语教科书》第四册的《铁匠和农人》一课，实际上是白话的歌谣。[④]直到抗战期间，朱自清描述“五四以来，中等以上国文教学不兴（诵读）这一套，但小学里教国语还用着老法子”[⑤]。诵读法曾在小学国语科教学中长期流行，并未因教科书文体从文言到白话的更迭而遽然消失。

---

① 孙雄：《国文讲义余谈》，《寰球中国学生报》第 2 期，丙午（1906）七月。

② 季剑青编译《赵元任早年自传》，第 55 页。

③ “Chinese Children Sing Their Lessons”, *Fox Movietone News* 2, no. 32 (Filmed on March 14, 1929), Resource Identifier: MVTN_2-517_r1-2_CMS_MC1498_Mez1_Acc.m4v, Moving Image Research Collections, University of South Carolina, https://digital.tcl.sc.edu/digital/collection/MVTN/id/6477.（2021 年 10 月 22 日有效）需要注意的是，此类影像很可能并非照录实况，而是经过排练的摆拍；与早期西人描写中国学塾状况的绘画、照片、游记一样，往往刻意突出中国学校教法与西方有别的因素。

④ 胡贞惠编纂《新时代国语教科书》第 4 册，蔡元培、王云五校订，商务印书馆 1927 年版，第 4—5 页。

⑤ 朱自清：《论朗读》，《国文杂志》第 1 卷第 3 期，1942 年。

另一方面，作为记诵主要场合的各种旧式学塾，因其在教育成本、灵活性、实用性等诸多方面的优势，亦仍在城乡广大区域内延续。[①]民国时期许多书香门第或官宦人家的子弟，都倾向于先在家里读“私塾”，记诵点四书五经或古文古诗，打好中文基础，再直接插班进入新学制的小学、中学甚至高中。[②] 1953年和1954年的两个暑假中，鲁国尧（1937年生，江苏泰州人）仍有机会随南社遗老仲一侯学习诗文吟诵。1955年，鲁国尧考入北京大学中文系，在“古代汉语”的最后一课上听到魏建功吟诵一篇“比较长的古文，抑扬顿挫，摇曳，拖腔，……对大多数同学而言，闻所未闻，跟平时的高声朗读课文迥然不同”。然而，“待到先生吟诵完毕，全场爆发出哄堂大笑，声震屋宇”[③]。与曾经体会过吟诵声音的鲁国尧不同，到1950年代中期，多数北大中文系学生对传统诵读法都已感到隔膜，其背景正是新政权教育革命政策下旧式学塾的迅速消亡。[④]

另一个值得讨论的问题，是新式学堂中“讲授”的兴起，是否亦如

① 清末新学堂与旧式学塾之间的拉锯，参见左松涛《近代中国的私塾与学堂之争》，第254—286页。其中，教育成本的问题比较复杂，大体趋势是：在清末新学堂建立伊始，各类“私塾”花费多低于新式学校，但在民初公立教育体系稍加完备后，反而出现了“私塾”费用远超新式学校，只有富家子弟才上得起“私塾”的现象。

② 周一良就曾指出：“二十年代有些所谓‘旧家’，为了让子弟在进‘洋学堂’之前打下‘旧学’和古文的根柢，都重视私塾教育。例如北大历史系我的同事邵循正教授和张芝联教授，都是以私塾代替小学和初中教育，然后直接进入高级中学的。”见周一良《毕竟是书生》，《周一良集》第5卷，第325页。此外，对于私塾教法的印象也在变化之中。如叶圣陶在1942年批评中学国文通行的“逐句讲解”教法，认之为“私塾时代的遗传”，便与民初胡适等回忆中私塾缺乏讲解的印象不同。见叶绍钧《论中学国文课程的改订》，《国文月刊》第15期，1942年9月。

③ 鲁国尧：《我学习古诗文吟诵的经历》，《中国语言学》第8辑，北京大学出版社2015年版，第161—166页。

④ 关于“私塾教育”在20世纪五六十年代的终结，参见蒋纯焦《一个阶层的消失：晚清以降塾师研究》，第283—303页。

西方阅读史研究所描述的“读书革命”那样，使读书方式从“音读”转向了“默读”（silent reading）？实际状况可能要复杂得多。中国传统社会中“默读”习惯也很普遍，“诵读”只是在初学记背的阶段更为主流而已。采取出声诵读形式的“记诵之学”在近世适应了科举竞争的需要，更被道学家塑造成一种人格磨炼的功程，在词章领域则表现为对辞气、韵味、声调等诗文内在要素的涵泳体会。[①] 清季科举先改后废，奠定新学堂、新学制之后，诵读随之式微。但附着于其上的这些“声教”需求并未完全消失，而是部分地被学堂唱歌、新剧表演、新法朗诵等外来形式继承了。

在清末新学制的“国文”课程中，祛除了记背要求的单纯“诵读”仍得到一定程度的认可。就新式教室空间中究竟应采取“默读”还是“音读”，蒋维乔在编创《最新国文教科书》之际，曾向同在商务印书馆编译所的日本顾问长尾槙太郎请教：

> 十下钟回编译所编书，晤长尾君。余问：彼国教授读本时，在课堂中果令学生朗诵，抑系默诵。长尾答：在课堂内教员先择第一排学生，虚指一人，教员先教之读，后令朗诵，他生静听。诵毕，即问其自知有读误处否。若学生不知，更问他生云：汝听彼读时有误否。俟他生答后不差，则再及第二排，亦如之。课堂中不可令学生齐诵，恐乱而无纪也。又诵书不必求熟，但能明日默写无误即合。若中学校有寄宿舍，则有自修，自修时可听学生齐诵，但不可高声乱喊。[②]

① 在《曾国藩日记》等晚清读书人的日常记载中，诗文吟诵既是理学日谱格式规范下的修身功课，也有冥契古圣、调节身心的内在功效。参见拙撰《从“自讼”到“自适”——曾国藩的读书功程与诗文声调之学的内化》，《北京大学学报（哲学社会科学版）》2021年第6期。

② 《鷦居日记》，甲辰年二月十四日，《蒋维乔日记》第1册，第345—346页。

时当光绪三十年二月十四日，《最新国文教科书》第一册已出版，而蒋维乔亦已开始构思配套的《教授法》。长尾氏的指示很快体现在了《最新国文教科书教授法》的课程设计之中。强调“不可令学生齐诵”、“诵书不必求熟”等原则，自有与旧式书塾记诵区别的用意。但在同年三月初八日，蒋氏又记录了他与长尾氏关于“课读本之法”的另一段探讨，长尾告以：“小学校与他校不同，必须令学生熟读，因皆走读，无温习之故。其读法令一人朗诵，以次遍及诸生。如明日复习有一人不熟，则重教之，虽极熟读者，亦令一律重读。盖因儿童受学皆由强迫，必使之优游浸灌，纯熟而后止。因一人不熟而令全班重习，则非但一人获益，而熟者愈熟，更为有益也。”蒋维乔还在日记中补充说日本学校都是先令熟读，次日讲解，“颇与我国旧法相似，因儿童思想简单，不令一时并用也”[①]，则又将小学读本的教法归结为先诵后讲，回到旧式记诵法的典范。

蒋维乔在宣统元年（1909）更撰文讨论了“小学以上教授国文”。针对“竭力趋时者，则鉴于昔者学塾之背诵呆读，为世诟病，以为学堂中宜讲解不宜诵读”的观点，蒋氏结合考察中学国文教育现场的经验，指出：“学生至成篇而后，再求进步，尤宜置重诵读，今乃忽之，必至毫无成效。”[②]为了论证小学以上“置重诵读”的必要，蒋维乔不仅援引从韩愈到曾国藩的古文家论述，更直接采用了来自日本的修辞学术语。他

---

① 《蒋维乔日记》第1册，第388页。

② 蒋维乔：《论小学以上教授国文》，《教育杂志》第1年第3期，宣统元年闰二月二十五日。据其日记，是年二月初一日蒋氏“拟作教育杂志社说”，初五日“撰教育杂志社说已毕”。上年十一月蒋维乔曾为商务印书馆校勘吴曾祺《中学国文教科书》，当年闰二月又阅林纾所选《中学国文读本》，二书均为以古文为典范的中学国文教科书。见《蒋维乔日记》第3册，第129、130、162、165、196页。

提出文章可分“知的文章”、“情的文章”、“美的文章”三种，各以“明晰”、“势力”、“优丽”为主，实取自武岛又次郎《修辞学》一书“体制”部分的讲解。在此基础上，进一步提出学文有三阶段：“其始则求明晰，以适日常之应用，小学校学生所有事也；进之则尚势力，中学校学生所有事也；又进之则取优丽，则文学者之事。”至于如何从小学生的“明晰”进入中学生的“势力”，蒋氏的方案则是以诵读的“声调”来“行气”。

蒋维乔早年“颇从事古文家言”，自述“尤喜湘乡相国之文出入两汉唐宋，浸淫于诸子，推本于训诂，雄奇深厚，不以宗派自隘，为可法也”[①]。此处亦认定日本修辞学者所谓“势力”，就是古文家所称“行气”。他引韩愈气盛言宜之说为“行气”的依据，又提到曾国藩自道得力之处在“声调”，将修辞学新说与古文家“因声求气”之论沟通，得出的结论是“讲求声调，首在诵读”。紧接着具体陈述诵读方法，则与历来古文家的吟咏颇为不同：

> 诵读之法有三：一曰机械读法，就文字读之，琅琅上口，可以练熟口齿，使敏而确。二曰论理读法，一字一句，析之至明，使文字意义跃于心而发诸口，期其意思与文字联络。三曰审美读法，注意音节之抑扬顿挫，使古人之声调，拂拂然与我喉舌相习，以畅发作者之感情。至是而读法之能事毕，而在中学生徒，尤宜置重审美读法也。

蒋维乔此论并非孤明先发。在此之前的光绪三十一年，文明书局出版顾

① 见壬寅（1902）正月蒋维乔为自家文存所作题识，《因是斋文存》卷首，上海图书馆藏抄本，无页码。

倬所编《高等小学国文读本》四册，卷首罗列“国文教授法之概略”一篇，同样置重诵读，只不过将相关学程从中学提前到了高小。针对彼时记诵批判论者的“生吞活剥之非”，顾倬引日本小学背诵课程为证，主张“小学校中所授各学科，无不求其纯熟，而国文为尤甚，故读文之法讲、读、背三者不容偏废”，每篇课文定四小时为限：第一小时为“讲授期”，第二、第三小时为“诵读期”，第四小时为“答讲及背诵期”。其论“读文之法”则云：“逐字逐句读者，为机械的；能理会其意义者，为理论的；知作者之精神，而发挥抑扬顿挫之美音者，为审美的。”[①] 持此与蒋维乔所述读法相较，二者显然有共同源头。顾、蒋二氏先后阐发的“机械”、“论理”（顾倬误乙为“理论”）、“审美”三种读法，实源自日本明治时期文学家坪内逍遥揭示的审美朗读法，而又对其内容和旨趣有所改动。

明治24年（1891），坪内逍遥发表了近代日本文艺批评史上的名篇《提倡读法之旨趣》（「讀法を興さんとする趣意」），文中分辨“机械的读法”（Mechanical Reading）、“文法的读法”（Grammatical Reading）、“论理的读法”（Logical Reading）三种朗读法的区别，即顾、蒋二氏相关论述所本。[②] 其所谓“机械的读法”，“也就是俗称的‘素读’，连文章的句读都不加注意，只是沿着文字排列、连接的顺序，就像小儿素读《论语》、《大学》，老练的洋泾浜英语学生朗读英文那样，就这样哗哗地读下来了”。坪内逍遥对“机械的读法”完全持否定态度，认为其朗读声音中“没有情感、没有温度、没有生活，或者应该名之为‘死读

① 顾倬编《高等小学国文读本》第1册，文明书局光绪三十一年十二月初版铅印本，卷首“编辑大意”第2b—3b页。

② 坪内逍遥「讀法を興さんとする趣意」『國民之友』第115-116號、1891年4月13日・23日，引自加藤周一・前田愛編『日本近代思想大系16　文体』岩波書店、1989、183-204頁。引文括号中的英文均根据坪内原文的片假名附注转写，下同。

法'"[①]。而在蒋维乔的论述中，"机械读法"是诵读的第一步，朗朗上口，可以收训练口齿之效。与机械的"死读法"相对，坪内逍遥称第二类"文法的读法"为"正读法"。这种读法要求"发音合法，句读得宜，读声之缓急抑扬能与文意调和，故称之为正当。亦即在文章朗读诉诸他人听觉之时，力求能与诉诸其视觉生出同样的感铭"[②]，实际上相当于蒋维乔强调意思明晰的"论理读法"。

至于作为坪内第三类的"论理的读法"，又称为"美读法"（fine reading），"不仅止于使文义明了、有力、有趣，更欲达成以下效果：若其文乃是自作，则在朗读时可使自家感情活动起来；若是他人所作，则在朗读时可使原作者的本意灵动起来；又若是戏剧人物的台词，则可使人物性情在朗读之间跃然纸上"。第三种读法要求"与文之情相应相伴，注意缓急之句读（pause）与声之抑扬、高低、张弛（emphasis），在其声色中表达哀伤、奋激之情"[③]，正是蒋维乔笔下"使古人之声调，拂拂然与我喉舌相习，以畅发作者之感情"的"审美读法"。坪内对于"美读法"的阐发，注重朗读者与作者或文中人物精神意气的沟通，的确有接近古文家"因声求气"之说的地方。然而，顾倬、蒋维乔取之作为中小学国文科置重诵读的论证，却又将文学家坪内逍遥的原意本末倒置了。坪内撰写此文的背景是明治中期的演剧改良运动。其第三种"美读法"主要针对言文一致体文章，"是在默读规定的（文学）享受方式占据支配地位的前提下，一直以来习惯的（汉文）朗读既已被否定，则不妨

① 加藤周一・前田愛編『日本近代思想大系 16　文体』187-188 頁。

② 加藤周一・前田愛編『日本近代思想大系 16　文体』189 頁。

③ 加藤周一・前田愛編『日本近代思想大系 16　文体』192-193 頁。引文中括注的英文为坪内逍遥原文所有。

使之再生，成为戏剧式表现的朗读法”[①]。蒋维乔等视“审美读法”为古文吟咏的化身，坪内逍遥的读法三段论则标示了从东亚传统“记诵”到近代文学“朗诵”的跨越。

自坪内逍遥戏剧表现论发端的“三种读法”，经过顾倬、蒋维乔等清末新教育家的改造，得以与中国读书人固有的吟诵经验贯通。作为一种国文教授法的框架，“三种读法”之说逐渐固定，在民元以后仍不断获得反响。[②] 1920 年代，中小学“国语”课程逐渐取代“国文”，诵读问题再度被提起。黎锦熙在其《新著国语教学法》中区分“论理的读法——注意词类和句读的断续轻重”和“审美的读法——注意声情的抑扬抗坠”，指出“从前诵读国文的腔调和那严整矜持的姿势，完全不适用了；因为课文就是口语，要用谈话的语气和姿势才对”；惟独诗歌等韵文在“美读”时“还可以稍带一点从前吟诗读文的调子”[③]。十多年后，朱自清观察到“教师范读文言文和旧诗词等，都不好意思打起调子，以为那是老古董玩意儿”[④]。1946 年，魏建功在北京大学召集“中国语文诵读方法座谈会”，[⑤] 学者所议论的“诵读”或“朗读”，已迥异于传统意义上的“吟诵”。相对于打起腔调、摇头晃脑的“诵”、“吟”、“咏”，单

① 前田愛「音読から黙読へ——近代読者の成立」氏著『近代読者の成立』、岩波書店、2001、188-189 頁。

② 如民国初年徐特立编《小学各科教授法》（1914）、姚铭恩编《小学校国文教授之研究》及《小学作文教授法》（1915）、汤中与蔡文森合编《学校参观法》（1919）等，均言及“机械”、“论理”、“审美”三种读法之分，论述内容与清末顾倬、蒋维乔等所述几乎全同。

③ 黎锦熙：《新著国语教学法》，商务印书馆 1925 年版，第 56—57 页。

④ 朱自清：《再论中学生的国文程度》，《国文月刊》第 1 卷第 2 期，1940 年，第 2—5 页。

⑤ 陈士林、周定一记《中国语文诵读方法座谈会记录》，《国文月刊》第 53 期，1947 年 3 月。此次座谈会由魏建功邀请，1946 年 12 月 13 日在北京大学蔡孑民先生纪念馆召开，出席人有黎锦熙、朱光潜、冯至、朱自清、徐炳昶、潘家洵、沈从文、游国恩、余冠英、郑天挺、顾随、毛准、孙楷第、周祖谟、吴晓铃、石素真、阴法鲁、李松筠、赵西陆、邓恭三、李长之、刘禹昌、陈士林、周定一、赵万里、向达、钱秉雄、柴德赓等 28 人，可谓极一时之选。

纯的“读”被区别出来，受到更多重视。所读对象从经史诗赋变为白话文，“朗诵时，要用美的说话式，要用统一的国音、标准的国语”，“不可太形式化”，“只是说话的调子”。[①] 这种新式朗诵与新文学的普及有着密切关系，被认为是在口头上训练“文学的国语”的重要手段。[②]

传统诵读声调的消逝，可以说是清末以来课堂讲授法取代学塾记诵法的代价，即便1920年代以后导入了“道尔顿制”等欧美教育新法，对班级授课制已有所反省，却仍未阻挡这一趋势。在默读和讲授获得普遍认同的前提下，“中国人无论写什么都要一面吟哦着……甚至读家信或报章也非朗诵不可”的旧习惯，也渐渐被国人看作值得惊异，或至少是可以置身其外，通过所谓“文化人类学”眼光来考察的现象。[③] 从西洋、日本引进的新式“朗诵”，作为一种“戏剧式表现”，实有别于理学修身功程中体现“为己之学”的诵读工夫。大众化的“口头言语”遮盖了士大夫的“读书声音”，其媒介是演说、话剧、朗诵、唱歌等表演形态和电影、广播、唱片等现代听觉技术。[④] 正是在这些条件的辅助下，白话的资源得到操练，国语的认同逐渐形成，最终消解了各地不同、各书不同、因人而异、多元混杂的记诵声调，也彻底改变了千百年来读写教育的文化形态。

---

① 黎锦熙：《中小学国文国语诵读之必要》，转引自刘进才《语言文学的现代建构——语言运动与中国现代文学再探索》，北京大学出版社2015年版，第154页。

② 朱自清：《诵读教学与“文学的国语”》，朱乔森编《朱自清全集》第3卷，江苏教育出版社1996年版，第181—184页。

③ 周作人：《论八股文》，钟叔河编《周作人文类编·千百年眼》，第118页。

④ 平田昌司「目の文學革命・耳の文學革命——一九二〇年代中國における聽覺メディアと「國語」の實驗」『中國文學報』第58期、1999年4月、75-114頁；陈平原《有声的中国——“演说”与近现代中国文章变革》，《文学评论》2007年第3期。

附　表

附表 1　壬寅、癸卯两学制国文类课程学时占总课时比例

<table>
<tr><th colspan="9">壬寅学制</th><th colspan="9">癸卯学制</th></tr>
<tr><th colspan="2">学程</th><th>科目</th><th>占比</th><th>科目</th><th>占比</th><th>科目</th><th>占比</th><th>总占比</th><th colspan="2">学程</th><th>科目</th><th>占比</th><th>科目</th><th>占比</th><th>科目</th><th>占比</th><th>总占比</th></tr>
<tr><td colspan="2">蒙学堂</td><td>字课</td><td>16.7%</td><td>习字</td><td>16.7%</td><td></td><td></td><td>33.3%</td><td colspan="2" rowspan="2">初等小学堂</td><td rowspan="2">中国文字</td><td rowspan="2">13.3%</td><td rowspan="2">读古诗歌</td><td rowspan="2">在修身科</td><td rowspan="2"></td><td rowspan="2"></td><td rowspan="2">13.3%</td></tr>
<tr><td colspan="2">寻常小学堂</td><td></td><td></td><td>习字</td><td>11.1%</td><td>作文</td><td>5.6%</td><td>16.7%</td></tr>
<tr><td colspan="2">高等小学堂</td><td>读古文词</td><td>5.6%*</td><td>习字</td><td>6.5%</td><td>作文</td><td>2.8%</td><td>14.8%*</td><td colspan="2">高等小学堂</td><td>中国文学</td><td>22.2%</td><td>读古诗歌</td><td>在修身科</td><td>习官话</td><td>附中国文</td><td>22.2%</td></tr>
<tr><td colspan="2">中学堂</td><td>词章</td><td>8.0%</td><td></td><td></td><td></td><td></td><td>8.0%</td><td colspan="2">中学堂</td><td>中国文学</td><td>10.5%</td><td>读古诗歌</td><td>在修身科</td><td></td><td></td><td>10.5%</td></tr>
<tr><td rowspan="2">高等学堂</td><td>政科</td><td>词章</td><td>5.6%</td><td></td><td></td><td></td><td></td><td>5.6%</td><td rowspan="2">高等学堂</td><td>第一类</td><td>中国文学</td><td>12%</td><td></td><td></td><td></td><td></td><td>12%**</td></tr>
<tr><td>艺科</td><td></td><td></td><td></td><td></td><td></td><td></td><td>0%</td><td>第二、三类</td><td>中国文学</td><td>7.4%</td><td></td><td></td><td></td><td></td><td>7.4%***</td></tr>
<tr><td rowspan="2">大学堂预备科</td><td>政科</td><td>词章</td><td>5.6%</td><td></td><td></td><td></td><td></td><td>5.6%</td><td colspan="2">初级师范学堂</td><td>中国文学</td><td>5.6%</td><td>读古诗歌</td><td>在修身科</td><td>习字</td><td>4.4%</td><td>10.0%</td></tr>
<tr><td>艺科</td><td></td><td></td><td></td><td></td><td></td><td></td><td>0%</td><td rowspan="2">优级师范</td><td>第一类</td><td>中国文学</td><td>13.2%</td><td></td><td></td><td></td><td></td><td>13.2%****</td></tr>
<tr><td rowspan="2">大学堂速成科</td><td>师范馆</td><td></td><td></td><td>习字</td><td>8.3%</td><td>作文</td><td>5.6%</td><td>13.9%</td><td>第二、三、四类</td><td>中国文学</td><td>4.2%</td><td></td><td></td><td></td><td></td><td>4.2%****</td></tr>
<tr><td>仕学馆</td><td></td><td></td><td></td><td></td><td></td><td></td><td>0%</td><td colspan="2">进士馆</td><td></td><td></td><td></td><td></td><td></td><td></td><td>0%</td></tr>
<tr><td></td><td></td><td></td><td></td><td></td><td></td><td></td><td></td><td></td><td colspan="2">译学馆</td><td>中国文学</td><td>8.3%</td><td></td><td></td><td></td><td></td><td>8.3%</td></tr>
</table>

续表

壬寅学制									癸卯学制								
学程		科目	占比	科目	占比	科目	占比	总占比	学程		科目	占比	科目	占比	科目	占比	总占比
大学堂文学科	词章学							专门	文学科大学	中国文学门	各科目	专门					专门
	掌故学									中国史学门	中国文学	随意科					随意科
	史学									万国史学门	中国文学	随意科					随意科
	外国语言文字									英法德俄日各国文学门	中国文学	15.3% 补助课					15.3%
	经学								经学科大学		中国文学	随意科					随意科
									艺徒学堂		中国文理						不明
									实业补习普通学堂		中国文理		商业书信	商业科			不明
									初等农工商实业学堂		中国文理						不明
									中／高等农工商实业学		中国文学	工业以外	书法、作文	商业预科	商业文	商业本科	不明

* 壬寅学制下，高等小学堂可加课“外国文”而除去“读古文词”课；如除去，语文类占总课时比应为 9.2%。

** 总学时仅计主课，此外须在法语、德语二科中选习一科。又此类中有志入大学经学门者，第二年不修“心理及辨学”，第三年不修“中国文学”，加课同钟点之物理、算学。

*** 癸卯学制下，高等学堂第二、三类有根据大学入门志向不同而微调科目及总学时的情形，此处略去不计。

**** 均含第一年公共科“中国文学”课时。

附表2 真、储、姚、曾四家选本门类序次对照

<table>
<tr><th>真德秀《文章正宗》分四类</th><th colspan="2">储欣《唐宋八大家类选》分六大类二十九小类</th><th>姚鼐《古文辞类纂》分十三类</th><th colspan="2">曾国藩《经史百家杂钞》分三门十一类</th></tr>
<tr><td rowspan="9">议论第二</td><td rowspan="9">论著第二</td><td>原</td><td rowspan="8">论辨类第一</td><td rowspan="13">著述门第一</td><td rowspan="8">论著类第一</td></tr>
<tr><td>论</td></tr>
<tr><td>议</td></tr>
<tr><td>辨</td></tr>
<tr><td>说</td></tr>
<tr><td>解</td></tr>
<tr><td>题</td></tr>
<tr><td>策</td></tr>
<tr><td>（序、引在序记第四）</td><td>序跋类第二</td><td>序跋类第三</td></tr>
<tr><td rowspan="4">诗赋第四（仅录古诗歌，不录辞赋）</td><td rowspan="4">词章第六</td><td>箴、铭</td><td>箴铭类第十</td><td rowspan="3">词赋类第二</td></tr>
<tr><td></td><td>赞颂类第十一</td></tr>
<tr><td>赋</td><td>词赋类第十二</td></tr>
<tr><td>哀词、祭文</td><td>哀祭类第十三</td><td>（哀祭类在告语门）</td></tr>
<tr><td>辞命第一</td><td rowspan="6">奏疏第一</td><td></td><td>诏令类第六</td><td rowspan="11">告语门第二</td><td>诏令类第四</td></tr>
<tr><td rowspan="10">议论第二</td><td>书</td><td rowspan="5">奏议类第三</td><td rowspan="5">奏议类第五</td></tr>
<tr><td>疏</td></tr>
<tr><td>札子</td></tr>
<tr><td>状</td></tr>
<tr><td>表、四六表</td></tr>
<tr><td rowspan="5">书状第三</td><td>状</td><td rowspan="3">书说类第四</td><td rowspan="3">书牍类第六</td></tr>
<tr><td>启</td></tr>
<tr><td>书</td></tr>
<tr><td></td><td>赠序类第五</td><td>（赠序归入序跋类）</td></tr>
<tr><td>（哀、祭在词章第六）</td><td>（哀祭类第十三）</td><td>哀祭类第七</td></tr>
</table>

续表

<table>
<tr><th>真德秀《文章正宗》分四类</th><th colspan="2">储欣《唐宋八大家类选》分六大类二十九小类</th><th colspan="2">姚鼐《古文辞类纂》分十三类</th><th colspan="2">曾国藩《经史百家杂钞》分三门十一类</th></tr>
<tr><td rowspan="9">叙事第三</td><td rowspan="6">传志第五</td><td>传</td><td colspan="2">传状类第七</td><td rowspan="9">记载门第三</td><td rowspan="2">传志类第八</td></tr>
<tr><td rowspan="3">碑、志铭、墓表</td><td rowspan="3">碑志类第八</td><td>墓志</td></tr>
<tr><td>纪功</td><td>叙记类第九（碑叙）</td></tr>
<tr><td>宫庙</td><td>（宫庙碑入杂记类）</td></tr>
<tr><td></td><td colspan="2"></td><td>叙记类第九（史叙）</td></tr>
<tr><td></td><td colspan="2"></td><td>典志类第十</td></tr>
<tr><td rowspan="3">序记第四</td><td>序</td><td colspan="2" rowspan="2">（序跋类第二）</td><td rowspan="2">（序跋类在著述门）</td></tr>
<tr><td>引</td></tr>
<tr><td>记</td><td colspan="2">杂记类第九</td><td>杂记类第十一</td></tr>
</table>

附表 3 民元以后作文分类举例

<table>
<tr><th></th><th>记事</th><th>叙事</th><th>说明</th><th>议论</th><th>诱导</th><th>抒情</th><th>文艺</th><th>小品</th><th>应用</th></tr>
<tr><td>王葆心《古文辞通义》(1915)</td><td colspan="2">纪载文</td><td>著述文
解释文</td><td>著述文
议论文</td><td></td><td>告语文</td><td></td><td></td><td></td></tr>
<tr><td>陈文钟、叶绍钧《国文教授之商榷》(1916)</td><td colspan="2">叙记体</td><td>说明体</td><td>论说体</td><td></td><td>散入叙记、说明二体</td><td></td><td></td><td></td></tr>
<tr><td>陈望道《作文法讲义》(1922)</td><td>记载文</td><td>纪叙文</td><td>解释文</td><td>论辨文</td><td>诱导文</td><td></td><td></td><td></td><td></td></tr>
<tr><td>高语罕《国文作法》(1922)</td><td>描写文</td><td>叙述文</td><td>疏解文</td><td>论辨文</td><td></td><td></td><td></td><td></td><td>书信</td></tr>
<tr><td>梁启超《中学以上作文教学法》(1922)</td><td colspan="2">记载文</td><td></td><td>论辨文</td><td></td><td>情感文</td><td></td><td></td><td></td></tr>
<tr><td>叶绍钧《作文论》(1924)</td><td colspan="2">叙述文</td><td></td><td>议论文</td><td></td><td>抒情文</td><td></td><td></td><td></td></tr>
<tr><td>夏丏尊、刘薰宇《文章作法》(1926)</td><td>记事文</td><td>叙事文</td><td>说明文</td><td>议论文</td><td></td><td></td><td></td><td>小品文</td><td></td></tr>
<tr><td rowspan="2">《暂行小学国语课程标准》(1929)</td><td colspan="4">普通文</td><td rowspan="2"></td><td rowspan="2"></td><td rowspan="2"></td><td rowspan="2"></td><td rowspan="2">实用文</td></tr>
<tr><td colspan="2">记叙文</td><td>说明文</td><td>议论文</td></tr>
<tr><td rowspan="3">孙俍工《从中学底国文说到大学底国文》(1931)</td><td colspan="4">杂文学</td><td rowspan="2"></td><td rowspan="2">抒情文</td><td>纯文学</td><td rowspan="2"></td><td>杂文学</td></tr>
<tr><td colspan="2">记叙文</td><td>说明文</td><td>议论文</td><td>诗歌、小说、戏曲</td><td>应用文</td></tr>
<tr><td colspan="9">内容上分事物的、思想的、情感的(与体式各类交错)</td></tr>
<tr><td>《初级中学国文课程标准》(1932)</td><td colspan="2">记叙文</td><td>说明文</td><td>议论文</td><td></td><td>抒情文</td><td></td><td></td><td>应用文</td></tr>
</table>

续表

<table>
<tr><th></th><th>记事</th><th>叙事</th><th>说明</th><th>议论</th><th>诱导</th><th>抒情</th><th>文艺</th><th>小品</th><th>应用</th></tr>
<tr><td rowspan="2">胡云翼、谢秋萍《文章作法》（1933）</td><td colspan="2">记叙文</td><td colspan="2">论说文</td><td rowspan="2"></td><td rowspan="2"></td><td rowspan="2">美文</td><td rowspan="2"></td><td rowspan="2"></td></tr>
<tr><td>写景文</td><td>叙事文</td><td>说明文</td><td>论辨文</td></tr>
<tr><td rowspan="3">孙俍工《论说文作法讲义（1924）》</td><td colspan="5">实用文</td><td colspan="2">美文</td><td></td><td></td></tr>
<tr><td colspan="2">记叙文
（知的文）</td><td colspan="3">论说文
（意的文）</td><td colspan="2">文艺文
（情的文）</td><td></td><td></td></tr>
<tr><td>记载文</td><td>纪叙文</td><td>说明文</td><td>辨论文</td><td>诱导文</td><td colspan="2">诗歌、
小说、戏剧</td><td></td><td></td></tr>
<tr><td>周乐山《作文法精义》（1933）</td><td>记事文</td><td>叙事文</td><td>说明文</td><td>论说文</td><td></td><td colspan="2">诗歌、
小说、戏剧</td><td>小品文</td><td></td></tr>
<tr><td rowspan="2">胡怀琛等《文章作法全集》（1934）</td><td colspan="2">记叙文</td><td rowspan="2">说明文</td><td rowspan="2">论辨文</td><td rowspan="2"></td><td rowspan="2">抒情文</td><td rowspan="2"></td><td rowspan="2"></td><td rowspan="2">公文</td></tr>
<tr><td>记实文</td><td>叙事文</td></tr>
<tr><td rowspan="3">夏丏尊、叶绍钧《国文百八课》（1935—1938）</td><td colspan="4">普通文</td><td rowspan="3"></td><td rowspan="3"></td><td rowspan="3"></td><td rowspan="3"></td><td rowspan="3">应用文</td></tr>
<tr><td colspan="2">记叙文</td><td colspan="2">论说文</td></tr>
<tr><td>记述文</td><td>叙述文</td><td>解说文</td><td>议论文</td></tr>
<tr><td rowspan="2">喻守真《文章体制》（1936）</td><td colspan="2">记叙文</td><td rowspan="2">说明文</td><td rowspan="2">议论文</td><td rowspan="2"></td><td rowspan="2">抒情文</td><td rowspan="2"></td><td rowspan="2"></td><td rowspan="2"></td></tr>
<tr><td>记载文</td><td>叙述文</td></tr>
<tr><td>汪馥泉《文章概论》（1939）</td><td>描写文</td><td>纪叙文</td><td>说明文</td><td>议论文</td><td></td><td>发抒文</td><td></td><td></td><td></td></tr>
<tr><td>顾震白《国文作法》（1943）</td><td>描写文</td><td>记叙文</td><td>说明文</td><td>论辨文</td><td></td><td>抒情文</td><td></td><td></td><td></td></tr>
</table>

征引文献

（一）基本史料

甲、教科书及其他教本

1. 蒙小学读本类

《蒙学丛书》，汪锺霖、叶瀚等编，吴县汪氏光绪二十八年石印本。

《蒙学课本》，南洋公学师范生编，南洋公学外院光绪二十七年第三次（推定光绪二十四年初版）铅印本。

《新订蒙学课本》，朱树人重编，南洋公学光绪二十八年第二次、二十九年第四次（光绪二十七年初版）铅印本。

《绘图蒙学捷径》，王亨统编，美华书馆宣统元年八版（光绪二十七年初版）铅印本。

《绘图蒙学课本》首、二编，王亨统编，美华书馆光绪二十八、二十七年石印本。

《绘图文学初阶》，杜亚泉编，商务印书馆光绪三十一年六版（光绪二十八年初版）铅印本。

《蒙学读本全书》，无锡三等公学堂编，文明书局光绪二十八年石印本。

《最新国文教科书》，蒋维乔、庄俞、杨瑜统编纂，小谷重、长尾槙太郎、高凤谦、张元济校订，商务印书馆光绪三十年初版、三十二年第十八版、三十三年第廿八版铅印本。

《最新高等小学国文教科书》，高凤谦、张元济、蒋维乔编纂，商务印书馆光绪三十二年至三十三年铅印本。

《高等小学国文读本》，顾倬编，文明书局光绪三十一年铅印本。

《高等小学国文读本》，唐文治选编，邓国光辑释《唐文治文章学论著集》第2册，上海古籍出版社2020年版（宣统二年初版）。

《学部第一次编纂初等小学国文教科书》，高步瀛、贾睿熙、曹振勋编，学部编译图书局光绪三十二至三十四年石印本。

《学部第一次编纂高等小学国文教科书》，学部编，学部图书局宣统二年石印本。

《满蒙汉三文合璧教科书》，蒋维乔、庄俞原编，荣德译满蒙文，李懋春等审定名词，北京大学图书馆藏蒙务局石印本。

附清末国语教科书

《最新初等小学国语教科书》，林万里、黄展云、王永炘编纂，商务印书馆光绪三十三年初版、宣统元年四版铅印本。

《女子国语课本》，林万里编辑、沈恩孚校订，中国图书公司光绪三十四年铅印本。

2. 古文选本类

《古文读本》，吴汝纶编，东京三省堂明治三十六年铅印本。

《桐城吴氏文法教科书》，吴闿生编，文明书局光绪三十一年铅印本。

《高等国文学教科书》，程先甲编，江楚书局刻本（不著出版时间）。

《高等国文学教科书》，程先甲编，铅印本（不著出版者及出版时间）。

《国文读本粹化新编》，王纳善编，上海群学会光绪三十二年铅印本。

《高等国文读本》，潘博编，广智书局光绪三十二年洋装铅印本。

《中学国文教科书》，吴增〔曾〕祺评选，商务印书馆光绪三十四年铅印本。

《中学国文读本》，林纾评选，商务印书馆光绪三十四年至宣统二年铅印本。

《高等国文读本》，唐文治编，文明书局宣统元年铅印本。

《初学论说文范》，邵伯棠编，上海会文堂粹记石印本（不著出版时间）。

《（初等小学适用）论说入门》，程宗启等编，彪蒙书室石印本（不著出版时间）。

《藴园课蒙草》，童琮编订，童镕评注，光绪甲辰至乙巳上海同文社铅印本。

3. 文法、修辞类

《马氏文通》，马建忠撰，商务印书馆光绪二十四年孟冬铅印本。

《教科适用汉文典》，猪狩幸之助原撰，王克昌译，杭州东文学社光绪壬寅仲秋铅印本。

《国文典问答》，刘师培撰，开明书店光绪三十年铅印本。

《蒙学文法教科书》，朱树人编，文明书局光绪三十二年第十二版（光绪二十九年初版）铅印本。

《绘图速通虚字法》，施崇恩编，光绪二十九年彪蒙书室石印本。

《绘图蒙学造句实在易》，施崇恩编，彪蒙书室光绪三十一年石印本。

《寻常小学速通文法教科书》，王绍翰编，上海新学会社光绪三十年铅印本。

《汉文教授法》，戴克敦编，杭州编译局光绪二十八年初版铅印本。

《汉文教授法》，伟庐主人编译，商务印书馆光绪二十九年铅印本。

《国文典》，儿岛献吉郎原撰，丁永铸译，东京弘文堂、上海作新社光绪三十一年铅印本。

《最新作文教科书》（又题《中等作文教科书》），儿岛献吉郎原撰，俞固礼译著，文明书局光绪三十二年铅印本。

《汉文典》，来裕恂编纂，商务印书馆宣统元年五版（光绪三十二年初版）铅印本。

《汉文典注释》，来裕恂著，高维国、张格注释，南开大学出版社1993年版。

《（初级师范学堂教科书）中国文典》，商务印书馆编译所编，商务印书馆光绪三十二年铅印本。

《初等国文典》，章士钊著，熊崇煦校，东京多文社光绪三十三年铅印本。

《最新作文教科书》，戴克敦编，商务印书馆光绪三十四年铅印本。

《修词学教科书》，汤振常编，开明书店光绪三十一年铅印本。

《文字发凡》（一题《中学文法教科书》），龙志泽著，广智书局光绪三十一年铅印本。

《中国文学指南》，邰伯棠编，上海会文堂粹记宣统二年石印本。

4. 讲义类

《高等文学讲义》，王葆心编撰，汉口维新中西印书局光绪三十二年铅印本。

《古文辞通义》，王葆心编撰，王水照主编《历代文话》第8册，复旦大学出版社2008年版。

《（京师大学堂国文讲义）中国文学史》，林传甲编，武林谋新室宣统二年校正再版铅印本。

《中国文学史》，黄人著，杨旭辉点校，苏州大学出版社2015年版。

《诗学讲习所讲义录》，黄节撰，《广州大典》第38辑第3册，广州出版社2008年影印粤东编译公司宣统二年铅印本。

《诗学》，黄节撰，张寅彭校点，《民国诗话丛编》第2册，上海书店出版社2002年版。

《文学史概》，黄节撰，宁城县前街台城公司铅印本（不著出版时间）。

《文学史概》，黄节撰，广东省立中山图书馆藏抄本。

《国文学》，姚永朴编，京师法政学堂宣统二年铅印本。

《文学研究法》，姚永朴撰，王水照主编《历代文话》第7册，复旦大学出版社2008年版。

5. 诗歌类

《女学修身古诗歌》，孙振麒编辑，庄景仲校订，上海新学会社光绪三十二年铅印本。

《古诗歌读本》，黄节编纂，上海国学保存社宣统元年铅印本。

《小学堂诗歌》，佚名编纂，江楚书局刻本（不著出版时间）。

《修身诗教》，贾丰臻编，商务印书馆1916年版。

6. 尺牍类

《通问便集》，南沙乐安子虚编，沪西土山湾慈母堂光绪七年铅印本。

《尺牍初桄》，南窗侍者子虚氏编，文贤阁书局光绪十二年铅字重印本。

《普通应用尺牍教本》，窦警凡编，文明书局光绪三十二年六版石印本。

《（民国）普通应用尺牍教本》，窦警凡原编，文明书局1912年七版石印本。

《最新应用女子尺牍教科书》，杜芝庭编，上海会文学社光绪三十三年序石印本。

《新撰学生尺牍》，商务印书馆编译所编，商务印书馆光绪三十三年初版石印本。

《蒙学尺牍教科书》，程宗启编，彪蒙书室光绪三十四年再版石印本。

《普通应用白话尺牍初编》，施崇恩编，上海彪蒙书室宣统三年四版石印本。

《普通应用白话尺牍》，四明杨樾缮楷，慈溪陈小楼校阅，政新书局宣统三年石印本。

《详注中华高等学生尺牍》，中华书局1912年石印本。

《白话书信》，高语罕编，亚东图书馆1928年铅印本。

《初级尺牍教本》，商务印书馆函授学校国文科（不著出版时间）。

7. 教授法

《教授学》，汤本武比古原著，佚名译，《教育丛书初编》光绪二十七年石印本。

《初等国文教授》，王立才编，开明书店光绪二十八年石印本。

《国文教授进阶》，王立才编，上海作新社光绪二十九年铅印本。

《（学部审定宣讲用书）蒙师箴言》，方浏生编，《中国近现代教育资料汇编（1900—1911）》第91册，海豚出版社2015年影印本。

《最新国文教科书教授法》，蒋维乔、阳湖庄俞、阳湖杨瑜统编纂，小谷重、长尾槙太郎、高凤谦、张元济校订，商务印书馆光绪三十年至三十三年铅印本。

《初等小学国文教科书教授法》，上海春风馆编，南洋官书局光绪三十一年铅印本。

《初等小学国文教授书》，学部编译图书局光绪三十四年再版（光绪三十二年初版）铅印本。

《初等小学国文教授本》，朱树人编辑，沈恩孚、夏曰璈校订，中国图书公司光绪三十三年至宣统三年铅印本。

《初等小学国文教授法》，戴克让编，彪蒙书室光绪三十三年石印本。

《小学各科教授法》，徐特立撰，武衡、谈天民、戴永增主编《徐特立文存》第1卷，广东教育出版社1995年版。

《小学校国文教授之研究》，姚铭恩编，中华书局1915年铅印本。

《新著国语教学法》，黎锦熙撰，商务印书馆1925年铅印本。

《中学国文教学法》，阮真著，正中书局1943年铅印本。

乙、近代报刊

《东方杂志》、《格致汇编》、《国粹学报》、《国风报》、《国闻报》、《国文月刊》、《寰球中国学生报》、《寰球中国学生会周刊》、《教育世界》、《教育杂志》、《经济丛编》、《蒙学报》、《南洋官报》、《普通学报》、《清议报》、《时务报》、《万国公报》、《湘学新报》、《湘报》、《小孩月报》、《小孩月报志异》、《新民丛报》、《新潮》、《新学生》、《绣像小说》、《学部官报》、《学林》、《亚东时报》、《译书汇编》、《音乐小杂志》（东京）、《政府公报》、《政艺通报》、《直隶教育杂志》、《知新报》、《中国官音白话报》、《中华教育界》

《申报》、《大公报》、《时报》、《警钟日报》、《时事新报》

丙、传统诗文选本

《西山先生真文忠公文章正宗》，真德秀编，嘉靖甲子序刻本。

《诸家评点古文辞类篹》，姚鼐篹，徐树铮辑，国家图书馆出版社2012年影印本。

《古文词略读本》，梅曾亮编，题陈兆伦、吴汝纶评，北京宏道学社光绪三十一年铅印本。

《经史百家简编》，曾国藩编，传忠书局同治甲戌季夏刻本。

《经史百家杂钞》，曾国藩编，传忠书局光绪二年秋刻本。

《古文四象》，曾国藩纂，常堉璋编刻，中国书店 2010 年影印民国间刻本。

《古文笔法百篇》，李扶九选辑、黄仁黼评纂，岳麓书社 1984 年版。

《格致书院课艺》，上海富强斋书局光绪二十四年石印本。

《时务通考》，杞庐主人编，《续修四库全书》第 1257 册影印上海点石斋光绪二十三年石印本。

《皇朝经世文三编》，陈忠倚编，上海书局光绪二十四年石印本。

《皇朝经世文统编》，邵之棠编，上海宝善斋光绪二十七年石印本。

《皇朝新政文编》，金匮阙铸补斋辑，中西译书会光绪壬寅冬月石印本。

《皇朝蓄艾文编》，于宝轩辑，上海官书局光绪二十九年铅印本。

《诗伦》，汪薇编，《四库未收书辑刊》第 10 辑第 30 册，北京出版社 1997 年影印康熙间寒木堂刻本。

《古唐诗合解》，王尧衢选注，黄熙年等点校，岳麓书社 1989 年版。

《说唐诗》，徐增编，樊维纲校注，中州古籍出版社 1990 年版。

《唐诗别裁集》，沈德潜编，上海古籍出版社 1979 年版。

《唐诗三百首注疏》，蘅塘退士编，章燮注疏，吴绍烈、周艺校点，安徽人民出版社 1983 年版。

《小学弦歌》，李元度编，文昌书局光绪八年秋月重刊本。

《五朝诗铎》，李寿萱编，叙州府学署光绪十四年孟冬月刻本。

《唐诗近体》，胡本渊评选，南京李光明庄光绪十七年题刻本。

《增补较正熊寅幾先生捷用尺牍双鱼》，明末金阊叶启元刻本。

《翰海》，沈佳胤撰集，《四库禁毁书丛刊》集部第20册，北京出版社1997年影印明末刻本。

《冯梦龙全集·折梅笺　牌经》，上海古籍出版社1993年影印本。

《尺牍初征》，李渔编，《四库禁毁书丛刊》集部第153册，北京出版社1997年影印顺治十七年刻本。

《分类尺牍新语》，徐士俊、汪淇编，《四库全书存目丛书》集部第396册，齐鲁书社1997年影印康熙二年刻本。

《分类绒腋》，涂谦编，《稀见清代四部补编》第275册，经学文化事业有限公司2019年影印英德堂刻本。

丁、别集

《北江先生文集》，吴闿生撰，文学社1924年刻本。

《补书堂文录》，瞿宣颖著，1961年2月题记油印本。

《蔡元培全集》第1卷，蔡元培著，高平叔编，中华书局1984年版。

《蔡元培文集》第13卷，蔡元培著，高平叔编，锦绣出版1995年版。

《陈子褒先生教育遗议》，陈荣衮著，区朗若、冼玉清、陈德芸编校，广州子褒学校同学会1953年铅印本。

《初月楼文钞》，吴德旋著，道光三年刻本。

《戴震集》，戴震著，汤志钧等编，上海古籍出版社2009年版。

《读杜心解》，杜甫著，浦起龙解，中华书局1979年版。

《杜诗镜铨》，杜甫著，杨伦笺注，中华书局上海编辑所1962年版。

《杜诗详注》，杜甫著，仇兆鳌辑注，中华书局1979年版。

《方苞集》，方苞著，刘季高校点，上海古籍出版社1983年版。

《观堂集林》，王国维著，中华书局 1961 年影印本。

《蒹葭楼自定诗稿原本》，黄节著，广东人民出版社 1998 年版。

《静庵文集》，王国维著，上海教育世界社光绪三十一年铅印本。

《康有为全集》，康有为著，姜义华、张荣华编校，中国人民大学出版社 2007 年版。

《刘申叔遗书》，刘师培著，南桂馨编，江苏古籍出版社 1997 年影印本。

《刘申叔遗书补遗》，刘师培著，万仕国点校，广陵书社 2008 年版。

《吕坤全集》，吕坤著，王国轩、王秀梅整理，中华书局 2008 年版。

《匏园诗集》，来裕恂著，张格、高维国校点，天津古籍出版社 1996 年版。

《茹经堂文集三编》，唐文治著，沈云龙主编《近代中国史料丛刊》续辑第 33 种，文海出版社 1974 年影印本。

《宋恕集》，宋恕著，胡珠生编，中华书局 1993 年版。

《唐文治文章学论著集》，唐文治著，邓国光辑释，欧阳艳华、何洁莹校，上海古籍出版社 2020 年版。

《桐城派名家文集·方东树集》，方东树著，严云绶点校，安徽教育出版社 2014 年版。

《畏庐文集》，林纾著，商务印书馆 1923 年铅印本。

《畏庐续集》，林纾著，商务印书馆 1927 年铅印本。

《吴汝纶全集》，吴汝纶著，施培毅、徐寿凯主编，黄山书社 2002 年版。

《吴芝瑛集》，吴芝瑛著，郭长海、郭君兮主编，黄山书社 2018 年版。

《严复集》，严复著，王栻主编，中华书局 1986 年版。

《漪香山馆文集》，吴曾祺著，商务印书馆 1915 年铅印本。

《漪香山馆文集二集》，吴曾祺著，商务印书馆 1935 年版。

《因是斋文存》，蒋维乔著，上海图书馆藏抄本。

《〈饮冰室合集〉集外文》，梁启超著，夏晓虹辑，北京大学出版社 2005 年版。

《饮冰室合集》，梁启超著，林志钧编，中华书局 1936 年版。

《饮冰室文集类编》，梁启超著，下河边半五郎编，帝国印刷株式会社 1904 年版。

《恽敬集》，恽敬著，万陆等标校，上海古籍出版社 2013 年版。

《曾国藩诗文集》，曾国藩著，王澧华校点，上海古籍出版社 2005 年版。

《湛轩书外集》，洪大容著,《韩国文集丛刊》第 248 册影印本，财团法人民族文化推进会 1990 年版。

《张謇全集》，张謇著，李明勋、尤世玮主编，上海辞书出版社 2012 年版。

《张裕钊诗文集》，张裕钊著，王达敏校点，上海古籍出版社 2007 年版。

《张载集》，张载著，章锡琛点校，中华书局 1978 年版。

《张之洞全集》，张之洞著，苑书义、孙华峰、李秉新主编，河北人民出版社 1998 年版。

《章太炎的白话文》，章太炎著，陈平原选编，贵州教育出版社 2001 年版。

《章太炎全集》(一)，章太炎著，沈延国等校点，上海人民出版社 1982 年版。

《章学诚遗书》，章学诚著，文物出版社 1986 年影印本。

《郑观应集》，郑观应著，夏东元编，上海人民出版社 1982 年版。

《钟天纬集》，钟天纬著，薛毓良、刘晖桢编校，上海交通大学出版社 2018 年版。

《朱子全书》，朱杰人、严佐之、刘永翔主编，上海古籍出版社 2002 年版。

《胡适文集》，胡适著，欧阳哲生编，北京大学出版社 1998 年版。

《金明馆丛稿二编》，陈寅恪著，上海古籍出版社 1980 年版。

《李济学术随笔》，李济著，李光谟、李宁编，上海人民出版社 2008 年版。

《梁实秋文集》，梁实秋著，中国现代文学馆编，华夏出版社 2000 年版。

《梁漱溟全集》，梁漱溟著，山东人民出版社 2005 年版。

《鲁迅全集》，鲁迅著，人民文学出版社 2005 年版。

《吕思勉诗文丛稿》，吕思勉著，上海古籍出版社 2011 年版。

《茅盾全集》，茅盾著，钟桂松主编，黄山书社 2014 年版。

《平屋杂文》，夏丏尊著，开明书店 1935 年版。

《齐如山文集》，齐如山著，梁燕主编，河北教育出版社 2010 年版。

《沈钧儒文集》，沈钧儒著，群言出版社 2014 年版。

《唐弢文集》，唐弢著，社会科学文献出版社 1995 年版。

《叶圣陶教育文集》，叶圣陶著，刘国正主编，人民教育出版社 1994 年版。

《俞平伯全集》，俞平伯著，花山文艺出版社 1997 年版。

《赵元任全集》，赵元任著，商务印书馆 2005 年版。

《赵元任音乐论文集》，赵元任著，中国文联出版社 1994 年版。

《郑逸梅选集》，郑逸梅著，黑龙江人民出版社 2001 年版。

《周一良集》，周一良著，辽宁教育出版社 1998 年版。

《周作人文类编》，周作人著，钟叔河编，湖南文艺出版社 1998 年版。

《朱自清全集》，朱自清著，朱乔森编，江苏教育出版社 1988 年版。

戊、日记　年谱　书札

《扶桑两月记》,《罗振玉学术论著集》，罗振玉撰，罗继祖、王同策编，上海古籍出版社 2010 年版。

《郭嵩焘〈伦敦与巴黎日记〉》，郭嵩焘撰，钟叔河编校，岳麓书社 1984 年版。

《贺葆真日记》，贺葆真撰，徐雁平整理，凤凰出版社 2014 年版。

《胡适日记全编》，胡适撰，曹伯言编，安徽教育出版社 2001 年版。

《吉城日记》，吉城撰，吉家林整理，柳向春审定，凤凰出版社 2018 年版。

《蒋维乔日记》，蒋维乔撰，中华书局 2014 年影印本。

《林骏日记》，林骏撰，沈洪保整理，中华书局 2018 年版

《缪荃孙全集・日记》(二)，缪荃孙撰，张廷银、朱玉麒主编，凤凰出版社 2014 年版。

《日本日记　甲午以前日本游记五种　扶桑游记　日本杂事诗(广注)》，王晓秋等编校，岳麓书社 1985 年版。

《恽毓鼎澄斋日记》，恽毓鼎撰，史晓风整理，浙江古籍出版社 2004 年版。

《曾国藩全集・日记》(一)，曾国藩撰，萧守英等整理，岳麓书社

1994 年版。

《张棡日记》，张棡撰，温州市图书馆编，张钧孙点校，中华书局 2017 年版。

《朱峙三日记》，朱峙三撰，国家图书馆出版社 2011 年影印本。

《蔡元培年谱长编》，高平叔撰，人民教育出版社 1996 年版。

《梁启超年谱长编》，丁文江、赵丰田编，上海人民出版社 1983 年版。

《南湖居士年谱》，廉建中编订、王宏整理，《历史文献》第 9 辑，上海古籍出版社 2005 年版。

《茹经先生自定年谱》，唐文治撰，无锡国学专修学校 1935 年版。

《俞平伯年谱》，孙玉蓉编，天津人民出版社 2001 年版。

《张文襄公年谱》，许同莘编，《北京图书馆藏珍本年谱丛刊》第 174 册影印本，北京图书馆出版社 1999 年版。

《贺先生书牍》，贺涛撰，民国九年都门刻本。

《胡适遗稿及秘藏书信》，胡适撰，耿云志主编，黄山书社 1994 年版。

《林纾家书》，夏晓虹、包立民编注，商务印书馆 2016 年版。

《冒广生友朋书札》，上海博物馆编，上海书画出版社 2009 年版。

《陶庐笺牍》，王树枏撰，光绪戊申八月《陶庐丛刻》刊本。

《汪康年师友书札》第 1–2 册，上海图书馆编，上海古籍出版社 1986 年版。

《汪康年师友书札》第 3 册，上海图书馆编，上海古籍出版社 1987 年版。

《惜抱轩尺牍》，姚鼐撰，卢坡点校，安徽大学出版社 2014 年版。

《曾国藩全集·书信》（七），曾国藩撰，王澧华等整理，岳麓书社 1994 年版。

《曾国藩全集·书信》（三），曾国藩撰，郭翠柏等整理，岳麓书社 1994 年版。

《曾国藩往来家书全编》，钟叔河汇编校点，海南出版社 1997 年版。

己、诗文评

《历代文话》，王水照主编，复旦大学出版社 2008 年版。

《历代文话续编》，余祖坤编，凤凰出版社 2013 年版。

《民国诗话丛编》，张寅彭主编，上海书店出版社 2001 年版。

《清代文论选》，王运熙、顾易生编，人民文学出版社 1999 年版。

《文章辨体序说　文体明辨序说》，吴讷、徐师曾撰，于北山、罗根泽校点，人民文学出版社 1998 年版。

《吴氏评本昭昧詹言》，方东树撰，吴汝纶、吴闿生评，武强贺氏民国七年刻本。

庚、资料汇编

《初级中学课程标准》，国民政府教育部编，商务印书馆 1932 年版。

《第一次中国教育年鉴》，国民政府教育部编，开明书店 1934 年版。

《二十世纪中国小说理论资料》，陈平原、夏晓虹编，北京大学出版社 1997 年版。

《光绪宣统两朝上谕档》，中国第一历史档案馆编，广西师范大学出版社 1996 年影印本。

《交通大学校史资料选编》，交通大学校史编写组编，西安交通大学出版社 1986 年版。

《近代中国教育史料》，舒新城编，中华书局 1928 年版。

《京师大学堂档案选编》，中国第一历史档案馆编，北京大学出版社 2001 年版。

《蒙学要义》，徐梓、王雪梅编，山西教育出版社 1991 年版。

《民国教育统计资料汇编》，王燕来选编，国家图书馆出版社 2010 年版。

《民国人物碑传集》，卞孝萱、唐文权编，凤凰出版社 2011 年版。

《南洋公学校史资料选编》第 1 卷，西安交通大学出版社 1986 年版。

《南洋中学文史资料选辑》(二)，孙元主编，上海市南洋中学档案室 2003 年版。

《南洋中学文史资料选辑》(一)，上海市南洋中学印本(不著出版时间)。

《清光绪朝中日交涉史料》，故宫博物院编，故宫博物院 1932 年铅印本。

《清末教育史料辑刊》，吉林省图书馆编，国家图书馆出版社 2020 年版。

《新译日本法规大全》，南洋公学译学院编译，商务印书馆 2007 年版。

《燕行录全集》，林基中编，东国大学校出版部 2001 年版。

《中国出版史料・近代部分》，汪家熔辑注，湖北教育出版社 2004 年版。

《中国近代教育史资料汇编・学制演变》，璩鑫圭、唐良炎编，上海教育出版社 2007 年版。

《中国近代教育史资料汇编·鸦片战争时期教育》，璩鑫圭编，上海教育出版社 2007 年版。

《中国近代学制史料》第 1 辑，朱有瓛主编，华东师范大学出版社 1986 年版。

《中国近代学制史料》第 4 辑，朱有瓛、高时良主编，华东师范大学出版社 1993 年版。

《中国近现代修辞学要籍选编》，霍四通编，上海教育出版社 2019 年版。

《中国历代家训集成》，楼含松主编，浙江古籍出版社 2017 年版。

《中华蒙学集成》，韩锡铎编，辽宁教育出版社 1993 年版。

《奏定学堂章程》，湖北学务处刻本。

辛、其他

《艾约瑟等西学启蒙两种》，赖某深校注，岳麓书社 2016 年版。

《便蒙丛书》，张一鹏辑，苏州开智书室光绪壬寅年六月刻本。

《程氏家塾读书分年日程》，程端礼撰，《四部丛刊续编》影印元刊本。

《读书作文谱》，唐彪辑撰，白莉民等点校，岳麓书社 1989 年版。

《妇孺须知》，陈荣衮编，光绪二十二年刻本。

《汉书艺文志注释汇编》，陈国庆编，中华书局 1983 年版。

《华英进阶初集》，谢洪赉编，商务印书馆光绪二十八年第十四次重印本。

《华英商贾尺牍》，美生书馆光绪三十年铅印本。

《宦乡要则》，张鉴瀛撰，《官箴书集成》第9册，黄山书社1997年影印光绪间刻本。

《教童子法》，王筠著，商务印书馆1937年排印本。

《近思录集解》，朱熹、吕祖谦撰辑，叶采集解，程水龙校注，中华书局2017年版。

《陆桴亭论小学》，陆世仪著，张伯行辑，《丛书集成新编》第33册，台北：新文丰出版社1985年影印福州正谊书局同治五年夏月刻本。

《陆桴亭思辨录辑要》，陆世仪著，张伯行辑，商务印书馆1936年版。

《缥缃对类大全》，《四库全书存目丛书》子部第196册，齐鲁书社1993年影印明刻本。

《司马氏书仪》，司马光撰，同治七年夏四月江苏书局复刻归安汪氏仿宋本。

《童幼教育今注》，高一志著，梅谦立编注，谭杰校勘，商务印书馆2017年版。

《文章作法》，胡云翼、谢秋萍撰，上海亚细亚书局1933年铅印本。

《文章作法》，夏丏尊、刘薰宇编，开明书店1930年订正八版铅印本。

《文字蒙求广义》，王筠著，蒯光典增注，江楚书局光绪二十七年序刻本。

《新增华英尺牍》，商务印书馆光绪二十五年石印本。

《一目了然初阶》，卢戆章撰，文字改革出版社1956年版。

《伊索寓言古译四种合刊》，庄际虹编，上海大学出版社2014年版。

《英文尺牍》，商务印书馆光绪三十三年初版铅印本。

《幼训》，崔学古撰，上海古籍出版社1992年影印新安张氏霞举堂康熙三十四年《檀几丛书》刻本。

《幼雅》，陈荣衮编，羊城崇兰仙馆光绪二十三年刻本。

《增广日记故事详注》，王相增注，南京李光明庄刻本。

《正蒙字义》，重庆正蒙公塾辑，重庆正蒙公塾光绪辛丑秋刻本。

《作文论》，叶绍钧撰，商务印书馆 1924 年版。

《初学读书要略》，叶瀚撰，仁和叶氏光绪丁酉夏五月刻本。

《东瀛学校举概》，姚锡光撰，载王宝平主编《晚清中国人日本考察记集成·教育考察记》（上），杭州大学出版社 1999 年影印本。

《光绪二十四年中外大事汇记》，佗城倚剑生编，《中华文史丛书》影印广州广智报局光绪戊戌铅印本。

《内外教育小史》，原亮三郎撰，沈纮译，《教育丛书初编》光绪二十七年铅印本。

《钦定学政全书》，乾隆三十九年武英殿刻本。

《日本国志》，黄遵宪撰，羊城富文斋光绪十六年刻本。

《日本华族女学校规则》，佚名译，中华书局 1991 年影印光绪二十三年《灵鹣阁丛书》刻本。

《日本学校源流》，美国路义思撰，卫理口译，范熙庸笔述，上海江南制造局光绪己亥年铅印本。

《时事新论》，李提摩太撰，上海广学会光绪二十年铅印本。

《泰西学校、教化议合刻》，花之安撰，商务印书馆光绪二十三年铅印本。

《学校参观法》，汤中、蔡文森合编，商务印书馆 1919 年版。

《国学讲习会略说·论文学》，章炳麟撰，秀光社 1906 年版。

《金石萃编》，题王昶编，扫叶山房民国十年刻本。

《仁学（汇校本）》，谭嗣同著，张玉亮校，浙江古籍出版社 2021 年版。

《日知录集释》，顾炎武撰，黄汝成集释，秦克诚点校，岳麓书社 1994 年版。

《王阳明传习录详注集评》，陈荣捷编，学生书局 1983 年版。

《五种遗规》，陈弘谋编，苏丽娟点校，凤凰出版社 2016 年版。

《艺苑卮言》，王世贞撰，凤凰出版社 2009 年版。

《翼教丛编》，苏舆辑，上海书店出版社 2002 年版。

《脂砚斋重评石头记庚辰本》，曹雪芹著，国家图书馆出版社 2019 年影印本。

《春觉斋著述记》，林纾撰，朱羲胄编，世界书局 1949 年版。

《郭廷以口述自传》，张朋园等访问，中国大百科全书出版社 2009 年版。

《块余生自纪》，叶瀚撰，《中国文化研究集刊》第 5 卷，复旦大学出版社 1987 年版。

《罗瘿公笔记选》，罗惇曧撰，孙安邦、王开学点校，山西古籍出版社 1997 年版。

《马戛尔尼使团使华观感》，乔治·马戛尔尼、约翰·巴罗著，何高济、何毓宁译，商务印书馆 2013 年版。

《青谿旧屋仪征刘氏五世小记》，梅鹤孙著，梅英超整理，上海古籍出版社 2002 年版。

《清俗纪闻》，中川忠英编撰，方克、孙玄龄译，中华书局 2006 年版。

《劬堂学记》，柳曾符、柳佳编，上海书店出版社 2002 年版。

《三松堂自序》，冯友兰撰，生活·读书·新知三联书店 1984 年版。

《世载堂杂忆》，刘禺生撰，中华书局 1960 年版。

《苏州民国艺文志》，张耘田、陈巍主编，广陵书社 2005 年版。

《泰西各国采风记》，宋育仁撰，穆易校点，岳麓书社 2016 年版。

《我的教育：三十五年教育生活史（1893—1928）》，舒新城撰，广东人民出版社 2016 年版。

《五口通商城市游记》，施美夫著，温时幸译，北京图书馆出版社 2007 年版。

《袁世凯奏议》，袁世凯著，廖一中、罗真容整理，天津古籍出版社 1987 年版。

《张恨水研究资料》，张占国，魏守忠编，天津人民出版社 1986 年版。

《赵元任早年自传》，赵元任撰，季剑青编译，商务印书馆 2014 年版。

《民国时期总书目（1911—1949）中小学教材》，北京图书馆、人民教育出版社合编，书目文献出版社 1995 年版。

《晚清营业书目》，周振鹤编，上海书店出版社 2005 年版。

《新学会社书目提要》，上海新学会社铅印本（不著出版时间）。

《暂定各学堂应用书目》，京师大学堂光绪二十八年十二月刻本。

《中国近代中小学教科书总目》，王有朋主编，上海辞书出版社 2010 年版。

（二）中文论著

甲、专著

艾俊川:《中国印刷史新论》，北京：中华书局，2022 年。

安德森（Benedict Anderson）:《想象的共同体：民族主义的起源与散布》，吴叡人译，上海：上海人民出版社，2003 年。

毕苑:《建造常识：教科书与近代中国文化转型》，福州：福建教育出版社，2010 年。

卞东波:《域外稽古录：东亚汉籍与中国古典文学研究综论》，北京：北京大学出版社，2019 年。

常方舟:《失落的文章学传统:〈古文辞通义〉》，上海：复旦大学出版社，2020 年。

陈东原:《中国教育史》，上海：商务印书馆，1936 年。

陈广宏:《中国文学史之成立》，上海：上海古籍出版社，2016 年。

陈国球:《文学史书写形态与文化政治》，北京：北京大学出版社，2004 年。

陈建华:《“革命”的现代性：中国革命话语考论》，上海：上海古籍出版社，2000 年。

陈力卫:《东往东来：近代中日之间的语词概念》，北京：社会科学文献出版社，2019 年。

陈平原、夏晓虹:《图像晚清》，天津：百花文艺出版社，2001 年。

陈望道:《修辞学发凡》，上海：上海教育出版社，2001 年。

褚斌杰:《中国古代文体概论》，北京：北京大学出版社，1990 年。

罗伯特・达恩顿（Robert Darnton）:《拉莫莱特之吻：有关文化史

的思考》，萧知纬译，上海：华东师范大学出版社，2011 年。

方孝岳：《中国文学批评 中国散文概论》，北京：生活·读书·新知三联书店，2007 年。

伏俊琏：《俗赋研究》，北京：中华书局，2008 年。

付琼：《清代唐宋八大家散文选本考录》，北京：商务印书馆，2016 年。

复旦大学历史学系编：《中国现代学科的形成》，上海：上海古籍出版社，2007 年。

复旦大学历史学系编《覆水不收：科举停废百年再思》，上海：上海古籍出版社，2020 年。

富谷至：《文书行政的汉帝国》，刘恒武、孔李波译，南京：江苏人民出版社，2013 年。

关晓红：《晚清学部研究》，广州：广东教育出版社，2000 年。

郭绍虞：《中国文学批评史》，北京：商务印书馆，2010 年。

吉尔伯特·海厄特（Gilbert Highet）：《古典传统：希腊—罗马对西方文学的影响》，王晨译，北京：北京联合出版公司，2015 年。

韩胜：《清代唐诗选本研究》，北京：中国社会科学出版社，2010 年。

侯精一、施关淦编：《〈马氏文通〉与汉语语法学》，北京：商务印书馆，2000 年。

胡从经：《晚清儿童文学钩沉》，上海：少年儿童出版社，1982 年。

胡适：《白话文学史》，上海：新月书店，1929 年。

胡以鲁：《国语学草创》，上海：商务印书馆，1923 年。

霍四通：《中国近代修辞学的建立——以陈望道〈修辞学发凡〉考释为中心》，上海：上海人民出版社，2012 年。

季家珍（Joan Judge）:《印刷与政治:〈时报〉与晚清中国的改革文化》，王樊一婧译，桂林：广西师范大学出版社，2015 年。

蒋纯焦:《一个阶层的消失：晚清以降塾师研究》，上海：上海书店出版社 2007 年。

酒井忠夫:《中国善书研究》，刘岳兵、孙雪梅、何英莺等译，南京：江苏人民出版社，2010 年。

卡萨齐（G. Casacchia）、莎丽达（M. Gianninoto）:《汉语流传欧洲史》，上海：学林出版社，2011 年。

柯庆明:《拨云寻径：古典中国实用文类美学》，北京：生活·读书·新知三联书店，2021 年。

恩斯特·R. 库尔提乌斯（Ernst Robert Curtius）:《欧洲文学与拉丁中世纪》，林振华译，杭州：浙江大学出版社，2017 年。

朗宓榭（Michael Lackner）等:《新词语新概念：西洋译介与晚清汉语词汇之变迁》，赵兴胜等译，济南：山东画报出版社，2012 年。

雷梦辰:《清代各省禁书汇考》，北京：书目文献出版社，1989 年。

黎锦熙:《国语学讲义》，上海：商务印书馆，1919 年。

黎锦熙:《国语运动》，上海：商务印书馆，1933 年。

黎锦熙:《国语运动史纲》，北京：商务印书馆，2011 年。

李奭学:《中国晚明与欧洲文学：明末耶稣会古典型证道故事考诠》（修订本），北京：生活·读书·新知三联书店，2010 年。

栗永清:《知识生产与学科规训——晚清以来中国文学学科史探微》，北京：中国社会科学出版社，2012 年。

梁启超撰，夏晓虹、陆胤校《中国近三百年学术史（新校本）》，北京：商务印书馆，2011 年。

刘进才:《语言文学的现代建构——语言运动与中国现代文学再探

索》，北京：北京大学出版社，2015 年。

刘晓东：《明代的塾师与基层社会》，北京：商务印书馆，2010 年。

陆雪松：《清初尺牍选本研究》，南京：东南大学出版社，2019 年。

罗威廉（William T. Rowe）：《救世——陈弘谋与十八世纪中国的精英意识》，陈乃宣等译，北京：中国人民大学出版社，2013 年。

罗志田：《国家与学术：清季民初关于"国学"的思想论争》，北京：生活·读书·新知三联书店，2003 年。

罗志田：《近代读书人的思想世界与治学取向》，北京：北京大学出版社，2009 年。

吕叔湘、王海棻编：《马氏文通读本》，上海：上海教育出版社，1986 年。

亨利 – 伊雷内·马鲁（Henri-Irénée Marrou）：《古典教育史》，王晓侠、龚觅、孟玉秋译，上海：华东师范大学出版社，2017 年。

茅海建：《戊戌时期康有为、梁启超的思想》，北京：生活·读书·新知三联书店，2021 年。

明恩溥（Arthur H. Smith）：《中国乡村生活》，陈午晴、唐军译，北京：中华书局，2006 年。

倪海曙：《清末汉语拼音运动编年史》，上海：上海人民出版社，1959 年。

牛岛德次：《日本汉语语法研究史》，甄岳刚等译，北京：北京语言学院出版社，1993 年。

潘光哲：《华盛顿在中国：制作"国父"》，台北：三民书局，2006 年。

米歇尔·普契卡（Michaela Puzicha）评注：《本笃会规评注》，杜海龙译，上海：上海三联书店，2015 年。

漆永祥:《乾嘉考据学研究》，北京：中国社会科学出版社，1998年。

启功:《汉语现象论丛》，北京：商务印书馆，2018年。

钱基博:《现代中国文学史》，长沙：岳麓书社，1986年。

钱锺书:《七缀集》，北京：生活·读书·新知三联书店，2002年。

邱秀香:《清末新式教育的理想与现实——以新式小学堂兴办为中心的探讨》，台北：政治大学历史学系，2000年。

任达（Douglas R. Reynolds）:《新政革命与日本——中国，1898—1912》，李仲贤译，南京：江苏人民出版社，2006年。

任竞泽:《宋代文体学研究论稿》，北京：商务印书馆，2011年。

商务印书馆编《商务印书馆九十年——我和商务印书馆》，北京：商务印书馆，1987年。

沈国威:《近代中日词汇交流研究：汉字新词的创制、容受与共享》，北京：中华书局，2011年。

实藤惠秀:《中国人留学日本史》，谭汝谦、林启彦译，北京：生活·读书·新知三联书店，1983年。

苏云峰:《张之洞与湖北教育改革》，南港:“中央研究院”近代史研究所，1983年。

苏云峰:《中国新教育的萌芽与成长（1860—1928）》，北京：北京大学出版社，2007年。

孙琴安:《唐诗选本提要》，上海：上海书店出版社，2005年。

汤志钧:《康有为与戊戌变法》，北京：中华书局，1984年。

涂尔干（Émile Durkheim）:《教育思想的演进》，李康译，北京：商务印书馆，2016年。

戴维·L.瓦格纳（David L. Wagner）编《中世纪的自由七艺》，张卜天译，长沙：湖南科学技术出版社，2016 年。

鲁道夫·瓦格纳（Rudolf G. Wagner）：《晚清的媒体图像与出版文化事业》，台北：传记文学出版社，2019 年。

伊恩·P. 瓦特（Ian P. Watt）：《小说的兴起》，高原、董红钧译，北京：生活·读书·新知三联书店，1992 年。

汪家熔：《民族魂——教科书变迁》，北京：商务印书馆，2008 年。

汪原放：《亚东图书馆与陈独秀》，上海：学林出版社，2006 年。

王东杰：《声入心通：国语运动与现代中国》，北京：北京师范大学出版社，2019 年。

王尔敏：《近代经世小儒》，桂林：广西师范大学出版社，2008 年。

王澧华：《曾国藩家藏史料考论》，桂林：广西师范大学出版社，1996 年。

王齐乐：《香港中文教育发展史》，香港：波文书局，1983 年。

王气中等：《桐城派研究论文集》，合肥：安徽人民出版社，1963 年。

王水照、朱刚主编《中国古代文章学的成立与展开》，上海：复旦大学出版社，2011 年。

王子今：《秦汉儿童的世界》，北京：中华书局，2018 年。

吾妻重二：《〈朱子家礼〉宋本汇校》，上海：上海古籍出版社，2021 年。

吴孟复：《桐城文派述论》，合肥：安徽教育出版社，2001 年。

夏晓虹、王风等：《文学语言与文章体式——从晚清到“五四”》，合肥：安徽教育出版社，2004 年。

夏晓虹：《觉世与传世——梁启超的文学道路》，上海：上海人民出版社，1991 年。

夏晓虹编《追忆康有为》，北京：中国广播电视出版社，1997年。

熊秉真:《童年忆往：中国孩子的历史》，台北：麦田出版，2000年。

徐冰:《中国近代教科书中的日本和日本人形象——交流与冲突的轨迹》，北京：商务印书馆，2014年。

徐复观:《中国文学精神》，上海：上海书店出版社，2006年。

徐佳贵:《乡国之际：晚清温州府士人与地方知识转型》，上海：复旦大学出版社，2018年。

徐新韵:《吕碧城三姊妹文学研究》，广州：暨南大学出版社，2015年。

徐雁平:《清代东南书院与学术及文学》，合肥：安徽教育出版社，2007年。

徐雁平:《清代文派与文体论丛》，南京：凤凰出版社，2021年。

许结:《诗囚：父亲的诗与人生》，南京：凤凰出版社，2009年。

薛毓良:《钟天纬传》，上海：上海社会科学院出版社，2011年。

姚小平:《〈马氏文通〉与中国语言学史》，北京：外语教育与研究出版社，2003年。

弗朗西斯·叶芝（Frances Yates）:《记忆之术》，钱彦、姚了了译，北京：中信出版社，2015年。

余英时:《宋明理学与政治文化》，长春：吉林出版集团有限责任公司，2008年。

张晓:《近代汉译西学书目提要：明末至1919》，北京：北京大学出版社，2012年。

张心科:《清末民国中学文学教育研究》，北京：高等教育出版社，2018年。

张志公:《传统蒙学教育初探（附蒙学书目稿）》，上海：上海教育出版社，1964年。

张治:《中西因缘——近现代文学视野中的西方经典》，上海：上海社会科学院出版社，2012年。

张仲民、章可编《近代中国的知识生产与文化政治：以教科书为中心》，上海：复旦大学出版社，2014年。

赵树功:《中国尺牍文学史》，石家庄：河北人民出版社，1999年。

赵统:《南菁书院志》，上海：上海书店出版社，2015年。

郑毓瑜:《姿与言：诗国革命新论》，台北：麦田出版，2017年。

曾枣庄:《中国古代文体学》，上海：上海人民出版社，2012年。

宗廷虎、李金苓:《中国修辞学通史·近现代卷》，长春：吉林教育出版社，1998年。

左松涛:《近代中国的私塾与学堂之争》，北京：生活·读书·新知三联书店，2017年。

左玉河:《从四部之学到七科之学——学术分科与近代中国知识系统之创建》，上海：上海书店出版社，2004年。

佐藤信夫:《修辞感觉》，肖书文译，重庆：重庆大学出版社，2016年。

乙、论文

蔡德龙:《清文话中的文体分类观》,《南京大学学报》2012年第1期。

陈尔杰:《“文章选本”与教科书——民初“国文”观念的塑造》，北京大学2008年硕士学位论文。

陈广宏:《近代中国文学概念转换的历史语境与路径》,《文学评论》

2016 年第 5 期。

陈泝翔、林仁杰:《赫尔巴特主义及其教学法在近代中国发展之研究》,《教育研究月刊》(台北)第 294 期,2018 年。

陈平:《语言民族主义:欧洲与中国》,《外语教学与研究》2008 年第 1 期。

陈平原:《新教育与新文学——从京师大学堂到北京大学》,《学人》第 4 辑,南京:江苏文艺出版社 1993 年。

陈平原:《古文传授的现代命运——教育史上的林纾》,《文学评论》2016 年第 1 期。

陈平原:《林纾与北京大学的离合悲欢》,《文艺争鸣》2016 年第 1 期。

陈平原:《有声的中国——"演说"与近现代中国文章变革》,《文学评论》2007 年第 3 期。

慈波:《学堂讲授与文话书写——晚清民初教育转型之际的文话考察》,《学术月刊》2011 年第 8 期。

崔华杰:《登州文会馆与山东大学堂学缘述论》,《山东大学学报(哲学社会科学版)》2013 年第 2 期。

狄霞晨:《作为文学的"美术"——美术与中国现代文学观念的生成》,《中国比较文学》2021 年第 2 期。

丁为祥:《从"得君行道"到"觉民行道"——阳明"良知学"对道德理性的落实与推进》,《学术月刊》2017 年第 5 期。

丰子恺:《私塾生活》,《儿童时代》1962 年第 17 期。

凤媛:《19 世纪最后 20 年新教传教士关于〈圣经〉"浅文理"体的讨论与实践再探》,《史林》2020 年第 4 期。

郭英德:《中国古代文学史研究中的文学教育研究》,《文学遗产》2006 年第 2 期。

郭英德:《唐宋古文典型在清初的重构》,《中国社会科学》2021年第5期。

何诗海:《“文章莫难于叙事”说及其文章学意义》,《文学遗产》2018年第1期。

胡琦:《知识与技艺：明儒歌法考》,《文艺研究》2021年第7期。

胡晓阳:《晚清桐城派“古文初学选本”研究》，安徽师范大学2015年硕士学位论文。

黄晶:《古代的朗读与默读》,《书城》2012年第11期。

黄兴涛:《第一部中英文对照的英语文法书——〈英国文语凡例传〉》,《文史知识》2006年第3期。

黄兴涛:《〈文学书官话〉和〈文法初阶〉》,《文史知识》2006年第4期。

黄兴涛:《英文语法知识传播的其他一些书籍》,《文史知识》2006年第5期。

黄兴涛、曾建立:《清末新式学堂的伦理教育与伦理教科书探论——兼论现代伦理学学科在中国的兴起》,《清史研究》2008年第1期。

蒋寅:《科举试诗对清代诗学的影响》,《中国社会科学》2014年第10期。

蒋寅:《徐增对金圣叹诗学的继承和修正》,《北京师范大学学报（社会科学版）》2006年第4期。

李斌:《清末古文家与中学国文教科书的编写》,《文学遗产》2013年第5期。

李伯重:《八股之外：明清江南的教育及其对经济的影响》,《清史研究》2004年第2期。

刘永华:《清代民众识字问题的再认识》,《中国社会科学评价》2017

年第2期。

鲁国尧:《我学习古诗文吟诵的经历》,《中国语言学》第8辑，北京：北京大学出版社，2015年，第161—166页。

陆胤:《文脉传承与知识重建——清末“中学”之争及古文家的应对》,《清代文学研究集刊》第4辑，北京：人民文学出版社，2011年，第208—220页。

陆胤:《从“自讼”到“自适”——曾国藩的读书功程与诗文声调之学的内化》,《北京大学学报（哲学社会科学版）》2021年第6期。

陆胤:《晚清文学论述中的口传性与书写性问题》,《中国社会科学》2019年第5期。

罗志田:《通中可分的中国传统治学模式》,《文艺研究》2021年第10期。

梅家玲:《流动的教室，虚拟的学堂——晚清蒙学报刊中的文化传译、知识结构与表达方式》,《现代中国》第11辑，北京：北京大学出版社，2008年，第45—73页。

聂安福:《情、事、理三种统系——王葆心文章发展史观》,《广州大学学报》2009年第12期。

欧明俊:《明代尺牍的辑刻与传布》,《古典文学知识》2018年第4期。

潘务正:《从吴（闿生）马（其昶）反目看晚清民国桐城文派的理论取向》,《清代文学研究集刊》第3辑，北京：人民文学出版社，2010年，第174—185页。

潘务正:《清代“古文辞禁”论》,《文学评论》2018年第4期。

平田昌司:《光绪二十四年的古文》,《现代中国》第1辑，武汉：湖北教育出版社，2001年，第159—169页。

平田昌司:《木下犀潭学系和“中国文学史”的形成》,《现代中国》

第10辑，北京：北京大学出版社，2008年，第1—22页。

浅见洋二：《文本的“公”与“私”——苏轼尺牍与文集编纂》，《文学遗产》2019年第5期。

瞿骏：《如何救孩子——〈蒙师箴言〉与清末童蒙之教》，《史林》2017年第6期。

桑兵：《近代中国国字号事物的命运》，《中山大学学报（社会科学版）》2009年第1期。

商伟：《一本书的故事与传奇——美国哥伦比亚大学东亚图书馆藏〈新编对相四言〉影印本序》，《古典文献研究》2015年第1期。

石珂：《桐城末学的群体构成与唐宋古文接受》，《安徽大学学报（哲学社会科学版）》2011年第6期。

孙秀玲：《赫尔巴特教学法在清末的实践——基于73份小学教案的文本分析》，《教育史研究》2020年第2期。

孙之梅：《明代歌诗考——兼论明代诗学的歌诗品质》，《文学评论》2012年第1期。

王宝平：《康有为〈日本书目志〉出典考》，载（日本）古典研究会编《汲古》第57号，东京：汲古书院，2010年，第13—29页。

王笛：《清末新政与近代学堂的兴起》，《近代史研究》1987年第3期。

王冬青：《重塑“心智”：维多利亚时期英国的教育改革与来华西人眼中的儒家教育》，《外国文学评论》2017年第2期。

王风：《晚清拼音化运动与白话文运动催发的国语思潮》，《现代中国》第1辑，武汉：湖北教育出版社，2001年，第170—180页。

王晓秋：《戊戌维新与京师大学堂》，《北京大学学报（哲学社会科学版）》1998年第2期。

温海波：《识字津梁：明清以来的杂字流传与民众书写》，厦门大学

2017年博士学位论文。

温海波:《杂字读物与明清识字问题研究》,《安徽史学》2021年第4期。

吴伯雄:《〈古文辞通义〉研究》,复旦大学2007年博士学位论文。

吴承学:《宋代文章总集的文体学意义》,《中国社会科学》2009年第2期。

吴承学、何诗海:《〈古文辞类纂〉编纂体例之文体学意义》,《北京大学学报(哲学社会科学版)》2015年第3期。

吴微:《从"古文选本"到"国文读本"——桐城文章与文学教育的转型》,《国学研究》第27卷,2010年6月。

吴小鸥:《中国第一套"国语"教科书——1907年黄展云、林万里、王永炘编纂〈国语教科书〉》,《福建师范大学学报(哲学社会科学版)》2012年第5期。

夏晓虹:《作为教科书的文学史——读林传甲〈中国文学史〉》,陈平原、陈国球辑《文学史》第2辑,北京:北京大学出版社,1995年,第329—333页。

夏晓虹:《〈蒙学课本〉中的旧学新知》,《清华大学学报(哲学社会科学版)》2009年第4期。

肖菊梅:《清末民初赫尔巴特"五段形式教学阶段"的导入及推广——以汤本武比谷的〈教授学〉为考察中心》,《教师教育学报》2014年第1期。

谢和耐(Jaques Gernet):《童蒙教育(11—17世纪)》,《法国汉学》第8辑,北京:中华书局,2003年,第99—154页。

熊礼汇:《〈古文真宝〉的编者、版本演变及其在韩国、日本的传播》,《人文论丛》2007年卷,北京:中国社会科学出版社,2007年,第 471—503 页。

徐雁平：《〈读书分年日程〉与“救科举时文之弊”》，《南京师大学报（社会科学版）》2012 年第 3 期。

徐雁平：《〈读书分年日程〉与清代的书院》，《南京晓庄学院学报》2006 年第 5 期。

徐毅、范礼文：《19 世纪中国大众识字率的再估算》，《清史论丛》2013 年号，北京：中国广播电视出版社，2013 年，第 240—247 页。

姚小平：《〈汉文经纬〉与〈马氏文通〉》，《当代语言学》1999 年第 2 期。

尧育非：《秘本与桐城派古文秘传》，《文学遗产》2021 年第 6 期。

叶文玲、张振国：《晚清徐汇公学校长蒋邑虚生平著述考》，《成都师范学院学报》2015 年第 4 期。

于溯：《行走的书簏：中古时期的文献记忆与文献传播》，《文史哲》2020 年第 1 期。

俞子夷：《现代我国小学教学法演变一斑——一个回忆简录（一）（二）》，《华东师范大学学报（教育科学版）》1987 年第 4 期。

曾光炎：《李钟奇小传》，《洞口文史》第 3 辑，邵阳：政协洞口县文史资料研究委员会，1990 年，第 118—119 页。

詹福瑞：《王尧衢〈古唐诗合解〉的宗唐倾向及选诗标准》，《文学遗产》2001 年第 1 期。

张海荣：《清末三次教育统计图表与“学部三折”》，《近代史研究》2018 年第 2 期。

张海荣：《宣统年间学部有关教育统计奏折辑述》，《历史档案》2019 年第 4 期。

张人凤：《商务〈最新教科书〉的编纂经过和特点》，《编辑学刊》

1997年第3期。

张人凤:《商务印书馆〈最新教科书〉日本校订人署名及其他》,《清末小说》第30号，东京：清末小说研究会，2007年，第144—148页。

郑海娟:《圣经汉译与修辞三体》,《圣经文学研究》第9辑，北京：人民文学出版社，2014年，第167—180页。

张志公:《试谈〈新编对相四言〉的来龙去脉》,《文物》1977年第11期。

赵丽华:《上海蒙学公会与〈蒙学报〉研究》,《教育史研究》2007年第1期。

周策纵:《易经“修辞立其诚”辨》,《中国文哲研究集刊》1993年第3期。

周兴陆:《窦警凡〈历朝文学史〉——国人自著的第一部中国文学史》,《古典文学知识》2003年第6期。

周一良:《书仪源流考》,《历史研究》1990年第5期。

邹振环:《〈华英初阶〉和晚清国人自编英语教科书的发轫》,《近代中国》第15辑，上海：上海社会科学院出版社，2005年，第142—160页。

邹振环:《清代书札文献的分类与史料价值》,《社会·历史·文献——传统中国研究国际学术研讨会论文集》，上海：上海人民出版社，2006年，第453—459页。

邹振环:《新学会社与〈旅顺实战记〉的译刊》,《上海档案史料研究》第18辑，上海：上海三联书店，2015年，第25—40页。

左鹏军:《岭表诗坛一代宗师黄节》,《岭峤春秋——黄节研究论文集》，广州：中山大学出版社，2003年，第58—69页。

左玉河:《名学、辨学与论理学：清末逻辑学译本与中国现代逻辑学科之形成》,《社会科学研究》2016年第6期。

（三）英文资料及论著

Bain, Alexander. *English Composition and Rhetoric, A Manual*. New York: D. Appleton and Company, 1867.

Brownstein, Michael C.. "From *Kokugaku* to *Kokubungaku*: Canon-Formation in the Meiji Period," *Harvard Journal of Asian Studies* 47, no.2 (Dec., 1987), pp. 435-460.

Cheng, Oi Man. "Epistolary Guidebooks for Women in Early Twentieth Century China and the Shaping of Modern Chinese Women's National Consciousness," *New Zealand Journal of Asian Studies* 14, no.2 (2012), pp. 105-120.

Douglas, R. K.. *The Language and Literature of China. Two lectures delivered at the Royal Institution of Great Britain in May and June, 1875*. London: Trübner and Co., 1875.

Hill, Adam Sherman. *The Principles of Rhetoric*. New York: Haper & Brothers Publishers, 1896.

Huters, Theodore. "From Writing to Literature: The Development of Late Qing Theories of Prose," *Harvard Journal of Asiatic Studies* 47, no. 1 (Jun., 1987), pp. 51-96.

Janku, Andrea. "Translating Genre: How the 'Leading Article' Became the *Shelun*," in *Mapping Meanings: The Field of New Learning in Late Qing China*, eds. Michael Lackner and Natascha Vittinghoff (Leiden & Boston: Brill, 2004), pp. 329-354.

Johnson, William A.. "Toward a Sociology of Reading in Classical

Antiquity," *American Journal of Philology* 121, no.4 (January 2000), pp. 593–627.

Kaske, Elisabeth. *The Politics of Language in Chinese Education, 1895-1919*. Leidon and Boston: Brill, 2008.

Macgowan, J.. *Men and Manners of Modern China*. New York: Dodd, Mead and Company, 1912.

Rawski, Evelyn S.. *Education and Popular Literacy in Ch'ing China*. Ann Arbor: The University of Michigan Press, 1979.

Smith, Arthur H.. *Village Life in China: A Stydy in Sociology*. Edinburgh and London: Oliphant, Anderson & Ferrier, 1899.

Thomas, George. *Linguistic Purism*. London and New York: Longman, 1992.

Tomasi, Massimiliano. *Rhetoric in Modern Japan: Western Influences on the Development of Narrative and Oratorical Style*. Honolulu: University of Hawaii Press, 2004.

Wittimann, Reinhard. "Was There a Reading Revolution at the End of the Eighteenth Century," in *A History of Reading in West*, Gugliemo Cavallo and Roger Chartier eds. (Amherst and Boston: University of Massachusetts Press, 2003), pp. 284–312.

Yu, Li. "Character Recognition: A New Method of Learning to Read in Late Imperial China," *Late Imperial China* 33, no.2(2012), pp. 1–39.

Yu, Li. *A History of Reading in Late Imperial China, 1000-1800*. PhD Diss., The Ohio State University, 2003.

Zarrow, Peter. *Educating China: Knowledge, Society, and Textbooks in a Modernizing World, 1902-1937*. Cambridge: Cambridge University Press, 2015.

（四）日文资料及论著

『官報』

『早稻田文學』

阿部洋『中国の近代教育と明治日本』龍渓書舍、2002。

イ・ヨンスク（Lee Yeounsuk）『国語という思想——近代日本の言語認識』岩波書店、1996。

豬狩幸之助著・上田万年閲『漢文典』金港堂、1898。

池田蘆洲『文法獨案内』與民社、1887。

井上圓了『純正哲學講義』哲學館、1894。

袁廣泉「明治期における日中間文法学の交流」石川禎浩・狹間直樹編『近代東アジアにおける翻訳概念の展開』京都大学人文科学研究所、2013、119-141 頁。

汪婉『清末中国対日教育考察の研究』汲古書院、1998。

大橋敦夫「湯本武比古『読書入門』の編纂をめぐって」『学海』第10 号、1994 年 3 月、103-116 頁。

小笠原拓「“国語科”の発見とその歴史的意義：坪井仙次郎『小学国語科之説』を中心に」『教育学研究』第 70 巻第 4 号、2003 年 12 月、99-108 頁。

加藤周一・前田愛編著『日本近代思想大系 16　文体』岩波書店、1989。

甲斐雄一郎「読書科における二元的教授目標の形成過程」『国語科教育』第 38 集、1991 年 3 月、107-114 頁。

川合康三編『中国の文学史観』創文社、2002。

菊池大麓『(百科全書) 修辞及華文』文部省、1879。

岸本美緒『風俗と時代観: 明清史論集Ⅰ』研文出版、2012。

熊澤恵理子「学制以前における“普通学”に関する一考察」『早稲田大学大学院文学研究科紀要 第1分冊』第44輯、1998、91-100頁。

兒島獻吉郎『漢文典』富山房、1902。

兒島獻吉郎『續漢文典』富山房、1903。

小西信八編『前島密君國字國文改良建議書』非売品、1899。

佐野公治「明代における記誦——中國人と經書」『日本中國學會報』第33集、1981、116-130頁。

齋藤希史『漢文脈の近代: 清末＝明治の文学圏』名古屋大学出版会、2005。

齋藤希史『漢文脈と近代日本: もう一つのことばの世界』日本放送出版協会、2008。

島村瀧太郎『新美辭學』東京專門學校出版部、1902。

清水賢一郎「梁啓超と〈帝国漢文〉——『新文体』の誕生と明治東京のメディア文化」『アジア遊学』第13集、2000、22-37頁。

下田歌子『國文小學讀本』東京書肆十一堂、1886。

關根正直『近體國文教科書』東京書肆十一堂、1888。

高田早苗『美辭學』金港堂、1889。

高西賢止『東本願寺上海開教六十年史』東本願寺上海別院、1937。

武島又次郎『修辭學』博文館、1898。

樽本照雄『商務印書館研究論集 (增補版)』清末小説研究会、2016。

東亞同文會編『對支回顧錄』原書房、1968。

陶德民『明治の漢学者と中国——安繹・天囚・湖南の外交論策』関西大学出版社、2007。

並木頼寿・大里浩秋・砂山幸雄編著『近代中国・教科書と日本』研文出版、2010。

狹間直樹編『（共同研究）梁啓超：西洋近代思想受容と明治日本』みすず書房、1999。

速水博司『近代日本修辞学史——西洋修辞学の導入から挫折まで』有朋堂、1988年。

平田昌司「目の文學革命・耳の文學革命——一九二〇年代中國における聽覺メディアと「國語」の實驗」『中國文學報』第58期、1999年4月、75-114頁。

廣池千九郎『應用支那文典』早稻田大學文學科、1909。

前田愛『近代読者の成立』岩波書店、2001。

三浦叶『明治の漢學』汲古書院、1998。

村田雄二郎・Christine Lamarre編『漢字圏の近代——ことばと国家』東京大学出版会、2005。

文部省編輯局『尋常小學讀本（卷之一）』大日本圖書株式會社、1887。

安田敏朗『漢字廃止の思想史』平凡社、2016。

山本正秀『近代文体発生の史的研究』岩波書店、1965。

人名索引

M

O

P

Q

R

S

T

Z

后　记

这本书是我的第二部学术专著。

学者生涯中的“第一本书”，往往从博士论文修改而来，理想状态下会有明确的选题动机，完整的论述框架，以及更重要的，一段集中而纯粹的写作时间。与之相比，“第二本书”更像是一个抗压测试。你有幸成为“学术圈”一员，需要在学科架构中确定自己也许还很微不足道的位置，独力找到一个可以耕耘一段时间的领域，形成自己的研究面目，以求通向更高的学问境界。从三十岁到四十岁，也是你事业、家庭等多方面遭遇变数和磨砺的时期；大学体制和学术生态的剧烈变化，更将生计压力添加到你的学问抱负之上。可以说，在这一系列“内忧外患”之中写出的“第二本书”，才真正考验一个研究者持续工作的能力和定力。

2011年夏，在完成有关“张之洞学人圈”的博士学位论文以后，我开始思量下一步研究的题目。翻阅日记，当时大概考虑过三个方向：第一个题目是清中叶的“阮元学圈”。这个题目是博士论文同一方法的延伸，从同光回溯乾嘉，追索学术流变背后的人群聚散，似乎比较顺手。但困难也很明显：不同于近代学人在政教巨变下拥有诸多共同话题，乾嘉学者致力于音韵、训诂、校勘、三《礼》等专精之学，更需要在学术内部讨论。自己在这些方面的积累远远不够，很可能无法造其深处。第二个题目有关近代阅读史。其时颇读了些“洋书”，国内学界也开始出现一些令人兴奋的阅读史研究成果，让人跃跃欲试；只是“阅读史”三个字包含太多含义，从观念传播、出版流通到书籍形态、读书行为，缺少具体的切入点，一时也不知从何说起。读博的时候，曾有一段时间颇好诵习古文；反映在专业研究上，则颇关注清末吴汝纶一系古文家参划新教育的事实，还为此写过一篇不算成功的长论文。以古文家为中心的近代文学教育，正是我记下的第三个题目。不过好像都没有什么把握，便写信询问业师夏晓虹教授的意见。几天后，夏老师当面回复，建议我回到文学领域，试试“文学教育”这个题目，同时也要打开思路，不必限在古文这条线上。这一建议是本书最初启动的一个契机，所以首先要感谢夏老师一直以来的指导和点拨。

学界关于近代以降“文学教育”的讨论，多集中于文学观念、文学学科、文学史体制等议题，对本论题的形成多有启发。不过，回到清末新教育从中小学普通学堂发端的现场，在“文学研究法”的讲究之外，更切要的问题，还在于应用读写能力和国民文学常识的塑造。有鉴于此，我在论题展开之初就确立了侧重普通教育的策略。这种“眼光向下”的取向，做起来却并不容易。按照一开始的设想，我得暂时放弃以往较为熟悉的那种从精英人群或诗文文本切入的路数，转而投入一种类似社会史的做法，面对许多不知名的人物，分析大量教本的材源和联络，搜集关于教学现场的各种记录和描写。但在稍稍进入状态以后，我很快意识到这种做法的限制。清末留存的教育记录较为零散，还远远没有达到真正意义上社会史研究所需要的密度和集中程度；清末文字、文学教本的种类虽也不少，却存在大量“文本再生”现象，基本体式和材料其实是由几部经典读本或教科书奠定的。比起不分轻重主次的“地毯式搜寻”，更重要的还是来自文学和教育两方面的眼光。当然，多看教科书、教育期刊以及其他教育文献原本，了解文学教育背后文教转型的语境，仍是进入这一领域的不二法门。在教科书研究方面，我得感谢两位带我“入圈”的朋友：一位是人民教育出版社的陈尔杰学兄。正是在他热心帮助下，我才有机会领略人教社丰富的教科书收藏，同时了解“百年教科书”项目的进展。另一位是江苏无锡太湖高中的王星先生（网名“启轩室主人”）。他是网络上知名的教科书藏家，我们最初在微博建立联系，后来又在北京深谈过一次。慢慢地，我自己也走上了上网拍书的不归路，为此枉费不少资金和心力，却也通过这些素来不为图书馆和藏书家所重的残册碎页，触摸到清季新式文学教育发端之初的些许脉搏。

在写出关于蒙学变革论和蒙学读本的两章样稿以后，我的关注点渐从基层教师、学生等新教育信息的接受方，转向了学制主导者、教科书编者、古典词章家等文教规划的发出方。2015 年，我将博士学位论文修改为专著出版，改题《政教存续与文教转型》。该书强调精英士大夫群体的视野，跟其后铺开的“文学教育”论题相比，对象和方法都有较大的差异。但后者仍可视作前者提出问题的延伸：当以经学为中心、科举为框架的“政教”面临存续危机之时，清季士大夫所称“文教”（以文为教）未尝不是延续传统的一种替代方案。正是在国民教育和国族主义兴起的双重背景下，由应用文字和各体文辞构成的“中国文学”学科应运而生。考论新式文学教育的创生，其实也是在考察中国自古相传“文辞”所面临的近代契机。与“语言民族主义”崇奉的同质化“国语”理想不同的是，“国文”既设定了空间上的全国统一，更涵纳了时间上的古今融通。国文立科的历程也再次证明，国族意识固然如晚近理论家所说，包含了“想象”或“发明”的成分，却无法离开情感积淀和教化习俗，因而绝非凭空臆造的产物。

说来惭愧，本书主题是“文学教育”，而我自己获得教职、从事“教育”，却是在论题确定以后。最初开过一些思想史专题的选修课，直到2017年调回中文系，我才有机会参与“文学”方面的教学。从本系研究生、本科生、留学生课到全校通选课、跨院系项目课，各种课程的滋味遍尝，也多少体会到一点当年国文教习的甘苦。特别是面向全校开设的“大学国文”一门，选课同学多半来自理工院系。在他们的知识版图中，“国文”是边缘中的边缘。如何在当下新媒体环境下讲出“国文”的好处和特别之处，或者透过“国文”讲台达成一种人文启蒙，使之无愧于“通识课”的名目，是我一直以来思索的问题。每次课开宗明义，我总要先解释“国文”一名的内涵，导出张之洞那段“今日环球万国学堂，皆最重国文一门”的名论；结课之时也往往布置一道《我观国文》，让诸生各抒己见，谈谈他们心中的“文学”和“中国文学”。不知不觉中，竟也有了点研究与教学交融的感觉。而在普通与专门、涵泳与应用、学问与技艺、知识与体式之间的种种纠结，则更从张之洞时代的国文规划一直延续到我辈当下的国文课程。近代以来，各个时期的教育评论家几乎都会异口同声地慨叹当时学生“国文（语文）水准下降”。这个问题背后有不同时代对于“国文水准”理解的变化，不可一概而论。与其归咎学生，不如回溯“国文”的最初缘起，追问这样的问题为什么会被反复提出。就此而言，本书既是检视历史，也是思考现实；凭借自己短短七八年的教龄侈谈“教育”，实在有点大言不惭，但请相信一个大学国文教师反思自身处境的真诚。

书中部分章节，曾先后刊载于《文学评论》、《文学遗产》、《清华大学学报》、《文艺理论研究》、《清史研究》、《中国文学学报》、《现代中国》等学术期刊，既蒙匿名评审专家赐予指教，也有赖各刊编辑老师的悉心校订。其中，作为第二章雏形的《清末"蒙学读本"的文体意识与"国文"学科之建构》一篇，由中国社会科学院文学研究所已故张晖先生担任责编，刊于《文学遗产》2013年第3期，是本论题下最早发表的一篇论文。各章内容亦曾以口头报告形式发表于各种学术研讨会、工作坊、读书会，承蒙海内外师友赐予评议、提示方法、指正讹误，在此一并致谢。需要说明的是，拿出来发表或报告的部分，多是从原书结构中截取，时有无法体现完整构思的遗憾。此次统合书稿，则更加以补充、修订、调整，有些章节已是重写。整个修改过程历时一年有半，书中所载内容与原刊多有不同，敬祈读者注意。

本书得以出版，实有赖北京大学中文系提供支持和赞助。如果从2001年本科入学算起，我受教于中文系各位师长已满整整二十年；2017年返系以后，更承蒙中文系领导和古代文学教研室诸位老师的厚爱，在教学、研究、生活等多方面都给予了关照。从静园五院到人文学苑，"中文系的人"已经成为我生命中无法抹去的身份。北大也是一个多学科交流的园地。从学生时代起，我就常在历史系"偷师"，认识了近代史专业几位年龄相仿的朋友。正是他们鼓励并引领我穿梭于文史之际，打开了自己的研究格局。留校工作以后，我更有幸结识来自哲学、社会学、教育学等诸多领域的同道，或参加读书班共读经典原著，或参与研讨会商研旧学新知。让我们聚集在一起的，并非"跨学科"的时髦话头，而是对"重新认识传统"这一问题的共同兴趣。去年下半年，我参与了北大教育学院"教育与文明"项目的授课与讨论，讲了半学期"教育史专题”，通过与相关专业师生的研讨，对近代中国教育的特点也有了更为妥帖的认识。

书稿写作的过程中，惠赐各种教示和助力的师友尚多，在此不再一一具名，以免攀附之嫌。资料方面，我要特别感谢北京大学图书馆期刊部的张宝生老师、特藏部的栾伟平学长，以及古籍部几位不知名老师先后为我提供的许多阅览便利。近两年搜集诗歌、尺牍等特种教科书，又曾先后劳烦周安安、王婧娅、崔文东等同好在京、沪、港、穗各处帮忙搜索复制。清季国文教育取法多端，遇到有关语法、修辞、逻辑等西洋古典语文学的问题，我时而会去叨扰张治学长，他总是不厌其烦地作答，或向我介绍西文世界值得参考的研究著作。本书承蒙社会科学文献出版社接受并纳入“鸣沙”丛书，宋荣欣主任、李丽丽编辑为书稿编校费尽心力，叶天成学棣协助编制了征引文献表和索引，则是我要特别致谢的！

最后要感念我的妻子袁一丹。2011年本书写作初启之际，正是我们新婚之时。此前已走过八年的恋爱旅程，此后则一同经历了十年的生活历练。这些历练包括横跨北京市海淀、朝阳、丰台等区的七次搬家（每次都得拖着我俩的近百箱书），同时找工作而一度都没有着落的徊徨，以及遭遇至亲变故之时的无助。在“第一本书”的后记中，我着重描述了妻子作为一名学界同行予我的批评和理解；而在这“第二本书”的尾声，我更想表达我们共同生活的意志和信念。吴语中有“做生活”（做工）、“吃生活”（挨打）两个词——“生活”当中既有经验也有教训，它的真谛则藏在一念一行的韧性之中。

最为遗憾的是，另一个期待这“第二本书”的人，我的父亲，已经永远看不到它的出版了。愿以此书奉于先父、先母灵前。大概五六岁的时候，每个工作日的傍晚，父亲都会踏着脚踏车把我从城中的幼儿园载回城外阿婆的家中，一路上我们会经过苏州古城最为繁华的地段。我坐在车前横杠上，听他指点迎面而来的路牌和店招。“陸稿薦”（熟肉店）的“薦”，“王鴻翥”（药房）的“翥”，这些面目可憎的难字，我小小年纪竟已熟识于心。其时正当八十年代后半，电脑字体尚未出现，文字规范也还没那么严格，就这样稀里糊涂地认得了一大堆各种书体的繁体字、简体字、二简字。这是我所接受的最早的（也是最好的）“文学教育”。

2022 年 2 月 25 日写于京西龙背村

图书在版编目(CIP)数据

国文的创生：清季文学教育与知识衍变 / 陆胤著
. -- 北京：社会科学文献出版社, 2022.6（2023.2重印）
（鸣沙）
ISBN 978-7-5228-0025-7

Ⅰ. ①国… Ⅱ. ①陆… Ⅲ. ①中国文学－近代文学－文学史 Ⅳ. ①I209.5

中国版本图书馆CIP数据核字（2022）第067234号

·鸣沙·
国文的创生：清季文学教育与知识衍变

著 者 / 陆 胤

出 版 人 / 王利民
责任编辑 / 李丽丽
责任印制 / 王京美

出 版 / 社会科学文献出版社·历史学分社（010）59367256
地址：北京市北三环中路甲29号院华龙大厦 邮编：100029
网址：www.ssap.com.cn
发 行 / 社会科学文献出版社（010）59367028
印 装 / 北京盛通印刷股份有限公司

规 格 / 开 本：787mm×1092mm 1/16
印 张：34 字 数：428千字
版 次 / 2022年6月第1版 2023年2月第2次印刷
书 号 / ISBN 978-7-5228-0025-7
定 价 / 99.00元

读者服务电话：4008918866